U0117373

长白山学术文库
The Academic Library of
Changbai Mountain

第一辑

中国文学

杨公骥 著

吉林人民出版社

出 品 人：常　宏
选题策划：吴文阁　赵　岩
统　　筹：李相梅　孟广霞
责任编辑：崔　晓
装帧设计：尤　蕾

图书在版编目（CIP）数据

中国文学 / 杨公骥著. -- 长春 : 吉林人民出版社, 2022.8
（长白山学术文库. 第一辑）
ISBN 978-7-206-18164-1

Ⅰ. ①中… Ⅱ. ①杨… Ⅲ. ①中国文学—文学研究 Ⅳ. ①I206

中国版本图书馆CIP数据核字(2021)第115891号

中国文学

ZHONGGUO WENXUE

著　　者：杨公骥
出版发行：吉林人民出版社
（长春市人民大街7548号 邮政编码：130022）
咨询电话：0431-85378007
印　　刷：长春第二新华印刷有限责任公司
开　　本：710mm × 1000mm　1/16
印　　张：34.75
字　　数：600千字
标准书号：ISBN 978-7-206-18164-1
版　　次：2022年8月第1版
印　　次：2022年8月第1次印刷
定　　价：126.80元

与大师们学海重逢

2020年7月，雨后天凉、清风送爽的一天，我与其他专家学者应邀出席吉林人民出版社组织的座谈会，讨论编辑出版《长白山学术文库》事宜。短短一年后，《长白山学术文库》首批的书稿清样摆在案前：《哲学与主体自我意识》《中国奴隶社会史》《中国文学》等。这套书的作者包括高清海、金景芳、杨公骥等。承蒙错爱，吉林人民出版社总编辑吴文阁先生盛情邀请我，为《长白山学术文库》作序。寅夜秉笔，阅卷思人，心潮澎湃，思绪万千！

《长白山学术文库》的作者都是新中国成立70多年来吉林省人文社会科学研究的学术代表人物。他们在国内久负盛名，影响深远。高清海先生是国内首批博士生导师，首届国务院学位委员会学科评议组成员，我国著名哲学家，优秀的教育家。金景芳先生是吉林大学教授，国内首批博士生导师，国务院古籍整理出版规划小组顾问、著名历史学家、文献学家、易学大师、国学大师。杨公骥先生是东北师范大学教授，国内首批博士生导师，首届国务院学位委员会学科评议组成员。此外，其他作者也都是国内各领域知名学者、专家、大家。

首批书稿的作者分属新中国成立前后两代学人。金景芳、林志纯、杨公骥等先生出生于清末民初，在民国时代完成教育并开始学术研究，新中国成立后即成为吉林省中国古代思想史、世界史和文学研究的开拓者与代表性学者。邹化政、高清海等先生均生于民国，新中国成立后完成教育，改革开放后在全国产生学术影响，成为西方哲学史、马克思主义哲学等领域的开拓者或代表性专家学者。他们的学术轨迹，集中体现了吉林省人文社会科学从开拓开创、历经坎坷到繁荣发展的辉煌历程。

首批出版的这些著作，都是他们学术思想的代表作，研究领域涉及马克思主义理论、哲学、文学、历史学、经济学、地理学和民族学，研究视域从世界、中国到东北地方，研究对象从思想、历史到田野，充分展示了吉林学人博大的学术视野、精深的学术素养和脚踏实地的治学态度。高清海先生的《哲学与主体自我意识》，根据改革开放的时代变革，运用马克思主义哲学的精神，对哲学与人的主体自我意识的关系、内在逻辑与发展趋势、时代精神与思维方式变革进行了系统阐述，是国内研究哲学变革的开拓性与代表性著作。邹化政先生的《黑格尔哲学统观》，首次以人的存在和意识还原了绝对理念和绝对精神在黑格尔哲学中的本来含义，提出绝对理念作为黑格尔哲学的本体，是有关世界本质和规律的辩证法，是一个共相和精神活动性，其逻辑先在性就是黑格尔说明世界的原则，充分肯定了黑格尔的辩证法思想的深刻性。杨公骥先生的《中国文学》，运用马克思主义历史唯物主义和马克思主义文艺理论，研究了从中国原始社会到春秋战国时期的文学发展进程，探索了中国文学发生发展的规律和特点。

这些学者，或是我的授业恩师，或曾对我耳提面命，或曾学坛相会共同切磋，或久仰盛名与其传人为友。高清海先生是我的硕士生导师和博士生导师，我追随他求学治学凡 26 年。作为身边弟子，几近朝夕相处，情同父子。先生教诲，于今犹记：“治学为人，其道一也！”从本科到研究生，一直聆听邹化政先生教授德国古典哲学。邹先生是山东海阳人，身材高大，头发蓬乱，不修边幅。他嗓音洪亮，一口浓浓的胶东话，把“人”读成“印”，把“黑格尔”读成“赫哥儿”。他讲课总是富有激情，讲到激动时，常常伴有板书，且十分用力，粉笔经常被折断。因其激动，难免字迹潦草，以至于难以分辨。放下粉笔，他又因激动，手臂不停地挥舞，以至于头上、襟前，挂满粉笔尘末，弄得灰头土脸。他是我所遇到的老师中，讲课最投入、最富激情的人。做学生时，曾听过金景芳先生的报告，金老治学严谨，记忆力超强，诸多古籍，如数家珍，信手拈来，一字不差。1997 年金老九五寿辰时，我代表学校出席致贺。金老嗓音洪亮，高声宣布：“我还要看到 21 世纪！”他真的看到了 21 世纪的来临。作为东北人，我对东北史感兴趣，拜读过张博泉先生的著作，并登门求教过。张博泉先生一口浓重的辽宁口音，“嫩江在通古斯语族读音就是青噻儿（色）的河”。受他的中华一体论启发，我从文化社会学的角度提出了文化复合论的理论。

我曾长期担任吉林省社会科学院院长和吉林省社会科学联合会党组书记，与田子馥、林志纯、孙中田、陈才、富育光诸先生多有交往。1987 年，吉林省召开专家咨询会议，时任省长王忠禹出席，我作为青年学者代表亦出席。就在那次会上，陈才先生建议，根据有关边界条约，中国拥有图们江通海航行权，应以此为契机，推动图们江流域及东北亚国际合作开发。他的建议引起吉林省委、省政府和国务院的高度重视。这些学者中，只有杨公骥先生无缘谋面。大三暑假，我因发表过短篇小说，参加了长春市作家协会组织的青年作家创作班，在班上结识了东北师大中文系78级的青年女作家杨若木，还是我的中学师姐。从此，我们成为常有联系的好朋友。她是杨公骥先生的女儿，所以，我与杨公骥先生也算间接有缘吧！

星光璀璨，往事如烟。斯人虽去，雁过留声。这些学者的音容笑貌，历历在目。彼此交往，恍如昨日。为作此序，重温名著，如晤其人，百感交集！感谢吉林人民出版社在庆祝中国共产党成立100周年的喜庆之际，支持学术，承传经典，编辑出版《长白山学术文库》，延续吉林文脉，弘扬学术精神。吉林人文荟萃，还有更多的学术著作有待汇集，期待第二批、第三批，乃至更多的著作入库出版。希望把吉林当今在世的学者，在哲学和社会科学领域更年轻、更有建树的专家作品出版面世，更体现时代意义和特征。

吉人有文，鸿著成林。

2021年6月28日晨

杨公骥

社会科学家、文学史家。曾任东北师范大学教授、中国文联全国委员会委员、中国民间文艺研究会顾问、中国古代文论学会顾问、中国作家协会吉林分会名誉主席、吉林省民俗学会理事长等职。论著涉及中国古代文学、哲学、历史、文艺、语言、训诂、考古、民俗等学科，在学界有广泛影响。代表作有《中国文学》《唐代民歌考释及变文考论》《杨公骥文集》等。

目　录

第一编　中国原始文学

第二编　殷商奴隶制社会的文学

（前十七世纪—前十一世纪）

第三编　西周和春秋时代的文学

（前一一二二年？—前四八一年）

第四编　战国时代的文学

（前四八一年—前二二一年）

第一编　中国原始文学

第一章　劳动产生文学

第一节　诗歌的发生和劳动诗的形成

劳动创造了人自身，使人摆脱了本能性的生存技能的限制，开始了使用工具、制造工具的劳动。由于对自然界的积极适应，这种劳动一开始就是集体过程。劳动不仅形成了人类社会，而且只有通过社会，生产才能进行。

人类的认识和认识能力也正是从劳动过程中形成和提高的。毛泽东同志指出："人的认识，主要地依赖于物质的生产活动，逐渐地了解自然的现象、自然的性质、自然的规律性、人和自然的关系；而且经过生产活动，也在各种不同程度上逐渐地认识了人和人的一定的相互关系。"（《实践论》）

与劳动和认识的发生与发展相适应地出现了并发展了语言。"语言和意识具有同样长久的历史；语言是一种实践的、既为别人存在并仅仅因此也为我自己存在的、现实的意识。语言也和意识一样，只是由于需要，由于和他人交往的迫切需要才产生的。"（马克思：《德意志意识形态》）没有生产实践，作为意识的外壳的语言，便不能产生；同样的，没有社会，则作为交际工具的共同语言也不会形成。

生产的提高，逐渐扩大了人类的生产领域，从而提高了人类的思维能力，使人对自然界的认识也随之加深加多。生产的提高，逐渐增强了人类生产中的集体行动，从而认识出人和人的相互关系，提高了人类的集体观念。生产的提高，使语言也随之进一步发展：语言逐渐被新的词汇和更确切的语法构造所丰富。

也只有在生产不断提高的基础上，社会才能发展，社会生活才能日益丰富，人的认识才能逐渐提高，语言的加工才有可能。

由于人类对生产实践和社会生活有着充沛的热情、有着热烈的希望，因此便生发出一种不可抑止的冲动。在这种冲动的促使下，人们便很自然地将自己的感受（在生产实践和社会生活中得来的认识、激发的感情、引起的理想）通过语言表现出来。当这感受通过相适应的语言构成一定的形式时，便出现了文学。

最初的文学是因袭着劳动呼声的样式而出现的。

所谓劳动呼声，是人们从事劳动时伴随着劳动动作节奏自然而然喊出来的有节奏的声音。这呼声不仅在生理上适应着并调剂着劳动者的呼吸，减轻劳动时的疲劳，使劳动持久不懈；而且在客观上可以统一彼此的动作，使人们在集体劳动中能够互相配合，从而提高劳动效率。正如今天的船夫以呼声指挥舵桨，打夯者以呼声统一动作一样，原始劳动呼声是在劳动中产生，同时也是劳动的一部分，并在劳动中起着积极作用。其次，由于人的劳动是有意识有情感的行为，因而在伴随着劳动动作所发出的劳动呼声中，便自然而然地表现了人的情感和愿望。这从现代流传的民歌（如锄草歌、插秧歌、打夯歌、拉纤歌、蒙古号子）的呼声中便可得到证明：不仅适应着所从事的劳动动作节奏，而且表现了对所从事的劳动的情感。因此，在原始社会人们从事集体劳动时，不仅以呼声统一或协调彼此的动作，而且以呼声交流彼此的情感：在此呼彼应中互相安慰、互相激发、互相鼓励。这就加强了人们的团结并提高了劳动效率。

当表现情感的某些劳动呼声被相适应的语言所代替时，语言和劳动呼声便结合为一体：语言有了它的歌唱形式；呼声有了它的确切含意。这是劳动呼声的发展与提高。同时这也使语言更加强烈化而带有一定的节奏性和音乐性。从而便形成了原始人们抒发思想情感的一种艺术样式——诗歌。

由于最早的诗歌是劳动呼声的发展，是劳动呼声与语言的结合，因此便形成了口头创作的诗歌在习惯传统上的特点：诗歌中不仅夹杂有呼声，而且占很大比重，甚至比语言还多。这从后代的民歌中便可以得到证明，而这也就说明了劳动呼声与诗歌的相互关系。

如上所述，劳动呼声不仅是劳动的产物，而且只有在劳动时才有这样呼喊的需要，也只有在劳动场合才能出现这样的呼声。劳动呼声与劳动是不可分的。因此，因袭着劳动呼声而出现的诗歌，最初是在集体劳动场合中制作和歌唱的。

集体劳动场合便直接规定了最初诗歌的主题、内容和思想感情。所以如此，是因为劳动是有意识的行为，人在劳动时不能一心二用想入非非，必然将思想感情集中在所做的事上；同时，生产不仅供给人的物质需要，而且在提高着人的认识，使人不断地生发出理想，激发起热情。这样，就使得集体劳动时的现象和行为给人以较深的感受，从而引起歌唱的动机，正如《礼记·乐记》中所说："凡音之起，由人心生也。人心之动，物使之然也……其本在于人心之感于物也。"因此，在集体劳动场合所制作和歌唱的诗歌，最初所反映的也只能是眼中景、心中事、意中情："饥者歌其食，劳者歌其事"（《公羊传》何休注语）。

其次，当时社会生活尚处在低级状态，劳动不仅是维持人类生活的基本条件，也是人类生活中最基本的现实。这种最基本的现实，就规定着并限制着最初诗歌的内容，使最初诗歌所反映的也只能是人类的劳动生活。

因此，在原始社会的诗歌中，最初出现的是劳动诗歌。

最初的劳动诗歌是由人们口头集体创作的。所以如此，是因为当时生产方式尚处在幼稚阶段，物质生产中的劳动分工不发达，影响到精神生产上，就使得诗歌不是个人创作，而是在集体劳动时集体的口头创作。

这种集体的口头创作，虽然所表现的是集体的思想情绪，然而却是以一定程度的性格化为基础的。由于许多人在同一时间、地点从事着同一性质的劳动，因而彼此的生活感受有着共同性。这生活感受的共同性决定了集体口头创作的题材。当许多人围绕着同一题材一唱一和的歌唱出彼此的具体感受时，每个人的抒发自己具体感受的诗句，便在许多人的唱和中，受到自然选择的考验：只有描述较正确、感情较饱满、语言较生动的具有一定程度性格化的诗句，才能打动人心引起共鸣，才能使众人易于记忆、乐于传唱，从而便很自然地被保留下来；相反，那些认识模糊、语言混乱、缺少性格表现的诗句，便不能引起人的注意，只能成为个人的独唱，从而便很自然地被淘汰。当然，实际上当时的口头诗歌，大多是经过互相激发、互相补充、互相删改而制作成的。值得注意的是：这种基于众人情感而形成的自然选择和集体加工，虽然在创作上说来是无意识的行为；然而在客观上当时人也正是以集体的智慧通过自然选择和集体加工的方法，在诗篇中集中了性格化的描写，进行了语言的推敲，从事了形象的塑造。显然，在这种集体的口头创作中，正孕育着艺术方法的基本要素。

这种集体的口头创作，虽然是以一定程度的个性化为基础，然而这种个性却是共性的集中表现。所以这样，是因为：一切表现个人感受的诗句，只有反映了众人情感愿望的时候，才能被众人所接受、所传唱；而当时的诗篇，大多是在传唱中汇集了许多人的诗句并经过众人补充删改形成的。这样，就使得通过自然选择和集体加工所形成的诗篇，既具体地表现了许多人的个人感受，又概括着集体劳动者的情感。值得注意的是：这种概括虽然是在集体传唱中自然而然地形成的，然而其客观结果却是将同类的个性描绘集中起来，从而构成具有普遍性（共性）的较完整的艺术形象。显然，在这种集体的口头创作中，正孕育着典型化方法的某些因素。

需要说明，当时人的个性是并不成熟的，诗歌中的性格化描写、语言加工、形象塑造远不能和后代相比拟。但不难想见，在最初的集体口头创作的特征中，正孕育着艺术方法的基本要素，并为后代文学理论提供着原始材料。

这说明，艺术方法的发生发展，是由不自觉到自觉；先有实践，后有理论。

这说明，正是在劳动实践中，人对现实的感受才能形成；正是在劳动过程中，适应劳动节奏夹杂劳动呼声的诗歌样式才能产生；正是在集体劳动生活中，艺术的基本方法才能萌芽。所有这些，如离开劳动和历史条件，便会成为不可理解的神秘现象。

第二节　诗歌特征之由来及其作用

诗歌是有节奏的、有韵律的语言的加强形式。

诗歌之所以是有节奏有韵律的，是因为最初的诗歌是劳动呼声的发展，它是在劳动中制作，在劳动中歌唱，它是劳动的伴奏。因此，劳动动作的节奏便派生了诗歌的节奏和韵律。普列哈诺夫在其《艺术论》中，曾这样说："在原始种族中，各种各样的劳动，有它各种各样的歌，那调子，常常是极精确地适应着那一种劳动所特有的生产动作的韵律"，"在一切场合，歌谣的韵律常常是严密地被生产过程的韵律所规定。"这就是说，诗歌的节奏，在最初阶段是适应劳动动作而形成的。这就说明了诗歌节奏之由来。

诗的节奏韵律虽然是由生产动作所派生，但是它并非"严密地被生产过程的韵律所规定"。事实是当它形成之后，便有力的影响着生产动作：一方面，使人们在劳动时呼吸均匀，使劳动动作规律化，从而使人在劳动时能持久不懈；另方面，诗歌的节奏可以反作用于劳动节奏。这不妨以后代的例子说明。《吕氏春秋·顺说篇》：

“管子被俘获于鲁。鲁将他束缚起来放进槛车，使役人拉着槛车往齐国解送。役人们一边合唱着歌，一边拉着槛车。管子恐怕鲁国改变主意派人追杀自己，想快些到齐，于是告诉役人说：‘我给你们唱，你们跟着我合唱。’他所唱的歌，适宜于快走。所以，役人不疲倦而走起路来很快。”①

从这例子中可知：役人所歌的节奏缓慢，所以引之不快；而管子所歌的节奏较快，所以役人跟着唱时便不自觉的加速了步伐，使“役人不倦而取道甚速”。这就说明，原始诗歌的节奏韵律虽然是被劳动动作节奏所派生，但它并不仅是消极的严密精确地适应着劳动动作韵律，相反的，它有时可以指挥劳动动作，使劳动动作为之加速或加强。

在原始社会，生产过程的技术性质比较单纯，生产技术比较幼稚，从而劳动动作也比较简单，其节奏大多是一反一复。由于对一反一复动作的适应，所以在原始诗歌中最初出现的大多是二拍子节奏。这种二拍子诗，是诗的原始型，曾出现于各民族的原始文学中。我国的《诗经》中的诗大多袭用着二拍子节奏。

当这种二拍子诗样式形成之后，就促进了当时人们的思维能力，加强了当时人们的语言。

当然，人们的思想认识和语言的由低级向高级的发展，主要是依赖于“社会的生产活动”。然而，二拍子诗样式，不仅是思想的表现样式，而且能够组织思想；不仅是语言的一种运用形式，而且能够加强语言。这也就是说，劳动诗歌所使用的语言，在样式上必须要适应诗的（也即劳动动作的）节奏。因此，当人们要将自己的思想情感用诗的样式唱出来时，人们就必须从杂乱的思想中提取出主要部分，并选用足以表达思想感情的语汇，以适应节奏，以便于歌唱。二拍子节奏，比较短促，它要求句子简练，语言明确，从而，就促进了当时人们的思考和语言加工，就使得诗歌语言和平常说话有了差别，出现了原始的文学语言。由此，人类的“修词”“炼字”和洗练语言便逐渐成为有意识的行为，这也就提高了人类的思维能力。诗之所以是语言的加强形式，在最初阶段是这样形成的。

其次，在最初，诗的韵法同样是在生产过程中形成的。因为不同的劳动工具接触不同的劳动对象时，都能发出各种不同的有节奏的连续音响。这些都训练了人们的听觉，提高了人们对音韵的认识，并影响了作为劳动伴奏的诗歌的节奏和韵律。所以，在原始诗歌中出现了韵脚。同时，由于各种劳动动作有着轻重缓急的不同，有着不同的间歇，因此在原始劳动诗歌中出现了不同的押韵法。甚至到今天，打铁歌往往用连韵，打夯歌往往用间韵，弹花歌往往用头韵。而这些韵，大多是对劳动节奏与劳动音响的配合。诗之所以是一种有韵的语言形式，在最初阶段是这样形成的。

由此可知，最初诗歌的节奏韵律，不仅适应着当时的劳动动作，而且有力地提高或保持着劳动速度或强度；不仅适合表达当时人的思想，而且有力地组织了当时人的思怨，促进了人的思维能力，并推动了语言的发展。

尤其重要的，诗歌出现之后，就使人的意识有了艺术的表现样式。当人们的某种思想情感通过诗歌样式而表现出来时，节奏、韵律和语言的加强就使得这思想情感有了比较固定的形态，不仅便于人们记忆，而且便于人们口头传唱。在当时，传唱就是诗的生命，就是不断加工的条件。

由此可知，诗歌之所以是有节奏有韵律的语言加强形式，正是由于它是劳动呼声的发展，正是由于它在最初阶段与劳动相结合的结果。也正是由于最初的诗歌是为劳动所派生并和劳动结合在一起，所以诗歌样式的主要特征才因而形成。

有些学者在诗歌的节奏及特征的形成上，设制了许多“理论”。他们认为，日有出入、月有盈亏、四季循环、心脏跳动、血液周流、潮水起落，所有这些万物都是有节奏的，最初诗歌的节奏便是遵循这万物节奏或受万物节奏的“默示”、启发而形成的。他们认为诗歌之所以有节奏（换言之，也就是诗歌之所以形成），是由于披着兽皮的原始人，仰瞻于天，俯察诸地，审于四时，观于五行，扪心诊脉以后经过冥想而发明的，是追求“形式美”的结果。

显然，这是错误的。如前所说，最初的诗歌是因袭着劳动呼声的样式而形成的，因此一直到今天，民间小调和拉纤歌、搬运夫歌、打夯歌，仍夹杂着各种各样有节奏的呼声。显然这些呼声是人在劳动时的自然而然发出的声音，它的节奏是随劳动节奏而产生的。如果将这些劳动呼声和其节奏，说成是日月运行在人口中的反应，这未免神秘主义得过分了一些。

如前所说，诗歌节奏是被劳动节奏所派生。因此在古时，人们往往用一往一复的敲击动作，来节制歌唱，使歌唱依从着动作节奏，例如：齐庄公拊楹而歌（《左传》襄公二十五年）；孔子左据槁木右击槁枝而歌猋氏之风（《庄子·山木》）；宁戚击牛角而商歌（《说苑·尊贤》）。甚至一直到今天，所有的歌唱者，在歌唱时都无例外的依从着劳动动作节奏或仿拟的动作节奏。例如：战士唱进行曲，是依从着自己的步伐；合唱队唱歌，是依从着指挥棒的挥动；演员唱戏是根据鼓板节奏；清唱者，则拍自己的大腿，以节制自己的声音。所有这些，都是以动作节奏指挥歌唱。从来没有歌人，是依从日月运行心脏跳动来歌唱的。这也就说明了最初诗歌节奏的由来。

资产阶级学者制造这谬论是有目的的。这谬论不仅是神秘主义、形式主义理论的引申，而且作为神秘主义和形式主义理论的前提——历史实证。

第三节　音乐、舞蹈的形成和诗歌的发展

在形成原始诗歌的历史时代里，也产生了音乐和舞蹈。

音乐是仿效劳动音响而形成的。在原始社会，使用不同的工具所进行的不同性质的劳动，发出了不同节奏的音响。这音响训练了人们的耳朵。人们不仅习惯于听这种音响，而且由于热爱劳动的缘故，进而欣赏这种音响，并模仿这种音响：用这种音响来表现人们赞美劳动和赞美自己的思想感情。以后在歌舞中便敲打工具模仿生产时的音响来伴奏。于是古代的打击乐器便自生产工具中演化出来。这从古乐器的形状上便可看出：磬是仿仰韶式大石刀而模制成的；较晚出现的钟、鎛是由农器鎛（锄类）演化来的[②]；琴是弓弦的改装。由此可知，作为“金石之乐”主要乐器的钟磬，都是从当时主要生产工具中演变来的。至于埙、鼓、柷敔，则是为模仿生产中的音响而发明的：“土（音）曰埙……皮（音）曰鼓……木（音）曰柷敔”（《白虎通》引《乐记》）。

由于生产中的劳动音响有着高低抑扬，因此当这些乐器再现劳动音响时，便形成了各种音阶。由于劳动动作所发出的音响是有节奏的，因此当这些乐器再现劳动音响时，也便形成了一定的节奏的，因此当这些乐器再现劳动音响时，也便形成了一定的节奏（拍子）。值得注意的，音阶和节奏（拍子）正是构成音乐的基本要素。由此也就说明了劳动动作节奏、音响与音乐的关系。

原始的打击乐器所发出的是单音，它所表现的不是旋律而是节奏。当它和原始诗歌结合在一起时，正如劳动音响一样，对诗歌的节奏韵律起着指挥节制的作用。甚至到后代，没有音乐配合时，人们仍需要以动作或敲击音响来指挥歌唱。这也就说明了劳动动作、劳动音响、音乐、诗歌的相互关系以及音乐的最初形态。

舞蹈是仿效劳动动作而形成的。在原始社会，由于生产的对象、工具、技术性质的不同，因而，在各种劳动中形成了各种的动作节奏。所有

这些有节奏的劳动动作，都使人的肌肉得到发达，使人的体力活动技能得到提高。人们不仅在劳动中使肢体活动受到训练，而且由于热爱劳动的缘故，形成了审美要求：凡是准确、有力、敏捷、灵活的眼明手快的动作都能给人以美感。这说明，正是在实际劳动中孕育着舞蹈技能，也正是在劳动的现实要求中产生了舞蹈中的审美要求（一直到今天，舞蹈之所以不是四肢不灵、眼迟手慢等动作的艺术表现，其故在此）。其次，人是在生产中逐渐认识着周围动物的特性。由于人们渴望猎取到某种动物，因而往往模仿其动作以满足这种内在意识的要求。

当原始社会的人们为了满足对生产的渴望和冲动而以动作再现某一劳动过程时，便形成了舞蹈。

由于劳动的动作是有节奏的，因而再现劳动的舞蹈也依从着一定的节奏，“人之动而有节者莫若舞”。（《月令章句》）这样就使得再现劳动音响的音乐（有节奏的打击音响）对舞蹈起了指挥节制作用，正如荀子所说：“（舞的）俯仰诎信、进退迟速，莫不廉制；尽筋骨之力、以要钟鼓之节，而靡有悖逆者。”（《乐论》）其次，由于劳动是持工具的动作，因而当人们以舞蹈再现劳动时，工具便变成了舞具。这甚至在后代仍可看出工具与舞具间的演化关系，如周代的戚舞持大斧、戈舞持勾兵、矛舞持枪、籥舞持三尺长的竹管、干舞持盾牌。当然，也有的舞具与工具无关：如羽舞持白色鸟羽、旄舞持牛尾、皇舞的舞者头上和身上披戴着五色鸟毛手持翡翠色鸟翎以舞。但不难看出，这种以鸟兽皮毛为舞饰或舞具的舞蹈，正是原始的扮演动物舞的演化与发展。据记载，除人舞是“以手状威仪”外，秦之前没有徒手舞。由舞蹈节奏和舞具上便证明了劳动与舞蹈的关系。

由于劳动动作、劳动音响和劳动呼声（或诗歌）是在劳动进行中自然形成的有着共同节奏的“结合体”，彼此是不可分的，所以由劳动的动作、音响、呼声发展演变而成的舞蹈、音乐、诗歌在最初阶段也是依从着一定的节奏结合在一起来演唱。古时（中国的或外国的）舞蹈、音乐、诗歌之所以是结合在一起演唱，也正是由于这三者在起源时所形成的习惯；而三者在结合演唱时之所以必须遵循同一的节奏，也正是由于劳动节奏的决定作用。如果说，由于节奏的共同性，才能使舞蹈、音乐、诗歌这三种艺术形式结合在一起，那么这也就说明了舞蹈、音乐、诗歌等的节奏的同一起源。孤立的解说舞蹈节奏或音乐节奏的起源是不能自圆其说的。

虽然诗歌、音乐、舞蹈是从劳动中产生，但不能狭隘地将它们看作是劳动的副产品。相反的，当它们脱胎于劳动一旦形成之后，便成为表现人的理想与美感的工具，便成为以形象反映现实各种生活的艺术形式；随着社会诸形态的发展，扩大了表现领域，提高了表现方法。这样，诗歌、音乐、舞蹈便形成了各自的特点，有了各自的发展道路。

虽然，舞蹈和音乐的发生是由于人对劳动动作和音响的模仿与再现，但由于这种模仿与再现是人们有意识有情感的行为，因而不是单纯的再现，其中依据人们的情感和理想作了合理的夸张。例如原始人的狩猎舞，虽然是模仿着狩猎动作，再现着狩猎过程，然而在舞蹈中所表演的狩猎是高过当时狩猎实际的——尽管实际上老虎常常咬死人，但在舞蹈中所表演的却常常是人打杀老虎。所以如此，是由于原始人们对劳动有着热爱，对生产有着理想，对自己有着信心。因此，原始舞蹈和音乐不仅再现了劳动过程，而且表现了人们的欲望。

当诗歌和舞蹈、音乐结合在一起时，便取得新的发展机会。尤其在载歌载舞的会上，当狂暴的舞蹈、激亢的音乐、紧张的节奏、兴奋的歌唱结合在一起，扮演出某个生产过程或动作时，人们便被自己扮演的场面引入幻想世界。所以如此，是因为其时没有真实的劳动行为，其地没有真实的劳动对象，从而诗歌、舞蹈、音乐不再受劳动场合的限制，不再受劳动动作的束缚。于是，在这样的歌舞会上，人们凭着自己的审美要求和热情，便更多地在诗歌舞蹈音乐中作了不自觉的夸张：诗歌中所表现的，高过了当时的劳动实际；舞蹈所象征的，高过了当时劳动的实际能力；音乐所发出的，高过了当时劳动实际所能发出的声音。这也就是说，人们在歌舞中，不仅反映了现实，而且也表达了在现实中生发出来的人的理想，并根据理想作了艺术的夸张。

当这种理想通过歌舞音乐作了具体表现时，在原始人看来，这同样是真实的，是可以实现的情景。这样，就提高了人们向自然斗争的勇气和信心。当这信心通过歌舞音乐变成集体认识时，便成为物质力量，从而有力地提高了当时的社会劳动。

同样的原因，原始人被自己的歌舞引入幻想世界。当人们扮演某个劳动生活景象时，由于条件反射作用，使人们引起如临其境的心情。例如当人们由于对生产对象的冲动，在春天演唱出秋收歌舞时，那么，在他们自歌舞中所引起的幻想看来，农作物已不是当时的幼芽，而是将来的丰满的谷实。同样的，当人们在平坦的广场上，集体演唱山林狩猎歌舞时，那么，由他们自歌舞中所引起的幻想看来，他们已不是平常的狩猎者，而是一跃三丈，力举千钧，百发百中的狩猎能手。这幻想在他们蒙昧的思想中变得更迫切。于是，为了这幻想的实现，就催迫他们不断地提高技术，更好的劳动。

同时，每当生产前扮演相适应的歌舞，其结果便可提高生产量。不妨举例说明，当狩猎前夕，由于人们对狩猎的冲动而集体扮演狩猎舞时，歌舞中的狩猎动作便很自然的唤起了人们的记忆，使每个人回忆起在已往的狩猎中的成功与失败。当一个人兴高采烈志气昂扬的表演自己的成功时，他同时也形象地再现了他之所以取得成功的正确的狩猎动作。这对他自己说来是不知不觉的复习，对舞伴说来，实际上是提供了形象和榜样，推广了先进经验。这样彼此之间就在不知不觉中提高了自己，学习了别人。至于已往狩猎中的失败，人们则无兴趣扮演，从而使人遭到失败的错误的狩猎动作，便逐渐在舞蹈或实际中被矫正。不难看出，原始舞蹈虽是人们抒情的表现，但就其效果而言，它却起了锻炼技能、交流经验、总结成就、纠正错误的形象教育的作用。

尤其重要的是，在狩猎前夕集体扮演狩猎舞时，习惯激起了人的热情与幻想；集体的动作集中了人的意志，加强了人的团结；舞场中没有猛兽，从而舞蹈中也没有胆怯的猎人，这就锻炼着人的胆量，培育着人的勇气。不难看出，原始舞蹈虽是人们抒发感情的表现，但当这被幻想丰富了的感情构成逼真的形象时，则又感动了人们自己，从而增强了人们向自然界斗争的热情和无畏精神。就其实质而言，这种舞蹈大会起着动员大会的作用。

可以想见，每当生产前表演这样的歌舞，就会使人在舞场上，得到教育，受到“鼓舞”；在生产中，提高技术、增加热情——这无疑的会提高生产量。经过多次的实践，当时人从经验中得知：生产前表演歌舞便丰收，否则便减产。当然，蒙昧的原始人不可能正确地理解到歌舞所具有的教育作用和动员作用，于是在蒙昧的原始人看来，诗歌、舞蹈、音乐都具有无比的神秘力量。这力量可以影响自然、克制万物，它本身就是有灵的。

正是由于这样的复杂原因，诗歌、音乐、舞蹈在一定程度上和原始时代的巫术结合起来，并作为巫术的主要手段。

尽管原始人对音乐、舞蹈、诗歌有这样的错觉，但就其实质和客观作用看来，歌舞是原始人表达思想、抒发情感、反映现实、统一意志、加强团结、交流经验、学习技术、检阅力量、增强信心的艺术形式。

注释

①原文为：“管子得于鲁。鲁束缚而槛之，使役人载而送之。齐其讴歌而引。管子恐鲁之止而杀己也，欲速之齐，因谓役人曰：‘我为汝唱，汝为我和。’其所唱适宜走，役人不倦而取道甚速。”

②见孙晓野：《耒耜考》。

第二章　中国原始神话

第一节　神和神话的形成与发展

人不同于动物，他们不是对自然环境作动物性的适应或进化，而是通过劳动实践，逐渐认识自然法则，并以这法则指导实践，从而逐渐地改造自然。所以，在洪水泛滥时，人并不变成鱼而是成为驾舟的渔人；在猛兽成群的环境里，人并不进化自己的爪牙，而是成为操弓矢的猎人。

社会生产的发展，扩大并加深了人同自然作斗争的范围和深度，自然力的危害对生产活动的影响也就日益明显。于是，人一方面在自然面前感到恐惧，感到自己无力，另方面又力求认识自然法则，以便征服自然。但当时的生产水平和认识能力都处于低级阶段，人不能对自然作足够的科学的认识。同时在当时人的观念中，自然物是作为人的敌对物而存在的。因此，人们在幻想中把"自然力加以形象化"（马克思：《政治经济学批判导言》），赋予自然力以人的性格，以这幻想作为对自然的解释，对自然的补充。这就形成了原始人观念中的神灵。

由此可知，观念中神的产生，并不全然是由于人对自然的恐惧，也是由于人对生产的渴望而形成的认识自然的要求：希望通过自然的外象认识其本质；希望通过生产对象认识物与物之间的关系；企图由自己"可怜"

的生产经验中认识自然发展规律。

所以这些伟大的希望，在当时是和幼稚的生产水平相矛盾的。神话的发生也正是这矛盾的结果。

在我国原始社会时代，暴风、骤雨、洪水、荒旱、瘟疫等自然现象对生产与生活的危害是明显的，因而给人的恐惧感也是具体的。当时的人将这种自然危害和恐惧感在幻想中形象化之后，便在观念中出现了可怖的恶神。据我国古时的史籍记载：古代人心目占的风神飞廉是“鹿身，头如雀，有角，而蛇尾豹纹”；雨师屏翳是“为人（神）黑，两手各操一蛇，左耳有青蛇，右耳有赤蛇”；发洪水的恶神相柳“九首，人面，蛇身”，其身触到或其气喷到之处，土地即变成湖泽；漳河水神计蒙“人身龙首，出入必有飘风暴雨”；旱神女魃处在南方，“长二三尺，袒身而目在顶上，走行如风，所见之地大旱”；瘟神西王母“其状如人，豹尾，虎齿而善啸，蓬发戴胜（簪）”。

由这些凶神身上，可以看出当时人对自然暴力的畏惧和仇视。正是由于恐惧，所以人不自觉的由自己可怕的对头（蛇、虎、豹等）中选择了身段和姿容，并概括的集中在一起，从而形成了更可怖的“敌人”。正是由于仇视，所以人在内在意识中丑化了危害自己的“敌人”，从而造成了奇形怪状面目可憎的丑恶的神灵。由此可以看出，当时人对自然暴力的又怕又恨的心情。这虽然是人对自然斗争无力的表现，但其中也反映了人向自然斗争的情绪。

其次，由这些凶神身上，可以看出人对自然的感受和解说：风神之所以是鹿身雀头，是因为暴风“跑”的快“飞”的高；屏翳、相柳、计蒙之所以是蛇身或操蛇，是因为蛇近似鱼类，故能兴波作浪；旱魃之所以住在南方，是因为南方炎热，得其所哉；瘟神西王母之所以住在西方穴中，是因为日落西方后人即“短眠”，同时西风萧杀草木黄落，人由此联想到死亡。显然，人是根据自己的现实经验来象征或形容神，解说神。

同时，在万物有灵观念支配下，人也将自己的工具和某些生产对象以及与生产有关的自然物神化。例如当时人所崇拜的社神土、农神柱、稷神稷、牧神亥，便是土地、木耒、庄稼、猪。这固然表现着人对自然斗争无力所形成的恐惧与不安：怕土地成为不毛之地，怕木耒掘不动土，怕庄稼不结穗，怕猪不长膘或闹窝子瘟。但由此也反映着人对生产的热爱、崇拜和要求。正是由于爱它才礼拜它。

因此，神的出现是人对现实的虚妄反映，也是人的爱与憎的幼稚表现。神话也正是在这样的基础上发展起来的。

由于当时人们对自然神的崇拜和祭祀仪式所造成的结果，久而久之，某一自然神便成为具有团结氏族作用的神灵，成为氏族的标志。随着氏族的发展和部族的形成，人们的血统和血缘关系具有了社会意义。在当时人的观念中，血统关系不仅构成人与人的社会关系，而且是一切制度的基础。因此，祖先便成为团结氏族或部族成员的有力工具。在这以前人类没有家谱，当然无从查考出真正的人的祖先。于是所崇拜的某一自然神便应运而人格化，变成了人的始祖：如周族始祖后稷本是稷，也是五谷神，同时又是农业种植的发明者；而楚族则以火神祝融作为本族的祖先。

同样的原因，群神之间也出现了血统关系，构成了神族。以商族祖先神谱系为例：始祖大神俊生开辟神契，契生光明神昭明，昭明生土神土，土的孙子为植物神季，季生牧畜神亥。显然，这些自然神之所以被编成了家族，正是人间的反映：一方面错综地反映了氏族社会的宗族关系；另方面也幼稚地反映了人对自然的认识和观念——人们以血统关系解释自然现象。

这说明，祖先神和神族的形成，不仅是当时人对自然和社会的虚妄反映，而且也是基于发展了的氏族社会的需要；以祖先神的名义加强部族的团结，以祖先神的“庇佑”提高生产的信心。但由此，也就很自然地形成了关于人的起源的虚妄概念。处在生产低级阶段的人们，没有能力将自己同自然物分开。在当时人的观念中，万物既然有灵，万物的起源当然也和人一样，于是在幻想中不仅将自然物作为人的始祖，而且也创造了个人格化的“造物者”作为自然万物（包括人）的祖先。这样，到原始社会的后期，在人的观念中出现了开天辟地生人造物的神中之神。

据古文献看来，我国古时由于种族的不同，出现了不同的“造物主”：北方有俊、黄帝、颛顼；南方有女娲。这些神都是被看作创造日月星辰风火水土阴阳男女的宇宙大神。例如，俊一妻日神羲和生十日，一妻月神常羲生十二月。俊的子孙有：混沌神帝鸿（帝江）；司日月出入神中容（即制历的容成）；司地府神司幽；东海神禺号；北海神禺京；汾水神台骀；发明种植的谷神后稷；发明耕作的田神叔均；发明规、矩、准、绳并创制耒、耜、铫、鎒、弓、钟等的工匠神羲均（倕）；发明造船的舟神番禺；发明造车的车神奚仲；发明驯马的马神吉光；发明琴瑟的乐神晏龙。此外，俊尚有八子“始为歌舞”。俊的随从有奢比尸（奢龙）、凤、凰、虎、豹、熊、罴。

在古籍所记载的神话传说中，有许多是与上述神话相抵触的。例如：同一的海神禺号，在另一传说中是黄帝的儿子；后稷在俊的神话中是俊之子，弟为汾水神台骀，子（或侄）为田神叔均，但在以后稷为始祖的周族神话中却另有一套谱系。所以有这样的异文，是因为宇宙神的家属是拉拢许多原有的自然神而组成的，故自然神的属性不变，但却变成不同神族的成员。这说明，宇宙大神和其家族的出现是较晚的事。

不仅如此，从宇宙大神俊的谱系和神话中可以看出时代的影子。其时：已出现男系家长和家族；已经以旬计日，以十二月计年；已经能制作舟、车；已会驯马；已发明求圆、方、平、直的规矩准绳；已有较明显的分工。值得注意的是，神话中的宗谱虽然仍反映着物的因果和变化，但在神的血统外衣下也折光反映着人的从属关系。以此论断，宇宙大神和其家族的形成，是在氏族社会末期或家长奴役制初期。

有理由认为，原始的神和神话的发展历程是：先出现自然神，后出现祖先神，最后出现宇宙大神。所以这样，不仅是被人的思维能力和认识水平所规定，而且是被社会实践的历程所决定。

这就是说，神话虽然是幻想的，但它同样是基于实践，基于对自然和社会的感性认识。不难想见，原始人最初所感受到的必然是具体的自然物与自然现象，而不是笼统的大自然或抽象的宇宙，因而在原始人幻想中的神灵也必然是与人有密切关系的具体的自然物和自然现象，而不可能是抽象的宇宙主宰。虽然，在万物有灵观念的支配下，氏族社会前期的人们曾认为人能造物，物能造人，然而由于生产领域与生产经验的狭窄和认识范围与认识能力的限制，人不可能（即使在幻想中）对自然物与自然现象作全面的统一的考虑，不可能去探讨“物种之起源”，从而也不可能出现神中之神。因此最初出现的神，大多是被幻想所歪曲了的具体而明显的自然物或自然现象。随着生产力的提高和社会的发展，人逐渐在感性上发觉了自然物之间的关系和共性，发现了物与物在变化中的类似点。当时人不可能作科学的认识和合理的解说，于是在幻想中概括万物寻找统一的起源，从而出现了宇宙大神。以此，作为对万物和宇宙的说明和补充。这种宇宙观念虽然是幻想的，然而不难理解，这观念的形成也是长期认识实践的结果。

其次，神话虽然是虚妄的，但它同样也是现实的反映。不难想见，当原始社会的部落中还没有崇拜祖先时，神群中也没血统联系。同样的男系家长制没有形成之前，神族中也没有夫妻父子之伦。尤其值得注意的，宇宙大神是万物的创造者，同时也是万物的所有者。显然，这是人间的私有制度在“神国”中的反映。由此也就说明，宇宙大神的出现是较晚的。到阶级社会形成之后，宇宙大神便被改装成上帝。

一些将开天辟地生人造物的宇宙大神和神话看作是最早神话的说法，是错误的，不合乎事实的。根据这一错误说法，似乎原始人一开始就抽象的崇拜大自然，就在冥想中探索宇宙，就要求“灵魂的寄托”，就追求并皈依上帝。显然，这理论是为今日的宗教服务的。事实上，在现代一些发展较迟缓的民族中，巫教仍然是或主要是拜物的、多神的。

由神和神话的形成与发展中可以看出，神话是“现实的虚妄反映”，

“是被歪曲的世界理念”，是一定历史时期的社会产物。

马克思在《关于费尔巴哈的提纲》中说：“社会生活在本质上是实践的。凡是将理论导致神秘主义方面去的神秘东西，都能在人的实践中以及对这个实践的理解中得到合理的解决。”

第二节　关于《鲧禹治水》的神话传说

在没有文字的时代，每个民族（广义的）都有口头文学：诗歌和神话传说。

和古代西方一样，我国古代神话大多散见在公元前的诗歌或学者们的著作中。尽管这些学者在思想上、引用神话的态度上、对神话的取舍和解释上各不相同，然而当时不同的学者引用同一神话时，他们所叙述的这一神话的主要情节梗概，却是互相雷同，万口一词。这说明，他们所引用的神话，已为当时人们所习见常闻，已有悠久的口语流传历史，不是当时哪个学者的编造。因此，虽然我国古代神话大多是在春秋战国（前七七〇年—前二二一年）时代被用文字记载下来，但并不能由此认为这些神话就是春秋战国时的作品。因为，神话本身所表现的主题思想，以形象所反映的现实，就证明了它的产生时代。研究古代口头文学，而以它的记录成书年代断年的，不是“书”呆子，就是实验主义者。

公元前一些著作中所记录或征引的古代神话，大多很简略，有的甚至只是片言只语。但如果将这些零散的记载搜集在一起，仍可以看出我国古代神话的梗概。今天所能搜集到的较完整的优秀神话，有《鲧禹治水》《羿射九日》《黄帝杀蚩尤》等。

现将有关鲧禹治水的神话材料辑译如下：

往古，有恶神名共工，人面，蛇身，红头发。他与颛顼争着当天帝，不胜，始而羞惭，继而愤怒，便一头撞倒了任何人都无法环行一周的顶天系地的不周之山。于是支天的柱子倒了，挂地的绳子断了：天塌了西北角，从此天上的日月星辰都向西落；地陷了东南方，从此地上的江河百川都往东流[①]。天不能遮盖人间，漏下天火燃烧不灭；地不能周载万物，溢出洪水汪洋不息。猛兽吃人，大鸟攫老弱。于是人首蛇身的神圣女神女娲，炼五色石以补天的漏洞，使东海中巨鳌背负海岸以防止陆地下沉[②]。

共工的属下有相柳（即相繇），人面，蛇身而青色，生有九个头，就食于九山之上，蟠据着九土。它喷一口或碰一下，土地就变成大湖泽，百兽都不能再住在土地上[③]。

洪水茫茫，滔天横流。其时龙门和吕梁山未开发，河出孟门，泛溢逆流，氾滥于天下。土丘和平原皆被水淹，龙蛇横行，草木莽莽，禽兽逼人，兽蹄鸟迹，道路上遍是。人们不能定居，在高山上的，住在洞穴，在低处的，上高树巢居[④]。

天帝说：“唉！四大山神！汤汤洪水，正在为害，浩浩荡荡，包裹山陵。洪水滔天，地下的人民正在怨恨咨叹。有谁能治理洪水？”四大山神都说：“啊！鲧可以呀！”天帝说：“喂！违命啊，我要灭他的族！”山神说：“这样罢，试试看，如可以就让他作。”天帝说：“去，小心作罢！”[⑤]

鲧治水时，听了猫头鹰和乌龟的话，壅土挡水，以高地的土垫低地，堵塞百川。这办法是有害的，所以皇天不佑，人们也不帮助他。这样作了九年，还是治理不了洪水[⑥]。

洪水仍是滔天横流。鲧最后便盗用天帝的“息石息壤”来障堵水。以这种神土做的堤，可以随水的上涨而自动增高。鲧取神土时，没有请命于天帝。天帝大怒，派兽身人面的火神祝融乘驾两条龙，将鲧杀死在羽山之野[7]。

鲧死三年，尸不腐烂，以吴刀剖开他的肚子，肚子里生产出禹来。鲧变成黄龙（一说变黄熊，一说变三足鳖）潜沉于羽山下的深渊[8]。

禹身长九尺多，虎鼻，骈齿，鸟嘴，耳有三洞。禹因父亲的失败而痛心。他循江湖河，走遍济水和淮水，觉得鲧用堵塞障垫的方法挡水不是好办法，于是改变了治水方法，根据地形的高下，利用水性，以疏导法排泄洪水。禹掘地疏九河，使洪水流入江河，使江河流向大海[9]。

禹治水到涂山，见涂山女，禹未停留，便去巡行南土，涂山女派人在涂山的阳坡等候禹。涂山女作歌唱道："我等着那人，啊呀！"

禹三十岁，尚无妻，治水又南行到涂山，当时天色将晚，禹说："我要娶妻了，一定有愿意嫁我的。"果然有白狐，九尾，来找禹。禹便娶了妻，妻名女娇便是涂山女。娶妻四天，禹就又去治水了[10]。

禹疏导江河，十年没有见着妻子，三次路过家门，顾不得进去[11]。

禹治洪水，为辟通轩辕山，变成熊。禹事先曾告诉妻涂山氏说："你如想给我送饭时，必须听见鼓声你再来。"不料禹挑挖石头时，石头飞起来，误击中了鼓。咚的一声，于是涂山氏给她丈夫送饭来了，见禹正化为熊在通水道。涂山氏因之羞惭，便跑上嵩高山上，当被禹赶上时，她变成石头。禹说："归还我的儿子！"石头便启开生下启来[12]。

以后禹还是无暇回家，他说："我听到我儿启在呱呱的哭，但我不能去亲自己的儿子，我只能一心一意去平土地，治洪水"。[13]

禹拿着橐耜耒臿，领着人们疏决天下的河川；做工时，他是人们的表率。帽子挂掉也不顾，鞋子丢了也不穿。他手上碰掉了指甲，腿上磨尽了毫毛，两股流血，颜面黑瘦，累的嘴尖脖子细，上气不接下气。他劳累的得了偏枯之病，走路时，左脚越不过右脚，右脚迈不过左脚，只能一步步的前腿拖着后腿走——人称之为大禹走法。他为人民受尽了劳苦⑭。

禹治水时，有龙名应龙，有翅能飞，以尾画地，水便流通，帮助禹治水。

禹杀死九首蛇身的水怪相柳。相柳的血又腥又臭，所流到的地方，就沦为深渊：五谷不能生长，人也不能居住。禹在这深渊上填了三次土，但三次土都沦陷在深渊中。群神帮禹来布土，结果将深渊填平，并在这地址上堆了个群神之台⑮。

禹治水十三年，劈山开地，决通九河三江，疏大川三百小河三千，使洪水流入大海。禹平通大陆，铺土于九州，奠定天下名山，消灭鸟兽害虫。以后，人民方能在陆地上住，方能生活⑯。

其时三苗大乱，夜里出太阳，雨血三天，龙生育在庙里，狗痛哭于街上，地裂开到黄泉，五谷都变了，人民很震恐。天帝高阳命禹去征伐，当时雷电为之震动。有神名句芒，人面鸟身，手持玉圭来侍候禹。禹射死三苗头领，三苗军大乱，军势为之衰微。禹战胜之后，立山川形势，分天地上下，定东南西北四方，神与人都快活，天下就平定了⑰。

禹召集四方群神会于会稽之山，有神名防风氏，迟到。禹便将他杀死。防风氏的每节骨头都大到足够一辆车来载。

群神尊禹为神主。禹左拿准绳，右操规矩，脚踏四季，据有四海，平定九州，头戴九天。禹是山川神主。

禹劳力于天下而死，是为土地神——社神⑱。

在《鲧禹治水》神话中，反映了原始社会时河流改道和山洪暴发所造成的灾害。这灾害在人的恐惧心情中被夸大为遍及世界的洪水。

在万物有灵观念的支配下，这灾害被形象化，从而人创造了自己的敌人恶神共工和水怪相柳，并经过联想的概括，从众多的动物对头中选择了姿容，集中在恶神水怪身上。这样，便在人的观念中出现了非人间的怪物。这些怪物竟能造成天塌地陷山崩水流，——人在幻想中为自己创造了可怖的世界。

同样的，人不仅认为水是被水怪恶灵所操纵，而且对水的暴发和泛滥也作了拟人化的说明。这就是说，人凭借自己的生活经验，通过幻想寻找自然灾害的原因。人从生活中认识到：争夺、嫉妒和愤怒都能造成对生活的破坏。根据这样的生活经验，便在幻想中形成了共工与颛顼争为天帝和共工失败后怒而触倒不周山的神话故事。神话说明：正是由于神的争夺、嫉妒和愤怒，才造成洪水滔天。由此，也就形象地表现了人的认识和情感：争夺和嫉妒是痛苦和灾难的根源，它本身就是罪恶。

人以这幻想作为形成自然灾害的条件，同时也作为宇宙现象（日向西落，水向东流）和我国地形特点（西北高，东南低）的原因。

显然，所有这些都是现实问题的非现实表现，是对客观世界的主观解说。这正反映了当时人的思想情感和被幻想曲折了的现实。

但也就在这种神话中，在神的名义下内含着人的英雄形象。

鲧采纳了鸱鸮和乌龟的坏办法，不适应水性而根据主观愿望去治水：想“壅塞百川”，这就使水不能畅流只能氾滥；以土垫低地“堕高堙庳”，这就使水位不断上升。这样辛辛苦苦九年，结果“皇天弗福，庶民弗助”，“滔滔洪水，无所止极”。最后鲧使盗用天上的“息石息壤”来障堵洪水。这招到吝啬的天帝的震怒，于是天帝命火神殛死鲧于羽山之下。

然而这位勤劳的失败英雄，不甘心于自己的失败，死不瞑目，尸体不腐烂，他腹中又孕育着新的后代，酝酿三年，便产生下禹来。

禹观察了各地的地形和水势，总结了鲧的失败经验，于是改变了治水方法："念前之非度，厘改制量"。他利用水性，根据地形的"高高下下"，用疏导法治水：决通水道，使原野的水流入小河，使小河的水流入大河。这样，禹便得到成功。

通过神话中的英雄形象，反映了两种不同的治水方法所造成的不同效果，从而，也表现了一定程度的重视客观的精神。神话形象地说：当鲧违反客观法则治水时，勤劳和决心并不能挽救他的失败。不难看出，在虚妄的幻想中，内含着可宝贵的真实经验和从生产实践中得来的惊人的智慧。当然，这经验和智慧是通过幻想中不自觉的加工，带着人的性格并披着生活的外衣作了故事化的表现。

通过神话中的英雄形象，反映了当时人们的不屈不挠的乐观的战斗精神。神话形象地说明：虽然前一代失败，但后一代就会成功；前人的失败并非斗争的结束，而是后人成功的开始；治水成功的禹也正是治水失败的鲧的肚子里孕育出来的。同时形象地说明了总结前人经验之必要：认识失败的原因，即能成功。不难看出，在虚妄和幻想中的神话中，形象地表现了人们巨大的信心和毅力以及力求认识客观的精神。

在神话中，作为克水的土神禹，虽然有几分神气：有着不凡的降生，有着非常的配偶，能变熊开山，会使龙治水，生有奇特的相貌，具有无比的神通；然而，却具有人的技能和人的性格。神话表明，禹治水主要是依靠着劳动，"身执耒臿，以为民先"。当然，有时因力气不足，故"变为熊"，然而变熊之后仍是以人的方式"挑石"开山。也正是由于艰苦的劳动，所以才使禹"手不爪，胫不毛"，"股无完胈，胫不生毛"，"生偏枯之疾，步不相过"，"颜色黎黑"，"窍气不通"。也正是由于忘我的劳动，所以禹"十年未阚其家"，"三过其门而不入"，"冠挂不顾，履遗不蹑"，"沐甚雨，栉疾风"，辛辛苦苦劳动十三年才得到成功。

不难看出，即使是幻想，人也是不自觉的依人的样子和人的性格创造了神。因此，在禹的身上表现了人的形象，集中了人的美德，概括了人的理想。这就是说，在神的名义下，表现了人的热爱劳动、百折不挠、忘我的献身精神。这是人所崇敬的美德，同时也是人对自己的要求和理想。所有这些，都在神话中作了动人的形象表现。

由此可知，在这神话中，表现了人对自然暴力的看法，对地理情况的解释，对劳动的歌颂，对生产的信心；形象地反映了治水经验，同时对无故迟到的不守约的防风氏给予了严惩。所有这些，都在“幻想的同一性”（《矛盾论》）上艺术地反映了自然现象、对自然的斗争、社会生活和人的精神面貌。

尤其值得注意的是，在全世界各民族中，关于洪水的神话共有一百多种，但是《鲧禹治水》却是其中最好的一个。因为在《鲧禹治水》中，人并没有逃上“方舟”，洪水也不是被上帝召回或自动撤退，而是被神化了的英雄，采用人的方式，从事工具劳动，经过艰苦的长年的劳动而“治平”的。因此，《鲧禹治水》是全人类最优秀的神话之一。

第三节　关于《羿射九日》的神话传说

现将有关后羿射日的神话材料辑译如下：

太古之时，太阳本有十个，住在最东方汤谷的神树扶桑（扶木）的枝上。扶桑干高三百里，叶如芥菜，上枝住一个太阳，下枝住九个太阳。每天黎明，有一个太阳在咸池洗过澡并用扶桑树叶拂拭干净之后，便由三只脚的日乌背着飞过长空，于是白昼便开始了。十个太阳轮流出入[19]。

尧时，十个太阳竟结队齐出，这就晒焦禾稼，旱杀草木，使人民没有东西吃。同时，出现了许多恶神怪兽：有猰貐，其状如牛，红身，马足，人脸，跑得很快，吃人；有凿齿，齿长三尺，如凿突出颌下，手持戈与盾；有九婴，是水火之怪；有风伯，常摧坏房舍；有攫取童稚的大鸟；有大野猪；有大蛇，吞象之后，经过三年方排泄出象骨。这些都是人民的祸害[20]。

天帝俊赠给羿红色的弓和白羽为翎的箭，叫他去扶助下方。羿于是去救下地的各种苦难。

羿左臂长，善射，能百发百中[21]。

羿和凿齿战斗于南方寿华之野。羿持弓矢，凿齿持戈盾。羿终于将他射死[22]。

羿杀九婴于北方凶水之上。在青丘之泽，羿射伤风伯的膝。羿上射十个太阳，射中了九个。九个太阳的日乌皆被射死，毛羽都坠落下来。羿杀死西方的猰貐，斩断长蛇于洞庭，活捉大野猪于桑林，千万人都欢喜[23]。

在西海之南，流沙之滨，赤水之阳，黑河之阴，有一大山名昆仑。管理这山的神灵名唤陆吾，人面，虎身，九尾，虎爪。昆仑山下环绕着弱水，鸟毛落到水中也要下沉；周遭围绕着火焰山，任何东西碰上都会燃烧[24]。

昆仑山是天帝在地下的住宅，是群神之所在，方八百里，高万仞。山上有九井以玉为栏，并有九门。中门名开明门，有神兽也名开明，九首人面，虎身，瞪眼东向而立。它是开明门的守卫[25]。

开明门西，有凤凰和鸾鸟，头上、脚下、身上都挂着蛇。开明门北有三珠树、文玉树、玕琪树、不死树，并有可使人返老还童的泉水和增益智慧的圣果。这里有凤凰和鸾鸟拿着盾牌巡察着。开明门东，有巫彭、巫抵、巫阳、巫履、巫凡、巫相等神医手操不死之药；另有三头人住在服常树上监护着琅玕树。三个头递起递卧，轮班睡觉，轮流值班。开明门南，有六头鸟、蛟、蝮蛇、雎、豹等鸷禽猛兽毒虫把守着绛树[26]。

在昆仑山上，少广洞中，住着西王母。她状貌如人，但却生着豹尾巴，蓬草似的头发上却戴着玉簪子，口中长着老虎牙，不时大声啸叫。她凭几坐在洞中，有三个三只脚的青鸟给她送饭。她是管理天下残杀厉疾的瘟神[27]。

羿飞越过昆仑山，会见了瘟神西王母，向西王母求得了不死之药。羿妻嫦娥偷吃了不死之药，独自飞奔到月亮中去，成为月神。羿感伤得要死，再也找不到不死之药了[28]。

羿除掉了天下的灾害，死以后成为管理水旱及各种灾害的神灵[29]。

在《羿射九日》中，反映了人在低级阶段困苦境遇中所形成的幼稚看法。宇宙中充满了可怕的敌人：天上有十个火热的太阳，地下有吃人的猰貐；南方有凿齿，东方有封豨，北方有风伯，西方有瘟神；冥冥中尚有水火之怪。这是当时人对自然斗争无力的表现。

但同时人也依据自己的理想愿望，在幻想中创造了后羿。后羿，虽然被说成是来自天上，但他的特长，却是地上猎人的技能：人以自己的行为和理想派加到后羿身上。人将自己发明的弓矢，说成是天帝所赐给，这一方面是幼稚的无知表现，另方面也是由于热爱弓矢，在内在意识中将其神圣化的结果。这正和愚妇人将自己和丈夫生的宝贝儿子，说成是子孙娘娘或麒麟送来的一样。

通过这披着神衣的英雄形象，反映了人对自然的各种斗争，并将斗争中的理想，在幻想的加工中变成“事实”。值得注意的是，虽然在神话中，自然力和动物被夸张到怪诞的程度：荒旱的原因归之于十日并出，大蛇被夸大成头似山岳体长千里的巨怪，猛兽在人的幻想中拿起了武器。但人同时也夸张了自己劳动工具的效能：弓矢，不仅能射殪大猪巨蛇，而且能射落太阳，不仅能射杀有形体的动物，而且能射死视之不见听之不闻的冥冥中的恶灵——风伯、九婴之类。

由此可知，在这神话中，人们形象地赞美了自己的劳动工具，对工具劳动怀有着最大的信任。他们认为手执劳动工具，便可以战胜从天上到地下所有的自然物。在工具简陋，生产尚在低级阶段的当时，人们已经有了这样雄伟的信念，并在美妙的幻想中创造了动人的形象。通过这形象，表现了惊人的战斗精神和可尊敬的理想。从而《羿射九日》神话，便具有高度的美学价值，是人类精神生产中的宝贵遗产。

从神话中看出，后羿虽然是战胜了所有的自然物，但他不能战胜死亡。为此，他飞越火山弱水，寻找不死之药。这表现了人对自己寿命的不满，希望能借助“物质”使自己长生。显然，这理想是会推进使人卫生长寿的医药学的发展的。

神话中说明，寻找“不死之药”是人间最难的事。这药是放在人类最难到的地方，由各种自然暴力神守卫，而且是操在疾病和死亡之神西王母手中。人类如不能战胜自然暴力，不能战胜疾病，就不能取得长生。也正是由于手执利器的后羿，战胜了万物百灵，因此他才能克服自然障碍飞到昆仑山，才能在死神和瘟神手中获得“不死之药”。神话形象的说明：人的幸福是在向自然斗争中取得的。

其次，在嫦娥偷药的故事中，揭示了这神话的最后完成时代。这时代已是氏族社会末期，家长奴役制已形成。这时，女人已经受到歧视，已开始被认为“不幸的根源”。因此，在这观念支配下，神话中的后羿虽然取得不死之药，但由于女人的缘故，最后不得不死亡。

第四节　关于《黄帝杀蚩尤》的神话传说

现将有关黄帝杀蚩尤的神话传说辑译如下：

神农时代，人知道谁是自己的母亲，不知道谁是自己的父亲，男人耕地来吃饭，女人纺织来穿衣，人们互相之间无相害之心，刑法不用，刀兵不起，而天下太平。神农时代过去之后，人们以强欺弱，以众压少。黄帝在最初并不愿意战争和征伐，但四方诸帝，共同谋算窥伺黄帝。所以黄帝便在内部以刀锯行施刑法，对外以甲兵从事战争[30]。

黄帝初降生就有神灵，就会讲话。他的头，前后左右都有脸，以观察四方。他是化生阴阳的天神[31]。

古时有传说，蚩尤开始作乱，于是有了战争，连累了平民。他没有不戕害的，和枭鸱似的奸猾，掠夺并欺诈。三苗的人，都不愿受他支使。他更制定酷刑，制定了五种暴虐的刑，起名叫法律，以杀戮无辜的人。于是创制：割鼻子；斩腿；刺面；割掉男人的生殖器，名为“宫刑”；或用棰子棰女人小腹，使子宫下垂，名为“幽闭”。坏刑法一并使用，淫威暴政施于人民。人民向上帝告诉自己无辜。上帝查视人民，没有烟火的香气，杀人多，只闻到血腥[32]。

蚩尤这恶神，生着八只臂膀和八只脚，蓬散着头发，兴兵攻黄帝，一直攻到黄帝的居住地空桑[33]。

黄帝率熊、罴、貔、豹、虎应战，命应龙攻击蚩尤。黄帝与蚩尤战于涿鹿阪泉。蚩尤请求风伯雨师帮助。风伯名飞廉，头上有角，鹿身蛇尾，全身长着豹斑。雨师名屏翳，他的样子是人脸，黑身，左耳挂着青蛇，右耳挂着赤蛇，两手各操一蛇。于是风伯雨师纵大风雨攻击黄帝。黄帝召下天女，名曰魃，女魃只有二三尺高，穿着青衣，袒着胸，光秃秃的头顶上长着眼睛，走起来和风似的，她到的地方便要大旱。这样风雨停止。黄帝命应龙杀死蚩尤，流血百里[34]。

蚩尤制作的刑人的桎梏，被抛在宋山，变成了有着血红叶子的枫木。天上的彗星，便是蚩尤旗[35]。

在《黄帝杀蚩尤》中，有着历史生活的反映。它反映了原始社会的“民知其母，不知其父，耕而食，织而衣，刑政不用，甲兵不起”的生活情景，并反映了氏族社会的解体和种族间的战争。

部落联合体的出现和阶级国家的逐渐形成，是被客观法则决定的，是经济发展的必然结果；对原始社会说来，这是进步和提高，是社会的质变。但同时，它也是残酷的剥削压迫制度的开端。因此，在神话中表现了人们反对压迫，反对以强欺弱，反对掠夺欺诈，反对刑法和战争的热爱自由和劳动的情绪。

这情绪，在历史事实中取得影子，在幻想中经过加工，于是被形象地集中到蚩尤和黄帝身上。蚩尤，是暴君也是恶神，它发明五刑以杀戮人民，发动刀兵从事战争，并“发明”了奸诈、横暴、欺骗等恶德劣行来败坏社会风习。黄帝，本不好征伐，但当受到攻击时，便不得不武装起来。于是地上出现了流血的战争。战争招来了雨师、风伯、女魃，形成了自然灾害。使生产受到破坏。

但战争的结果，不是发动刀兵的蚩尤的胜利，而是相反，他死在他发明的刀子上。这表现了当时人对暴虐凶残的诅咒，表现了人的愿望。

第五节　余论

所有上引的这些神话，都是对客观现实的虚妄表现。这种表现乃是各种现实矛盾的综合：自然界本身的矛盾、社会现实的矛盾、自然威力与人的矛盾、社会生产力与人的欲望的矛盾、现实的无限复杂与人的幼稚的理解力之间的矛盾。

毛泽东同志指出："神话中所说的矛盾的互相变化，乃是无数复杂的现实矛盾的互相变化对于人们所引起的一种幼稚的、想象的、主观幻想的变化，并不是具体的矛盾所表现出来的具体的变化。"（《矛盾论》）只有从当时复杂的现实矛盾中，我们才能认识神话的本质和意义。

所有的上引神话都在不同角度和不同程度上，通过"幻想"反映着我国往古时代的社会现实以及人的精神面貌。这说明，神话是"通过人民的幻想用一种不自觉的艺术方式加工过的自然界和社会形式本身"。（马克思：《政治经济学批判导言》）

在我国的古老神话中，通过对现实的虚妄反映，表现了人的真实的思想和情感、理想和愿望，艺术地概括了人的劳动成绩。其中的许多神都是手执工具的劳动能手和发明家。例如：舜曾在历山用象耕地，在雷泽打鱼，在河滨作陶器；神圣的射手后羿，曾射死巨大的野猪和长蛇；燧人氏发明钻木取火，以减少人的疾病；五色长肘的有巢氏发明巢居，以避鸟兽虫蛇之害；牧神亥发明服牛；稷神稷发明种植；土神土发明垦地；舜发明筑墙茨屋，使人脱离穴居；赤冀（一说雍父）发明杵臼；后羿（或说垂、浮游、般）发明弓矢；番禺（一说虞姁）发明造船；伯余发明制衣裳；伯益发明掘井；昆吾发明作陶器；巫彭发明医术[36]。

值得注意的是在我国神话中，几乎所有被赞美的神，都有所"制作"，都在发明创造上有功勋。而且在神话中不止一次地表露了这样的思想，即任何发明创造都使人得到胜利，使"自然威力"遭到失败。例如：

"伯益发明掘井取水之后，龙知道人们将要决河掘池。它恐怕被人所害，于是驾起黑云，逃上昆仑山。”[37]

“仓颉生有龙那样大的丰满的额头，生有四只眼睛以观察事物。他创造文字之后，天雨粟，恶鬼夜里哭，龙也被吓得躲藏起来。”[38]

前一神话说明，当人发明掘井取水之后，便能防御水旱灾祸，于是在幻想中便战胜了垄断水源兴波作浪的龙。后一神话说明，当人发明文字之后，生产为之提高，于是在幻想中便夸大为天雨粟；对自然斗争更为有效，于是幻想中的自然暴力神，这时也只好哭泣，甚至潜逃。

显然，神是不存在的，神只不过是当时人的理想化身，神的发明故事，不过是劳动成绩在想象中的艺术综合。由此说来，当时人对神的赞美，实质上是表现了人对劳动成就的歌颂，对智慧和创造精神的崇拜。

由此可知，在我国古老的神话中，已充分地表示了热爱劳动与文化和重视发明创造的思想以及充满斗志的乐观精神。我们先人曾对人类文化有着伟大的贡献，这不是偶然的。

在我国古老的神话中，神并不仅是自然现象的反映，而且是人的思想感情的集中表现。神是人在内在意识中照自己的样子塑造的，因此神话往往是人的看法和理想的寓托形式。例如：人不满意人之初发育迟缓，因而后稷、黄帝、帝喾都是生而能言，倏而长成；人觉得自己耳目不够聪明，因而黄帝头上四面都有脸，可以眼观四面耳听八方；人感到两条腿跑得不快，因而天吴八足，比马足还多一倍；人不满意自己的生产能力，因而创作了能战胜一切的后羿。不难理解，一些神之所以被描绘成万能的，是由于人对自己能力不满并将自己能力加以理想化的结果。“神——这只是人所‘虚构’出来的东西，这是由于‘苦恼的贫困生活’和想用自己的力量把生活弄得更丰富、更轻快、更公平、更美丽的人类蒙然的愿望所产生出来的东西”。（高尔基：《我怎样学习写作的》）因此，“任何神话都是用想象和借助想象以征服自然力，支配自然力”。（马克思：《政治经济学批判导言》）

在夸父逐日的神话里，人甚至在不自觉中象征地描绘了自己。

> “夸父是土神后土的孙子，他与太阳赛跑，追逐日影，他赶上了太阳，但口渴想饮水，于是饮于黄河和渭河。黄河、渭河的水不够他喝，他要到北方大泽去喝，没有走到，在路上就渴死了。他丢下他的杖，被他尸体的膏血所浸，生长出邓林。邓林的面积广数千里。”㊴

从这神话中可以看出，这位“地之子”是在和时间竞走。因为他走得快走得远，所以他才感到大饥渴，才能有大饮量。他的雄心和魄力本可以不落后于时间，甚至超过时间的，但由于当时客观上的水不够，就使他不能达到自己的愿望，于是在“追求”水的路途中，渴死了。他虽然因客观上水分不足而遭到失败，但仍以自己的血肉灌溉了数千里的大地。

在这神话中，寓言式地形象地反映了人的看法和理想：只有重视时间和太阳竞走的人，才能走得快；越是走得快的人，才越感到腹中空虚，这样才能需要并接收更多的水（不妨将水当作知识的象征）；也只有获得更多的水（不妨将水当作知识的象征），才能和时间竞走，才能不致落后于时间。神中的巨人，“地之子”夸父之所以失败，是由于当时客观上水不足。他不是懒死的，是在追求“水”（知识和真理）的路途上渴死的。夸父英雄的悲剧结局，正是我们伟大的先人对自己的写照。

由上述可知，原始优秀的神话虽然是“现实的虚妄反映”，但其所具有的不朽价值，并不是由其虚妄怪诞和“错误概念”而决定。其所以具有不朽的价值，是因为它在虚妄的故事中有真实的影子，在虚妄的想象中表现了人的企图征服自然力的理想。所谓理想，“是从实际生活所激发出来的，为智慧和想象所创造的可能实现的现象”。（伯林斯基）艺术中的美也就是理想。因此，在原始优美的神话中以理想所构成形象，便具有美学价值，具有“不朽的魅力”。正如高尔基所说：“在古代的幻想的每一飞翔之下，我们容易发现它的推动力，而这推动力总是人们想减轻自己的劳动的志愿”。（《苏联文学》）而这就是优秀的神话对当时现实所起的一定程度的积极作用。人们可以从其中得到启示和鼓励：从幻想的神话中提高信心；从实际的劳动中提高生产。

其次，在神话中孕育着浪漫主义表现方法的因素。

但是，正如恩格斯在给史密斯的信中说的那样，“各种各样的关于自然，关于人类本身的构成，关于神灵，关于魔力等等的不正确的概念，大多是只有着一种消极的经济基础的；史前时代的低级的经济发展，把这关于自然的错误的概念当作了它的补充，有时候甚至当作了它的条件，并且甚至当作了它的原因。”因此，在某些神话中或多或少地具有着保守的、消极的幻想。它在一定程度内对经济发展起着消极作用。

注　释

①郭璞《山海经》注引《归藏·启筮》：“共工，人面，蛇身，朱发。”（罗苹《路史》注所引同）《淮南子·天文训》：“昔者，共工与颛顼争为帝，怒而触不周之山，天柱折，地维绝，天倾西北，故日月星辰移焉；地不满东南，故水潦尘涘（《列子》作百川水潦）归焉。”《楚辞·天问》：“康回（即共工）冯怒，地何故东南倾。”

②《淮南子·览冥训》：“天不兼复，地不周载，火爁炎而不灭，水汪洋而不息，猛兽食颛民，鸷鸟攫老弱，于是女娲炼五色石以补苍天，断鳌足以立四极。”《论衡·谈天篇》：“儒书言：‘共工与颛顼争为天子，不胜，怒而触不周之山，使天柱折，地维绝。女娲销炼五色石以补苍天，断鳌足以立四极。天不足西北，故日月移焉；地不满东南，故百川注焉。’此久远之文，世间是之言也。”（司马贞《补三皇本纪》略同）《列子·黄帝篇》：“女娲，蛇身人面。”说文：“娲，古之神圣女，化万物者。”

③《山海经·海外北经》：“相柳者，九首，人面蛇身而青。”“共工之臣相柳氏，九首以食于九山。相柳之所抵厥为泽溪。”《山海经·大荒北经》：“共工臣名相繇，九首蛇身自环，食于九土，其所歍所尼，即

为原泽，不辛乃苦，百兽莫能处。”

④《诗·商颂》：“洪水茫茫。”《孟子·滕文公篇》：“当尧之时……洪水横流，泛滥于天下，草木畅茂，禽兽逼人，兽蹄鸟迹之道交于中国。”“民无所定，下者为巢，上者为营窟。《书》（逸《夏书》）曰：洚水警余。洚水者，洪水也。”《尸子》：“古者龙门未辟，吕梁未凿，河出于孟门之上，大溢逆流，高阜灭之，名曰洪水。”《吕氏春秋·爱类篇》：“昔上古，龙门未开，吕梁未发，河出孟门，大溢逆流，无有丘陵沃衍平原高阜，尽皆灭之，名曰鸿水。”《淮南子·本经训》：“共工振滔洪水，以薄空桑，龙门未开，吕梁未发，江淮通流，四海溟涬，民皆上丘陵，上树木。”

⑤《尚书·尧典》：“帝曰：‘咨！四岳！汤汤洪水方割，荡荡怀山襄陵，浩浩滔天，下民其咨，有能俾乂？’佥曰：‘于！鲧哉！’帝曰：‘吁！咈哉！方命圮族。’岳曰：‘异哉！试可乃已。’帝曰：‘往！钦哉！’”

⑥《楚辞·天问》：“鸱龟曳衔，鲧何听焉？”洪兴祖补注：“曳，牵也，引也。听，从也。也言鲧违帝命而不听，何为听鸱龟之曳衔也。”《天对》云：“方陟元子（《墨子·尚贤》：“昔者伯鲧，帝之元子），以胤功定地，故离厥考，而鸱龟肆喙？”《尚书·洪范》：“鲧陻洪水。”《国语·周语》：“壅防百川，堕高堙庳，以害天下，皇天弗福，庶民弗助。”（按：此处称堙障洪水者除鲧外尚有共工。）《尚书·尧典》：“九载绩用弗成。”

⑦郭璞《山海经》注引《归藏·启筮》：“滔滔洪水，无所止极，伯鲧乃以息石息壤以填洪水。”《山海经·海内经》：“洪水滔天，鲧窃帝之息壤以堙洪水，不待帝命。帝令祝融杀鲧于羽郊。”《尚书·舜典》：“殛鲧于羽山。”《国语·鲁语》：“鲧障洪水而殛死。”《晋语》：“鲧违帝命，殛之于羽山。”洪兴祖《楚辞》补注引《天对》：“盗堙息壤，招帝震怒，赋刑在下，投弃于羽。”《水经注》引《连山》：“有崇

伯鲧，伏于羽山之野。”《越绝书》：“祝融……主火。”《山海经·海外南经》：“南方祝融，兽身人面乘两龙。”

⑧郭璞《山海经注》引《归藏·启筮》：“鲧去（死）三岁不腐，剖之以吴刀，化为黄龙。”《初学记》卷二十二引《归藏·启筮》：“大副以吴刀，是以出禹。”《山海经·海内经》：“鲧腹出禹。”《楚辞·天问》：“永遏在羽山，夫何三年不弛，伯禹腹鲧，何以变化？”《左氏春秋》昭七年：“尧殛鲧于羽山，其神化为黄熊，以入于羽渊。”《国语·鲁语》：“（鲧）化为黄熊，以入于羽渊。”（《晋语》同）

⑨《尚书·帝命验》：“禹身长九尺有余，虎鼻、河目、骈齿、鸟喙、耳三漏。”《淮南子·脩务篇》：“禹耳三漏。”（《礼纬含文嘉》同）《太平御览》卷三六七引《孝经纬·援神契》：“禹虎鼻。”《吴越春秋》：“禹伤父功不成，循江泝河，尽济甄淮。”《国语·鲁语》：“（鲧）欲壅防百川，堕高堙庳，以害天下……尧用殛之羽山。其后伯禹，念前之非度，厘改制量……高高下下，疏川导滞，封崇九山，决汩（通）九川。”《孟子·滕文公》：“禹疏九河，瀹济、漯而注诸海，决汝、汉，排泗、淮，而注之江。”《淮南子·泰族训》：“禹……决江濬河，东注之海，因水之流也。”

⑩《楚辞·天问》：“禹之力献功，降省下土四方，焉得彼涂山女，而通之于台桑？”《吕氏春秋·音初篇》：“禹行功，见涂山之女。禹未之遇（礼遇），而巡行南土。涂山氏之女乃令其妾候禹于涂山之阳，女乃作歌，歌曰：‘候人兮猗！’”《吴越春秋·越王无余外传》：“禹三十未娶，行到涂山，恐时之暮失其度制，乃辞曰：‘吾娶也，必有应矣！’乃有白狐九尾造于禹……禹因娶涂山，谓之女娇。娶，辛、壬、癸、甲，禹行。”《尚书·益稷》：“娶于涂山，辛，壬、癸、甲。”《吕氏春秋》：“禹娶涂山氏女，不以私害公，自辛至甲四日，复往治水。”《太平御览》卷一三五引《连山》：“禹娶涂山之子名曰攸女。”（此为异文。《史记·正义》引《帝系》作女娇。）

⑪《尸子》："禹于是疏河决江，十年未阚其家。"《孟子·滕文公》："禹八年于外，三过其门而不入。"

⑫《绎史》卷十二引《隋巢子》："禹娶涂山，治鸿水，通轩辕山，化为熊。涂山氏见之，惭而去至嵩高山下化为石。禹曰：'归我子！'石破北方而生启。"洪兴祖《楚辞补注》引古本《淮南子》："禹治鸿水，通轩辕山，化为熊。谓涂山氏曰：'欲饷，闻鼓声乃来。'禹跳（挑）石误中鼓。涂山氏往，见禹方作熊，惭而去，至嵩高山下，化为石。禹曰：'归我子！'石破北方而生启。"《艺文类聚》卷六引《隋巢子》："启生于石。"（《太平御览》卷五一同。王韶之注：启生而母化为石。）

⑬《尚书·益稷》："禹曰：'……启呱呱而泣，予弗子，惟荒度土功。'"

⑭《庄子·天下篇》引墨子语："禹亲自操稿耜，而九杂天下之川，腓无胈，胫无毛，沐甚雨，栉疾风。"《尸子》："（禹）手不爪，胫不毛，生偏枯之疾，步不相过，人曰禹步。禹长颈鸟喙。"《韩非子·五蠹》："禹身执耒臿以为民先，股无完胈，胫不生毛，虽臣虏之劳，不苦于此矣。"《吕氏春秋·持君览》："（禹）通水潦，颜色黎黑，步不相过，窍气不通。"《爱类篇》："勤劳为民，无苦乎禹者矣！"《荀子·成相篇》："禹敷土，平天下，躬亲为民行劳苦。"

⑮洪兴祖《楚辞补注》引《山海经图》："应龙者，龙之有翼也……禹治水时，有应龙以尾画地，即水源流通。"《山海经·大荒北经》："禹堙洪水，杀相繇（即相柳）。其血腥臭，不可生谷，其地多水，不可居也。禹湮之，三仞三沮，乃以为池，群帝是因以为台。"《海外北经》："禹杀相柳。其血腥，不可以树五谷种。禹厥之，三仞三沮。"

⑯《汉书·沟洫志》引《夏书》："禹堙洪水十三年。"《庄子·天下篇》引墨子语："禹之湮洪水决江河而通四夷九州也，名川（原为山，今从俞樾《诸子平议》改）三百，支川三千，小者无数。"《荀子·成相篇》："北决九河，通十二渚疏三江。"《孟子·滕文公》："水逆行泛

滥于中国……禹掘地而注之海，驱龙蛇而放之菹，水由地中行，江淮河汉是也。险阻既远，鸟兽之害人者消，然后人得平土而居之。”《淮南子·本经训》：“禹疏三江五湖，辟伊阙，导廛涧，平通沟陆，流往东海。鸿水漏，九州干，万民皆宁性。”《尚书·禹贡》：“禹敷土，随山刊木，奠高山大川。”《诗·长发》：“洪水茫茫，禹敷下土方。”《荀子·成相篇》：“禹傅土，平天下。”《诗·信南山》：“信彼南山，维禹甸之。”

⑰《墨子·非攻》下：“昔者三苗大乱，天命殛之。日妖宵出，雨血三朝，龙生于庙，犬哭于市，夏冰，地坼及泉，五谷变化，民乃大震。高阳乃命（禹于）玄宫。禹亲把天之瑞令，以征有苗，四电诱祇（孙诒让：疑当为雷电诗振），有神人面鸟身，若瑾以侍（孙诒让：若瑾疑奉珪之误），搤矢有苗之祥（孙诒让：祥疑作将），苗师大乱，后乃遂几。禹既已克有苗焉，历为山川，别物上下，卿制大极，而神民不违，天下乃静。”《太平御览》卷八八二引《隋巢子》：“昔三苗大乱，天命殛之。夏后受于玄宫，有大神人面鸟身而福之。……禹乃克三苗而神民不违。”《山海经·海外东经》：“东方句芒，鸟身人面乘两龙。”（《墨子·明鬼篇》所记略同）按：古所称的三苗或有苗并非今日之苗族。

⑱《国语·鲁语》：“仲尼曰：‘丘闻之，昔禹致群神于会稽之山，防风氏后至。禹杀而戮之，其骨节专车。’”《大戴礼·五帝德》：“禹为神主，左准绳，右规矩，履四时，据四海，平九州，戴九天。”《史记·夏本纪》：“禹……为山川神主。”《尚书·吕刑》：“禹平水土，主名山川。”《淮南子·氾论训》：“禹劳天下而死为社。”《周礼·大司徒》疏引《孝经纬·援神契》：“社，五土之总神。土地广博，不可遍敬，故封土为社，以报功也。”《路史后纪》卷四引《教经说》：“社，土地之主。”

⑲《山海经·海外东经》：“汤谷上有扶桑，十日所浴……九日居下枝，一日居上枝。”《大荒东经》：“汤谷上有扶木，一日方至，一日方出，皆戴于乌。”《初学记》卷三十引《春秋元命苞》：“日中有三足乌

者，阳精也。”《淮南子·精神训》：“日中有踆乌。”高诱注：“谓三足乌。”《楚辞·天问》：“（日）出自汤谷。”《淮南子·天文训》：“日出于旸谷，浴于咸池，拂于扶桑，是谓晨明。”《太平御览》卷八四引《春秋元命苞》：“孔子曰：‘扶桑者，日所出也。’”《吕氏春秋·求人篇》：“榑木之地，日出九津……”《山海经·大荒东经》：“扶木，柱（高）三百里，其叶如芥。”

⑳《庄子·齐物论》：“昔者，十日并出，万物皆照。”《淮南子·本经训》：“尧之时，十日并出，焦禾稼，杀草木，而民无所食。猰貐、凿齿、九婴、大风、封豨、脩蛇，皆为民害。”高诱注：“猰貐，兽名也，状若龙首，或曰似狸，善走而食人，在西方也。凿齿，兽名，齿长三尺，其状如凿，下彻颔下，而持戈盾。九婴，水火之怪，为人害。大风，风伯也，能坏人屋舍。封豨，大豕……脩蛇，大蛇，吞象三年而出其骨。”《山海经·北山经》：“有兽焉，其状如牛而赤身、人面、马足，名曰窫窳，其音如婴儿，是食人。”（按《山海经》中窫窳凡四见，其形状有三说，各不相同。）《楚辞·天问》：“冯珧利玦，封豨是射。”王逸注：“封豨，神兽也，言羿猎射封豨。”《楚辞·天问》：“有蛇吞象，厥大如何？”《山海经·海内南经》：“巴蛇吞象，三岁而出其骨……其为蛇，青黄赤黑。”

㉑《山海经·海内经》：“帝俊赐羿彤弓素矰以扶下国。羿是始去恤下地之百艰。”《楚辞·天问》：“帝降夷羿，革孽夏民。”《论语·宪问》：“羿善射。”《荀子·儒效》：“羿者，天下之善射者也。”《淮南子·脩务训》：“羿左臂修而善射。”

㉒《山海经·海外南经》：“羿与凿齿战于寿华之野。羿射杀之……羿持弓矢，凿齿持盾，一曰戈。”

㉓《淮南子·本经训》：“羿诛凿齿于畴华之野，杀九婴于凶水之上，缴大风于青丘之上，上射十日而下杀猰貐，断脩蛇于洞庭，禽封豨于桑林。万民皆喜。”高诱《氾论训》注：“风伯坏人屋室，羿射中其

膝。”《楚辞·天问》：“羿焉弹日？乌焉解羽？”王逸注：“羿仰射十日，中其九日，日中九乌皆死，堕其羽翼，故留其一日也。”《尚书·正义》引《归藏·郑母经》：“昔者，羿善射，毕十日，果毕之（似有误）。”

㉔《山海经·大荒西经》：“西海之南，流沙之滨，赤水之后，黑水之前，有大山名昆仑之丘。有神，人面、虎身、有（九）尾皆白，处之。”《西山经》：“昆仑之墟，神陆吾司之。其神状，虎身而九尾，人面而虎爪。”《大荒西经》：“其下有弱水渊环之，其外有炎火之山，投物辄然。”颜师古注引《汉书·玄中记》：“昆仑之弱水，鸿毛不能起也。”

㉕《山海经·海内西经》：“海内昆仑之墟，在西北，帝之下都（古本为：天帝之下都）。昆仑之墟方八百里，高万仞；上有木禾长五寻大五围；上有九井，以玉为槛；四面有九门，门有开明，兽守之，百神之所在。”“开明兽，身大类虎而九首皆人面，东向立昆仑上。”郭璞《山海经·图赞》：“开明为兽，禀资干精，瞪视昆仑，威震百灵。”

㉖《山海经·海内西经》：“开明西，有凤凰、鸾鸟皆戴蛇、践蛇、膺有赤蛇。开明北有视肉珠树、文玉树、玕琪树、不死树。凤凰鸾鸟皆戴盾。又有离朱、木禾、柏树、甘水、圣木。”（郭璞注：“甘水即醴泉也。圣木，食之令人智圣也。”）“开明东，有巫彭、巫抵、巫阳、巫履、巫凡、巫相……皆操不死之药。”“服常树，其上有三头人，伺琅玕树。”《太平御览》卷九一五引《庄子》：“一人三头。递卧递起，以伺琅玕。”《海内西经》：“开明南有树，鸟六首，蛟、蝮蛇、蜼、豹、鸟。”《淮南子》：“昆仑之上，绛树在其南。”

㉗《山海经·大荒西经》：“昆仑之丘……有人戴胜，虎齿，有豹尾，穴处，名曰西王母。此山万物尽有。”郭璞引《河图玉版》：“西王母居昆仑之山。”《庄子·大宗师》：“西王母……坐乎少广。”《释文》引司马彪曰：“（少广）穴名。”《山海经·海内北经》：“西王母

梯几而戴胜，有三青鸟为西王母取食。”张守节《史记正义》引《舆地图》：“有三足神鸟为王母取食。”《山海经·西山经》：“西王母，其状如人，豹尾、虎齿而善啸，蓬发戴胜，是司天之厉及五残。”《开元占经》卷八五引《春秋纬合·诚图》：“五残主乖亡。”

㉘《山海经·海内西经》：“昆仑之墟……在八隅之岩，赤水之际，非仁羿莫能上冈之岩。”李淳风《乙巳占》引《连山》：“有冯羿者，得不死之药于西王母。姮娥窃之以奔月……遂托身于月。”《太平御览》卷四引张衡《灵宪》：“羿请不死之药于西王母。羿妻姮娥窃以奔月，托身于月是为蟾蜍。”（《后汉书·天文志》章怀太子注引《灵宪》与此略同）《太平御览》卷九八四引《归藏》：“昔常娥以西王母不死之药服之，遂奔月为月精。”《淮南子·览冥训》：“羿请不死之药于西王母，姮娥窃以奔月，怅然有丧，无以续之。”童书业氏《天问》阻穷西征解释称：《天问》云“阻穷西征，岩何越焉？……安得夫良药，不能固藏？”，实言羿事也。（见《禹贡》半月刊第五卷五期或《古史辨》七册下编）

㉙《淮南子·氾论训》：“羿除天下之害，死而为宗布。”（孙诒让称：“宗布，疑即《周礼》之禜、酺。郑注云：‘禜谓雩禜水旱之神，酺者为人物灾害之神也。’禜酺并禳除灾害之祭。”）

㉚《庄子·盗跖篇》：“神农之世，卧则居居，起则于于，民知其母不知其父……耕而食，织而衣，无有相害之心。”《商君书·画策》：“神农之世，男耕而食，妇织而衣，刑政不用而治，甲兵不起而王。神农既没，以强胜弱，以众暴寡，故黄帝内行刀锯，外用甲兵。”《太平御览》卷七九引蒋子《万机论》：“黄帝养性爱民，不好战伐，而四帝各以方色称号，交相谋之。”

㉛《大戴礼·五帝德》：“黄帝……生而神灵，弱而能言。”《论衡·实知篇》：“黄帝生而神灵，弱而能言。”《尸子》：“子贡问于孔子曰：‘古者黄帝四面，信乎？’”《吕氏春秋·本味篇》：“故黄帝立四

面。”《淮南子·说林训》：“黄帝生阴阳。”高诱注：“黄帝，古天神也，始造人之时，化生阴阳。”

㉜《尚书·吕刑》：“若古有训，蚩尤惟始作乱，延及于平民，罔不寇贼，鸱战奸宄，夺攘矫虔，苗民弗用灵，制以刑，惟作五虐之刑曰法，杀戮无故，爰始淫为劓、刵、椓、黥，越兹丽刑，并制，罔差有辞。民兴胥渐，泯泯棼棼，罔中于信，以覆诅盟；虐威庶戮，方告无辜于上。上帝监民，罔有馨香德，刑发闻惟腥。”《太平御览》卷二七〇引《世本》：“蚩尤始作兵（兵器）。”同卷引《春秋元命苞》：“蚩尤虎卷威文立兵。”

㉝《初学记》卷九引《归藏·启筮》：“蚩尤出自羊水，八肱八趾，疏首登九淖以伐空桑，黄帝杀之于青丘。”罗苹《路史》注引《归藏》：“蚩尤伐空桑，帝（黄帝）所居也。”《龙鱼河图》：“蚩尤兄弟八十一人，并兽身人语。”

㉞《大戴礼·五帝德》：“黄帝……教熊、罴、貔、豹、虎以与赤帝战于阪泉，三战然后得行其志。”（《括地志》：“阪泉在涿鹿东五里。”）《山海经·大荒北经》：“蚩尤作兵伐黄帝。黄帝乃命应龙攻于冀州之野，应龙蓄水。蚩尤请风伯、雨师纵大风雨。”《海外东经》：“雨师妾（《初学记》：“雨师曰屏翳，亦名屏号。”《天问》：“蓱号起雨。”），其为人黑，两手各操一蛇，左耳有青蛇，右耳有赤蛇。一曰在十日北，为人黑身人面，各操一龟。”洪兴祖《楚辞》注引晋灼语：“（风伯）飞廉，鹿身，头如雀，有角而蛇尾豹文。”《逸周书·尝麦解》：“蚩尤乃逐帝（书称蚩尤先攻炎帝，后攻黄帝，乃同一故事的异文），争于涿鹿之阿。”《山海经·大荒北经》：“蚩尤请雨师、风伯纵大风雨。黄帝乃下天女曰魃，雨止，遂杀蚩尤。”又曰：“有人衣青衣，名曰黄帝女魃。”《艺文类聚》卷一〇〇引《神异经》：“南方有人长二三尺，袒身而目在顶上，走行如风，名曰魃，所见之国大旱，赤地千里。”《玉篇》引《文字指归》：“女魃，秃无发，所居之处天不雨

也。”《战国策·秦策》：“黄帝伐涿鹿而禽蚩尤。”《庄子·盗跖》：“黄帝……与蚩尤战于涿鹿之野，流血百里。”

㉟《山海经·大荒南经》：“有宋山者……有木生山上，名曰枫木。枫木，蚩尤所弃桎梏是为枫木。”《史记·天官书》：“蚩尤之旗，类彗而后曲，象旗，见，则王者征伐四方。”《吕氏春秋·明理篇》：“其状若众植华以长，黄上白下，其名曰蚩尤之旗。”《隋书·天文志》：“蚩尤旗如箕，可长二丈，末有星。”（蚩尤旗又见于《春秋纬合诚图》《春秋纬潜潭巴》《春秋纬考邮异》《春秋纬元命苞》《春秋纬运斗枢》等纬书。）

㊱散见公元前的《吕氏春秋》《诗经》《逸周书》《古本竹书纪年》《山海经》《荀子》《墨子》《管子》《韩非子》《尸子》《左传》《淮南子》《天问》《春秋元命苞》诸书。

㊲《淮南子·本经训》：“伯益作井而龙登玄云，神栖昆冈”。高诱注：“伯益佐舜初作井，凿地而求水，龙知将决川谷、漉陂池，恐见害，故登云而去，栖其身于昆仑之山。”

㊳《淮南子·本经训》：“昔者仓颉作书，天雨粟，鬼夜哭。”《春秋元命苞》：“（仓颉）龙颜哆哆，四目灵光……创文字，天为雨粟，鬼为夜哭，龙乃潜藏。”

㊴《山海经·海外北经》：“夸父，与日逐走，入日，渴欲得饮，饮于河渭。河渭不足，北饮大泽，未至，道渴而死，弃其杖，化为邓林。”《大荒北经》：“后土生信，信生夸父。”《列子·汤问》：“（夸父）道渴而死，弃其杖，尸膏肉所浸，生邓林。邓林弥广数千里。”

第三章　周族原始祭歌

第一节　祭歌和咒语的产生

与万物有灵观念产生的同时，也出现了祭祀。

这种原始祭祀都有着生产上和社会生活上的功利目的。当时最隆重的祭祀是被后人称作腊八祭的腊祭。对此，《礼记》中有如下记述：

大腊八，神农时始为腊祭。腊的意思是求，每年十二月聚合万物而求祭之。腊祭的时候，主要的是祭庄稼神和收获神，祭以各种庄稼以报庄稼神的恩；祭奠田神（田畯）和窝棚神、地畔神、井神；祭禽兽神，不忘它们的恩功。古人使用了它们一定酬报它们。迎猫神，是为了它吃田鼠；迎虎神，是为了它吃糟蹋庄稼的野猪。因此迎它的神灵而祭奠它。祭水池和水道，因为它帮助了农事[①]。

从腊祭所祭祀的神灵上，便说明了祭祀的产生原因和目的。正如《国语·鲁语》所说：

祭祀天的日月星，是为了瞻仰；祭祀地之金、木、水、火、土，是为了生殖财富；祭祀大地、大山、河川、湖泽，是因为它出产财物。不是这样的，不在祭祀之列[②]。

不难看出，原始祭祀的产生，并不是由于人追求“灵魂上的安慰”，而是由于人对生产的希望，对物的要求。

在祭祀时，人虽然向自然神祈祷膜拜，但其中大多含有向自然神示威的意思，甚至有的祭祀就是公开的示威。这种示威性的祭祀，到周朝时尚保留着。在公元前七世纪，出现水灾时，人们“鼓用牲于社”。这就是说，一方面用牺牲祭品取悦于社神（即禹），请社神帮助人战胜洪水（土能克水）；另方面对社神“鸣鼓而攻之”，以战鼓来威胁社神，强迫他去和水神战斗[③]。此外，当日蚀时，人们不仅“鼓用牲于社”，而且将社神捆绑起来。所以如此，是因为当时人认为日食是在天与地的争斗中地侵天的结果，因而一方面以牺牲祭品祭社，向社神祈祷礼拜，请社神止斗；另方面捆绑社神，迫使它“放出”日来；同时人们打起旗帜，拿起矛、戟、战斧、弓矢，在社神面前击鼓叫噪，以向社神示威，以声援被蚀的太阳[④]。从被保留到春秋时的“古礼”中可以看出祭祀的两重性。

这两重性同样的也表现在祭歌和咒语中。

如前所述，人们曾以诗歌、音乐、舞蹈所组成的场面感动并刺激了自己。这曾在客观上使生产技术提高，使收获增多。当时人们从经验之中感觉到这一点，于是在主观上便认为诗歌、音乐、舞蹈本身有种神秘的威力。它可以劾制自然界的神灵。这样，诗歌、舞蹈、音乐便成为祭祀仪式中的主要构成部分。一方面，正等于它可以感动人一样，也企图以它感动神，以它向冥冥中的自然界的主宰乞求赏赐；另方面也以粗野的音乐、雄壮的舞态和充满狂热情感的诗歌向神示威。这也就是说，原始的祭歌，不仅表示着人们对自然威力的畏惧和献媚，而且表示着人们向神的示威和斗争。当时人认为：通过祭祀可以得到神的福佑，以提高生产量，否则即以自己所握有的“神秘力量”（诗歌、音乐、舞蹈和咒语）战胜神，以消灭有害人类的自然现象。原始咒语也正是这样形成的。

例如在腊祭时，人们甚至对着自己架起的窝棚下拜并祈祷，这固然充分说明了在生产力处于低级状态时人们对自然的恐惧；然而也就在腊祭时，人却在祝词咒语中，表现了向自然斗争的意志。腊祭咒语是这样的：

土反其宅！	土，返还你的原地！
水归其壑！	水，流归你的坑里！
昆虫勿作！	昆虫不要兴起！
草木归其泽⑤！	野草丛木长到你的泽甸里去！

在这里，人们将自己的希望当作力量，并企图以自己的意志和语言命令自然，以保护自己的农作物。但这也就说明了腊祭的两重性：一方面表示了对自然的无力，另方面表示了企图控制自然的不可抑止的欲望。

另外，有些咒语则不仅表示了人的欲望，而且记载着人的生产经验。如《山海经》所载驱逐旱魃的咒语是：

神北行！	旱魃神到北大荒去！
先除水道，	先掘治好水道，
决通沟渎⑥！	再挖通小水沟和水池！

显然，在这咒语中，人将自己的灌溉经验和战胜旱灾的有效方法当作了劾制旱魃的法术。这就使它在客观上具有较积极的现实意义。

当然，事实上受祭歌和咒语影响的并不是不存在的神灵，仍是人们自己：祭歌在不断地提醒人们的希望，咒语在巩固着人们的信心。因此，在这种意义下，也就在一定程度上促进着人的生产活动。

所有这些，固然都是矛盾的，然而只有通过这种矛盾，才能认识到祭歌咒语的产生原因，才能认识到祭歌咒语的积极意义，才能认识到原始文学对社会的作用。

这正如高尔基所说："古代劳动者们渴望减轻自己的劳动，增加他们的生产率，防御四脚的和两脚的敌人，以及用语言的力量、'魔术'和'咒语'的手段以控制自发的害人的自然现象，最后这一点是特别的重要，因为它表明着人们是怎样的深刻地相信自己语言的力量，而且这种相信，可以从组织人们的社会关系和劳动过程的语言的显明的完全现实的用处上面得到说明。"（《苏联文学》）

第二节　祭社稷的祭歌《载芟》与《良耜》

在氏族社会时代，最主要最隆重的祭祀是祭社、祭稷和腊祭。

社是土神，稷是谷神[7]。这两位神祇是与原始氏族社会的农业经济同时出现的。据《左氏春秋》昭二十九年载："社稷二祀……自夏以上祀之。"由此可知，社稷之祀起于上古[8]。但由于社会经济属性的缘故，到封建社会仍保留着祭祀社稷的习惯。阿Q所居住过的未庄土谷祠，便是社稷神的庙宇。当然，到阶级社会之后，原始观念中的神灵已被增加进阶级性的内容。

社稷之祀，每年二次。春天开始生产时，祭社稷以祈谷；秋天或冬天庄稼收获后，祭社稷以报恩并祈求诸神保佑明年的禾稼[9]。

据周秦时的文献看来，秋收后的祀社可能是在腊祭时举行。

腊祭始于远古。据记载，每年十月（周历十二月）举行腊祭时，礼百神，但主要是"报田""祈年"；同时在这一天，载歌载舞，举行大会餐。这一天是庆祝收成的狂欢节[10]。

据文献记载，《诗经·周颂》中的《载芟》，是春天"祈社稷之所歌"[11]；《良耜》，是秋天"报社稷之所歌"[12]。由《载芟》《良耜》的内容看来，文献所记载的是可靠的。

同样的，由《载芟》《良耜》的作品内容看来，这两篇诗是周灭商之前周族居留豳地时的古祭歌。

现将《载芟》《良耜》直译简注如下：

载　芟

载芟载柞，	除野草，砍树丛，
其耕泽泽。	开出田来土松松。
千耦其耘[13]，	千伙人，并肩耪，
徂隰徂畛。	向洼地啊，向垅冈。
侯主侯伯[14]！	啊族长！啊老大！
侯亚侯旅[15]！	啊老二！啊众位小伙子！

侯彊侯以！	啊强壮的！啊用力气！
有嗿其馌，	大家咋咋地吃着地头饭，
思媚其妇。	想法儿献媚于妇女。
有依其士，	有结实的汉子，
有略其耜，	有锐利的木犁，
俶载南亩，	耕耘那向阳的田地，
播厥百谷，	播下那百样的种子，
实函斯活！	颗颗种子里含着生机！
驿驿其达，	旺盛的胚种呀！
有厌其傑；	长成美好的嫩芽芽；
厌厌其苗，	那青苗绿油油，
绵绵其麃[18]。	那庄稼长的稠。
载获济济，	收获多多的，
有实其积，	粮食如山积，
亿万及秭。	要有万万亿。
为酒为醴[19]，	酿酒还做醴，
烝畀祖妣[20]，	敬献给先祖先妣，
以洽百礼。	以合乎百礼。
有飶其香，	有饭真香，
邦家之光；	全邦族的荣光；
有椒其馨，	有酒芬芳，
胡考之宁。	老年人都安康。
匪且有且，	不独这儿一地这样，
匪今斯今，	不独今年一年这样，
振古如兹！	从古就是这样啊！

良　耜

畟畟良耜，	掘地嚓嚓好木锹，
俶载南亩，	来开那向阳的田郊，
播厥百谷，	播下那百样的种子，
实函斯活。	颗颗种子里含着生机。
或来瞻汝，	有人前来把你看，
载筐及筥，	提着方篓和圆篮，
其饷伊黍[21]，	午饷是黍饭，
其笠伊纠。	草笠是绳缠。
其镈斯捎[22]，	锄头快又好，
以薅荼蓼，	拿起锄头薅野草，
荼蓼朽止！	薅下野草烂掉了！
黍稷茂止！	地里庄稼长茂了！
获之挃挃，	割起庄稼唰唰响，
积之秩秩[23]，	粮垛高高堆满场，
其崇如墉，	高高的像土山一般，
其比如栉。	密密的像篦子一样。
以开百室，	打开仓房上百间，
百室盈止，	百间仓房屯满了，
妇子宁止！	女人孩子安心喜欢了！
杀时犉牡，	杀个黑嘴公牛把神恩报，
有捄其角[24]，	公牛长着尺多长的大觚角，
以似以续，	让我们年年丰收，我们年年祭祀，
续古之人。	继续着古时的人。

不难看出，在这两篇诗中描写着当时的社会生产，并通过这种形象的描写反映着当时的社会性质。

至于在《载芟》《良耜》中究竟反映着怎样的社会性质？有的学者认为诗反映了奴隶生产，其理由是根据某一字的字义引申；有的学者认为诗反映了封建农奴生产，其理由是根据《毛诗郑笺》对诗的解说。当然，在研究古代诗歌时，考据字句，参考诗说都是必要的，然而，诗之反映现实是通过形象，而不是通过一字的考据和后人附加的诗说。有些学者不是以诗论诗，不是根据作品形象来说明形成这形象的特定的历史现实，而是以字义上的附会或后人的说法代替诗形象的研究，例如有的学者认为："千耦其耘"或"播厥百谷"是描写奴隶（或农奴）的悲惨的劳动的；而"百室盈止"或"亿万及秭"是反映奴隶主（或封建领主）的残酷剥削的。显然，所有这奴隶、农奴、奴隶主、领主、悲惨、残酷都不是诗形象中所具有的，所暗示的，而是学者在诗句前或诗句中所加的主语和限制词。同时，这样就造成了诗形象甚至诗句的割裂：将诗中对生产者和收获者的统一描写人为的分开。

如果这也成为一种研究方法的话，那么作品形象便成为神秘的东西，它本身不能反映特定的历史现实，而学者的解释才反映现实；那么文学史便不能成为一种科学，每个人都可在作品上加不同的主语作不同的解说；当然这就谈不到客观真理。

众所周知，文学作品中的形象是特定历史的产物，同时反映着特定的历史现实。作品形象是为客观所派生，并具有客观性，它有力的反映着形成这形象的客观现实。

从《载芟》《良耜》中看来，其中所描写的是邦族的集体劳动和集体生活，生产者即占有者；显然，这不是阶级剥削制度形成后的生产关系。其中所表现的是热爱劳动的情感，对生产勤劳的颂美和对生活富裕的理想作了统一的表现；这显然不是奴隶对待劳动的心情。诗中没有"阶级的烙印"。诗歌本身就证明了它的产生年代。

在诗中，反映了当时主要的现实生活。它描写了公社成员集体生产的情形：除草、斫木、翻土、耕耘、播种、收割。它表现了对生产的乐观和欢欣：赞美着胚种、禾苗和谷穗，称道着木锹和插锄，歌颂着自己的丰收。它描绘了当时人和人的关系：公社成员间的团结和友爱，男女间的分工，男人对女人的温存，女人对男人的体贴，全族对老年人的尊敬。

在诗中，热情地夸张地有次序地叙述了从播种到丰收的劳动过程。必然的，这将加强人们对生产的认识和感情：使人们认识到只有斫除了丛木，才能翻好田地，只有将田地翻好，才能生出旺盛的芽，才能长成茂盛的苗，才能秀出饱满的穗；只有大家努力地劳作才能收获更多的粮食，才能使母亲们安心，才能抚养孩子们，孝养老人们，才能隆重的祭祀祖先——而祖先，正是团结公社的标志。显然，这种认识的提高，就会使人们认识到生产的重要意义，就会加重人们的责任感，使他们更勤劳地从事劳动。

在诗中，并没有将劳动当作沉闷艰苦的事体来描写。相反的，而是津津有味地叙述着劳动时人们怎样互相招呼，互相劝勉；晌午时女人们怎样给男人们送饭；男人们怎样咋咋有声地吃着；午休时男人怎样友爱地向女人献媚调笑；女人怎样温情地给男人编结斗笠；男人又怎样会神地磨砺自己的锹锄。它是这样充满生趣和欢乐地描写着劳动，使人不仅认识到劳动的重要意义，而且使人感到只有辛勤地劳动，才能使生活发出光彩，使生命获得意义。

在这两篇诗中，艺术地表现了当时人的勤劳的、乐观的、美好的品格。这正是诗中所表现的形象。

这形象有着教育作用，有着感人力量，从而有力地促进着当时的生产活动。

作为祭歌说来，当春天祭祀社稷歌唱《载芟》时，人们虽然尚未播种，但从《载芟》歌词中，人们便自然而然地联想到：怎样耕耘，怎样培育好庄稼，怎样获得空前的丰收；联想到女人孩子们的安宁，老年人的安康，祖先的祭奠，邦族的荣光。当秋后作报恩祭歌唱《良耜》时，虽然一年农事已毕，但从《良耜》歌词中，人们又自然而然地把劳动过程重温一遍：怎样开荒播种，怎样雍土薅草，怎样收割打场，并从而回忆起田园的乐趣，丰收的欢欣。这样从其实质看来，祭歌就起了动员与巩固劳动热情的作用，并督促着人们更积极地更有打算地提高自已的生产实践。

作为祭歌说来，这两篇诗除章末缀有祭祀的祈祷语外，其余的部分都是对劳动生活的白描。由此说明，这是原始劳动诗歌改变成的祭歌。所以如此，是由于原始祭祀的发生是出于人们对生产的渴望，因而歌颂劳动的诗歌，便演变成祈年祈谷的祭歌。这不仅显示着原始祭祀的性质，而且显示着文学发展的历程及其原因。

显然，这样的祭歌是不同于阶级社会的宗教祭歌的，这从《周颂》中其他祭歌的比较研究中便可以看出[25]。因此，明代邓元锡与何楷皆认为这两篇诗是周礼所称的“《豳颂》”[26]。

如前所述，《载芟》《良耜》是周族在原始时代的祭歌，它可能是在西周初被用文字记录下来，到《诗经》辑录成书时，便被载于《周颂》中。这两篇诗所以能保存在《周颂》中，是因为与宗教仪式相结合的缘故。众所周知，宗教仪式有着浓厚的保守性，当原始的劳动祭歌和宗教仪式习惯结合在一起并有了根深蒂固的传统之后，便可以较长期的被保存下来。今天在资本主义社会里天主教祭祀时所唱的《雅歌》仍是一二千年前的旧制，这也就说明了祭歌的保守性。由此可知，在周代保留原始祭歌，并不是怎样奇怪的事。

第三节　祭祖先神的祭歌《生民》

在氏族社会出现了祖先崇拜。

在氏族社会时代，人观念中的祖先是自然物和自然神，同时也是某种生产的能手或发明家。这样，就出现了祖先神祭歌。

由于祖先神的“秉性”的缘故，在祭歌中虽然是祭祖，而实质上是在歌颂自然物，是在赞美生产和劳动，是在颂扬生产上的成就和发明。

《诗经·大雅》中的《生民》便是周人祭祀祖先神后稷的祭歌。

后稷是“五谷之神”，同时是“播百谷”的发明者，又是周族的祖先。据神话传说，女神姜原[27]行于旷野，见有巨人足迹。她对这足迹的拇指痕感兴趣，以足践之，于是若为所感，从而有孕。届期，她生下个肉蛋，好像是羊胞胎，但却劈剖不开。她将它抛在窄路上，行牛走马不敢践踏。她将它弃于山林，遇到斫木者。最后，她将它丢在冰上。这时有大鸟飞来孵这肉蛋。等到大鸟飞去时，肉蛋中一人破壳而出，是为后稷。后稷离壳后，就能走路，就会说话，就发明种植庄稼，于是定居在有部[28]。

这就是周族对自己部族起源的神话传说。这神话最初是被保存在《大雅·生民》中。

生　民

厥初生民，	啊，最初生下人，
时维姜原。	是那姜原女神。
生民如何：	她生人是怎样的：
克禋克祀[29]，	用烟火和祭祀，
以祓无子[30]。	以拔除“不生儿子”。
履帝武敏[31]，	她踩了上帝脚印的拇指迹，
歆攸介止[32]，	飘飘然感到爱佑和福祉，
载震载夙，	肚子里有时震动有时平息，

载生载育，　　又生长又发育。
时维后稷。　　这就是后稷。

诞弥厥月，　　呀！她怀满了月，
先生如达[33]，　　先生下个大肉蛋，
不坼不副，　　剖不开也劈不断，
无菑无害。　　但既无灾也无难。
以赫厥灵：　　这莫非在显示赫赫的威灵：
上帝不宁，　　上帝在表示不安宁，
不康禋祀？　　难道是不满意她的祭祀？
居然生子！　　但却又使她生了儿子！

诞寘之隘巷，　　呀！她将肉蛋丢在狭窄的路上，
牛羊腓字之。　　牛羊躲着走，不敢践踏。
诞寘之平林，　　呀！她将肉蛋丢在大树林，
会伐平林。　　偏遇着有人在斫伐树林。
诞寘之寒冰，　　呀！她将肉蛋丢在寒冷的冰上，
鸟覆翼之。　　有大鸟飞来用翅膀孵育它。
鸟乃去矣，　　大鸟最后飞去了，
后稷呱矣！　　后稷也离壳呱呱地哭了！
实覃实訏，　　他就能谈话，他就能喊呼，
厥声载路[34]。　　他的声音响彻了道路。

诞实匍匐，　　呀！他匍匐在田畔，
克岐克嶷，　　既能走，又能站，
以就口食。　　又能用嘴来吃饭。
蓺之荏菽，　　他种上黄豆，

荏菽旆旆，　　黄豆旆旆，
禾颖穟穟，　　谷穗坠坠，
麻麦幪幪，　　麻麦幪幪，
瓜瓞唪唪。　　瓜蔓菶菶。

诞后稷之穑，　　呀！后稷种庄稼，
有相之道，　　有眼力，有门道，
茀厥丰草，　　拔除了杂草，
种之黄茂：　　庄稼种的繁茂：
实方实苞；　　芽生时，真旺，真茂；
实种实褎；　　苗长时，真多，真麃；
实发实秀；　　秀穗时，茎蹿得高，穗秀得好；
实坚实好；　　结穗时，根长得硬，穗结得饱；
实颖实栗，　　收获时，收很大的谷穗，打很多的粮食。
即有邰家室[35]。　　他就到有邰成立了家室。

诞降嘉种，　　呀！和落雨似的天降下好谷种，
惟秬惟秠，　　是秬和秠，
惟穈惟芑，　　是穈和芑，
恒之秬秠，　　遍种上秬秠，
是获是亩，　　收获粮食一大堆，
恒之穈芑，　　遍种上穈芑，
是任是负，　　收获时又是扛又是背，
以归肇祀。　　归来后祭祀，感谢神的恩惠。

诞我祀如何？　　呀！我们的祭祀是怎样的？
或舂或舀；　　又舂米又淘米；

或簸或蹂；　　　　又簸糠又蹂秕；
浙之溞溞[36]；　　　洗起米来淅淅的；
烝之浮浮；　　　　蒸起米来腾腾的；
载谋载惟；　　　　于是卜卦问神祭祀的好时候；
取萧祭脂；　　　　取香草涂上祭神用的羊油；
取羝以軷[37]，　　　取公羊剥去它的皮；
载燔载烈；　　　　于是将它投在烈火中；
以兴嗣岁。　　　　以祈求来年的好年成。

卬盛于豆，　　　　将祭米高高的盛在木豆，
于豆于登。　　　　在木豆和瓦登。
其香始升，　　　　它的香气往上升，
上帝居歆。　　　　上帝闻到会高兴。
胡臭亶时，　　　　大馨香弥满在好祭时，
后稷兆祀。　　　　后稷保佑我们的祭祀。
庶无罪悔，　　　　这才没有罪疵，
以迄于今！　　　　从古以至到今！

《生民》是祭歌，其中叙述了后稷的灵迹。它将自然物人格化，为自然现象披上人的外衣，而且它对物与物的联系，作了拟人的解说。例如“稷”的母亲是“姜原”，而“稷”是五谷，“姜原”是姜水平原。这显然是“田地生庄稼”这一认识在人们幻想中的虚妄反映。例如“姜原”孕育的“稷”本是带壳的，于是经过鸟（即玄鸟或日乌：太阳神）的孵育，稷才破壳而出。这显然是“太阳使种子发芽”这一认识在当时人幻想中的表现。

因此，它在神的名义下，在神话中，也表现或反映了人的理想和生活。它反映了由播种一直到做成饭一系列的劳动过程。它反映了当时祭祀祖先神的情景：粢盛祭、燔祭、燎祭。它表现了人们对发明者的歌颂，

对智慧的赞美，发明农作的神（人），被夸大成为生下来就能走路、能说话、能吃饭、能种地的神人。显然这正说明着人的希望：希望自己具有无穷的智慧和全能。而姜原不夫而孕，也正是“知其母不知其父”时代的错综反映。

因此，正和一般神话一样，在这祭歌中也将当时人对自然的错误概念当作了客观事物的补充，甚至当作了客观事物的原因。从而，农业上的发见，被看作是天降嘉种；收获被看作是后稷的保佑；姜原生孩子被看作是由于祭祀和一个奇迹而得来的结果。

然而在这祭歌中，可以看出，自然神被人们分配了新的任务。“稷”，一方面是五谷的通称，是五谷的神灵，是发明和管理农物种植的农神；另方面也是周族的始祖，是周族的“守护神”。可知这是原始拜物教和氏族的祖先崇拜的结合。这结合是有着氏族社会的功利目的：一方面鼓励人们生产，另方面在同一祖先的名义下，巩固当时的血统连锁，加强氏族内部的团结，从宣扬祖先神的“威灵”中培养对本族前途的热爱和信心。显然，这将有利于当时的经济基础。

在这祭歌中，可以看出，虽然它是神话诗，但它却内含着当时人的正确而积极的观念。这就是说，它不是将人的产生安排在乐园，而是将人的产生和劳动的出现看作一件事：最初生民是后稷，最初种植的也是后稷。它不是将人的定居说成是神的指示，而是将农业生产的发展和人的定居看作是一件事：“实颖实栗，即有邰家室。”它不是将氏族的前途放在祭坛上，而是将生产的提高和氏族的壮大看作是一件事。显然，这祭歌必然会使人们感到：热爱本族便须努力生产；热爱生产便必须巩固本族；只有积极生产才能使本族壮大；只有巩固本族才能发展生产。在这祭歌中所表现的热爱劳动和热爱本族的感情是统一而不可分的。由此可知，在这祭歌的形象中，反映了何其深刻而惊人的思想情感和智慧。

第四节　英雄祖先颂歌《公刘》《緜》

到氏族社会后期，由于生产力的提高，家族的逐渐形成和部族联合的出现，于是部族间争夺资源的斗争亦随之加剧。这样就出现了对英雄祖先的崇拜和英雄诗歌。

属于这种英雄诗歌的，《诗经·大雅》中有《公刘》和《緜》。

公刘，据周时人的记载，是周族的祖先，也是周族的英雄。据传说，公刘是夏末时的周族酋长。当时居住在有邰（在今日陕西武功县南）的周族，受到东方部落的不断侵扰，不能再安居，于是在公刘的率领下，全族迁到北方的豳地（在今日的陕西永寿县和邠县之间）。当时的豳地周围都是游牧人戎狄。经过多次的战争，方击退了戎狄，占领了豳周围的肥沃的大平原。于是公刘领导着人们安居下来，就在狩猎或游牧部落的包围下，务农耕，行地宜，周族由此富强。

《公刘》诗，便是周人赞美公刘的英雄歌谣[38]。

公　　刘

笃公刘！	刚健忠厚的公刘啊！
匪居匪康，	不是好居处啊又不安康，
乃埸乃疆，	于是巡逻边疆，
乃积乃仓，	于是屯粮在粮仓，
乃裹餱粮，	于是裹起餱粮，
于橐于囊，	在皮袋，在皮囊，
思辑用光，	大伙念头一致就会光大家邦，
弓矢斯张，	搭上箭矢把弓张，
干戈戚扬，	干戈、戚斧一齐高扬，
爰方启行。	开始起身向远方。

笃公刘！	刚健忠厚的公刘啊！

于胥斯原[39]，	看见了这片大平地，
既庶既繁，	既丰庶又富裕，
既顺乃宣，	既可心又惬意，
而无永叹。	从此再不长叹气。
陟则在𪩘，	爬啊！爬上小山曲，
复降在原。	又下在流平地。
何以舟之？	他有什么带的？
维玉及瑶，	是玉石和琼瑶，
鞞琫容刀。	装潢着鞘柄的大刀。
笃公刘！	刚健忠厚的公刘啊！
逝彼百泉[40]，	到了那百泉，
瞻彼溥原。	看到那大平原。
乃陟南冈，	于是登上了南山梁，
乃观于京[41]。	然后观察周围的大山岗。
京师之野[42]：	在我们屯聚的山丘边：
于时处处，	于是盘桓，
于时庐旅，	于是流连，
于时言言，	于是说说，
于时语语。	于是谈谈。
笃公刘！	刚健忠厚的公刘啊！
于京斯依，	要在大山下居住，
跄跄济济，	人们拥拥挤挤，
俾筵俾几。	铺上筵席和食几。
既登乃依，	既祭神而受神荫庇，
乃告其曹[43]，	于是祭祀猪神和猪槽，

执豕于牢，　　捉猪于猪牢，
酌之用匏。　　盛酒用葫芦瓢。
食之饮之！　　请神吃啊！请神饮啊！
君之宗之！　　敬神啊！尊神啊！

笃公刘！　　刚健忠厚的公刘啊！
既溥既长，　　这地方啊，既广阔又绵长，
既景乃冈。　　这山啊，既宽大又高亢。
相其阴阳，　　他观察山阴和山阳，
观其流泉。　　他观察河流和水源。
其军三单[44]，　　他的军队经过多次血战，
度其隰原。　　才进占了这片大草原。
彻田为粮，　　耕田啊，积军粮，
度其夕阳[45]，　　又进占西边大山岗，
豳居允荒！　　在豳地居住真是宽旷！

笃公刘！　　刚健忠厚的公刘啊！
于豳斯馆，　　在豳地这里住居，
涉渭为乱，　　我们涉过渭水——水为之乱溢，
取厉取锻，　　找取磨石啊，找取矿石，
止基乃理。　　放在砧上来锤治。
爰众爰有，　　又众啊又多，
夹其皇涧，　　夹着那大山涧，
溯其过涧[46]，　　对着那个过涧，
止旅乃密，　　住的人家很稠密，
芮泦之即[47]。　　一直到芮水湾来住居。

在这首诗中，所描写的已不是神的灵迹，而是真实的人的生活。作为

人出现的，固然是英雄人物公刘；但更多被描写的却是氏族整体。

从诗中或历史记载中得知，公刘“竄于豳”是受到东方部落的“迫逐”，是由于故乡“匪居匪康”。但是在《公刘》中所表现的这次迁居，却是这样的有打算：“乃埸乃疆”“乃积乃仓”；却是这样的有准备：“乃裹餱粮，于橐于囊”；却是这样的团结一致充满信心：“思辑用光”；却是这样的威武雄壮的阔步进军：“弓矢斯张，干戈戚扬，爰方启行。”可以看出，诗中表现的英雄形象，即使在这样的困难的条件下，在弃乡离土的流动中也并没有惊惶失措，没有悲观失望，没有狼狈而逃。而是在武装地移动中表现了乐观精神和英勇的斗志。这也就使得《公刘》中充满了可尊敬的英雄主义的精神。

从诗中或历史的记载中得知，当时的豳地是一片荒凉的原野，周围是尚处于狩猎阶段的戎狄。但诗中所表现的形象并未因“豳居允荒”而气馁，却是为土地的肥沃而欢欣，而赞叹。这充分地表现了劳动人民对土地的热爱，表现了开拓者的英雄气概。

在诗中表现了公刘的英雄行为。描写了公刘领导周人怎样迁居，怎样找到豳地，怎样观察地势，怎样调查水源，怎样告神祭土，怎样战胜周围的敌人，怎样开拓疆土耕种土地，怎样渡过渭水取矿苗冶铜。从而，歌颂了公刘的才能和智慧以及勇敢的性格，同时也描绘了公刘的装饰和雄壮的姿态。

通过诗中的形象反映了当时现实情景，描绘了时代。这时代，人类已能冶炼金属，人类在农作物生产上已提高，已经定居，已可能有积蓄，已会驯养家畜，已经出现了战争。

公刘，据周代史籍称，是神后稷的孙子（或曾孙）。由此可知是周人的远祖，是对周族有伟大贡献的英雄。

以后不知隔了多少年，到殷商末季（前一二〇〇年左右），周族在古公亶父的率领下，趁商奴隶制国家的衰落，举族南迁到渭河流域。

据记载：古公亶父是周文王姬昌的祖父，周朝建立后被追尊为太王。

起初，古公亶父住在豳地，务农穑，行戎俗，居土穴。以后由于不断受到薰育戎狄等北方部族的袭击，不得已，举族南迁到岐山，占领肥沃的渭河流域。从此开始营建房室，建筑城郭，分建村落，建立制度和国家机构，并进而占领程、毕向渭河下流发展[48]。到古公的儿子季历时，力量日益壮大，战胜了薰育戎狄，开拓了疆界，成为殷商的劲敌。以后季历被商王文丁所杀[49]。季历子姬昌（即文王）立。姬昌娶了东部的莘族的女儿，并和虞、芮两族结成部族同盟[50]，从而势力大增，于是和殷商进行了连年的战争。姬昌曾向东进攻到密、须（在河南郑州西南）、耆国（在山西黎城）、邘（在河南沁阳）[51]。到其子姬发（即武王）时，便于公元前约一一二二年一举攻下殷商奴隶制国家的首都。

由此可知，古公亶父南迁，是周族兴盛的开始，而姬昌和虞、芮的联合，造成了周族军事上的有利局势。这都是周历史中的大事件。

反映这两件历史大事的，是《诗·大雅》中的《緜》。

緜

緜緜瓜瓞，	緜緜瓜蔓长又长，
民之初生。	有如我们族的初兴。
自土沮漆[52]，	由杜水湾到漆水旁，
古公亶父，	有古公亶父，
陶复陶穴[53]，	住在土洞和土窟，
未有家室。	没有房屋。
古公亶父，	古公亶父啊！
来朝走马[54]，	黎明驱着群马，
率西水浒，	循着西方水涯
至于岐下，	到了岐山之下，
爰及姜女，	引着其妻姜女，
聿来胥宇[55]。	前来观察地宇。

周原膴膴[56]，　　周地平原美美的，
堇荼如饴。　　堇堇菜和苦苣甜和饴。
爰始爰谋，　　大伙开始来谋划，
爰契我龟，　　刻灼我们的龟甲卜一卦，
曰止曰时！　　卦说：停止罢；卦说：是时候啦！
筑室于兹！　　盖起房子在这住下吧！

乃慰乃止，　　这才高兴这才定居，
乃左乃右，　　这才向左垦拓这才向右开辟，
乃疆乃理，　　这才定疆界这才画边际，
乃宣乃亩。　　这才下通告这才种田地。
自西徂东，　　自西边到东边，
周爰执事，　　周遭都在做事。
乃召司空，　　然后叫司工，
乃召司徒，　　然后叫司徒，
俾立室家。　　叫他们领工建房屋。
其绳则直，　　架起吊线直又长，
缩板以载，　　倒腾夹板筑土墙，
作庙翼翼。　　盖的神庙辉辉煌煌。
捄之陾陾，　　运起土来仍仍，
度之薨薨，　　填起土来轰轰，
筑之登登，　　筑起墙来登登，
削屡凭凭，　　刮起墙来嘭嘭，
百堵皆兴，　　上百条土墙往上升，
鼛鼓弗胜。　　鼓励人的鼛鼓“敲不赢”。

乃立高门，　　然后立高门，

高门有闶[57]。　　高门真高亢。
乃立应门，　　然后立正门，
应门将将。　　正门真宽敞。
乃立冢土，　　然后立大社冢土，
戎丑攸行[58]，　　把戎俘在社前排成行，
肆不殄厥愠[59]，　　陈戎尸祭社还不解我们的仇恨，
亦不陨厥问！　　也不损我们名声！

柞棫拔矣，　　凿子木和棘木拔完了，
行道兑矣，　　行路再无阻拦了，
混夷駾矣，　　混夷玁狁滚蛋了，
维其喙矣！　　他们只能气喘了！

虞芮质厥成，　　和虞芮族的盟约结成，
文王蹶厥生。　　文王由此蹶然兴盛。
予聿有胥附，　　我们始有附庸藩属，
予聿有先后，　　我们始设常备后备战卒，
予聿有奔走，　　我们始设奔走的探子守卫邦土，
予聿有御侮！　　我们始有力量御侮！

诗中表现了人们对土地的爱，特别是人们对建筑房屋的热情。豳地是黄土层高原，周人在豳地原居住在土窟里，当迁移到“关中”大平原时，便不得不改变生活方式，这就需要建立房室。因此，“至于岐下”之后，给予周人最新的也是最深的印象，便是“筑室于兹”。诗中不仅有形有色地描写了建筑房子的过程，而且表现了周人对新生活方式的欢欣。

同时，这首诗通过形象反映了当时的现实。从诗中可以看出：生产力已较前提高，人们可以大规模地从事板筑；已经有了激烈的战争，并有了俘虏，已经有了政治机构；已经杀俘祭社。所有这些说明当时已开始进入

家长奴隶制时期。

而古公亶父，便是这个历史时期的英雄。诗中表现的人们对生活的欢欣，对胜利的自豪，当然也就是对古公亶父的歌颂。

这样的英雄，是不易为我们今天的感情所接受的。但是，正如恩格斯所说："在当时条件下，采用奴隶制是一个巨大的进步。人类是从野兽开始的，因此，为了摆脱野蛮状态，他们必须使用野蛮的、几乎是野兽般的手段。"这说明当时的奴役制的出现，是社会不可避免的进步趋向。因此，在这样条件下产生的英雄诗歌，大多是歌颂着这种社会转化，显然这将有助于奴役制的形成，有助于人民"靠自身的力量继续向前迈进"（《反杜林论》）。

《緜》诗对当时所具有的积极意义，也正是如此。

《公刘》和《緜》的制作时代，正和一般的古代口头文学作品一样，今天无法确定。但从这两篇诗的主题、思想情感和细节描写上看来，它不是周灭殷后的诗篇：它不是后代的抽象的颂美，而是如实的描绘。这说明，诗的出现时代和它所描写的时代，不可能距离太远。

这两篇诗是周族的具有史诗意义的诗篇。

第五节　余论

本章所引的诗篇，大多是距今三千多年前周人在氏族公社时代的作品。诗中所表现的思想感情和所反映的现实，便有力地证明了产生它的年代。当然在这些诗未被文字记载之前，当有一段口语相传时期。

从诗的节奏看来，这些诗篇是在使用二拍子节奏，显然这是简单的原始劳动动作所决定的劳动诗节奏。

从诗的韵律看来，这些诗篇是在使用着每句押韵法：有的是每二句（或三句）一转韵；有的是每章连韵到底，没有看到周代诗歌中所常见的隔句押韵法。同时这种每句押韵法在一篇诗中没有一定的规格，显然这是较原始的未定型的韵法[60]。尤其重要的是，它还在使用着一拍子头韵[61]和一拍子尾韵（又称腰韵[62]）。这是周代以后的诗歌中很少见的。这也正说明着它仍在受着劳动呼声的韵律影响。而这种较原始的节奏韵律，一方面显示了它的产生年代，同时，也使我们由此看到原始诗歌韵律的特征。

虽然，今天已不能断定这些诗篇产生年代的先后，但根据史的发展观点看来，祭歌中最先出现的应是劳动祭歌。

在远古，由于人们祭神的目的，也不外为了生产量的提高，因此，当时的人们便以原有的劳动诗作祭歌，祭歌也便由此产生。《载芟》和《良耜》，为我们说明了这个文学发展史的规律。无论从内容或形式上看来，这两篇诗都是反映劳动生活的优美的诗歌，作为祭歌，它在诗末便缀上了用以呼号的无韵的近似祈祷性的诗句。这就说明，正等于先有劳动实践，后产生“神灵”一样，在文学上也是先有劳动诗歌，而后出现颂神诗。因为我们不能设想，当远古人类在劳动时伴随着劳动节奏，应和着劳动音响，唱出第一句诗时，他竟能避开眼前的事物，却去歌颂冥想中的神灵。但资本主义的学者们却用实证主义的方法根据今日一些少数民族的某些现象，而武断地宣称：“艺术发源于巫术”，“文学起源于宗教颂歌”。显而易见，这说法是在追随中世纪的割势僧，企图说明文明的产生是本于对神的依皈。显而易见，这说法是在引诱人们忽视现实，因为在这些学者说来，文学本来就是由冥想而产生；显而易见，这说法是在为金元帝国主义的恶臭的文化找理论根据，在这学说的前提下，神秘主义的文学艺术的装疯卖傻胡说八道，不仅是合乎规律合乎法则的，而且是发展“资本主义文明”所必需的，因为在这些学者说来，文学本来就是起源于对牛鬼蛇神的歌颂。

由此可知，我国远古留传下来的伟大诗篇的存在，就是对今天帝国主义反科学的伪理论的有力驳斥。

其次由《生民》中可以看出，它一方面继承了劳动祭歌的传统，大量地描写并歌颂了人的生产行为；另方面也大量地加进了对神的赞颂。同时，发展了劳动祭歌中的祈祷成分，除诗末的无韵的祈祷语外，每章起首或者诗中的神话部分都是以“诞”字为首的无韵诗句，这可能是先由祭师呼号，然后由与祭者合唱。这种加重对神颂扬的诗样式，仍保留在《公刘》诗中。不过它已经由颂扬神的样式演变成颂美英雄的样式。在颂神诗的传统上，出现了英雄诗歌。到阶级社会以后，颂歌成为宗教祭歌或颂扬帝王的诗的形式。

本章的诗篇，证明着史前的文学发展历程。

从这些诗的产生年代和它所表现的思想性及艺术性看来，便可以看出最初文学的某些特征。

不难看出，这些诗篇——甚至神话诗歌在内——都更多地反映着现实，更多地表现着当时的主要生活。神，虽然是生产低级阶段的虚妄产物，但这些诗篇所表现的却不是着重其虚妄面的夸大，相反的，却是着重真实的人的生活的描写。这从《载芟》《良耜》《生民》中便可得到足够的证明。由此可知，我们先人即使在古代，便具有这样的重视现实的精神。

不难看出，这些诗篇——甚至神话诗歌在内——都无例外地反映了劳动生活，表现了人对劳动的热爱和信心。无疑的当时处于生产力低下状态的劳动，是人类的艰苦沉重的担子。但在这些诗篇中所表现的，却没有呻吟，没有哀怨，没有逃避劳动的幻想；相反的，却是表现了对劳动正视、对劳动欢欣、对劳动赞叹、对劳动挚爱、对劳动充满信念的思想和感情。这些诗篇中所创造的具有形象意义的英雄气概，不仅具有“永远的魅力”，而且有着深刻的教育意义。因此不仅在祭祀幻想的神灵时使用现实的劳动诗歌（如《载芟》《良耜》），而且以人的劳动心理和劳动行为派加给神（如《生民》），至于对英雄祖先也是着重歌颂其劳动创造（如《公刘》《緜》）。由此可知我们先人即使在古代，便具有这样的勤劳勇敢的乐观精神。

注释

①《礼记·郊特牲》："……大腊八。伊耆氏始为腊。腊者索也，岁十二月合聚万物而索飨之也。腊之祭也，主先啬而祭司啬，祭百种以报啬也。飨农及邮、表、畷、禽兽，仁之至义之尽也。古之君子使之必报之，迎猫，为其食田鼠也；迎虎，为其食田豕也，迎而祭之也。祭坊与水庸，事也。"郑注："伊耆氏神农，古天子名也。"

②《国语·鲁语》："祀及天之三辰，所以瞻仰也；及地之五行，所以生殖也；及九州名山川泽，所以出财用也。非是，不在祭典。"

③《春秋经》，"〔庄〕二十有五年，秋大水，鼓用牲于社。"王充《论衡·顺鼓》："春秋之义，大水，鼓用牲于社。说者曰：'鼓者，攻之也。'或曰：'胁之也。'胁则攻矣。……社，土也……以水为害而攻土，（使）土胜水。攻社之义，无乃如今世工匠之用椎（锤）凿也，以椎击凿，令凿穿木。"按：汉时的王充已不同意这办法，故他举例以驳之曰："甲为盗贼伤害人民，甲在不亡（未逃），舍甲而攻乙之家，耐止甲乎？今雨者，水也，水在而不自攻水而乃攻土？"

④《春秋·公羊传》："〔庄〕二十五年，六月辛卯朔，日有食之，鼓用牲于社……以朱丝萦社，或曰胁之。"何休注："鸣鼓而攻之，胁其本也；朱丝萦之，助阳抑阴也。"《穀梁传》："鼓用牲于社……救日，置五麾陈五兵，五鼓……击门……击柝。"

⑤见《礼记·郊特牲》。

⑥《大荒北经》："黄帝乃下天女曰魃……遂杀蚩尤。魃不得复上（天），所居不雨。……所欲逐之者，令曰：'神北行！先除水道，决通沟渎！'"

⑦《周礼疏》引《孝经纬》："社，五土之总神，土地广博不可遍敬，故封土为社祀之，以报功也。稷是原隰之神，宜五谷，五谷众多不可遍敬，举谷者五谷之长，立稷以表神名，故长稷。"

⑧《汉书·郊祀志》："郊祀社稷，所从来尚矣。"颜师古注："尚，上也，谓起于上古。"

⑨《周礼·春官疏》："祭社有二时，谓春祈秋报，报者，报其成熟之功。"《礼记·月令》："孟春……元日祈谷于上帝。仲春……社（注：祈谷也）。"《月令广义》："立春后五戊为春社。立秋后五戊为秋社。"《白虎通》引《孝经纬》："仲春祈谷。"《周礼·春官》："（冬）社之日，卜来岁之稼。"

⑩《礼记·郊特牲》："伊耆氏始为腊。"注："伊耆氏，古天子号也，或云即帝尧也。"疏："伊耆氏，神农也。"《礼记·明堂位正义》："腊是报田之祭。"《诗经·羔羊笺》："（腊），岁事成熟，搜索群神而报祭之。"《礼记·月令》："孟冬……大饮蒸，天子乃祈来年于天宗，大割祠于公社及门闾，腊先祖五祀，劳农以休息之。"注："大饮蒸……饮酒……谓有牲体为俎也。""大割，大杀群牲割之也。"《礼记·杂记》："子贡观于腊。孔子曰：'赐（子贡名）也！乐乎？'（子贡）对曰：'一国之人皆若狂，赐未知其乐！'孔子曰：'百日之腊，一日之泽（按：此二句有误，《孔子家语》引此文作：百日之劳，一日之乐。）非尔所知也！'"

⑪蔡邕《独断》载《鲁诗》说："《载芟》一章三十一句，春籍田祈社稷之所歌也。"《毛诗序》："《载芟》，春籍田祈社稷之所歌也。"《南齐书》引班固语："《载芟》以祈先农。"《周礼·春官》："卜来岁之芟"郑注："芟，芟草除田也……卜者问后岁宜芟不？诗云载芟载柞，其耕泽泽。"

⑫蔡邕《独断》载《鲁诗》说："《良耜》一章二十三句，秋报社稷之所歌也。"《毛诗序》："《良耜》，秋报社稷也。"

⑬《广雅·释地》："耦，耕也。"《论语·微子》："长沮、桀溺耦而耕。"郑注："二人为耦。"《国语·吴语》："农夫作耦，以刈杀四方之蓬蒿。"《左氏春秋》昭十六年："子产对曰：'昔我先君桓公与商人皆出自周，庸次比耦以艾杀此地，斩之蓬蒿藜藿而共处之。'"桓六年："人各有耦（与配偶之偶音义皆同），齐大非吾耦也。"可知，耦耘即二人合作并耘，这只是一种耕作方法，并非生产制度。但有的学者为证明其关于周社会性质的说法，创"耦耕制"一词，认为这是奴隶大规模生产的形式。事实说明，《论语》中所记载的耦耕只有二人（而且是避世的隐士）；《左氏春秋》所提到的比耦除草者，却是贵族和商人：可见耦耕并非奴隶劳动的特定形式。

其次，有的学者经过认真的计算认为千耦即二千人，从而企图证明奴隶生产规模之大。但是，如果这样认真的话，对于同一诗中的"播厥百谷"又将怎样的计算呢？设或以种类计算，今天谁能列举出一百种谷子？如果说是以粒为计算单位，那么二千人只种一百粒谷子，岂不要将人饿杀？如果说《载芟》中的"百谷"和"亿万及秭"都是极言其多的形容语，那么为什么将同一诗中的"千耦"一定要作为实数看待（即使将千耦作实数看待，也不能证明这是奴隶生产。）。像这种以数字作夸张描写的例子在《诗经》中是很多的。

这说明，以"千耦其耘"证明奴隶生产是没有根据的。至于耦耕法是何时开始，今已不可考。《汉书·食货志》称："后稷始甽田，以二耜为耦。"但这并不足为据。《原始文化史纲》中提到在原始氏族社会不仅出现了并耕而且出现了犁农业。因此，没有根据说在原始氏族社会时不能出现耦耕。

⑭此处之侯，不可作公侯解。《尔雅》："侯，维也，乃也。"《诗经》中与"侯主侯伯"句法相同的有："瞻彼中林，侯薪侯蒸"（《正月》）；"山有嘉卉，侯栗侯梅"（《四月》）；"侯作侯祝，靡届靡究"。以上"侯"字意与"是""有""乃是"同。侯又作呼声或发语

辞，《史记·乐书》："高祖过沛诗三侯之章。"《索隐》：侯，语辞，高祖《大风歌》中有三兮，故称之为三侯之章。

主，并非是侯王的专用词，在先秦时，王、侯、大夫、族长、家长、主妇皆可称主。（例证过繁不举）

伯，《说文》："长也"，《白虎通》："伯者，子最长也"，《左氏春秋》定四年疏："伯是兄弟之长"。按：伯原意为兄弟之长，《诗经》中除冠以地名的召伯、郇伯、申伯、程伯等为一国之长（即诸侯的称谓）外，其他所有的伯字皆应作老大、长兄解，如《泉水》"问我诸姑，遂及伯姊"；《旄丘》"叔兮伯兮，何多日也"；《萚兮》"叔兮伯兮，倡予和女"；《伯兮》"伯也执殳，为王前驱"，"自伯之东，首如飞蓬"，"愿言思伯，甘心首疾"；《何人斯》"伯氏吹壎，仲氏吹篪"。

⑮有的学者将"亚""旅"皆释为大夫。这是不妥当的。

虽然，《左氏春秋》昭七年载有"亚大夫"，但亚字本身并无大夫之意。据《尚书·牧誓》传及《尔雅·释言》称："亚，次也。"第二为亚，《论语·微子》："大师挚适齐，亚饭干适楚，三饭缭适蔡，四饭缺适秦。"因此位次于大夫的称"亚大夫"；位次于正卿的称"亚卿"（《左氏》文六年）；位次于大将的称"亚将"；义父或叔父称"亚父"（皆见《史记》）。可知，亚并非是大夫的称号。

虽然，《周礼·夏官》称"五百人为旅，旅帅皆下大夫"，但旅字本身并无大夫之意。据《尚书·牧誓》传及《尔雅·释诂》称："旅，众也。"因此，众人称"旅人"（《易》），众下士称"旅下士"（《周礼·天官》），里巷"众小人"称"里旅"（《左氏》昭三年）。其次，如《国语·鲁语》载："《鲁庄公》……齐社（齐国祭社神时）而往观旅（看众人，看热闹）"；《尚书·武成》载："受（殷纣王）率其旅若林"；《诗大明》载："殷商之旅，其禬如林"，所有旅字皆是众人之意。可知，旅并非是大夫的称号。

因此，《载芟》诗中之亚，意为次；旅，意为众。

⑯《毛诗》作“有略其耜”，今从鲁诗。

⑰《毛诗》为“驿驿其达”，今从鲁诗。

⑱《毛诗》作“绵绵其麃”，今从鲁诗。

⑲按：此为春季祭社的礿祭，《礼记·祭统》：“春祭曰礿（酌）。”《说文》：“酌，盛酒行觞也。”春天是牲口交尾繁殖的时候，当时人不肯杀牲，故以酒作祭品。《礼记·月令》：“仲春……民社……是月也，祀不用牺牲。”《易经》既济释文：“礿者，祭之薄者。”

⑳周人所祀祖为稷神后稷，妣为姜地神姜原，是自然神也是祖先神。

㉑《毛诗》作“其饟伊黍”，今从齐诗。

㉒《毛诗》作“其鎛斯赵”，今从鲁、齐、韩诗。

㉓《毛诗》作“积之栗栗”，今从齐、韩诗。

㉔《礼记·祭统》：“冬祭曰蒸。”《月令》注：“蒸，谓有牲体为俎也。”据诗中所述的看来，《良耜》是冬季祭社稷的祭歌。这一天是人们庆祝收成的节日，“大杀群牲”，杀大牛祭神兼自飨。

㉕宋代王质在《诗总闻》中认为《载芟》《良耜》是劳动者的创作：“两诗皆称实函斯活，此非习知田野，深探物情，不能道此语也。”清代黄中松虽相信此二诗是周公之作，但以诗论诗却感到这两篇诗是与周代祭歌大不相同的，因而在《诗疑辨证》中称：“此诗既歌于耕籍时，又歌以祭社祭稷，是周公制作之际才华已竭，为此通套乐章开后人圆机活法之径耶？”这些学者所提出的疑难是有价值的，它说明：《载芟》《良耜》是“习知田野深探物情”的劳动者的制作；以叙述耕籍的劳动诗作祭歌不是西周时的习惯。

㉖邓元锡《五经绎》：“《载芟》《良耜》言质淳于周颂殊音，殆其豳（颂）乎。”何楷在《诗经世本古义》中认为《载芟》《良耜》是公刘居豳时的腊歌故名豳颂（其说见原书）。按《周礼·春官》：“国祭腊（《礼记》：伊耆氏始为腊），则龡《豳颂》，击土鼓（《礼记》：土鼓、蒉桴、苇籥，伊耆氏之乐也），以息老物。”由此可知，腊祭是周之

前的古祭，土鼓豳籥是周之前的古乐，豳颂是周之前的古祭歌。

㉗《史记集解》引《韩诗章句》："姜姓，原字。或曰：姜原，谥号也。"按：姜为水名，又名岐水，在今陕西省西部。《说文》称"神农居姜水以为姓"；原，是平地之称，《说文》称"广平为原。"因此，正如稷是五谷之总称，姜原即姜水平原之神化。姜原一作姜嫄。

㉘《史记·周本记》："姜原出野，见巨人迹，心忻然说（悦），欲践之，践之而身动，如孕者。居期而生子，以为不祥，弃之隘巷，马牛过者，皆辟（避）不践；徙置之林中，适会山林多人；迁之而弃渠中冰上，飞鸟以其翼复荐之。姜原以为神。遂收养长之。"《史记·三代世表》诸少孙曰："信以传信，疑以传疑……后稷亦无父而生。后稷母为姜嫄，出见大人迹而履践之，知于身则生后稷。姜嫄以为无父，贱而弃之道中，牛羊避不践也；抱（抛）之山中，山者养之；又捐之大泽，鸟复席食之。姜嫄怪之，于是知其天子。"《列子》："后稷生乎巨迹。"《春秋元命苞》："周先姜嫄履大人迹于扶桑生后稷，推种生，故稷好农。"《经典释文》引郭舍人《尔雅犍为文学注》："古者姜源履天帝之迹于畎亩之中而生后稷。"《春秋繁露》："后稷母姜嫄履天之迹而生后稷。后稷长于邰土，播田五谷。"（《礼纬》《河图》《吴越春秋》《白虎通》所载略同）

㉙禋，《诗·释文》："禋本作烟。"《周礼·大宗伯》："以禋祀祀昊天上帝。"注："禋之言烟，周人尚臭，烟气之臭闻者。"

㉚《毛诗》作"以弗无子"，鲁、齐、韩诗作"以祓无子"。祓，《说文》："除恶祭也。"《左氏》昭十八年疏："祓禳皆除凶之祭。"

㉛履，践也，踏也，行也。《论语》："行不履阈。"《诗经·大东》"君子所履，小人所视。"

帝，《艺文类聚》十一及《太平御览》七六引《尚书纬》："帝者天号也。"按：战国以前，史籍中所称道的帝皆指上帝而言。

武，步伐称武，《国语·周语》："不过步武尺寸之间。"脚痕足迹亦称武，如《诗下武》："绳其祖武"；《仪礼·士相见礼》："武举前曳踵"；《离骚》："及前王之踵武"；《礼记·曲礼》："堂上接武，堂下布武"。

亩，《经典释文》引郭舍人《尔雅犍为文学注》："履帝武亩，武迹也，亩，拇也。"按；《经典释文》叙录称郭舍人为汉武帝时人，《蜀典》谓即与东方朔同时待诏之郭舍人。此为引为此诗句之最早者，故从之。通行《毛诗》本作"履帝武敏"，郑笺："敏，拇也。"《尔雅·释训》："武，迹也。敏，拇也。"敏、亩、拇古音相同。

㉜此二句诗句读有三种异文：一为"履帝武敏歆，攸介攸止"；一作"履帝武敏，歆攸介攸止"；一作"履帝武敏，歆攸介止。"前二种意欠通，韵不协，故采用第三种。

介或作祄，《集韵》："祄，佑也。"按《诗经》中介字甚多，大多是指神佑或神赐而言，如：《小明》"神之听之，介尔景福"；《楚茨》"以为酒食，以享以祀，以妥以侑，以介景福……神保是飨，孝孙有庆，报以介福，万寿无疆"；《潜》"以享以祀，以介景福"；《旱麓》"清酒既载，騂牡既备，以享以祀，以介景福"；《信南山》"是烝是享，苾苾芬芬，祀事孔明，先祖是皇，报以介福，万寿无疆"；《大田》"来方禋祀，以其騂黑，与其黍稷，以享以祀，以介景福"；《七月》"为之春酒，以介眉寿"；《甫田》"琴瑟击鼓，以御田祖，以祈甘雨，以介我稷黍，以谷我士女"。

止或作祉，《尔雅·释诂》："祉，福也。"《左氏》哀九年："祉，禄也。"《易泰》："以祉元吉。"虞注："祉，福也。"按：诗经中祉皆作神降之福解，如：《閟宫》"天锡公纯嘏，眉寿保鲁……既多受祉，黄发儿齿"；《皇矣》"既受帝祉，施于孙子"；《六月》"吉甫燕喜，既多受祉"；《烈文》"烈文辟公，锡此祉福"。

据以上引文可知，介（神佑）祉（神福）皆与祭祀有关——是祭祀的结果。因此在《生民》中，姜原先是"克禋克祀，以祓无子"，结果"履帝武敏”之后便受到天帝的福佑（介止）。介止（祉）联用的尚有雝：“燕及皇天，克昌厥后，绥我眉寿，介以繁祉，既右（祐）烈考，亦右（祐）文母。”显然，“介以繁祉”即佑以多福之意。《甫田》中“攸介攸止”之字义与《生民》同。

㉝达，《郑笺》：“达，羊子也。”《说文》：“羍，小羊也，‘从羊，大声’读若达。”（《初学记》引《说文》羍，七月生羔也。）段注：“羍又小于羔，是初生羔也。薛综答韦昭：‘羊子初生名达。’”《虞东学诗》：“人之初生皆裂胎而出，骤失所依，故堕地啼哭，惟羊连胞而下。”《诗三家集义疏》引陶元淳：“儿在母腹，胞衣裹之，生时衣先破……惟羊子之生，胞衣完具，堕地而后，母为破之……。后稷之生盖藏于胞中，如羊子之生，故言如达。”按：羊在胞中名达，其形如肉蛋。俗称球状怪胎为羊胞胎，胞衣为羊衣，胎水为羊水，皆以此。

㉞按：始祖卵生的传说是古代北方种族的神话。古商族、周族等都有着极类似的神话。魏收《魏书·高句丽传》：“高句丽者，出于北夫余。自言先祖朱蒙，朱蒙母河伯女为夫余王闭于室中，为日所照，引身避之，日影又逐，既而有孕生一卵，大如五升。夫余王弃之与犬，犬不食；弃之与豕，豕又不食；弃之于路，牛马避之；后弃之野，众鸟以毛茹之。夫余王割剖之不能破，遂还其母。其母以物裹之，置于暖处。有一男子，破壳而出，及其长也，字之曰朱蒙。其俗言朱蒙者，善射也。”《好大王陵碑铭记》：“始祖邹牟王之建基也，出自北扶余，天帝之子，母河伯女郎，剖卵降出。”王氏高丽朝金富轼《三国史记》：“河伯之女名柳花……生一卵，大如五升许。王弃之与犬豕，皆不食；又弃之路中，牛马避之；后弃之野，鸟复翼之。王欲剖之，不能剖，遂还其母。其母以物裹之，置于暖处，有一男儿破壳而出，骨表英奇，年甫七岁，嶷然异常，自作弓矢射之，百发百中。”（王氏高丽进《李相国文集》作：“卵终乃开，得一男，生未经月，言语并实，谓母曰：‘群蝇噆目不能睡，母为我作弓矢。’其母以荜作弓矢与之。自射纺车上蝇，发矢即中。”）由上引神话

中可以看出在主要情节上与《生民》是相同的。至于卵生祖先是射手这一点虽与《生民》不同，但《楚辞·天问》中却有如是记载："稷维元子，帝何竺之？投之于冰上，鸟何燠（温）之？何冯弓挟矢，殊能将之？"由此看来，古神话中的后稷，生下来即能"冯弓挟矢"。惟此说已失传。

㉟古台地在今陕西武功县南，渭河北岸。

㊱《毛诗》作"释之叟叟"，今从三家诗改。

㊲于省吾先生《双剑誃诗经新证》："按軷跋之本字，应读为拔。古从犮从发之字多音近相叚。"

㊳《国语·周语》："昔夏之衰也……我先王不窋……自窜于戎狄之间。"《史记·刘敬列传》："刘敬曰：'公刘避桀居豳'。"《匈奴列传》："夏道衰而公刘失其稷官，变于西戎，邑于豳。"《吴越春秋》卷一："公刘避夏杰于戎狄，变易风俗，民化其政。"卷五："公刘去邰而德障于夏。"《史记·周本纪》："公刘虽在戎狄之间，复修后稷之业，务耕农，行地宜，自漆沮度渭取材用，行者有资，居者有畜积，民赖其庆，百姓怀之，多徙而保归焉。周道之兴自此始。故诗人歌乐思其德。"索隐："即诗大雅篇笃公刘是也。"按：周人自邰迁豳，一说是不窋时事，一说公刘时事。《史记》中载两说，并称公刘乃不窋孙。但这些说法皆晚于《笃公刘》。以诗论之，周人迁豳当是公刘时事。（不窋与公刘可能是一人）。公刘所处的时代，据《史记》称在周灭殷之前的四百年。

㊴《管子枢言》："与人相胥。"注："胥，视也。"

㊵《广舆记》："平凉府泾州有泉眼百余，大旱不竭，即百泉。"《通典》："百泉在汉为朝那县，属安定郡，在唐为百泉县。"

㊶《尔雅·释邱》："绝高谓之京。"汉李巡注："丘之高大者为京。"《诗经·皇矣》"依其在京"；《甫田》"如坻如京"；《定之方》"景山与京"。

㊷按：师乃𠂤之叚借。《说文》："𠂤，小阜也。凡𠂤之属皆从𠂤……𠂤犹众也，与师同意"。段玉裁注："小阜，阜之小者也，《广雅》本之

曰：‘𠂤，细阜也。’今讹𠂤不可读矣。小阜曰吕𠂤，《国语》段借魁字为之，《周语》‘夫高山而荡以为魁陵粪土’，贾逵、韦昭皆曰‘小阜曰魁’，即许慎（《说文》）之𠂤也。贾逵注见《海赋》，其字俗作堆，堆行而𠂤废矣。……《士冠礼》注：‘追犹堆也。’是追即𠂤之段借字。李善注《七发》曰：‘追，古堆字。’𠂤语之转为敦，如《尔雅》之‘敦丘’俗作墩；《诗》‘敦彼犹宿’，传以敦敦然释之皆是。”郭沫若先生释“小臣单觯”曰：“𠂤字习见，多于师旅有关，旧释为师，然有师𠂤同见于一辞者，知其非是。古追归字以此得声，师𬎆字以此会意，𠂤即《说文》‘𠂤，小阜也’，又‘𠂤犹众也’之𠂤。𠂤之后起字为堆，古或段追为之。音变为𡶒，又段魁为之。再转为敦，故又段屯为之。本铭𠂤字当即屯聚之屯。”（见《两周金文辞大系考释》）由此可知，京为大山，师（𠂤）为小丘，皆是适宜于当时人屯聚之地。王所居之地号京师，乃后代义也。

㊸《毛诗》作“乃造其曹”，今从三家诗。马瑞辰《毛诗传笺通释》：“造者，祰之段借也，《说文》：‘祰，告祭也。’盖凡告祭通曰祰也。曹者，褿之省借。《艺文类聚》引说文：‘祭豕先曰褿。’《广雅》：‘褿，祭也。’《玉篇》：‘褿，豕祭也。’”

㊹于省吾先生《双剑誃诗经新证》：“按三之言屡也。古人纪数，凡一二之所不能尽者，则约之以三，以见其多，详汪中《述学释三九》。单战古通……然则‘其军三战’，谓其军屡战，有所阅历也。《史记》‘管仲三战三走’，谓屡战屡走也；‘田忌三战三胜’，谓屡战屡胜也；《齐策》‘曹沫为鲁君将，三战三北’，谓屡战屡败也；《公羊成二年传》‘三战不胜’；《左定四年传》“三战皆伤”；《哀十一年传》“三战必死”，三战皆指屡战而言，是三战乃古人恒（常）言。“是公刘武功，彪炳一时，故诗人以其军三战咏之也。”

㊺《尔雅·释山》：“山西曰夕阳。”李巡注：“山西，暮乃见日，故曰夕阳。”

㊻按：今陕西邠县东北三十里有过涧河，在史店、张洪镇之间。

㊼芮即汭，汭水在今陕西邠县正西五十里，为泾河支流。

㊽《史记·匈奴列传》：“（公刘）后三百余岁，戎狄攻太王亶父。亶父亡走岐下，而豳人悉从亶父而邑焉，作周。其后百有余岁，周西伯昌（即文王）伐畎夷氏，后十有余年，武王伐纣而营雒邑。”《孟子·梁惠王》：“昔者太王（周建国后称古公亶父为太王）居豳，狄人侵之，去之岐山之下居焉。非择而取之，不得已也。”《史记·周本纪》：“古公亶父复修后稷、公刘之业，积德行义，国人皆戴之。薰育、戎狄攻之……遂去豳，度漆沮（按：应是杜水、漆水，在今陕西麟游、武功之间。）踰梁山（梁山在今陕西乾县北二十三里），止于岐下（岐山在今陕西岐山县北五十里）……于是古公乃贬戎狄之俗，而营城郭室屋，而邑别居之，作五官有司。民皆歌乐之，颂其德。”今本《竹书纪年》：“（商）武乙二十四年，伐程，战于毕，克之。”按：毕原在陕西泾阳西二十里，文、武、成、康四王及周公的墓皆在左近。

㊾王国维辑校《古本竹书纪年》：“（商）武乙三十五年，周王季伐西落鬼戎，俘二十翟（狄）王。”“大丁四年，伐余之无戎，克之。”“七年，周人伐始呼之戎，克之。”“十一年，周人伐翳徒之戎。”“（商）文丁杀季历。”

㊿《诗·大雅·大明》：“有命自天，命此文王，于周于京，缵女维莘，长子维行，笃生武王，保右命尔，燮伐大商。”按：古莘国在今陕西郃阳县南。

《路史》引《六韬》：“文王质虞、芮之讼。暨师武伐纣，乃收虞师芮师。”据史载：古虞国在山西平陆；古芮国在山西芮城。

51这从殷墟出土的甲文中便可看出：“癸未，令斿族寇周。”（《殷虚书契前编》四卷三十二叶）；“令旃从𢀛侯寇周。”（同书七卷三十一叶）；“贞，击熹令从寇周。”（《殷虚书契后编》下卷三十七叶）；“贞，令多子族众犬侯寇周。”（《前编》五卷七叶）后一条与《史记·周本纪》中的“（文王）伐犬戎”当是一事。这说明殷商曾联络西方的部落以牵制周族。周族历年征伐见《史记·周本纪》。

(52)《毛诗》作“自土沮漆”。《汉书·地理志》“右扶风杜阳”班固自注：“杜水南入渭（河），诗曰自杜沮漆。”胡渭《禹贡维指》：“偏考群书，豳地有漆无沮。”王引之称：“沮当为徂，徂，往也，言公刘去台适豳，由杜水至于漆水也。豳地有漆无沮，《小雅·周颂》之漆沮在泾东，与豳地无涉，豳在泾西故也。”《水经注》：“杜水出杜阳山，其水南流，谓至杜阳川，东南流左会漆水。”按：杜水源于陕西麟游县西北七十里，漆水源于永寿西五十里，二水东南流至武功县东相汇合，归入武水，武水流至盩厔入渭河。杜水、漆水皆在扶风、永寿之间。古时，由台至豳，需涉杜、漆；由豳至岐，需涉漆、杜。另一漆水源于宜君四十里铺，沮水源于同官苗湾，二水皆在同官县与耀县境内，西距豳地约二百里。由此观之，王引之之说甚是。

(53)《毛诗》作“陶复陶穴”，今从三家诗改。《说文》：“寝，地室也。”《广雅》：“寝，窟也。”《礼记·月令》：“古者复穴。”疏：“复穴者，谓窟居也。”

(54)《毛诗》作“来朝走马”，今从《韩诗》。趣与趋同。

(55)胥，见②。宇，地也。《楚辞·招魂》：“其外旷宇些。”《诗桑桑》：“念我土宇。”泂宫：“大启尔宇”。

(56)《毛诗》作“周原膴膴”，今从韩诗。周原在陕西岐山县南。古公亶父迁至周原，后以周为族名和国号。

(57)《毛诗》作“乃立皋门，皋门有伉”，今从《韩诗》。

(58)按：戎，《大载礼》“西辟之民曰戎”；《礼记王制》《周礼职方》郑众注“西方曰戎”；《公羊》隐三年传注“西方曰戎”。戎又作兵、戮解：《说文》“戎，兵也”；《书康浩》“殪戎殷”疏“戎，兵也”。丑，《说文》“可恶也”，意为丑类。《诗经》诗中的“丑”大多是对周围敌对部落所加轻蔑的称号，有时称敌人，有时称敌俘，如：《出车》“赫赫南仲，薄伐西戎。……执讯（可审讯的活口称讯，今军事术语称舌头）获丑，薄言还归”；《采芑》“蠢尔蛮荆，大邦为仇，方叔之老，克壮其犹，方叔率止，执讯获丑”；《常武》“王奋厥武，如震如怒，进厥虎臣，阚如虓虎，铺敦淮濆，仍执丑虏”；《泮水》“顺彼长道，屈此群丑。……既作泮宫，淮夷攸服”。

㊾按：肆，杀人陈尸也。《论语·宪问》：“吾力犹能肆诸市朝。”郑注：“有罪既刑陈其尸曰肆也。”《礼记·月令》：“毋肆掠。”注：“肆，谓死刑暴尸也。”《礼记·檀弓》下：“君之臣不免于罪，则将肆诸市朝。”《周礼·秋官掌戮》：“凡杀人者，踣诸市，肆之三日。”陈列生物尸体祭神（上供）称肆祀。《周礼·太祝》：“凡大禋祀肆享祭示。”注：“肆，祭宗庙也。”《周礼·典瑞》：“以肆先王。”注：“肆，解牲体以祭，因以为名。”诗中“迺立冢土，戎丑攸行，肆不殄厥愠”乃描写杀俘陈尸祭社的情形。古时，赏人于祖庙，杀人于社前（见《尚书·甘誓》），在原始社会末期，往往杀战俘于社前以祭神，周代以后虽不杀俘，但仍“数俘于社”或“告于社”——这已成为传统的仪式。春秋时，偶尔也有杀人祭社或祭山的事件发生。《左氏春秋》僖十九年：“宋公使邾文公用鄫子于次睢之社。”注：“盖杀人而用祭。”（《周礼·庖人注》：杀牲谓之用。）昭十年：“（鲁）平子伐莒取郠，献俘，始用人于亳社。”注：“以人祭殷社。”昭十一年：“楚子灭蔡，用（蔡）隐太子于冈山。”殄，《说文》：“尽也。”愠，《说文》：“怒也。”

⑳如《载芟》韵法为：（字下有◉者不协韵，同格者同韵。）

柞、泽|耘、畛|伯|旅、以|馌|妇、土、耜、亩|

谷、活|达、杰|苗、穮|济、积、秭|醴、妣、礼|

香、光|馨、宁|且|今|兹|

如《良耜》韵法为：

耜、亩|谷、活|汝、筥|黍、纠|挃、蓼|止、止|

桎、秩|墉|栉、室|止、止|牡、角|续|人|

如《生民》韵法为：

①民、神|何、|祀、子、敏、止、夙、育、稷|

②月|达|副、害|灵、宁|祀、子|

③巷|之|林、林|冰|之|矣、矣|讦、路|

④匐、嶷、食|菽|旆、穟|幪、菶|

⑤穑|道、草、苞、褎、秀、好、|栗、室|

⑥种|秠、亩、芑、负、祀|

⑦何|舀、蹂、溞、浮|惟、脂|軷|烈、岁|

⑧豆|登、升、韵|时、祀|悔|今|

如《公刘》韵法为：

①刘|康、疆、仓、粮、囊、光、张、扬、行|

②刘|原、繁、宣、叹、巘、原|之|瑶、刀|

③刘|泉、原|岗、京|野、处、旅、言、语|

④刘|依、跻、几、依|曹、牢、匏|之、之|

⑤刘|长、冈、阳|泉、单、原|粮、阳、荒|

⑥刘|馆、乱、锻|理|涧、涧|密、既|

如《古公亶父》韵法为：

①瓞|生|漆|父|穴、室|

②父、马、浒、下、女、宇|

③膴、饴、谋、龟、时、兹|

④止、右、理、亩|东|事|

⑤空　徒、家|直、载、翼|

⑥陾、登、薨、凭、兴、胜|

⑦门|阅|门|将|士|行|愠、问|

⑧矣、矣、矣、矣|

⑨成、生|附、后、走、侮|

㉑一拍子头韵甚多，举数例于后。

如同句头韵：

载芟载柞　克禋克祀　徂隰徂畛，匪居匪康

连绵头韵：

侯主侯伯　侯亚侯旅　侯强侯以（《载芟》）

实方实苞　实种实褎、实发实秀　实坚实好　实颖实栗（《生民》）

乃慰乃止　乃左乃右　乃疆乃理　乃宣乃亩（《緜》）

间歇交互头韵：

厌厌其苗，绵绵其穮（《载芟》）

荼蓼朽止，黍稷茂止

其饷伊黍　其笠伊纠（《良耜》）

㊷一拍子尾韵（腰韵）甚多，仅举类例于后。如：

同句尾韵：

匪且有且

匪今斯今（《载芟》）

其崇如墉

其比如栉（《良耜》）

连绵尾韵：

有实其积，万亿及秭（《载芟》）

爰始爰谋，爰契我龟，曰止曰时，筑室于兹。（《緜》）

间歇尾韵：

匪居匪康，乃埸乃疆，乃积乃仓（《公刘》）

第二编　殷商奴隶制社会的文学

（前十七世纪—前十一世纪）

第一章　殷商奴隶制国家的建立及其社会特征

第一节　殷商奴隶制国家的建立

在远古，商族流动于渤海沿岸[1]，以后定居在今日的河北山东一带。约在公元前二十世纪，曾与有易（扈）为争夺牲畜进行了较大的战争，商族获得了胜利[2]。其时可能已出现家长奴役制度。

到公元前一七八四年前后，在商部族联合的大酋长汤和伊尹的谋划下，开始向西方进攻。

当时，居住在商族西方、南方的是号称祝融后裔的许多部族。计有顾（今山东范县）、三朡（今山东定陶）、昆吾（今河南濮阳）、豕韦（今河南滑县）、温（今河南温县）、会（今河南新郑）、�（今河南许昌）、参胡（今河南淮阳）、偪阳（今江苏沛县）、大彭（今江苏徐州）、芊（地不详）。其中昆吾、豕韦、大彭力量较强[3]。更西便是商族的劲敌大夏（在山西省和河南、陕西一带）。

汤开始南迁到商亳一带（今河南商丘一带），西进灭葛（今河南宁陵），从而将祝融族的顾、昆吾、豕韦与大彭、偪阳分割开。然后向西方远征温，切断顾、昆吾、豕韦与夏的联系。这样就使这三个部落，北凭黄河（当时的河道）东、南、西三面受敌，《商颂》中的“包有三蘖”，即指此而言。于是汤先灭西边的豕韦，后灭东边的顾，然后夹击昆吾。这在战略上是颇高明的。同时，可以看出，这种包围歼灭战的主要目的是为了俘掠人口。

商灭昆吾后，乘胜攻击夏族，如《商颂》所载："韦顾既伐，昆吾夏桀"。夏桀与商汤会战于鸣条（似在山西中条山一带）。商汤取得完全的胜利。于是占领了黄河平原。北边的祝融族人大部分做了商奴隶主的奴隶[④]，南边的祝融族人，大多南退。参胡退至今安徽阜阳一带，其后代胡公满，在周初时改封于陈[⑤]。大彭与芊则退于淮河一带，继续与商战争。芊的后代，便是以后的楚人。

由此，建立了奴隶所有者国家。

第二节　殷商奴隶制社会的特征

奴隶制的产生是生产力发展的结果。由于"原始公社制度生产力的发展，引起了奴役制的产生。奴役制产生的第一个条件，是生产力达到了保证有可能获得剩余生产物的水平。农业和畜牧业，以及铁器的使用，大大提高了劳动生产率，以至开始有可能榨取剩余生产物了。"（《前资本主义形态》）

奴隶制度，是历史上的第一种剥削形态。"在奴隶占有制度下，生产关系的基础是奴隶主占有生产资料和占有生产工作者，这生产工作者就是奴隶主可以把他们当作牲畜来买卖屠杀的奴隶。"（斯大林：《论辩证唯物主义和历史唯物主义》）

殷商奴隶制社会建立之后，进入文明时期。农业和牧畜业飞跃提高。

这时期，在天文历数、冶铜、雕铸、建筑、音乐上都有巨大的成就。也就在这一时期，出现了文字。这文字成为后代“汉字”的起源。

殷商奴隶制的发生发展规律与基本生产关系，与其他民族的奴隶制是相同的。但生产力的发展所引起公社解体的具体过程，在不同的国家与不同的时代，都是有所差别的。这就使古代的国家形态，在东方和西方各自具有着独特性。因而殷商奴隶制社会，便具有其显著特征。

我们知道，“生产的变化和发展始终是从生产力的变化和发展，首先是从生产工具的变化和发展开始的。”（同上）“劳动工具不仅是人类劳动力发展的标度，而且也是借以完成劳动过程的那些社会关系的指标。”（马克思：《资本论》第一卷）

在古代西方，生产力的进一步发展，引起了铁器的制造。于是铁犁、铁斧、铁剑的时代到了。“铁使更大面积的农田耕作，开垦广阔的森林地区，成为可能；它给手工业工人提供了一种其坚固和锐利非石头或当时所知道的其他金属所能抵挡的工具。”（恩格斯：《家庭、私有制和国家的起源》）“于是发生了第二次大分工：手工业和农业分离了……随着生产分为农业和手工业这两大主要部门，便出现了直接以交换为目的的生产，即商品生产，随之而来的是贸易，不仅有部落内部和部落边界的贸易，而且还有海外贸易。”（同前书）

但在古代中国，一直到殷商奴隶制的崩溃期，仍在使用青铜器。从殷墟出土的青铜器看来，制作技术虽精良，冶炼技术虽纯熟，但作为生产工具，就其使用价值说来，究竟不如铁器锐利坚固。这就不能不影响到当时人的生产经验和劳动技能，不能不影响到当时的生产力和经济形态。

因此，在这样生产力的限制下，殷商奴隶社会便不可能出现手工业与农业的大规模的严格的分工。从而商品生产受到影响。殷墟发掘区内，虽然掘出了各种作坊的遗址，但规模都很小，不足以制造大量商品。这也就证实了即使到殷商末期，商品生产仍是不发达的。正如马克思在《资本论》第三卷里说的，在古代亚细亚的古典的诸生产方法之下，生产物之向商品转化，因而亦即人类作为商品生产者而存在的事实，不过扮演着从属的角色。

这就使得殷商奴隶制度具有东方特性。殷商奴隶制并不完全是由于社会严密分工和商品交换发达所造成的公社解体而形成——这意味着财产的不平等日益增长，富人开始把自己同族人变成奴隶，氏族内部发生了对抗性的阶级矛盾；不是这样的，或主要不是这样的，它是当畜牧业和农业分工之后，青铜器使用出现了剩余劳动，在公社内开始使用俘虏作奴隶，于是，大陆地带频繁的部落战争——集中财富，掠夺人口，便成为生产力不足的主要补偿手段。在这样条件下，殷商建立了奴隶制的国家机构。

一般说来，国家的结构，在其基础上是与氏族的结构直接相对立的。国家把人民不是按血统关系，而是按地域联合起来。但由于殷商奴隶制的形成不是基于公社机构解体，而是以氏族的军事组织——部落联合体从事对外族的掠夺人口集中财富的战争，从而出现了奴隶制度，部落联合体便转化为国家机构。（马克思在其《遗稿》中曾说，古代各国的部落，建立在两条路上：有的按氏族，有的按领土。殷商的部落组织是属于马克思所说的第一种形态。）因此，在殷商奴隶制社会中保留着浓厚的氏族传统和公社残余：部落联合成为政治机构；公社转化为经济单位和行政组织；在政治制度上保持着血统连锁关系；在财产上没有土地的私有制；在宗教上因袭着图腾标志盛行祖先崇拜；在从事战争时以氏族为军事单位。一方面种族成员成为统治阶级和自由民，另方面所使用的奴隶，大多是自战争中俘获来的外族俘虏，因而在甲文中所见到的奴隶往往冠以族名。

这种特征，在最初阶段是由于生产力不足，商品生产和交换的不发达所形成。但当这特征形成之后，它又成为商品生产和交换的严重障碍。

其次，加上所述，生产分工和商品生产的不发达，便影响了商品交换。这从币制上便可得到说明。在古代希腊，“经济的特征，是生产力的增长，铁器广泛传布，农业方面向园艺作物过渡；手工业日益离开农业而分立；贸易和航海日益发达。伴随着希腊经济迅速增长而来的，是货币制度的发展，特别是硬币的出现”。金属硬币的出现，是商品生产发达和交换关系扩大的直接结果。在古代西方出现了铁币、铜币、银币，罗马帝国每年生产二十五万德拉赫马（古罗马币），从事开矿的有四万人。但殷商时代，并无金属币出现，当时所用的是海贝和骨贝，并且直到西周初仍以朋作为货币统计单位。

值得注意的是：殷商商品生产和贸易的不发达，使商业大都市未能出现。

“一切发展的并且以商品交换作为媒介的分工的基础，都是城市和农村的分立。”（《资本论》第一卷）“文明时代巩固并加强了所有这些在它以前发生的各次分工，特别是通过加剧城市和乡村的对立……而使之巩固和加强。”（恩格斯：《家庭、私有制和国家的起源》）古代希腊便是这样的古典的城邦奴隶制国家。城市脱离了乡村，成了经济的、社会政治的生活中心。基本的贸易是在城市中进行。出现了大商场，其中有着不同的市场：面粉市、豆市、陶器市、菜蔬市等等。出现了特殊的阶级——从事商业，高利贷和货币兑换的商人——这是当时所必然产生的人物，因为每个城市都发出价值各不相等的货币。城市——手工业生产的中心。同样，在城市中发展着文化生活和科学。古代希腊和罗马的艺术、哲学、自然科学的高度发展的基础是由于奴隶劳动和手工业发展所造成的有力的经济高涨。

但在殷商时代，虽已有畜牧业农业的分工和手工业与农业的初步分工，然而由于青铜器使用所造成的生产限制和农业生产水利灌溉所形成的公社残存的缘故，在当时没有形成大规模的劳动分工与分业，“人类作为商品生产者而存在的事实，不过扮演着从属的角色。”因此没有形成高度发展的商业都市。这从殷墟的发掘中便可得到证明，正如马克思在《遗稿》中说的那样，古典的古代历史——是城市的历史，是以土地私有制和以农业为基础的城市的历史。亚细亚的历史——是城市与乡村的特殊的不可分离的统一（这里的大城市仅仅可以看作是王侯的巢穴，看作是经济制度上的赘疣）。

所有这些，便是殷商奴隶社会主要特征。

注释

①延吉、吉林、林西、沙锅屯、龙山等地所发现的文化层，和商族文化属于一个系统。

②有易（扈）约在今日河北省徐水新镇一带，当时的古黄河道在其东，故有上甲借兵于河伯以灭有易的神话传说。上甲灭有易见第二章。

③《国语·郑语》："夫黎为高辛氏火下（韦昭注：黎，颛顼之后也）……故名之曰祝融……其后八姓，已姓：昆吾、苏、顾、温、董。董姓：鬷夷、豢龙，则夏灭之矣。彭姓：彭祖、豕韦、诸稽，则商灭之矣。秃姓：舟人，则周灭之矣。妘姓：邬、郐、路、逼阳。曹姓：邹莒，皆为采卫，或在王室（周）或在夷狄，莫之数也，而又无令闻，必不兴矣。斟姓无后。融（祝融）之兴者，其在芊（姓）乎。"

《史记·楚世家》："（祝融）生陆终。陆终生六子，长曰昆吾，二曰参胡，三曰彭祖，四曰会人，五曰曹姓，六曰季连，芊姓，楚，其后也。"

④《左传》哀十七年载："卫侯梦人登昆吾之观。"杜注："卫有观在古昆吾之墟，今濮阳城中。"不久内乱，卫侯薨入戎州己氏家。杜注："己氏，戎人姓。"按：己姓即昆吾之后（见③），可知到周时，昆吾的后代，仍住在原籍。

⑤《左传》昭八年："陈，颛项之族也""陈，颛项之墟也。""卫、颛项之墟也。"按：卫之称颛项之墟是因为是古昆吾之地，陈之称颛项之地是因为是古参胡地。《史记·陈世家》载吴公子光取胡地，而阜阳原是古胡子国，故知胡地在陈。胡公满，似是颛项族参胡之后。

第二章　殷商的神话

第一节　殷商奴隶主观念中的神的特征

由于奴隶社会的经济基础对上层建筑的派生作用，所以当奴隶制度建立之后，原始观念中的自然神便起了质变。它已不再单纯是自然物在人们观念中的虚妄反映，而且也是统治阶级暴力的化身；它一方面是奴隶主掠夺财富奴役人身的暴力思想的反映，另方面也是为这种暴力思想或行为服务的工具。所以如此，是因为作为人类整个发展史说来，奴隶社会的生产水平仍是低下的，人仍是无力认识自然，自然威力仍在人的头脑中作为神灵出现；同时，奴隶社会是最初的阶级社会，“在阶级社会中……各种思想无不打上阶级的烙印。”（毛泽东：《实践论》）从而原始的自然神，便被增入了阶级内容。这一种变化，是由造成这一变化的人们的阶级，即经济关系来决定的。因此，在当时人的观念中这些自然神不仅保佑生产，而且保佑甚至参加战争。古代希腊的日神阿波罗，火神乌尔刚，雷神由丕特，海神尼普顿，地下神柏鲁图，不仅是自然威灵，而且是披甲挂铠持刀弄棒的人间化的英雄。

其次，由于奴隶主是以暴力从事掠夺财富奴役人身，因此，当时奴隶主观念中的神也都是一些“暴徒”。

在希腊神话中的“神的社会”里，盛行着诱拐、强奸、盗窃、嫉妒、抢掠、战争等行为。神和神之间，也是不论是非，仅以权势相结合。这正是奴隶主阶级思想行为的折光反映。这些神之所以被奴隶主所敬畏，并非是由于他的德行（这曾是封建社会神的标准），而是由于他掌有暴力手段（这正是奴隶社会的观念体现）。在希腊神话中，被众神敬畏的神中之神宙斯，便是个老无赖，他之所以是最高的神是因为他手中拿着的雷、电、火三样法宝。有一次，他为了到地上去诱奸女人，便将手中的法宝藏在洞中，结果被他的敌人盗取了，并以他的法宝攻击他。于是他只好落荒而走，流落在人间当了流浪汉，最后还是依靠了音乐的效能收回了法宝而后复辟的。

由此可知，奴隶主观念中所尊敬的不是神本身，而是神手中所执掌着的暴力。对神的暴力的赞礼，也正是为人间暴力助威。这正是奴隶主自己阶级意识的综合反映。同时，统治阶级的思想，便是统治的思想，而“占统治地位的思想不过是占统治地位的物质关系在观念上的表现，不过是以思想的形式表现出来的占统治地位的物质关系”。（马克思恩格斯：《费尔巴哈》）所有这些便是奴隶社会宗教特征，它和原始社会及封建社会的宗教是不相同的。

在殷商时代，奴隶主所祀奉的神也具有这些特征。但由于殷商是种族奴隶制国家，一方面城市不发达，因此没有城邦守护神（如雅典娜）和分工化了的行业神；但另方面，却保留着公社机构，盛行着由血族关系形成的祖先崇拜，因此，殷商的神，不仅是自然暴力和社会暴力的化身，而且被当作了殷商的祖先（所谓先公先王）。

安阳出土的甲骨文中，有许多祭祀俊（夋）、契、土、季、亥、河诸神的记载。

夋甲文作，像鸟头尖嘴之形。王国维认为“俊也即喾”，其实也就是舜。从形状上看这是神话中的玄鸟（凤），也即天帝和太阳神。日行长空，往往使原始人由此联想到鸟，因此古代各民族的日神往往被赋以鸟的形状。神话中说：俊有两个妻子，一名羲和生十日；一名常羲（常仪、常娥）生十二月。俊的儿子很多，其中后稷发明农植；晏龙发明琴瑟；季厘是火神；禺号的孙子番禺发明制舟；后羿为弓矢；还有八个儿子发明歌舞。显然，这是殷人的宇宙总神。但这位神道已被殷商奴隶主认作自己的祖先，因此，在甲文中称作“高祖俊”（罗氏拓片）[1]。

契，甲文作[illegible]，上半像契开之意，下半作人身蹲踞之状。契是殷人的开辟神，是天帝俊的儿子，在后人的记载中称作商契或玄王。据传说和甲文所记：契的儿子名昭明，显然这是殷人的光明神；昭明的儿子名相土，显然这是殷人的土神（社神）。相土的孙子名季（冥），显然这是殷人的农神。季的儿子名亥，显然这是殷人的牧畜神[2]。在殷人的神的谱系中，表现了殷人的对宇宙的理解[3]，即天帝（俊）的儿子开辟神（契），驱逐了黑暗，带来了光明（昭明），于是开拓了土地（相土），然后种植农物（季），牧畜牛羊（亥）。上述的这些自然神，在殷商奴隶制时代，却是作为先祖先王，保留在国家的祭祀中。契则是殷族所称道的始祖：“殷人祖契宗汤”（《国语》）；亥则是殷人传说中的名王，甲文称之为“高祖亥”或“王亥”。

由于奴隶主阶级的需要，这些自然神在殷商时都被人格化，变成了殷族的祖先或先王。在殷商人的观念中，这些神的祖先不仅操纵着自然威力是大自然的主宰：喜则佑年，怒则降馑[4]；而且是执掌着社会暴力的奴隶制度的卫护神：帮助殷人征伐异族，掠夺人口，并保佑着殷商国王[5]。

但另方面，殷人的先王和祖宗，这时却被神化，变成了神祇。在殷奴隶主的观念中，生前执有社会暴力的国王，死后当然也能操纵自然威力。因此，这些曾经生活过的死人，便被当时人想象作能保佑年成，司理疾病，庇护征伐的神灵[6]。

由此可知，殷商奴隶制社会的神，是一些“怪力乱神”；殷商奴隶制的宗教，无非是自然暴力和社会暴力的集中表现。殷人所敬畏的自然神，大多转化为国王的祖先。所以如此，是因为奴隶主阶级总是将他的掠压看作是奉天顺时的，将他的剥削制度说成是符合“自然意识”和“宇宙精神”的。殷奴隶制国家的死国王，全部变成了神灵，所以如此，是因为对死国王的礼拜可以直接加重活国王的权威，可以使国王神圣化。这无疑的是会对奴隶主的政权起巩固作用的。总之，殷商的宗教，是社会暴力采取了非人间的形式，一方面是由于当时生产力低，人不能科学地认识自然；另方面，是奴隶主阶级为了自己阶级的利益而利用原有虚妄观念并作需要的增添和加工而形成。历史证明，一切猫鬼蛇神愚昧的思想，总是有利于剥削阶级的，而剥削阶级也总是加以利用的。因此，“殷人尊神，率民以事神，先鬼而后礼”（《礼表记》）这便是殷商奴隶制社会宗教的特征。

第二节　殷商神话传说

由殷商所祭祀的神祇看来，当时的神话应是很丰富的。但它没有能够像希腊神话之在希腊一样：“希腊神话不只是希腊艺术的武库，而且是它的土壤。”（马克思：《政治经济学批判导言》）这“宝库”和“土壤”，在殷商奴隶社会中，未能得到大力地开发和高度的艺术加工，因而没有像希腊一样，成为史诗和悲剧的资料。所以这样，是由于当时的精神生产受到较低的物质生产形态的规定。

同时，随着殷商奴隶制国家的灭亡，殷商神话也有很多失传，没有完整的流传下来。今天只能从商代颂歌及后代的记载中找到某些片段。较有痕迹可寻的，有“玄鸟生商”及“王亥死于有易”的神话传说。

《玄鸟生商》神话，最早的记载见于《商颂》《离骚》《天问》《吕氏春秋》。汉时的《史记》《尚书中侯》《诗纬·推度灾》《诗含神雾》

《潜夫论》《易林》《白虎通》诸书中皆有记载[7]。此外，与殷商在古代有关系的东北各族的古代神话中，也有和《玄鸟生商》极相类似的故事，见：《论衡》《魏书》《旧三国史》《三国史记》《好大王碑》《清太祖武皇帝实录》（北京博物馆抄本）[8]。这些故事可作《玄鸟生商》的补充。

由于长时期的不同地域的口语流传结果，这神话出现了“异文”。

其一是：天帝降下太子（天王郎或后羿）到下界。太子遇见了河伯的女儿（雒嫔、柳花），便私自结婚。河伯与太子争论，失利（一是斗法失败，一是夹脸挨了一箭）。后太子升天，河伯驱逐其女出境。河伯女为扶余（橐离）王所得，被囚禁于别宫（瑶台，九重之台，幽室），需饮食时，击鼓相闻。天帝命日神玄鸟（《山海经》：其状如鸡、五彩而文，名曰凤凰）往视。玄鸟生一卵，河伯女吞之，有娠，（异文：女幽闭室中，为日所照，引身避之，日影又逐而照之，因而有娠）。至期生一卵，大如五升许。王以为不祥，“弃之与犬豕，皆不食；又弃之路中，牛马避之；后弃之野，众鸟以毛茹之。王欲剖之，不能剖，遂还其母。”河伯女“以物裹之，置于暖处，有一男子，破壳而出，生未经月，言语并实，是为朱蒙（邹牟、东明）”。

其一是：有娥氏之女简狄（古伦）姐妹三人，浴于玄丘之水（布尔湖里）见一玄鸟（神鹊）飞过，坠一卵（朱果）。简狄（古伦）得而吞之，有娠生一子，“生而能言，倏而长成。”这就是商契（爱新觉罗·布库里雍顺）。

这两个玄鸟生人的故事，在最初它应是一个神话的衍变，由于长期口语流传，因此造成了如上的分歧。不过在主要梗概上，两者还是一致的，即日神（凤、玄鸟、神鹊）和河神的女儿（也是神鸟、娥凰）结婚，于是产生了商——是一个“人”，也是全族。这说明在当时人的观念中，认为太阳和河水是人类的父亲和母亲；也正是依靠了太阳和河水，人类才能产生生活资料，才能生息繁殖。显然，这想象是适应于黄河中流的地理环境和农业生产性质的。所以在甲文中发现隆重祭祀“高祖俊”和“河”的记载。

显然这是在原始时代形成的神话传说，然而这传说到殷商时，却被盖上了阶级的标志。殷人所赞颂的玄鸟，不仅是商的图腾祖先，而且也是商奴隶国家的标志。在《玄鸟生商》的名义下，殷商将本族扮饰成神的后裔和天的宠子，以此作为奴役其他部落的借口和理由。

其次也正因为简狄是商的母亲，因此在商代她是高禖神，管理人间的婚姻和生育[9]。据《礼记》和《周礼》所记，每逢仲春之月，以太牢祭简狄，其时，未婚男女可以随意寻找配偶[10]。殷商灭亡后，在封建制度下，两性是经过“父母之命、媒妁之言”而婚媾的，所号称的结婚目的是为了“不孝有三无后为大，”因此简狄便不能再保佑青年男女寻求配偶（这已移交给父母包办），她变成了保佑已婚妇女生儿子的子孙娘娘。近代的娘娘庙中所奉的三位娘娘，便是简狄三姐妹，她们虽然还骑着她们的玄鸟丈夫，但却不再保佑少女寻爱人，只福荫已婚的太太拴娃娃了[11]。

关于王亥的神话传说，在周秦汉时的文献中有些零星的记载。

据记载，殷王子亥是牧畜神，曾司理四方游牧。因此，天帝（一说禹）命他丈量大地。亥右手把筭以计数，左手指青丘山以辨向，自东极走至西极，得五亿十万九千八百步；自南极走至北极，得二亿三万二千五百七十五步；东到极远的地方，西到邠地。王亥寄居在有易，放牧外亲河伯赠给他的驯牛。有易之君绵臣为了取得驯牛便杀死王亥。记载中又说王亥在有易时，行为放荡，爱和有易的女人跳舞。他和他弟弟都和有易的女人相好。有一次，他和一个丰满的女人相会时，被有易的牧羊人撞见，他想跑而未能跑脱，便在当场被杀死了。有易的首领绵臣，趁机抢去商族的牛羊，并将商族驱逐出境。王亥的儿子上甲微想报仇，但兵力不足，于是向河伯借兵，借到兵后，埋伏窥伺在有易左近，如同群鸟隐藏在棘木丛里似的，待机进攻。这时，有易的人毫无提防，还在背着孩子玩耍，于是上甲微一举杀死绵臣，灭掉有易。河伯可怜有易的不幸，便偷偷地放走少数有易人。这些人逃到兽方，被称作摇民[12]。

在神话中可看出，王亥不仅是牧畜神，是放牧牛羊的能手，而且是牛羊的私有者。这种人间的私有权已开始凭借神的名义：王亥所占有的牛羊是河伯神的赐予。河伯不仅赋予王亥以私有权，而且是私有权的积极保护者。因此，当有易侵犯了王亥私有权时，河伯便借给上甲微神兵，用以夺回牛羊。

由此可知，在阶级逐渐形成时，人在幻想中为自然暴力神分配了新的任务。河神不仅是黄河的主宰，而且是私有制度的拥护者，是掠夺战争的参与者。社会制度披着神的外衣，社会暴力凭借着自然暴力的名义。同时，在王亥的身上，也反映着在奴役制形成期的人的行为。这正是现实的虚妄反映。

在这神话中，反映了当时的历史情景：已出现了部落间的掠夺战争，已出现了“打冤家”，已出现了部落间的吞并。由此表现了复仇尚武的精神。所有这些，都是阶级社会初期的反映。

注释

①见《山海经·大荒经》《海内经》。

②《史记·殷本纪》：“契卒，子昭明立。昭明卒，子相土立。”相土又称土或杜，见《商颂》《左传》《世本》《荀子》。

③见第三章《商颂·长发》。

④如甲：“贞，求年于夋，九年”（罗氏拓本），“于夋受禾”（《殷契粹编》第八片），“贞、求年于土。”（《铁云藏龟》上册五页二一六片），“贞、于王亥，求年”（《殷虚书契》后编上卷一页），“帝其今夕雨？”（《殷虚文字》乙编一一五七）“帝其降馑？”

⑤如甲文：“丁酉卜、㱿贞、今春王登人五千，征土方，受佑——三月。”（《殷虚书契》后编上卷三一页）“贞，戊获羌？贞，戊不其获羌？”“车高祖夋，祝用，王受佑。”（《殷契粹编》第一片）

⑥如甲文："甲子卜，其佑岁于高祖乙，三牢。""口未卜，求雨自上甲、大乙大丁、大甲、大庚、大戊、中丁、祖乙、祖辛、祖丁十示，率牡。""癸丑卜 貞求年于大甲，十牢；祖乙，十牢"（《殷虚书契》后编上二七叶）"于大乙、祖乙求年，王受佑。"（《戬寿堂所藏殷虚文字》二页）"贞、告疾于祖丁。"（《殷虚书契前编》一卷一二页）

⑦《商颂·玄鸟》："天命玄鸟，降而生商。"《长发》："有娀方将，帝立子生商。"《楚辞·离骚》："望瑶台之偃蹇兮，见有娀之佚女……凤凰既受诒兮，恐高辛之先我。"《天问》："简狄在台，喾何宜？玄鸟致诏，女何喜？"《吕氏春秋·音初篇》："有娀氏有二佚女，为之九成之台，饮食必以鼓。帝令燕往视之，鸣若嗌嗌，二女爱而争搏之，复以玉筐，少选发而视之，遗二卵北飞，遂不返。"《史记·殷本纪》："殷契，母曰简狄，有娀氏之女……三人行浴，见玄鸟堕其卵，简狄取吞之，因孕生契。"《太平御览》卷八三引《尚书中侯》："玄鸟翔水，遗卵于流，娀简狄吞之，生契封商。"《诗纬推度灾》："契母有娀浴于玄丘之水，睇玄鸟衔卵过而坠之。契母得而吞之，遂生契。"（《丹铅总录》所引同）《白虎通·姓名篇》："殷姓子氏，祖以玄鸟子生也。"《礼记·月令》疏："娀简狄吞凤子。"

⑧《论衡·吉验篇》："北夷橐离国王侍婢有娠。王欲杀之。婢对曰：'有气大如鸡子，从天而下，我故有娠。'后生子，捐欲猪溷中，猪以口气嘘之，不死。后徙置马栏中，欲使马藉杀之，马复以口气嘘之，不死。王疑以为天子也，令其母收取，奴畜之，名曰东明，令牧牛马。"王氏高丽朝金富轼《三国史记》："夫余……有人，不知所从来，自称天帝子解慕漱。……（夫余王）金蛙得女子于大白山南伏勃，问之，（女子）曰：'我是河伯之女名柳花，与诸娣出游。时有男子自言天帝子解慕漱，诱我于熊心山下鸭绿江边室中私之，即往不返。父母责我无媒而从人，遂谪居伏勃水。'金蛙异之，幽闭于室中。（女）为日所炤，引身避之，日影又遂而炤之，因而有孕，生一卵，大如五升许（下文见一篇三章三节

⑧引文）。”高丽李奎报《李相国文集》：“天帝遣太子降游夫余王古都，号解慕漱，从天而下乘五龙车，从者百余人皆骑白鹄，彩云浮其上，音乐动云中，止熊心山，经十余日，首载乌羽之冠，腰带剑光之剑，世谓之天王郎。城北青河（自注今鸭绿江也）河伯有三女，长曰柳花、次曰萱花、季曰苇花。三女自青河出游熊心山渊，神姿艳丽，杂佩锵洋……王（天王郎）谓左右：‘得而为妃，可有后胤。’其女见王，即入水。左右曰：‘大王何不作宫殿，俟其女入室，当户遮之。’王以为然，以马鞭画地，铜室俄成，壮丽于空中。王三室置樽酒。其女各坐其室，相欢饮酒，大醉云云。王俟三女大醉，急出遮之，女等惊走，长女柳花为王所止。河伯大怒遣告曰：‘汝是何人留我女乎？’……王惭之，将往见河伯，不能入水，欲放其女。女既与王定情，不肯离去，乃劝王曰：‘如有龙车，可到河伯之国。’王指天而告，俄而五龙车从空而下。王与女乘车，风云忽起，至其宫。河伯备礼迎之，坐定……河伯曰：‘王是天帝之子，有何神异？’王曰：‘唯在所试。’于是河伯于庭前水化为鲤，随浪而游，王化为獭而捕之；河伯又化为鹿而走，王化为豺逐之；河伯化为雉，王化为鹰击之。河伯以为诚是天帝之子，以礼成婚。（天王郎逃走后）河伯大怒其女曰：‘汝不从我训，终辱我门！’令左右绞挽女口，女唇吻长三尺，贬于优勃水中。渔师强力扶邹告金蛙曰：‘近有盗梁中鱼而将去者，不知何兽也。’王（夫余王金蛙）乃使渔师以网引之女，网破裂。更造铁网引之，始得一女坐石而出。其女唇长不能言，令三截其唇乃言。王知天帝子妃，以别宫置之。其女怀牖中日曜，因以有孕……左腋生一卵，大如五升许，王怪之曰：‘人生鸟卵（按：《尚书中候》称“契之卵生”），可为不祥。’使人置之马牧群中，马不践，弃于深山，百兽皆护。云阴之日，卵上恒有日光。王取卵送母养之，卵终乃开，得一男，（是东明）。”

按：天王郎是后羿神话的异文，据《山海经》：“帝俊赐羿彤弓素缯，羿是始去恤下地之百艰，革除孽害也。”这与天王郎下界当是一事。其次，天王郎因爱河伯女柳花而与河伯斗法；后羿也曾因爱雒嫔与河伯斗射。《楚辞·天问》："帝降夷羿，革孽下民，胡射夫河伯，而妻彼雒嫔？"雒同洛，雒嫔名又宓妃，即大名鼎鼎的洛神，原是洛水女神。洛水是黄河的支流。

关于玄鸟降卵的传说，据《清太祖武皇帝实录》："长白山，山高地寒，风劲不休，夏日环山之兽，俱投憩此山中，山之东北布库里山下一泊，名布尔瑚里。初天降三仙女浴于泊，长名恩古伦、次名正古伦、三名佛古伦，浴毕上岸。有神鹊衔一朱果置佛古伦衣上，色甚鲜妍。佛古伦爱之，不忍释手，遂衔口中，甫著衣，其果入腹中，既感而成孕……后生一男，生而能言倏而长成。"（故宫藏本）

按：此与《史记·殷本纪》所载，除一为鸟卵一为朱果外，其余情节皆同。此外，古伦与简狄古音相近。今日松花江下流的赫哲族人称鹰为"阔里"，在其神话传说中，所有女性（英雄的母、妻、姐、妹）都能变阔里以攻击敌人。显然，简狄、阔里、古伦是一音之分化。

⑨《礼记·月令》疏引焦樵答王权："娥简狄吞凤子之后，后王以为禖官嘉祥，祀之配帝，谓之高禖。"《郑玄注》："高辛之出，玄鸟遗卵，简狄吞之而生契，后王以为媒官嘉祥而立其祠焉。"

⑩《礼记·月令》："仲春之月……是月也，玄鸟至。至之日以太牢祠于高禖。"《周礼·禖氏》："仲春之月，令会男女，于是时也，奔者不禁。若无故而不用令者，罚之。司男女之无夫家者会之。"但到汉时，高禖神却只管理人间生子事宜。《汉书·戾太子传》："初上（武帝）年二十九乃得太子，甚喜，为立禖。"颜师古注："禖，求子之神也。"（又见《枚皋传》）

⑪按：简狄高禖庙后变为娘娘庙。庙中塑三女神，戴王冕，穿方头朱履。三女神使三神鸟，皆是玄鸟化身："五彩鸟三名：一曰凰鸟；一曰鸾鸟；一曰凤鸟。"（《山海经》）。《封神演义》作者为这三位娘娘代起三个闺名，即云霄、琼霄、碧霄。

⑫《山海经·海外东经》："帝命竖亥，步自东极，至于西极，五

亿十选九千八百步。竖亥右手把筭，左手指青丘北。一日禹令竖亥。”《淮南坠形训》：“禹……使竖亥，步自北极至于南极，二亿三万二千五里七十五步。”《轩辕本纪》：“帝令竖亥，步自东极至于西极……东尽泰远，西穷邠国。”据王国维氏和顾颉刚氏所考，《大荒东经》：“王亥托于有易，河伯仆牛，有易杀王亥取仆牛。”郭注引《竹书》：“殷王子亥，宾于有易而淫焉。有易之君绵臣杀而放之。是故殷主甲微假师于河伯以伐有易，克之，遂杀其君绵臣也。”《山海经·大荒东经》：“河（伯）念有易，有易潜出，国于兽方食之，曰摇民。”《天问》：“该（亥）秉季德，厥父是臧，胡终弊于有扈（易），牧夫牛羊？干协时舞，何以怀之？平胁曼肤，何以肥之？有扈牧竖，云何而逢？击床先出，其命何从！”“昏微遵迹，有狄不宁。何繁鸟萃棘，负子肆情？眩（眩、亥）弟并淫，危害厥兄，何变化以作诈，后嗣而逢长？”《周易·大壮》：“丧羊于易，无悔。”《周易·旅》：“鸟焚其巢，旅人先笑而后号咷，丧牛于易，凶。”以上是王亥故事的零星记载。

第三章　殷商的音乐舞蹈和诗歌

第一节　殷商的音乐和舞蹈

在殷商时代，由于因袭了原始社会的巫术传统，因而在祭祀仪式中，音乐舞蹈仍是主要的组成部分。据史所载：“殷人重音乐，燎祭前，先唱出荡漾的歌声。歌三遍终了，然后出去迎接祭神用的牺牲。歌声的呼号，是为了召请天地间的诸神。”[①]

祭祀时的歌舞是由巫人担任。“巫”是由“舞”得名，古“巫”与“舞”是一字，据《说文》：“㱾，巫祝也……象人两袖舞形。”[②]由此可知，当时的宗教祭祀是与舞蹈相结合着的。

据甲骨卜辞和古文献所载，当时的乐舞有招、濩、隶、羽、万、鼓、般、桑林等。

招，又称磬、韶、招，或称大招、九招。据说商人祖先天帝舜作大（九）招，夏后启得九招于天帝[③]。这说明大招舞是奴隶社会以前的巫舞。

所谓招舞，是招请诸神的祭舞，《周礼》称“舞大招，以祭祀四望”。所谓四望，包括日、月、星辰、风伯、雨师、五岳、四渎、山川及四方群神[④]。

九招是舞名，和九招祭舞相伴随的祭歌名九歌。九歌是颂美上下四方自然物（自然神）的祭歌[5]，配合九招舞而演唱[6]。因此，夏后启得九歌而始舞九韶，《离骚》中也称“奏九歌而舞韶”。由此可知，九招是以舞得名，九歌是以歌得名，是一个歌舞的两个名字。

殷亡后，韶（招）乐被保存在曾与殷商关系较密切的祝融族陈、楚国的祭祀中。春秋时孔子曾到齐国去听由陈国传来的韶乐，之后，大为赞赏[7]。战国时，伟大的楚诗人屈原曾继承着古九招和九歌的形式，写出了不朽的诗篇《九歌》。当然，楚辞《九歌》是屈原的抒情诗，但由于因袭了九歌传统特征的缘故，因而屈原在《九歌》中仍使用着招祀上下四方神灵的祭歌样式[8]。汉时的文始舞，便是本古招舞而制作的[9]。

濩，或作濩、頀。据文献载：大濩是殷商初期，成汤时制作的祭祖先的新乐章[10]。从殷墟出土的甲骨卜辞中看来，只有祭成汤（即大乙）以下的死国王才使用濩乐[11]。由此可知，濩是殷商奴隶制国家祭祀故王的庙堂乐舞。

韶、濩是殷商时代祭祀中的最主要的乐章，殷亡后，韶濩也失去了原有的地位。但并未失传，吴公子季札曾于公元前五五四年在鲁观看舞韶濩[12]。

隶舞，隶甲文作[illegible]、杀，像两手或一手持牛尾状[13]。《吕氏春秋·古乐》称：“昔葛天氏之民，三人操牛尾投足以歌八阕：一曰载民，二曰玄鸟，三曰遂草木，四曰奋五谷，五曰敬天帝，六曰建帝功，七曰依地德，八曰总禽兽之极。”由此可知，这种操牛尾而舞的隶舞，原是原始时代祭祀自然神祇祈年报秋的巫舞[14]。所以在甲骨卜辞中所记载的隶舞，几乎全都是为了祈年或求雨[15]。周时称隶舞为旄舞，舞队长名旄人[16]。

羽舞，是手持五色羽毛的巫舞，据《周礼》称：“羽舞，舞四方之祭祀”。甲骨卜辞中有“戊子贞，王其羽舞，吉”的记载。

万舞，是手持干戈（一说是干戚）的武舞。至于万舞的起源，古文献中有着不同的记载：一说夏启时即有万舞；一说汤武时将干舞改名为万舞，总之，是起源很早的舞蹈[17]。跳万舞时，舞者甚众，动作激昂，并以战鼓伴奏[18]。因此，万舞除在祭祀时用以祭祖外，平日则是训练武士或战士的课业，用以练习武功[19]。《商颂·那》篇中有关于万舞的记载。

鼓乐，在甲骨卜辞中有着不少记载，大多是用以祭祀殷商故王的[20]。甲文鼓作壴，像置鼓于柱上，其上有缨饰。这就是《商颂》所称的“置鼓”。这种样式的鼓是殷商所特有的乐器，今日尚流行在朝鲜[21]。

般乐，是用以祭祀四岳海河的歌舞[22]，可能是由于舞态般旋而得名。甲骨卜辞中有“王作般隶”和“呼象般乐”的记载[23]。卜辞中的“象”可能是指“象人”而言；“呼象般乐”可能就是命象人化装表演般舞的意思[24]。舞蹈中的化装和扮演是起源很早的。周初“大武”舞又称“武象”，便是化装表演武王、太公、周公、召公等人事迹的舞蹈[25]。由此论断，在殷商时代，舞蹈中可能出现了某些角色和简单的故事情节。

桑林舞，据说是殷天子祭自然神的乐舞，庄周曾以此舞形容庖丁解牛，看来可能是手持兵刃的舞蹈[26]。据记载，表演桑林舞时，舞者首戴五色羽旌，形状可怖，舞态惊人。公元前五六三年，宋平公曾招待晋悼公观看桑林舞，舞队初入，晋悼公被吓得退席入室，并惊悸成病[27]。由此可知，这是一种表现奴隶社会暴力思想的宗教祭舞。

此外，从甲骨卜辞上看来，当时尚有[illegible]舞或[illegible]舞，像戈（[illegible]）上或戈下饰以旄缨，看来可能是一种手持“舞戈”的武舞，不过今天已无法考其详。

总之，上述的乐舞，虽然有的是原始时代遗传下来的巫舞，但它已在奴隶制社会的观念支配下作了相适应的加工。原始的祭祀自然暴力的舞蹈，这时已兼有宣扬人间暴力的功用；原始的祭祀自然神的歌舞，有时用来祭祀祖先或故王。

参加祭祀的舞者，则全是奴隶主和殷族成员。甲骨卜辞载：“王作般隶”“王舞，佑雨”“王隶，兹年”“王其羽舞”“呼多老舞”“呼舁舞，从雨”。这说明当时仍保留着氏族社会祭祀制度和习惯：只有酋长或巫师才能代表全族主持舞；只有氏族成员方有资格参加祭舞以祭祀祖先。

在古代，诗歌是与乐舞相结合的。殷商时代的乐舞不仅影响到诗歌的制作，而且对后代的歌舞也有着很大的影响。

第二节　商代颂歌《那》《长发》《玄鸟》

据先秦文献所载：殷商灭亡之后，殷商的颂歌被保存在宋国。西周末或东周初，宋大夫正考父曾请周大师（乐官）校正过商代著名的颂歌十二篇，以《那》为首。这是关于商颂最早的可靠记载[28]。

但今天所能见到的，只有被收在《诗经》中的商颂五篇，即《那》《烈祖》《玄鸟》《长发》《殷武》。

据《毛序》称，《那》是祭祀成汤的祭歌。如从《那》的内容来看，似乎是祭成汤时的迎神曲。现将《那》诗简注直译如下：

那

猗与那与！　　　　咦唔哦唔！
置我鞉鼓[29]。　　　立起我们的鞉鼓。
奏鼓简简，　　　　敲起鼓来声简简，
衎我烈祖。　　　　娱乐我们显烈的先祖。

汤孙奏假[30]，　　　成汤子孙祭祖求福，
绥我思成。　　　　赐我顺利而功成。
鞉鼓渊渊，　　　　鞉鼓声填填，
嘒嘒管声；　　　　嘒嘒吹管声；

既和且平，	音乐既谐调又和平，
依我磬声；	依着我的击磬声；
于赫汤孙，	显赫啊，成汤子孙，
穆穆厥声。	唱出庄严的歌声。
镛鼓有斁，	敲钟击鼓声铿锵，
万舞有奕。	跳起万舞真雄壮。
我有嘉客，	我有嘉客助祭享，
亦不夷怿！	岂不也在乐洋洋！
自古在昔，	自古时，在从前，
先民有作：	先人有遗训：
温恭朝夕，	“终日温恭敬上天，
执事有恪。	祭祀祖神要诚恳。”
顾予烝尝，	神灵下顾我们的祭飨，
汤孙之将[31]。	成汤子孙献上祭鬻。

在《那》诗中，描述了商时祭祀成汤的场面。开始是以歌舞娱祖先神：敲鞉鼓、击磬、吹管、扣钟，商族子弟唱歌跳万舞，最后才献上祭品牺牲（即烝尝祭鬻）。这和《礼记·郊特牲》所说的“殷人尚声，臭味未成，涤荡其声，乐三阕，然后出迎牲”的情形是相符合的。这里反映了商族的礼俗和祭祀情形。

在《那》诗中可以看出，成汤已经神化，他是商族子弟所纪念的“英雄”榜样，也是保佑商族的神灵。因此，在祭成汤的颂歌中，便表现了对成汤的赞颂、商人的自豪和商族子弟载歌载舞充满欢欣的感情。

其次，《商颂·长发》是具有史诗因素的颂歌。现将《长发》简注直译如下：

长　发

濬哲维商，	圣明英哲的只有大商，
长发其祥。	永远兴发他的福祥。
洪水芒芒，	古时洪水茫茫，
禹敷下土方。	大禹布土于下方。
外大国是疆，	远阔大地是四疆，
幅陨既长。	幅员既广又长。
有娀方将[32]，	有娥之女正当俊丽少壮，
帝立子生商。	上帝立子，让她生下商契玄王。
玄王桓拨[33]，	玄王辛勤地拨开了黑暗冥冥，
受小国是达，	授小国以光明，
受大国是达[34]。	授大国以光明。
率履不越[35]，	他信步走遍各地，
遂视既发。	于是人们看到东西，睁开眼睛。
相土烈烈[36]，	相土开拓土地赫赫烈烈，
海外有截[37]。	海外有截。
帝命不违，	上帝的命令未背离，
至于汤齐[38]。	至于成汤而建成伟绩。
汤降不迟，	成汤以后诸王，也不曾凌迟，
圣敬日跻。	圣敬德行日进月跻。
昭假迟迟，	永远是以祭祀求神赐，
上帝是祇，	唯上帝的天命是遵依，
帝命式于九围！	上帝命我为法模于九州大地！
受小球大球[39]，	献上舜乐小球大球，

为下国畷邮[40]。	请上天保佑下地的田畴。
何天之休，	荷负上天的庥庥，
不竞不絿，	既不争竞又不过絿，
不刚不柔。	既不太刚又不太柔。
布政优优，	设政立法优优，
百禄是遒[41]！	百样的好运归我享受！
受小共大共[42]，	献上小供大供，
为下国骏厖[43]。	请上天保佑下地牧马繁生。
何天之宠，	荷负上天的爱宠，
不震不动，	既不动摇又不震恐，
不戁不竦。	既不惭怯又不惧悚。
敷奏其勇[44]，	行施我们的武勇，
百禄是总！	百种好运由我担承！
武王载旆，	武王成汤的大旗插在战车，
有虔秉钺，	他虎似地雄壮，拿着斧钺。
如火烈烈，	他的气势和火一样赫赫烈烈，
则莫我敢曷。	那就没有人敢将我们阻遏。
包有三蘖，	包围了祝融族的三余蘖，
莫遂莫达。	它不能发芽，它不能生叶。
九有有截，	我们占领了九有有截，
韦顾既伐，	韦顾既被伐灭，
昆吾夏桀。	又吞并了昆吾和夏桀。
昔在中叶，	往昔在商的中叶，
有震且业。	建立了显赫的功业。

允也天子，	诚信的天子，
降予卿士：	能礼贤下士：
实维阿衡，	当时有伊尹阿衡，
实左右商王[45]。	是他协助商王成功。

在《长发》中，具有各民族古代文学的特征：人与神的糅合；神话与历史的错综。

诗中继承并使用了“神话资料”，但也本其阶级功利作了增添。在这里表现了殷商奴隶所有制的奴主思想：他们的种族是天帝的家族，他们是造物主的嫡系子孙；他们的始祖开辟神契，是小国大国的光明赐予者，是各族所无法报偿的债主；他们的土神相土已不是垦地的农作能手，而是赫赫烈烈的土地占有者。这就是说，商族是天帝的嫡系子孙，是大地和自然物的承继者和所有者；商族是阳光和光明的放贷者，是各种族的债主和恩人。可知，这种神话已成为商族奴隶主统治其他部族的借口，已成为进行掠夺战争的“理论根据”。

因此，诗中宣称，商族征伐异族是奉天帝的命令，是受到天帝的庇佑而成为下地的统治者：“帝命式于九围”。

从而，诗中叙述了商奴隶所有制国家建立的史实。

成汤是商族的开国英雄和第一世国王。他在谋臣伊尹的协助下，打了九次（一说十一次）大仗，于公元前一七四四年前后，取得完全胜利[46]。据传说记载，成汤是一个尖长头、上额窄、下巴宽、面白有髯、身长五尺半、微微驼背、左肩偏斜、说话声音很大的人。他手脚灵活，武艺不错，因此神话中说他每只膀子上有两个肘关节[47]。

诗中形象地描绘了临战前的成汤：他的战车上插着军旗；他虎似地威风凛凛地立在战车上，拿着斧钺；他有烈火似的气势和摧敌陷阵无往不克的英雄气概。

诗中歌颂了成汤的军事才能和战果：他对韦、顾、昆吾的包围；他的战略步骤，“韦顾既伐，昆吾夏桀”。

诗中赞美了成汤的谦恭态度，他虚心地听从奴隶出身的谋士伊尹的意见：“降予卿士”。

伊尹是成汤时的大政治家。据传说记载，伊尹原是有侁氏女子自空桑中拾来的婴儿，长大后为庖人。以后成汤娶于有侁氏，伊尹作为陪嫁奴隶来到商族。成汤发现了伊尹的才能，便提拔他做助手，并虚心地向他请教，在他的帮助下，成汤才取得成功。由于伊尹的劳绩，因此被后代各王所报祭[48]。

诗中对成汤的描写是具有形象性的。它所描写的成汤，对敌人是虎似的勇猛威严，对聪明的“同伙”却是极其谦虚恭敬；既是蔑视敌人无所畏惧的智勇双全的英雄，又是尊贤下士不耻下问的虚心谦恭的首领。这正是当时武士所赞美的品格。显然，通过这形象性的描写，反映着历史事件和时代思想。

在《长发》诗的虚妄的祈祷语中表现着人的真实的愿望：向神乞求农业丰收，“为下国畷邮”；向神乞求牧畜繁殖，“为下国骏厖”。但这愿望也已烙上了阶级的印记。例如在奴隶制社会，农业生产是依靠政治上的暴力强制奴隶来从事的，因此在乞求农作丰收时，也祈祷神对政治的靡庥，并从而宣扬为政的标准：“荷天之休，不竞不絿，不刚不柔，布政优优”。同样的，在奴隶制社会，畜牧曾供给战车用马和运输牲口，它有关军事力量的增长，因此在乞求牧畜繁殖时，也祈祷神保佑商的武运长久，并从而颂美勇敢无畏的武士精神：“荷天之宠，不震不动，不戁不竦，敷奏其勇”。

显然，所有这些都是特定的历史现实的反映。

在《玄鸟》诗中，同样的使用了神话材料。现将《玄鸟》诗直译简注如下：

玄　鸟

天命玄鸟，	天命五色神鸟，
降而生商，	降下卵而生商，

原文	译文
宅殷土芒芒。	住在殷土芒芒。
古帝命武汤，	上帝命勇武的大乙汤，
正域彼四方；	征取疆土于四方；
方命厥后，	并命商的历代王帝，
奄有九有。	占有了九域。
商之先后，	商的先王，
受命不殆——	受天命永不委顿——
在武丁孙子，	在武丁孙子，
武丁孙子。	在武丁孙子。
武王靡不胜，	武王战无不胜，
龙旂十乘，	插有龙旗的大车十乘，
大糦是承。	载来粮米进贡。
邦畿千里，	邦土千里，
维民所止。	由族民所住居。
肇域彼四海，	开拓领土到那四海之隅，
四海来假。	四海各国来朝拜。
来假祁祁，	来朝贺的拥拥挤挤，
景员维河。	幅员间联结黄河。
殷受命咸宜，	殷商受神佑无不适合，
百禄是何（荷）。	百种福运归我们享受着。

诗中所说的“玄鸟生商”固然是商族的图腾神话的残留，但诗中所赞颂的“玄鸟”，已成为其他族图腾的“统治者”。因此，属于“龙”图腾的夏族[49]，便要以插着“龙图腾”旗的大车，向商的“玄鸟图腾”进贡：“龙旂十乘，大糦是承”。这正是“武王靡不胜”的结果。

由此可知，阶级国家出现之后，不仅神话被加进了阶级内容，而且在神和图腾中也有了主奴之分。正等于商部族是其他被征服部族的统治者一样，商的神和图腾也是其他部族神和图腾的统治者。这说明地上的暴力采取了非地上的形式而出现。

这三篇颂歌可能产生在殷商的中晚期，至于其产生先后，今日已无从得知。

在这三篇颂歌中，充满着对暴力的歌颂。在这里，对自然暴力的歌颂已与对社会暴力的歌颂结合为一。原始神话已具有阶级烙印，已成为借以颂扬社会暴力的材料。这种对暴力和掠夺的赞美，正是奴隶主思想的反映，也正是《商颂》的主题思想。正如周代颂歌之所以赞美“德行礼教”是由于封建经济基础所决定一样，商代颂歌之所以赞美“怪力乱神”和暴力也正是被奴隶制社会的经济基础所派生。

在这三篇颂歌中，表现了对祖先的崇拜。在这里，作为祖先的神和作为神的祖先已被统一起来；祖先崇拜和英雄崇拜已结合为一。祖先，不仅是团结种族的标志，而且是暴力的化身，是后人的学习榜样。殷商的祖先（神或人），已成为其他部簇祖先神的统治者，成了神中之神。它是殷商奴役奴隶和对外掠夺的辩护士，是殷商对外掠夺的鼓励者，是殷商奴隶制国家的卫护神，是培养和提高殷人的种族自傲感的工具。它一方面帮助殷人加强种族团结，另方面又可增强殷奴隶主对外进行掠夺战争的信心。殷商奴隶主之所以创造这样的神，也正是基于“殷商种族奴隶所有制国家”的特征而形成。

由此便可看出，作为上层建筑的文学对其基础的服务作用。

正和历史上的一切剥削阶级的意识形态一样，这三篇商代颂歌所反映的现实不是直接的，不是公开的，而是如恩格斯所说，采取了“歪曲的形态”。虽然如此，但它却在一定程度上反映了当时的现实矛盾和奴隶主的精神面貌，它叙述了真实的历史事件，描写了殷商奴隶主的统治措施和其他部落被征服的情景，反映了当时的习俗和祭典，表现了爱土地、尚武勇、重才智的“当代英雄”。而这也就构成了诗的形象。

当然，这种青铜时代的“英雄”及“英雄礼赞”，就其实质说，它是奴役制度的产物。它和产生它的制度“从现代的条件看来，是不可思议的现象，是反常的荒谬事情”（斯大林：《论辩证唯物主义和历史唯物主义》），“已经不再适合我们目前的情况和由这种情况所决定的我们的感情”（恩格斯：《反杜林论》）。不过，正如恩格斯所说：“我们永远不应该忘记，我们的全部经济、政治和智慧的发展，是以奴隶制既为人所公认，同样又为人所必须这种状况为前提的。在这个意义上，我们有理由说：没有古代的奴隶制，就没有现代的社会主义。”那么，“尽管听起来是多么矛盾和离奇，——在当时的条件下，采用奴隶制是一个巨大的进步”（同书）。因此，从历史的发展看来，也正是奴隶制度的采用，才使人类“脱出野蛮状态”，从而“成为文明的基础”。

历史证明，也正是在殷商奴隶制社会时，我国才出现了以阶级对立为基础的社会进步，才产生了以奴隶劳动为基础的科学发现或发明，才“独立地由原始文化进入文明”，才由史前时代进入历史时期。

由此看来，《商颂》所表现的暴力思想，无疑的会帮助奴隶制度国家的发展，有利于集中财富并利用奴隶劳动以发展生产的要求，促使人们脱出旧外套而继续进步。这就是《商颂》主题思想和形象的历史的客观的进步性。

但是，《商颂》所宣扬的暴力掠夺思想，显然是为残酷可耻的最初的剥削制度服务的。虽然这种阶级剥削在历史上曾成为文明的基础，而“以这些制度为基础的文明时代，完成了古代氏族社会完全做不到的事情。但是，它是用激起人们的最卑劣的动机和情欲，并且以损害人们的其他一切禀赋为代价而使之变本加厉的办法来完成这些事情的。卑劣的贪欲是文明时代从它存在的第一日起直至今日的动力；财富，财富，第三还是财富，——不是社会的财富，而是这个微不足道的单个的个人的财富，这就是文明时代唯一的、具有决定意义的目的。”（恩格斯：《家庭、私有制和国家的起源》）

由我们导师恩格斯光辉的言论中，我们便可从而认识到《商颂》中的宣扬暴力歌颂掠夺的丑恶思想的本质和其作用。商以后各阶段的剥削阶级，实际上都在以各种不同形态继承着这种思想传统：歌颂私有观念和占有欲，宣扬最卑鄙的动机与情欲，用猫鬼蛇神或唯心论来说明剥削制度的合理，在神话中找根据，宣称自己是优等民族以对外掠夺。当然，到封建社会后，人民取得了半人身“自由”，剥削阶级也有了更多的统治经验，随着社会的进展，于是这种最卑鄙的动机和情欲便不得不伪装起来，不得不运用有条件的伪善。这是奴隶主所不知道的和不需要使用的。因此，在《商颂》中便赤裸裸宣扬了暴力掠夺思想。

由以上，便说明了《商颂》作品思想和形象的历史性和复杂性。

注释

①《礼记·郊特牲》：“殷人尚声，臭味未成，涤荡其声。乐三阕，然后出迎牲，声音之号，所以诏告于天地之间也。”

②据《商代神话与巫术》文中称：巫与舞原是一字，今巫字是由[illegible]、[illegible]、[illegible]、[illegible]、[illegible]演变而成。卜辞巫（舞）字，像两袖秉旄而舞。（见《燕京学报》二十期）按：《殷虚文字》甲编二八五八号板，巫作[illegible]、[illegible]，像人两手操牛尾的舞状。

③《吕氏春秋·古乐篇》：“帝舜乃令质修九招。”《春秋繁露》：“舜作韶。”《淮南子·氾论训》：“舜九韶。”《史记·五帝本纪》：“九招之乐。”注：“即舜乐箫韶九成之九招。”《乐味图徵》：“舜曰大招。”《独断》：“舜曰大韶，一曰大招。”《周礼·大司乐》：“舞大磬。”“九磬之舞。”按：舜是殷商神的祖先，《国语·鲁语》“商人禘舜”，舜即夋。

《山海经·大荒西经》：“有人珥两青蛇乘两龙名曰夏后开（即启），开上三嫔于天，得九辩与九歌以下……开焉始得歌九招。”古本《竹书》：“启登后九年舞九韶。”

④《周礼·春官·大司乐》："大合乐以致鬼神示……舞大磬以祀四望。"注："合四望五岳四镇四窦（渎）者。"疏："风伯雨师或亦用此乐。"按：四望乃指上下四方群神而言。《春秋·公羊传》僖三十一年注："方望谓郊时所望，祭四方群神：日、月、星辰、风伯、雨师、五岳、四渎及余山川。"《穀梁传》注："望者，祭山川之名也，谓海也，岱也、淮也。"《左氏》哀六年服注："祭其国中山川为望。"

⑤《左氏》文七年："（晋郤缺曰）《夏书》曰：'戒之用休，董之用威，劝之以九歌勿使坏。'九功之德皆可歌也，谓之九歌。六府三事谓之九功：水、火、金、木、土、谷谓之六府；正德、利用、厚生谓之三事。"（《书·大禹谟》袭此）。按：上文所称的六府，已包括日、月、星、辰、山、川、草木等自然物，不过是抽象言之而已。

⑥《周礼·春官·大司乐》："九德之歌（《左氏》：九功之德皆可歌也，谓之九歌），九磬之舞，于宗庙之中奏之。"

⑦《汉书·乐志》："春秋时，陈公子完奔齐。陈，舜之后，招乐存焉。故孔子适齐闻韶（招），三月不知肉味，曰：'不图为乐之至于斯也！'美之甚也。"《论语·述而》："（孔）子在齐闻韶，三月，不知肉味，曰：'不图为乐之至于斯也！'"《八佾》："（孔）子谓，韶，尽美矣，又尽善也！"

⑧《楚辞·九歌》共十一章，计为：《东皇大一》（上帝）、《云中君》（云神）、《湘君》《湘夫人》（皆湘江水神）、《太司命》《少司命》（皆命运神）、《东君》（日神）、《河伯》（河神）、《山鬼》（山神）、《国殇》（战死亡灵）、《礼魂》。

⑨《汉书·乐志》："文始舞者，曰本舜招舞也。高祖六年，更名曰文始，以示不相袭也。"

⑩《吕氏春秋·古乐篇》："殷汤即位……命伊尹作为大濩。"《春秋繁露》："汤作頀。"《春秋元命苞》："汤之时，乐名大濩。"《周礼·春官大司乐》："舞大濩以享先妣。"按：《周礼》所载是指周时而

言。

⑪《殷虚书契前编》一·三："乙丑卜，贞：王宾大乙（即汤），濩，亡尤。"续编一·八·三："乙亥卜，贞：王宾大乙，濩，亡尤。"罗氏："濩，谓祭用大濩之乐也。"其外卜辞中尚有："乙卯卜，贞：王宾祖乙，濩，亡尤"；"丁卯卜，贞：王宾大丁，濩，亡尤"；"庚寅卜，旅贞：翌辛卯，其濩于丁"。

⑫《荀子·儒效》："（周灭殷）立声乐，于是武象起而韶护废矣。"（武象，周初乐名）《左氏》襄二十九年："吴公子札来聘……请观于周乐……见舞韶濩者。"

⑬《殷商神话与巫术》中认为：隶即代，即《九歌》之"传芭兮代舞"之代舞。此说不确，可供参考。

⑭按：葛天氏是先秦传说中的上古时代。所称道的八歌是祭礼祀造人者、日乌、草木、五谷、天、上帝、土地、禽兽等的祭歌。

⑮《殷虚文字》甲编三〇六九号："庚寅卜，辛卯隶舞，雨？""囗，壬辰隶舞，雨？""庚演卜，癸巳隶舞，雨？""庚演卜，甲午隶舞，雨？"（按：上文在一版，其意在卜问神意在辛、壬、癸、甲四日中何日适于隶舞求雨。）《铁云藏龟拾遗》七·一六："戊申卜，今日隶舞，㞢从雨。"《殷虚书契前编》三·二十·（四）："乙未卜，今日隶舞，㞢从雨。"《簠室殷契征文·典礼》·三一："丙辰卜，今日隶舞，㞢从（雨）？不舞？"《殷契摭佚续编》一九三："囗亥，其隶，不遘大雨。"《铁云藏龟拾遗》二·一〇："贞：隶，岳？"《殷虚文字乙编》上辑二三二七："口午卜，㱿贞：王隶，兹年。"

⑯《周礼·春官》："凡舞，有帗舞，有羽舞，有皇舞，有旄舞，有干舞，有人舞。""旄人掌教舞散乐、舞夷乐，凡四方之以舞仕者属焉。"《礼记·乐记注》："旄，牛尾也。"《周礼·旄人注》："旄，旄牛尾，舞者所持以指麾。"

⑰《大戴礼·夏小正》："万也者，干戚舞也。"《礼记·文王世

子》："春夏学干戈。"郑注："干戈，万舞，象武也。"《墨子·非乐》："《武观》曰：启乃淫溢康乐……万舞翼翼。"（按：《武观》是《尚书》中之一篇，战国时犹存，今逸。）《韵会》："汤武以万人得天下，故干舞称万舞。"

⑱《墨子·非乐》："昔齐康公兴乐万，万人不可衣短褐，不可食糟糠。"《左氏》隐五年："九月，考仲子之宫将万焉，公问羽数于众仲，曰："天子用八，诸侯用六，大夫四，士二……。"公从之，于是初献六羽，始用六佾也。"按：《墨子》中对万舞人数的谈法显然是夸大的，但由"万舞称大舞"（《初学记》引韩诗说）上看来，万舞中舞者是很多的。其次，羽即翼，行列也，与佾同（佾音逸，马融注："佾，列也"）。八羽（佾）即八行，每行八人。

万舞动作激昂：《诗·邶风·简兮》"硕人俣俣！公庭万舞。有力如虎，执辔如组"；《鲁颂·閟宫》"万舞洋洋"。

万舞以鼓声为乐：《商颂·那》"奏鼓简简，衎我烈祖……庸鼓有斁，万舞有奕"，《邶风·简兮》"简兮简兮，方将万舞"。按：简简或简兮皆是形容鼓声。

⑲《礼记·文王世子》："凡学，士子及学士，必时，春夏学干戈，秋冬学羽籥，皆于东序。小乐正学（教）干，大胥赞之；籥师学（教）戈，籥师丞赞之"。"大乐正学（教）舞干戚。"郑注："干戈，万舞，象武也。"《大戴礼·夏小正》："二月……丁亥，万用入学。丁亥者，吉日也；万也者，干戚舞也；入学也者，大学也。"《左氏春秋》庄二十八年："楚令尹子元欲蛊文夫人，（杜注：文王夫人息妫也。子元，文王弟。蛊，惑以淫事），为馆于其宫侧而振万焉（注：振，动也；万，舞也）。夫人闻之泣曰："先王以是舞也，习戎备也；今令尹不寻诸仇雠，而于未亡人之侧，不亦异乎？"（注：寻，用也。）

⑳《殷契佚存》四·三三："癸酉卜，来乙亥彭鼓。"八二·八九六："乙亥卜，先鼓乃佑祖辛。"《铁云藏龟之余》一〇："彭彤告

于唐（即汤）。”《殷虚书契前编》四·一·三：“乙酉卜，亩，今日彭鼓于父乙。”《后编》下三九：“其彭于唐。”鼓作壴，郭沫若：壴，谓用鼓以助祭。

㉑《商颂·那》：“置我鞉鼓。”传：“夏后氏足鼓、殷人置鼓，周人悬鼓。”笺：“置读若植，植鞉鼓者，为楹贯而树之。”《礼记·明堂位：“夏后氏足鼓，殷楹鼓，周悬鼓。”《乐书》：“夏后氏加四足，谓之足鼓；商人贯以柱，谓之楹鼓；周人悬而击之，谓之悬鼓。”按：四足夏鼓尚通行于今日北方民间；周悬鼓只见于孔庙、太庙或鼓楼；以柱托起的鼓流行于朝鲜族。

㉒《诗·周颂·般》毛序：“般，巡守而祀四岳河海也。”郑笺：“般，乐也。”《独断》：“般，巡狩祀四岳河海之所歌也。”（此为鲁诗说）按：根据《周颂·般》诗的内容看来，上引诸说可信。《般》诗为：“于皇时周，陟其高山，堕山乔岳，允犹翕河，敷天之下，裒时之对，时周之命。于绎思！”

㉓《殷虚文字乙编》上辑九六〇：“丙寅卜，𠂤贞，呼象般乐。”《殷虚书契前编》四·一六（六）：“……王作般隶。”

㉔凡仿拟人、事、物的形容谓之象，《易·系辞》：“拟诸其形容，象其物宜，是故谓之象。”传：“象者，象此也。”疏：“言象此物之形状。”《汉书·乐志》：“常从象人……秦倡象人。”韦昭曰：“象人，著假面者也。”汉时假面舞者形状见武梁祠石刻。

㉕《礼记·明堂位》注：“象谓《周颂·武》也。”《白虎通·礼乐篇》：“周乐曰大武象。”“象者，象太平而作乐。”《礼记·乐记》：“（孔子）曰：夫乐者，象成也。揔干而山立，武王之事也；发扬蹈厉，太公之志也；武（舞）乱皆坐，周、召之志也。且夫武（舞）始而北山；再成而灭商；三成而南；四成而南国是疆；五成而分周公左召公右；六成复缀以崇，天子夹振之而驷伐，盛威于中国也，分夹而进，事早济也；久立于缀，以待诸侯之至也。”（按：引文所叙，乃武象舞的扮演情节和舞

蹈程序。）

㉖桑林是殷商祭祀诸神的地方，同时，也是一种祭祀舞的名称。《墨子明鬼》：“燕之有祖（泽），当齐之社稷，宋之有桑林，楚之有云梦也。”《吕氏春秋·顺民篇》：“昔者汤克夏……大旱五年不收，汤乃以身祷于桑林。”高诱注：“桑林，桑山之林也，能兴云作雨也。”《庄子》释文引司马彪曰：“桑林，汤乐名。”《左氏春秋》杜预注：“桑林，殷天子之乐名。”《庄子·养生主》：“庖丁为文惠君解牛……砉然向然，奏刀騞然，莫不中音，合于桑林之舞。”

㉗《左氏春秋》襄十年：“宋公享晋侯于楚丘，请以桑林……舞师题以旌夏。晋侯惧而退，入于房，去旌，卒享而还；及著雍，疾，卜，桑林见（祟）。”杜预注：“旌夏，大旌也；题，识（志）也。以大旌表识（志）其行列。旌夏非常，卒见之，人心偶有所畏。”孔颖达疏：“谓舞初入之时，舞师建旌夏以引舞人而入，以题识其舞人之首。故晋侯卒见，惧而退入于房也。”按：《说文》“题，额也”；《周礼·司常》“析羽为旌；”《周礼·染人》“秋染夏”注“染夏者，染五色，谓之夏者，其色以夏翟（羽也）为饰”；《周礼·天官》夏采注：“染鸟羽，象而用之，谓之夏采。”因此，“题以旗夏”的桑林舞，可能是头上饰以羽旌和五色羽毛的玄鸟舞。

㉘请参阅附录一。

㉙鞉与鼗、鞀、磬为一字。《说文》：“鞀，辽也，从革，召声；鞉，鞀或从兆声；鼗，鞀或从鼓从兆；磬，籀文鞀从殸召。”鞉鼓即磬鼓，汉时有大小二种：大者以柱竖起，名为楹鼓或立鼓，乃古遗制；小者乃“汉法”（尔雅义疏），其状“如小鼓，长柄，旁有耳，摇之使自击”（《礼记》疏引《汉礼器制度》），即后代小商贩手摇的“货郎鼓”（俗讹为“呼郎鼓”或“不啷鼓”）。《尔雅》称“大鼗谓之麻：小鼗谓之料”，即指此二种而言。诗中所谓之“鞉鼓”乃古之大鞉鼓，故称“置（一作植）我鞉鼓”。据《释名·释乐器》：“鞉，导也，所以导乐作

也。”由此可知，鞉鼓是祭祀歌舞开始时用以兴乐起舞的乐器。

㉚于省吾《双剑誃诗经新证》：“《长发》篇‘敷奏其勇’，‘敷奏’即《大诰》之‘敷贲’。桒、贲，古今字，《说文》饎或从贲作馈。《盂爵》‘隹王初桒于成周’，桒，祭也，言成王初祭于成周也。桒亦作𫚔，犹畐之即福、申之即神、巳之即祀、且之即祖也。《矢𣪘》‘明公易大师鬯金小牛曰用𫚔，易令鬯金小牛曰用𫚔，𫚔皆谓祭也’。假、格，古字通：《书皋陶谟》‘祖考来格’，《大传后汉书》‘格’并作‘假’；《书·西伯戡黎》‘格人元龟’。《史记》‘格’作‘假’；书君奭‘格于上帝’，魏石经古文‘格’作‘洛’。格之言享也；《沈子它𣪘》‘用洛多公’，言用享多公也；《宁𣪘》‘其用格百神’，言用享百神也；汤孙桒格，言汤孙祭享也。上“方奏鼓简简，衎我烈祖”，下接以‘汤孙桒格’，先乐后祭也。……贲格系古人謰语，《传》训为‘总大’即不可通，《笺》以‘奏’为奏升堂之乐，一字增为一句，且与‘假’字义不相属。”

㉛林义光《诗经通解》释《周颂》“我将我享”称：“将读为鬺。《应公尊彝》云：‘奄以厥弟用夙夕鬺享。’《历尊彝》云：‘作宝尊彝，其用夙夕鬺享’。鬺享连文，与我将我享相合。”以此言之，知“汤孙之将”即汤孙之鬺。

㉜有娀就是有娀之佚女简狄，古书中往往简称“契母有娀”或“有娀之佚女”（《诗纬推度灾》《诗含神雾》《吕氏春秋》《离骚》）。有娀生契神话见本编第二章第二节。“有娀方将”之“将”作年轻力壮解，与《小雅·北山》“嘉我未老，鲜我方将”的“方将”都是“正当年轻力壮”之意。其次，“将”有“盛美”之义，《毛诗·王肃注》：“将将，盛美也。”此与离骚“见有娀之佚女”王逸注“佚，美也”意同。

㉝玄王即商契。《国语·周语》：“玄王勤商，十有四世而兴。”注：“玄王，契也。”《荀子·成相篇》：“契玄王，生昭明，居于砥石迁于商，十有四世乃有天乙是成汤。”桓，《书牧誓传》：“桓，武

貌。”《诗泮水传》：“桓桓，威武貌。”《周书·谥法》：“辟土服远为桓。”拨，《说文》：“拨，治也。”《释名》释言语：“拨，播也，播使离散也。”又启开为拨，如《礼记·曲礼》：“衣勿拨。”“玄王桓拨”《韩诗》作“玄王桓发”，称：“发，明也。”

按：“玄”本义为幽深、暗黑。《尚书·舜典》注“玄，谓幽潜”。《老子注》“玄者冥也”。《禹贡注》“玄，黑也”。《楚辞·怀沙注》“玄，墨也”。说文：“玄，幽远也，黑而有赤色者为玄，象幽而又复之也。”“契”本义为刻、启、开。《诗·绵》“爰契我龟”传：“契，开也。”由此，我以为神话中的“玄王契”，可能既是黑暗（玄幽）之神，同时也是拨开黑暗分开幽明的开辟（契开）神。诗中的“玄王桓拨”当是指神的这种功绩而言。因此，玄王生昭明（《世本》《荀子》《史记》）。钱天锡释拨字时称：“当时混沌之窍未凿，而颛蒙之性亦未开，非拨之不可，拨昏而使之明，拨乱而使之治，皆拨也。”此虽与拙见相近，但如与后文“遂视既发”相联系看，则“拨昏而使之明”当非指人的性灵而言。

㉞林义光《诗经通解》：“受读为授，古授受字无别。《盂鼎》云：‘今余其遹循先王受民受疆土。’‘受’亦皆读为授。”按：古“受”字像一手付物一手接物，故有授受二义。达，应作开、通、明解。《尚书·舜典》“达四聪”《后汉书·郅寿传》引作“开四聪”。《尚书·禹贡》“达于河”《史记·汉书》引作“通于河”。故“受小国是达”意为授给小国以开通明达。

㉟率，《尔雅·释诂》：“率，循也”；《玉篇》：“率，遵也”；遵循谓之率，如：《绵》“率西水浒，至于岐下”；《常武》“率彼淮浦，省此徐土”；《何草不黄》“匪兕匪虎，率彼旷野”“有芃者狐，率彼幽草”。履，《说文》：“履，足所依也”。行走谓之履，如：《诗·大东》“纠纠葛屦，可以履霜”；《小旻》“如临深渊，如履薄冰”；《生民》“履帝武敏”；《行苇》“牛羊勿践履”；《易履》“履道荡

荡”“眇能视，不足以有明也。跛能履，不足以与行也。”不，《玉篇》：“不，词也。”《诗》《书》中“不”字有时作无义助词用，如《书多方》“尔尚不忌于凶德”；《缁衣》引《甫刑》：“播刑之不迪”；《诗·文王》“有周不显”“商之孙子，其丽不亿”；《抑》“万民是不承；”《清庙》“不显不承”。越，《说文》：“越，度也。”《玉篇》：“越，逾也。”《书梓材》“越厥疆土”注：“越，远也。”因此，度、过、逾、行远皆称“越”，如《天问》：“岩何越焉”；《吕氏春秋》：“越十七阨”；《左氏春秋》：“越在他竟（境）。”

㊱《礼记·祭法正义》引《世本》：“契生昭明，昭明生相土。”

㊲《诗笺》称：“截，整齐也。”《疏》称：“截者斩断之义。”按：《商颂》中有二截字，一为“相土烈烈，海外有截”，一为“有截其所，汤孙之绪”。显然，如将上二“截”字释作“整齐”或“斩断”，则文不顺义不通。在先秦时，邦名、国号、地名之上往往冠以“有”字，如：有夏、有商、有殷、有虞、有郃、有周、有莘、有妫、有穷、有娀、有苗、有庳、有扈、有邑、有齐等等。因此，“有截”可能是地名，对此，诗已明言“有截其所”。所谓“有截其所，汤孙之绪”当解作“有截其地，汤孙之”截本字作截，《说文》：“截……从戈，雀声。”甲文中有雀，是殷商属地。《商颂》中之有截可能就是甲文记载中的雀地。据陈梦家所考，“雀之所在，当近今豫西”。果尔，则雀为商的西疆，所谓“海外有截”可能是“东自海边，西至雀地”之意。同时，地当豫西之雀，南与荆楚接壤，故殷武诗中在描述伐楚事时提到“有截之所”。当然，这都是估计，仅供参考。

㊳《诗经通解》：“齐，俞樾云当读为济。”《尔雅》释言：“济，成也。”“至于汤济”，言至于汤而成，故汤谓之成汤也。

㊴球，《说文》：“球，玉磬也。”《书·益稷》：“戛击鸣球，搏拊琴瑟。”注：“球即玉磬，此舜庙堂之乐。”（《周礼·大司乐》郑注称作“宗庙之乐”）

㊵《齐诗》作“为下国畷邮”，《毛诗》作“为下国缀旒”。“畷邮”即《礼记·郊特牲》之“邮表畷”，畷，《说文》：“两陌间道也。”邮，《礼记》疏：“邮若邮亭屋宇处所表田畔。”《礼记·郊特牲》郑注：“邮表畷……井间（田间）之处也，《诗》曰：为下国畷邮。”

㊶揫，《毛诗》作遒，今从《鲁诗》。揫、遒皆作聚解。

㊷共与供同，《左氏》僖四年“王祭不共”“敢不共给”和《礼记·曲礼》“共给鬼神”以及《周礼》“共其野牲”“共其鸡牲”“共祭祀之好羞”等“共”字皆为“供”。共（供）为祭名或祭物，《周礼·春官》载九祭之一为“共祭”，注称：“共犹授也。”《文选》李善注引《尔雅·犍为文学注》：“共，具物也。”

㊸骏，《说文》称“骏，马之良材也。”厖，应为駹。尨，龙、駹古并通。《周礼地官》：“凡外祭毁事用厖可也。”汉壮子春注：“厖，当为尨。”郑玄注：“故书尨作厖。”《周礼·秋官》“犬人掌犬牲，凡祭祀共（供）犬牲……凡几珥沈辜，用駹可也。凡相犬牵犬者属焉。”（按：此应为尨，《说文》“尨，犬之多毛者”，诗：“无使尨也吠。”）由此可知“厖”“駹”可通用。《说文》：“駹，马面颡皆白也，从马，尨声。”（《尔雅》同）《周礼夏官》：“马八尺以上为尨。”汉郑众《秋官》注：“尨读为按，不纯色也。”宋吕祖谦《家塾读诗》记及王应麟《诗考》引董卣藏《齐诗》称：“为下国骏按。骏按，马也。”按：《文献通考》称董氏藏书目有《齐诗》六卷，疑是后人伪托。今书已亡失，在吕、王著作中曾有摘引。董本《齐诗》或有所依据，但与《大戴礼》引《齐诗》不合。《荀子》引作“为下国骏蒙”。《大戴礼》引作“为下国恂蒙”。

㊹今本《诗经》，“敷奏其勇”一句在“何天之宠”下，今根据《孔子家语》所引本诗章句，移于“百禄是总”前。

㊺从诗内容上看来，“武王载旆”及“昔在中叶”两段，似应上接

第三段末句“帝命式于九围”后；而“受小球大球”与“受小共大共”两段，似应是诗最后的祝祷语。因此，《长发》诗可能有错简之处。

㊻《太平御览》八三引《竹书纪年》：“汤……九征。”《孟子·滕文公》：“汤……十一征而无敌天下。”《吕氏春秋·简选》篇：“殷汤良车七十乘，必死（士）六千人，以戊子战于郕，遂禽推移大牺，登自鸣条，乃入巢门，遂有夏。”

㊼《宋书·符瑞志》：“汤号天乙，丰上锐下，皙而有髯，勾身而扬声，长九尺，臂有四肘。”（按：这是根据汲郡出土的《竹书》编写的。）

《晏子春秋》：“汤长头而髯鬓。”《荀子》：“汤偏。”《春秋繁露》：“汤……左扁而右便，劳右而佚左也。”《礼别·名记》：“汤臂四肘，是为神翼。”（《雒书·灵准听》《春秋元命苞》略同）

㊽周秦文献中传有伊尹生空桑的神话。《吕氏春秋·本味篇》：“有侁（侁读曰莘）氏女子采桑，得婴儿于空桑之中，献之其君。其君令烰养之，察其所以然，曰：其母居伊水之上，孕，梦有神告之曰：‘臼出水而东走，毋顾！’明日视臼出水，告其邻，东走十里，而顾，其邑尽为水，身因化为空桑。故名之曰伊尹。此伊尹生空桑之故也。”《楚辞·天问》：“水滨之木，得彼小子。”王逸注：“小子谓伊尹也。言伊尹母妊身，梦神女告之曰：‘臼灶中生蛙，亟去无顾，’居无几何，臼灶中生蛙，母去东走，顾视其邑，尽为大水，母因溺死，化为空桑之木。水干之后，有小儿啼水涯，人取养之，既长大有殊才。有莘恶伊尹从木中出，因以送女也。”

周秦文献载，伊尹是汤妻的陪嫁奴隶，曾为厨夫。《墨子·尚贤》：“昔伊尹为莘氏女师仆，使为庖人。”《贵义》：“伊尹，天下之贱人也。”《韩非子·难言》：“伊尹……身执鼎俎为庖宰。”《吕氏春秋·本味篇》：“汤闻伊尹，使人请之有侁（莘）氏。有侁氏不可。伊尹亦欲归汤。汤于是请娶妇为婚。《有侁》氏喜，以《伊尹》媵女。”《楚辞·

天问》："成汤东巡，有莘爰极，何乞彼小臣，而吉妃是得。水滨之木，得彼小子，夫何恶之，媵有莘之妇。"注："小臣、小子，谓伊尹也。"《孟子·万章篇》："万章问曰：'人有言，伊尹以割烹要汤。'"《墨子·尚贤》篇："汤举伊尹于庖厨之中，授之政"，"举以为己相，与接天下之政，治天下之民。"《孟子》："伊尹相汤，以王于天下。"《吕氏春秋·持大览》："（商之后王时）祖伊尹世世享商。"按：在殷墟卜辞中，发现有祭伊尹的卜辞，有时将伊尹与成汤列在一起合祭，有时祭伊尹以祈风雨阴晴。由此可知，伊尹在商代祭祀中是显赫的神灵。因此商代祭祖的颂歌《长发》中有对伊尹（即阿衡）的颂辞。

㊾《闻一多全集》甲集《龙凤》："就最早的意义说，龙与凤代表着我们古代民族中最基本的两个单元——夏民族与殷民族。"详见《伏羲考》。

第四章　殷商的散文

第一节　甲骨卜辞和铜器铭文

殷商时代的“文字纪述”，今天所能见到的有甲骨卜辞、铜器铭文和书诰。

甲骨卜辞，是刻在占卜用的兽骨或龟甲上的文辞。

所谓卜，是古时以灼骨法卜问神意的巫术。当时人遇有疑难问题而需要请神灵给予指示时，便在祭神之后向神陈述所要卜问的事情，然后用燃烧着的荆木枝点灼骨版（兽骨的或龟甲的）。骨版经火灼后便爆破出裂纹（被称作兆）。这种裂纹（兆）被当时人看作是神灵的暗示。于是人们根据卜骨上裂纹的上下、左右、长短、纵横、窄阔等各种不同的形状，来参悟神意、观察吉凶、解决疑难[①]。这种“骨卜”法在原始氏族社会即已出现[②]。

近五十年来，在殷都故址（河南安阳小屯村周围）发掘出大批殷商时的卜骨卜甲。这些卜甲卜骨是自盘庚至帝辛时代的遗物。其中一部分是所谓“无字版”，卜骨卜甲上只有兆纹（火灼的裂纹）而无文字；另一部分卜甲卜骨上，除呈现兆纹外，还以简洁的文字刻记着所卜问的问题。这部分卜甲卜骨之所以有刻辞，是因为所卜问的大多是国之大事或商王的疑难，因此将“卜问辞”刻在卜甲卜骨上，以便在以后根据事情的发展结果，查验“兆象”是否灵应，并进而悟解“兆象”的“无穷变化”和神意的奥妙，同时也以此考核占人（贞人）的“通灵”程度。正如《周礼》所述：卜占后之所以“书其占辞”，是为了“岁终计其占之中否”[③]。

这就是卜骨上刻辞的目的和作用。只有认识了这种刻辞的目的和作用，才能正确地认识甲骨卜辞的性质和特征。

如上所述，卜占是用以决疑的巫术。因此，当时人所卜占的只是生活中所发生的疑难，并非所有的生活事件。其次，在所卜占的疑难问题中，只有那些对国家或对商王具有重要意义的问题，才被刻记在卜甲卜骨上。因此，卜辞所记述的、所卜问的事件，是有一定范围的，大多是：卜问祭时和祭品种类数量；卜问风雨阴晴水患；卜问农事年成及各地收成；卜问征伐胜败及有俘无俘；卜问商王起居、疾病、游猎、梦的吉凶；卜问下旬有无祸尤[④]。由此可知，卜辞所刻记的只是当时的一定范围内的“国之大事”：而且是作为疑问提出。这说明，卜辞是卜问吉凶时的“命龟之辞”，既非史书更非文学。

如上所述，卜甲卜骨上刻辞是为了事后检验“其占之中否”。为了便于检验，卜辞在行文上有着一定程式：这样可以一目了然。同样的，由于刻辞的目的只是为了事后检验“占之中否”，因此使用最简明的语言（甚至是片文只字）将卜问的事由摘要地记下来，足以备忘备查即可，而用不到详细记述。当然，限于卜甲卜骨面积和刻契技术，也不可能在一方卜甲或卜骨上刻长篇文字[⑤]。这说明，卜辞是一种有着一定特殊格式的“记事”体；所使用的是概括语言是语言的简化，不是语言的润色和加工。

出土的甲骨卜辞，约有十万多片，但大多是灼裂的碎片，很少完整的。现将文辞较完整地列举如下，以见一斑[⑥]。

〔1〕甲辰卜，㱿贞：“来辛亥，㚅于王亥，卅牛？”十二月。（《殷虚书契后编》上·二三）

甲辰日卜，卜人㱿问：“将来七日后的辛亥日，燎祭于高祖

王亥，用三十牛，可以吗？”在十二月。（译文）

〔2〕丁酉卜，贞：“王宾文武丁，伐十人，卯六牢，鬯六卣，亡尤？”（《殷虚书契前编》一·一八·四）

丁酉日卜，问：“王宾祭文武丁，杀十人，宰六头牛，香酒六壶，没有祸尤吗？”

〔3〕乙巳卜，宾贞：“三羌用于祖乙？”（《前编》一·九）

乙巳日卜，卜人宾问：“是否杀三个羌人用祭于祖乙？”

〔4〕癸丑卜，贞：“小示，业（有）羌？”贞：“勿业（有）羌？”二月。（二九年出土大龟三版首甲）

癸丑日卜，问：“祭小宗时，要侑祭以羌人吗？”问：“不要侑祭以羌人吗？”在二月。

〔5〕辛未，贞：“受禾？”（《后编》下·七）

辛未日，问：“今年庄稼是否丰收？”

〔6〕戊辰卜，出贞：“商受年？”（《殷虚书契续编》二·二八·二）

戊辰日卜，卜人出问：“商地今年是否有很好的收成？”

〔7〕庚子卜，□贞：“翌辛丑，雨？”贞：“翌辛丑，不其雨？”（《前编》五·二六）

庚子日卜，卜人□问：“明天辛丑日，天要下雨罢？”问：“明天辛丑日，天不下雨吗？”

〔8〕贞：“烄𡜊，业从雨？”贞：“勿烄𡜊？”（《续编》五·一四·二）

问：“烧死𡜊，用以求雨好吗？”问：“不要烧死𡜊吗？”

〔9〕丁酉卜，㱿贞：“今春王登人五千征土方，受业（有）又（祐）？”三月。（《后编》上三一·六）

丁酉日卜，卜人㱿问：“今春王命五千人征伐土方，是否能受到神的保佑？”在三月。

〔10〕贞："戊获羌？不其获羌？"贞："戊不其获羌？"（《铁云藏龟》二四四·一）

问："戊能擒获羌人罢？不能擒获羌人吗？"问："戊不能擒获羌人吗？"

〔11〕戊申卜，贞："□（王？）田𢀛，不遘大雨？"（《殷墟卜辞二》）

戊申日卜问："王要田猎于𢀛地，不会遇上大雨罢？"

〔12〕戊戌卜，贞："今日旦王疾目，不丧明？其丧明？"（《殷墟文字乙编》六四）

戊戌日卜，问："今日早晨王患眼病，不会瞎罢？要瞎吗？"

〔13〕丁未卜，王贞："多鬼梦，亡未郎（艰）？"（《库方二氏藏甲骨卜辞》一二一三）

丁未日卜，王问："梦到很多鬼，不会有祸难罢？"

〔14〕□丑卜，贞："王梦㞢（有）死大虎，唯祸？"（《铁云藏龟拾遗》一〇·七）

□丑日卜，问："王梦见有很大的死老虎，会有祸害吗？"

上引的卜辞，大多是"贞辞"。所谓"贞"，据《说文》："贞，贞问也。"由引辞中可以看出，其体例往往是先记卜日，再记贞人名字，后记卜问事件。其中的〔4〕〔7〕〔8〕〔10〕是使用的两贞法，就是将一件事正反卜问两次，如果兆象无矛盾，则作为神的决定来奉行。这些是卜辞中最常见的格式。此外，在少数的卜辞中，除记有"贞辞"外，尚记有"占辞"，有的并追记着"验辞"。所谓"占"，据《说文》："占，视兆问也"；《易》萃注："占，视也"。因此，"占辞"就是观察兆纹后所得的结论；"验辞"就是事后所记的卜兆的征验。例如：

〔15〕癸巳王卜，在麦贞："旬亡祸？"王占曰："吉！"（《前编》二·一六）

癸巳日王亲自卜，在麦地问："下旬没有灾祸罢？"王观察兆象说："下旬运气好！"

〔16〕戊申王卜，贞："田䡺，往来亡巛？"王占曰："吉！"

壬子王卜，贞："田甏，往来亡巛？"王占曰："吉！"获鹿十。（《前编》二·一六·一）

戊申日王亲自卜，问："我要田猎于䡺地，往来没有灾难罢？"王观察兆象说："往来都吉利！"（四天后）壬子日王亲卜，问："我要田猎于甏地，往来没有灾难罢？"王观察兆象说："往来都吉利！"果然猎获得鹿十头。

〔17〕癸巳卜，㱿贞："旬亡祸？"王占曰："有祟！若偁。"甲午，王往逐𤉡，小臣甴车马展㞋王车，子央亦颠。（《殷虚书契·菁华》一）

癸巳日卜，卜人㱿问："下旬没有灾祸罢？"王观察兆象说："有神鬼为祸！（不解）"第二天甲午日，王去打猎追逐兕，小臣甴的车马（撞？）王车，王子央也颠下车来。

〔18〕癸未卜，㱿贞："旬亡祸？"王占曰："往乃兹有祟！"六日戊子，子考死。（同上三）

癸未日卜，卜人㱿问："下旬没有灾祸罢？"王观察兆象说："往后有鬼神为祸！"六天之后戊子日，王子考便死了。

〔19〕癸巳卜，㱿贞："旬亡祸？"王占曰："有祟！其有来艰。"迄至五日丁酉，允有来艰自西，沚䵼告曰："土方征于我东鄙，𢦏二邑；𢀛方亦侵我西鄙田。"（同上二）

癸巳日卜，卜人㱿问："下旬没有灾祸罢？"王观察兆象说："有鬼神为祸！可能有灾难到来。"直到五天之后丁酉日，果真有灾难来临，自西方，西边大将沚盛报告说："土方侵伐于我东境，陷我二城邑；𢀛方侵占我西境的土地。"

所引卜辞之〔15〕，有“占辞”，而无“验辞”，因此今天亦无从考知“卜兆”是否“灵”，“占辞”，是否“验”。但后四条，都记有征验：〔16〕是吉兆，结果获鹿十头；〔17〕兆占不吉，却很“灵”，在第二天打猎时就出了“车祸”，商王武丁子受伤；〔18〕兆占有神鬼之祟，果然六天后武丁死了一个儿子；〔19〕兆占十天内有灾难来临，五日后果然得到敌人侵边的报告。显然，从后四条看来，其所卜占的吉凶福祸是与事情的得失利害相偶合的。正是由于这样，所以当时人将这几次“卜兆”当作灵迹看待，从而将验辞刻在卜甲上，一方面作为武丁时大卜人㱿（一释作㱿）的成绩保存；另方面可供学卜占者揣摩、研究兆纹之用。当然，这样偶合的是不多的，因此在卜辞中刻记着“验辞”的甲骨比较说来也是很少的。

由此可知，殷商甲骨卜辞是特定的历史条件所决定的宗教观念和宗教法术的产物，是具有特殊格式的文体。

今天的许多学者，在对卜辞的研究中，发现了许多为史书所不载的史实。这就是说，根据当时的“贞辞”“占辞”“验辞”，可以推测和探讨商代的社会情况：包括商王世系、社会经济性质及水平、部族间的关系、战争的性质及规模、商的疆域及地理情况、宗教祭祀及习惯禁忌、商王的生活、语言文字和语法的特点、历数上的造诣。所以，殷商卜辞是研究中国古代史的极其珍贵可靠的资料。

虽然卜辞是极其珍贵的可靠的资料，但并非文学。

所以这样说，是因为：卜辞所刻记的只是向神提出的疑问（贞辞）、神的“指示”（占辞）以及卜占的灵应（验辞），绝不是对生活感受的描写；卜甲卜骨上刻辞（是之谓卜辞）是为了“岁终计其占之中否”，并不是为了表现人的生活感情；卜辞中所以使用一定的程式和简略概括的语言，是为了便于检验，因此只要将事之可否、占之吉凶简记下来即可，当然这与文学的为了（有意的或无意的）表现复杂的感受和具体的情感而形成的语言的加工是完全不同的。

这说明，卜辞的内容特征、文体样式、语言风格都是被卜辞的性质所决定的。也正是由于卜辞的性质和内容形式的特征，因此卜辞并不是文学作品⑦。

今天所能见到的殷商“文字纪述”除卜辞外尚有铜器铭文。

从出土的殷商青铜器上看来，当时的冶铜铸器技术已达到相当高的水平。在殷墟曾发掘出一千四百斤重的“司母戊鼎”和八十公斤重的大钲（钟类乐器）。殷商青铜器样式的复杂、造型的优美、饰纹的秀丽，都显示出当时审美观念的发达和古典艺术的成就。

所出土的殷商青铜器具约有五类：酒器有尊、彝、罍、壶、卣、觯、爵、斝、觚、角、盉等各种；食器有鼎、甗、段、盘等各种；兵器兵具有戈、矛、戚、斧、铜盔等物；日用工具有凿刀、锛、小刀、锥等物；装饰品有马具、车饰、服饰小件等物。在出土的酒器和食器中，有的是实用器，有的是祭器，有的则是明器（殉葬品）。在出土的兵器中，有的是实用的武器，有的是仪仗用品，有的则是舞具。

在某些酒器、食器和兵器上，往往铸着文字或图徽，用以标明所有者的名字或父祖名字、官名或部族徽号。这种记名式的铸文大多只有一二字，只有在少数酒器或食器上，才铸有较长的文辞。今人所称的“铜器铭文”或“金文”，便是指这种铸文而言。

据史籍所载，商周时的王侯贵人，往往为了纪述武功、劳绩、盟约或庆典恩赏，便将自己的“光荣遭遇”“镂于金石，琢于盘盂，铭于钟鼎”，一方面归功先祖，“显扬先祖之美”；另方面“明示后世”，“遗传后世子孙”⑧。因此，铸有较长铭文的铜器，都是宗庙中的祭器或纪念品。

现将商代末期的铜器铭文列举如下，以见一斑：

〔1〕癸巳，王易小臣邑贝十朋，用作母癸隮彝。惟王六祀，三日，在三月。（《小臣邑斝》。《续殷文存》下）

癸巳日，王赐给小臣邑贝币十串，邑用来制作了纪念母亲癸的彝器。王即位后之六年，彡祭日，在三月。

〔2〕庚申，王在东闲。王格，宰椃从。易贝五朋，用作父乙

宝蹲。在六月，惟王廿祀，羽又五（《宰椃角》。《殷文存》下）

庚申日，王在东闲。王大祭祀，宰官椃侍从，王赐给椃贝币五串，椃用来制作了纪念父乙的宝器。在六月，王即位后的廿年，羽祭后又五日。

〔3〕丁巳，王省夔京，王易小臣俞夔贝，惟王来征夷方，惟王十祀有五，彡日。（《丁巳尊》。《殷文存》上）

丁巳日，王省视夔京，王赐给小臣俞夔贝币，是王来征讨东夷时，在王即位后的十又五年，彡祭日。

〔4〕王徂夷方，无敄咸（？），王商作册般贝，用作父巳蹲。来册。（《般作父巳甗》。《殷文存》上）

王去征伐东夷，（不解）王赏给作史册的般贝币，般用来制作了纪念父亲巳的彝器。史官来记。

殷商铜器铸辞，大多是由纪日、纪事、“显父母”三部分组成。所谓记事，大多是简略地记述铸器者所受到的恩赏宠遇：有的是参与商王的祭祀大典，从而得到恩赐；有的是由于武功或劳绩而受到奖赏。铭文中所记的日子大多是祭日（彡日、羽日、窞日），所以如此，是因为“用命赏于祖”，往往在祭祖日“戮有罪而赏有功”。同时，在当时人看来，个人的幸运是祖先亡灵庇佑的结果，所谓“有庆告于祖”，因此便以一部分赏金铸器，用以祭祀亡父、亡母或祖先。由于这样的原因，所以商代的金文大多有着一定程式，往往使用习惯套语。

由此可知，殷商铜器铸辞是一种特殊的记事文，并非文学散文。

然而，在卜辞和铭文中却显示出当时人的认识水平和社会文化的发展程度。在卜辞和铭文中共使用了四千多词汇，这说明当时人认识事物的能力已经相当高，词汇已相当丰富。在卜辞和铭文中可以看出当时多种多样的语法构造，这显示了当时人的逻辑思维能力和表现能力。同时，由卜辞和铭文中可以看出，当时文字不仅已有相当高的发展，而且也有相当广泛的用处。不难想见，这些都是与文学的发展相关的。

第二节　商代书诰散文《盘庚》篇

除上述的卜辞和铭文外，今天所能看到的还有流传下来的商代书诰散文（《商书》）。

所谓书诰，是商统治者的誓词、祝词、诰言、法令、政事语录的总称。在商代，书诰是记在竹简木版上，并作为“法典”档案保存的，正如周公所说：“惟殷先人，有册有典。”因此，殷商灭亡后，某些商代书诰仍能流传下来。在《左氏春秋》《国语》《论语》《墨子》《孟子》《荀子》《吕氏春秋》《礼记缁衣》等书中，都录有商代书诰的篇名或词句。这说明，春秋、战国时的学者还能看到许多篇商代遗书。

商代书诰究竟有多少篇，今已不可考知。《史记》中虽然载有商代书诰二十四篇的篇目，但汉时所能见到的“商书”只有十一篇[⑨]。这些书诰在魏晋时大多亡失，今天所能见到的“商书”，只有今本《尚书》中的《汤誓》《盘庚》《高宗肜日》《微子》和周汉人著述中引用的一些逸文。

《尚书》中的《盘庚》篇，是商王盘庚的诰言。

盘庚是成汤的九世孙，是帝辛（纣）的上九世祖，是商代三十一王的第二十王，其生活年代约在公元前十四世纪。

在盘庚之前，商曾迁都五次。成汤居亳（河南商丘一带），到第十一王仲丁时，自亳西迁至嚣（河南广武西北敖山）；到第十三王河亶甲时，自嚣渡河迁至黄河北的相（河南内黄东南商宗陵）；到第十四王祖乙时，自相迁至西南方的耿（河南温县平皋镇），耿南临黄河，黄河泛，耿圮，于是东渡古黄河东迁于庇（山东东平与郓城间）；到第十八王南庚时，又自庇东迁至奄（山东曲阜东）[⑩]。

不难看出，自成汤五世孙仲丁到成汤六世孙祖乙，二世之间迁都四次。虽然，在史籍中没有记载商王迁都的原因和目的，但由前三次的迁移方向看来，殷商统治者是不断地在向西方和黄河北岸推进。这说明，商王的前三次迁都似乎是为了开垦河北和西境的土地，以便经略西方和北方。因此，第一次，仲丁西迁到嚣，便“征于蓝夷”；第二次，仲丁弟河亶甲迁到黄河北的相地，于是“征蓝夷，再征班方”（上见古本《竹书纪年》）；第三次，河亶甲子（或侄）祖乙西进至耿，“殷复兴”（见《史记》）。由此可以看出，商都的迁移是有着军事的需要和政治经济上的目的。

但祖乙迁于耿后，不久遭到水患，城市被黄河水淹没，商人的损失可能很大，于是不得不东渡黄河退回到商族故地的中心地带（庇、奄）。也可能由于这次失败，因此祖乙后五王皆住在商族故地庇、奄，再未西进。

祖乙曾孙盘庚即位之后，感觉到商都设在东方的故地，对经济的发展和军事力量的发挥都是不利的，于是决定西渡黄河，迁都于黄河北的殷地（河南安阳）。这样既可扩张国土开发更多的耕地，同时距西方和北方的游牧部落较近，可以方便于掠夺人口和财富。

根据当时的宗教习惯，国王欲为大事，必须由巫人（卜人）以龟卜请示天意。但据记载看来，盘庚似乎没有卜贞——也可能卜贞的结果对己不利，于是便以国王的身份断然地下了迁都的命令。

这迁移是对东方的大奴隶主和苟安的大“官吏”不利的。于是这些奴隶主官吏便以祖乙西进失败为口实，同时假托天命并利用一部分人的怀乡恋土保守苟安思想，造成流言，企图煽动起民众以反对迁都。这样便引起了剧烈的政治斗争。

为此，盘庚召集了大奴隶主、大官吏和商民众，发表了三篇诰语。后人称这三篇诰语为《盘庚篇》。

现将《盘庚篇》上、中的原文及译文列于下[11]。

盘 庚 上

盘庚迁于殷民不适有居，率吁众慼，出矢言，曰：“我王来，既爰宅于兹，重无尽刘，不能胥匡以生，卜稽曰：“其如台！”先王有服恪谨天命，兹犹不常宁，不常厥邑，于今五邦。

今不承于古，罔知天之断命。矧曰："其克从先王之烈若颠木之有糵！"天其永我命于兹新邑，绍复先王之大业底绥四方！"

盘庚要迁于殷，民众不去这地方居住，相率呼吁戚友，放出流言，说："我先王（南庚）来，既然住在此地，正是为了我们民众，不使都死亡，为了我们不能相助以求生，曾卜察天意，结果说："天的意思正如我的意思！"先王凡是有事时，都是恭敬谨慎地依天的命令来做，但仍不能常保平安，不能常住在他的都邑，到今天已换了五个地方，（才被天指定住在这里）。今天既不继承于古制（不用龟卜），又不知天所下的命令。何况古语说："如能服从先王显烈的古法，好像倒了的大树之能生新"芽！"天将永远命我于这新地，光复先王之大事业，安定四方！

盘庚敩于民由乃在位以常旧服正法度，曰："无或敢伏小人之攸箴！"王命众悉至于庭，王若曰："格，汝众！告汝，训汝，猷黜乃心。无傲从康。"

盘庚认识到民众不愿迁移的根由是在位的首领以保守的常典旧法来正法度，于是盘庚说："你们无论谁都不得敢于隐匿我给小民所下的箴诰！"盘庚并命令首领们都到王庭，王便说："来！你们大伙！我告诉你，教训你，用以除去你们的私心。不要轻慢我的命令，仅顾自己的安乐。"

古我先王，亦惟图任旧人共政。王播告之修，不匿厥旨。王用丕钦，罔有逸言，民用丕变。

古时，我先王，也是希图任用旧人共理政事。王颁布的诰语，他们完全下达不隐匿王的旨意。王是以大大地尊敬他们，他们没有放过不合王意的流言，民众是以大大地被王所化。

今汝聒聒起信险肤，予弗知乃所讼？

今天，你们哇啦哇啦的，起来申述险伪肤浮的意见，我不知你们所争辩的是些什么？

非予自荒兹德，惟汝含德，不惕予一人。予若观火，予亦拙谋，作乃逸。

这不是我自迷惑于自己的心思打算，只是你们隐藏着你们的心思打算，不惧怕我一人。我好像在监火，由于我也拙于计谋，才纵容的你们和火似的放逸蔓延。

若网在纲，有条而不紊；若农服田力穑，乃亦有秋。汝克黜乃心，施实德于民，至于婚友，丕乃敢大言：汝有积德。乃不畏戎毒于远迩，惰农自安，不昬作劳不服田亩越其罔有黍稷。汝不和吉言于百姓，惟汝自生毒，乃败祸奸宄以自灾于厥身。乃既先恶于民，乃奉其恫，汝悔身何及？相时憸民犹胥顾于箴言，其发有逸口。矧予制乃短长之命！汝曷弗告朕，而胥动以浮言恐沈于众。恶之易也，如火之燎于原，不可向迩其犹可扑灭。则惟汝众自作弗靖，非予有咎！

正如网结在绳上，方可有条理而不紊乱；正如农夫种田力耕，于是才能有秋收。你们要能斥除自己的私心，宣布真实的心思给民众，以至于亲戚朋友，才可说大话：说你们积有好心。但你们不怕大灾害生于远近，惰于农事而自求安逸，不勉作劳苦，不从事田亩农事，那将没有黍稷食粮。你们不宣布我的好话诰言给百姓，这就是你们自己制造毒害，终引出灾祸奸败以致贻害于自身。你们既然先将恶事教于民众，然后将要承受民众给你们的痛苦，你们后悔怎么来得及呢？看那些奸猾的小民，还互相顾虑我的箴诰，怕其发话有失言之处。何况我操制着你们可短可长的生命！你们如有意见，为何不禀告我，反而互相勾结扰动，以谣言唬吓并迷惑民众。坏事情是容易生长的，好像野火烧燎草原，使人不可向近，但还是可以扑灭的。假若是你们大伙自己造成国家不安静的情势，那就不能怪我有罪过了！（不要说我杀人不留情。）

任迟有言，曰：“人惟求旧；器非求旧，惟新！”

任迟曾说过句格言，他说：“任用人是选求旧的；使用器具不是选求旧的，是用新的！”

古我先王暨乃祖乃父胥及逸勤，予敢动用非罚！世选尔劳，予不掩尔善。兹予大享于先王，尔祖其从与享之。作福作灾予亦不敢动用非德。

古时，我先王及你们祖你们父相共过安乐和辛勤，我怎敢使用非分的刑罚罚你们！你们如能世世代代继续尔先人的勤劳，我也决不遮掩你们的优点。当我大祭于我先王时，你们祖先是跟从着受祭的。求福或造灾（依你们自己言行而定）我也不敢使用不公平的妄赏滥罚，（作善的降福作恶的降灾。）

予告汝于难，若射之有志，——汝毋侮老成人，毋弱孤有幼，各长于厥居——勉出乃力，听我一人之作猷。

我告诉你们做事是困难的，正如射箭的人必须有决心和意志，（思想集中不能犹疑）——你们不要欺侮老年人，不要轻视少年人，各管理你所担任的职务——更多地出力做事，由我一个人出主意。

无有远迩，用罪，伐厥死，用德，彰厥善。国之臧，则惟汝众，国之不臧，则惟予一人有逸罚。

不论远近亲疏，造罪行的，杀死他；为善行的，表扬他的好处。国家的兴旺，那是你们大伙的功劳；国家的不振，那就是我一人放松惩处恶人所致。

凡尔众！其惟致告！自今至于后日，各恭尔事，齐乃位，度乃口，——罚及尔身，弗可悔！

所有你们大伙！这是我给你们的告诫！自今天至于今后，各人要恭谨地做你的事，肃敬地在你的职位上，谨慎你的嘴（不要再造流言）——等到刑罚加到你身上时，那你就不可后悔！

盘　庚　中

盘庚作惟涉河，以民迁，乃话民之弗率。诞告用亶。其有众咸造，勿亵在王庭。盘庚乃登，进厥民，曰："明听朕言，勿荒失朕命。呜呼！古我前后，罔不惟民之承保。后胥感，鲜以不浮于天时。殷降大虐，先王不怀，厥攸作视民利用迁。汝曷不念我古后之闻？

盘庚开始想渡过黄河，率民众迁移，于是说服民众中不遵从的。这诰言充满诚信。他的民众都来到，不敢亵谩地恭敬地聚合在王庭。盘庚于是登上高台，召拢他的民众，说道：“注意听我的话，不要废失我的命令。啊！古时我先王，没有不惟民众是拯救是保佑的。由于先王相忧虑，故很少不顺承于天时。当殷遇到天降大祸时，先王不怀恋故土，他要干的，是照顾民众的利益而迁移。你们为什么不想到关于我先王的故事呢？”

承汝俾汝，惟喜康共，非汝有咎比于罚。予若吁，怀兹新邑，亦惟汝故。以丕从厥志。

我拯救你们，使用你们，迁移是为了高兴你们有安乐生活，并非因你们有过错而给的处罚。我向你们呼吁，想到那个新地方，也是为了你们利益的缘故。这也是根据大家的意愿。

今予将试以尔迁，安定厥国。今汝不忧朕心之攸困，乃咸大不宣，乃心钦，念以忱动予一人。尔惟自鞠自苦，若乘舟，汝弗济臭厥载！尔忱不属，惟胥以沈。不其或稽，自怒曷瘳？汝不谋长，以思乃灾，汝诞劝忧。今其有今，罔后，汝何生在上！

现在我将领你们迁移，平定那个地方。现今你们不体察我心中的苦衷，于是都大大的不聪明了，于是心里惊惶，竟想以你们的想法动摇我一人。尔等只是自找穷受自找苦吃，好像乘舟一样，你们不快过河，犹疑中泡烂了你们的船！你们沉落在水中并非独自，却使大家一起相沉于水中。你们没有审察这情形，只自己发怒发牢骚怎么会得到好处呢？你们不是打算长远些，用以想想这个灾祸，你们的荒诞想法只能促进忧患。今天只顾今天，不顾以后，你们怎么能生活在地上！

今予命汝，一无起秽以自臭。恐人倚乃身，迂乃心。

现在我命令你们，切不要制造邪秽用以自己臭自己。恐怕敌人要利用你们的力量，迷惑你们的心。

予迓续乃命于天，予岂汝威？用奉畜汝众。

我承继大运于天帝，我岂是你们威胁得了的？只是想要好好地养育你们。

予念我先神后之劳尔先。予不克羞尔用怀尔，然失于政陈于兹，高后丕乃崇降罪疾，曰：“曷虐我民！”汝万民乃不生生，暨予一人猷同心，先后丕降与汝罪疾，曰：“曷不暨朕幼孙有比！”故有爽德自上其罚汝，汝罔能迪。

我想到我的祖先神圣的后王曾使唤过尔等的祖先。我如不能养活尔等并安定尔等，如果失于治理，久住在这里不迁移，我高祖先生岂不要重重地降罪疾于我，说：“为什么虐待我的民众！”你们万民如不求生生之道，与我的心思同心，我高祖先王岂不降给你们罪疾，说：“为什么不与我幼孙相从！”是故，有二心二德的，自天上要降罪处罚你，你不能逃免。

古我先后既劳乃祖乃父，汝共作我畜民。汝有戕，则在乃心，我先后绥乃祖乃父，乃祖乃父乃断弃汝不救乃死。

古时我祖先先王，既劳累过你们祖你们父，所以你们共同作我所养活的民人。如果你们有戕害作乱的念头，那么当这念头在你们心中时，我天上的祖先就要斥退你们祖和你们父的亡灵，你们祖和你们父的亡灵就要断绝并抛弃你们，不救你们的死亡。

兹予有乱政同位具乃贝玉。乃祖乃父丕乃告我高后，曰：“作丕刑于朕子孙。”迪高后，丕乃崇降弗祥。

如我有乱政贪财的大臣和同位的人，共同要你们的贝玉。其祖其父的亡灵岂不要启告我祖高后，说：“降下大的刑罚给我子孙。”既启高祖，岂不要重重地降下不祥。

呜呼！今予告汝，不易！永敬大卹，无胥绝远。汝比猷念以相从，各翕中于乃心。其有颠越不恭，则劓殄无遗育，无俾易种于兹邑！

啊！今天我诫你们的话，是不易的！你们要永远恭敬地体会我对你们的恩惠，不要和我相疏远。你们迎合我的主意以相从，每人要合乎这主意在你们心中。如有反抗不从不遵命令的，那就要杀绝他们不留根，不能迁移坏种到新地方！

往哉！生生今予将试以汝迁，永建乃家！

去罢！建立好生活去生活罢！现在我将带领你们迁移，在新地方永建你们的家！

严格说来，《盘庚篇》并非文学作品，而是古代记言体的语录文，但从文学的广义概念说来，却有着文学的形象性。这就是说，在《盘庚篇》中有着盘庚的自我表现：通过盘庚的思想、情感、语言表现了一个具有远大眼光和开辟精神的、有毅力有智谋的古代国王。

通过盘庚的诰言，反映着当时的现实。

从诰言中，我们可看出种族奴隶制特征。祖先神不仅是团结全部落的标志，而且有了阶级区分。正如盘庚管辖着奴隶主和氏族成员一样，在亡灵世界中，盘庚的祖先（先王）也在管辖着奴隶主和氏族成员"乃祖乃父"的死魂灵。在祖先崇拜的宗教观念中，这是活人们区分权利义务的根据，是维持种族成员团结的工具。在上篇中表明，大奴隶主曾与国王"胥及逸勤"，故死后与先王"从与享之"，其子孙以"旧人共政"；在中篇中表明，一般氏族成员曾为"先神后"出过劳力，因此其子孙作王的"畜民"（养活的人）。祖先暴力神不仅被解释作对外征伐的庇护者，而且是安定阶级秩序的护法，是子孙言行的监视者。在祖先崇拜的宗教观念中，这是维持种族内部阶级关系的保证。这说明，为了巩固氏族制度而创造的祖先神，当种族内的奴隶制形成之后，对外，它是"强盗"，对内，它是"警察"。

从诰语中，可看出进步与保守的斗争。一方面是在位的奴隶主，企图维持自己的"惰农自安""不昏作劳，不服田亩"的苟安生活，而不顾全族的长远利益，"不畏戎毒于远迩"，于是联合了戚友，放出谣言，从而煽动起殷种族成员，以遵守"卜稽""天之断命"和"先王"意志为理由，与盘庚进行了公开的政治斗争。另方面，在盘庚的诰言中，揭露了散布谣言的动机，反对了贪污和欺骗老幼的行为；攻击了"不谋长""有今罔后”的苟安思想；以“殷降大虐，先王不怀，厥攸作，视民利用迁”的历史经验说明了迁居是为了“永建乃家”，既不应妄从“神意”也不应“比于罚”。于是恩威并用，软硬兼施，一方面以全族利益、“旧人共政”、血缘联系相感动相劝诱；另方面又以祖先神的处罚、刑罚、乱败相威胁。最后宣布将以政治力量保证自己主张的行施。显然，在诰言中反映了当时重大的政治斗争。历史证明，当盘庚的主张取得了用生之后，殷商在经济上，文化上皆取得了向上发展的机会。我国伟大的古代文化发现地——安阳小屯，正是盘庚的新居。

从诰语中，我们可以看出当时风俗习惯、神的观念以及在披着神的外衣下所展开的王权反神权的现实斗争。

由此可知，在所反映的现实中表现了盘庚的思想和性格。这思想性格是和古代东方的专制主义相结合的。

从艺术性上说，盘庚的议论有些是以抒情方式表达的。其中使用着相当多的具有形象性的语言和格言警句。如：“予若观火，予亦拙谋，作乃逸”；“若网在纲，有条不紊”；“若农服田力穑，乃亦有秋”；“若火之燎于原，不可向迩”；“若乘舟，汝弗济，臭厥载”；“人维求旧，器非求旧，维新”。所有这些譬喻语句，并不是以抽象概念组成，而是首先以具体的现实事物引起人的感性印象，进而推移出理性经验。它的思想不仅是自现实事物中得出，而且是通过对现实事物的感受而表达出来。这正是形象性之所在。

注释

①卜、兆皆是象形字，像龟骨爆裂纹。《说文》：“卜，灼剥龟也，象炙龟之形，一曰象龟兆之纵横也。”“兆，灼龟坼也。”《吕氏春秋·制乐》注：“灼龟曰卜。”《白虎通》：“卜……爆见兆。”卜骨版的背面有的先钻些小圆槽。卜时，先祭神并告以卜问事由，然后以燃烧着的荆枝尖端，投入卜骨的钻槽内。卜骨经火即爆裂出纵横纹理。人们从纹理上

决吉凶。《荀子·王制》："钻龟……知其吉凶妖祥。"《史记·龟策列传》褚少孙补："王者发军行将，必钻龟庙堂之上，以决吉凶。""荆枝卜之，必制其创，理达于理，文相错迎，使工占之，所言尽当。"《太平御览》七二五引《三礼图》："以荆为燃，以灼龟。"《周礼·春官》："凡卜，以明火爇燋"，"辨龟（纹）之上下左右阴阳，以授命龟者"，"以辨吉凶"。

②在吉林、辽宁、山东、河南、陕西的某些史前文化层中曾发现有卜骨，皆无刻辞。

③卜骨刻辞，是为了"计其占之中否"。据《周礼·占人》称："凡卜筮，既事，则系币以比其命（即命辞、卜占辞），岁终则计其占之中否。"汉杜子春注："系币者，以帛书其占（占辞），系之龟也。"由此看来，周时是将"卜辞"写在丝帛上和卜骨排放在一起。当然这比殷商时将卜辞刻在卜骨上，是要简便多了。但不论将卜辞刻于卜骨或书于丝帛，都是为了年末检查所卜占的"吉凶"是否灵验。设或所卜不验，当时人并不认为是"神龟"不灵，而认为是由于卜人"悟性"不高"道行"不足，不受"神佑"的结果。所谓"灼龟观兆，变化无穷，是以择贤而用占焉。"（《史记·龟策列传》），当时人认为只有高明贤达的卜人才能从"兆"的"无穷变化"中正确的推论吉凶。因此殷墟出土的某些卜骨上记有占人（贞人）的名字，以备事后考核。

④《殷墟卜辞·综述》中分为六类：一、祭祀；二、天时；三、年成；四、征伐；五、王事；六、旬夕。详见原书。

⑤从一九二九年出土的四版大龟甲看来，一版完整龟甲需供六七十次卜用。以较完整的"大龟一版"（缺尾甲）为例，版上有钻灼痕五十九，兆象五十九；其中有兆有刻辞者二十八，有兆无刻辞者三十一。由此可知，每卜一次所用的卜甲，面积是很小的。显然，在这样小的卜甲卜骨上，是不可能刻较长的文辞的。同时，以青铜刀在龟甲上刻字是件不容易的事，当然，更重要的是没有这样的必要。

⑥按：所引卜辞翻译时，曾采用郭沫若、胡厚宣、容庚、丁山、于省吾等各家考释。

⑦现在有些学者称甲骨卜辞为“甲骨文学”，认为这种文学刻在甲骨上，反映了畜牧生活、农业生活、奴隶生活。按：这说法是不妥当的。从卜辞的研究中固然可以估计或推论当时的“生活面貌”，但卜辞本身既不是较完整的记载生活事件，更不是以形象反映生活。文学的特点是“以形象反映现实”，尽管在文学发展历程的初期，“形象的表现”水平是较低的，但作为文学与其他意识形态不同的特点：“以形象反映现实”，却是与文学并生的。不能忽略文学的这个特点，否则将会认为旧社会交易所的“流水账簿”，在“反映”银行家的买空卖空勾当上，比茅盾的《子夜》还要“具体、真实、深刻”。

有的学者误解了文学的所谓“反映”，因而认为：“甲骨文学是现有文献中最原始的文学，是文学受胎初期尚未成形的原始文学，就文学发展过程说来，这是必经的阶段。因此在中国文学史上，它是具有引导文学向前发展的一定的历史意义的。”按：这说法是不妥当的。文学的成形并不在阶级社会之后——中外古今的文学历史或现象都能证明这点。文学是语言的艺术，它的发生并不在文字出现之后——古今的口头创作都能证明这点。卜龟“问得失占吉凶”的卜辞，不是文学的起源，当然也不是原始文学；在卜甲卜骨上刻问辞占辞验辞并不是“文学发展的必经阶段”，当然卜占也不是文学发展的动力。这些理论是会和“文学起源于宗教巫术论”发生“血缘关系的”。

有些学者认为，“卜辞是散文的雏形和起源，”商周散文（包括《盘庚》）是由卜辞发展成的。按：今天所见到的卜辞都是盘庚以后各王朝的。显然，将出土的盘庚后的卜辞作为盘庚时书诰的前身，是不合乎历史年代的。

有的学者认为，“卜辞是韵文散文合组的”，并根据卜辞中有“癸卯，贞：东方受禾？北方受禾？西方受禾？南方受禾？”和“癸卯卜：

今日雨？其自东来雨？其自南来雨？其自西来雨？其自北来雨？”从而认为有的卜辞是有韵脚有节奏的，《诗经》继承了这种押韵法。有的认为卜辞“表现了劳动人民的智慧和灵活运用语言文字的自由创造精神”。按：卜辞中的“其雨？不其雨？”“受年？不受其年？”“㞢羌？勿㞢羌？”“其遘大雨？其遘小雨？”“帝其降祸？帝弗其降祸？”都是所谓一事两贞（问）或一事多贞（问）造成的句法，犹如今人所常说的“你是想学习？还是不想学习？”“今天天气冷？还是不冷？”一样，并不是《诗经》的押韵法。

在今天，将卜辞说作是文学的说法，不仅很通行，甚至要成为定论了。故陈述己见如上，以待读者教正。

⑧《墨子·尚贤》：“古之圣王……书之竹帛，琢之盘盂，”（《鲁问》）“镂之于金石，以为铭于钟鼎，遗传后世子孙。”《左氏》襄十九年：“夫铭，天子令德，诸侯言时纪功，大夫称职。”《吕氏春秋·求人》：“故功绩铭乎金石，著于盘盂。”《礼记·祭统》：“夫鼎有铭，铭者，自名也。自名以称扬其先祖之美，……论撰其先祖之有德善、功烈、勋劳、庆赏、声名列于天下，而酌之祭器，自成其名焉，以祀其先祖者也。……而名著于后世者也。”

⑨汉文帝时，济南伏生传授《尚书》二十八篇，其中有商书五篇：《汤誓》《盘庚》《高宗肜日》《西伯戡黎》《微子》。景帝时，鲁恭王刘余，“坏孔子旧宅以广其宫，”在坏壁之中发现古文《书》（《尚书》）四十六篇，其中有商书十一篇，比伏生传授的商书多六篇，即《汤诰》、《咸有一德》（即《伊告》）、《典宝》、《伊训》、《肆命》、《原命》等篇。

⑩关于成汤至南庚“五迁”的记载，见于古本《竹书纪年》《史记·殷本纪》《尚书序》。

亳，据王国维考证汤所都之亳在河南省商丘县北五十里大蒙城一带。

嚣，古《竹书纪年》载：“仲丁即位，元年自亳于嚣。”《史记·

殷本纪》载："帝中丁迁于隞。"《索隐》："隞亦作嚣，并音敖字。"按：敖嚣古通。据《诗经·车攻》"搏兽于敖"笺称："敖，郑地，今近荥阳。"《括地志》："荥阳故城，在郑州荥泽县西南十七里，殷时敖地也。"敖地是以敖山得名，敖山在今河南广武县（古荥阳属）西北二十里，北临黄河，汉时的敖仓在其左近。

相，古《竹书纪年》："河亶甲整即位，自嚣迁相。"《史记·殷本纪》："河亶甲居相。"《括地志》："故殷城在相州内黄县东南十三里，即河亶甲所筑都之，故名殷城也。"《一统志》："相在相州，属河北，濮阳内黄东南有地名商宗陵。"可知相在今黄河北内黄境内，西距安阳殷墟百余里。

耿，《尚书序》："祖乙圮于耿。"《史记·殷本纪》："祖乙迁于邢。"《索隐》："邢音耿，近代本亦作耿。"王国维说耿中称：《左氏春秋》《战国策》所载之邢邱，在河内平皋县。按：古邢邱在今河南温县（在黄河北）东北十里平皋镇左近，南临黄河。

庇，古本《竹书纪年》："祖乙……居庇。"案：《春秋经哀》五年："春，城比。"《公羊传》何休注："比，本又作芘，又作庇，同音毗。"《左氏》引经为"春，城毗。"杜预注："备晋也。"据《春秋经》哀四年："城西浮。"杜注："鲁西郭，备晋也。"由此看来庇和西浮都在鲁国西境，当在今山东东平恽城之间。

奄，古《竹书纪年》："南庚更自庇迁于奄。"《后汉书·郡国志》："鲁国，古奄国。"《括地志》："兖州曲阜县奄里，即奄国之地也。"奄里在山东曲阜县条二里。

⑪曾根据《左氏春秋·国语》的引文、《汉石经》残文和唐《石经》《五经异谊》改正或增删了盘庚篇的某些词句，故讲义中所引的盘庚与通行本的不同。其次，译时曾参照王引之《经义述闻》、俞樾《群经平议》。

第五章　殷商文学艺术的独特性及其历史作用

关于殷商文学艺术的独创性及其由来，它在文学史上的地位，它的世界意义等问题，也只有在产生它的历史现实条件中去找答案。正如马克思在《剩余价值原理》中所教导的那样，如果我们不在特殊的历史形态下看物质生产，便不可能抓住与历史相辅相成的精神生产的特性，也抓不住二者之间的相互作用，若不然，只有和空洞的词句打交道。

如第一章所说，殷商是奴隶制社会。这是由于生产力的提高而在原始公社中孕育出来的第一个阶级对立的社会。这社会基础于新的生产关系，“这些生产关系的总和构成社会的经济结构，即有法律的和政治的上层建筑竖立其上并有一定的社会意识形态与之相适应的现实基础。”（马克思：《政治经济学批判序言》）而这特定时代的意识形态形成时，也必须使用前时代所遗留下的材料，“请出亡灵来给他们以帮助，借用他们的名字、战斗口号和衣服，以便穿着这种久受崇敬的服装，用这种借来的语言，演出世界历史的新场面。”（马克思：《路易·波拿巴的雾月十八日》）而奴隶制时代，原始时代神和神话之所以是文学艺术的土壤，也正是被这规律所决定。当然，“亡灵”的唤起，并不是为了要模仿旧物，而是为了赞美新的斗争。因此，在文学艺术中的自然神已作为国家的“护法神”而出现；原始神话材料也只是奴隶主思想的外衣。在这一点上，古代中国（殷商）和古代希腊文学特征是共同的。

如第一章所说，殷商是亚细亚型的种族奴隶制社会。其特征是生产力相对的低；商品生产和交换不发达；有着浓厚公社残存；城市和农村不可分离的统一。在这一点上，它与“建筑在土地私有制的，以城市与农村的分离为基础的”古代希腊城邦奴隶制国家，有着不同的特征。

我们的导师马克思和恩格斯在谈到劳动分工和城市兴起对文学的作用时曾说，劳动的分工，对我们已成为历史的主要原动力。“生产力的提高、交换的扩大、国家和法律的发展、艺术和科学的创立，都只有通过更大的分工才有可能。”（恩格斯：《反杜林论》）“只有奴隶制才使农业和工业之间的更大规模的分工成为可能，从而为古代文化的繁荣，即为希腊文化创造了条件。”（同书）

这就是说，分工不仅使生产力提高，而且使人和人发生了密切的联系，使人和人的接触日益频繁，使人与事复杂化、明显化，而城市生活也正是复杂了的人与事集中表现的场所。正如亚里士多德在《诗学》中所说：“城市是一切形式的结合之最高贵者，并且将一切皆概括在内。”（马克思在《德意志意识形态中》曾引用这句名言）。

文学是现实的反映。这种城市中的第一性的复杂的（从而也就是充满多样矛盾的）现实，为文学提供了丰富的题材：多样的人物形象和矛盾的生活事件。而且，人和人密切联系和接触，也为人们认识人和人的关系提供了方便条件；城市中充满复杂矛盾的现实事件，也就提高了人的思维能力、认识能力、综合能力，从而也就提高了文学的表现能力。“人的认识，主要地依赖于物质的生产活动……在物质生活以外，还从政治生活文化生活中（与物质生活密切联系），在各种不同程度上，知道人和人的各种关系。”（《实践论》）“城市生活使他们智慧发达”。（《论马克思恩格斯及马克思主义》），而“生产规模的狭小，限制了人们的眼界。”（《实践论》）

也正是由于城市所造成的复杂的现实和人的认识能力和表现能力的提高，因此，在古代希腊的城邦文化中，出现了新的表现手法和形式，出现了“有着巨大意义的”史诗形式和综合性的艺术形式——悲剧。

正如马克思所说：“希腊神话不只是希腊艺术的武库，而且是它的艺术土壤……也就是已经通过人民的幻想用一种不自觉的艺术方式所加工过的自然和社会形式本身。这是希腊艺术的素材。”但是公元前七世纪到公元前五世纪的古代希腊之所以能大力开发这“武库”，耕植这“土壤”，使英雄歌谣和抒情牧歌向史诗发展，使“羊歌”舞歌转化为悲剧，也正是基于“城邦经济的高涨”和“城邦生活”所造成的。

在公元前约十七世纪至公元前十一世纪的古代中国（殷商），也并不缺乏这“武库”和“土壤”，有着多样的神和神话资料，有着各种形式的祭神歌舞，有着以牧歌形式和英雄祭歌传统演化成的颂歌。当然这些神话舞蹈祭歌，同样的是“幻想中经过不自觉的艺术方式所加工过的自然界和社会形态”的反映。但是由于殷商是早熟的发育不良的“城市不发达”的奴隶社会，“生活形态”的单纯，不仅决定着文学的题材，而且有力的影响着文学的认识能力、综合能力、表现能力，这就影响了人们对神话“幻想中艺术加工”的水平，不能大力开发这“武库”，不能精细的耕植这“土壤”，从而就使得殷商时代，仍使用着原始诗歌的二拍子节奏，仍继承着牧歌和英雄颂歌的形式，没有出现史诗和戏剧。

同时，物质生产的分工，决定着精神生产的分工。史诗不可能是即兴之作，戏剧不能演出于三家村。也正是基础于商品生产的城市，才出现了职业的艺人和市场中的观众。古代希腊的文学艺术活动，也正是在城市中进行。实用主义者将文学发生发展的决定因素认作是市场的供求需要（这是根据资本家的生意经来立论），这当然是错误的，不过在古代的历史的条件下，精神劳动的分工，无疑的是刺激文学发展的客观条件之一。但殷商的分工不发达，城市和乡村的不可分离，使得文学中较大规模结构的形式（史诗和戏剧）不易发生。

由此可知，古代中国和古代希腊的文学艺术，具现着各不相同的特征。

一般说来，在不同民族的历史中有着统一的发展法则。但从没有这一民族历史是那一民族历史的翻版的情形发生。不同的民族都在相同的发展规律中具有不同的特色，有着不同的历史总合，从而在文化上有着不同的民族形式。

如果说公元前七世纪到公元前五世纪的古代希腊文化，是西方古代城邦文明的典型性的成就，那么公元前十七世纪到公元前十一世纪的古代殷商文化，却是东方的古代文明的纪念碑。

殷商文学不仅是世界上极少数的古代文明结晶之一，而且是未受其他文化影响的具有独创性和代表性的伟大遗产。

殷商文学不仅具有珍贵的历史文献价值，而且通过它的文学实践为后人研究文学理论提供了宝贵材料：只有从东西方古代文学综合研究中，才能认识到文学的发展规律。

殷商文学不仅以它独特的风格形式反映着东方古老的历史，而且是我国三千多年来从未间断的文学历程的伟大开端。也正是以此基石为起点，在以后的年代中，我国人民以众多的光辉成就，丰富着全人类的文学。

这就是殷商古代文学所具有的伟大的世界意义。

第三编　西周和春秋时代的文学

（前一一二二年？—前四八一年）

第一章　周代的历史情况、礼教特征和诗三百篇的结集成书

第一节　西周和春秋的历史情况

公元前十二世纪商王帝辛在位时，殷商奴隶制国家已临于大崩溃的前夕。

帝辛（即纣）是古代著名的暴君，据古传说称："帝纣……好酒淫乐……作新淫声：北里之舞，靡靡之乐。厚赋税以实鹿台之钱，而盈巨桥之粟，益收狗马奇物，充仞宫室，益广沙丘苑台，多取野兽飞鸟置其中。慢于鬼神，大聚乐于沙丘，悬肉为林，以酒为池，使男女倮相逐其间，为长夜之饮。"筑璇宫、倾宫、琼室、瑶台，七年乃成，为象箸、象廊、玉床、犀玉之器，"南距朝歌、北据邯郓及沙丘，皆为离宫别馆"，"坏宫室以为汙池，民无所息，弃田以为园圃，使民不得衣食。"[①]

剥削的加重，使得经济遭到破坏：殷族某些成员，逐渐贫困，甚至相互盗窃[②]；阶级矛盾日益尖锐，奴隶不仅诅咒奴隶主国家，而且公开与之对抗："相为敌雠"。殷商奴隶制国家犹始沉溺在无边岸的大水中，在不断沉沦[③]。

由于"百姓怨望，诸侯有畔者，于是纣乃重刑辟，有炮烙之法"，设

立许多暴刑酷法以镇压奴隶和附庸部落。

同时，发动对外战争，企图掠夺更多的财富和人口，以增加经济收入，以补偿由于奴隶怠工和死亡所造成的劳动力不足。从甲骨卜片中看来，殷商末年的对外战争是很频繁的。帝辛曾大规模地进攻东方的淮夷（即夷方、东夷、黎）[4]，在激烈的战争中虽然取得暂时的胜利，但殷成员伤亡甚大，军事力量衰减，并激起周围部族的对抗，从而形成了殷国家的危机[5]。

此时，西方的诸部族大多和周族结成联盟，成为殷商的劲敌。周文王时，不断侵袭殷商的西境。文王死，子发代立称武王，终于在公元前一一二二年，“率西夷诸侯伐殷，败之于坶（牧）野”（《竹书纪年》）。

据历史记载，武王率戎车三百乘，虎贲三千人，甲士四万五千人，东伐纣，诸侯以兵车四千乘会盟津，一日夜，急行军进至牧野。纣王率军数十万列阵以待。但他的军队人数虽众而皆无战心，都希望武王得到胜利。战时，周军士气甚盛，欢乐异常，前歌后舞，鼓谍而进。纣军中的奴隶阵前倒戈，前军攻其后军，反刃击纣。纣军大溃，纣败走至鹿台自焚死。武王追入，以黄钺斩下纣头，悬挂在太白旗上示众。人们皆高呼“上天降下喜了”，并践踏纣尸以泄愤。殷商奴隶制国家于是灭亡[6]。

周灭殷之后，由于殷商末期生产关系和生产力的尖锐矛盾以及阶级斗争的无法缓和，因此，便不得不改变了经济制度，使殷商奴隶转化为周的农奴，这一方面是生产的发展的趋势所促成，另方面为了争取人心以组织新的社会生产，以巩固周领主的统治。

于是首先解放殷商的奴隶，并与之赈济，“释百姓之囚……散鹿台之财，发巨桥之粟，振贫弱氓隶。”[7]

其次，武王采纳了他的弟弟周公姬旦的意见，“召复逃亡奴隶，解除对奴隶的压迫和侮辱”，使之成为农民，然后，“聚合民力，改变法度，以田地之所出，作为民的财用”，“分地薄敛”[8]。从而封建的剥削制度逐渐形成。

当时，周军虽然占领了殷商国都，但势力所及，仅限于畿内。在东方和北方，殷奴隶主势力仍很大。为此，武王封纣子武庚于殷，并命弟管叔、蔡叔、霍叔屯兵于殷畿内，以监视殷人。

武王灭殷后六年（一说二年）死，其弟周公旦摄政。殷奴隶主集团乘机叛乱。武庚勾结管叔、蔡叔、霍叔举兵反，并联络东方和南方的奄、徐人、淮夷、熊盈族向周进攻。

周公率兵东征，殷军败，武庚北逃，管叔自杀，蔡叔被俘。于是进军东方，灭奄，并击退南方的徐人、淮夷、熊盈族[9]。经过三年战争，削平了叛乱，将俘获的殷奴隶主迁于雒，使之转化为直属国王的小领主或农奴[10]。从而，周封建主的统治地位为之巩固。

周公东征，虽然完全战胜了殷人，但仍不断受到外族侵扰。成王康王时，曾与楚、虎方、东夷、于方、郤、鬼方进行了剧烈的战争。昭王时数次南征荆楚，结果失败，昭王殁于汉水。其子穆王，继续抗击外族，在五十余年中，连续击败徐方、淮夷、南夷、犬戎、狄，从而保障了周经济的发展和社会的安定[11]。

穆王后五传至厉王（前八七八年—前八四二年）。厉王时，统治阶级一方面加重了对人民的剥削，另方面对人民进行严酷的镇压，于是国人奋起攻厉王。厉王逃至彘（今山西霍县），卿士召公虎与周公摄国政，号共和。十四年之后，厉王死，子宣王立。其时，由于统治阶级的虐政，使得自然灾害的影响日益严重，这就削弱了国家力量，所以戎狄、淮夷、南淮夷、南夷皆乘机进攻。为此，宣王不断用兵，四年使秦仲伐戎，为戎所杀；三十一年，王遣兵伐太原戎，不克；三十六年，王伐条戎奔戎，王师败绩；三十八年……戎人灭姜侯之邑（古《竹书纪年》）宣王曾征南夷，结果“丧南国之师”，不得不“料民于太原”（《周本纪》）。在这些战争中，虽然没有取得决定性的胜利，但也阻止了外族的进攻。到幽王时，国势益弱，于是在公元前七七一年，被犬戎攻下宗周，幽王被杀于骊山之下。西周亡。

幽王子平王得到诸侯的救援，即位于洛邑（洛阳）。东周由此开始。由此也就开始了诸侯兼并的春秋时代。

“一般说来，封建主义的政治制度的特征，是极其分散的封建割据。”“每个领地为首的是大封建主，他同时也是国王。在自己领地范围内，他握有全权，自己养有军队。”“封建主有权独立的彼此缔结条约，进行战争。这种政治上的封建割据，是由于封建制度的经济、社会分工发展不够，从而商品生产及交换发展不够而来的。”（《资本主义以前的诸社会经济形态》）在中国，由于封建经济的发展和各地发展的不平衡，于是东周之后封建诸侯便互相兼并。周初分封的数百侯国大多数被强大的侯国所吞并，当时的霸主往往并国数十：楚文王兼国三十九；齐桓公并国三十五；晋献公并国十七，服国三十八；秦穆公灭国二十。这种兼并多半通过了战争，据《春秋》载，二百四十二年中，发生了三百七十多次战争。战争为人民带来了多重灾难[12]。

经过“转向吞灭，数百年间，列国耗尽，至春秋时，尚有数十国”（《汉书·地理志》），这时周王在实质上，已失去共主地位。同时随着兼并战争的结果，侯国之中，出现了强宗和执国政的大夫，从而也出现了“大都伐其小都，大家伐其小家”的内部战争。其结果是田氏代齐，三家分晋最后形成了七国鼎立的局面，开始了所谓战国时期。

总之，这种兼并，是发展了的生产力和极其分散的土地占有关系矛盾的结果，是阶级斗争所促成。“十里诸侯”或“小国寡民”式的封建割据，已不适应生产力发展的需要，已不能维持统治。因此反映在政治上，便在各地区出现了具有一定的统一规模的大侯国。

这种大侯国的出现是有着历史进步意义的，从而，在经济上便逐渐破坏着等级制的土地占有制，劳役地租逐渐变为实物地租，庄园井田制逐渐变为税亩制；在政治上世袭的庄园领主政治，便逐渐改变成郡县制。

这是一个新陈代谢的动乱时代。

第二节　周封建社会的特征与礼教

西周是封建经济日益发展并逐渐向封建社会过渡的时期。这时期虽然存在着奴隶劳动，但在生产关系上，主要的是封建领主占有土地，并以劳役、贡纳地租形式剥削农民。

周建国之后，周王一方面以“天子”的名义宣布自己是土地的继承者：“溥天之下，莫非王土”；另方面，由于土地和农业生产具有一定程度的固定性和分散性，因此，根据宗法制度将直接统治之外的土地，分封给亲族和功臣以及其他部落酋长，使之成为治下的诸侯[13]。这些诸侯同样的也将直接统治之外的土地分封给属下大夫。大夫则根据宗法将部分土地赐给士。这种土地占有的等级制，形成了经济上的等级从属关系并直接形成了等级制的政治机构[14]。

这说明，在占有生产手段上，周不同于殷的是它主要的是占有土地而非占有人口。正因为占有土地，因此才出现了土地分封和等级从属。

封建领主占有着生产资料——土地，但农民却没有田地，于是不得不耕种领主的土地，这样，领主便用封建地租的形式剥削农民的剩余劳动，使农民被束缚在土地上。

当时的地租形式是劳役，农民所耕的田地分为公田和私田，公田收获归领主所有[15]。此外仍需向领主交纳贡物并担任其他劳役[16]。

在这样的经济基础上，出现了封建礼法。礼法是物质关系的反映，是各种立法行政等政治措施的标准，是确定人和人的不同关系的准绳，是生活法典和宗教教义，是统治阶级的思想表现，是统治人民的工具。

在奴隶社会，奴隶不被当作人看待，奴隶主直接用暴力占有生产者。这时当然也无所谓礼之大防。然而在封建社会里，农奴却有着半人身自由和小财产所有权。在名义上，农奴同样是人。于是，为了将人对人的剥削说成是合理的，将封建等级制度说成是天经地义，将人和人的不平等不平均的社会现象说成是本于“宇宙精神”，这样，统治阶级便制定了礼法。

礼法是当时的土地占有制度和生产关系的观念表现，是本于等级制度而形成，并为等级制度而辩护。

因此礼法是封建等级制度的集中表现。周统治者对礼作了如是的定义：礼，就是分别上下和尊卑，使卑小的人侍奉尊贵的人，使尊贵的人命令“卑小”的人[17]。至于礼的作用，则是为了“整理人民”，“教化”人民使之侍奉君上，在人和人之间建立贵贱等级。所以，奴化人民，断决争讼，确定等级名位，没有礼法是不行的。巩固封建政权，统治人民，“莫善于礼”[18]。由此可知，礼是为了巩固等级制度的措施，是封建主义的观念形态。

由于“名位不同，礼亦异数”，由此确定不同等级的权利和义务：劳心者役人，劳力者役于人。从而将等级名位和互相关系固定下来。

在封建社会，家庭是自然经济的基本单位，是社会的基层细胞，是宗法制度的基石，因此在家中出现了家长制的等级从属关系。从而，孝悌伦理成为礼教中的主要构成部分。统治阶级提倡孝悌的目的是：企图通过家庭训练低眉顺眼俯首帖耳的顺民，以便“出则事公卿，入则事父兄。”因为“孝者，所以事君也，悌者，所以事长也”，（皆孔丘语），教孝即所以教忠，两者是一件事。企图通过家庭防止人民反抗意识的萌芽，认为“其为人也孝悌，而好犯上者鲜（稀）矣；不好犯上而好作乱者，未之有也”（孔丘语）。企图在宗法制度下达到“家齐而后国治，国治而后天下平”。

其次，根据礼教教义规定了生活上繁缛的仪法和固定的样式，使人的言行皆遵循着绝对的标准。所以选样，是为了防微杜渐。统治阶级认为，人反抗封建统治阶级，非一朝一夕突然发生，而是由小到大，逐渐发展而成的；礼的作用，就是防止反抗意识的微小萌芽[19]。于是举凡衣食住行婚丧嫁娶待人接物都根据等级制度的原理规定了一定的样式和细节。而这些样式和细节，则体现着封建保守主义和绝对主义的精神。统治阶级企图以此防止一切新事物的萌芽和人民反抗思想的开端，企图“绝恶于未萌，而起敬于微渺”，使人民在不自觉中受到封建思想的统治。

而这种礼法是当作宇宙精神提出的。封建统治阶级宣称：“有天地然后有万物，有万物然后有男女，有男女然后有夫妇，有夫妇然后有父子，有父子然后有（！？）君臣，有君臣然后有上下”（《易》），同时利用人类的错觉，宣称“天尊地卑，夫尊妇卑，父尊子卑，君尊臣卑”。这样就将封建剥削和压迫说成是与天地并生万物同在的永远不变的法则和制度。这说法必然归结到天命和神意。

周统治阶级正是根据阶级功利和礼教观念，塑造了适应自己并为自己服务的神或上帝。

周观念中的神，不同于殷商的神：它不是种族的祖先神（这曾是掠夺其他族的旗帜），而是大地的所有者（这已是用以占有土地的借口）；它不是奴隶制暴力思想的化身，而是封建道德的偶像；它不是奴隶主的怪力乱神，而是封建礼法的抽象概括。如果说殷人强调神威和神意，那么比较说来，周人更强调礼法[20]。所以如此，是由于社会性质的不同而形成。

因此，周建国后的庙堂祭歌，并不是使用神话材料，表现暴力思想，颂扬神的暴力，歌颂人的武功，相反的，而是使用抽象道德概念，表现礼教思想，颂扬神与人的德行[21]——是封建宗教的说教劝善诗歌。

总之，周的礼教在实质上起着封建宗教的作用。虽然，在以后封建社会的各时期，由于经济基础的需要，曾有所增添、有所修改甚至有所否定，但本质上是不变的，在体系上是一致的。

“在封建的农业与神权的社会组织上，艺术从巫术的行动变为宗教的仪式”（《艺术社会学》）。在封建社会，统治阶级文学是宗教的侍婢。礼教观念是封建文学的主导思想。封建社会的一些文学作品的进步性，也正是在主观上或客观上与礼教相对抗而形成。

第三节　周诗的结集、分类、断年和四家诗说

《诗三百篇》（《诗经》）是公元前六世纪以前诗歌的总集。其中一部分是司乐太师所保存的祭歌和乐歌，另一部分是经过采集并书写成文的民歌。

最初统治者采诗，一方面是为了“观察民隐”，所以“命太师陈诗以观民风”，以“补察其政”[22]；但更主要的是为了充实乐章：或者是将民歌作为宴享时的乐歌“比其音律，以闻于天子”，或者是利用民歌的样式调子另填新词[23]。

到春秋时，随着兼并战争的频繁，诸侯之间的关系日益复杂，而朝聘燕饗也就日益重要。当时的士大夫或者是为了说动人主，或者是为了危言耸听折服敌国，于是便有目的地采集民间诗歌，企图从民间诗歌中学习人民的生动活泼的语言，以补助其政论的或外交的辞令。当时的诗歌（书写的或口头流传的）便被搜集起来，作为训练口才的语言课本[24]。

由于当时士大夫学习诗是为了美化自己的语言，所以在他们从事政治的或学术的辩论时，往往引用民歌的章句。但这种引用，大多不根据诗的原意，而是断章取义。正如卢蒲葵所说：“引诗时只断取某一章，我只取所要的，何必认识诗的原意”（见《左传》襄二十八年）。由于这样的目的，所以当时士大夫在争辩时将诗歌作为述古、论理、暗示、譬喻的工具。

例如郑处在强国晋与楚之间，常受两国侵凌，同时也受两国的拉拢。当晋国执政大夫赵孟到郑时，郑侯设宴招待，郑大夫子皮便即席“赋《野有死麕》之卒章”。《野有死麕》是描写幽会的民歌，卒章是“舒而脱脱兮，无感（撼）我帨（围裙）兮，勿使尨（狗）也吠”。这是在暗示说，晋国不要撼我帨（侵我边境），不要使狗（指楚国）咬你（引起争夺战争）。赵孟明白此意，于是赋《棠棣》。《棠棣》中有两句为：“凡今之人，莫如兄弟”。这是在暗示说，晋侯郑侯皆姬姓，是兄弟之国，郑应亲

晋。赵孟并加解说："吾兄弟比以安，尨也（指楚）！可使无吠（无理由干涉）！"（见《左传》昭元年）显然，这不是诗的原意，是外交家的譬喻。

又如"巧笑倩兮，美目盼兮，素以为绚兮！"本是描写美人的情歌，意为当被美人向之一笑一盼时，受者便眼花缭乱，便将她身上的素衣看作了彩绘的衣服："素以为绚"。这是形容笑的魅力的。子夏举这三句诗问孔子："何谓也？"孔子只根据第三句发挥，说："绘事后素。"（意为彩绘后于洁白，先是素的然后才能绘华）。子夏曰："礼后乎？"（意为：做人也是如此，先具有纯素的品质，后以礼仪修饰，正如先素白后绘华一样，对吗？）孔子很赞赏地说："起（发）予者商（子夏名）也！始可与言诗已矣！"（见《论语八佾》）显然，这不是诗的正解，不是诗的原意，这是哲学家在诗中联想到的微言大义。抒情诗被看成了寓言。

这种引诗虽然是断章取义，这种解诗虽然是附会，但也正由于当时人采集民歌是为了学习辞令和充实乐章，并不太着重认识诗歌原意，因此，许多属于"非礼"的具有进步性的诗歌，才被搜集起来。

《诗三百篇》是逐渐被集结成书的。在春秋二百四十年间，《左传》和《国语》中所记载的引用诗歌，便有二百五十条，其中百分之九十五的诗篇见于《诗三百篇》（《诗经》），逸诗只占百分之五。这说明，当时已出现了比较固定的定本。《诗三百篇》的最后刊定，孔子是有功劳的。据《论语》中孔子自称："吾自卫反鲁，雅颂各得其所。"这说明，孔子在六十八岁之后，曾校勘我国第一部诗集。

《诗三百篇》中共载有三百零五篇诗。

这些诗并非一个时代的作品，有的古歌是由于与古时流传下来的宗教祭祀或与习惯仪式相结合而被保留下来；有的战歌或"颂史诗"被史官和乐人保存下来；有的是人民创作经过长期的口语传诵之后才被书写成文。司马迁在《史记》中称："古者诗三千余篇，及至孔子，去其重……上采契、后稷，中述殷、周之盛，至幽、厉之缺"。班固在《汉书》中也说：

“孔子纯取周诗，上采殷，下取鲁，凡三百五篇”。这都说明，其中有着古老的诗篇。

根据诗看来，其中最早的是殷商的和周建国之前公社时代的作品，最晚的是《陈风》《株林》：作于公元前五九九年。

诗三百零五篇被分为风、雅、颂三类。

颂，是“以成功告于神明”的祭歌。诗三百篇中，有《周颂》《鲁颂》《商颂》。

《周颂》三十一篇，其中有祭祖先和先王的，祭天地山川河海的，以及祭农神的祭歌。其中《良耜》《载芟》是古祭歌，而《噫嘻》《丰年》是前者的改作。另有一部分是宗庙乐歌和舞歌。

《鲁颂》四篇，一说是史克作，一说是奚斯作，是颂美鲁僖公的威仪的[25]。

《商颂》是商代的颂歌，西周末尚存有十二篇，但《诗三百篇》中只“采”有五篇。

雅分《大雅》《小雅》。《大雅》用于飨礼，《小雅》用于燕礼，都是西周的乐歌[26]。其中有前代的英雄诗歌，有纪事诗，有早期的抒情诗，有骑士武勋诗，有哀歌，有讽刺诗。大、小雅中共包含着一百零五篇诗歌。

《风》，是当时对民歌的总称。《风》的原义是地方风俗、风土、风光，而民歌中也正表现了地方风俗、风土、风光，所谓“闻其声而知其风”，于是风便成了民间诗歌和曲调的总名。

所谓国风，就是地方民歌[27]。诗三百篇中有国风十五：周南、召南、邶风、鄘风、卫风、王风、郑风、齐风、魏风、唐风、秦风、陈风、桧风、曹风、豳风。

周南、召南是周、召二地以南方的调子所谱唱的诗歌。所谓南，即南音和南风[28]。因为周南、召南是周召二地所流传的或仿制的南音，与纯粹的南音有区别，故冠以周、召二地的地名。正如今天的陕西省郿鄠小调，流传到甘肃省并经过某些改变之后，便被称作“甘肃省郿鄠”；河北省乐亭调（乐子）经过辽宁人改变之后，便被称作“奉天乐子”：可知以两个地名连称一个小调，是民间文学的习惯称法。

正因为周南和召南是仿南音制成的歌曲，所以鲁襄公二十九年（前五四四年）南方人吴国季札访鲁观乐时，鲁乐工先唱周南召南，以表示尊敬客人和客人的乡土，后歌本地歌曲邶、鄘、卫（鲁辖有鄘地之一部），然后唱各地歌曲，以京调（王风）为首，继之以鲁地近邻的郑、齐。这次音乐会的节目，是因人因事排列的，并无甚深意。当以后《诗三百篇》最后编定时，便以这节目单作为风的次第。更以后当《诗三百篇》被尊为经时，一些儒生便在诗的次序上寻求微言大义，于是编制了各式各样的谬论。

邶（河北南部）、鄘（河南东北部及山东西部，奄在内）、卫（河南安阳汲县一带）原是“商纣畿内千里之地”。郑（河南郑县一带）、齐（山东临淄一带）原是殷商国家的繁庶地带。因此这些地方在经济水平上较他地为高，商业城市较发达。正是由于这样的现实条件，所以在这四个地方出现了很多市民情歌。这些情歌所描写的谈情说爱地点大多在城市周围，所表现的大多是“背德违礼”的个人情调。因此，“郑卫之音”，被士大夫看作是殷商的“亡国之音”，是周代的“乱世之音”[29]。

此外，王（王城）、魏、唐、秦、陈、桧、曹、豳等国风，是现今的河南洛阳、山西芮城、山西太原、甘肃天水、河南淮阳、河南密县、山东曹县，陕西邠县等地方的民歌。

国风中共载有一百六十篇诗歌。其中并不全是人民的创作。

如前所述，《诗三百篇》之被搜集起来，最初是为了充实乐章，考察政治得失，学习语言；引用诗时往往是断章取义，不察诗原义，所以许多情诗和反封建的诗歌也都被保留下来。但到战国以后，尤其是到汉时，《诗三百篇》被儒家尊为“经”，成为阐述封建伦常道德的经典。为了将这些情歌和反封建诗歌说成是合乎封建礼义的，于是出现了“诗说”。

汉时有鲁、齐、韩、毛四家诗说。鲁诗学者鲁人申培，据《春秋》大义，采先秦杂说，“以诗训诂”，以诗印证周代礼乐、典章制度，将诗作为《礼》的说明。齐诗学者齐人辕固，采用五行阴阳学说，以诗解说《易》和律历。韩诗学者韩婴，继承着先秦说诗的传统，断章取义，割裂诗句以作自己论文的注脚。这三家在前汉时立有博士。毛诗学者为毛亨和毛苌，将诗和《左传》配合起来，并杂取三家诗义，以诗论史，以诗明义。后汉时，马融为《毛诗》作传，郑康成为《毛诗》作笺，《毛诗》盛行，三家诗逐渐失传。唐时孔颖达整编传笺并作《毛诗正义》，这就是今日通行的《毛诗》。

四家诗虽各自有其特点，但在曲解诗意借诗说教这一点上是互相一致的。

四家诗学派的历史贡献是：在说诗时引用了许多后代失传了的古文献，搜集了先秦的传说，传述了古时的民俗和宗教仪节，记载了古时的生活样式，所有这些都可帮助我们理解诗的细节描写，认识诗的产生时代和背景，同时做了繁重的文字校勘和训诂，这可以帮助我们认识古语言。

但是，四家学派从事文献考据和文字训诂是有目的的，他们是为了建立“诗教”，为了“造经”，为了将《诗三百篇》变成礼的侍婢，变成“经夫妇、成教敬、厚人伦、著教化、移风俗”的工具，所以在解释诗篇时，用“僧侣注经”的方法抓住只言半语附会引申；在注释诗句训诂文学时，用烦琐主义的方法，布下迷魂阵。

例如《关雎》第一章“关关雎鸠，在河之洲，窈窕淑女，君子好逑”。鲁诗说：“言贤女能为君子和好众妾也”。《毛诗郑笺》：“能为君子和好众妾之怨者，皆化后妃之德，不嫉妒”。显然，原诗根本没有这意思。这套多妻者的说教是凭空发挥的。《关雎》第二章“参差荇菜，左右流之，窈窕淑女，寤寐求之”，显然，前两句是以采菜歌起兴，后两句是君子在寤寐之中想念淑女，但《毛诗傅》和《笺》却在荇菜上着眼，认为是“后妃觉寤则常求此贤女”，“共荇菜备庶物以事宗庙也”这就是说“寤寐求之”是求贤女协助后妃采荇菜祭祖。继之“求之不得，寤寐思服”，《笺》称：“求贤女不得，觉寐则思己职事当谁与共之乎？”而“悠哉悠哉，辗转反侧”，也正是找不到贤女采荇菜祭祖，于是“思之哉！思之哉”睡卧不安。最后“窈窕淑女，钟鼓乐之”，《笺》称：“琴瑟在堂钟鼓在庭，言共采荇菜之时，上下之乐皆作，盛其礼也”。由此可看出，所有这些后妃求贤女、采荇菜、不嫉妒、以荇菜祭祖皆非诗中意，而是说诗者的主观附加。同时，“荇菜俗名金莲子，状亦似莼，猪亦好食。民以小舟载取之以饲猪，又可粪田，或因是得猪蓴之名。”不知何故，说诗者竟让贤孝的后妃采喂猪的荇菜祭周天子的祖先？也就是用这种牵强附会的办法将情诗中的抒情部分遮盖了。

例如《静女》第一章“静女其姝，俟（等待）我于城隅。爱而不见，搔首踟蹰。”很明显，“城隅”是静女和男人约会的场所，是这位男人“爱而不见”急得搔头挠腮的地点。但《毛传》和《笺》却由这地点中看出了微言大义。《毛传》称：“城隅，以言高而不可踰”。《笺》称：“女自防如城隅，故可爱之。”诗人“搔首踟蹰”的地方，被学者当作谜语（象征礼之大防）看待：“城隅”被曲解成不可攻破的防线。

例如在《甫田》：“倬彼甫田，岁取十千，我取其陈，食我农人，自古有年”。诗中的“岁取十千”，显然是取自“甫田”，十千，是指粮食而言，故诗的最后一章称：“曾孙之稼，如茨如粱，曾孙之庾，如坻如京，乃求千斯仓，乃求万斯箱”。由此可知“岁取十千”是说明每岁从“甫田”中取得很多粮食，但这粮食大部归“曾孙”（领主）所有，农奴只能“取其陈”，以“食我农人”。从文法或字义上看来，只能做这样解释。可是如这样解释，则暴露了当时封建剥削制度的不合理，反映了领主的贪婪和农人愤慨。于是《毛诗》学者力图歪曲诗意，《笺》中以二百多字解释“十千”，说“岁取十千”是以万人耕井田，乃“明王之法”。然而，“取十千”如是取人口，则下句“取其陈”也只能是取剩余人口了，那么第三句“食我农人”便成了农夫吃人了。但毛诗学者只考虑如何“卫道”，并不管文理通不通。

例如《东方未明》：“东方未明，颠倒衣裳，颠之倒之，自公召之……折柳樊圃，狂夫瞿瞿，不能辰夜，不夙则暮”。这和民歌中“吃了老李家饭，就得摸黑干，吃了老李家米，就得半夜起”一样，是描写人民起早贪黑从事劳役的。是谁逼人民在东方未明时便起来做工？诗中指明“自公召之”。这种对公的怨望，显然是“犯上”的念头，这是为礼法所不容许的。于是在解说《东方未明》时，《毛序》称：“朝廷兴（起）居无节，号令不时，挈壶氏不能掌其职焉”。《笺》：“挈壶氏掌漏刻（时计）。挈壶氏失漏刻之节，东方未明而以为明，故群臣促遽颠倒衣裳……漏刻失节，君又早兴（起）。”这不是解诗，而是为“公”（君、领主）推卸责任。这是说，人们在东方未明时摸黑起来，不能由公负责，而是由于掌管时刻的技术员（挈壶氏）的错误，公不仅没有错误，而且也和大家一起“早兴（起）”：公也是受难者。显然，封建阶级学者为了“为君上分谤，忠也；为父母饰过，孝也。”于是在说诗时费尽了心机。

其次，四家诗学者认为诗是王者之迹，是正风俗，明得失的手段，于是将许多诗说成是周公或召公作的，将《周南》《召南》中的大部分诗歌说成是“美后妃之德”或“美夫人之德”的，将情歌说成是“刺时政”的。

由此可知，四家诗派解说诗是有立场有目的的，是为了宣扬封建思想的，因此，以孤立的考据，烦琐的训诂，断章断句甚至断字取义的方法来阉割《诗三百篇》中的进步思想，通过传疏将《诗三百篇》变成充满着宗教气息的礼教经典，将许多优美的抒情诗变成了神秘的推背图。

注释

①杂见《孟子》《吕氏春秋》《韩非子》《古本竹书纪年》《世本》《淮南子》《史记》。

②《尚书·微子》：“殷罔不小大，好草窃奸宄”“乃攘窃神祇牺牲

牲”。

③《尚书·西伯戡黎》：“今我民罔不欲丧，曰：‘天曷不降威？大命胡不蛰！’”。《微子》：“小民方兴，相为敌雠。今殷其丧，若涉大水，其无津厓。殷遂丧，粤至于今！”

④《丁巳尊铭》：“惟王来征人方，惟王十祀有五”，《殷作父已甗》：“王徂人方”（皆见《殷文存》上卷）甲骨片中有二十五块关于征人方的记载。《左昭四年传》：“商纣为黎之搜，东夷叛之”。《吕氏春秋·古乐》：“商人服象，为虐于东夷。”

⑤《左氏》昭十一年“纣克东夷而损其身”《宣十二年传》：“纣之百克而卒无后。”《韩非子》：“纣为黎丘之搜而戎狄叛之，由无礼也。”

⑥《周书·克殷解》：“周车三百五十乘，阵于牧野，帝辛从……商师大败，商辛奔内，登于廪台之上，屏遮而自燔于火……商庶百姓咸俟于郊，群宾咸进曰：‘上天降休’，再拜稽首。武王答拜，先入适王所，乃克射之三发，而后下车，而击之以轻吕，斩之以黄钺。折悬诸太白”。《史记·周本纪》：“帝纣闻武王来，亦发兵七十万人距武王……纣师虽众，皆无战之心，心欲武王亟入。纣师皆倒兵以战，以开武王。武王驰之，纣兵皆崩畔纣。纣走反入，登于鹿台之上，蒙衣其珠玉，自燔于火而死。”《诗》疏引《太誓》：“师乃鼓噪，前歌后舞”（又见《尚书大传》）《新书》：“纣之官卫舆纣之驱，弃至玉门之外，民之观者，皆进蹴之，蹈其腹，蹶其肾，践其肺，履其肝。周武王乃使人帷而守之。民之观者搴帷而入，提石之者，犹未肯止。”（又见《墨子》《荀子》《韩非子》《吕氏春秋》《淮南子》）

⑦《吕氏春秋·慎大览》：“武王……发巨桥之粟赋鹿台之钱，以示民无私；出拘救罪，分财弃债，以振穷困。”《史记·周本纪》：“释百姓之囚……散鹿台之财，发巨桥之粟以振贫弱氓隶。”（《周书·克殷解》略同）

⑧《周书·大聚解》："周公曰：'赦刑以宽，复亡解辱……揖其民力，相更为师，因其土宜，以为民资……分地薄敛，农民归之。水性归下，农民归利，王若求天下之民，先设其利，而民自至。'"

⑨《周书作雒解》"武王克殷，乃立王子禄父、俾守商祀。建管叔于东、建蔡叔、霍叔于殷，俾监殷臣。（武王崩）三叔及殷、东、徐、奄及熊盈以略。（周公）作师旅，临卫攻殷。殷大震溃，降辟三叔，王子禄父北奔，管叔经而卒，乃囚蔡叔于郭凌，凡所征熊盈族十有七国。"

⑩《尚书多士》：王曰："告尔殷多士，今予惟不尔杀，予惟时命有申。今朕作大邑于兹洛，予惟四方罔攸宾，亦惟尔多士攸服奔走，臣我多逊。尔乃尚有尔土，尔乃尚宁干止。尔克敬，天惟畀矜尔，尔不克敬，尔不啻不有尔土，予亦致天之罚于尔躬。"

⑪以上史实杂见《史记》之《周本纪》《秦本纪》《赵世家》，《后汉书》的《东夷传》《西羌传》，《左氏春秋》，《竹书纪年》，《史记正义》引《帝王世纪》，《国语》，《两周金文辞大系考释》。

⑫《孟子》："争地以战，杀人盈野，争城以战，杀人盈城。"《墨子》："攻其邻国，杀其人民，取其牛马粟米货财。"《汉书·食货志》："周室既衰，暴君污吏慢其经界，繇役横作，政令不信，上下相诈，公田不治，……于是上贪民怨，灾祸生而祸乱作。"

⑬《左传》昭二十八年："武王克商，光有天下，其兄弟之国十有五人，姬姓之国四十人，皆举亲也。"《吕氏春秋·观世篇》："周之所封四百余。服国八百余。"《晋书·地理地序》称《左传》中载有一百七十国名。

⑭《国语·晋语》："公食贡、大夫食邑、士食田、庶人食力、工商食官、皂隶食职。"《左传》昭七年："故王臣公，公臣大夫，大夫臣士，士臣皂，皂臣舆，舆臣隶，隶臣僚，僚臣仆……"

⑮《孟子》："方里而井，井九百亩，其中为公田，八家皆私百亩，养公田。"《小雅·大田》："雨我公田，遂及我私。"

⑯据《豳风·七月》看来，农民要向领主献纳绸衣、狐狸皮、野猪、酒、羔羊，并在农闲时给领主搓绳子、盖房子。

⑰《礼记》："礼者，分也。""礼以明尊卑，别上下。"《左传》："礼也者，小事大、大字小之谓也。"

⑱《左传》："夫礼，所以整民也。"《国语》："礼者，教民事君也，"《乐记》："礼义立则贵贱等矣"。《礼记》："道德仁义非礼不成，教训正俗非礼不备，分争辩讼非礼不决，君臣上下父子兄弟非礼不定。""安上治民莫善于礼。"

⑲《易》："臣弑其君，子弑其父，非一朝一夕之故，其所由来者，渐矣。""礼，贵绝恶于未萌。"《大戴礼》："夫礼，塞乱之所从生也……礼者禁于将然之前。"

⑳《礼记·表记》："殷人尊神，率民以事神，先鬼而后礼；周人尊礼尚施，事鬼敬神而远之。"

㉑如《周颂·维天之命》："维夫之命，于穆不已！于乎不显，文王之德之纯！假以溢我，我其收之，骏惠我文王，曾孙笃之"《时迈》："时迈其邦，昊天其子之，实右序有周，薄言振之，莫不振迭，怀柔百神，及河乔嶽，允王维后，明昭有周，式序在位，载戢干戈，载櫜弓矢。我求懿德，肆于时夏，允王保之。"

㉒《国语·周语》："（邵公告厉王曰：）故天子听政，使公卿至于列士献诗，瞽献曲"。韦昭注："献诗以风也。列士，上士也。无目曰瞽，瞽，乐师。曲，乐曲也。"《周语》："瞽师音官以风土。"韦昭注："音官，乐官。风土，以音律省风土。"《左氏》襄十四年："自王以下，各有父兄子弟以补察其政，史为书，瞽为诗……故《夏书》曰：'遒人以木铎徇于路。'官师相规，工执艺事而谏。"《汉书·食货志》："行人振木铎徇于路以采诗，献之太师，以其音律以闻于天子。"《礼记·王制》："（王）命太师陈诗以观民风。"按：周统治者在立国之初即强调"察民隐，知民情"，如《尚书·召诰》"王不敢后用顾，

畏于民碞（多言）”；《康诰》“敬哉！天畏棐忱，民情大可见，小人难保，往尽乃心”，“高乃听，用康又民”；《无逸》“爰知小人之依（隐），能保惠于庶民”，“不知稼穑之艰难，不闻小人之劳，惟湛乐是从，自时厥后，亦罔克寿”。“乃变乱先王之正刑。至于小大民，否则厥心违怨，否则厥口诅祝”。由此看来，史籍中所记载的周统治者为察民情而采诗的说法，是可信的。在《左氏春秋》和《国语》中论及某一政事或某一人物时往往引民歌民讴为证，如鲁有《乡人饮酒歌》《侏儒歌》；宋有《筑者歌》《诚者讴》；晋有《与人歌》《与人诵》；齐有《莱人歌》；郑有《舆人歌》；等等。

㉓《左氏》昭二十一年：“天子省风以作乐。”

㉔《论语·季氏》：“不学诗，无以言。”《子路》：“子曰：‘诵诗三百，授之以政，不达；使之四方，不能专对，虽多，亦奚以为？’”《阳货》：“子曰：‘小子何莫学夫诗，诗可以兴，可以观，可以群，可以怨，迩之事父，远之事君，多识鸟兽草木之名。’”

㉕关于《鲁颂》的作者，《毛诗序》与三家诗说不同。《毛序》：“颂僖公也。……史克作是颂。”鲁、齐、韩三家诗派认为：《鲁颂》是公子奚斯所作（见扬雄《法言》、班固《两都赋序》、曹植《承露盘铭序》）。按：《鲁颂·閟宫》之末章称“徂来之松，新甫之柏，是断是度，是寻是尺，松桷有舄，路寝孔硕，新庙奕奕，奚斯所作，孔曼且硕，万民是若。”从诗中看来，所谓“奚斯所作”，乃是作新庙。非作颂。对此，颜师古《匡谬正俗》及《诗·正义》中曾提及。

㉖雅为正，《论语·述而》“子所雅言”，《荀子·荣辱》“君子安雅”的“雅”字皆作“正”解。故“雅”即正乐，《左氏》昭二十年疏：“天子之诗为雅”；《荀子·王制》：“使夷俗邪音不敢乱雅。”注：“雅，正声也。”朱熹称：“小雅恐是燕礼用，大雅飨礼用之。”黄中松《诗疑辨证》：“飨者，烹太牢以饮宾，几设而不倚，爵盈而不饮，训恭俭也。燕者，所以示慈惠，其乐无算取共欢而已，其爵无算取其醉而

已。”

㉗按：当时所称的“国”，并非后代所说的“国家”，而是地方的通称。如：金文中的“康能四国俗”“允保四国”，《诗三百篇》中的“闻于四国”“以绥四国”“四国是皇”“日辟国百里”“适彼乐国”，《尚书》中的“四国民命”，所称的“国”都作“方”“地”“邦土”解。因此，“国风”即《左传》所说的“土风”，或《国语》中所说的“风土”。故十五国风皆是以地为名，并非十五国家的风。

㉘《左氏》成九年：“晋侯观于军府，见锺仪，问之曰：‘南冠而絷者，谁也？’有司对曰：‘郑人所献楚囚也。’（晋侯）使税之（解缚），召而弔（问）之，再拜稽首，问其族，（锺仪）对曰：‘泠（伶）人也。’公曰：‘能乐乎？’对曰：‘先父之职官也，敢有二事！’（晋侯）使与之琴，（锺仪）操南音。……范文子曰：‘楚囚，君子也……乐操土风，不忘旧也！’”可知晋人称楚“土风”为“南音”。《左》襄十八年：“晋人闻有楚师。师旷（盲乐师）曰：‘不害！吾骤歌北风，又歌南风，南风不竞，多死声，楚必无功！’”可知中原诸夏称长江流域的民歌为南风。《汉书》引《韩诗章句》：“南夷之乐曰南。”《吕氏春秋》高诱注：“南音，南方南国之音。”

㉙《论语·卫灵公》：“放郑声，远佞人：郑声淫，佞人殆。”《阳货》：“恶郑声之乱雅乐也。”《乐记》：“郑卫之音，乱世之音也，比于慢矣；桑间濮上之音，亡国之音也，其政散，其民流，诬上、行私而不可止也。”“乱世之音怨以怒……亡国之音哀以思。”“子夏曰：‘郑音好滥淫志，宋音燕女溺志，卫音趋数烦志，齐音傲辟骄志，此四者皆淫于色，而害于德，是以祭祀弗用也。’”《初学记》卷十五引刘向《五经通义》残文：“郑国有溱洧之水，男女聚会讴歌相感，今郑诗二十一篇。说妇人者十九，故郑声淫也。”“郑卫之音，使人淫逸也。”

第二章　周诗中所反映的历史事件

第一节　关于武王伐殷的诗篇
——《大明》《荡》《皇矣》

周原是西方的一个部落，在经济上、人数上、文化上都逊于殷商。但“周虽旧邦，其命维新”（《大雅·文王》），当周新兴时，正值殷商奴隶主不能再统治的时候。因此，在牧野一次战役中，周和其联合的小部族，取得了决定性的胜利——这胜利是由于得到殷商奴隶斗争的配合而取得的。

反映这一历史大事的诗篇，有《诗·大雅》中的《大明》。

据《周书》载，《大明》是武王灭殷后月余之间制作的乐歌[①]，是周初的作品。因此，诗中叙述了周王的发迹并描写了牧野之战的情景。

《大明》诗的前六章是颂扬文王和其父母的德行的。

明明在下，	善恶分明在下地，
赫赫在上。	赫赫神灵在天上。
天难谌斯，	上天是难以相信的啊，
不易维王[②]！	做国王的可不敢安易怠遑！
天位殷适[③]，	天立下殷商的大敌，

使不挟四方。	使其不能征服四方。
挚仲氏任，	挚国君次女大任，
自彼殷商，	自那殷商，
来嫁于周，	来嫁于周国，
曰嫔于京。	为妇于周邦。
乃及王季，	于是与王季，
维德是行，	维德行是发扬，
大任有娠，	大任有了娠，
生此文王。	生下这文王。

在诗的第一章中，表现了周人对“天”的看法：天命无常，唯德是佑。正因为殷商统治者的恶德暴行，因此“天”才降立了殷的大敌——周文王。诗的第二章，便叙述了文王父母的德行和文王的降生。

据史籍所载，文王父季历（即王季）是古公亶父的少子，后被商王文丁所杀。文王母大任，是殷商属国挚国主的女儿，在猪圈里小便时生下文王来。文王长大后曾从事农业耕种[4]。这说明，当时周国的经济生活尚比较落后，军力尚不甚强。

但就在周文王时，周国在各方面都得到迅速的发展，成为西方的强国。因此，《大明》的三、四、五、六章都是颂美文王的。诗中写道，由于文王“小心翼翼，昭事上帝”，于是受到天帝赐给的“多福”；由于文王的美德懿行，因而扩大了疆域，“以受方国”。诗中并描写了文王的婚礼和武王的降生。

《大明》的最后两章反映了武王伐纣这一历史事件。

据历史传说，周武王伐殷时，周地正在闹饥荒；出兵时，卜龟问神，兆象不吉；行军时，东迎太岁，彗星出，“至汜而汜，至怀而坏，至共头而山坠”，风雨暴至，三日不停，武王的盾牌折为三。这在当时人看来，都是失败的预兆，所以武王心中动摇踌躇不定。当时，姜尚父坚决主战，于是披蓑进军，一日夜急行三百里，黎明与商军遭遇于牧野。商军数十万列阵以待。武王又恐惧了，但姜尚父首先率“百夫”挑战，驰入商军，未及交手，商军中的奴隶阵前倒戈，“反兵攻其后”，周军继踵而进。于是在一刹那间，殷商军队全溃败，殷商奴隶制国家灭亡[5]。

《大明》诗中描写了牧野之战的情景。

殷商之旅，	殷商屯聚的军队，
其会如林，	看来犹如黑压压的密树林，
矢于牧野，	两军列阵于牧野，
维予侯兴，	惟有我们武王兴振，
上帝临汝，	上帝来照顾你啊！武王，
无贰汝心！	你不要畏惧不可二心！
牧野洋洋，	牧野宽旷茫茫，
檀车煌煌，	战车如雷喤喤，
驷骡彭彭，	四马如龙骈骈，
维师尚父，	这是太师姜尚父，
时维鹰扬，	犹如雄鹰在飞扬，
凉彼武王，	他扶保着武王，
肆伐大商，	袭伐大商，
会朝清明。	经过黎明会战，殷即灭亡。

诗中描写了两军的遭遇。当周军冒着暴风骤雨连夜急行奔到牧野时，忽然在早晨的曦光中望见了严阵以待的敌人：敌兵之多犹如草木，排列开来犹如黑压压的一片树林。这是使周人触目惊心的场面，是诗作者感受最深的景象。因此，诗中首先写出了殷商兵多将广的气势：“殷商之旅，其会如林。”

诗的前两句表明：周军已暴露在强大的敌军面前，已到了胜利或溃败的紧要时刻。诗中接着描述了周军的斗志。他们坚信“维予侯（武王）兴”，所以如此，是因为他们认为武王应受到“上帝”的福佑，因此，武王不应犹疑不可二心。这里，不仅反映了当时的观念特征：人的斗争意志假冒上帝的名义出现；而且反映了武王在阵前的恐惧和不安。

诗中紧接着描绘了周军的冲锋。从诗中可以看到，在茫茫的牧野上，车声如雷，矫健的驷马在奔驰，周军大将姜尚父像雄鹰一样的雄伟、镇静、灵活、迅速地扑向敌军。也就在这次冲锋之下，商军崩溃，商国灭亡。诗写道：当这场早晨的战斗结束时，风停云散，天晴日出："会朝清明"。

不难看出，作者所描绘的正是牧野之战最紧张的（也是作者印象最深的）一刹那间，而这也正是战争胜败的决定性的重要关头。

也就是在对这一刹那间的事态的描写中，反映了周商战争的真实情景：尽管众寡极其悬殊，但周军却能以少胜多；尽管武王曾犹疑，但周军士气甚旺，有必胜之信心。同时形象地描写了姜尚父"以百父致师"的战斗姿态，虽然在他面前有千千万万的敌军，但他却像雄鹰一样俯视敌人、冲击敌人，率少数车马战卒冲锋陷阵。正因为姜太公在伐纣的战争中起过重要的作用，因此在后代流传着各种各样的"姜太公故事"[6]。

同时，诗中反映了社会斗争和新兴者的精神面貌。诗中表明，在众多的敌兵阵前，周军所以坚信"维予侯兴"，并能毫不畏惧地冲向敌人，是因为在周人看来，自己是受着"上帝"保佑的："保佑命尔，燮伐大商"。所以如此，是因为在周人的观念中，"赫赫在上"的上帝，是根据"明明在下"的善与恶而分别赐福或降祸的，从而认为，上帝绝不会保佑残暴的殷商奴隶主，必然会赐福给"维德是行"的周王。正是由于这样的观念，因此周人认为"上帝与我同在"。不难看出，在对神的看法中，反映了周人反暴虐反奴役的进步思想：显然这是阶级斗争的产物。不难看出，在对神的信心上，反映了周人反奴役反恶行的斗争精神：显然这是社会斗争所激起的战斗决心和信念。当然，"上帝"是虚妄的，但在上帝的名义下所表现的反奴役思想和所进行的斗争却是现实的；"上帝保佑"是虚妄的，但其中所表现的信心斗志却是现实斗争所形成的战斗精神。由此可知，《大明》不仅反映了当时的现实事件，而且反映了一定历史阶段的人的心理特质。

其次，在《大明》诗中可以看出当时人的艺术表现能力。诗人以“其会如林”形容商军，这看起来固然是惊人的一支大军，然而，所谓“其会如林”，也不过只是形容了“殷商之旅”的外貌（数量和排列的样子），并不是在形容商军的强大和勇猛。这种对商军的“静态的形容”固然是由于作者的感受，但同时也合乎真实：事实是，商军虽众，离心离德，是不堪一击的[7]。但在描述周军的冲锋时，作者则作了“动态的形容”，同时根据人的感受顺序展开对战争的描绘：先描写战场的宽旷（牧野洋洋）；后形容战车发出的响声（檀车煌煌）；由车到马进而描绘马的奔腾姿态（驷骠彭彭）；接着点出驾战车冲锋的将军（维时尚父）；进而描绘这将军雄姿（时维鹰扬）。就是通过这样的手法和语言，绘声绘色地描绘了战争。

《诗三百篇》（《诗经》）《大雅》中的《荡》，也是反映周商斗争的诗篇。

《荡》诗虽然是托名文王，但从所叙述的史实、反映的时代和所表现的思想看来，应是周初人的作品[8]。

荡

文王曰咨！	文王说：“唉！
咨汝殷商，	唉！你们殷商，
曾是彊圉[9]，	曾经凶猛暴戾，
曾是掊克[10]，	曾经贪婪敛聚，
曾是在位，	曾经是各族的主，
曾是在服。	曾经将各族人统治。
天降滔德[11]，	天喜欢德行，
汝兴是力！	但你们兴起只是凭依暴力！”

文王曰咨！	文王说："唉！
咨汝殷商，	唉！你们殷商，
而秉义类[12]，	尔心中充满邪秽，
彊禦多怼，	凶暴招来多族怨怼，
流言以对，	并制造流言迷众饰非，
寇攘式内，	抢窃外族充实国内，
侯作侯祝[13]，	于是以巫人祝祷，于是巫人诅咒，
靡届靡究！	没有完，没有头！"
文王曰咨！	文王说："唉！
咨汝殷商，	唉！你们殷商，
汝炰烋于中国，	你虎狼似的咆哮于中国，
敛怨以为德。	招来怨恨以为收获。
尔德不明，	你们的品德不光明，
以亡陪亡卿，	于是失去盟国失去附庸，
不明尔德，	不光明你们的品德，
以亡背亡仄[14]。	于是失去后援和两侧。"
……	……
文王曰咨！	文王说："唉！
咨汝殷商，	唉！你们殷商，
如蜩如螗，	狂妄得像蝉似地嚷嚷，
如沸如羹，	暴虐得像烫人的滚汤，
小大近丧，	无老无小都临近死亡，
人尚乎由行，	还有人助他猖狂，
内奰于中国[15]，	对内不仅迫害着中国，
覃及鬼方！	而且蔓延到鬼方！"
……	……

文王曰咨！	文王说：“唉！
咨汝殷商，	唉！你们殷商，
人亦有言：	古人有言：
‘颠沛之揭，	‘树木之颠倒，
枝叶未有害，	非由枝叶坏，
本实先败！’	而是根本先朽败！’
殷鉴不远，	殷的借鉴不远，
近在夏后之世！	近在夏杰之世！”

诗中对殷商奴隶国家做了愤怒的斥责。诗中形象地指出：殷商是虎狼似的咆哮，蝉似的嚣张，沸水似的灼人。诗中攻击了殷商的抢劫、敛聚、暴戾、以巫术相诅咒的恶劣行为。诗中宣称：殷商的存在就是灾难，它使国内人民接近死亡，不仅使邻近部族受到它的迫害，甚至迫害到辽远的鬼方。诗中又指出，殷商是仇恨的播种者和收获者。同时，格言式地说明，殷之亡是从根本上先朽败，非一枝一叶之故。这正表现了作者是从根本上反对奴隶制度的。

由此可知，在《荡》诗中，表现了作者对殷奴隶制暴行的愤怒，激动地斥责了殷商对内压迫对外抢掠的行为，从而也就表现了爱自由反压迫的战斗精神。显然，这是当时被压迫部落和奴隶的思想感情的集中反映。这也正是诗中的形象。由此，反映了当时的阶级矛盾和这矛盾造成的奴隶制的危机。

其次，诗中情与事相结合的描写手法，使诗所表现的主观思想给人以实在感，使诗所反映的客观事物给人以深刻的认识和强烈的感情。诗采用了诰言的样式，既方便于说理，又适于抒情。因此，这诗可说是当时反抗奴隶制国家的檄文。

值得注意的，是诗中流露出与奴隶主思想相对立的进步思想。这种对立表现在神的观念上。周封建主所捧起来的神，是封建道德的化身，是新制度和秩序的“护法”，是各族人的神，是与奴隶社会的暴力神和暴力思想相对立的。所以在《荡》中，作者将自己的“天”，扮演成喜爱德行（当然是封建德行）憎恨暴力（仅指奴役人身而言）的神祇。

同样的思想也表现在《大雅·皇矣》中。

皇　矣

皇矣上帝，	皇皇上帝，
临下有赫，	降临下界以威灵，
鉴观四方，	查看着四方，
求民之瘼：	求寻人民的病痛：
惟此二国，	那殷周二国，
其政不获，	其政各不相同，
惟彼四国，	这四方诸国，
爰究爰度？	将何去何从？
上帝耆之！	上帝愤怒了！
憎其式恶，	憎恶殷商法度残凶！
乃睠西顾：	于是回首向西垂顾：
此惟予宅。	“这是我应住的神宫”。

在《皇矣》中，神是“鉴观四方，求民之瘼”的“民之主”。它不是那一部族的祖先暴力神，而是“天道无亲唯德是从”的封建道德的化身，它拥护封建制度，反对奴隶制度。在这一点上，是和《商颂》中的“天”和“帝”不相同的。显然，周封建主本其阶级功利，造了自己的神，并将这样的神说成是站在周人战车上的护法神。因此，对于奴隶社会说来，这样的神是解放奴隶思想的表现形式，当然就其本质而言却是封建社会物质关系的观念表现。

这三篇诗是周初的诗歌。它一方面继承着英雄歌谣的传统，有着历史事件的叙述，但同时，它已着重在封建的说教，为封建的说教诗开辟了道路。

封建社会代替奴隶社会，无疑的是历史的进步。这三篇诗的进步性，也正是通过这样的历史条件而获得。

第二节　周公东征时代的诗篇
——《东山》《大东》

武王击败殷商主力军之后，占领了殷首都及四郊。殷商东部及北部的奴隶主集团，只在名义上接受周统治。因此，武王死后，武庚便和殷奴隶主集团乘机叛变。参加这次叛乱的除周驻军首领管叔、蔡叔之外，尚有熊盈族、东夷、虎方、奄、徐戎等部落。

为此，周公率军东征。当时，战斗很激烈，从出土的铜器铭辞看来，周的主要首领如周公、召公、毛公、虢公、鲁侯伯禽、康伯懋父、南宫兄皆参加了战争，并有许多周将领因“先入邑”或“攻跃无敌”而铸器记功[16]。这战争持续了三年[17]。最后虽然平定了这叛乱，巩固了新建的封建国家，但战争也给沿途带来了巨大的破坏。

《豳风·东山》诗正是这时期的作品。

这是首艺术性相当高的动人的诗篇。所写的是一个出征的豳地农民，参加三年东征战争之后退役归家的情形[18]。通过他途中见闻和心情，反映了当时动乱的现实。

东　山

我徂东山[19]，	我往东山，
滔滔不归[20]；	久久不能回归；
我来自东，	我归来自山东，
零雨其濛[21]。	小雨下得蒙蒙。
我东曰归，	我从东方返归，
我心西悲。	我的心西向而悲。
制彼裳衣，	制好那便衣，
勿士行枚[22]。	不必再绣军徽。
蜎蜎者蠋[23]，	蠕动着的蠋蛆，
烝在桑野。	爬在桑林里。

敦彼独宿[24]，	我屯在这独自过宿，
亦在车下。	也只能在车下休息。
我徂东山，	我往东山，
滔滔不归；	久久不能回归；
我来自东，	我归来自山东，
零雨其濛。	小雨下得蒙蒙。
果臝之实，	栝楼结的果子，
亦施于宇；	竟也挂在屋檐际；
伊威在室；	土鳖生在屋里；
蠨蛸在户；	蛛网封住门户；
町畽鹿场；	禾场变成野鹿的草坪；
熠耀宵行[25]。	我在鬼火闪闪中夜行。
不可畏也！	走夜路并不可怕呀！
伊可怀也[26]！	家乡和妻子是可想念的呀！
我徂东山，	我往东山，
滔滔不归；	久久不能回归；
我来自东，	我归来自山东，
零雨其濛。	小雨下得蒙蒙。
鹳鸣于垤[27]，	鹳鸟在土堆上啼叫，
妇叹于室，	引得妻子在屋中叹息、心焦，
洒扫穹窒[28]，	你该洒扫咱穹隆的土窑，
我征聿至。	我出门人就要来到。
有敦瓜苦，	家乡累累的苦瓜，
烝在栗薪，	结在栗树枝上边，
自我不见，	自我不见，

于今三年!	至今已经三年!

我徂东山,	我往东山,
滔滔不归;	久久不能回归;
我来自东,	我归来自山东,
零雨其濛。	小雨下得蒙蒙。
仓庚于飞,	黄鸟飞起来了,
熠耀其羽,	闪闪的羽毛有光华。
之子于归,	我的那女人嫁我时,
皇驳其马。	驾着黄红色的大马。
亲结其缡,	她母亲给她系上围裙,
九十其仪;	仪式隆重又排场;
其新孔嘉,	那时候新娘子很漂亮,
其旧如之何?	不知现在我妻又怎样?

第一章，从“我徂东山、滔滔不归”中便点出一个长期离家的征人，从“我来自东，零雨其濛”中，便描绘出一个在秋雨中跋涉归来的退役战士。这四句虽是叙事与写景，但叙事中，内含着令人同情的默默哀伤，而景物的描写加重着哀伤的气氛。随后，当他长期的归乡欲望一旦将要达到时，反而引起他迫切的焦虑和沉重的悲哀：“我东曰归，我心西悲”；但看到制妥的便衣上不再绣军徽：“制彼裳衣，勿士行枚”，又为之一喜，心中如释重负地感到轻松。这是深刻的心理描写，表现了亦悲亦喜的心情。接着就开始描写路上的景象。他看到蠕蠕的无数蠋虫生满在桑林，养蚕的人已不知逃往何处去了；他夜里只能独宿在车下，以蔽蒙蒙的秋雨。这说明沿途已无房屋可住，而残破的房屋已不能住人。

第二章，便接着写到途中所见的房舍。他看到野生的栝楼（瓜蒌）结果在屋檐下：“果赢之实，已施于宇”；破漏的屋子里爬满了潮虫：“伊威在室”；蜘蛛网封住了门户：“蠨蛸在户”；村中的平坦打麦场被野鹿践踏的高低不平："町畽鹿场"。这都说明，当地的农业和村庄都受到严重的破坏，已是满目萧条千里无人的地区。他是农民，他正在回归自己的家，他看到别的农村已遭到严重的破坏，别人的家已破烂不堪，同情心使他感到悲哀，悲哀使他联想到自己久别了的家。如果说他启程后不久，还可以在车下独宿，那么当他看到沿途景象，当一天天离家近时，他焦急得再也睡不稳，渴望着离开这可怖的荒凉地方而赶快看到自己的家，回到自己久别了的女人身边。于是他在鬼火闪闪中连夜赶路："熠耀宵行"。在当时人看来，鬼火中夜行是很可怕的，但由于对家乡与妻子的爱和思念，给了他勇气，使他感到"不可畏也，伊可怀也！"

第三章，接着"伊可怀也"，他在旷野独行中引起了幻想，想起现在妻子在家中的情形。在他看来，他出外三年，现在经过千里无人地区而独自归来，这是件大事，他妻子应该看到些预兆。根据当时的风俗信条，他想象，鹳鸟在家门前土堆上报喜："鹳鸣于垤"；引起他妻子对丈夫的怀念："妇叹于室"。当然他妻子一定会相信这预兆，于是打扫土窑准备迎接她的汉子："洒扫穹窒，我征聿至"。这想象使他感到无穷的温暖。同时，和怀恋妻子一样，他怀恋家乡土地，怀恋他种植的庄稼。但随即想到，他不见自己的栗薪上的苦瓜，到今天已经三年。

第四章，他接着想到，"三年"是很长的时间。从而他回忆起他和妻子新婚的情形，那时她是很好的，但久别之后的今天不知她又是如何了。这表现出一个出征归来的农民的兴奋、伤感、欢喜、恐惧的复杂心情。

诗中表现着农民淳朴的思想和感情。农民爱自己的劳动和农作物，因此同情地描写了沿途的农业荒芜的景象。农民爱自己家，因此同情地描写了别人家的破坏情形。农民爱和平生活，因此同情地描写了战争给沿途带来的灾害。这里表现了当时劳动者的善良心情和淳朴的情感。也正是以这样善良的思想情感反映了现实：战争的剧烈，对中原地区的破坏，周军战士的身份和心情。也正是以这思想感情的起伏，构成着诗的结构：外在事物的错落叙述，为内在的情感所贯串；对事物的描写层次，是根据联想而展开；诗形象是通过抒情方式而显现出来。因此这是首完整深刻的具有高度水平的抒情诗。

封建制的形成对奴隶制说来，是历史的进步，但同时也是另一种残酷剥削制度的开始。周公东征胜利之后，占领了山东一带，于是封姜太公于齐，封其子伯禽于鲁，以镇压殷人。当地的殷人变成了农奴，以劳役、贡赋供养周的大小领主[29]。同时周人修许多条大路，称“周道”[30]，直通宗周，将自东方剥削来的财物，由此运至西方。在这样的阶级压迫和剥削下，引起东人（殷人）的愤怒，这愤怒情绪表现在《小雅·大东》诗中。

大　东

有饛簋飧[31]，	满满的碗中饭，
有捄棘匕。	用弯弯的棘木匙。
周道如砥[32]，	周修的道路平如砥石，
其直如矢。	端正得和箭一样直。
君子所履，	是老爷在上奔驰，
小人所视。	是小人在旁看视。
睠焉顾之，	回首而看呀，
潸然出涕！	涓涓的涕泪不能止！
小东大东[33]，	所有东方的孤村和荒城，
杼柚其空。	织机的轴梭上已经空空。
纠纠葛屦，	我以捆捆缠缠的麻鞋，
可以履霜；	用它踩冰霜；
佻佻公子，	华丽的公子们，
行彼周行。	行在那周的道路上。
既往既来，	他们满载而归又回来，
使我心疚！	使我心里充满悲哀！

有冽氿泉，	清凉的小泉水啊，
无浸获薪。	不要浸湿获木薪。
契契寤叹，	深深的感叹啊，
哀我瘅人！	可怜我又病又累的劳苦人！
薪是获薪，	砍下获薪来，
尚可载也！	还可以载去啊！
哀我瘅人，	可怜我又病又累的劳苦人，
亦可息也！	也应该休息啊！
东人之子，	东方人的儿子，
职劳不来，	出劳役不能还乡，
西人之子，	西方人的儿子，
粲粲衣服[34]。	穿着华丽的衣裳。
舟人之子[35]，	周人的儿子，
熊罴是裘，	熊罴皮作大袍，
私人之子[36]。	农奴的儿子，
百僚是试[37]。	忍受着各种苦劳。
或以其酒，	有的在喝他的酒，
不以其浆。	有的不能喝醋浆。
鞙鞙佩璲，	你们佩戴着美好的玉坠，
不以其长！	并非因你们才德兼长！
维天有汉，	天上有银河，
鉴亦有光：	看起来也有光：
跂彼织女，	攧脚的那织女，
终日七襄，	一天七次改变方向，
虽则七襄，	虽然你七次跳踉，

不成报章；	但你织不出彩绸一寸长；
睆彼牵牛，	瞠眼发光的那牵牛，
不可以负箱。	也不会使牛负箱。
东有启明，	启明星在东方，
西有长庚，	长庚星在西方，
有捄天毕，	有弯弯的网竿毕星，
载施之行！	在张开着罗网！
维南有箕，	南方有向东开口的簸箕星，
不可以簸扬。	但没有给我簸下一屑秕糠。
维北有斗，	北方有向东开口的勺斗星，
不可以挹酒浆。	但没有给我滴下一滴酒浆。
维南有箕，	南方有向东开口的簸箕，
载翕其舌！	却张口露舌吞食着山东！
维北有斗，	北方有向东开口的勺斗，
西柄之揭！	斗柄被操在西人的手中！

《大东》以抒情诗的方式，反映了当时新出现的阶级斗争。

第一章，以“有饛簋飧”起兴。接着描写平直的周道：“周道如砥，其直如矢”。这条道给东人带来了领主老爷和灾难。也就在这条道上，小人（农奴）看到周领主源源而来：“君子所履，小人所视”。这是使人触目惊心的，于是诗人“睠言顾之，潸然出涕”。

第二章，诗人所以“潸然出涕”，是因为这条路带来了西方的老爷，运走了东方的财物。诗人“睠言顾之”，带着泪看到了所有东方的织机上的柚梭都已空了：“小东大东，杼柚其空”；看到了东人在以捆捆缠缠的麻鞋踩冰霜：“纠纠葛屦，可以履霜”。虽然东方已一贫如洗，但穿着华丽衣服的周贵族，却仍抱着掠夺财物的目的顺着周道东下：“佻佻公子，行彼周行”。这些贵族的贪欲是无止境的，他们不以空手而来满载而归为满足，相反的而是满载而归又空手回来：“既往既来”。看到“既往既来”往反搬运的情形，诗人发出了感叹：“使我心疚”。

第三章，诗人写出了自己的劳苦和悲哀。

第四章，诗人由悲哀上升为愤怒。诗人将东人和西人的不平等的待遇作了对照的描写：东人的儿子出劳役不能还乡：“东人之子，职劳不来”；西人的儿子，穿着华丽的衣裳：“西人之子，粲粲衣服”；周人的儿子，熊罴皮做大袍：“舟人之子，熊罴是裘”；农奴的儿子，忍受着各种苦劳：“私人之子，百僚是试”。由此，诗人揭露了这种“或以其酒，不以其浆”的不平现实，进而愤怒地指出，这些“鞙鞙佩璲”的贵族之所以养尊处优，并非由于他们有什么长处：“不以其长”。

第五章，诗人从深沉的愤怒中引起了联想，他象征地指出，正如织女星不会织布，牛郎星不会御牛负箱一样，这些领主贵族都是些无能的寄生者，是些徒有其名毫无长处的庸人，他们所擅长的也不过是犹如毕星似的张开罗网收括财物而已。最后，诗人以象征手法，借天象表现了对天和人间的诅咒。

诗作者似是殷商时代的巫人，殷亡后沦为农奴。巫人曾是精通星卜的文人，因此诗中很巧妙地以星象讽刺周领主。

这诗反映了当时的阶级关系，对封建徭役剥削有着真实的反映。这诗表现了人民的斗争情绪，对封建社会的阶级压迫有着刻的诅咒和嘲骂。这是有着文献价值的作品，它生动地反映了周初期的现实生活。

在手法上，《大东》作者惯于作强烈鲜明的对照描写。开始便以暗示的手法，将弯弯的木匙比喻平直的周道：木匙可以将饭舀净，周道可以将财物运光。他以“君子所履，小人所视”对比地写出两种不同的人。他以停止穿动的机梭和往来不息的公子作对照：公子往来不息是“杼柚皆空”的原因。他以“纠纠葛屦，可以履霜”和“佻佻公子，行彼周行”作对比，形象地描写了两种不同的生活。他以东人之子和西人之子作对比，反映了不同阶级的权利与义务：消费者不是劳动者，劳动者不是消费者。他在“鞙鞙佩璲，不以其长”“跂彼织女，不成报章”“睆彼牵牛，不可以服箱”诗句中，以“名”和“实”作了对比，从而揭发了封建统治阶级的不劳而食的行为。作者的这种对照描写，便将现实中的各种矛盾现象突现出来，从而使诗歌具有了感染力和说服力：不仅刺激人的感情，而且给人以认识。当然，诗人所以选用这手法，是被他的思想、感情以及要表现的现实事物决定的。

不难看出，诗人为后代提供了诗的表现手法和样式。

第三节　反映对外战争的诗歌
——《六月》《常武》《江汉》《采薇》《无衣》

当时和周相对峙的部族，东南方有徐戎、淮夷，南方有荆楚，北方和西方有玁狁（戎狄），皆曾不断侵袭中原地区。其中玁狁最强，曾长时期是周的大敌。懿王时（前九三四年—前九〇一年），“戎狄交侵，暴虐中国，中国被其苦”（《汉书·匈奴列传》），懿王被迫迁都于犬丘（陕西兴平）。厉王时（前八七八年—前八四二年），“戎狄寇掠，乃入犬丘。杀秦仲之族。”（《后汉书·西羌传》），淮夷、徐方、荆楚也乘机入侵。宣王时，“四夷并侵，玁狁最强”。玁狁曾进占周都北百余里的焦获和泾洛之间，并由此掠扰京师丰镐等地。宣王为此曾发动多次的讨伐战争，在这些战争中，虽然取得某些战役胜利，但基本上是攻势防御，仅能阻止玁狁和淮夷的深入而已。所以到其子幽王时，“四夷交侵”，终于被玁狁攻陷周的京师宗周。

描写和记述这时战争的诗歌，有《六月》《常武》《江汉》[38]。

六　　月（一、四、五章）

六月栖栖，	暑天出兵匆匆，
戎车既饬。	战车早已齐整。
四牡騤騤，	四马正在奔腾，
载是常服。	车上载着戴盔披甲的士兵，
玁允孔炽，	玁狁来势像火似的凶猛，
我是用急，	我于是急急反攻，
王于出征，	王命大军出发，
以匡王国。	以保王国和周京。
……	……
玁允匪茹，	玁狁真不弱，
整局焦获，	竟敢聚在京郊，
侵镐及方，	侵入镐京和方，
至于泾阳。	一直进到泾阳。
织文鸟章，	旗帜上有朱雀徽章，
帛旆央央；	我们的绸旗在飘扬；
元戎十乘，	冲锋的战车十乘，
以先启行。	首先率勇士冲入战场。
……	……
戎也既安，	戎车安然地攻上前，
如轾如轩；	低如轾高如轩；
四牡既佶，	四马既雄壮，
既佶且闲。	既驯习又雄健。
薄伐玁允，	搏战玁狁，
至于太原。	一直追敌到太原。
文武吉甫[39]，	才兼文武的吉甫，
万邦为宪。	其名在万国流传。

常　　武（四、五章）

王奋厥武，	周王奋扬他的威武，
如震如怒，	像雷霆一样的震怒，
进厥虎臣，	麾进他如虎似的战将，
阚如虓虎。	战将喑呜叱咤像猛虎。
铺敦淮濆，	广屯大军淮水岸，
仍执醜虏，	便俘淮虏无数，
截彼淮浦，	截断那淮浦，
王师之所，	成为王师之驻兵处。
王师啴啴，	王师滔滔汹汹，
如飞如翰，	其快如鸟似的飞腾，
如江如汉，	其多如江汉似的汹涌，
如山之苞，	围歼敌人犹如山包，
如川之流，	扫荡敌人犹如江涛，
绵绵翼翼，	它是浩浩荡荡，
不测不克，	不可计测不可阻挡，
濯征徐国！	远征徐方！

江　　汉（一、二、三章）

江汉浮浮，	江汉之水滶滶，
武夫滔滔，	武夫如浪向东流，
匪安匪游，	不能安闲地遨游，
淮夷来求。	淮夷正来抢掠索求。
既出我车，	既出我们的战车，
既设我旟，	又将战旗高设，
匪安匪舒，	不能苟安不能憩歇，

淮夷来铺。	淮夷已排好阵列。
江汉汤汤，	江汉之水汤汤，
武夫洸洸，	武夫如水浩浩荡荡，
经营四方，	在经营四方，
告成于王。	告捷于周王。
四方既平，	四方既已荡平，
王国庶定，	王国这才安定，
时靡有争，	没有敌人竞争，
王心载宁。	周王心中方安宁。
江汉之浒，	在江汉之水浒，
王命召虎[40]：	王命令召公虎：
式辟四方，	开辟四方地域，
彻我疆土，	治理我们疆土，
匪疚匪棘，	不要慢不要急，
王国来极，	王国法度要遵依，
于疆于理，	于是划地界于是定疆场，
至于南海。	一直到南海之际。

这三篇诗，是封建社会的骑士武勋诗和纪功诗。虽然歌颂的是王室功业，但它所描写的事件，表现的思想情感，却对社会有着重要意义。

诗的主题，虽然是歌颂君主的雄武，赞美战将的勇敢和对君主的忠诚，颂扬王室的武功，表扬君主和将军的道德情操，但这种对封建王朝的颂美，并非如《周颂》似的宗教礼赞，而是通过了关系着人民大众的现实事件；并不是表现在阶级压迫上，而是表现在对外族入侵的抵抗上。这就使诗的主题思想获得较广泛的客观意义。

这就是说，这三篇诗歌颂了为国家独立和土地统一所进行的战争。号召保卫土地，击退四周游牧民族的扰乱，以求得人民生产和生活所必须的社会安定。在这角度上，这主题思想与人民利益是一致的。因此这三篇诗是具有进步意义的。

诗中不仅描写了为国家不辞劳苦的武士和这些武士的声势，而且着重描写了战场上的士兵：其快如飞禽，其多如江水，如山似的屹然岌立不可动摇，如浪似的前仆后继汹涌澎湃，这正是保卫土地的真正英雄的形象。

诗中表现了对祖国土地的热爱和忠诚；表现了对落后部落入侵不可容忍的憎恨和愤忾；表现了蔑视敌人无往不克的战斗精神。这就构成了诗形象。通过这形象，一方面反映了当时严重的祸患，另方面在一定程度上反映了当时人民的战斗行为和战斗精神。

在周封建社会，农奴和农民是国土的捍卫者[41]。当发生战争时，贵族领主则是军官，而其农奴则是士兵。

《诗经》中的《采薇》《何草不黄》《无衣》便是西周末年的士兵诗歌。

《采薇》，据鲁、齐诗说，作于周懿王时[42]。

采　　薇

采薇采薇，	采薇呀采薇，
薇亦作止！	薇芽已出了！
曰归曰归，	回归呀回归呀，
岁亦莫止！	岁月已暮了！
靡室靡家，	没有室又没有家，
玁狁之故；	是因为玁狁在攻杀；
不遑启[43]，	生活不安奔走不暇，
玁狁之故。	是因为玁狁在攻杀。
采薇采薇，	采薇呀采薇！
薇亦柔止！	薇苗已柔嫩了！

曰归曰归，	回归呀回归，
心亦忧止！	心里发愁了！
忧心烈烈，	忧心如火，
载饥载渴，	又饥又渴，
我戍未定，	我住防无定地，
靡使归聘[44]。	无从托人把家信寄。
采薇采薇，	采薇或采薇，
薇亦刚止！	薇已出秆了！
曰归曰归，	回归呀回归，
岁亦阳止。	岁月已晚了！
王事靡盬[45]，	公事不能稍停，
不遑启处，	行不安住不宁，
忧心孔疚，	忧心如病很悲伤，
我行不来！	我征人不能还家乡！
彼苇维何[46]，	那花里胡哨的是什么，
维常之华[47]！	是车帷的花与叶！
彼路斯何，	那路上是什么，
君子之车！	是老爷的战车！
戎车既驾，	战车既驾妥，
四牡业业，	四马跑来势皇皇，
岂敢定居，	岂敢定居不走，
一月三捷！	一月多次打胜仗！
驾彼四牡，	战车驾那四马，
四牡骙骙，	高车四马真煊赫，

君子所依，	老爷威威严严上边坐，
小人所腓，	小人急急忙忙快些躲，
四牡翼翼，	高车四马好排场，
象弭鱼服！	象牙弓梢，鱼皮箭囊！
岂不日戒，	岂敢不日夜警戒，
玁狁孔棘！	玁狁甚是猖狂！

昔我往矣，	昔日当我去时，
杨柳依依！	杨柳正青青！
今我来思，	今日我回来了，
雨雪霏霏！	雨雪在蒙蒙！
行道迟迟，	走路慢腾腾，
载渴载饥，	口中焦渴肚子空，
我心伤悲，	我心真悲痛，
莫知我哀！	无人知道我的苦衷！

诗以原有民歌残句起兴。第一章中开始即表现了岁末的士兵急欲归家的心情，但随即指出“靡室靡家”“不遑启居”的生活，都是由于“玁狁之故”——痛苦和不幸是玁狁给造成的。在第二、三章中描写了“王事靡盬，不遑启处”“忧心烈烈，载饥载渴”的军中生活，在“我戍未定，靡使归聘”“忧心孔疚，我行不来”中流露出无限怅惘——真实地反映了士兵的处境和心情。在第四、五章中，描写了军中的阶级差别，“君子”和“小人”的不同生活：“小人”是“载饥载渴”“不遑启居”，“君子”则“四牡騤騤”“象弭鱼服”。显然，诗人做这样的对照描写绝不会是无意的，这表现了被压迫阶级对统治者的愤懑。虽然如此，但“岂不日戒，玁狁孔棘”，在外敌当前时，这些“小人”吃苦耐劳地日夜警戒着敌人，打击着敌人。这说明，诗中反映了复杂的社会矛盾。第六章表现了一个士兵的久战归来，疲惫不堪，饥渴交迫，充满着不可言传的悲哀。

诗中表现了农民爱国英雄的形象。这些英雄参加战争，并不是为了“以佐天子，共武之服”，并不是谋取个人功勋，从战场上赚到“土田介圭，路车乘马”；而是为了保卫祖国土地，为了室家的安宁，这些英雄之所以能从事持久艰苦的战斗，并不是由于嗜杀好斗和骑士的尚武精神，相反，他们是有着生活实感的善良纯朴的人，他们充满着挚爱和平的情感，他们之所以日日夜夜地勇敢战斗是由于“玁狁孔棘”。这里表现了人民的品质。

诗中艺术地刻画了自称是国家主人的“君子”。从诗中，我们看不出君子腹中有何智谋，我们只看到其车帏子很华丽：“彼薾维何？帷裳之华，彼路斯何？君子之车”；我们看不出君子有何雄武的体魄，是怎样力敌万夫，我们只看到其公马尚值得称道，很英俊，很健壮：“四牡业业”，“四牡骙骙”，“四牡翼翼”；我们看不出这些“虎臣”怎样驾戎车勇敢的冲锋陷阵，只看到他们在自己行列中驰骋，在属下士兵中耀武扬威，使其士兵为他们让路：“驾彼四牡，四牡騤騤，君子所依，小人所腓”；我们看不出这些老爷有何武艺伎俩，只看到他们的武器尚不错，但这不是指武器效能，而是指武器的装饰；“象弭鱼服”。

从《采薇》中看来，这战争是持久的，激烈的。但在战场出现的“君子”却是这样的姿态。这说明诗人的讽刺手法是极其辛辣的，他简洁地刻画出寄生者的真模样。但另方面，他写的小人却是忍饥挨饿受苦受难，辛辛苦苦兢兢业业打击敌人的英雄。诗说明，在封建社会的农民，一方面忍受着多种痛苦，一方面又付出巨大劳动和代价在捍卫着国家。作者以形象说明了这样的真理：在周封建社会里，保卫着祖国土地的是农民。

诗中所反映的现实是具有真实性的。它反映了兵士思家恋土和保家卫士的错综心理，以及战争与和平在内心中的冲突。它反映了抗敌思想和阶级意识的交织。它反映了战争的真实情景。

最后一章也正是受着玁狁威胁和阶级压迫的农民的动人的申诉。

到幽王时代，统治者奢侈淫逸，互相倾轧，剥削加重，从而削弱了军事力量，四夷乘机大肆侵略。公元前七七一年，由于统治集团内讧，幽王岳父申侯勾结西戎犬戎（玁狁），攻陷宗周，幽王死，周地大部沦陷。于是秦地人民，纷纷兴起，有力地抗击了玁狁[48]。《秦风·无衣》便是这时代的战歌[49]。

无　衣

岂曰无衣！	谁说无衣穿！
与子同袍。	我与你共大袍。
王于兴师，	王要发兵了，
脩我戈矛，	修理我的勾兵和长矛，
与子同仇！	与你一同把仇报！
岂曰无衣！	谁说无衣穿！
与子同泽！	我与你共衬衣！
王于兴师，	王要发兵了，
脩我矛戟，	修理我的长矛和大戟，
与子偕作！	与你一同参军去！
岂曰无衣！	谁说无衣穿！
与子同裳。	我与你共下裳。
王于兴师，	王要发兵了，
脩我甲兵，	修理我的铠甲和刀枪，
与子偕行！	与你一同上战场！

《无衣》诗使用了民歌所习用的迭唱样式，从而使所表现的思想感情集中并逐渐深化。

诗三章，每章首二句，皆以豪迈的口吻、自问自答的方式发出英雄式的召唤。这就使得每章诗一开始就洋溢着慷慨激昂的气氛。

在“岂曰无衣！与子同袍”中，虽然一方面反映了广大人民处在“无衣无褐，何以卒岁”的贫苦境遇中，但也就由此，在另方面，表现了在大敌当前时对琐事不屑一提的气概，表现了有我即无困难的乐观性格，并以豪放的口吻，动人地表现了人民的慷慨互助的精神。

如果说，富有者很少能够做到“肥马轻裘与朋友共”，那么诗中的“我”，不仅可以与无衣的人共穿仅有的大袍，而且共穿仅有的亵衣，甚至共穿仅有的下裳（围裙）。须知，当时人穿的是开裆裤，裳（围裙）是不便于轮穿的。这固然是诗作者的艺术夸张和幽默，但也由此表现了这种慷慨的行为，不是本于慈善者的同情，而是本于战友间的挚爱；不是富有者的施舍，而是贫苦人民间的互助。从而，在这英雄式的召唤中，艺术地反映了人民的开朗豪放的性格和慷慨宏阔的胸襟以及不分彼此有无相共的强烈的友爱精神。

不难看出，诗中所表现的生活上的互助精神是与战争中的团结精神紧相联系的：所以能够“与子同袍”，是因为“与子同仇”；所以能够“与子同仇”是因为“与子同袍”。对敌人的仇恨和对战友的热爱是互为因果的。由此可知，诗所表现的精神，并不是本于道德的抽象概念，而是民族和阶级的利益所生发的具有战斗性的思想感情的客观表现。这是可贵的。

在《无衣》诗中艺术地反映了人民的爱乡土的精神和行为。当统治者勾引落后部族入侵时，人民之间能够忘我无私的互相援助，从而表现了对战友深厚的爱——因为众多的战友就是击退敌人的伟大力量。同时，自动的修理官家发下的戈、矛、戟、甲、兵器[50]，从而表现了对武器的爱护——因为锐利的武器就是打击敌人的有效工具。虽然在阶级剥削下，人民无衣少食，但困难不足以削弱人民的责任感，因此当国家受到落后部族侵犯时，便在王的名义下，没有犹疑，联合起来，前招后呼地豪放地乐观地进入战斗。这就是诗的形象。

这诗，是以这形象反映了当时的斗争、当时的现实、当时人民的爱国主义和乐观主义精神。

历史说明，西周末，统治集团的恶政和卖国行为招致了玁狁入侵，但也正是由于人民对祖国的责任感和英勇战斗才拯救了祖国。

这诗，对当时人民的思想情感有着感人的反映，在艺术上具有典范意义。

第四节　宗周崩溃期的诗歌
——《云汉》《十月之交》《雨无正》《巷伯》《北山》

周厉王时，封建主对人民的剥削日益加重，贪财好利犹如盗贼，从而使生产遭到破坏，日益激起人民对领主的仇恨[51]。鉴于此，厉王使巫人监视人民，发现有诅咒周王或攻讦时政者，则处以极刑。于是“国人莫敢言，道路以目”。但这暴行只能激起仇恨，所以三年之后，国人暴动，推翻了厉王政府，厉王逃避到彘[52]。由此周王朝开始没落。

阶级斗争所造成的政治危机和没落，促进了统治阶级内部矛盾的发展。自厉王到幽王时政治上日趋腐化和日益暴虐，必然使恶棍得势，从而激起了较耿直的士大夫的“正义感”[53]。而恶棍为了专权和行施暴政，必然排斥或陷害具有一定“正义感”的士人，从而形成了王朝内部“邪”与“正”的对立。对此，《汉书》称：“下至幽厉之际，朝廷不和，转相非怨……众小在位，而从邪议，歙歙相是，而背君子……君子独处守正，不挠众枉，勉强以从王事，则反见憎毒谗愬……自此之后，天下大乱，篡杀殃祸并作，厉王奔彘，幽王见杀。”

其次，这些矛盾逐渐加剧，从而削弱了周王朝的军事力量，“四夷交侵，国土日蹙”。

同时经济的衰落，削弱了人防御自然灾害的能力，灾荒的影响日益严重。厉王二十一年、二十三年、二十四年、二十五年、二十六年连年大旱。共和十四年大旱，庐舍俱焚。宣王时，连旱五年。幽王时，地震山崩，泾、渭、洛三川皆枯竭[54]：“当是之时，日月薄蚀无光，天变见于上，地变动于下，水泉沸腾，山川易处，霜降失节，不以其时。”[55]灾荒又加剧了经济的破产和政治的危机。

因此，这时代是各种矛盾对立日益明显日益尖锐的时代；是西周王朝日渐衰落终于走向灭亡的时代。

在这时代里，封建大夫和士人写了不少哀歌。

描写当时旱灾的有《云汉》[56]。

云　　汉（二、三、五章）

旱既大甚，　　旱灾既太厉害，
蕴隆炯炯。　　郁热的暑气腾腾。
不殄禋祀，　　不绝的磕头祷告，
自郊徂宫，　　自郊坛到神宫，
上下奠瘗，　　上祭天下祭土，
靡神不宗，　　没有一个神不受供奉，
后稷不克，　　但后稷不能佑，
上帝不临。　　上帝也不下佑年成。
……　　……
旱既大甚，　　旱灾既太厉害，
则不可推。　　不能排去这祸尤。
兢兢业业；　　人们在战惊在恐惧；
如霆如雷。　　上天如霆震如雷吼。
周余黎民，　　周余下的众人民，
靡有孑遗！　　死亡的没有余留！
……　　……
旱既大甚，　　旱灾既太厉害，

涤涤山川。	干裂枯槁的河山。
旱魃为虐，	旱魃在施暴虐，
如惔如焚。	如火烧如火燃。
我心惮暑，	我心畏暑，
忧心如熏。	忧心犹如焚烧一般。
……	……

从诗中可以看出诗作者的主题思想：认为旱灾的发生是由于上天的意志；是天给人的处罚，是旱魃所造成。这主题思想是自然经济的靠天吃饭的消极思想和封建主义运命观的集中反映。

由于主题思想中所内含的消极因素，因此诗中将旱灾写得“生龙活现”，不可抗拒；将人写成战战兢兢，无可奈何。虽然如此，但其中也较逼真地反映了当时旱灾的严重程度，沉痛地表现了人们的悲哀。

同样的，由于主题思想的消极性，因此它只反映了现实现象，而未能反映现实的真实：诗中描绘了自然灾害的景象和结果，但没有反映出与旱灾相成相因的社会原因。

此外，在当时仍有不少在主题上具有积极意义的诗篇，较之《云汉》更深刻更真实地反映了自然灾害和社会问题，如《十月之交》和《雨无正》[57]。

十月之交

十月之交，	九十月之交，
朔月辛卯，	十月初一当辛卯，
日有蚀之[58]，	太阳亏蚀了，
亦孔之丑！	真是很凶恶的预兆！
彼月而微，	昔日月食无晖，
此日而微，	此日日食无晖，
今此下民，	今天这些地下的人民，
亦孔之哀。	真是很恐惧伤悲。

日月告凶，	日月在预告凶祸，
不用其行！	这表明天道已在更张！
四国无政，	四方皆无善政，
不用其良。	都不任用贤良。
彼月而蚀，	昔日月食，
则维其常，	那还算平常，
此日而蚀，	今日又日食了，
于何不臧[59]！	唉！为何这样不吉祥！
爗爗震电，	轰轰的雷电，
不宁不令，	使人震惧不宁，
百川沸腾，	百川皆在沸涌翻腾，
山冢崒崩，	山峰在震解分崩，
高岸为谷，	高地变成深谷，
深谷为陵[60]。	深谷变成丘陵。
哀今之人，	可悯的今天之人，
胡憯莫惩！	为何还不收敛你的骄横！
皇父卿士[61]，	皇父作卿士统管国事，
番维司徒，	番是管辖土地人口的司徒，
家伯维宰，	家伯作太宰司掌典籍，
仲允膳夫[62]，	仲允作王的膳夫，
棸子内史，	棸子作司爵禄掌赏罚的内史，
蹶维趣马，	蹶管理王国的马牧，
楀维师氏，	楀是统率军队的师氏，
阎妻煽方炽[63]。	他们与阎妻勾结势焰甚炽。

原文	译文
抑此皇父，	噫！这位皇父，
岂曰不时，	谁敢说他不顾农时，
胡为我作，	何为使我做劳作，
不即我谋，	不找我商议，
彻我墙屋，	撤我墙屋，
田卒汙莱，	使田地尽成草甸和水池，
曰予不戕，	皇父还说我没有残伤你的庄稼，
礼则然矣！	只是礼法应这样而已！
皇父孔圣，	皇父自觉很高明，
作都于向，	作私邑在向方，
择三有事，	带去三事大夫，
亶侯多藏，	以及很多珍藏，
不憖遗一老，	不肯容留一个老成人在朝，
俾守我王，	使他扶助我王，
择有车马，	选些有车马的贵族，
以居徂向，	一起迁居到向，
黾勉从事，	我勉力从事政事，
不敢告劳，	不敢申诉苦劳，
无罪无辜，	我既无罪又无过，
谗口嚣嚣。	谗言诬语嚣嚣。
下民之孽，	加给下民的灾孽，
匪降自天；	不是降自上天；
僔沓背憎，	都是聚合畔恶，
职竞由人。	由你们所招延。

悠悠我痗，	我的心病重重，
亦孔之痗。	这真是很苦痛。
四方有羡，	四方都在贪欢，
我独居忧，	只有我在烦忧，
民莫不逸，	人莫不自图安逸，
我独不敢休。	只有我做事不敢停休。
天命不彻，	天命既不吉利，
我不敢效，	我不敢仿效，
我友自逸。	我的追求侈乐的朋友。

雨　无　正（一、二、四章）

浩浩昊天，	浩浩的苍天，
不骏其德，	其德不长存，
降丧饥馑，	降下死亡的饥馑，
斩伐四国。	戕害四方的人。
旻天疾威，	苍天降下暴虐，
弗虑弗图，	不忖度不思量，
舍彼有罪，	除那些有罪的，
既伏其辜，	既已服罪死亡，
若此无罪，	像这些无罪的，
沦胥以痛！	皆连带遭了殃！
宗周既灭，	宗周既已败灭，
靡所止戾。	祸乱无有止息。
正大夫离居，	正大夫逃跑了，
莫知我勩。	无人知我劳绩。
三事大夫，	管三事的大夫，
莫肯夙夜；	不肯勤劳办公；

邦君诸侯，	各地邦君诸侯，
莫肯朝夕。	不肯朝拜朝廷。
庶曰式臧，	谁说（要说）好了，
复出为恶。	反又出来作恶行凶。

戎成不退，	外寇至你不能退，
饥成不遂，	饥荒成你不能绥，
曾我𫓧御。	只有我小官𫓧御，
憯憯日瘁。	重重忧虑日日顦顇。
凡百君子，	一切贵族君子，
莫肯用讯，	不肯听人谏规，
听言则答，	顺耳之言则笑答，
谮言则退。	逆耳之言则斥退。

这两篇诗是幽王时的士大夫作的。

从这两篇诗中，可以看出主题思想的复杂性。

不难看出，在对旱灾的看法上，这两篇诗和《云汉》是相同的：也同样的认为是天的意志，是上帝给人的处罚。当然这是时代和阶级的限制所造成的消极思想。

然而，人对天和神的看法，往往是现实的虚妄反映，是本于阶级功利的抽象说教。人对天命的解释，往往是社会矛盾的折光表现，是现实问题的非现实提法。在周和以后封建社会里，不同的阶级和地位，构成了不同的人和人的利害关系。这不仅形成了人们对现实事物的不同看法和态度，而且也本于不同的利害关系对天命作了不同的解说。就其本质说，在周和以后的封建社会里，天命是阶级思想的注脚：尽管天命是荒诞的，但阶级思想却是现实的；上帝不过是根大棒，使用者往往先将其恭恭敬敬地高高举起，然后打在自己敌方的头上：尽管这大棒是虚妄的主观拟造，但它所参与的斗争却是真实的客观存在。

因此，在这两篇诗中，虽然表现了天命观念：将旱灾的发生归之于天对人的惩罚。然而，是谁招来天的处罚？谁是罪人？谁是该死的家伙？这样一来，诗人便根据自己的现实感受和“正义感”，在天命的名义下指出了现实的罪犯。这样一来，不管诗人是否有意这样做，必然是利用天的处分表现人间的冲突；必然是在追究自然灾害的原因时，反映出现实矛盾；必然由对天命的说教转入对现实的反映。

由此可知，当评价封建时代的文学作品时，起决定作用的，不在于是否使用了拟造的大棒——上帝，而是用这大棒打了谁；不在于是否谈及天命，而是在天命的名义下是否表现了现实斗争；不在于是否有抽象的说教，而是对现实是否通过形象有较正确的深广反映。

不难看出，在这两篇诗中表现了对国土和农业的爱，对人民的同情，对封建统治人物的憎恨，对暴政的仇视。这就使其主题思想具有进步性，从而获得较高的客观意义。

这两篇诗，反映了当时的自然灾害和变异。

诗中不仅反映了日食、大雷霆、地震山崩、百川沸腾，而且以同情的态度反映了人民的苦难。值得注意的，是将自然灾害和封建恶政联系在一起，并将后者作为前者的原因。由此，诗人展开了对封建统治人物的斥责。

这两篇诗，反映了当时的政治情况和崩溃前夕的现实。

诗中揭发了封建王朝的恶政。从诗中可以看出：各地皆在行施暴政，恶棍上台，较“正直”的贵族下野。“四国无政，不用其良”；王后的亲族皇父、家伯、仲允等依靠裙带关系分掌大政，作威作福，互相煽惑。这些恶棍，愚蠢而奸诈，刚愎而自用，对国家命运不关心，坐视外敌入侵：“戎成不退”；对生产和人民生活不关心，坐视灾荒蔓延：“饥成不遂”。他们所关心的是剥削人民积蓄财物，为此横派劳役，耽误农时，残害庄稼而无动于衷。他们以伪善的礼法自文其奸。当外患内忧严重时，他们不是设法防御，而是加紧剥削；他们不设法保卫国土和人民，却和富人一起，迁移财物，避难到较安全的地带[64]。当宗周溃灭之后，他们又“复出为恶”。诗为我们真实地描写了封建统治集团的卑鄙可耻的行为。从客观实质说，这行为是封建剥削阶级的阶级本性的表现。诗人愤怒地攻击了这行为，就使得其诗歌具有了进步性。当然，诗人并不是自觉地认识到这点，但是，当诗人以形象反映现实时，所反映的现实客观性，往往高过诗人的主观动机。

诗中反映了崩溃前夕的情景。从诗中可以看出：自然灾害和封建暴政，“斩伐”了四方，人民流亡，劳役加重，田卒污莱，外患日益严重。在天灾人祸内忧外患的情况下，贪财成性自私自利的统治集团已分崩离析：正大夫离居，大夫逃跑，诸侯独立，出现了树倒猢狲散的景象。当危机逐渐深刻化时，诗人一方面根据客观现实看到必然到来的王朝崩溃，于是在诗中发出预言；另方面由于阶级属性，使诗人“四方有羡，我独居忧”，“人莫不逸，我独不敢休”，希望封建统治者“改过”，以转危为安，于是在诗中发出哀鸣。这就是说，社会现实使诗人产生了预见；阶级立场使诗人为自己王朝唱了挽歌。因此，这两篇诗是哀歌[65]。

总之，虽然诗人错误地认为天灾是人心招来的，然而为追究责任所反映的统治阶级罪恶，却是真实的。虽然诗人不可能反映出现实的基本问题，然而所反映的一定程度的现实，却正是基本现实的一部分。虽然诗人一方面流露了封建的孤臣孽子的感情，然而另方面冷酷的现实却使诗人发出了正确的预告。尤其重要的，在当时历史条件下，诗人将恶政作为天灾的原因，将会产生巨大的客观作用，这就等于宣布统治集团已为天所厌弃，天命已落在反抗者的头上；任何人如果要生产要生存就必须推翻统治集团。这可能是诗人始料所不及的。

由此可知，这两篇诗的时代进步意义是通过复杂的矛盾而表现出来的。

也就在这矛盾日益尖锐的崩溃前夕，出现了不少的反恶棍反暴政的诗篇。其中较优秀的有《巷伯》和《北山》。

《巷伯》作者孟子，是幽王时士大夫，曾被恶棍陷害受宫刑，于是作此诗[66]。

巷　伯

萋兮斐兮[67]！	纵啊！横啊！
成是贝锦[68]，	罗织成绸锦，
彼谮人者，	那诬害人的坏蛋，
亦已太甚。	也真是太狠。
哆兮侈兮！	张啊！开啊！
成是南箕[69]，	那是造谣星南箕，
彼谮人者，	那诬陷人的坏蛋，
谁适与谋。	谁去给他出的鬼主意。
缉缉翩翩，	叽叽喳喳，
谋欲谮人，	想法诬陷人家，
慎尔言也，	小心你的谎言，
谓尔不信。	终有一日会说你没真话。
捷捷幡幡，	喳喳叽叽，
谋欲迁言，	想法编谎话蜚语，
岂不尔受，	哪能不受你的诬害，
既其女迁。	将来也会轮到你。
骄人好好，	骄横的人纵恣而得意，
劳人草草，	劳苦的人又憔悴又受气，
苍天苍天！	苍天呀！苍天呀！
视彼骄人！	你看看那骄横的人呀！
矜此劳人！	你怜悯这劳苦的人罢！
彼谮人者，	那诬害人的人，

谁适与谋，	谁去给他出的鬼路数，
取彼谮人，	抓住那诬害人的人，
投畀豺虎，	投给豺狼和猛虎，
豺虎不食，	豺虎不吃嫌他脏，
投畀有北，	将他投给北大荒，
有北不受，	有北不受嫌他臭，
投畀有昊！	将他投到天尽头！

杨园之道，	在杨园的道上，
猗于亩丘，	靠着田垅土坡，
寺人孟子，	奄人孟子，
作为此诗，	作了此歌，
凡百君子，	诸位过路君子，
敬而听之。	你要恭敬地听着。

诗人的正义感和愤怒在诗中作了形象的表现。

在诗中，诗人描写了并攻击了恶棍。从诗中可以看出，这些恶棍，像以一丝半缕交织“贝锦”一样，善于东拼西凑罗织别人罪名。他们的嘴像“南箕”星一样，终日张开，造谣生事：造谣是他们的专业，害人是他们的特长。这些恶棍不仅狠毒，而且有计谋以济其奸。他们终日鬼鬼祟祟“缉缉翩翩”“捷捷幡幡”地制造谗言，倾陷善良的人。诗人创造了卑贱猥琐奸诈的恶棍形象。

在诗中，诗人由对恶人的攻击转而对社会的不平发出了感慨。在诗人的笔下，一方面是骄横的恶棍在飞扬跋扈，“骄人好好”；另方面辛苦善良的人却在受侮辱受损害，“劳人草草”。这反映是合乎当时现实的真实的。

在诗中，诗人不仅悲愤地呼吁“苍天”，而且可贵的是以最大的愤怒心情，咒骂了恶棍。诗中表现了与恶棍不两立的感情。从诗人愤怒的诅咒中，使人感到这些恶棍的存在，不仅是人类的耻辱，而且也是为兽类所不齿，所以“投畀豺虎，豺虎不食”；使人感到这些恶棍是不配天覆地载的，不配存在于人间，因此，“投畀有北，有北不受”，只能“投畀有昊！”显然这是高贵的灵魂受到恶棍迫害后，所发出的愤怒的火焰。

诗人不仅在诗中对恶棍作了揭发咒骂，而且在行动上与之公开对抗，因此，在最后一章，诗人写道：“杨园之道，猗于亩丘，寺人孟子，作为此诗，凡百君子，敬而听之。”从这章诗中，便可看出，诗人不是哭哭啼啼地在向人诉苦，请求君子垂怜，相反的，而是公开以自己名义对恶棍作了嘲骂。诗人在社会上是被迫害的，但在正义面前却是可尊敬的原告；诗人在肉体上是残废者，但在精神上却是完人。因此，诗人高傲地命“凡百君子，敬而听之”。

诗人的耿直、善良、勇敢的品格和其对恶棍的大仇恨、大轻蔑、大愤怒的心情，便构成了诗中可敬的形象。

历史证明，剥削制度是一切罪恶和灾难的根源。恶棍不仅是丑恶的剥削制度的产物，而且是这制度的积极拥护者，是剥削阶级中的骨干分子。

历史证明，剥削制度培育着并鼓励着个人的卑鄙贪欲，剥削者为了满足这种可耻的个人贪欲，于是以阴谋诡计为手段，以损人利己为目的，在互相倾轧。

这说明，恶棍是剥削制度的产物，阴谋诡计损人利己是剥削阶级的阶级本性的表现。因此，诗人对恶棍谗人的咒骂，实质上是在反对剥削制度和统治集团；诗人对于恶棍行为的揭发，实质上是对剥削阶级的控诉。这就使得诗中形象具有了广泛的进步意义。

通过这形象，反映了并攻击了当时社会的不合理现象。在这社会里，奸恶的人得势，善良的人吃亏：“骄人好好，劳人草草”。这现象，在剥削阶级统治的社会里，是典型的、普遍的。

通过这形象，反映了当时的正与邪的斗争，表现了疾恶如仇的充满憎恨的战斗精神。这精神曾感动教育了后人[70]。

《北山》是幽王时的诗篇[71]，作者是出役不息的士人。

北　山

陟彼北山，	登那北山，
言采其杞，	去采那枸杞，
偕偕士子，	强壮的士子，
朝夕从事，	早晚奔走不息，
王事靡盬，	王事无完无了，
忧我父母。	想起我的父母好悲凄。
普天之下，	普天之下的各处，
莫非王土，	没有不是王的土，
率土之滨，	自土地的四滨，
莫非王臣，	没有不是王的臣，
大夫不均，	大夫派遣不均，
我从事独贤。	只有服役独辛勤。
四牡彭彭，	四马跑遑遑，
王事傍傍，	王事日夜忙，
嘉我未老，	喜我年龄未衰老，
鲜我方将，	幸而力气正刚强，
旅力方刚，	膂力健壮，
经营四方。	经营四方。
或宴宴居息，	有的吃喝玩乐在休息，
或尽瘁事国，	有的鞠躬尽瘁干公事，
或息偃在床，	有的终日高卧在床，
或不已于行。	有的不停脚的奔忙。

或不知叫号，	有的从来不知哭泣叫号，
或惨惨劬劳，	有的长年累月悲惨操劳，
或栖迟偃仰，	有的逍遥自在仰卧散心，
或王事鞅掌[72]。	有的因劳役而四肢不仁。
或湛乐饮酒，	有的饮酒追欢享尽荣华，
或惨惨畏咎，	有的流血出汗唯恐处罚，
或出入风议，	有的出入朝廷夸夸其谈，
或靡事不为。	有的辛辛苦苦无活儿不干。

在诗中，诗人虽然在“王事靡盬”的情况下“朝夕从事”，然而他仍在勤劳地捍卫着国家，为自己“未老、方将、方刚”能够“经营四方”而庆幸、而骄傲。由此形象地表现了作者的爱国情操。但也正因为如此，所以对那些苟安燕乐“出入风议”的统治者，诗人形象地表现了自己的憎恨。

在诗人的笔下，反映了当时两种人和两种生活。一些士人是“朝夕从事”“从事独贤”“王事傍傍”“经营四方”“尽领事国”“不已于行”“惨惨劬劳”“王事鞅掌”“惨惨畏咎”“靡事不为”；而一些贵族高官却是“宴宴居息”“息偃在床”“不知叫号”“栖迟偃仰”“湛乐饮酒”“出入风议”。所有这些描写都是极生动的。

由此，诗人形象地反映了周末期的社会现实：“一方面是艰苦勤劳的在工作，另方面却是荒淫与无耻”。

注释

①《周书·世俘解》：“甲子朝，至，接（接战）于商，则咸刘（杀）商王纣，执矢恶臣百人……甲寅谒戎殷于牧野，王佩赤白旂，籥人（乐工）奏武（大武乐），王入，进万（万舞），献《明明》，三终（三

遍终了）。”按：《诗三百篇》中诗歌的取名，绝大多数是由诗的前二字或第一句而来。《大明》诗的第一句是“明明在下”，故《周书》中所称的《明明》可能就是《诗·大雅》之《大明》。《大明》诗末二章都是颂美牧野之战的，这与周书所载“谒戎殷于牧野”相结合。至于《大雅·明明》之所以称作“大明”，是编诗者为了与《小雅》的“小明”区分开，因为《小雅·小明》的前二字也是“明明”，“明明上天”。（说见马瑞辰《毛诗传笺·通释》）其次，武王于甲子日灭殷，“甲寅”日是灭殷后之五十天。

②谌，《毛诗》作忱，今据《春秋繁露》《汉书》改。谌与忱通，《尔雅·释诂》：“谌，信也。”

易，意为怠慢、轻易、安易。《国语·晋语》：“不敢安易。”《吕氏春秋·义赏》：“为六军则不可易。”《乐记》：“不庄不敬而易慢之心入矣。”《尚书·君奭》：“天命不易，天难谌”，“天不可信，我道惟宁王德延。”与诗意同。

③位，意为建、立。《管子·心术》：“位者，谓其所立也。”适，古时与敌通用。

《论语·里仁》：“君子之于天下无适也。”释文：“适，郑作敌。”《荀子·君道》：“告无适也。”注：“适，读为敌。”《史记·范雎传》：“征适伐国。”徐广：“适音敌。”《礼记·杂记》：“讣于适者。”郑注：“适，读为匹敌之敌。”

④《国语·晋语》：“昔者大任娠文王，不变，少溲于豕牢而得文王，不加疾焉。”韦昭注：“少，小也。豕牢，厕也。溲，便也。”《尚书·无逸》：“周公曰：‘呜呼’！厥亦惟我周太王（古公亶父）王季（季历）克自抑畏。文王卑服即康，功田功，徽柔懿恭，怀保小人，惠于鳏寡，自朝至于日中昃，不遑暇食，用咸和万民。”

⑤《左氏》襄十九年：“昔周饥，克殷而年丰。”《荀子》：“武王之诛纣也，行之日以兵忌，东面而迎太岁，至汜而汜，至怀而坏，至共

头而山坠。”《淮南子》：“彗星出，而授殷人其柄。”《韩诗外传》：“武王伐纣到于邢丘，楯折为三，雨三日不休。武王心惧，召太公而问曰：‘意者，纣未可伐乎？’太公对曰：‘不然，折为三者，军当分为三也；天雨三日不休，欲漉我兵（器）也。’武王曰：‘然！’”《史记·齐太公世家》：“武王将伐纣，卜龟，兆不吉，雨风暴至，群公尽惧，唯太公强之，劝武王，武王遂行。”《博物志》：“武王伐纣会于几，逢大雨焉。蓑舆三百乘、甲三千，一日一夜行三百里，以战于牧野。”《史记·周本纪》：“帝纣闻武王来，亦发兵七十万（？）距武王。武王使师尚夫与百父致师，以大卒驰帝纣师，纣师虽众皆无战心……皆倒兵之战，以开武王。武王驰之，纣兵皆崩叛纣。”《周书·克殷解》：“武王使尚父与伯夫致师，王既以虎贲戎车驰商师。商师大败。”《荀子》：“纣卒易向，遂乘殷人而进诛纣。”

⑥在战国和汉时的传说故事中，姜尚父（太公）曾为船夫、屠牛的、店小二、酒保、出夫、渔翁。《荀子·君道》：“文王……举太公于州（舟）人而用之……行年七十有二焉，齫然而齿堕矣。”《天问》：“师望在肆昌何识？鼓刀扬声后何喜？”《离骚》：“吕望之鼓刀兮，遭文王而得举。”王逸注：“太公避纣……至于朝歌，道穷困，自鼓刀而屠。”《战国策·秦策》：“太公望，齐之逐夫，朝歌之废屠，子良之逐臣。”《说苑》：“太公望，故老妇之出夫，朝歌之屠佐，棘津迎客之舍人也，年七十相周，九十而封齐。”《淮南子·氾论训》：“太公之鼓刀……出于屠酤之肆。”《史记索隐》引谯周：“吕望尝屠牛于朝歌，卖饮于孟津。”《吕氏春秋·首时》：“太公望……闻文王贤，故钓于渭水以观之。”《史记·齐太公世家》：“吕尚盖尝穷困，年老矣，以渔钓干周西伯（文王）。西伯将出猎，卜之，曰：‘所获非龙非螭，非虎非罴，所获霸王之辅。’于是周西伯猎，果遇太公于渭之阳，与语大悦……载与俱归，立为师。”当然，上引的记载只能当作传说故事看待。这些故事，大多被《封神演义》的作者所采用。但由于《封神演义》中所写的姜太公是

昆仑山上修道的道士，因此作者不好意思叫他再当杀牛的屠夫，所以书中不能不使他改业，于是他便做了卖面的小商人。

⑦《左氏》昭二十四年引《泰誓》："纣有亿兆夷人，亦有离德。"《管子·法禁》："《泰誓》曰：纣有臣亿万人，亦有亿万之心。武王有臣三千而一心。故纣以亿万之心亡，武王以一心存。"《韩非子》："昔者纣为天子，将率甲兵百万，……以与周武王为难。武王将素甲三千战一日而破纣之国。"

⑧《荡》诗第一章为："荡荡上帝，下民之辟，疾威上帝，其命多辟，天生烝民，其命匪谌，靡不有初，鲜克有终。"据《毛序》称："《荡》，召穆公伤周室大坏也。厉王无道，天下荡荡无纲纪文章，故作是诗也。"按：《毛序》说不可信，所谓"荡"乃取自"荡荡上帝"，并非"天下荡荡"之意。《白虎通》："荡荡者道德至大之貌。"《尚书·鸿范》："无偏无党，王道荡荡。"《论语》："子曰：唯天为大，唯尧则之，焕乎其有文章，荡荡乎人无能名焉。"《左氏》襄二十九年："美哉荡乎，乐而不淫。"由此可知《荡》诗中的"荡荡"是颂扬上帝的形容语，并非放荡或荡乱之意。四家诗说都是本题目而望文生义，与诗中词义不合。同时，诗中内容与周厉王毫不相干，《荡》诗共八章，讲义中选二、三、四、六、八各章。

⑨《毛诗》作"强御"，齐、鲁诗作"强圉"。《离骚》："浇身披服强圉兮。"注："强圉，多力也。"补注："疆御，疆梁也。"《春秋繁露》："其强足以复过，其圉足以犯诈。"《大雅·烝民》："不侮鳏寡，不畏疆御。"（《汉书·王莽传》引作强圉）《周书·谥法》："威德刚武曰圉。"按：强圉意为强暴。

⑩《孟子·告子》："入其疆，土地荒芜，遗老失贤，掊克在位。"注："掊克不良之人在位。"《毛诗·释文》："掊克，聚敛也。"《三国志·蜀志·廖立传》："苟作掊克，使百姓疲弊。"

⑪滔应为慆。《左氏》昭二十七年："天命不慆久矣，使君亡者必此

众也，天既祸之而自福也，不亦难乎？”《尚书·大传》：“师乃慆。”注“慆，喜也。”《说文》：“慆，说也。”段玉裁注：“说，今之悦字。……古与滔互叚借。”

⑫而，与尔通，《左氏》定八年：“而先皆季氏之良。”王念孙：“义与俄同，邪也。类与戾通。”《尚书·吕刑》中“鸱义奸宄”之“义”与邪同意。《周书·史记》中“愎类无亲”之“类”与戾同意。

⑬《释文》作“侯诅侯祝。”

⑭此四句从《汉书·五行志》所引。《毛诗》作：“不明尔德，时无背无侧，尔德不明，以无陪无卿。”

⑮奰，音备，古音同迫，《说文》“状大也，一曰迫也”。

⑯见郭沫若《两周金文·辞大系考释》。

⑰《尚书·大传》：“周公摄政，一年叛乱，二年克殷，三年践奄。”

⑱《毛序》：“《东山》，周公东征也。周公东征，三年而归，劳归士，大夫美之，故作是诗也。”《易林·屯之升》：“《东山》拯乱，处妇思夫，劳我君子，役无休止。”按：《毛序》称：“大夫美之，故作是诗”与诗内容不合。诗中“我”乃战卒，非大夫；诗中所表露情感并无美周公之意。

⑲《孟子·尽心》：“孔子登东山而小鲁。”阎若璩《四书·释地》称：东山即鲁之蒙山，在今山东费县西北（即在沂蒙山区）。

⑳滔滔，《毛诗》作“慆慆”，《太平御览》引作“滔滔”。滔，故与悠通。

㉑《说文》：“零，余雨也。”“濛，微雨也。。”

㉒士，与事同。《说文》：“士，事也。”《毛诗·东山》传：“士，事也。”《毛传》：“枚，微也。”林义光《诗经通解》：“朱骏声云：微者微字之误字。行军将帅以下，衣皆有题识。今无事制此行间衣也。义光按：枚微古同音。微，古作[illegible]（散氏器），形与枚近。毛所见

本疑有作“行微”者，故直训枚为微也。微从微得声，乃后出字，古借微为之。“勿事行微”，言不须为戎行之徽识也。郑玄以行枚为衔枚，则与“制彼常衣”文义不属矣。”

㉓蠋是豆葵或草中的大青虫，样子像蚕。《庄子·庚桑楚》：“奔蜂不能化藿蠋。”司马彪注：“藿蠋，豆藿中大青虫也。”《韩非子·内储》：“鳣似蛇，蚕似蠋，人见蛇则惊骇，见蠋则毛起。然妇人拾蚕，渔者持鳣，利之所在则忘其所恶。”《淮南子·说林》：“今鳝之与蛇、蚕之与蠋状相类而爱憎异。”高诱注：“人爱鳝与蚕，畏蛇与蠋。”《说文》：“蜀，葵中蚕也。”《尔雅》郭璞注：“乌蠋，大虫如指，似蚕。”按：《毛传》及《尔雅·释文》称蠋为“桑中蚕”，皆误。

㉔敦与屯同，混沌即混敦。《诗·行苇》“敦彼行苇”《笺》：“敦，聚也。”《诗·常武》“铺敦淮濆”《笺》：“敦即屯。”《甘泉赋》：“敦万骑于中营兮”注：“敦与屯同。”

㉕《毛传》：“熠燿，燐也。燐，荧火也。荧火谓其火荧荧闪睗，犹言鬼火也。”曹植《萤火论》引薛汉《韩诗章句》：“熠燿，鬼火，或谓之燐。”《淮南子·氾论训》：“久血为燐。”高诱注：“血精在地，暴露百日，则为燐。遥望炯炯若燃火也。”《说文》：“粦，兵死及牛马之血为粦。粦，鬼火也。”

㉖《郑笺》：“伊当作繄，繄，犹是也。怀，思也。”

㉗郑笺：“鹳，水鸟也。将阴雨则鸣。”陆玑《毛诗草木虫鱼疏》：“鹳，鹳雀也，似鸿而大，长颈赤喙，白身黑尾翅。”《毛传》：“垤，螘冢也。”《说文》：“垤，螘封也，亦名蚁冢。”按：垤为小土堆。《孟子·公孙丑》：“泰山之于丘垤。”《吕氏春秋·慎小》：“不蹷于山，而蹷于垤。”

㉘《郑笺》：“穹，穷；窒，塞。穹窒鼠穴也。”按：穹为穹隆，《诗·桑柔》：“以念穹苍。”《尔雅·释天》：“穹苍，苍天也。”注：“天形穹隆而色苍苍，故名鹘。”《考工记郑》注：“穹者空隆”窒

为室，二字古相叚。《论语·阳货》“恶果敢而窒者”郑注：“鲁读窒为室。”卯敦铭“孚乎家室”、《韩勑碑》“廥城库室”中的“室”字皆作“室”解。

所此穹室为穹隆之穴室，故译作土窑洞。“穹室”又见于《七月》，意同。

㉙《尚书·多士》：“告尔殷多士……亦惟尔多士攸服奔走臣我多逊。”《多方》：“告尔有方多士暨殷多士，今尔奔走臣我监五祀，越惟有胥赋小大多正，尔罔不克臬。”《左氏》定四年：“昔武王克商，成王定之……分鲁公……殷民六族……使帅其宗氏，辑其分族，将其类丑，以法则周公，用即命于周，是使之职事于鲁……分之土田倍敦……田商奄之民命以伯禽。”“分康叔……殷民七族……封畛土略，自武父以南及圃田之北境，取于有阎之土以共王职……皆启以商政，疆以周索。”杜预注：“疆理土地以周法。索，法也。”

㉚《周书·大聚解》：“（周公曰）辟开脩道，五里有郊，十里有井，二十里有舍。”

㉛《说文》：“饛，盛器满貌。”簋，盛饭器，一说是方形，一说是圆形。古时，簋有木制、竹制、陶制、铜制。

㉜按：周道就是周筑的道路，《诗经》中所有的“周道”都是指道路而言，如：《四牡》“四牡騑騑，周道倭迟”；《何草不黄》“有栈之车，行彼周道”；《小弁》“踧踧周道，鞫为茂草”；《匪风》“匪风发兮，匪车偈兮，顾瞻周道，中心怛兮”。正国为“周道”是周的大路，因此下文才有“其直如砥，君子所履，小人所视”，“佻佻公子、行彼周行，既往既来”等描写。上引的这几行诗并不深奥，但如按诗的原意解释，则对封建统治阶级不利。因此，四家诗说皆故意曲解诗意。《毛传》：“如砥，贡赋平均也；如矢，赏罚不偏也。”《笺》：“天子之恩厚，‘君子’皆法效而‘履’行之，其如‘砥矢’之平，‘小人’又皆‘视’之共之无怨言。”《孟子》赵岐注：“底，平；矢，直；视，比

也。周道（作王道解）平直，君子履直道，小人比而则之。”（此鲁诗说）《韩诗外传》：“周道如砥，其直如矢，言其易也；君子所履，小人所视，言其明也。”《盐铁论·刑德》：“周道如砥，其直如矢，言其易也；君子所履，小人所视，言其明也。故德明而易从，法约而易行。”（此齐诗义）显然，这些说教与语义学无干。

㉝小、大分称联用则有“举凡”“所有的”“全部”之义，如：《楚茨》“既醉既饱小大稽首”（意为所有的人都稽首）；《荡》“小大近丧”；《泮水》：“无小无大，从公于迈”。故“小东大东”义为所有东方各地。

㉞按：当时称殷地之人为东人，称周人为西人。《诗·閟宫》：“乃命鲁公，俾侯于东。”

《尚书·牧誓》：“（武王）曰：逖矣！西土之人！”《孟子·离娄》：“舜……东夷之人也；文王……西夷之人也。”

㉟林义光《诗经通解》：“舟读为周……周有给足之意……盘与周古同音而通用。宣十四年《左传》‘申舟’，《吕氏春秋·行论篇》作‘申周’；襄二十三年《左传》‘华周’，《说苑立节》及《善说》篇作‘华舟’；《考工记》‘作舟以行水’，故书舟作周。此诗郑玄笺亦云舟作周。舟人，给足之人也。”按：林氏认为“舟读为周”，其说是对的，但认为“舟人即给足之人”则是错的。周时，常将周国之“周”写作“舟”，见金文：《周虔般》“舟虔作旅车毁”；《伯庶父毁》“惟二月戊寅，伯庶父作王姑舟姜尊毁，其永宝用”；《寰盘》“王在盘康穆宫”。由此可知，“舟人之子”即“周人之子”。

㊱按：私人是大夫领下的农奴或给使之人。《诗·崧高》：“王命召伯，彻申伯土田；王命傅御，迁其私人。”其意即“授民授疆土”，与《左氏》定四年载成王封卫康叔时“聃季授土，陶叔授民”相类。《仪礼士相·见礼》：“夫子之贱私。”注：“家臣称私。”《有司彻》“献私人”，注：“私人，家臣。”《礼记·玉藻》：“大夫私事使私人，摈则

称名。”《左氏》哀八年：“微虎欲宵攻王舍，私属徒七百人。”

㊲《左氏》昭七年：“人有十等，下所以事上，上所以共神也，故王臣公，公臣大夫，大夫臣士，士臣皁，皁臣舆，舆臣隶，隶臣僚，僚臣仆，仆臣台。”服虔注：“僚，劳也，共劳事也。”

㊳《毛序》：“《六月》，宣王北伐也。”《汉书·匈奴传》：“宣王兴师命将征伐玁狁，诗人美大其功。”《韦元成传》：“周室既衰，四夷并侵，玁狁最强，至宣王而伐之，诗人美而颂之。”《毛序》：“《常武》，召穆公美宣王也。”“《江汉》，尹吉甫美宣王也，能兴衰拨乱，命召公平淮夷。”

㊴吉甫即吉父。据王国维考释：《兮甲盘铭文》之“兮伯吉父”即《小雅·六月》和《大雅·崧高》《烝民》之“吉甫”。（见《观堂别集》补遗《兮甲盘跋》）《兮甲盘跋》：“唯五季三月既死霸，庚寅，王初略伐玁允于彭衙。兮甲从王折首执讯，休，亡泯。王锡兮甲马四匹，驹车。……兮伯吉父作盘，其爨寿万季无疆，子子孙孙永宝用。”（见郭沫若《两周金文·辞大系考释》）按：据今《本竹书纪年》载“（宣王）五年夏六月，尹吉甫伐玁允至于太原。”

吉彭衙在今陕西中部的白水县，古太原约当今陕西山西两省的最北部。据此，则吉甫曾于宣王五年春夏之交，击退玁狁。果而，则《六月》是公元前八二三年作的诗歌。

㊵郭沫若《两周金文辞大系》载《召伯虎毁》：“唯六季四月，王在䓓。召伯虎告曰：‘伞告庆。’”考释：“此铭所记与《大雅·江汉》篇乃同时事，乃召虎平定淮夷，归告成功而作。诗之‘告成于王’即此之‘告庆’。……今本《竹书纪年》叙‘召穆公（即召虎）帅师伐淮夷’及‘锡召穆公命’事在宣王六年，与本铭相符，盖有所本。”据此，则《江汉》作于公元前八二二年。召穆公虎事迹见《国语》及《史记》。

㊶在封建社会，农奴服兵役。《国语·周语》：“王事唯农是务……三时务农而一时讲武，故征则有威，守则有财。”

㊷《史记·周本纪》："懿王之时，王室遂衰，诗人作刺。"《汉书·匈奴传》："周懿王时，王室遂衰，戎狄交侵，暴虐中国，中国被其苦，诗人始作疾而歌之曰：靡室靡家，玁狁之故，岂不日戒，玁狁孔棘。"《毛诗》：《采薇》为文王时诗。

㊸启，《尔雅·释言》："跪也。"（《毛传》同）按：启即起，《诗》中之"启居"与《礼记》中之"起居"意同。《沔水》"载起载行"，《公刘》则作"爰方启行"、《六月》作"以先启行"。

遑，意为闲暇，"不遑启居"即起居不安。

㊹《尔雅·释言》："聘，问敢。"《采薇》疏："聘问俱是问安之义。"此处作问讯解。

㊺盬与暇古音同。"王事靡盬"与"朝夕不暇"意近。

㊻鲁、齐、韩三家引诗作"芾"，《毛诗》作"芾"。《说文》："芾，华盛貌。"

㊼闻一多先生认为"维常"乃"帷裳"之误。《氓》"渐车帷裳"，帷裳是车的帷布。见《闻一多全集》第二册。其说甚是。

㊽《后汉书·东夷》传："幽王淫乱，四夷交侵。"《史记·周本纪》："幽王以虢石父为卿用事，国人皆怨。石父为人佞巧、善谀、好利。王用之，又废申后去太子也，申侯怒，与绘、西夷、犬戎攻幽王……遂杀幽王骊山下，虏褒姒，画取周赂而去。"《秦本纪》："周幽王用褒姒废太子，立褒姒子为适，数欺诸侯，诸侯叛之。西戎、犬戎与申侯伐周，杀幽王骊山下，而秦襄公将兵救周，战甚力，有功。周避犬戎难，东涉雒邑。襄公以兵送周平王。"

㊾《毛序》："《无衣》，刺用兵也。秦人刺其君好攻战，亟用兵，而不与民同欲焉。"但从诗中看不出讽刺的意思，相反的却是在歌颂战争。朱熹称："序意与诗情不协"，良是。齐诗则称《无衣》为流传在民间的战歌："（秦）地处势迫近羌胡，民俗修战习备，高尚勇力，鞍马骑射，故秦诗曰："王于兴师，修我甲兵，与子偕行"，其风声气俗自古

而然。”（《汉书·赵立国辛庆忌传赞》）。关于诗的断年历来说法不一。郑玄认为是讽刺秦康公（前六二〇年—前六一〇年）的诗，其根据是本于《毛诗》世次：在诗经的篇次上，《无衣》前有《黄鸟》为穆公时诗，故将《无衣》断为康公时诗。对此，王先谦称：“毛称诗之篇第以世为次，此在穆公后，宜为康公诗。其实，世次之说，出毛武断，而审度此诗词气，又非刺诗。”按秦康公之时霸主继兴，周王徒拥虚位，此时已无“王于兴师”之事。其次，金履祥何元子则认为是秦庄公（前八二一年—前七七八年）时诗；《许氏名物钞》《季氏解颐》则以为是秦襄公（前七七七年—前七六〇年）时诗，对此，王先谦称：“‘王于兴师’，于往也，秦自襄公以来，受平王之命，以伐戎。”“西戎弑幽王，于是周室诸侯，为不共戴天之雠，秦民敌王所忾，故曰同雠也。”按：诸说中后说较妥，故以此断年。但王夫之认为：“春秋（按：鲁定四年，前五一九年）申包胥乞师，秦哀公为之赋《无衣》，刘向《新序》亦云然，《吴越春秋》亦曰：“桓（哀）公为赋《无衣》之诗曰：‘岂曰无衣’云云。为赋云者，与卫人为之赋《硕人》、郑人为之赋《清人》义例正同。则此诗哀公为申胥作也。若所赋为古诗，如子展赋《草虫》之类，但言赋不言为赋也。”按：《左传》中无此义例，如《左传》文七年（前六二〇年）：“荀林父……为赋《板》之三章”，以夫之义例，则《大雅·板》为林父作，但在此前三十年（《左传》僖五年）士为曾引《板》论事；又如《左传》昭十二年（前五三〇年）；“宋华定来聘，通嗣君也。享之，为赋《蓼萧》，弗知，又不答赋。”以夫之义例，则《蓼萧》为此时作，但在此前十七年（《左》襄二十六年）“国景子相齐侯，赋《蓼萧》。”夫之此说虽流行，但却是以只字孤证作曲解，不足信。

㊿周时，被压迫阶级不能私藏兵器。发生战争时，由官家将兵器甲胄分发给战士。如《左传》隐十一年：“郑伯将伐许，王月甲辰授兵于太宫”；庄四年：“楚武王荆尸授师孑焉，以伐随”；闵二年：“将战，国人受甲者皆曰：‘使鹤……余焉能战’”。因此，《无衣》的“修我戈

矛”，不是表示对武器的占有，而是表示对所用的武器的爱。

㉛《国语·周语》：“芮良夫叹曰：‘王室其将卑乎……今王学专利其可乎？匹夫专利犹谓之盗，王而行之，其归鲜矣！’”《周书·芮良夫解》：“芮伯若曰：‘……呜呼，惟尔天子嗣文武业，惟尔执政小子同先王之臣，昏行（罔）顾，尊王不若，专利作威，佐乱进祸，民将弗堪……后除民害，不惟民害；害民，乃非后，惟其雠。后作类；后弗类，民不知后，惟其怨。民至亿兆，后一而已，寡不敌众，后其危哉！……今尔执政小子，惟以贪谀为事，不勲德以备难，下民胥怨，财殚竭，手足靡措，弗堪载上，不其乱而！’”按：《周书》中“后”字，乃后王之“后”，非前后之后。

㉜《国语·周语》：“厉王虐，国人谤王，邵公曰：‘民不堪命矣！’王怒，得卫巫使监谤者，以告，则杀之。国人莫敢言，道路以目。王喜……。于是国莫敢出言，三年，乃流王于彘。”《史记》：“国莫敢出言，三年，乃相与畔袭厉王，厉王出奔于彘。”

㉝《周书·芮良夫解》：“尔执政小子不善图，偷生苟安，爵以贿成，贤智箝口，小人鼓舌，逃害要利，并得厥求，唯曰哀哉！”

㉞以上杂见今本《竹书纪年》，古本《竹书纪年》《国语》《史记·周本纪》《汉书·五行志》。

㉟见《汉书·刘向传》。

㊱《毛序》：“《云汉》，仍叔美宣王也。宣王……遇灾而惧，侧身修行……故作是诗也。”《韩诗》：“（《云汉》）宣王遭旱仰天也”。按：据《帝王世纪》，宣王元年大旱。如前说可靠，则《云汉》当作于公元前八二七年。

㊲《十月之交》《雨无正》《毛序》：“大夫刺幽王也”；《郑笺》：“当为刺厉王。”按：《毛序》说可靠，理由见后注。《雨无正》或是《周无正》之误。

㊳据六朝、唐、元、清天文历数家推算，这次日食发生在幽王六年

（前七七六年）十月一日。据现代天文学家逆推：公元前七七六年阳历八月二十九日，中国北部见日食。

(59)俞樾：于即吁字，“于何不臧，”犹云吁嗟乎！何其不臧。《尔雅·释诂》：“臧，善也。”（《说文》同）

(60)《国语·周语》：“幽王二年，西周三川皆震，……是岁也，三川竭，岐山崩。”注：“三川，泾、渭、洛。”（《史记·周本纪》同）

(61)王国维称：“《毛诗序》以《小雅·十月之效》《雨无正》为刺幽王作。郑君（郑玄）独据《国语》及《纬侯》以为刺厉王之诗，于《谱》及《笺》并加厘正。尔后王基、王肃、孙毓之徒申难相承，洎于近世，迄无定论。逮同治间，‘函皇父敦’出于关中，而毛、郑是非乃决于百世之下。敦铭云：‘《函皇父》作周娟盘、盉隮器，敦鼎自豕鼎降十、又敦八、两罍、两壶。周娟其万年，子子孙孙永宝用。’周娟犹言周姜，即函皇父之女归于周，而皇父为作媵器者。《十月之交》‘艳妻’鲁诗本作‘阎妻’，皆此《敦》‘函’之叚借字。函者，其国或氏；娟者，其姓。而幽王之后则为姜为姒，均非娟姓。郑长于毛，即此可证。’”

按：这只能证明“艳妻”非褒姒，并不能证明《十月之交》是厉王时诗。因为：一、《十月之交》所载的日食及川震山崩皆幽王时事；二、幽王‘淫昏’，当不止二后；三、先秦史料中并无称厉王后为娟姓阎氏者。同时，所谓“阎妻”，究竟是谁之妻，很难断定，可能就是阎皇父之妻。根据先秦称谓惯例，息妫称“文夫人”意为楚文王夫人，已氏戎人之妻称作“己氏之妻”，而“杞梁妻”则是杞梁之妻（传说之姜氏女，孟姜女）。由此看来，“阎妻”不应是阎皇父之女的称呼。其次，根据历数推算和史籍所记，《十月之交》，是幽王时诗，因此皇父不可能是厉王岳父。所以如此说，是因为自厉王之末到幽王之初，中经六十余年。《大雅·常武》：“赫赫明明，王命卿士，南仲大祖，大师皇父，整我六师，以脩我戎。”《史纪》《汉书人表》《潜夫论》引《世本》皆称南仲为宣王时人，这证明，与南仲同时为卿士的皇父曾在宣王朝为太师。据此，则皇父可能是宣王的岳父、幽王的外祖父。

㊷膳夫，官名，“掌王之食饮膳羞，以养王及后世子。”其职位相当于后代九卿之一的“少府卿”（汉）或“光禄寺卿”（明清）。周时，膳夫大多是由周王的亲信充任。从铜器铭文看来，膳父可代传王命或参与封典。据《善夫克鼎》载：“王呼尹氏命册膳夫克”，赐田七处，臣妾多人，并赐灵籥钟鼓等乐器。由此可知，在周时，膳夫是个相当显贵的职位。

㊸《毛诗》作“艳妻煽方炽”，《传》称：“艳妻，褒姒。美色曰艳。”《鲁诗》“艳”作“阎”，《汉书·谷永传》：“昔褒姒用国，宗周以丧；阎妻骄扇，日用不臧。”颜师古注：“阎，嬖宠之族，《鲁诗·小雅·十月之交》篇：‘阎妻扇方处。’”《齐诗》作“剡”，《韩诗》则作“艳”。

㊹除诗中所述的皇父外，当时有许多执政贵族皆置国家于不顾，而为自己寻避难地，准备东逃。《国语·郑语》：“桓公（幽王叔）为司徒，甚得周众与东土之人，问于史伯曰：‘王室多故，余惧及焉，其何所可以逃死？’史伯对曰：‘王室将卑，戎狄必昌，不可偪也……其济、洛、河、颍之间乎？是其子男之国虢、郐为大……若克二邑……修典刑以守之，是可以少固。’……公悦，乃东寄帑与贿，虢，郐受之，十邑皆有寄地”。“幽王八年而桓公为司徒，九年王室始骚，十一年而毙。”由此可知，“择有车马，以居徂向”当是当时的一般情况。古向地有二，一在今山东莒县附近，一在河南济源县。皇父所迁之向应是后者。

㊺可参考《诗·正月》《小旻》《巧言》《桑柔》《召旻》《瞻卬》《板》。

㊻《毛序》：“《巷伯》，刺幽王也。寺人伤于谗，故作是诗也。”《传》：“孟子将践刑而作诗。”《汉书·冯奉·世传》张晏注：“孟子被谗见宫刑，作《巷伯》之诗。”《汉书人表》将寺人孟子列为厉王时人，今从《毛序》。“巷伯”乃寺人职位。

(67)《毛诗》作“萋兮斐兮”。《说文》：“緀，帛文（纹）貌，《诗》曰：‘緀兮斐兮，成是贝锦’”（《玉篇》同）《毛传》：“萋（緀）斐，文（纹）章相错也。”

(68)《尚书·禹贡》“厥篚织贝”《正义》引郑注：“贝，锦名。”《文选·蜀都赋》：“贝锦斐成。”《毛传》：“贝锦，锦文（纹）也。”按：应是锦名。

(69)箕，星名，即《大东》“维南有箕，不可以簸扬”，“维南有箕，载翕其舌”之箕星。箕四星，状如箕。《孔疏》：“箕四星二为踵（箕后帮），二为舌（箕前沿），踵狭而舌广。”（《步天歌》：箕四星形状如簸箕，中有三星名木杵，箕前一黑是糠皮）。《史记·天官书》：“箕为敖客曰口舌。”《索隐·宋均》：“敖，调弄也，箕以簸扬调弄为象。”诗人借箕星状，形容谗人口大舌大簸弄是非。

(70)《礼记·缁衣》：“（孔子）曰：‘恶恶如巷伯’。”《汉书·冯奉世传赞》：“谗邪交乱，忠良被害，自古而然，故伯奇流放，孟子宫刑。”《汉书·史赞》：“幽王亦竟不免于僇，向令早听巷伯之诗，不及此。”

(71)《毛序》：“大夫刺幽王也。役使不均，已劳于从事而不得养父母焉。”《后汉书·杨赐传》：“劳逸无别，善恶同流，《北山》之诗所为作。”

(72)《庄子·庚桑楚》：“拥肿之与居，鞅掌之为使。”《释文》引崔注：“鞅掌，不仁意。司马云：皆丑貌。”

第三章　周诗中所反映的社会生活

第一节　反对封建土地剥削的诗歌
——《七月》《硕鼠》《伐檀》

在周代的诗歌中录有不少农奴的口头创作。其中的《七月》《硕鼠》《伐檀》，便是反映当时生产关系的具有高度思想性和艺术性的诗篇。

《豳风·七月》，是西周时豳地（今陕西邠县）的民歌[①]。

七　月

七月流火，　　　　七月黄昏大火星往下移。
九月授衣。　　　　九月里应该授寒衣。
一之日觱发，　　　一之日北风凄凄，
二之日栗烈，　　　二之日寒气栗栗，
无衣无褐，　　　　没有麻毛布衣，
何以卒岁？　　　　这怎能度过冬季？
三之日于耜，　　　三之日收拾耒耜，
四之日举趾[②]，　　四之日举趾，
同我妇子，　　　　带着我的老婆孩子，
馌彼南亩，　　　　送饭到向阳的地头去，

田畯至喜③。	农神很欢喜。
七月流火，	七月里大火星往下移，
九月授衣。	九月里应该授寒衣。
春日载阳，	春天里有温暖的太阳，
有鸣仓庚。	有鸣叫着的鹂黄。
女执懿筐，	女子提着深深的篮筐，
遵彼微行，	走在那窄窄的小路上，
爰求柔桑。	采摘柔软的嫩桑。
春日迟迟，	春天天长慢透透，
采蘩祁祁，	采的白蒿一大堆，
女心伤悲，	姑娘们心里好伤悲，
殆及公子同归。	怕的是要和公子一同归。
七月流火，	七月里大火星向西流，
八月萑苇。	八月里芦苇花儿秀。
蚕月条桑，	养蚕的月份修剪桑，
取彼斧斨，	拿起那斧斨，
以伐远扬，	砍去枝丫不让过长，
猗彼女桑。	培养那叶多的矮桑。
七月鸣鵙，	七月里叫的是伯劳鸟，
八月载绩，	八月里要开始绩麻了，
载玄载黄，	布帛的颜色有黑又有黄，
我朱孔阳，	我们染的红色最鲜亮，
为公子裳。	拿去给公子做衣裳。
四月秀葽，	四月里秀实的是苦葽，

五月鸣蜩，	五月里蝉在鸣叫，
八月其获，	八月里要收成，
十月陨萚。	十月里树叶落干净，
一之日于貉，	一之日去打牲，
取彼狐狸，	猎取些狐狸皮，
为公子裘。	给公子做皮衣。
二之日其同，	二之日大伙儿都来啦，
载缵武功！	继续练武打猎呀！
言私其豵，	猎得小猪自己留下，
献豜于公。	打得大猪要献给领主家。
五月斯螽动股，	五月里斯螽搓两股，
六月莎鸡振羽。	六月里纺织娘振翅声促促。
七月在野，	七月里叫在园圃，
八月在宇，	八月里叫在檐廡，
九月在户，	九月里叫在门户，
十月蟋蟀，	十月里的蟋蟀，
入我床下。	躲到我床下避风露。
穹窒熏鼠，	在窑洞里熏老鼠，
塞向墐户。	塞紧北窗，门缝用泥糊。
嗟我妇子，	唉！我的老婆孩子，
曰为改岁，	眼看要过冬了，
入此室处。	就要进这个土室里居住。
六月食郁及薁，	六月里吃雀李和山葡萄，
七月亨葵及菽，	七月里煮葵菜和豆角，
八月剥枣，	八月里打枣，

十月获稻，	十月里割稻，
为此春酒，	得拿粮食做春酒，
以介眉寿。	献给领主祈长寿。
七月食瓜，	七月吃瓜果腹，
八月断壶，	八月里摘葫芦，
九月叔苴，	九月捡麻子来煮，
采荼薪樗。	采苦菜砍樗木，
食我农夫。	吃这些杂粮野菜来养活我农夫。

九月筑场圃，	九月里给领主筑场圃。
十月纳禾稼：	十月里纳粮到仓库：
黍稷重穋，	黄米高粱早熟晚熟的百谷，
禾麻菽麦。	禾、麻、豆子、麦子，交给领主。
嗟我农夫！	唉，我们农夫！
我稼既同，	我们的庄稼既收成，
上入执宫功。	还要到上头领主家去做劳工。
昼尔于茅，	白天里打茅草，
宵尔索綯，	晚上还要把麻绳绞，
亟其乘屋，	赶快给领主架起屋，
其始播百谷。	又要开始种百谷。

二之日凿冰冲冲，	二之日凿冰咚咚响，
三之日纳于凌阴。	三之日要把冰送到地窖藏。
四之日其蚤，	四之日要赶早，
献羔祭韭。	献给领主祭韭和羊羔。
九月肃霜，	九月里降秋霜，
十月涤场；	十月里扫院场；

朋酒斯飨，	大夫耆老们要祭神会飨，
曰杀羔羊，	宰杀羔羊，
跻彼公堂，	走上那庭堂，
称彼兕觥，	举起那大的酒觥，
万寿无疆。	祝颂他们“万寿无疆”。

在诗中，农奴怀着悲怆和愤懑将自己四季的劳动和生活作了广深逼真的描写。

从这描写中可看出，农奴长年累月地从事着艰苦的劳动，生产了各样的财物，但却受着贵族“公子”的残酷剥削，过着惊人的贫困生活。

农奴妇女，春日采桑养蚕，三月培修桑树，八月织成丝帛，染成“玄、黄、朱”各色，然后贡纳给“公子”：“为公子裳”。农奴在冬日打猎，“取彼狐狸”贡纳给“公子”：“为公子裘”。但农民自己却在寒风“栗烈”中“无衣无褐”，无法“卒岁”。

农奴八月收割庄稼，九月给领主修“筑场圃”，十月交“纳禾稼”，将大部分的“黍稷重穋，禾麻菽麦”交纳给领主，收获的稻子酿成春酒，献给领主“以介眉寿”，不仅将猎来的大野猪献给活领主，而且要交纳祭死领主的祭品：“献羔祭韭”。但农奴却在每年的大部分时间内以野菜充饥：六月吃雀李、山葡萄，七月吃葵菜、毛豆、瓜，八月吃枣、葫芦，九月吃麻子，经常以苦菜和臭椿树皮“食我农夫”。

农奴住在破烂简陋的房子里。野生的蟋蟀在床下鸣叫，家生的老鼠在室内横行。每到冬天，便需“塞向墐户”，“嗟我妇子……入此室处”。农奴没有时间修筑自己的家，但每到冬季农事完毕之后，却要“上入执宫功”，给领主盖房子，白天整茅草盖屋项，晚上给领主搓草绳，等到房子盖好时，又要开始“播百谷”了。

此外，农奴虽然在严冬“无衣无褐”，但却要在寒风“觱发”“栗烈”中，到河里去“凿冰”，并将冰“纳于凌阴”，准备藏到夏季给“食肉”的“命夫命妇”消暑。

农奴不仅受到残酷的物质剥削，而且经常受到人格上的侮辱，好色的公子经常掳劫在田野劳动的农女：“春日迟迟，采蘩祁祁，女心伤悲，殆及公子同归”。

由此可知，《七月》绘出了一幅农奴生活的真实图画。在这图画中，我们看到了当时的农民形象，他创造了一切，但却一无所有；他在生产上是财富的制造者，但他在生活上却是一贫如洗的穷人。我们看到了当时的领主形象，这是些贪婪、强暴、残酷、淫恶的寄生虫。诗作者的白描手法，写出了现实的真实。

在这白描的画面中，涵寓着农奴的仇恨和哀伤。也正是由于仇恨和哀伤，从而构成了这样感人的画面。但这仇恨和哀伤，并不是直接的以抒情方式表现出来，而是通过所叙述的客观事实。这就使得诗作者的思想感情具有了客观的感人力量。

至于诗中所流露的哀伤情绪，是“与悲观主义完全绝缘的”。这种哀伤情绪的发生，是由于农奴对领主的仇恨，对封建剥削的愤慨，是由于直面惨淡的人生和正视现实的结果（与阿Q的乐观主义是完全绝缘的），是反封建斗争处在低潮时的表现。因此，这哀伤是愤怒的前奏，是反抗斗争的萌芽，随着阶级斗争的提高，这哀伤将导向英勇的斗争。

其次，《七月》不仅反映了当时的阶级关系，而且对当时的人民生活（风俗，节令习惯）作了有价值的记载。所以这是具有文献价值的优秀诗篇。

《硕鼠》是魏地（今山西芮城）民歌，可能是西周末春秋初的诗篇[4]。

硕　鼠

硕鼠，硕鼠[5]！	大老鼠，大老鼠！
无食我黍！	不要吃我的粱黍！
三岁贯汝，	多年养活你，
莫我肯顾。	不肯将我照顾。
逝将去汝，	去了，将要离开你，

适彼乐土。	到那快乐的乐土。
乐土，乐土！	乐土，乐土！
爰得我所！	是我理想的居处！
硕鼠，硕鼠！	大老鼠，大老鼠！
无食我麦！	不要吃我的麦子！
三岁贯汝，	多年养活你，
莫我肯德。	不肯将我的恩德感激。
逝将去汝，	去了，将要离开你了，
适彼乐国。	到那快乐的乐域。
乐国，乐国，	乐域，乐域，
爰得我直！	才能求得公平合理！
硕鼠，硕鼠！	大老鼠，大老鼠！
无食我苗！	不要吃我的禾苗！
三岁贯汝，	多年养活你，
莫我肯劳。	不肯念我的辛劳。
逝将去汝，	去了，将要离开你了，
适彼乐郊。	到那快乐的乐郊。
乐郊，乐郊，	乐郊，乐郊，
谁之永号？	到那里谁还长悲号？

诗中将封建领主比作“食我黍”“食我麦”“食我苗”的大老鼠。农民长期奉养着这糟蹋庄稼的饕餮的耗子：“三岁贯汝”。但这耗子却忘恩负义地对农民不肯顾、不肯德、不肯劳。于是诗人愤怒地希望“逝将去汝”，离开这不公平的可诅咒的地方，希望“适彼乐土”，到公平的没有不劳而食的耗子的理想的地方去。认为只有在那理想的“乐土”，才能“得我所”“得我直”。

由此可知，在这诗中充满了对寄生虫的蔑视，对领主的厌恶，对剥削制度的憎恨的不可忍耐的感情。同时在诗中也表现了反对压迫与剥削的热爱自由的理想。这理想正是被剥削阶级反抗意识的集中反映。

当然，尽管这理想是农民向往自由的朦胧意识的表现，但它却是当时人民最高的革命思想。这思想在反对封建等级制度和极端不平均的社会现实上是具有进步性的。

诗中以耗子象征领主的比喻手法，具有着高度艺术价值。它不仅鲜明地反映了阶级关系，而且形象地表现了阶级思想；它不仅给人以认识，而且给人以感情；它不仅使人憎恨领主，而且使人蔑视厌恶这些使人恶心的寄生的耗子——封建剥削者和压迫者。

这就是《硕鼠》诗所具有的文学价值。

《伐檀》是优秀的反封建剥削的民歌，据传说是魏地的一个女子作的[6]。

伐　檀

坎坎伐檀兮，　　坎坎地伐檀呵，
寘之河之干兮，　　放在河两岸呵，
河水清且涟猗。　　河水清清又起波澜呵。
不稼，不穑，　　不耕耘，不收割，
胡取禾三百廛兮？　　为什么拿去禾谷三百廛呵？
不狩，不猎，　　不狩围，不打猎，
胡瞻尔庭有县貆兮？　　为什么看见你家挂着死貛呵？
彼君子兮，　　那些老爷们呵，
不素餐兮？　　不白吃饭呵？

坎坎伐辐兮，　　坎坎地斫辐条子呵，
寘之河之侧兮，　　放在河边地呵，
河水清且直猗。　　河水清，清又湜呵。

不稼，不穑，	不耕耘，不收割，
胡取禾三百亿兮？	为什么取去稻谷三百亿呵？
不狩，不猎，	不狩围，不打猎，
胡瞻尔庭有县特兮？	为什么看见你家挂着野兽皮呵？
彼君子兮，	那些老爷们呵，
不素食兮？	不白吃食呵？

坎坎伐轮兮，	坎坎地伐车轮呵，
寘之河之漘兮，	放在河之滨呵，
河水清且沦猗。	河水清清起水纹呵。
不稼，不穑，	不耕耘，不收割，
胡取禾三百囷兮？	为什么取去稻谷三百囤呵？
不狩，不猎，	不狩围，不打猎，
胡瞻尔庭有县鹑兮？	为什么看见你家挂着鹌鹑呵？
彼君子兮，	那些老爷们呵，
不素飧兮？	自称是不白吃饭的人啊？

诗共三章，每章皆以“坎坎伐檀兮”起兴。从每章的兴诗中看来，《伐檀》诗是在使用着伐木歌的调子。

随后尖锐地提出了两个问题：你不种地，为什么取这样多粮食？“不稼不穑，胡取禾三百廛兮？”；你不打猎，为什么看到你院中挂着貛皮？“不狩不猎，胡瞻尔庭有悬貆兮？”

显然，这问题的提出，并不是由于不理解，而是由于心中不平；是攻击性的揭发性的质问，而不是要求解答的提问。显然，这只是作者的肯定思想作为问题提出而已，答案便在问题之中。因为，只有稼穑才能获得粮食，只有狩猎才能获得貛皮。这已是人尽皆知的不可反驳的真理。因此，作者在“不稼，不穑”“不狩，不猎”两句中设立了不可动摇的前提，在这前提下，必然使人认识到这些君子的粮食和貛皮，是取自稼穑者和狩猎者。这是诗中提出的两个问题所能得出的唯一答案。这也正是在责问中所内含的作者的肯定思想。这肯定思想，不是由作者自己直接说出来，而是通过质问让读者自己去得出：读者经过思考之后，必然会得出与作者一致的看法来。这样，就推动人们的思考，启发人们的认识，激起人们的仇恨，使作者的肯定思想在群众中得到共鸣，使人们经过独立思考后，深刻地认识到阶级剥削的不合理。所以这种揭发性的以质问方式出现的表现手法，是具有强烈的说服力、感染力、表现力的。

当然，只有高度的艺术性与高度的思想性相结合，才能产生这样的效果。

由此可知，《伐檀》典范地创造了有高度艺术性的表现手法。也正是通过这客观质问的手法，形象地表现了作者强烈的仇恨和与领主相对抗的斗争精神，有力地揭发了封建剥削，使人们由此明确地看出君子在占有别人财物，使人们由此愤怒地认识到这种占有制的不合理。

在诗中，两个质问提出之后，诗人写道：“彼君子兮，不素餐兮”。这在表面看来好像是答案，但从内容上不难看出，这只是以答案形式在对领主的寄生生活作嘲笑、作讽刺、作揭发。这是反语。这种反语只能激起读者的憎恨，使读者进一步认识君子不劳而食的寄生生活。

《伐檀》的伟大意义就在于：它反映了封建剥削的实质，寄生的领主占有了农业生产的大量果实和副业生产的各种猎物；它反映了阶级的基本关系，生产者不是所有者，所有者不是生产者。

《伐檀》的伟大意义就在于：正确地反映了农奴斗争的思想和情绪。它将封建的剥削制度作了主要的攻击对象，从而现实的真实和农奴斗争思想的真实作了统一的反映。它不是哀伤的诉苦，而是用讽刺、蔑视、攻讦表现了英雄式的对抗情绪。它不是根据生活困苦提出问题，而是根据合理与否提出问题。诗人是从合理信念出发，以追求真理的姿态在战斗。这是诗中的可敬的形象。在这形象中，农奴是作为巨人出现的。

这三篇诗的人民性，都是以直接的形式表现出来。

这三篇诗，都艺术地从不同角度上反映了生产关系和阶级矛盾。生产关系是现实社会关系中的最基本的关系。阶级矛盾是阶级社会诸矛盾中的最基本的矛盾。这三篇诗正确深刻地反映了这种基本关系和基本矛盾，从而也就现实主义地（就广义理解）反映了现实的真实。

这三篇诗，都各自在不同程度上表现了人民的艰苦和愿望，表现了反对压迫与剥削的斗争精神。在阶级社会，这种斗争精神，始终是人民美好的愿望，是现实中的进步思想，是社会的发展动力。这三篇诗，形象地表现了这种斗争精神，从而也就创造了人民的形象，具有了美的动人的不朽价值。

在两千五百年前，我国古时人民便创造了这样优秀的诗篇。它不仅标志着我国当时文学的高度水平，而且也显示了我国人民历史的伟大斗争传统。

第二节　反对封建徭役的诗歌
——《东方未明》《鸨羽》《陟岵》《鸿雁》

周代的人民口头创作中，有许多反对封建徭役的诗篇。其中较优秀的有《东方未明》《鸨羽》《陟岵》《鸿雁》。

《东方未明》是齐地的民歌。

东方未明

东方未明，	东方还没有发亮，
颠倒衣裳，	颠颠倒倒穿衣裳，
颠之倒之，	顾不得颠颠倒倒，

自公召之[7]。	因为公家来催叫。
东方未晞，	东方还没有晨曦，
颠倒裳衣，	颠颠倒倒穿裳衣，
倒之颠之，	顾不得倒倒颠颠，
自公令之。	因为公家的命令不敢迟延。
折柳樊圃[8]，	折下柳条插篱围，
狂夫瞿瞿[9]，	督工的眼睛恶又贼，
不能辰夜，	拉公差不管早和晚，
不夙则莫。	不是起早就是摸黑。

诗首先是从人的动作描写起的。诗开始就写道，在“东方未明”的漆黑的夜里，人们急忙跳起来，慌慌张张地摸着黑穿起衣裳来：“颠倒衣裳”。不难看出，在“东方未明，颠倒衣裳”两句诗中，便描绘出一幅似乎是大祸临头时的惊慌混乱的画面。诗接着表示，人们所以这样慌张地“颠之倒之”地穿起衣裳来，并不是由于火灾水患，而是由于“自公召之”。

诗中逼真地描绘了农民服劳役时的情景，人民要在“东方未明”时爬起来应差，而且不敢稍微停留，不仅没有打火照亮的时间，甚至来不及“摸”清上下衣。这正反映了封建剥削的残酷。

诗中深刻地反映了封建领主的残暴。当然，这四句诗中并没有一句正面描写领主，然而每一句都与领主有关：农民之所以在“东方未明”时就做劳工，是由于领主贪婪；农民之所以“颠倒衣裳”，是由于领主凶恶。诗表明，夜间当“公”召唤农民出劳役时，便犹如虎狼入室灾难临头，吓得农民在朦胧中连衣服都顾不得穿好，便赶快出来应役。显然，由此便衬托出领主平时的凶恶暴虐的面目。

诗表明，在“东方未明”人民应该睡眠的时候，人们却不得不急忙起身；当出门前应该穿好衣裳时，人们却在慌忙恐惧中“颠倒衣裳”，而所有这些，都是因为“自公召之”。不难看出，在诗的第四句，流露着作者对领主的憎恨，内含着农民的愤怒。这正是反封建意识的表现。

诗中使用了复唱形式，加重了这种情感的表现。

诗的第三章写道，领主派人在夜里将农民召唤起，并不是因为有紧要的“大活计”，只不过是给自己的菜园子“折柳樊圃”而已。这说明，领主怕人和牲畜“不合法”地侵入他的菜地，侵犯他的所有物，因此他“合法”地侵入农奴的家，侵犯农奴的睡眠时间，召农奴给他栽樊篱，而且还有狂暴的督工者在一边监视。最后诗人对这种“不能辰（晨）夜，不夙则莫（暮）”的劳动表示了怨恨。

《鸨羽》是唐地（山西中部）的民歌。据传说是公元前八世纪（春秋初年）的作品。

鸨　羽

肃肃鸨羽，　　鸨雁的两羽在翩翩，
集于苞栩。　　成群落在橡丛间。
王事靡盬，　　朝廷的差事没休闲，
不能蓺稷黍，　　不能回家种庄田，
父母何怙，　　父母生活怎么办，
悠悠苍天，　　悠悠苍天，
曷其有所。　　这劳役何时能做完。

肃肃鸨翼，　　鸨雁的振翅声习习，
集于苞棘。　　成群落在棘丛里。
王事靡盬，　　朝廷的差事没休息，
不能蓺黍稷，　　不能回家种黍稷，
父母何食，　　父母哪有东西吃，
悠悠苍天，　　悠悠苍天，

曷其有极。	这劳役何时能停止。
肃肃鸨行，	鸨雁振翅飞成行，
集于苞桑。	成群落在桑林上。
王事靡盬，	朝廷差事没闲暇，
不能蓺稻粱，	不能回家种稻粱，
父母何尝，	父母靠什么过时光，
悠悠苍天，	悠悠苍天，
曷其有常。	何时才能像平常。

诗中反映了当时的徭役或军役破坏了人民的生产和生活。诗人悲愤地叹道：“王事靡盬，不能蓺稷黍，父母何怙？”“王事靡盬，不能蓺黍稷，父母何食？”“王事靡盬，不能蓺稻粱，父母何尝？”这里不仅反映了徭役军役给人民带来的灾难，而且表现了劳动人民真挚的爱生产和爱父母的感情。

由此，诗告诉人们，统治阶级的兼并战争和加在人民头上的徭役，不仅违反着人民的合理愿望，甚至违反了人民的最低要求。它竟使劳动者不能从事生产，使儿子不能养活年迈的父母，使人民不能活下去。由此反映了灾难的深重。

由此可以看出，统治阶级虽然在强调愚忠愚孝，但也正是他们，使儿子们不能养活父母，使父母们不能得到儿子的孝养，使为人子者痛心疾首，使为人父母者伤心流泪；也正是他们，在表面上宣称以孝悌治天下，但在实际上却使千千万万善良的人民家破人记。

由此，可以看出统治阶级的伪善。这是诗的客观现实意义。后代的许多作家，都深深地被《鸨羽》所感动[⑩]。

此外，在《魏风·陟岵》中描写了一个服徭役而离家的征人。

陟　岵

陟彼岵兮，	登上那草山岑啊，

瞻望父兮。	回首远望我父亲啊。
父曰嗟予子，	父亲说："唉！我的孩子，
行役夙夜无已，	出劳役日夜不能停止，
尚慎旃哉[11]！	还要多加小心呀！
犹来无止！	还要回来啊，不要死在外地！"
陟彼屺兮，	登上那秃山梁啊，
瞻望母兮。	回首遥望我的老娘啊。
母曰嗟予季，	娘说："唉！我的老三，
行役夙夜无寐，	出劳役日夜不能安眠，
尚慎旃哉！	还要多加小心呀！
犹来无弃！	还要回来啊，不要死在外边！"
陟彼冈兮，	登上那山岗啊，
瞻望兄兮。	回首远望我兄长啊。
兄曰嗟予弟，	哥哥说："唉！我的弟弟，
行役必偕[12]，	出劳役必定不能休息，
尚慎旃哉！	还要多加小心呀！
犹来无死！	还要回来啊，不要在异乡死！"

诗中描写了征人对家的怀恋：当他登上山岗，便回头遥望他的父亲、母亲和兄长。当这征人登高临远眺望亲人时，便想起父母和兄长临别时的嘱咐。他父亲说："嗟予子行役，夙夜无已，尚慎旃哉！犹来无止！"他母亲说："嗟予季，行役夙夜无寐，尚慎旃哉！犹来无弃！"他兄长说："嗟予弟，行役必偕，尚慎旃哉！犹来无死！"

诗便是由征人的回顾和回忆所组成。

由征人回顾中，刻画了农民思亲恋土的心情：每走一步都感到刺心的痛苦，每一回顾都引起牵肠挂肚的相思。

由征人的回忆中，表现了父母兄长对子弟的难离难舍的感情，其中不仅反映了当时封建徭役的艰苦："夙夜无已""夙夜无寐"夙夜"必偕"，而且更重要的，是由父母兄长的愿望中和嘱咐中，反映了徭役的可怕。当一个农民出役离家时，他的亲人便马上想到死亡，因此唯一的愿望和嘱咐是："犹来无止"，"犹来无弃"，"犹来无死"。由此说明，当出役的农民一旦离开家，便凶多吉少，便踏上了九死一生的生死路。由此说明，当时徭役曾使大批农民死亡。也正是由于当时这样的一般情形，所以才使征人的亲人产生了不祥的预兆，从而才提出这样殷切的愿望和惊慌而悲哀的嘱咐。

征人之所以回忆到父母兄长的热情的嘱咐，不仅是由于怀恋亲人，而且也是由于自己的希望：希望能从死亡线上挣扎回来，以安慰自己的老年的父母，以不负热情的兄长的期待。

通过这种形象的描写，深刻地反映了封建时代残酷的现实。封建领主为了满足自己的贪欲，以超经济强制力强迫人民服徭役。这种徭役，不仅浪费着多少人的血汗，而且夺取了多少人的生命，使多少农民离散死亡。

《小雅·鸿雁》同样是反徭役的诗歌。

诗三章皆以鸿雁于飞起兴。

鸿　雁

鸿雁于飞，	大雁在飞啊，
肃肃其羽。	它扇动翅膀声萧萧。
之子于征，	这人出劳役，
劬劳于野。	辛辛苦苦在荒郊。
爰及矜人！	派到可怜的穷人啊！
哀此鳏寡。	可怜这些鳏寡老小。
鸿雁于飞，	大雁在飞啊，
集于中泽。	集落在湖泽里。

之子于垣，	这人在筑墙，
百堵皆作，	百堵墙都是他修成的，
虽则劬劳，	虽然是这样辛勤，
其究安宅？	但他到底在哪里有安身的房子？
鸿雁于飞，	大雁在飞啊，
哀鸣嗸嗸。	嗷嗷地在悲号。
维此哲人，	只有这聪明人，
谓我劬劳，	说我很辛劳，
维彼愚人，	而那昏庸人，
谓我宣骄，	说我在发牢骚。

诗中反映了“鳏寡”“矜人”从事徭役的情形，同时发出了怨恨。诗人悲愤地写道：“之子于垣，百堵皆作，虽则劬劳，其究安宅。”这说明，人民虽然辛辛苦苦地建筑了百堵墙，但自己却没有房子住。

这揭发是深刻的，它显示了封建社会不公平的现实。因此，《鸿雁》感动并教育了后人，汉时刘陶曾说：“尝诵诗，至于《鸿雁》于野之劳，哀勤百堵之事，每喟尔长怀，中篇而叹。近听征夫饥劳之声，甚于斯歌。”由此可以看出《鸿雁》诗的影响。

据文献记载，西周末和春秋时，“繇役横作，政令不信，上贪民怨，灾害生而祸乱作”。封建诸侯往往为了建筑宫室，广征民力。农奴从事徭役，要自带数月之粮。有的诸侯筑宫台，使得“国民罢焉，财用尽焉，年谷败焉，举国从之，数年乃成。”上述的这些诗篇，便是这个时代的作品，形象地反映了这一个时代。

第三节　情歌与反映妇女生活的诗歌
——《木瓜》《子衿》《出其东门》《将仲子》《氓》

周或春秋时代的口头创作中，有不少优美的情歌。这些情歌都以美化了的语言表现了男女间诚恳友爱的感情。

在《卫风·木瓜》[13]中，表现了对异性的热恋与好意。

木　瓜

投我以木瓜，	你扔个酸木瓜给我吃，
报之以琼琚；	我回赠个美丽的玉坠子；
匪报也，	这算不得回报啊，
永以为好也！	希望终身相好啊！
投我以木桃，	你扔给我个涩木桃，
报之以琼瑶；	我回赠个美丽的玉瑶；
匪报也，	这算不得回报啊，
永以为好也！	希望终身相好啊！
投我以木李，	你扔给我个硬木李，
报之以琼玖；	我回赠个美丽的佩玉；
匪报也，	这算不得回报啊，
永以为好也！	希望终身相好啊！

诗人的性格和情感是通过譬喻而表现出来。诗中表明：人“投我以木瓜”，我则“报之以琼琚”，但这既不是为了报偿也不是为了交易，而是出于无限的好意，是想借此表现自己的恋情。就是通过这样的譬喻，表现了对异性的尊敬和爱慕：不仅重视和感激别人对自己的好意，而且自愿地以百倍的好意相报答。也就是通过这样的譬喻，表现克己为人的爱情：即使对方给自己的是酸木瓜和涩木桃，但究竟是好意，凡是好意都不能以

物质衡量；因此诗人万分感激的“报之以琼瑶”。当然投木桃和投琼瑶是“不等价的交换”，但诗人马上宣称，自己并不是作报偿看待，只是借以表现“永以为好”的爱情而已：凡是真正的爱都不会斤斤计较“我多你少”，不是做“爱的投资”，当然也不期待“利润”。从而反映了劳动人民的豪迈、爽朗、恳挚的性格；显示了真诚的爱情：应是爱的施舍者，不应是爱的消费者。

到后代，尤其是资本主义经济形成之后，两性间的关系深受“商品交换法则”的影响，“以物易物”的观念影响着两性生活。一些个人主义者在夫妻生活中，总是企图“以木瓜”换“琼琚”，希望以“五分照顾”换对方的“十分体贴”。但说起来（尤其是吵将起来），总是将自己给对方的照顾说成是“琼琚”“琼瑶”“琼玖”，而对方对自己的体贴则被看作是“木瓜”“木桃”“木李”。于是，双方都感到委屈伤心，双方都认为自己在夫妻生活中不仅没有得到利润而且耗了本钱。进而，斤斤计较，铢厘必争，叽叽喳喳，吵闹不清。最后家庭中的两位股东，只有打八刀散伙而已。由此可知，资本主义所派生的自私、利己、牟利思想，损害着爱情，造成了多少家庭悲剧。

对比起来，便可看出《木瓜》诗的美学价值和教育意义。

在《郑风·子衿》[14]中，表现了一个少女对爱人的思恋。

子　衿

青青子衿，	想起您青青的衣衿，
悠悠我心；	使我忧惚而伤心；
纵我不往，	纵然怪我没有去找你，
子宁不诒音？	你为何不给我通个信音？
青青子佩，	想起您青青的衣带，
悠悠我思；	使我恍惚又悲哀；
纵我不往，	纵然怪我没有去找你，

子宁不来？	但你为何也不来？
挑兮达兮，	放荡啊，喜悦啊！
在城阙兮；	在城阙啊；
一日不见，	一日不见您的面，
如三月兮！	犹如隔了三个月啊！

从诗中看来，这双恋人之间似乎发生了“误会”。少女的矜持和羞怯使她羞于先去迁就他，但她却又偷偷地想念着他：“青青子衿，悠悠我心”。她热烈地希望他能来找她，重新和好，于是怨望道：“纵我不往，子宁不来？”当然，这种怨望不是由于恨，而是由于热爱，由于刻骨的相思：“一日不见，如三月兮！”由此表现了少女的强烈的不可遏止的爱情。

表现夫妻情爱的有《郑风·出其东门》。

出其东门

出其东门，	我出了那东门，
有女如云；	看到美女缤纷如彩云；
虽则如云，	虽然她们美如彩云，
匪我思存。	但都非我所思念的人。
缟衣綦巾，	我那穿素衣戴黑巾的女人，
聊乐我魂[15]。	她才能安慰我的神魂。
出其闉阇，	我出了那瓮城城曲，
有女如荼；	看到美女白荼般的艳丽；
虽则如荼，	虽然她们像荼似的艳丽，
匪我思且。	但都非我所思念的。
缟衣茹芦，	我那穿素衣扎绛裙的妻子，
聊可与娱。	她才可以和我相欢娱。

诗中表现了夫妻间的持久的爱恋。显然，只有没有被剥削阶级意识玷污了的具有善良品格的人，才懂得什么叫人的情感，才会有“思想生活”，才能尊敬性的对方，才能感激并热爱妻子脸上的皱纹，才能在旧关系上不断产生新的恋情，才能形成自然的持久的人的性爱。当然，只有这样才不使人的两性生活降低到兽性激动的水平。因此，《出其东门》诗之所以感人，其原因就在于此。

此外，在《诗三百篇》的情歌中，有描写男女互相赠遗的，如《静女》《溱洧》；有描写两性幽会的，如《野有死麕》《野有蔓草》《鸡鸣》《桑中》；有牧歌似的情诗，如《山有扶苏》《褰裳》《采葛》《狡童》《江有汜》。

所有这些，都表现了对生活的热情和合理的愿望。

虽然两性相合是从“人之初”就开始了的。但作为人的相恋却是社会问题，却是具有时代性和阶级性的问题。因此，在文学上，不可能抽象地表现性爱。这正等于描写吃饭一样，吃饭虽然也是“自古有之”“人人不免”，然而当一个作家写吃饭时，他总不能仅仅对牙齿和舌头作动态描写，他总不能只在嘴巴和喉咙上选取素材，他必然联系到吃的什么，以及所吃的东西是怎样来的，人是以怎样的态度身份在吃。这样，必然会带出时代的和阶级的印记。同样的，历史证明，在不同的时代和不同的阶级里，人们是以不同的思想感情和不同的态度方法从事性爱的。正因为这样的原因，所以一些情歌，便具有了客观上的进步意义。

前引的情歌之所以具有人民性，是由于表现了合理的愿望，尊敬异性的态度和强烈而真挚的热情。

在封建社会的宗法制度下，“婚姻不是由当事人缔订的，而是由他们父母主持的”，不是个人的事，而是家庭间的事。所以情歌中所表现的不经过“媒妁之言”的以个人为对象的恋爱，就其实质说，是与封建家长制相对立的，是反对“父母之命”的。它形象地表现了要求个人“自由”的愿望。

封建的不合理的剥削制度形成了礼教。礼教是作为生活戒条而出现的。剥削阶级知道：敢于笑的人，便敢于哭，敢于怒；对合理的愿望敢于热爱的人，便可能对不合理的制度发出强烈的憎；敢于在自身问题上自作主张的人，便不能虔诚的“畏大人之言”；一切真挚善良的热情，都能生发出对冷酷的封建社会现实的抗议。因此为了“防乱于未萌”，封建主所制订的烦琐的生活戒条，干预着“人身自由”，限制人们的“自由意志”，使人们“非礼勿言，非礼勿视，非礼勿动”，企图以此巩固其经济基础。正因为如此，所以在封建社会，男女间自主的恋爱，是被看作违礼的、犯法的、渎神的。

由此可知，情歌中所赞美的合理愿望与大胆的行动，是一种与礼教相对立的要求个人“解放”的思想的表现。也只有从社会诸形态的有机联系中，我们才能看出情歌中所间接反映出来的现实矛盾，也只有历史主义地看待这矛盾，我们才能认识到这些情诗的历史的进步意义。

在《郑风·将仲子》中，便可看出这种矛盾的反映。

将　仲　子

将仲子兮，	请你仲子啊，
无逾我里，	不要越过我的巷里，
无折我树杞！	不要攀登我的杞树枝！
岂敢爱之，	岂敢爱惜自己，
畏我父母。	是怕我的娘老子。
仲可怀也！	仲子是可爱恋的呀！
父母之言，	父母的话，
亦可畏也！	也是可怕的呀！
将仲子兮，	请你仲子啊，
无逾我墙，	不要跳进我家的墙，
无折我树桑！	不要攀登我家的桑！

岂敢爱之，　　岂敢爱惜自己，
畏我诸兄。　　是怕我的兄长，
仲可怀也！　　仲子是可爱恋的呀！
诸兄之言，　　兄长们的话，
亦可畏也！　　也是可怕的呀！

将仲子兮，　　请你仲子啊，
无逾我园，　　不要跳进我家菜园，
无折我树檀！　　不要攀登我家的檀！
岂敢爱之，　　岂敢爱惜自己，
畏人之多言。　　是怕人们说闲言。
仲可怀也！　　仲子是可爱恋的呀！
人之多言，　　人们的闲言，
亦可畏也！　　也是可怕的呵！

诗中描写了仲子对女人的大胆追求：他在攀树跳墙；同时也描写了女人内心的冲突：一方面爱着仲子，但另方面又畏“父母之言”“诸兄之言”“人之多言”。这冲突正是两性间的合理愿望与礼法矛盾的反映。

在这篇短小的诗歌中，描绘了景与事，描写了男女的行动和言语，从而表现了双方的性格，刻画了心理活动，进而反映了当时的礼法俗尚和青年人的追求幸福的渴望。由此说明，诗的艺术表现力是较强的。

反映当时婚姻问题和妇女痛苦的诗歌，有《卫风·氓》。《氓》是公元前七世纪或更早以前的诗篇[16]。

氓

氓之蚩蚩，　　那人啊笑嘻嘻，
抱布贸丝，　　拿钱来买丝，
匪来贸丝，　　他来不只是买丝，
来即我谋。　　是来找我谈心思。

送子涉淇，	送你过淇水，
至于顿丘，	一直到顿丘，
匪我愆期，	不是我延期，
子无良媒。	你没有可靠的保媒的。
将子无怒，	请你别生气，
秋以为期。	今年秋天作佳期。
乘彼垝垣，	爬上破墙垣，
以望复关。	来盼他转回关。
不见复关，	望不见他回关，
泣涕涟涟，	涕泪落衣衫，
既见复关，	望见他回关，
载笑载言。	有笑有说心喜欢。
尔卜尔筮，	你说问了龟，算了卦，
体无咎言。	兆卦上没凶言。
以尔车来，	以你的车来，
以我贿迁。	将我的财物搬。
桑之未落，	桑叶还没落，
其叶沃若。	叶儿肥沃沃。
于嗟鸠兮，	哎呀斑鸠呵，
无食桑葚，	不要吃桑葚，
于嗟女兮，	哎呀女人呵，
无与士耽。	不要痴心爱男人。
士之耽兮，	男人讲恋爱，
犹可说也，	还可以找痛快，
女之耽兮，	女人讲恋爱，

不可说也。	结果一定不愉快。
桑之落矣，	桑叶要凋落，
其黄而陨。	叶儿枯黄漫飘零。
自我徂尔，	自我到你家，
三岁食贫。	过了多年穷光景。
淇水汤汤，	淇水哗哗响，
渐车帷裳。	溅到车围上。
女也不爽，	女人不失信，
士贰其行。	男人变了心。
士也罔极，	男人反复无常，
二三其德。	三心二意坏心肠。
三岁为妇，	多年做媳妇，
靡室劳矣，	家务劳苦没边啦，
夙兴夜寐，	早起又晚睡，
靡有朝矣。	不是一天啦。
言既遂矣，	既然他的目的达到啦，
至于暴矣。	于是就变得凶暴啦。
兄弟不知，	兄弟不知内中情，
咥其笑矣，	还在对我嬉笑啊，
静言思之，	背后静静想一想，
躬自悼矣。	自己心里好苦恼啊。
及尔谐老，	原想与你相爱到老，
老使我怨。	老来使我生怨。
淇则有岸，	淇水也有个岸，

隰则有泮。	洼地也有个畔。
总角之宴，	回想当年未嫁时，
言笑晏晏，	他会嬉皮笑脸讨人喜欢，
信誓旦旦，	盟誓说咒宣称永远心不变，
不思其反。	想不到这些全相反。
反是不思，	既然相反了就不想它，
亦已焉哉。	无可奈何算了吧！

《氓》是具有叙事成分的抒情诗，通过诗中刻画的两个人物形象，反映了在封建社会夫妇间所常见的具有代表性普遍性的事件。

在诗中创造了一个卑贱的男人形象。氓，是商人，从样子看来是很老实的："氓之蚩蚩"。他一方"抱布贸丝"，来做买卖，另方面打算赚个女人回去，所以"匪来贸丝，来即我（诗中的女性形象）谋"。他没有经过媒人，便直接与女人谈判，他和做生意一样，认为良机不可失，希望早日成交，表现得很急躁。女人将他的急躁认作了热情，于是劝他："将子无怒"，答应他"秋以为期"。

诗中反映了氓以买卖人的手段在追逐女人。对于商人说来，"说谎就是三分本"。所以，氓以假殷勤和嬉皮笑脸"言笑晏晏"，取得了女人的欢心。氓以谎誓虚咒"信誓旦旦"，换取了女人的信任。氓以卜龟算卦的吉兆"尔（氓）卜尔（氓）筮，体无咎言"，作为对女人忠实的保证。氓就是以这样的手段（或本钱）欺骗了一个纯朴善良的女人。就这样，氓以低三下四的嘴脸"赚"来了女人的爱情，以谎话假咒和神意"赚"来了女人的身体——劳动力，而且以空车"赚"到了一车财物："以尔（氓）车来，以我贿迁"。就这样，氓根据他的"生意经"，以空言假语人财两得，以欺诈成家立业，以损人利己达到了个人卑鄙目的。

但是，女人和氓结婚以后，氓便露出了真面目，以前是指天赌咒"信誓旦旦"，现在是无情无义"二三其德"；以前是笑眯眯的"言笑晏晏"，现在是龇牙瞪眼"至于暴矣"！

当然，氓的卑鄙的行径，并非由于性别而形成——而是剥削阶级本性的表现。剥削阶级中的人物，将欺骗别人看作是自己的聪明，将奴役别人看作是自己的幸福；而说谎则是他们的生活习惯。因此，他们在对妻子的态度上，婚前是羊，婚后是狼，婚前装出奴才的样子，婚后摆出老爷的架子。

诗中揭露了一个无信义、无情感、自私自利、奸诈的坏家伙的本性。这本性正是剥削思想的产物。

在诗中表现了一个善良热情的劳动妇女形象。她很热情，虽然是出于误会，但曾热爱过氓，看不到氓时“泣涕涟涟”，看到氓时“载笑载言”。她没有经过媒妁之言与父母之命便和氓结婚。但她幼稚，她诚心诚意将幸福与希望寄托在骗子身上。当她出嫁之后，虽然“三岁食贫”辛勤地从事劳动：“三岁为妇，靡室劳矣，夙兴夜寐，靡有朝矣”。但她并不怕贫穷和劳苦仍在爱着氓：“女也不爽”，然而“士贰其行”。她忍受着贫穷、劳苦和丈夫给她的虐待。自尊心使她不愿向兄弟诉苦，但又不能忍耐这样的生活，于是感伤自己“不思其反”，蔑视“士也罔极”，发出了感叹。这是善良女人的感伤——它本身就是对恶人的揭发。这是善良女人对恶人的蔑视——它是一种被压抑着的斗争情绪的表现。

通过这形象反映了封建社会对妇女的压迫和侮辱，反映了妇女的悲惨命运，从而表现了人们反压迫的意志。

注释

①有的学者不承认《七月》是周人的诗，认为是春秋中叶以后或战国的作品。其理由是：首先肯定诗中的物候与时令是所谓“周正”，比旧时的农历，所谓“夏正”，要早两个月；其次是根据日本学者新城新藏对《春秋》所载三十七个日食的推算结果。新城氏认为：自鲁隐公至鲁僖公时，以冬至后一月（所谓建丑）为正月，鲁宣公以后冬至与正月同时（按，此即周正建子），到战国中叶之后将所行之冬至正月历（建子）拨

迟二个月，改为立春正月历（建寅）（按，此即所谓夏正）。于是认为，合于周正时令的《七月》一诗应是作于春秋末年或以后。

按：春秋时鲁国历法是较疏阔的。据王韬称："大抵春秋时，鲁史官不精于历。故二百四十二年间，自僖公以前，所书"春王正月"多系建丑。其中惟庄公元年、七年、九年、二十年、二十三年、二十六年、三十一年、闵公二年，实为建子之月……僖公元年亦建丑，岁中又多置一闰，遂至二年正月变为夏正建寅。……以后（自僖至宣有十七年）为建丑，余皆建子适符周正。特其后又有当闰而不闰者，则遂至以建亥之月为岁首……冬至在二月者约二十有余。其弊在失闰。"（《校勘春秋朔至日月与湛约翰书》）王韬的见解是根据日食和日至。这证明，鲁国历法，因为权宜置闰的缘故故岁差颇大，正如钱宝琮氏根据《春秋》长历所论断："周代历法未臻完善，多闰失闰往往有之。名为周历，实则因多闰与夏历相近，或因少闰而与夏历差至三月之多。"由此可知，宣公之前的鲁历有建丑、建子、建寅三种；宣公之后的鲁历有建子、建丑、建亥三种。显然，从鲁国的历法看来，所谓"建子"为岁首的"周正"，在春秋前半叶或后半叶都曾被采用。因此，不能将"周正"作为《七月》断年的依据。

其次，春秋时各侯国的历法并不一致，这从鲁《春秋》和《左氏春秋》的记事年月上便可看出。《春秋》隐六年载"冬，宋人取长葛"，《左氏》则作"秋，宋人取长葛。"《春秋》庄八年："冬十有一月，癸未，齐无知弑其君诸儿"；《左氏》则作"冬十二月，齐侯游于姑棼，遂田于贝丘……（公孙无知）遂弑之"。《春秋》僖十年："十年春，王正月，公如齐。……晋里克弑其君卓及其大夫荀息。夏，齐侯许男伐北戎……。秋，七月。冬，大雨雪。"《左氏》僖九年："九年冬……十一月，里克杀公子卓于朝，荀息死之。"《春秋》昭八年："年，十月，壬午，楚师灭陈。"《左氏》昭八年："冬，十一月，壬午，灭陈。"不难看出，同一事件，鲁国史《春秋》所记的时间和杂取诸侯史策的《左氏春秋》所记的时间是有差的：差一月、二月，甚至二月以上。这说明，当时各侯国的历法并不统一，那么，根据春秋时的鲁国（在今山东）历法来考证豳地（在今陕西）民歌，显然是不合适的。

主张《豳风·七月》为战国时诗歌的说法，主要是根据新城新藏所宣称的：春秋中叶历法上有过重大变化。据新城氏考订春秋以前是观星象测时，到春秋中叶以后，始知用土圭观测日景，从而能较准确的确定冬至日，由此逐渐发现一个太阳年为三百六十五日又四分之一，进而制出十九年置七闰的原则。不难理解，这只能说在春秋中叶之前没有较严密的历法，并不能说（实际上新城氏也没有这么说）在这以前没有出现过“建子”的历。据现代天文学家推算，《十月之交》所记的朔日日食，乃是公元前七七六年周幽王六年阳历八月二十九日的事。显然，诗中所称的“十月”就是依从当时的所谓“周正”。这说明认为春秋中叶以前没有周正历，是错误的。当然，这种“周正”可能不甚精密，置闰不规律，岁差不小，但这种历究竟是存在过的。除非从《七月》中考据出，《七月》诗中所使用的乃是春秋中叶以后的新历法，否则便不能证明《七月》是春秋中期以后的诗。

更重要的是，《七月》并不合于周正时令，而是与所谓“夏正”相近。如根据周正解诗，则豳地的夏历七月不需授寒衣；周正的春季（夏历之十一月、十二月、正月）不可能“爰求柔桑”和“采蘩祁祁”；夏历二月不能“秀葽”，三月不能“鸣蜩”，六月不能“获”，八月不能“陨萚”和“纳禾稼”。

西周诗歌中涉及时令时，往往合乎所谓“夏正”。

如《小雅·出车》：“春日迟迟，卉木萋萋，仓庚喈喈，采蘩祁祁，执讯获丑，薄言还归、赫赫南仲，玁狁于夷。”诗中的南仲，《史记·汉书》称是宣王时人，西周器《无专鼎》称为“司徒南仲”。这诗当然是西周的作品，但诗中所描写的“春日”，显然是夏历春三月，而不可能是周正的子、丑、寅三月。

又如《小雅·四月》：“四月维夏，六月徂暑”，“秋日凄凄，百草具腓”，“冬日烈烈，飘风发发”。显然，这里所反映的月和季的时令，是不合于周正而合于夏正的。

再如《召南·野有死麕》：“有女怀春，吉士诱之。”此女所怀之“春”虽不关历法，但究竟是被“夏正”刺激的，而不可能是受到“周正”的影响。

陈寅恪认为：“以寅月为正，乃民间历久而误失闰之通行历法，遂以‘托古’而属之夏欤？”（转引自《殷历谱后记》）证之《诗经》，这说法是有理由的。

其次，认为《七月》是春秋末期或战国初的作品的说法，是不妥当的。《豳风·七月》是豳地的民歌。豳地在西周末已被玁狁侵占，受到很大的破坏，春秋时属西戎。故《豳风》中的诗篇都是豳地未沦陷时的作品，也就是公元前七七一年之前的作品。《左氏》昭四年载，公元前五三七年申丰曾引用《七月》之卒章。孔子、孟子、荀子都作为古诗引用过《七月》。可证《七月》是西周时的诗篇。

②据《毛传》及《韩诗》说称：“一之日”，周正月也，夏之十一月也。《笺疏》皆称：诗中的“一之日”至“四之日”为周历的一月至四月（即夏历的十一月到二月）；诗中所说的“四月”至“十月”乃从夏历。按：一诗中竟用两种历，这真是令人难以理解的现象。同时，将周历正月称为“一之日”，不仅不见于他书，而且也是种奇怪的称法。对此，郭沫若先生认为：“诗的‘一之日’云云，‘二之日’云云，向来注家都是在‘日’字点读，讲为‘一月之日’‘二月之日’，但讲来讲去总有些地方讲不通。而且既有‘四月秀葽’，又有‘四之日’，何以独无一月二月三月？而五月至十月何以又不见‘五之日’至‘十之日’呢？这些都是应有的疑问。一句话归总，分明是前人读错了。我的读法是‘日’字连下不连上。‘一之’，‘二之’，‘三之’，也就如现今的‘一来’，‘二来’，‘三来’了。说穿了，很平常。”（见《青铜时代》）此外还可作这样解释，即一之日为“初吉”，二之日为“既生魄”，三之日为“既

望”，四之日为“既死魄”，是否如此，待考。

③田畯，《尔雅》《说文》：“畯，农夫也。”《毛传》《穀梁传》注：“畯，田大夫也。”按：田畯应是农神，《礼记·郊特牲》：“腊之祭也，……飨农及邮、表、畷”注：“农，田畯也。”《周礼·籥章》：“凡国祈年于田祖，歈《豳颂》，击土鼓，以东田畯。”郑众注：“田畯，古之先教田者。”《诗诂》：“一曰农神。”

④《毛序》：“《硕鼠》，刺重敛也。国人刺其君重敛，蚕食于民，不修其政，贪而畏人，若大鼠也。”《盐铁论》采齐说：“及周之末涂，德惠塞而嗜欲众，君奢侈而上求多，民困天下，怠于公事。是以有履亩之税，《硕鼠》之诗是也。”《潜夫论》采鲁说：“履亩税而《硕鼠》作。”据传说，在春秋初期，《硕鼠》便被人歌唱。《吕氏春秋·举贤》：“甯戚欲干齐桓公，穷困无以自进……饭牛居车下……击牛角疾歌。”高诱注：“歌《硕鼠》之诗。”《后汉书·马融传》注引《说苑》：“甯戚饭牛于康衢，击车轮而歌《硕鼠》。”如这些说法可靠，则《硕鼠》应是公元前七世纪的作品。

⑤关于“硕鼠”，古人有二角。《郑笺》：“硕，大也。大鼠大鼠者，斥其君也。”《诗正义》引《尔雅·犍为文学》注：“诗云鼫鼠鼫鼠。”《艺文类聚》卷九十五引《尔雅》樊氏注：“诗硕鼠即尔雅鼫鼠。”《尔雅》郭氏注：“鼫鼠，形大如鼠，头如兔，尾有毛，青黄色，好在田中食粟豆，关西呼为鼩鼠。”如上解，则硕鼠（鼫鼠）为大田鼠。另一种说法认为硕（鼫）鼠屡五技之鼠。《说文》：“鼫鼠，五技鼫也。能飞不能过屋，能沿不能穷木，能游不能渡谷，能穴不能掩身，能走不能先人，此之谓五技。从鼠，石声。”《大戴礼·劝学》：“鼫鼠五技而穷。”（按：《大戴礼》本《荀子》，但《荀子·劝学》本作“梧鼠五技而穷”。）崔豹《古今注》：“蝼蛄一名鼫鼠，有五技而不能成技术。”《本草》：“蝼蛄一名鼫鼠。”如上解，则鼫鼠为蝼蛄：俗讹称“拉蛄”或“拉拉蛄”。按：译文依前说，“硕”为形容词，如《诗三百篇》中之

“硕人其颀”“硕大且笃”“辰牡孔硕”“辰彼硕女”“念彼硕人”“路寝孔硕”，意皆为大，故译“硕鼠”为大鼠。

⑥《毛序》：“《伐檀》刺贪也，在位贪鄙，无功而受禄，君子不得进仕尔。”《太平御览》五七八引蔡邕《琴操》：“《伐檀》者，魏国之女所作也，伤贤者隐避，素餐在位，闵伤怨旷，失其嘉会。”按：各家诗说皆将《伐檀》解作君子怀才不遇、贤者不用于时的刺诗。显然这是有意地缩小《伐檀》的积极意义。据《孟子·尽心篇》载：“公孙丑曰：“诗云不素餐兮，君子不耕而食，何也？”孟子曰：“君子居是国也，其君用之，（君）则安富尊荣；其子弟从之，（子弟）则孝悌忠信。不素餐兮！孰大于是？”根据《伐檀》内容看来，公孙丑理会了诗意，而孟子的辩解则是后代“说诗”的蓝本。

⑦《毛序》：“《东方未明》，刺无节也，朝廷兴居无节，号令不时，挈壶氏不能掌其职焉。”《笺》：“挈壶氏失漏刻之节，东方未明而以为明，故群臣促遽颠倒衣裳。群臣之朝，别色始入，自从也。群臣颠倒衣裳而朝人又从君所来而召之。漏刻失节，君又早兴。”按：郑玄因从序意，故不能自圆其说。他一面根据《礼记·玉藻》“朝（朝拜），辨色始入，君日出而视之”，认为“群臣之朝，别色始入”；但另方面又从《毛诗说》归罪于“挈壶氏”，宣称挈壶氏自找麻烦，在天“色”未白“日”未出之前就把群臣和君都叫起来了，“君”一看，“东方未明”，但既然起来了，索性命朝人“召”群臣罢，这样便成了诗人讽刺的材料。显然，这说法是极牵强的。如果说“自公召之”乃是命群臣上朝，群臣焉能“颠倒衣裳”衣冠不整地去参加朝会大典；如果如荀子所说：“诸侯召其臣，臣不俟驾，颠倒衣裳而走，礼也，诗曰‘颠之倒之，自公召之’。”那么，这是变出非常，可不遵常礼，然而这与管理漏壶时刻的挈壶氏何干？同时，即如《序》《笺》所说，挈壶氏的漏壶漏得太快了，所以使人们摸黑早起，但诗中写道“不能辰（晨）夜，不夙则暮”，难道挈壶氏迷信他的漏壶竟将黄昏后（暮）当作天亮上朝的时间？显然这是讲不通的。尤其

重要的是，诗中并没有什么“挈壶氏”“漏壶”之类的意思。对此，可参阅本编第一章。

⑧《毛传》：“柳，柔脆之木。樊，藩也。圃，菜园也。折柳以为樊园，无益于禁矣。”《笺》：“柳木不可以为藩，犹是狂夫不任挈壶氏之事。”这就是说：柔脆的柳木作藩篱，不能防止猪羊鸡犬，正等于狂夫任挈壶氏管理不好漏壶。显然，这样说诗是很牵强的。设如诗为“折柏樊圃”，那也可以编另一套说法：“柏，大材也，为藩，小用也，喻贤人在野也。狂夫任挈壶氏，小人当政也。君子是以刺焉。”

按：《齐民要术·园篱》：“凡作园篱法……高七尺便足，匪直奸人惭笑而返，狐狼亦息望而回，行人见者莫不嗟叹，……枳棘之篱，折柳樊圃，斯其义也。其种柳作之者，一尺一树，初时斜插，插时即编……数年长成，共相蹙迫，交柯错叶，特似房栊，既图龙蛇之形，复写鸟兽之状，缘势嵚崎，其貌非一。”由此可知，以柳为藩不仅在农村中由来已久，而且是种园艺。《传笺》所说的“折柳以为樊，无益于禁”和“柳木不可以为樊”，都是不合事实的。

⑨《荀子·非十二子》：“瞿瞿然”杨倞注：“瞿瞿，瞪视之貌也。”《说文》：“瞿，鹰隼之视也。”按：眼光敏锐、察事精明、瞪眼结舌、眼神凶险皆可称瞿瞿。《毛传》虽称“瞿瞿，无守之貌”，但无例证。

⑩《盐铁论》：“若今则徭役极远，尽寒苦之地，危难之处，涉胡越之域。今兹往而来岁还，父母延颈而西望，男女怨旷而相思……故一人行而乡曲恨，一人死而万人悲，诗云：‘王事靡盬，不能蓺稷黍，父母何怙’。”

⑪《毛诗》“尚”作“上”，今从鲁诗。王引之《经传释词》：“旃，之也；焉也。《诗·陟岵》曰：‘上慎旃哉！’《毛传》曰：‘旃之也。’《采苓》：‘舍旃舍旃。’笺曰：“旃之言‘焉’也。舍之焉，舍之焉。”‘之’‘旃’声相转，‘旃’‘焉’声相近，旃又为之焉之合

声。”

⑫林义光《诗经通解》：“偕，《说文》云：彊也。俞樾云：《北山》篇偕偕士子，传云，偕偕，彊壮貌，则此偕字亦当训强。义光按，勉强之强与强壮之强，古音无别，实为一字，此偕字训为勉强。”

⑬汉贾谊在《新书》中认为《木瓜》是阐明君臣大义的：“上少投之则下以躯偿矣，弗敢谓报，愿长以为好，古之畜其下者，其报施如此。”按：这是借诗喻道，非就诗论诗。《毛序》称《木瓜》是“美齐桓公”，是为了以“经”证史，以诗经作《春秋》注角。宋朱熹在《集传》中认为《木瓜》可能是“男女赠答之辞”。从诗内容看来，朱熹的意见是对的，故将木瓜作情歌分析。

⑭《毛序》《传》《笺》，因“青衿，学子之所服”，故称：“《子衿》，刺学校废也。”其说甚牵强，朱熹称：“此亦淫奔之诗。”据诗意看来，《子衿》当是情歌。按：汉时以诗说教的学者，认为《诗三百篇》是孔子手订的圣经，孔子既然说过“郑声淫，放郑声”，那么《诗·郑风》中便不宜保留“淫”诗。根据这样的见解，故对一些情诗作了极其可笑的曲解。《郑风》共二十一篇，其中有十五篇是情歌，对此，刘向曾指出：“郑诗二十一篇，说妇人者十九，故郑声淫也。”（《初学记》卷十五引《五经通义》）但《毛诗序》中只将《东门之墠》《野有蔓草》《溱洧》作“刺淫”诗看待，对其他的所谓“淫”诗都作了莫明其妙的解说。

⑮《毛诗》“魂”作“员”，今从韩诗改。

⑯据《左氏春秋》成八年载，鲁季文子曾引用《氓》诗的第四章第四句。其时为公元前五八三年。

第四章　周诗的文学成就和历史价值

第一节　周诗反映生活的深刻性和广泛性

《诗三百篇》中绝大多数是周代的诗歌。

在许多优美的抒情诗中，诗人以生活感受构成了各种不同类型的动人的人物形象：个性化地表现了进步的思想和感情。

其中表现了农民的反抗意识：有的通过生活的描写对社会的不平现象提出控诉（如《七月》）；有的以“不稼，不穑，胡取禾三百廛兮？不狩，不猎，胡瞻尔庭有悬貆兮？”向地主阶级作了揭发性的质问（如《伐檀》）；有的对领主的“乃求千斯仓，乃求万斯箱”的贪欲作了攻击（如《甫田》）；有的表现了对寄生者的憎恨和对朦胧中“乐土”的热爱（如《硕鼠》）；有的反对了徭役，对领主造成的人民灾难表示了愤怒（如《东方未明》《君子于役》《陟岵》《鸿雁》）。这些诗歌不仅表现了人民的痛苦、哀愁，而且表现了人民的憎恨和愤怒——这是可贵的。

其中表现了爱国主义思想：有的表现了为祖国统一与完整而战斗的意志（如《六月》《江汉》）；有的表现了无往不克的勇武气魄（如《常武》）；有的表现了在艰苦环境里对祖国的忠诚（如《采薇》）；有的表现了与战友“有无相通，生死与共”的人民的战斗精神（如《无衣》）。

这些诗歌不仅表现了对战斗的乐观和对敌人的仇恨，而且表现了这种乐观和仇恨之所以发生，是由于对乡土的爱、对父母妻子的爱、对生产的爱、对和平生活的爱——这是可贵的。

其中表现了正直、耿介，具有人道主义精神的情操：有的表现了对封建恶政的憎恶，表现了对人民的生产与生活的关怀，表现了对国家命运的责任感（如《十月之交》《雨无正》《正月》）；有的表现了对统治人物骄奢淫逸生活的愤懑（如《北山》）；有的表现了与善于巧言令色的奸诈的小人誓不两立的感情（如《巷伯》）；有的表现了敢于和“群小”对立的坚贞不屈的精神：“我心匪鉴，不可以茹……我心匪石，不可转也，我心匪席！不可卷也！威仪棣棣，不可选也！”（《邶风·柏舟》）；有的则表示了对诸侯的轻视：“人之无良，我以为君。”（《鹑之奔奔》）。这些诗歌不仅揭发了剥削阶级的恶政、恶德、恶行，而且表现了诗人的疾恶如仇的性格——这是可贵的。

其中表现了真诚的情感和合理的愿望：有的表现了对父母兄弟子女的爱（如《鸨羽》《陟岵》《凯风》）；有的表现了善良而热诚的爱情（如《木瓜》《江有汜》《终风》《静女》《采葛》《子衿》）；有的表现了少女的矛盾心情（如《将仲子》）；有的表现了野性的爱（如《褰裳》《狡童》《齐风·鸡鸣》）；有的表现了妇女的哀怨和合理的愿望（如《邶风·谷风》《氓》）。

由上述的各种类型的人物形象中，显示了当时代的精冲面貌。

在许多优美的诗篇中，诗人借生活情感和对事物的描写反映了当时的现实。

其中反映了对历史发展具有决定意义的事件：有的反映了武王灭殷和周公东征对人民的广深影响（如《大明》《皇矣》《荡》《东山》《大东》）；有的反映了重要的对外战争和人民的爱国行为（如《六月》《常武》《江汉》《采薇》《无衣》）；有的反映了西周崩溃前夕的情况（如《十月之交》《雨无正》《瞻印》《桑柔》《正月》《召旻》）。历史事件是历史发展的表征，是现实矛盾的集中表现。在这些具有进步性的抒情诗中，诗人虽然只是表现了对历史事件的态度和内心情感，然而在描绘内心感受时，便形象地反映了形成这种感受的历史事件的重要特征，对现实生活作了折光反射。因此，由于主题的重要性，就使得这些抒情诗反映了现实生活中的重要矛盾，成为具有历史意义的诗篇。

其中反映了社会中较本质的现实：不少人民的诗歌反映了封建的生产制度和人与人的生产关系，反映了不同阶级的不同的权利与义务以及阶级对立（如《七月》《硕鼠》《伐檀》《甫田》《小星》《君子于役》《东方未明》《陟岵》《鸿雁》《鸨羽》）。社会的“一切现象和过程具有矛盾着的、互相排斥的、对立的倾向”（列宁：《谈谈辩证法问题》），“没有矛盾就没有世界”（毛泽东：《矛盾论》）。文学是现实矛盾的反映，同时也是以形象反映现实矛盾的意识形态。在阶级社会存在着的许多矛盾中，阶级矛盾是其中本质的主要的矛盾。在这些反映阶级斗争的人民的诗歌中，诗人虽然是不自觉地通过切身的具体感受反对了压迫，表现了合理愿望，然而在他具体描绘这压迫时，便在客观上反映了形成这压迫的社会本质；具体陈述这愿望时，便在客观上反映了人民的斗争意识和情绪。因此，在这些诗篇中，所反映的不是偶然的和极个别的生活现象，而是当时社会中的本质问题；所表现的不仅是诗人的个人的具体感受，而是代表着人民大众的思想情绪。这就使得这些抒情诗具有高度的思想性和艺术性，成为不朽的诗篇。

同时，在上述的诗篇中，反映了当时的风俗习惯，并在其中透露着对生活的热爱。

如将这许多诗篇汇合起来，就构成了一幅完整的人生图画。

由此可知，在周代诗歌中深广地反映了现实，正确地表现了具有进步性的或人民大众的思想感情。尤其惊人的，是这些诗篇产生在公元前十二世纪到公元前七世纪。也就在这样早的时期，形成了这些优美的具有高度人民性的诗篇，以各种艺术手法反映了各方面的生活。

由此可知，周诗是我国文学发展历程中的起点和基石，是人类精神生产中的伟大成就。

第二节　周诗的语言、表现手法和样式

周诗中所使用的语言是很丰富的。

周诗使用了二千九百四十九个单字，其中不少是一字数义[①]，如根据字义计算，约有三千九百多单字。这些单字构成了众多的词汇。

周诗中所使用的名词是很丰富的。仅以表示生物的词类计算，其中关于草本植物的有一百种；关于木本植物的有五十四种；关于鸟类的有三十八种；关于兽类的有二十七种；关于昆虫和鱼类的有四十一种。因此，孔子曾教诲其弟子说："小子何莫学夫诗……（可以）多识于鸟兽草木之名"[②]。

这种名词的丰富意味着人对事物认识的深度和广度。也正因为在周诗中使用了丰富的名词，所以才能明晰地精确地表示事物（广义的）的性质与面貌。

周诗中所使用的动词也是很丰富的。仅以表示手的不同动作的动词就有按、攘、抱、携、指、掺、挟、挹、握、提、拊、拾、掇、采、拔、抽、捣、搔、投、折、授、搏、招、击等五十多个。

这种动词的丰富意味着人对事物动态和事物间联系的辨识能力。也正因为在周诗中使用了丰富的动词，所以才能精当确切地说明事物动态和人的动作的分寸和形态。

周诗中大量的使用了形容词和譬喻。在人的形容上，以"良士

蹶蹶”“赳赳武夫”“骁骁征夫”“老夫灌灌，小子骄骄”“武夫滔滔”“行人彭彭”“硕人敖敖”“温温恭人”形象地描绘了人的性格和举止。在对于思想情感的形容上，不仅以忧心、棘心、劳心、中心、小心、忍心、褊心、肃心将心情作了区分，而且将心情作了个性的形容：如“中心摇摇、悁悁”“悠悠我心”“棘心夭夭”“心焉惕惕”“惴惴小心”“小心翼翼”“劳心怛怛、忉忉、博博”“忧心愈愈、惸惸、惨惨、殷殷、惙惙、钦钦、烈烈、京京、奕奕、怲怲”。同时使用了人在感性上易于理解的动作或感受，来形容抽象的心情，如“中心弔兮”“中心如醉”“中心如噎”“心如结兮”“忧心如薰”“忧心如惔”“使我心痗”“忧心孔疚”“祇搅我心”“乱我心曲”。甚至以物的属性譬喻人的个性与心情，如“我心匪鉴，不可以茹。”“我心匪石，不可转也。我心匪席，不可卷也。”其次，对事物的形容和譬喻，如“肃肃宵征”“明星煌煌”“四牡业业”“檀车彭彭”“周道如砥，其直如矢”，“或燕燕居息，或尽瘁事国，或息偃在床，或不已于行”“涕泣如雨”“战战兢兢，如履薄冰”“执辔如组，两骖如舞”等，多到不可胜数。

在周诗中，这种形容词（广义的）的大量使用，是很重要的。这样，就对于具有普遍性的事物（如人与事），作了个体化的表现（怎样的人与怎样的事）；对抽象的事物，作了具体的描写；它不仅给人以认识，而且给人以感觉；它不仅反映了生活，而且是通过形象的个性化对生活作了富有特性的描绘。

尤其值得注意的，是在周诗中出现了复合词（复音词）。这种复合词的形成，为我们民族语言的发展提供了方法，开辟了道路。周诗中复合词的结构，到后代曾成为民族语言的构成原理，而其中的一些复合词经过二千五百多年一直到今天仍在使用，如中央、永久、光明、正直、婚姻、室家、伤悲、踟蹰、流离、流亡、朋友、邂逅、黾勉、逍遥、翱翔、酒食、衣裳、衣服、饥馑、劳瘁、休息、瞻望、宾客、劳苦、艰难、饥渴、饮食、疆土、经营、震惊、伫立、甘心、改造、洒扫、女子、妇人、旷野、大路、高山、中国、农人、小大、上下、本支、寒暑、启居、从事等。

由此可知，周诗不仅艺术地典范地提炼并运用了语言，而且对民族语言的发展，有着伟大的贡献。

周诗中提供了多种多样的表现手法。有的采用语录样式，将叙事、说理、抒情糅合在一起，加强了诗的说服力和感染力（如《荡》）；有的以思想脉络和情感波动构成诗的结构，性格化的描写事物，具体化的表现情感（如《东山》《大东》）；有的以冷静的质问从事揭发性的攻击，从而深刻地表现了强烈的情感（如《伐檀》）。所有这些都以高度的技巧，创造了形象。这是具有典范性的艺术成就。

其次，在周诗中较普遍地使用着对比的手法。如“投我以木桃，报之以琼瑶，匪报也！永以为好也！”；“榖则异室，死则同穴，谓予不信，有如皦日”；“不见复关，涕泣涟涟，既见复关，载笑载言”；“昔我往矣，杨柳依依，今我来思，雨雪霏霏”；“子惠思我，褰裳涉溱，子不我思，岂无他人。”在《大东》《北山》中的对比描写则尤其多。

这种对比手法的出现，是由于现实各种矛盾在人认识上的反映和人们内心矛盾的流露。因此，这种手法，适于表现事物的矛盾和事物的因果，可以在对比中，设立不同的条件以深刻描绘人的思想感情，可以通过对比的景象经过联想造成统一的气氛。因此，这方法可以强烈紧凑地刻画内心特征，可以集中地描绘事物。

这手法作为传统被后人继承下来。汉诗和唐诗对仗句之所以形成的原因之一，便是受这传统的影响。

从上引的诗句中可以看出，第三句诗是对前两句的转折。这也是周诗中常见的手法，例如：“自伯之东，首如飞蓬，岂无膏沐，谁适为容”；“叔于田，巷无居人，岂无居人，不如叔也，洵美且仁”；“青青子衿，悠悠我心，纵我不往，子宁不嗣音”；“跂彼织女，终日七襄，虽则七襄，不成报章”。

不难看出，上引这些诗的第一句是“起”，第二句是“承”，第三句是“转”，第四句是“合”。显然这样的构造是受逻辑律的影响而形成的。因此，这种手法的使用，会使诗的结构为之紧密；可以更有条理地陈述思想，更强烈地多变化地表达情感，更深入地描写事物；而且可以避免松弛平板枯燥的缺陷，使诗歌不断起伏，给人以生动活泼的印象。

这手法作为传统被后人继承下来。唐代五、七言绝句或律诗的章法构造，便是对这传统的继承和发展。

在周代的情诗中，有的采用对唱的手法。如《齐风·鸡鸣》：“（女）鸡既鸣矣！朝既盈矣！（士）匪鸡则鸣，苍蝇之声！（女）东方明矣！朝既昌矣！（士）匪东方则明，月出之光！（女）虫飞薨薨，甘与子同梦。（士）会且归矣！无庶予子憎。”[③]

这种对话式的表现手法，是山歌（牧歌）中所常见的。这手法，可以用个性化的对话表现人物的性格和心理活动，可以通过人物的对话构成故事情节。因此，这种对话手法为后代叙事诗提供了手法，并作为传统，保留在后代的民歌中。

当然，周诗中所运用的艺术手法，远不止这些，但由这些手法中可以看出它的历史贡献和对后代的巨大影响。这些手法曾是构成文学中民族形式的因素之一。

周诗基本上是使用了二节拍诗的样式。

这种二节拍诗的使用是对原始诗样式的继承。其中有的诗的内容与诗形式（指节奏而言，下同）基本上是统一的和谐的，但有些诗的内容，已被束缚在旧的形式之中。

关于内容形式的相互关系，斯大林说：“在发展过程中，内容先于形式，形式落后于内容”，“新内容往往‘不得不’暂时包藏在旧的形式中，因而引起它们之间的冲突。”“新内容在寻求新形式，并挣扎着向它发展。”

事实也正是这样，从周诗中可以明显地看出，诗的内容是新的多样的、深刻的，但仍在使用着较原始的较简单的、较短促的二节奏的诗形式，显然这正是一种矛盾的表现。但同时也可以看出，在某些诗中，已出现了突破旧形式寻求新形式的趋势，因此有不少诗句已突破了二节拍四言的形式，如："胡取禾三百廛兮""殆及公子同归""使我不能息兮""室人交徧摧我""不能艺黍稷""谁谓鼠无牙"。但这种突破也仅是开始，经过战国到汉时，在新的社会的基础上，新的三节拍的诗样式才最后定型。

在周诗的韵律上，习惯地运用着重言和双声叠韵。重言如：赳赳、茫茫、青青等。双声如：参差、黾勉、玄黄、素丝等。叠韵如：辗转、窈窕等。双声叠韵的被使用，最初是对劳动音响的谐音[④]，以后是由于人们对声韵的欣赏。周诗中的重言、双声和叠韵触目皆是。这对后代诗的韵律起了巨大的影响，清洪亮吉在《北江诗话》中写道："三百篇无一篇非双声叠韵，降及《楚辞》与渊（王褒）、云（杨雄）、枚（枚乘）、马（司马相如）之作，以迄《三都·两京》诸赋，无不尽然。唐诗人以杜子美（杜甫）为宗，其五七言近体，无一非双声叠韵也"。

周代诗歌往往使用复唱的样式（如《将仲子》《陟岵》《木瓜》《无衣》《鸨羽》）。这样式是在口语文学中所常见到的特征。这特征的形成最初是为了便于记忆、歌唱与传诵，因此使用一个调子，在复唱中填进不同的或在词句上大同小异的内容，以后便成了习惯使用的样式。统治阶级文人往往也以这样式从事诗的创作。这样式被作为口头文学的传统而遗留下来，宋的市民叙事诗"连徧"和"鼓子词"，也正是在新的社会条件下对这传统的继承和进一步的发展。一直到今天，在口语文学中仍继承着这传统，《五更鸟》《茉莉花》等都是复唱式的民歌。

由于使用原有的诗歌调子填新词，所以为了便于记忆原有的曲调以歌唱新词，于是便将原诗开首的一句或二句保留在新作中，这便是"兴"（兴起）。当时使用的歌调很多是属于劳动诗的，因此周诗中的兴句（诗的前二句）大多是劳动诗的残留句。也正因为很多"兴"诗是劳动诗原句，所以草木鸟兽之名也大多保留在“兴”诗中。这不仅是人民口头诗歌的习用样式，而且也影响到统治阶级文人的诗作中，如《小雅·采菽》“采菽采菽，筐之莒之，君子来朝，何锡予之”；“芃芃棫朴，薪之槱之，济济辟王，左右趣之”。不难看出，前一诗首两句是采菽（豆）歌残句，后一诗的首两句是伐柴歌残句，而这两首诗的后两句则是士大夫作的歌功颂德的诗歌，前后之间，没有内在的有机联系，只有音调上的关联。这就是说，这两首士大夫的诗歌使用了采豆歌和伐柴歌的调子。这种起兴的诗歌作法和兴句，一直到今天，在民间文学中仍是常见的现象⑤。

当复唱样式和兴诗的使用成为传统以后，它就逐渐成为人们有意识的行为：通过复唱，可以使所描写的事物所表现的思想情感逐步加深；使用兴句，可以通过联想选用美好的譬喻，加强诗的气氛。到汉代以后，随着文学实践的发展，文学理论也为之发展和提高，诗的“赋、比、兴”变为艺术创作理论。

由此可知，二千五百年前的周诗，在语言、表现手法和样式上，达到了历史的高度水平，有着惊人的成就和世界意义，为后代的文学提供了多种多样的式样、风格、形式和方法。

注释

①如昏字有三义：《谷风》“宴尔新昏”之昏意为结婚；《东门之杨》“昏以为期，明星煌煌”之昏意为黄昏；《小宛》“彼昏不知，壹醉日富”中之昏意为昏庸的人。

②《诗经》中关于草木鸟兽虫鱼的名称，对后代生物学和生物分类学的贡献是很大的。魏晋时陆玑、宋时王应麟、明时吴雨为此作有专书。

③在《鸡鸣》一诗中有两种语气，前八句中女人是战战兢兢惟恐天亮，于是错觉中以为鸡已叫天将明故催男人走，男人则解说“匪鸡则鸣，苍蝇之声，匪东方则明，月出之光”，于是流连不去。后四句中，表现了女人对男人的体贴与好意，同时也表现男人对女人的照顾，为了使女人安

心，为了不引起女人的不愉快，于是男人“归矣”。很明显的，这是以对唱口吻组成的诗篇。《郑风·女曰鸡鸣》中的“女曰：鸡鸣，士曰：昧旦”，正是据《鸡鸣》的诗意所作的叙述。

④清·李重华在《贞一斋诗说》中写道：“叠韵如两玉相扣，取其声铿锵；双声如贯珠相连，取其宛转。”以动作音响解说叠韵双声的发生，是相当天才的见解。

⑤例如民歌中“三月里来三月三，庄稼汉扛锄到西山……”其中第一句是指明农时节令，是诗的有机部分。以后在农民歌颂人民英雄时，使用这调子改为：“三月里来三月三，陕北出了个刘志丹……”其中的第一句便是兴句。又如吉林儿歌：“车轮菜，圆又圆，一采采了一大篮。”这本是儿童挖菜歌。以后农民为讽刺地主的女儿，便使用原调改为：“车轮菜，圆与圆，老马家姑娘耍大钱！”后一个歌的前两句，便是兴诗。这例子，在民歌中是很多的。

第四编　战国时代的文学

（前四八一年—前二二一年）

第一章　战国的社会情况和文化

第一节　历史情况和社会特征

经过春秋时代的内部篡夺和兼并战争，到战国时，形成了七个强大的侯国：齐、楚、燕、秦、魏、赵、韩。

在这些侯国内部，领主间互相篡夺和兼并，“大都伐其小都”，“大家伐其小家”，“篡弑取国者为王公，圉夺成家者为雄杰”。

在这些侯国之间，战争日益频繁。敌对的双方各以四五十万的军队，从事连年的战争。据史书记载，在二百多年间，共发生战争二二二次，统治者“贪饕无耻，竞进无厌”，“攻其邻国，杀其人民，取其牛马粟米财货”，“争地以战，杀人盈野，争城以战，杀人盈城”，“暴师经岁，流血满野，父子不相亲，兄弟不相安，夫妇离散，莫保其命”，“男不得耕，女不得织”。战争，给人民带来深重的灾难。

在诸侯国家中，统治阶级对人民的剥削，也日益残酷。当时，“有布缕之征，粟米之征，力役之征”。统治阶级“厚作敛百姓，暴夺民衣食之财”。这种繁重的赋税和劳役，使得人民“饥者不得食，寒者不得衣，劳者不得息”，“冻饿死者不可胜数”。正如史籍所载：“富者累巨万，而贫者食糟糠”，“寓者土木披文绵，犬马余肉粟，而贫者短褐不完，啥菽饮水”；统治阶级“庖有肥肉，厩有肥马”，“狗彘食人食”，但另方面，“民有饥色，野有饿莩”。人民“终岁勤劳，不得以养其父母”，“父母冻饿，妻子离散”，“乐岁终身苦，凶年不免于死亡”，“凶年饥岁，老弱转乎沟壑，壮者散而之四方。”

这就引起了人民的反抗。

于是，统治者制“律令”，以酷刑镇压人民。战国初年魏国李悝“集诸国刑书造法经六篇”，其中规定：“窥（视）宫（王宫）者，膑（斩足），为有盗心；议国法令者，诛（杀）；越城（墙）者，一人则诛，十人以上夷（杀尽）其乡及族。……群相居，一日以上则问（审问），三日四日五日（不散）则诛”。由《法经》中可以看出统治政权的不稳；人民集会就能引起领主的恐惧，人民偷看一下王宫，就使得诸侯胆战心惊。刑罚的繁重也正意味着人民反抗的高涨，反映着阶级矛盾的剧烈程度，正如《汉书·食货志》所称：“上贪，民怨，灾害生而祸乱作。”

这说明，战国时代社会中所孕育着的矛盾，都达到了不可调和的地步。

也就在这一时代，生产力的提高促使旧制度的衰落和解体。

在经济上，“暴君污吏熳其经界，繇役横作，政令不信，上下相诈，公田不治”，“井地不均，谷禄不平”，庄园经济已接近大崩溃。

在政治上，“国异政，家殊俗，僭差亡极”，“国异政教，各自制断，上无天子，下无方伯”，“上下失序”。封建等级制度所设的等级已紊乱。同时，在各侯国中都在不同程度上形成了郡县制的政治机构，出现了官僚。

而维护封建庄园经济基础的礼法和道德，这时已逐渐失去规范作用。史籍中称，“周室衰，礼法堕”，“礼谊不足以拘君子”，“莫不离制而弃本”，“贵诈力而贱仁义”，“捐礼让而贵战争，弃仁义而用诈谲”，“滑然道德绝矣”！“当此时也，虽有道德不得施设……儒术之士，弃捐于世，而游说权谋之徒，见贵于俗”，“故夫饰变诈伪奸轨者，自足乎一世之间，守道循礼者，不免于饥寒之患。”

清朝的顾亭林将战国和春秋作了比较，认为：“春秋时犹尊重礼信，而七国则绝不言礼与信矣；春秋时犹尊周王，而七国则绝不言王矣；春秋时犹严祭祀重聘享，而战国则无其事矣；春秋时犹言宗姓氏族，而战国则无一言及之矣”。这就是说，封建统治阶级的道德已破产，周王统治权已失效，旧的礼仪已失去作用，宗法制度已崩溃。所有这些特征，是由于封建庄园经济崩溃和领主政治衰落而形成的。

也就在这一时代，地主经济制度逐渐形成，专制主义的中央集权制国家开始在秦建立。

公元前三五八年，秦孝公采纳魏人公孙鞅的主张，改旧法，行新法。在经济制度上，废除井田制度，破除庄园界限，解放农奴，如史籍所称“为田开阡陌封疆，而赋税平”，“废井田，任其所耕，不限多少”。在政治制度上：打破封建领主封界，“集小都乡邑聚为县”，取消世袭领主的行政权，“设令丞”管理县事，由朝廷直辖；限制贵族特权，“宗室非有军功，不得为属籍”，贵族犯法“与民同罪”；基于宗法关系的“尊尊亲亲”等级从属制度被废除，废“礼治”而改用“法治”，治国“以法不以礼”，任人“以能不以贵不以亲”。同时，将秦国度量衡划一，以方便商品流通。

变法的结果，逐渐以新的经济制度代替了旧的经济制度，从而解脱了生产力的桎梏。因此，新法实行十年之后，“秦人大悦，道不拾遗，山无‘盗贼’，家给人足……乡邑大治”，“民有余粮，国富兵强”。

由于经济上的变化，所以引起政治上的变革，统一的郡县制代替了分散的领主封邑制，“官僚政治”代替了“封君政治”。

这种经济上和政治上的措施，是代表新兴地主阶级的利益的，因此，受到各侯国内的地主阶级的拥护。各地新兴的地主阶级政治家，都来赞助秦国。从孝公起，秦的相国或执政者大多是客卿，如：公孙鞅、公孙衍、张仪、范睢等是魏人，甘茂、李斯等是楚人，楼缓是赵人，蔡泽是燕人，吕不韦是韩人。这说明，秦国是代表七国地主势力和要求的国家。

也正是由于秦的政治、经济制度具有历史的进步性，体现着当时社会发展的趋势，因此，秦的军力大增。齐、楚、赵、魏、燕、韩等侯国，数次联合抗秦都失败。到公元前二二一年，秦始皇吞并六国，建立了统一的封建国家。秦的统一中国，在我国历史上是具有划时代进步意义的。

有人将秦说成是侵略国家，将楚、赵六国看作是被侵略国家，将秦统一中国看作是不幸的偶然事件，是罪恶的产物。这是极端错误的反历史主义的说法，是狭隘的国家主义观点在历史学上的运用。战国时代，民族并未形成，所谓列国并峙只不过是我国内部一定历史阶段的封建领主的割据状态而已。历史证明，七国的人民都是以后构成我民族的历史来源；七国的疆域都是以后我民族的生存领域。事实上，当时人民虽然处在不同的诸侯统治下，但在语言上、经济生活上、文化上和心理素质上却是有着共同性的。因此，战国的战争是阶级矛盾不可调和的产物，秦灭六国是新兴地主阶级推翻没落领主阶级的斗争。

由此可知，“战国”是中国历史上的变革时代。

第二节　文化的发展和文艺观点（《乐记》）

“战国”是我国历史上新旧交替的变革时代。当时社会生产力的提高，一方面形成了生产力与生产关系的矛盾，另方面推动了当时文化与科学的发展。

同时，社会所孕育的各种矛盾也都日益明显，并形成了复杂而激烈的政治斗争。这反映在哲学和政治思想上，不仅形成了不同的学说和学派，而且形成了不同学派之间的长期的广泛的思想斗争。

战国时代，文化上的辉煌成就，也正是被这样的社会现实所决定的。

此外，由于领主世袭制的衰落和贵族权势的下降，“知识”已不再为贵族所垄断，从而出现“私人讲学之风”和贫贱出身的学者。当然，这对当时文化的发展，是起着重要作用的。

战国时代，在对自然科学的探索和研究方面，有着空前的成就。有关天文的著述，有楚人甘公的《天文星占》八卷、魏人石申夫的《天文》八卷，这是世界上最古的恒星录。有关地理的著述，有《禹贡》《山海经》，记载山川方位和出产。有关历数的著述，有《时训》《月令》《夏小正》。有关农业的著述，有《神农书》二十篇、《野老书》十七篇、《吕氏春秋》中有《上农》《任地》《辨土》《审时》四篇。有关医学、医术、药物的著述，有《神农本草经》《黄帝·内外经》五十五卷、《扁鹊·内外经》二十一卷。关于“百工”造作格式和规程的著述，有《考工记》。此外，在一些学者的著作中，有关于光学、物理、胎教、天文的论述。

战国时代，在文献整理、历史著作、专题论述上都有着巨大的贡献。编辑了前代的书诰法令和有关典章制度的文献，如《尚书》《周政》《周法》《周训》《军志》《礼古经》。编纂了各国的史册，改编成书的有《国语》《左氏春秋》《战国策》。制订了谱牒和大事记，如《世本》《系谍》《谱谍》《纪年》。编制了字书，如《史籀》《尔雅》。出现了论兵法的专书，如《司马穰苴法》《孙子兵法》《兵春秋》《楚兵法》。甚至连射箭踢毬都有专书论述，如《逄蒙射法》《蹴鞠》。

如前所述，由于战国时代社会中的各种斗争的反映，因此出现了众多的哲学家和政治思想家。尽管这些学者在思想上和认识论上，各有其独自的特点，但如从其学说的基本倾向看来，约可分为五个主要学派：儒家（孔丘、孟轲、荀况等）、墨家（墨翟、相里勤、田俅子等）、道家（老子、庄周等）、名家（惠施、公孙龙等）、法家（申不害、商鞅、韩非等）。当时，在不同学派之间或同派学者之间，展开着深广的争辩。就其实质而言，这是“唯物的”与“唯心的”之争，是进步的与保守的之争，是新兴阶级意识与没落阶级意识之争。也就在战国二百五十年间，出现了二百多著名的哲学家和思想家，著作有一百四十多种。

所有这些文化成就，是与生产力的提高、旧制度的没落和新兴阶级的兴起、当时的阶级斗争分不开的。

随着文化的进步，出现了对于艺术的“看法和要求”。当然，这种“看法和要求”尚未构成系统周密的理论，然而却是“美学理论”的萌芽。这些大多散见于诸子的语录或论文中。

西周或春秋时代的有学识的人认为，诗歌和音乐是人们思想情感的表现；从诗歌和音乐中可以看出政治的得失和人民的情绪[①]。

孔丘继承着上述的看法，但特别强调诗歌和音乐的作用，认为：诗歌可以启发人的情思，从中可以观察风俗人情，可以感化众人，可以讽喻君上，可以增多知识，可以训练口才[②]。孔丘进而认为，诗歌和音乐不仅是人们思想情绪的表现，而且它可以有力地影响（甚至决定）人们的思想情绪。他指出，诗歌中有“正”与“邪”之分，音乐中有“雅颂”与“淫声”之别，从而主张诗歌应该是“乐而不淫，哀而不伤”，因为乐而无节则会任情违礼，过分的哀伤就是愤怒作乱的萌芽。当然，违礼作乱都是对统治者不利的，所以孔丘赞美庄严的“雅颂”，反对放荡的“郑声”，主张“兴于诗，立于礼，成于乐”[③]。由此可知，孔丘所提倡的诗歌和音乐，不仅要合乎“礼”，而且是“礼”的工具，是维持世道人心巩固社会秩序的有力武器。后代儒家所宣称的“礼乐”“诗教”，便是对孔丘的这种观点的继承和发展。

虽然，孔丘主张以“礼”来“规范”诗歌和音乐，这主张虽是反动的，但所以如此，是因为他已经承认在诗歌和音乐中存在着反礼的思想情绪，而且已感觉到这种思想情绪对封建社会的危害作用。这说明，孔丘很敏锐地觉察到艺术领域中的“阶级对抗”。

虽然，孔丘企图以诗歌音乐为“礼”服务，以“礼乐”安定封建社会秩序[4]；这观点当然是唯心的，然而其中却有着合理的核心。这就是说，孔丘已经发现了艺术对人的巨大感染力，已经感觉到艺术对于社会的反作用。

其次，孔丘极其强调学习语言的重要性，他发现“诗的语言”（艺术语言）是最美的语言，因此宣称：“不学诗，无以言”；“诵诗三百……不能专对，虽多，亦奚以为！”他虽然强调语言训练，但同时反对脱离内容而从事辞藻的雕琢，他反对“巧言、利口”，主张“辞，达而已矣”。这就是说，语言的修饰，只能是为了传达思想。对此，他说道：“言以足志，文以足言；不言，谁知其志？言之无文，行之不远！”“情欲信，辞欲巧。”由此可知，孔丘认为：语言是为了表现思想，修辞是为了美化语言；必须在情感真实的条件下从事修辞，修辞是为了更好地表达真实的情感，而不能有害于情感的真实。显然，孔丘正确地指出了思想、语言、修辞间的关系，并提出了原则性的标准。孔子语录（见《论语》）中所使用的也正是严密、纯洁、典范的语言[5]。

思想家孔丘对诗歌、音乐、语言的见解，是具有承前启后的历史意义的。

子夏发展了孔丘的“礼乐论”。

子夏，是卜商的字，孔丘弟子，战国初，“居西河，教授，为魏文侯师”，是当时的儒家大师。因此后代儒生将六经的传授，都归之于子夏。

在《乐记·魏文侯》篇的记载中，子夏将“古乐”和“新乐”（郑卫之音）作了对比的说明。

他说：“古乐，进旅退旅，和正以广，弦匏笙簧，会守拊鼓，始奏以文，复乱以武，治乱以相，讯疾以雅，君子于是语，于是道古，脩身及家，平均天下，此古乐之发也。”“今乐，进俯退俯，奸声以滥，溺而不止，及优侏儒，獶杂子女，不知父子（之道），乐终不可以语，不可以道古，此新乐之发也。”

其次，他将“乐”与“音”分别开：“夫乐者，与音相近而不同。”进而认为“音”有“德音”和“溺音”之别。所谓“德音”，其发生是由于“圣人作，为父子君臣，以为纪纲，纪纲既正，天下大定，然后正六律，和五声，弦歌诗颂，此之谓德音。”而“德音”的作用，则可以“官序贵贱，各得其宜，所以示后有尊卑长幼之序也。”不难看出，子夏认为“德音”（诗歌与音乐）是圣人之德的产物，是等级制度原理“德”的表现，因此可以正纪纲利教化，使君臣父子贵贱尊卑各安其序。于是，子夏使用儒家的正名主义，宣称：“德音谓之乐”，只有表现封建道德的诗歌和音乐，才能称作“乐”。至于所谓“溺音”，则是“淫于色而害于德”的音乐，根本是不配称作“乐”的。

显然，子夏的主张是与孔丘不一致的。孔丘虽然反对过分哀伤和淫荡的“邪思”“淫声”，但究竟还是承认诗歌和音乐是哀乐情绪的表现。然而，在子夏看来，诗歌和音乐纯粹是“圣人之德”的表现，所谓，“乐”就是“德”。“害于德”的音乐，不仅是应该反对的，而且根本不是（或不配称作）“乐”。其次，孔丘虽然提倡诗乐皆应合于“礼”，但究竟还是承认诗和乐是人的思想情绪的表现，因此“可以兴，可以观，可以群，可以怨”，“《关雎》，乐而不淫，哀而不伤”，“《关雎》之乱，洋洋乎盈耳”。但在子夏看来，诗和乐纯粹是正纪纲伦常的工具。子夏的这些观点对后代儒家“诗教”的建立是起了很大作用的，例如汉代儒生将许多情歌说成是“后妃之德也”“后妃之本也”“后妃之志也”“文王之道也”；将许多古诗说成是周公、召公的制作；将《毛诗序》说成是子夏的手笔。其次，子夏所主张的：根据诗乐，“君子于是语，于是道古，脩身及家，平均天下”，正是汉代四家诗派说诗的宗旨。

不仅如此，子夏将“乐”看作是“仪礼”的一部分，是壮威仪的工具，因此，他特别强调乐和舞的排场，认为这样可以使人起敬于微渺。墨子在《非儒》篇中曾指责孔丘：“盛容脩饰以蛊世，弦歌鼓舞以聚徒”，“繁饰礼乐以淫人”，“盛为声乐以淫愚民”[⑥]。这虽是指孔丘而言，但墨子生于孔丘卒后，而与子夏同时，因此墨子的话可能是为“子夏氏之儒”而发。

从现有的材料看来，子夏是所谓礼乐派的大师，其学说是保守的、复古的，是强调威仪的愚民作用的。对此，荀子在《非十二子》篇中说道：“正其衣冠，齐其颜色，嗛然而终日不言，是子夏氏之贱儒也。”

战国学者公孙尼子的《乐记》，是论述音乐、歌舞的经典性的著作。

公孙尼子的生平事迹，不详。《汉书·艺文志》有“《公孙尼子》二十八篇”，列在子夏弟子李克之后，孟轲、荀况之前。班固注称：公孙尼子是“七十子之弟子”。据此，则公孙尼子是公元前五世纪后期的学者⑦。

汉·刘向《别录》中记有乐记二十三篇。《隋书·音乐志》引沈约《奏答》称：“《乐记》取公孙尼子。”《史记正义》也说：“《乐记》者，公孙尼子次撰也。”其说当有所本⑧。

据刘向《别录》所载，公孙尼子《乐记》二十三篇的篇目为：《乐本》《乐论》《乐施》《乐言》《乐礼》《乐情》《乐化》《乐象》《宾牟贾》《师乙》《魏文侯》《奏乐》《乐器》《乐作》《意始》《乐穆》《说律》《季札》《乐道》《乐义》《昭本》《昭颂》《窦公》。由此可知，这是一部很完整的论文集。

在《荀子·乐论》篇中，曾援引公孙尼子《乐记》的《乐化》《乐施》《乐象》《乐情》等篇的某些章节，以反驳墨子的“非乐论”⑨。《吕氏春秋·适音篇》也曾摘引《乐记·乐本》篇的辞句。

到汉时，公孙尼子《乐记》中的《乐本》《乐论》《乐礼》《乐施》《乐言》《乐象》《乐情》《魏文侯》《宾贾牟》《乐化》《师乙》等十一篇，被编入《礼记》起中，合为一卷仍名《乐记》⑩，其他十二篇已亡失。

因此，今天只能从《礼记》所编录的《乐记》十一篇中论述公孙尼子的艺术理论。

在《乐记·乐本》篇中，对“乐”（歌乐舞的泛称）的本质作了定义性的说明：

凡音之起，由人心生也；人心之动，物使之然也！感于物而动，故形于声；声相应，故生变；变成方，谓之音；比音而乐之，及干戚羽旄（舞具），谓之乐。乐者，音之所由生也，其本在人心之感于物也！

不难看出，公孙尼子对歌曲音乐舞蹈的发生和性质，作了朴素的唯物论的命题。

他认为“音”（《正义》：音，则今之歌曲也）的发生是起于人的思想情感，歌曲是思想情感的表现：“凡音之起，由人心生也。”

但他紧接着说明：“人心之动，物使之然也！”这就是说，思想情感的发生和波动不是“自我主观扩张”，而是受到外界事物的激发而形成的，是“物”的反应：“物使之然也。”

他认为，“人心之动”并不就是艺术。人的感受必须通过一定的表现方法和形式，才能成为艺术形态。因此，他说：人感于物而动，于是形于“声”；表现不同“物”“情”的单“声”之间相和应，便形成了高低、抑昂、清浊、长短的各种变化（“声相应故生变”）；通过各种变化构成一定的形式（“变成方”），便形成了“音”（歌曲或声乐）。当这种“音”被配以乐器（“比音而乐之”），伴以舞蹈（“及干戚羽旄”）构成统一的形态时，便是所谓“乐”。但所有这些，都是人心感于物的结果，因此强调指出：“乐者，音之所由生也，其本在人心之感于物也！”

接着，他分述不同情感的不同表现：

是故，其哀心感者，其声噍以杀；其乐心感者，其声啴以缓；其喜心感者，其声发以散；其怒心感者，其声粗以厉；其敬心感者，其声直以廉；其爱心感者，其声和以柔。六者，非性也，感于物而后动。

这就是说，“声”的各种音律和样式，都是被人的不同情感（哀、乐、喜、怒、敬、爱）所决定的。同时，公孙尼子强调指出，哀、乐、喜、怒、敬，爱等六种情感，并不是人的“独立的本性”，而是物的反应：“六者，非性也，感于物而后动！”

显然，公孙尼子在这里正确的说明了内容与形式、“外物”与“内心”的主从关系。

其次，公孙尼子所说的“物”，并不是“天地两仪，草木虫鱼”，而主要的是指“社会存在”而言。他认为：

> 凡音者，生人心者也。情动于中，故形于声，声成文谓之音。是故，治世之音安，以乐其政和；乱世之音怨，以怒其政乖；亡国之音哀，以思其民困。声音之道，与政通矣！

这就是说：“声”是“情”的表现，“情”是社会政治的产物；不同的政治局势派生不同的情感，形成不同的声音。因此，“声音之道，与政通矣。”

但同时，公孙尼子指出了音乐对人的反作用。在《乐言篇》中说道：

> 夫民有血气心知之性，而无哀乐喜怒之常，应感起物而动，然后心术形焉。是故，志微噍杀之音作，而民思忧；啴谐慢易繁文简节之音作，而民康乐；粗厉猛起奋末广贲之音作，而民刚毅；廉直劲正庄诚之音作，而民肃敬；宽裕肉好顺成和动之音作，而民慈爱；流辟邪散狄成涤滥之音作，而民淫乱。

这就是说，人虽然是有思想情感，但并无固定的喜怒哀乐等“六情”，而是随着外界事物的刺激而形成不同的“心术”。乐生于人心，同时又能影响人心；它是由人心感于物而形成的，但是，当它形成之后，又作为“外界事物”反过来感染人心。因此，公孙尼子认为，六种不同的音，能引起人六种不同的反应，能“形成”人六种不同的思想情绪。对此，唐孔颖达作了相当精彩的解释：“善恶本由民心而生：所感善事，则善声应，所感恶事，则恶声起。乐之善恶，初从民心而兴，后乃合成为乐。乐又下感于人：善乐感人，则人化之为善；恶乐感人，则人随之为恶。是乐出于人而还（回过来）感人，犹如雨（名词）出于山，而还雨

（动词）山；火出于木，而还燔木。故此篇之首（指《乐本》），论人能兴乐，此章（指《乐言》）之意，论乐能感人也。”

不难看出，在这一点上，公孙尼子的论点是含有辩证因素的。

《师乙篇》和《乐象》篇中，都提到内容和形式的关系：

歌之为言也，长言之也。说（悦）之，故言之。言之不足，故长言之。长言之不足，故嗟叹之。嗟叹之不足，故不知（不知不觉地）手之舞之、足之蹈之也！

乐者心之动也，声者乐之象也，文采节奏声之饰也。

诗，言其志也；歌，咏其声也；舞，动其容也。三者，本于心，而后乐器从之。是故，情深而文明，气盛而化神，和顺积中，而英华发外。唯乐不可以为伪！

这就是说，在表现人的思想感情上，诗、歌、舞三者是相同的：“三者本于心”。但表现“工具”和方法。三者各不相同：诗是以语言；歌是以声音；舞是以动作姿势。由于诗、歌、舞都是本于思想情感，因此，只有情感深刻，才能形成明显突出的样式（“情深而文明”）；只有情感饱满，才能有生动的变化和动人的表现（“气盛而化神”）；只有“积于中”，才有可能“发于外”。正是由于这样的原因，因此，“唯乐（诗、歌、舞），不可以为伪！”

不难看出，公孙尼子认为：内容决定形式；艺术必须真实，不仅不应该“为伪”，而且也不可能“为伪”。

所有这些惊人的论断，是在二千三百年前出现的。即此一端，公孙尼子足以不朽！

但是，由于时代和阶级的决定作用，公孙尼子不能完全摆脱唯心论的影响，不能放弃其阶级功利观点，于是，在他观念中出现了不可克服的矛盾。

他一方面承认，人的六情是“感于物而后动”，“人心之动，物使之然”，但另方面，他又认为：“物之感人无穷”，就会形成大乱，人心感于物而动，便要“灭天理”，因此，“圣王制礼乐”，“致乐以治心”，“以道制欲，则乐而不乱”，于是礼乐行而天下平。显然，这就是说，圣人有力量防止“物之感人”；圣人主观制作的“礼乐”可以“治”人心而“平天下”。

他一方面承认：“夫乐者，乐也，人情之所不能免也。其本在人心之感于物也。”但另方面，他又认为：“乐者，乐也，君子乐得其道，小人乐得其欲”，感于物的“情”“欲”和表现“情”的乐是应该反对的，因此，主张“君子动其本”，“君子反情（欲）以和其志（德）”。并说：“先王耻其乱也故制雅颂之声以道之……足以感动人之善心而已矣，不使放心邪气得接焉。是先王立乐之方也”；“乐者，德之华也”。显然，这就是说：“本于人心感于物”而形成的“乐”是坏的，而本于“君子之道”由先王“立”起来的乐才是好的；“感物”以抒“情”的乐是坏的，而“乐道”以载“德”的乐才是好的。

不难看出，公孙尼子的这些说法是与其立论的前提相抵触的。

例如公孙尼子曾一再宣称，“人心之动，物使之然”，“感于物而后动”。但是，作为“人”的“先王”，在“制礼乐”时，其“心之动”又是被什么“使之然”呢？显然不是被“物使之然”，因为“先王”正是反对“人化（于）物”才“立乐”！以此推论，“先王立乐”难道不是“心之动”的表现？如果既是“心之动”同时又不是“物使之然”，那么，难道“先王”不是“人”？

例如公孙尼子曾一再宣称，“凡（所有的）音之起，由人心生也。人心之动，物使之然也”，“乐者，音之所由生也，其本在人心之感于物也”，“乐者，乐也，人情之所不能免也”。但是，公孙尼子所强调的作为“音”和“乐”的“先王之乐”“雅颂之声”，又是因何而“起”？由何而“生”？“其本在人心之感于”什么而形成的呢？显然不是“感于物”，因为“先王”正是为了反对“物之感人无穷”才“制礼乐”；同时也不是感于“情”，因为“君子反情以和其志，广乐以成其教，乐行而民乡方，可以观德矣”。以此推论，“雅颂”之“起”既不是“由人心生”，而立“雅颂”的动机也不是“物使之然”，同时“先王”所“立”之乐既不是“其本在人心之感于物”，而“立乐之方”也不是感于“情”。那么，这种既非“生于心”“感于物”“协于情”而仅依据“道”“德”由先王“立”下的“乐”，怎么能够称作是最“合理”的“音”与“乐”呢?

由此可知，公孙尼子所赞美的“立乐”的先王和君子，是不在他所说的“人”的范畴之中的，而是“人”和“物”以外的第三者，而且是个干涉者。同样的，他对“先王之乐”的推崇，是不合乎他自己的理论逻辑的，因此，他将“先王之乐”作为宇宙精神和圣王道德的体现物而提出[13]。

这种观念上的矛盾和其中唯心的论调，是由于公孙尼子的“阶级偏见”和政治观念而造成的。在他看来，“礼乐刑政，其极一也”，“礼义立则贵贱等，乐文同则上下和”。因此，他将“乐”作为怀柔的工具看待，他将封建社会的统治思想作为艺术的规范。正因为这样，所以在其观念中出现了不能自圆其说的矛盾。

这种矛盾，同样是现实的产物。马克思曾说道：“对一个著作家来说，把某个作者实际上提供的东西和只是他自认为提供的东西区分开来，是十分必要的。这甚至对哲学体系也是适用的：例如斯宾诺莎认为是自己体系的基石的东西和实际上构成这种基石的东西，两者完全不同。”（马克思：《致玛·科瓦列夫斯基的信》）由此便可理解：在公孙尼子的《乐记》中，虽然有着“他自认为提供的东西”，但是，“实际上提供东西”——由现实中的艺术实践所积累成的智慧——却是极其光辉的成就，是我们宝贵的遗产。

公孙尼子艺术观念中的两方面，都对后代有着巨大的影响。

此外，在《墨子》《孟子》[14]《庄子》《尹文子》[15]《荀子》《韩非子》《吕氏春秋》中，都载有论述语言、诗歌、音乐、舞蹈的文字，除《吕氏春秋》论乐外，大多很零碎，故本节中不论述。

注释

①《尚书·舜典》："诗言志，歌永（咏）言，声依永（咏），律和声。"《左氏》襄二十七年载文子语："诗以言志。"《周语》："邵公曰：'……为川者决之使导，为民者宣之使言。故天子听政，使公卿至于列士献诗，瞽献曲……而后王斟酌焉。是以事行而不悖。（民）口之宣言也，善败于是乎兴。'""伶州鸠对曰：'……夫政、象乐，乐从和，和从平，声以和乐，律以平声；金石以动之，丝竹以行之，诗以道之，歌以咏之……'"

②《论语·阳货》："小子，何莫学夫诗？诗，可以兴、可以观、可以群、可以怨；迩之事父，远之事君；多识于鸟兽草木之名。"《季氏》："不学诗，无以言。"

③《论语·为政》："诗三百，一言以蔽之，曰思无邪。"《述而》："子所雅言，诗书执礼，皆雅言也。"《卫灵公》："放郑声，远佞人；郑声淫，佞人殆。"《阳货》："恶郑声之乱雅乐也；恶利口之复邦家也。"《八佾》："《关雎》，乐而不淫，哀而不伤。"《子罕》："吾自卫反鲁，然后乐正，雅颂各得其所。"《泰伯》："兴于诗，立于礼，成于乐。"《孔子闲居》载："《孔子》曰：'志之所至，诗亦至焉；诗之所至，礼亦至焉。'"《论语·阳货》："乐云，乐云，钟鼓云乎哉！"马注："乐之所贵者，移风易俗，非谓钟鼓而已。"郑注："言乐不但崇此钟鼓而已，所贵者贵其移风易俗也。"

④《论语·季氏》："天下有道，则礼乐征伐自天子出。"《子路》："礼乐不兴，则刑罚不中；刑罚不中，则民无所措手足。"注："礼以安上，乐以移风，二者不行，则有淫刑滥罚。"

⑤以上引文见：《论语·季氏》《子路》《学而》《公冶长》《阳货》《卫灵公》；《左氏》襄二十五年引孔丘语；《礼记·表记》引孔丘语。

⑥墨子有《非乐篇》，可参考。

⑦《汉书·艺文志》称公孙尼子是孔丘的再传弟子；但《随书·经籍志》却称“尼，似孔子弟子”。按：《乐记》中载有子夏答魏文侯问，看来公孙尼子应是子夏的后辈。子夏小于孔丘四十四岁，孔丘卒时，子夏只有二十九岁，为魏文侯师时，已是八十多岁的老人。由此看来，公孙尼子应是孔丘的再传弟子。

⑧汉时名《乐记》者有二，《汉书·艺文志》称：“武帝时，河间献王好儒，与毛生等共采《周官》及诸子言乐事者，以作《乐记》……其内史王定传之，以授常山王禹。禹，成帝时为谒者，数言其义，献二十四卷记。刘向校书，得《乐记》二十三篇，与禹（所献）不同。”按：二十三篇《乐记》为公孙尼子撰，有十一篇被辑录在《礼记》中。河间献王的《乐记》又称《乐元语》，全书已亡失，马国翰从《白虎通》《礼记正义》《汉书·食货志》注中辑有五条佚文，见《玉函山房辑佚书》。

⑨《荀子·乐论》中许多辞句与《乐记》同，究竟是《荀子》抄《乐记》还是《乐记》抄《荀子》，说者不一。今将《乐记》与《荀子》相同的文辞抄录于下，以资考证。

《礼记·乐化》篇：

（1）君子曰：礼记不可斯须去身……故曰，致礼乐之道、举而错之天下无难矣。……

（2）夫乐者，乐也，人情之所不能免也。……先王耻其乱，故制雅颂之声以道之，使其声足乐而不流，使其文足伦而不息，使其曲直繁瘠廉肉节奏足以感动人之善心而已矣，不使放心邪气得接焉。是先王立乐之方也！

（3）是故乐在宗庙之中，君臣上下同听之，则莫不和敬；在族长乡里之中，长幼同听之，则莫不和顺；在闺门之内，父子兄弟同听之，则莫不和亲。故乐者，审一以定和，比物以饰节，“节奏和”以成文，所以合和父子君臣附亲万民也。是先王立乐之方也。

（4）故听其雅颂之声，志意得广焉；执其干戚，习其俯仰诎伸，容貌得庄焉；行其缀兆，要其节奏，行列得正焉，进退得齐焉。

（5）故乐者，天地之命，中和之纪，人情之所不能免也！

（6）夫乐者，先王之所以饰喜也；军旅鈇钺者，先王所以饰怒也。故先王之喜怒皆得其侪焉，喜则天下和之；怒则暴乱者畏之。先王之道，礼乐可谓盛矣。

《荀子·乐论》：

（1）夫乐者，乐也，人情之所必不免也。……先王恶其乱也，故制雅颂之声以道之，使其声足以乐而不流，使其文足以辨而不諰，使其曲直繁省廉肉节奏足以感动人之善心，使夫邪汙之气无由得接焉。是先王立乐之方也！

而墨子非之，奈何？

（2）故乐在宗庙之中，君臣上下同听之，则莫不和敬；闺门之内，父子兄弟同听之，则莫不和亲；乡里族长之中，长少同听之，则莫不和顺。故乐者，审一以定和者也，比物以饰节者也，“合奏”以成文者也。足以率一道，足以治万变，是先王立乐之术也。

而墨子非之，奈何？

（3）故听其雅颂之声，而志意得广焉；执其干戚，习其俯仰屈申，而容貌得庄焉；行其缀兆，要其节奏，而行列得正焉，进退得齐焉。

（4）故乐者，出所以征诛也，入所以揖让也，征诛揖让其义一也，出所以征诛，则莫不听从，入所以揖让，则莫不服从。

（5）故乐者，天下之大齐也，中和之纪也，人情之所必不免也，是先王立乐之术也。

而墨子非之，奈何？

（6）且乐者，先王之所以饰喜也；军旅鈇钺者，先王之所以饰怒也。先王喜怒皆得其齐焉。是故喜而天下和之，怒而暴乱畏之。先王之道，“礼乐”正其盛也。

不难看出，《乐记》引文（1）是《乐化篇》的第一段，故在“君子曰”之下揭出全篇的主题，首先提出“礼乐”之道可以平天下。而引文之（6），则是全篇的最末一段，也是全篇的结论，故归纳全篇论点，得出“礼乐可谓盛矣”的结语。可知《乐化篇》的文章组织是很严密的：前起后继，首尾遥相照应。

但《荀子》中没有《乐记》的（1）而只有乐记的（6）（《荀子》引文之（6）），故看来文意不属。

不难看出，《乐记》引文之（2）（3）（4）（5）四节是一大段，是专谈“雅颂”之乐的。

引文（2）是近似“破题”式的前言，先揭出“夫乐者，人情所不免”为前提，继之说明“先王耻其乱”，故制“雅颂之声”以道之，其目的是“感动人之善心，不使放心邪气得接焉。”最后点明“此先王立乐之方也”。

引文（3）是根据上文所说的“先王制雅颂”进而说明“雅颂”的作用的。因此，以“是故”（须注意）一词紧密的上承前文，继之分述“乐”在宗庙、乡里、闺门中演奏所起的“乐化”作用，然后归之于“乐者，审一以定和，比物以饰节，节奏和以成文，所以合和父子君臣附亲万民也。是先主立乐之方也。”

引文（4）是根据上文“审一定和”“比物饰节”“节秦合以成文”的原理和“合和君臣父子附亲万民”的目的，进而论述歌乐舞蹈的具体的节奏动作和感化作用的。因此，以“故”（须注意）一词紧密的上承前文，继之分述：人们听雅颂之后“志意得广”；跳舞时的舞态使人“容貌得庄”；舞步和节奏使人“行列正，进退齐”。

引文（5）是这四小节的结语，以“故乐者……人情之所不能免也”一句来照应和证实引文（2）“夫乐者，乐也，人情所不能免”的前提。

由此可知，《乐记·乐化》篇伦理层次和章句组织是极严谨的，犹如剥笋，层层深入；犹如生竹，节节衔接。引文（3）（4）（5）的三个

“故”字，都是紧承上文的，它起着重要的作用。

如从《荀子·乐论》看来，则有这样的值得注意之点。

《荀子·乐论》引文（1）（2）（3）与《乐记·乐化》引文（2）（3）（4）相同，但都在（1）（2）节“是先王立乐之方（术）也”之下，多“而墨子非之，奈何”一句。不难看出，这样一来，（2）（3）节的第一句“故乐在宗庙之中”“故听其雅颂之声”的两个“故”字，便不能上承前节的论点了，反而成为多余的甚至是不通的字样。

由此证明，《荀子·乐论》是抄自公孙尼子的《乐记》，用以反对墨子的《非乐论》。由于墨子说过“乐者，圣王之所非也”，因此《荀子》书作者抄《乐记》原文时，在“是先王立乐之方（术）也”句下，都加句“而墨子非之，奈何？”企图以“先王”的名义驳斥墨子非乐的无稽。这样一来，便切断了原文的脉络，破坏了文章的语气，使“故”字无所连属。但由此也就露出了抄袭的痕迹。

其次，《荀子·乐论》之（3）（5）节与《乐记·乐化》之（4）（5）节大致相同，但《荀子》书中却增出（4）节在（3）（5）节之间，这是《乐记·乐化》篇所没有的。如前所说《乐记·乐化》引文之（2）（3）（4）节是论雅颂之乐的，（5）节是前三节的结论。但《荀子·乐论》中却在“雅颂结论”之前，增入论“征诛”“揖让”一节，当然这也就使论点涣散。此外，《乐记·乐化》所说的：“比物以饰节，节奏和以成文”的“节”与“奏”乃二事，《荀子》作者抄《乐记》时，因“饰节节奏”连书，故抄掉了个“节”字，并改为“比物以饰节者也，合奏以成文者也”。显然，“合奏以成文”不仅与上文所述的乐理不协，也很费解。这些也可证明是《荀子》书抄《乐记》，非《乐记》抄《荀子》。

由此可知，《公孙尼子·乐记》的成书在《荀子》之前。

⑩唐孔颖达《礼记·正义》根据刘向《别录》，在《礼记·乐记》各节下注明原来的篇目名，并称：“《别录》属《乐记》，盖十一篇合为一篇。”按：《礼记》所录《乐记》十一篇的顺序，与《别录》载《乐记》

篇目顺序不同，文字也可能有修改，今已难分辨。

⑪引文“治世之音”至“其民困”的句读，是根据梁崔灵恩《三礼义宗》。《南史·儒林传》称，崔灵恩“编习五经，尤精三礼”。

⑫引文是师乙答子贡的话，见《乐记》。此处引来作参考。

⑬《乐记》中为“君子之礼乐”找出这样的根据：“乐者，天地之和也。礼者，天地之序也。和，故百物皆化。序，故群物皆别。乐由天作。礼以地制。”“天高地下，万物殊散，而礼制行焉。流而不息，合同而化，而乐兴焉。春作，夏长，仁也。秋敛，冬藏，义也。仁近于乐，义近于礼。乐者，敦和率神而从天。礼者，别宜居鬼而从地。故圣人作乐以应天，制礼以配地。”显然，这里所说的天地不是“物”而是宇宙精神。故正文不论述。

⑭见《孟子·公孙丑》《离娄》。

⑮《尹文子》原书已亡失。今年《尹文子》乃唐宋（？）人伪作。《北堂书钞》引古本《尹文子》：“钟鼓之声，怒而击之则武，忧而击之则悲，喜而击之则乐，其意变，其声亦变。”其意见颇精辟，故附及。

第二章　战国时代的语录散文和论说散文

第一节　语录文的发展与《论语》

战国时代的语录文体裁，是继承商周的诏诰语录发展演变而成的。

在商周时代，国王的话就是法律。因此，当时的法令都是以国王之“话”的名义颁布的。这些话，被史官记录下来，就是当时的“成文法”；传流下去，便是后人所遵循的“先王之训”。

这种诏诰文大多是国王或执政者“独白”的笔录，其中除宣布某种政治措施外，还做些解释，说些道理。因此，这种国王或执政者的语录，既是法令，又是训诫辞。尚书中的《汤誓》《盘庚》《牧誓》《大诰》《康诰》《酒诰》《梓材》《多士》《多方》《费誓》《吕刑》《文侯之命》《秦誓》等篇，便是这种性质的语录文。

其次，历史上重要人物的“谏语”和“政论”，往往也被笔录下来。所以如此，是因为在这些人物的话中包含着某些政治经验和原理，可为“嗣王法”，可供后人学习或借鉴。

这种历史上重要人物的政论，往往采用简单的“对话”样式记录下来。其中大多是说道理，论得失。因此，这种政论性的语录，近似论文。《尚书》中的《西伯戡黎》《微子》《洛诰》《无逸》《君奭》等篇，便是这种性质的语录文。

此外，一些其他的著作也往往袭用这种体裁。例如使用语录的样式：《尧典》记述星象、观星法、历数、神话、刑法、地志；《洪范》记述制度、卜筮、星占；《金縢》记述历史传说故事。

由此可知，所谓“语录”乃是一种“记言”体的散文。它出现在古代，它是后代散文的祖形。

到春秋战国时，随着文化的发达和学派的兴起，出现了学者的语录散文。这些散文虽然仍继承着语言笔录的样式，但其所记录的已不是政治家的法令或诏诰，而是学者的学术思想，或者是学者之间的质疑和论辩。

最早的学术性语录是《论语》。

《论语》是孔子的言论集。

孔子，名丘，字仲尼，生于鲁襄公二十一年（周灵王二十年、公元前五五二年）[①]。孔子的父亲叔梁纥，是宋大夫孔父嘉的后裔，居于鲁国陬邑（今山东曲阜东南陬城），“与颜氏女野合而生孔子”。在孔子生后不久，叔梁纥就死了。孔子“少贫贱”，“故多能为鄙人之事”，曾经当过管理仓廪的小吏，并曾给领主管理过牲畜[②]。孔子十五岁“而志于学”，“发愤忘食”，“好学不倦”，到三十岁时，便成为当时著名的学者。

孔子的政治观念是落后的，思想是保守的，他主张：通过封建“教化”礼乐伦常来使人们遵守原有的封建礼乐制度和等级名分；凭借人心和制度来维持传统的社会秩序，妄图使当时日渐崩溃的封建领主庄园制社会得到安定。孔子曾积极地宣扬他的政见，为此并游历齐、卫、宋、陈、蔡等国。但由于社会矛盾的激烈化，和政治上的动乱，孔子的这种“守成”的政治主张已不能缓和社会矛盾，已不能防止动乱，因此，并没有受到各侯国统治者的重视，可以说，他在政治上是失败的。

但作为教育家和思想家的孔子，却是一个具有划时代意义的伟大历史人物。

孔子是我国以学者资格“设教授徒”的第一个人。他一生教育了众多的弟子，其中著名的有七十人。这些弟子，来自中国各地，其中有鲁人、卫人、晋人、陈人、宋人、秦人、楚人、齐人、吴人[③]。孔子七十弟子之中，有不少下层出身的人。孔门中著名的学者如子路、颜回、仲弓、季次、原宪、子张、曾参等，都是贫贱的“闾巷”“鄙野”之人[④]。当然，绝不能由此就认为这些学者是被剥削阶级的思想家，但可由此说明，当时受“教育”的已不仅是贵族子弟，讲学的已不仅是“学官”。这是教育发展史中新的开端。

孔子死于鲁哀公十六年（周敬王四十一年、公元前四七九年），活了七十三岁。

孔子死后，孔子弟子及其门人将直接听到的或间接听到的孔子及其弟子的话，记录下来作为讲学材料。以后，这分主要是记录孔子的话的材料被称作《论语》[⑤]。

西汉时，解说论语的有齐、鲁、“古文”三个学派，但相互间的分歧只是在解说上，所持的底本，彼此差别不大。今天所见到的《论语》是《鲁语》校订本[⑥]。

如上所述，《论语》主要是孔子的语录，是孔子死后由孔子的弟子和再传弟子根据记忆和听闻而笔录成书的。人对“话”的“记忆”往往是在不意识中对“话”的“选择”：在所听到的话中只有那些被理解了的，并且打动了自己心灵深处的话，才能被自己记住，才能念念不忘。由于这样的原因，因此，《论语》中所记述的孔子的话，大多是生动精辟的格言式的警句。

其次，记录或传述孔子的话的是孔子的及门弟子，他们是以充满敬仰、虔诚、思慕、感念的心情，回忆或笔录老师对自己和别人的教诲。因此，这种充满敬仰和虔诚的心情使他们以“述而不作，信以传真”的态度如实地记述孔子的话，不敢妄“以己意诬师言”。同样的，这种充满思慕和感念的心情使他们在记述孔子的话时想起了孔子的“音容笑貌”，从而不仅记述了孔子的议论，而且逼真地记述了孔子说话时的态度表情和口气。甚至将孔子开玩笑的话和孔子生气时的作为都记述下来。

由于上述原因，就使得《论语》中所记述的孔子的“话”，是经过自然的“记忆选择”的“话”，是精彩生动的“话”，是具有代表性的“话”。同样的，由于上述原因，就使得《论语》中不仅如实地记述了孔子的抽象议论，而且记载了孔子的抒情的语言和口吻；不仅逼真地记述了孔子的思想，而且生动地表现了孔子的性格。

因此，《论语》不仅是一本记述孔子思想观念的学术性的书，而且是一本具有文学意义的著作。这就是说，它笔录了孔子的性格化的语言，表现了孔子对人生的态度。孔子在论语中是被作为有血有肉的“人”来表现的。本节所论述的也正是这一点。

从《论语》中可以看出，孔子是具有“爱人”思想的。他同情人们的疾苦，想使人们富裕，有“济世救人”之心。

子适卫，冉有仆。子曰：“庶矣哉！”冉有曰：“既庶矣，又何加焉？”曰：“富之！”冉有曰：“既富矣，又何加焉？”曰：“教之！”（《子路》）

孔子到卫国，冉有赶车。孔子说：“卫国人真多呀！”冉有说：“卫国人既繁多，又该用什么办法进一步呢？”孔子说：“应使他们富足！”冉有说：“等到既富足之后，又该用什么办法进一步呢？”孔子说：“再教育他们！”

子贡曰：“如有博施于民，而能济众，何如？可谓仁乎？”子曰：“何事于仁，必也，圣乎！尧舜其犹病诸！”（《雍也》）

子贡说：“如有人广施恩惠于人民，而能够救济大众，怎么样？可以称作是爱人的仁人吗？”孔子说：“何仅称为仁人，这一定是啊，圣人呀！连尧舜尚且难以做到这点啊！”

此外，孔子一再强调，仁者是爱人的，“泛爱众而亲仁”；仁者不是只顾自己，而是“己欲立而立人，己欲达而达人”。所有这些都说明，孔子理想中的“圣人”是“博施于民而能济众”的人；孔子所赞善的仁人则是“推己及人”的善良的人；孔子所倡导的“仁政”，也是以“裕民”为前提。

应该说明，孔子的这些由于现实生活的动乱而激发起的同情“民”的思想是和他的由“学而时习之”得来的传统的保守的政治观念结合在一起的。这就构成了他思想情感中的矛盾。但不妨这样说，虽然孔子对社会病源的诊断是不对的，但他痛心地看到了某些病症；虽然他开的政治药方是无效的，但在他对疾病的痛恨和对病人的关怀上表现了可贵的感情；他不是治病的能手，但也不应由此忽略他一副“救人济世”的心肠。这种善良的感情，更明显地被儒门后学记述在《礼运》篇中[⑦]：

> 昔者，仲尼与于腊宾，事毕，出游于观之上，喟然而叹，仲尼之叹，盖叹鲁也。言偃在侧曰：“君子何叹？”孔子曰：“大道之行也，与三代之英，丘未之逮也！而有志焉。大道之行也，天下为公，选贤、与能，讲信、脩睦，故人不独亲其亲，不独子其子；使老有所终，壮有所用，幼有所长，矜寡孤独废疾者皆有所养。男有分，女有归。货，恶其弃于地也，不必藏于己；力，恶其不出于身也，不必为己，是故谋闭而不兴，盗窃乱贼而不作，故外户而不闭。是谓大同。今大道既隐，天下为家，各亲其亲，各子其子，货力为己。大人世及以为礼，城郭沟池以为固，礼义以为纪，以正君臣，以笃父子，以睦兄弟，以和夫妇，以设制度，以立田里，以贤勇知，以功为己，故谋用是作，而兵由此起。

过去，孔子参与鲁的腊祭为宾客，祭完之后，出来游于观台之上看热闹，欷声长叹，孔子所以叹息，可能是感叹鲁国的。子游在孔子身边问道：“君子因何叹气？”孔子答道：“当大公制度实行时，与夏商周三代英贤在世时，我是没有能赶上啊！却有志书记述着那时情形。当大公制度实行时，天下是属于公众所有，选贤者、举能人做事，讲究信实、培养亲

> 人爱人的品行，所以人们不但亲自己的父母亲人，不但爱自己的儿女；而且使老年的人皆有所终养，使壮年的人皆有所使用，使幼小的皆有所抚育，光身汉、寡妇、孤儿、无儿女者、残废、病人都有所赡养。男人都有分内工作，女子都有适当配偶。对于财货，人都反对将其浪弃于地，但人爱惜财货并不一定想自己占有；对于做活，人都耻于工作不由自己做，但人争着做工也不是仅为了自己，由于这样的缘故，阴谋和害人之心皆没有兴起，偷窃争夺残杀都没有发生，所以各家大门夜间都用不到关闭。这就是所谓的大同之世。现在大公制度已经没有了，天下是属于私家所有，各人亲自己的父母亲人，各人亲自己的子女，取财做活都是为了自己。天子诸侯世代袭立成为礼法制度，设立城郭壕沟以保卫这制度，制礼义以为人的纪纲，以正君臣间的等级，以重父子间的慈孝，以和睦兄弟长幼，以和合夫妇关系，在衣食住行上设立上下贵贱等级制度，以设立乡里组织，以重用有勇力的和有智谋的人，人立功绩是为了自己，所以阴谋被使用而大兴，而战争由此兴起。

《礼运篇》所记述的不尽是孔子的原话，可能是战国中期儒家学人根据遗闻改写的，因此其中有着创造的成分。

文中描写了孔子观腊祭的感受。腊祭原是氏族公社时代收成之后的报神祭，除祭社稷和百神外并敬老者慰劳人，以酒食歌舞相欢乐。到阶级社会之后，虽然已出现了阶级压迫和剥削，但在腊祭中作为风俗习惯仍保留着欢乐的气氛和歌舞节目[8]。显然，平时和祭时是不协调的，因此，孔子看到腊祭时扶老携幼举国若狂的景象时，不由得引起了感叹，由此联想到传说中的上古无阶级社会的情景。在怀古中表现了孔子的理想：他赞美“不独亲其亲，不独子其子”的人与人的关系；他赞美“天下为公，老有所终，壮有所用，矜寡孤独废疾皆有所养”的制度；他赞美“货恶其弃于地也，不必藏于己，力恶其不出于身也，不必为己”的人的高贵品格。在伤今中，他指出一切战乱奸诈盗窃的发生都是由于“天下为家”“货力为己”。当然，这作为历史观来说，是唯心的；但作为人的情感来说，它正表现着对无阶级社会的向往，对阶级剥削和损人利己行为的憎恨。这情感显然是现实斗争的反映。

《礼运篇》中所表现的这种理想，曾鼓舞着后人的反封建斗争。许多进步的思想家往往从中得到启示。清末康有为宣传空想社会主义的《大同书》，便是打着孔子的旗号披着《礼运篇》“大同”的外套而出现的。

其次，在《论语》的记述中，表现了孔子爱人、重视人、尊敬人的态度和情感。

子食于有丧者之侧，未尝饱也。子于是日哭，则不歌。（《述而》）厩焚，子退朝，曰：“伤人乎？”不问马。（《乡党》）

孔子如果吃饭于有丧事者之傍，未曾吃饱过。孔子如果于此日因吊丧而哭泣，那么一整天就不会再唱歌。孔子的马圈失火，孔子自朝廷归来，第一句话就说：“火烧伤人没有？”孔子没有先问是否烧伤马。

子贡问曰：“有一言而可以终身行之者乎？”子曰：“其恕乎？己所不欲，勿施于人！”（《卫灵公》）

子贡问道：“是否有一个字，而可以使我终身奉行的呢？”孔子答道：“可能是恕字罢？自己所不愿意忍受的，也不要加给别人！”

但孔子的爱人并不是无是非的爱。相反，凡是懂得“爱”的，也必然懂得“憎”。对此，孔子说道：“惟仁者，能好（爱）人，能恶人。”孔子的这种“爱”与“憎”具体的表现在他对其弟子冉求（子有）的态度上。

孟武伯（《史记》引此作季康子）问：“……求也何如？”子曰：“求也，千室之邑，百乘之家，可使为之宰也。……”（《公冶长》）

孟武伯问孔子道：“……冉求这人怎样？”孔子说道：“冉求这人啊，千室的封邑，大夫的领地，可以使他去管理，为令宰……。”

冉求曰：“非不说子之道也，力不足也！”子曰：“力不足

者，中道而废。今汝画。”（《雍也》）

冉求向孔子说：“我不是不喜欢您的学说，但我的力量不足以实行！”孔子说：“凡是力气不足的，是行在中途才不得不废止。现在你是给自己画了止步的界限。（你不想往前走）。”

季氏富于周公，而求也为之聚敛，而附益之。子曰：“非吾徒也！小子鸣鼓而攻之可也！”（《先进》）

鲁卿季康子的财富多于周公，但冉求还为他向人民横征暴敛，从而增加季氏的财产。孔子说：“冉求这种人不是我的学生！弟子们不妨敲锣打鼓公开宣布他的罪过攻击他罢！”

由此不仅可以看出孔子对人民的关怀和对贪而无厌的领主的厌恶，同时也可以看出孔子的正义感和疾恶如仇的态度。他将残酷的剥削人民的弟子当作自己的敌人看待，并且声色俱厉地表示了自己的愤怒。

从《论语》中可以看出，孔子是一个“好学不厌，诲人不倦”的人。他热烈地追求学识，不仅强调学习的重要，而且将学习作为人的最大的美德看待。

子曰：“朝闻道，夕死可也！”（《里仁》）

孔子说：“如果早上认识了真理，那么晚上死都不妨！”

子曰：“知之者，不如好之者；好之者，不如乐之者。”（《雍也》）

孔子曰：“懂得学术的人，不如既懂得学术又爱好学术的人；爱好学术的人，不如不仅爱好学术而且以钻研学问为最大快乐的人。”

叶公问孔子于子路。子路不对。子曰：“汝奚不曰：其为人也，发愤忘食，乐以忘忧，不知老之将至。云尔！”（《述而》）

叶公问孔子是怎样的人于子路。子路一时没有答上来。事后孔子说：“你为何不说：孔子的为人啊，追求学问而发愤忘食，爱好学问而乐以忘忧，不知不觉衰老已逐渐来临了。可以这样说。”

从《论语》中可以看出，孔子所提倡的学习，不仅是学习技能，更重要的是为了提高人的“德行”；其学习对象不仅是传统知识，而且是活生生的人；其学习方法，不仅要求记诵章句，而且要求深刻的领会。他所说的学习不是为了抬高身价欺世盗名，而是为了改正自己的缺点、提高自己的思想与灵魂。因此，他认为：学习必须要通过思考，联系自己，态度要诚恳谦虚，学习别人的长处，改正自己的短处，进行内心的“自讼”。例如：

子曰：“学而不思，则罔；思而不学，则殆。”（《为政》）

孔子说：“只是学习而不去思考，则惘惘然无所得，只胡想一气而不学习，则思路狭窄无从进展。

哀公问弟子孰为好学。孔子对曰：“有颜回者好学，不迁怒，不贰过，不幸短命死矣！今也则亡，未闻好学者也。”（《雍也》）

鲁哀公问孔子的弟子中谁是最好学的，孔子答道：“有颜回是很好学的，他不因自己过错而迁怒别人，他不重犯已犯过的过错，不幸他短命死了！今天啊就没有这样的人了，我没有听到谁是好学的人。”

蘧伯玉使人于孔子。孔子与之坐而问焉，曰：“夫子何为？”对曰：“夫子欲寡其过而未能也！”使者出，子曰：“使乎！使乎！”（《宪问》）

卫大夫蘧伯玉使人来拜访孔子。孔子让使者坐，然后问蘧伯玉的近况，说：“蘧夫子在做什么？”使者答曰：“蘧夫子想减少自己的过错和毛病但尚未能做到！”使者走了之后，孔子赞叹道：“好一个使者呀！好一个使者呀！”

子曰：“古之学者为己，今之学者为人！”（《宪问》）

孔子说：“古时的学者学习是为了提高自己，今天的学者学习是为了在别人面前卖弄才学！”

子曰：“德之不修，学之不讲，闻义不能徙，不善不能改，

是吾忧也！”（《述而》）

孔子说：“品德上不进修，学问上不讲习，听到正确的道理不能见善而迁，不好的思想或毛病不能改正，这些是我所忧虑的！”

子曰：“过而不改，是谓过矣！”（《卫灵公》）

孔子说：“有过错而不改，这就是大过错！”

子曰：“由！诲汝知之乎？知之为知之，不知为不知之，是知也。”（《为政》）

孔子说：“仲由（子路）！我告诉你的话你明白了吗？为学之道知道就是知道，不知道就是不知道，能这样诚实就是真正知道为人和为学的道理。”

子曰：“如有周公之才之美，使骄且吝，其余不足观也已。”（《泰伯》）

孔子说：“如有周公那样的才能和那样的智慧，假使他骄傲而且不肯教别人，那么其余的优点也就不足一看了。”

子贡问曰：“孔文子，何以谓之文也？”子曰：“敏而好学，不耻下问，是以谓之文也。”（《公冶长》）

子贡问道：“卫大夫孔圉文子，为什么谥号称作文呢？”孔子说：“因为他聪明而且好学，不羞于请教不如他的人，所以他的谥号称作文。”

子曰：“三人行，必有我师焉，择其善者而从之，其不善者而改之。”（《述而》）

孔子说：“三个路人中（或三个人的行为），一定有值得我学习的老师在，我选择他的优点而学习他，我如看到他的不好的地方，则警惕自己改正自己。”

子曰：“见贤思齐焉，见不贤而内自省也。”（《里仁》）

孔子说：“我见到好人就想向他‘看齐’，见到不好的人我就在内心中检查自己，（反省一下自己是否也有这些坏东西）。”

子曰："已矣乎！吾未见能见其过而内自讼者也。"（《公冶长》）

孔子说："唉！我没有见到能够发现自己过错而在内心中展开斗争和自我责备的人呀！"

当然，孔子所说的学习是指封建士大夫的"进德修业"而言。孔子所提倡的学习是与礼乐教化相结合的。在学什么这一基本问题上，孔子的主张是合乎周封建社会的正统观念的。这固然是由于孔子的阶级属性（封建领主阶级立场）造成的。但是，孔子并不是一个"饱食终日，无所用心"的封建领主，而是当时的一个辛勤的"脑力劳动者"。因此，当孔子论说为学之道时，一方面必然地表现了他的阶级立场和阶级观点，另方面也不可避免地表现了他从实践中获得的某些经验和智慧。正是由于这样的原因，所以其中有着某些合理的因素，有着值得后人借鉴的部分。这就是说，他将学习看作是使人摆脱愚昧无知的工具；他将学习看作是开拓人的眼界和胸襟、提高人的思想和灵魂的方法；他主张以诚恳的、真实的、谦虚的、热情的学习态度，通过内心的反省和斗争，从而使人变得更美好。显然，这种学习态度是严肃的，这种学习热情是真实的。

虽然孔子的这种严肃热情持久不懈的学习精神，并不足以突破其阶级局限，但这精神却是在社会劳动（体力的与脑力的）的错综影响下培养成的。因此，孔子在学习方法上的主张是可供借鉴的。孔子"论学"的一些话之所以能在各个时代被作为格言来传诵，其原因就在于此。

也就在这样的意义上，孔子的学习精神是动人的，是具有教育作用的。

由此可以看出，《论语》中的孔子是一个好学而不厌、诲人而不倦、态度谦虚、律己很严、不断反省、以学习提高为人生最大乐事的热情而自爱的老人。尽管在学什么问题上，孔子受到他所属的阶级和所处的时代的限制，但他的热情而诚实的学习精神是比之那些以学识为取名牟利资本的学习态度是好的。

正因如此，所以孔子轻视那些“饱食终日无所用心”的懒汉和利欲熏心患得患失言行不一的“小人”。据《论语》载：

子曰：“饱食终日，无所用心，难矣哉！”（《阳货》）

孔子说：“终日吃的腹饱肠满，却整日无所用心，这种人是难以长进的呀！”

子曰：“群居终日，言不及义，好行小慧，难矣哉！”（《卫灵公》）

孔子说：“一些人终日凑在一起，其言谈从不涉及道义，好卖弄小聪明（耍嘴片子），这种人难以长进呀！”

子曰：“鄙夫，可与事君也与哉？其未得之也，患得之，既得之，患失之，苟患失之，无所不至矣！”（《阳货》）

孔子说：“鄙卑下贱的人，难道可以使其事君吗？他没有得到地位的时候，终日忧愁惟恐得不到，既得到地位之后，也是终日忧愁惟恐保不住，假如一个人终日忧惧惟恐失去自己的地位和利益，那就会无所不为了！”

子曰：“吾未见刚者。”或对曰：“申枨。”

孔子说：“我没有见到过刚正耿直的人。”有人答道：“申枨就是刚正耿直的人。”

子曰：“枨也欲，焉得刚！”（《公冶长》）

孔子道：“申枨啊，有患得患失的私欲，他怎能做到刚正和耿直！”

子曰：“士志于道，而耻恶衣恶食者，未足与议！”（《里仁》）

孔子说：“一个士人想学习‘道’，但是却以穿破衣吃糙饭为羞耻，对这样的人是不配与他谈‘道’的！”

子曰：“君子耻其言而过其行！”（《宪问》）

孔子说：“君子羞于自己所说的超过自己所行的！”

子曰：“巧言，令色，足恭，左丘明耻之，丘亦耻之。匿怨

而友其人，左丘明耻之，丘亦耻之。”（《公冶长》）

孔子说：“奉承阿谀的言辞，奴颜媚骨的嘴脸，低三下四的身段，左丘明是讨厌它的，我孔丘也是讨厌它的。有怨而藏起来反而和这人表示亲近，左丘明讨厌这种虚伪的人，我孔丘也讨厌这种虚伪的人。”

“孺悲欲见孔子。孔子辞以疾，将命者出户，取瑟而歌，使之闻也。”（《阳货》）

鲁人孺悲登孔子门想见孔子，孔子佯称害病谢绝不见，当奉命回复孺悲的人刚出门，孔子就弹起瑟来并高声唱歌，故意叫孺悲听见，（使孺悲觉察到：孔子没有害病就是不愿见他。）

从《论语》中可以看出，在孔子反对追名求利患得患失的“小人”的同时，往往也宣传些封建的禁欲主义思想。虽然如此，但在对唯利是图贪婪竞进的奸诈的小人的揭发和指责上，却说出了真实，而对“小人”的憎恶和蔑视，也正是一种美好情感的表现。

总而言之，虽然《论语》并不是一部文学作品，但它却是一部具有文学性的著作。这就是说通过所记述的孔子的言行，使我们看到了孔子的具体的人：举止、口吻、态度、情感。正是通过这种零散的语言记录，表现了孔子的性格。

如前所说，孔子的政治思想是保守的：他强调君君臣臣父父子子的名分，并主张以礼和德来维持封建的社会秩序和世道人心。这是具有反动性的。关于这点，可参见本章下节《墨子散文》中对孔子思想的批判部分。正由于孔子政治思想的反动性，所以，到汉代以后，孔子的这些政治思想经过加工成为伦常大义，作为封建社会统治阶级的怀柔和奴化人民的思想工具。孔子的学说成为封建社会的统治思想。孔子或被追封为“文宣王”，或被尊为“至圣”。《论语》也成为儒术经典。到明清时，《论语》是儒生的敲门砖，其中的章句被作为考试八股文时的试题。所以这样，当然也不是偶然的。

显然，孔子的主导思想与其情感有着一定程度的矛盾（当然也是一定程度的统一）。所以这样，是因为在阶级社会，不同的阶级不是彼此绝缘的孤立的，而是千丝万缕相联系着的，不仅统治阶级的思想作为统治思想影响着被统治阶级的某些人（阿Q可作证人），而且被统治阶级的思想情绪也在感染着统治阶级中的某些人（宝二爷可作证人）。作为个人来说，一个自觉的纯粹的完整的阶级意识的代表，在已往的历史阶段里任何阶级中都是不多见的。当然，不能由此认为一个人的思想是两个阶级意识半斤八两的平衡体。不是这样的，任何人的思想都有其主导的和次要的、基本的和局部的、阶级规定的和生活感染的，当评价一个历史人物的思想时，当然不能以次要的抹杀主导的，但同时也不应根据主导的而忽略次要的：是怎样就怎样，有多少是多少。所以应该这样，是因为一个思想家或文学家思想情绪中的主导的和次要的都是社会现实的反映，其中所存在的矛盾也正是社会生活矛盾的反映。毛泽东同志说："人的概念的每一差异，都应把它看作是客观矛盾的反映。"由此可知，社会庸俗学者根据家谱和吃米面油盐酱醋茶的多少作为评价历史人物思想的阶级属性的唯一标准之所以是简单化的，其原因就在于此。但另方面，如果根据一个思想家或文学家思想情绪中所呈现的复杂面，从而宣称人一"伟大"就没有阶级性了，显然是极荒谬的唯心主义的论调。

我以为对待孔子应作如是观。

第二节　《墨子》散文

在战国初年，与"儒家"相对立的是墨翟所创的墨家学派。

墨翟，鲁人，生于公元前四七九年（孔子卒年）前后，死于公元前三九〇年（约当孟子生年）前后[9]，与曾子、子夏、公孙尼子、子思、列子、吴起等人前后同时。

据《淮南子·要略篇》载称："墨子学儒者之业，受孔子之术，以为其礼烦扰而不说，厚葬靡财而贫民，服丧生而害事，故背周道而用夏政。"这记载是可靠的。

从《墨子》书中不难看出，墨子在情感上的确受到孔子的"泛爱众"精神的感染。他抽象地继承了孔子的"爱人"思想，同时加以发展和修改，从而形成了一种新的学说。

例如孔子曾提倡"仁"和"泛爱"："仁者，己欲立而立人，己欲达而达人"，"己所不欲，勿施于人"，"泛爱众而亲仁"。但是，孔子的这种说法却是与其"礼"道观念相矛盾的。因为"礼"所要求的是"君臣有位、贵贱有等、长幼有序、亲疏有别"，因此，孔子所提倡的"仁"在事实上就不能不受"礼"的"尊尊、卑卑"原则的限制；所提倡的"泛爱"在事实上就难免受宗法伦理"亲亲、疏疏"原则的约束。这就是说，孔子所说的"仁"和"爱"是基于"等级"和"区别"的。

墨子使用了孔子的"泛爱众而亲仁"的说法，他也强调"仁"，但他认为"仁"应是本于"天志"，而不应是本于"礼"。他也强调"爱"，但是他认为"爱"不应有尊、卑、亲、疏之"别"，不应该是片面道德。因此，他提倡"兼相爱，交相利"："爱人若爱其身"是所有的君臣父子尊卑长幼都应该具有的美德；"利人以利天下"则是所有的君臣父子尊卑长幼都应尽的义务。显然，墨子所说的"兼爱"和"交（互）利"是作为所有的人的共同的守则而提出的。因此，儒家大师孟子认为墨子的兼爱说违背了礼和伦常，违背了等级原则，说："墨子兼爱，是无父也，无父，是禽兽也！"（节《孟子·滕文公》）

又如孔子曾反对"聚敛"提倡节俭："奢则不逊，俭则固，与其不逊也，宁固"；"君子食无求饱，居无求安"；"节用以爱人"。但孔子所提倡的节俭是以"礼为之节"的，他所反对的"奢"只是违礼过"分"的奢。

墨子使用了孔子的“节用以爱人”的说法。他也强调“节用”，但他认为“节用”不应以“礼”为准，而应该是以“利于民”为原则：“凡足以奉给民用则止，诸加费不加利于民者，圣王勿为。”因此，他劝当时的王公大人在衣食住行上以尧、舜、禹等圣王为法。这就是说，劝王公大人过神话传说中的原始生活，与民共甘苦：“吾闻明君于天下者，必先（为）万民之身，后为其身。”显然，墨子借助“先圣王”的旗号所标榜的节俭标准，是以“贱人”的生活标准为法的。因此，墨子这种主张，被楚封君称为“贱人之所为”，被儒家大师荀子称作是“役夫之道”。荀子说道：“墨子蔽于用而不知文”（杨倞注：“欲使上下勤力，股无胧，胫无毛，而不知贵贱等级之文饰也”）（《荀子·解蔽》）“大俭约而僈等差”（《荀子·非十二子》）。

再如孔子曾主张“举贤才”，“选贤与能”。但孔子所称道的“贤”和“能”是指“有德”“知礼”之士而言；当然“举”和“选”也是在封建士大夫范围之内进行。

墨子使用了孔子的“举贤才”的说法。他也强调“尚贤”“举能”，但他所说“贤能”是指能“爱利万民”的、能使“天下皆得其利”的“义人”而言。同时，墨子主张“官无常贵，而民无终贱”，“虽在农与工肆之人，有能则举之”，“举义不避贫贱、不避疏、不避远”，“逮至远鄙郊外之臣、门庭庶子、国中之众、四鄙之萌（氓）人”；“不党父兄，不偏贵富，不嬖颜色，贤者举而上之，不肖者抑而下之”。尚不仅如此，他甚至在《尚同》篇中主张“选天子”，认为古时天子之立“非高其爵，厚其禄，富贵游佚而措之也，将以为万民兴利除害，富贫众寡，安危治乱也”。显然，墨子所提倡的“选贤授能”和所赞美的“选择贤者立为天子”的主张是与封建的伦常大义和等级制度相抵触的。

由此可知，墨子继承了孔子的某些思想，并大大地发展了一步。

但是，如上节所述，孔子的“爱人”思想是与其政治观念（礼乐）相矛盾的。因此，墨子对孔子“爱人”思想的发展，就必然形成对孔子和其弟子们的政治观念（礼乐）的否定。

当时儒家所提倡的“礼”，是周封建社会等级制度和宗法制度相结合的产物。礼的主要精神，是区别人的等级：在社会中严格区别上下贵贱；在家族中严格区别尊卑长幼。礼的主要作用，是根据人与人之间的不同的名位等级，规定不同的权利与义务，从而强调人和人的人格从属关系，使“上下有位，贵贱有等，长幼有差，亲疏有别，各安其分而不争”。

墨子反对“礼”，认为：人们彼此之间在情感上如有“亲疏尊卑之别”，就不能“兼相爱”，必然会“交（互）相别”；人和人“交相别”，就必然会“交相亏贼”“交相恶”；人和人有“别”，就不能不争，就必然会“亏人以自利”。因此，他认为：“别之所生，天下之大害者也”，从而主张“兼以易别”，“爱无差等”。

墨子这种“兼以易别”“爱无差等”的主张，是墨家学说的中心思想，也是“儒墨之争”的焦点。

显然，墨子的这种主张是农民思想的反映，其中含有“平等观”的因素。因此，墨子进而反对生活方式上的等差，反对在衣、食、住、行上所呈现的等级差别。

当时儒家所提倡的“礼”，是周封建社会的阶级分配原则[10]，同时也是区分人和人的等级的生活仪式。儒家认为：“礼者，养也，君子既得其养，又好其别。曷曰别？曰：贵贱有等，长幼有差，富贵轻重皆有称者也”；故“礼者，以财物为用，以贵贱为文，以多少为异，以隆杀为要。”这就是说，不同等级的统治者，不仅应该有不同的物质享受，而且应该有不同的文饰仪仗和架子排场。儒家认为：这不仅是合“礼”的应“分”的，而且是维护等级制度和安定社会秩序的重要手段[11]。因此，统治者一方面在衣食住行上制订了许多繁文缛节，甚至根据贵贱尊卑之别规定吃瓜的不同吃法[12]，企图通过具体生活习惯使等级观念深入人心；另方面借助壮丽的宫室建筑、鲜明的旗帜羽旌、特饰的车马、特制的衣着仪仗、众多的扈从、庄严的雅颂之乐来为统治者壮威仪。企图用这种巫术式的手段，将庸碌的寄生者装扮成仪表非凡的半神之体；同时企图用这种“神经战”的方法来震慑人民，使人民在看到这种排场之后由奇怪到惊讶，由惊讶到畏惧，由畏惧到肃然起敬。这就是礼法和礼仪的奥妙作用[13]。正因如此，所以儒家将礼仪看作是圣王制作的治世之法[14]。

墨子则反对礼仪制度。他从“节用”观出发，主张所有王公大人在生活上应该以尧、舜、禹等圣王为法：宫室足以御风寒雨露即可，不治台榭，不饰刻镂；衣服足以御寒暑适身体和肌肤即可，不为锦绣文彩之衣，不带金钩玉佩；饮食足以增气充虚强体适腹即可，不为美食，不极五味之调、芳香之和，不致远国珍怪异物；舟车足以任重致远即可，不饰刻镂文采。他认为，如果不这样，就是“暴夺民衣食之财”以自利，是“寡人之道”。

显然，墨子的这种主张是农民思想的反映，其中含有“平均观”的因素。这主张虽然是作为节用法提出的，但实际上是在反对当时的阶级剥削和等级制度。因此，引起儒家的强烈的反对，认为墨子的主张与办法将使天下大乱[15]。

其次，墨子反对儒家所提倡的“丧礼”“三年之丧”和“厚葬”。

如上所说，“礼”是等级制度和宗法制度相结合产物。在儒家看来，君、父是一体，故“事君如事父”；齐家、治国是一件事，故“教孝即所以教忠”。当然，事实上并不是父子关系派生君臣，相反，而是君臣从属关系影响到父子。正由于这样的原因，所以极力强调父权，企图使父统治子：在父子之伦中培养等级意识。但父不能老而不死，于是为此规定了丧礼，企图利用最后一次机会加强父对子的精神统治作用，从而提倡“厚葬”“三年之丧”，并规定了极烦琐的仪则。这就是说，通过丧礼，极力抬高死人，死尸受到极优厚的待遇和祭祀；极力贬低活人，孝子受到各种精神的和肉体的折磨。为人子者经过这样的折磨之后，不仅能够达到“父死三年不改父之道，可谓孝矣”，甚至终生不能忘记。礼源于祭祀，而丧礼正是“事死如事生”，“祭如在”。不难看出，这是企图以死家长统治活后生的方法。显然，这种丧礼并不是本于父子之情，而是利用父子之情推行奴化教育。因此，孔子和儒家特别重视丧礼。一些不才的儒者，将指导别人埋老子当作自己的终身职业[16]。

墨子则反对厚葬，认为“厚葬久丧”既费财又害事，因此主张不分贵贱贫富，其埋葬之法应该是：“棺三寸，足以朽体，衣衾三领，足以复恶，以及其葬也，下毋及泉，上毋通臭，垄若参耕之亩（葬田不妨田）则止矣。死者既已葬矣，生者必勿久丧，而疾而从事，人为其所能，以交相利也。”虽然，墨子的这种主张仍是从“兼爱交利”“节用利民”观念出发，但实际上，却是与等级制度与封建宗教相抵触的。正因如此，所以受儒家指责最厉害的也正是这一点。

由此可以看出，墨子的思想是战国初期阶级矛盾日益高涨时的产物，是墨子在残酷的现实中得到的思想认识，其中反映着农民的思想情绪。因此，墨子的思想具有反封建的进步意义。

虽然如此，但是墨子的思想并不是被新的经济基础所派生，并不代表新兴阶级。正是由于这样的原因，所以他提不出适应社会发展的新的政治理论和新的世界观，他只能在感性上认识到等级差别和损人利己造成了各种祸乱，礼乐厚葬奢侈生活使人民贫穷；他只能以农奴和农民的平等平均观点苦口婆心地劝诱王公大人，希望他们采用“役夫之道”“与百姓均事业”“共劳苦”，“兼相爱，交相利”，以便使天下大治。

但是，王公大人为什么必须这样做，其理由和根据何在？墨子不可能提出新的理论，只能抬出“天志”来作论据。他宣称：“今天下无大小国，皆天之邑也；人无幼长贵贱，皆天之臣也。”天必欲人之相爱相利，而不欲人之相恶相贼也！”“天之意，不欲大国之攻小国也，大家之乱小家也。强之暴寡，诈之谋愚，贵之傲贱：此天之所不欲也！不止此而已，欲人之有力相营，有道相教，有财相分也！”显然，墨子所解说的“天志”正是农民平等平均观念的反照。这当然不足以说服王公大人，于是进而抬出“天罚”和“鬼神之诛”来晓以利害。他认为：“顺天意者，兼相爱，交相利，必得赏；反天意者，别相恶，交相贼，必得罚。”“天子有善，天能赏之；天子有过，天能罚之。”他宣称：害民的夏桀、殷纣、周幽厉曾受到了天罚；屈死鬼曾活捉冤家对头周宣王、燕简公。

不难看出，墨子从现实生活中形成的感性认识是正确的，但逆推出的前提却是虚妄的；他的感情是来自物质生活，但附加的理由却被归之于神的世界；他反映了农民与封建制度相对立的思想情绪，但却是作为宇宙精神（天志）而提出。这就是说，墨子在对若干社会问题的看法上，作了唯心主义的命题和解说。所以这样，不仅是由于墨子个人的教养和信念所造成，更重要的是由于阶级斗争的无力和认识之不足。在封建的自然经济时代，这种认识之不足曾是农民阶级不可克服的弱点。

墨子的言论和某些生活片段，被记载在《墨子》书中。

《墨子》书是由墨子的弟子和后人编纂成的。今天所能见到的《墨子》书共五十三篇，其中有墨子自作的“经”，有弟子所记的墨子讲学辞和语录，有墨家学人根据传述记录的墨子学说和言论，也有后人附益的杂篇[17]。

由于《墨子》书中的主要篇章是墨子讲学辞的笔录，因此它所记的不是墨子的片言只语，而是长篇大论，虽然仍保有某些语录的样式，但实际上已是论文[18]。

在《墨子》论文中，有着对现实的综合描写。论文中所描写的现实，是作为论点的依据而提出的（根据什么）；同时也是由于论点的目的而提出的（解决什么）。因此，在《墨子》书中通过综合的归纳、具体的描写，概括而生动地反映了现实问题。所以这样，不仅是基于墨子对人生的看法，而且是由于墨子对人生的责任心：从而，也就使墨子在论文中抒发了对人生的感情。

由此可知，在《墨子》论文中，理性的解说与现实描绘错综结合在一起；说理与抒情交织在一起。因此，《墨子》中的某些篇章或段落实质上已是古历史阶段的文学散文。

在《墨子》书中，描绘了当时的阶级生活和现实问题。

子墨子曰：古之民未知为宫室时，就陵阜而居，穴而处，下润湿伤民。故圣王作为宫室，为宫室之法曰：室高足以辟润湿，边足以圉风寒，上足以待雪霜雨露，宫墙之高足以别男女之礼，谨此则止。凡费财劳力，不加利者，不为也，……是故圣王作为宫室，便于生，不以为观乐也。

子墨子说：上古的人民尚未知道建筑房屋时，上山陵土丘而居，在土洞里住，地下潮湿而伤人。于是圣王发明建筑房屋，建筑房屋的标准就是：屋高足以避潮湿，四壁足以御风防寒，屋顶足以挡雪霜雨露，围墙之高足以分别内外，足以防止男女混杂，只要这样就够了。凡是费财劳力而不能增加利益于人的事，是不做的。所以圣王建筑房屋是为了使人生活得好，不是为了观赏享乐。

当今之主，为宫室，则与此异矣，必厚作敛于百姓，暴夺民衣食之财，以为宫室台榭曲直之望、青黄刻镂之饰。为宫室若此，故左右皆法象之，是以其财不足以待凶饥赈孤寡，故国贫而民难治也。

当今的君主，他们建筑房屋，则与此不同，一定要大量的征敛于老百姓，强暴地压取人民衣食之财，以为宫室高台楼榭曲栏直廊以娱观瞻，以为彩绘雕刻镶细等装潢。君主为宫室像这样，于是君主左右的贵人都效法他，所以国内财货不能够预防饥年凶岁赈济孤寡，因此国贫穷而难以治理人民。

古之民未知为衣服时，衣皮带茭，冬则不轻而煖，夏则不轻而清。圣王以为不中人之情，故作诲妇人，治丝麻，捆布绢，以为民衣。为衣服之法：冬则练帛之中，足以为轻且暖；夏则絺绤之中，足以为轻且清。故圣人以为衣服，适身体和肌肤而足矣，非荣耳目而观愚民也！

上古的人民尚未知道制作衣服时，披兽皮扎草绳，冬天不轻暖，夏天不轻凉，圣王以为这不合人的愿望，于是教诲女人们，教她们治丝麻，做麻布丝绢，用以制人民衣服。制衣服的标准是：冬天则穿缯帛的中衣，足以轻且暖；夏天则穿麻布的中衣，足以轻且凉。所以，圣人制作衣服，适于身体和于肌肤就够了，不是为了好看而炫耀于愚民啊！

当今之主，其为衣服，则与此异矣！必厚作敛于百姓，暴夺民衣食之财，以为锦绣文采靡曼之衣：铸金以为钩，珠玉以为佩，女工作文采，男工作刻镂，以为身服。

当今的君主，他们制衣服，则与此不同！必定大量的征敛于老百姓，强暴地压取人民衣食之财，以制作锦绣鲜艳轻软细丽的衣服：铸金以为衣带钩，镶珠雕玉以为佩坠，用女工绣花绘彩，用男工刻玉镂玉，以为君主贵人的服装。

古之民未知为饮食时，素食而分处，故圣人作诲男耕稼树艺，以为民食。其为食也，足以增气充虚彊体适腹而已矣。

上古的人民尚未知道饮食之法时，吃草木之实而分散着居住，于是圣人教给男人耕田种植之法，以生产人们的口粮。他们对于饮食，只要能增气血补虚弱强身体适合肠胃就够了。

今则不然，厚作敛于百姓，以为美食，刍豢蒸炙鱼鳖，大国累百器，小国累十器，前方丈，目不能徧视，手不能徧操，口不能徧味，冬则冻冰，夏则饰饐。人君为饮食如此，故左右象之，是以富贵者奢侈，孤寡者冻馁。

今天则不这样，大量的征敛于老百姓，以为美食，饲养牛豕羊犬蒸烤鱼鳖水物，大国君主一食多到百器，小国君主一食多到数十器，而前一方丈的食桌上摆满食器，眼睛不能全看到，手不能全取到，嘴不能全尝到，冬天则因吃不了将食物冻坏，夏天则因吃不了将食物酸坏。人君的饮食是这样的，于是左右贵人效法他，所以富贵的人过着奢侈的生活，孤寡贫穷的人又冷又饿。

古之民未知为舟车时，重任不移，道远不至，故圣王作为舟车，以便民之事。其为舟车也，完固轻利，可以任重致远。

上古的人民尚未知道制作舟车时，背重物就不能移动，道太远就走不到，于是圣王制作了舟车，以便利人民。他们所制的舟车，只求坚固轻便，可以载重物行远道即可。

当今之主，其为舟车，与此异矣，必厚敛于百姓，以饰舟车：饰车以文采，饰舟以刻镂。女子废其纺织而修文采，故民寒；男子离其耕稼而修刻镂，故民饥。人君为舟车若此，故左右象之，是以其民饥寒并至。（节录《辞过》篇）

当今的君主，他们制作舟车，与此不同，一定大量征敛于老百姓，用以装饰舟车：在车子上装饰着漆绘绣帷，在舟船上雕刻花样图案。女人们停下她们的纺织而为车子绣帷衣，因此人民因无衣而寒；男人们放下他们的耕种而去刻制舟船，因此人民因无食而饥。君主制作舟车像这样，于是左右贵人效法他，所以他们管下的人民饥寒交迫。

王公大人有丧者，曰棺椁必重，葬埋必厚，衣衾必多，文绣必繁，丘陇必巨。

王公大人遇有丧事，棺椁一定要多少层，陪葬明器一定要丰厚，敛衣尸衾一定要很多，锦绣帷幕一定要很多，墓冢一定要高大。

诸侯死者，虚车府，然后金玉珠玑比乎身，纶组节约；车马藏乎圹，又必多为幄幕、鼎鼓、几梴、壶滥、戈剑、羽旄、齿革，寝而埋之，满意。若送从，曰天子杀殉，众者数百，寡者数十；将军大夫杀殉，众者数十，寡者数人。（节录《节葬》篇）

诸侯死亡，倾库中的财物，然后用金玉珠宝围绕于尸身周围，用丝帛垫束尸身；将车马埋藏于墓穴，又一定要多用帐幕、鼎鼓、几筵、壶鉴、戈剑、禽羽旄牛尾、象牙犀牛甲，藏而埋于墓中，使死者满意。当送死时，埋葬天子杀殉葬者，多时达到数百人，最少也有数十人；埋葬将军大夫杀殉葬者，多时达到数十人，最少也有数人。

（今之为国者），以其极赏，以赐无功；虚其府库，以备车马衣裘奇怪；苦其役徒，以治宫室观乐；死又厚为棺椁，多为衣裘。生时治台榭，死又修坟墓，故民苦于外，府库单于内，上不厌其乐，下不堪其苦。故国离寇敌则伤，民见凶饥则亡！（节自《七患》篇）

（今之统治国家的君主），用其最多的赏金，赐给无功受禄的贵人；倾其库藏，以备置稀奇古怪的美车良马锦衣轻裘；劳累其管下的人民，以建筑用以观瞻娱乐的宫殿房室；他们死后又厚为棺椁，殉葬很多的衣物。他们活着时建筑高大的楼台，死掉了又要修建高大的坟墓，因此，人民劳苦于外，库存殚竭于内，上层贵人不厌足地追欢取乐，下层人民忍受着不堪忍的痛苦。所以当国家遭到兵火就难免伤弊，人民遇到凶年饥岁就不免死亡。

文中分别描述了封建领主在衣食住行上的穷奢极欲的享受，并着重指出这种奢侈生活是以“厚作敛于百姓，暴夺民衣食之财”的剥削手段（封建租税制度）来维持的。正是由于这种“厚敛”“暴夺”的剥削，出现了两种不同的生活：一方面是“富贵者奢侈”“上不厌其乐”；另方面是“孤寡者冻馁”“下不堪其苦”。由此，作者指出，统治者的奢侈享乐不仅使广大人民“饥寒并至”，而且使“女子废其纺织”“男子离其耕稼”：严重地破坏了社会生产。

这样的描述，反映了领主阶级的集团形象和性格。不难看出，这些领主是不知物力维艰而挥霍成性的寄生者，不仅在衣食住行上由人民供养，而且为满足私欲大量地浪费人民以血汗生产出的财富；这些领主是贪婪凶狠的毫无人类同情心的人，为了满足耳目观乐，他们使万民饥寒死亡，使生产受到破坏；这些领主的占有欲是无止境的，他们活着占有一切，他们一生的享乐是以千万人的一生苦难取得的，但他们并不以寿终正寝为满足，在死时还要最后捞一把，将山川城邑以外的凡是可以埋到地下的占有物（衣食、车马、金玉、珠宝、戈剑、器皿、奴婢等）都作为殉葬品与他的臭皮囊一起下葬。所以这样，一方面是由于幻想到另一世界仍旧当占有一切的领主；另方面是企图用这办法填补临死前的精神上的空虚，以满足“超生死界”的无穷尽的占有欲。作品客观说明：剥削阶级的存在就是人类的灾难，领主的活身和死尸都给人民带来不幸。

由此，也就表现了墨子对人生的看法和感情。墨子之所以对领主阶级的衣食住行和死葬作具体的描绘，是因为在他看来，这些是令人触目惊心的极不合理的现象。因此，也就在这种描绘之中，显示着墨子爱人民反封建的情感：愤怒地揭发并谴责了领主的罪行，悲哀地说出了人民的不幸。不仅如此，而且将“古之圣王”和“当今之主”作了对照说明。墨子所说的“古之圣王”是人民生产生活上的发明家，是为人民谋福利的“仁人”；而“当今之主”则是人民生产的破坏者，人民生活的危害者，是损万民百姓以自利的不仁之人。墨子也正是通过这种对照，以“古”否定“今”，以“圣王”的美好反衬“当今之主”的丑恶。显然，墨子所说的“古”并非真的历史，而只是理想的化身，但墨子所说的“今”却是现实的真实情景。不难看出，这是以理想和现实对立，是农民反封建情感的反映，是墨子的抒情。

在《墨子》书中，反映了当时诸侯间战争所造成的灾难，并形象地揭出了诸侯的阶级本性。

今有一人，入人园圃，窃其桃李，众闻则非之，上为政者得则罚之。此何也？以亏人自利也。至攘人犬豕鸡豚者，其不义又甚入人园圃窃桃李。是何故也？以亏人愈多，其不仁兹甚，罪益厚。至入人栏厩取人马牛者，其不仁义又甚攘人犬豕鸡豚。此何故也？以其亏人愈多，苟亏人愈多，其不仁兹甚，罪益厚。至杀不辜人扡其衣裘取戈剑者，其不义又甚入人栏厩取人牛马，此何故也？以其亏人愈多，苟亏人愈多，其不仁兹甚，罪益厚。当此天下之君子，皆知而非之，谓之不义。今至大为（不义）攻国，则弗如非，从而誉之，谓之义。此可谓知义与不义之别乎？杀一人，谓之不义，必有一死罪矣。若以此说，杀十人，十重不义，必有十死罪矣；杀百人，百重不义，必有百死罪矣。当此天下之君，皆知而非之，谓之不义。今至大为不义攻国，则弗知非，从而誉之，谓之义。……此可谓知义与不义之辩乎？（节录《非攻》篇上）

今如有一个人，进入别人的果树园子，偷盗人家的桃李，众人闻知则一定反对他，在上管民的官吏据此则一定会处罚他。这是什么缘故呢？是因为盗窃者亏别人利自己。至于偷别人的狗猪鸡豚的人，他这行为之不义又甚于入别人园圃偷桃李。这是什么缘故呢？是因为亏别人愈多，他心地之不良就愈甚，罪恶就更大。至于入别人牛栏马圈夺取别人马牛的人，他的心地不良行为不义又甚于偷人狗猪鸡豚。这是什么缘故呢？因为他这行为亏人愈多，若亏人愈多，他心地之不良愈甚，罪恶就更大。至于杀害无辜的人剥其衣服取其剑戈的劫夺者，其行为不义又甚于入人栏圈夺取别人的牛马。这是什么缘故呢？因为他这行为亏人愈多，若亏人愈多，其心地不良愈甚，罪恶愈大。当代的天下君子们，都知此理而反对盗贼，称为不义。今天，至于大为不义攻国掠货，君子们则不知是罪恶，却从而赞美他，称作仁义不行。这难道可以说明白义与不义的区别吗？杀一个人，称作不义，一定有应判一个死罪的杀人犯。如以此而论，杀十个人，就有十重不义，一定应判十重死罪；杀一百人，就有一百重不义，一定应判一百重死罪。当代天下的君子们，都知此理而反对杀人犯，称作不义。今天至于大为不义攻国杀人，君子们则不知是罪恶，却从而赞美他，称作仁义之行。……这难道可以说明白义与不义的区别何在吗？

今天下之诸侯，将犹皆侵凌攻伐兼并，此为杀一不辜人者，数千万矣；此为踰人之墙垣格人之子女者，与角人府库窃人金玉蚤絫（王引之：布缲）者，数千万矣；踰人之栏牢窃人之牛马者，与入人之场园窃人之桃李瓜薑者，数千万矣，而自曰义也！故墨子言曰：是蕡我者！（节录《天志》下）

今天下的诸侯，他们仍都在（进行）侵略攻伐兼并战争，这比起杀害一无辜者的凶手来，其罪过大数千万倍；这比起翻踰别人家的墙抢别人子女的强盗，和穿通别人的仓库偷别人的金玉布帛的盗贼来，其罪行大数千万倍；这比起跳进别人的牛栏马圈偷别人牛马的贼，和潜入别人的菜园偷别人桃李瓜薑的小偷来，其罪行大数千倍，然而他们却自称这行为为义，所以墨子说道：这说法是迷惑我欺骗我的说法！

从文中可以看出，墨子使用了逻辑的同类相比法，由小偷和盗贼推论到诸侯，认为：小偷、盗贼、诸侯所干的勾当是同类的罪行，都是为了“亏人以自利”。同时如根据墨子再三宣称的“亏人愈多，不仁兹甚，罪益厚”的原则，则任何人都会“类推”出：诸侯是最大的强盗，是最不仁的人，其罪行比强盗大千万倍。显然，不仅这种对封建诸侯和兼并战争的认识是正确的进步的，而且所使用的类推方法对我国逻辑学的发展有着巨大的贡献。

由于墨子使用了类推法，因此在文章中预设了“类”相同的“譬喻”：企图通过譬喻，使人由小见大，由明见隐。由于墨子是通过类推法说明不同现象的同类本质的，因此具体描绘了这些“譬喻”：企图使人由具体的生活事件进而领悟到在伪善的掩饰下的兼并战争的性质。这就是说，墨子使用了“譬喻”，同时描绘了“譬喻”。

具体的“譬喻”，大多是具有“文学形容”作用的，往往是形容语的扩大。它可以将抽象的一般事物赋以具体的特定的形象。

因此，通过譬喻的形容，墨子揭发了诸侯的罪行：他们像跳墙贼似的侵入邻国边界，像入人园圃栏厩偷桃李牛马的强盗一样在邻国大肆掠夺，像拦路贼似的在邻国杀人越货；在“亏人以自利”这一点上，他们与小偷、大盗、强贼是一样的，而且是盗贼中最大的盗贼，是杀人犯中最大的凶手，所不同的，他们不像小偷盗贼那样“老实”，当他们攻国杀人进行掠夺战争时，他们竟“自曰义”！

通过这种形容，表现了墨子的现实情感和反封建掠夺战争的精神。他将当时的诸侯看作是小偷强盗的同行同业；他像憎恨小偷强盗一样憎恨诸侯；他认为当时诸侯是不仁不义罪大恶极该判处一千个死罪的万民的罪人。

应该看出，墨子的思想是惊人的，情感是动人的。正是由于这种深刻的进步思想，因而才有这样精彩而恰当的譬喻；正是由于这种饱满的人民情感，因而才有这样雄辩而有力的描写。

就客观意义说来，墨子形象地反映出当时诸侯的阶级根性。从历史发展看来，在私有财产和阶级剥削的制度下，才出现了贼人和君主，才形成了“亏人以自利”的卑鄙思想和罪恶行为：杀人劫货和掠夺战争，是阶级剥削的产物，强盗和剥削者是双生子。

正是由于这样的认识和情感，因此墨子像图画似的反映了战国时代诸侯混战的真实情景，他写道：

今王公大人，天下之诸侯，……为坚甲利兵，以往攻伐无罪之国，入其国家边境，芟刈其禾稼，斩其树木，堕其城郭，以湮其沟池，攘杀其牲牷，燔溃其祖庙，劲杀其万民，覆其老弱，迁其重器。……（兴师）久者数岁，速者数月。上不暇听治，士不暇治其官府，农夫不暇稼穑，妇人不暇纺绩织纴。……厕役以此饥寒冻馁疾病而转死沟壑中者不可胜计也。此其为不利于人也，天下之害厚矣，而王公大人乐而行之，则此乐贼灭天下之万民也！（节录《非攻》下）

当代王公大人，天下的诸侯，……制作坚固的甲盾和锋利的武器，以往攻伐无罪的邻国，攻越邻国的边境，刈割邻国的庄稼，砍伐邻国的树木，平毁邻国的城郭，填塞邻国的沟池，攘取并宰杀邻国的祭牲六畜，烧毁邻国的祖庙，刺杀邻国的人民，覆灭邻国的老弱，抢运邻国的宝重之器。……（兴师动众）的战争持久的战数年，最快的也战数月。君主顾不得管理国政，士大夫顾不得管理他的官府，农夫顾不得播种和收割，女人顾不得纺线绩麻织紝布帛。……参与此役的役徒因此饥寒冻饿患病而辗转死于郊野道路沟坑者，是不胜统计的。这种攻伐是很不利于人民的，对天下的危害是很大的，然而王公大人却高兴并爱好战争而不断发动战争，这就是高兴并爱好杀尽天下的人民百姓呀！

从文中可以看出，当时，“王公大人，天下之诸侯”是最狠心的匪首，他们不仅有组织地抢劫财物，而凡糟蹋废稼，破坏资源，平毁城邑。他们是嗜血成性的凶手，不仅在邻国杀万民复老弱，而且使其治下人民转死于沟壑。虽然这劫掠战争给天下万民带来最大的危害，但正如墨子所说，“王公大人乐而行之”，他们的阶级本性使他们将抢劫看作是无上的快乐。因此墨子沉痛而愤怒地责骂道：“此乐贼灭天下之万民也！”

由此可知，墨子是二千年前的伟大原告，他深刻地揭发了剥削阶级统治人物凶残的动机，他义正词严充满愤怒地指控了封建统治者的罪行：而这也正是墨子的性格表现。当然，一直到人民在党的领导下作了法官，才判决了这一悬案。

虽然墨子反对当时的掠夺战争和一切“亏人以自利”的行为，但他不能认识其真实原因，不能找到解决方案，从而他在农民淳朴情感的感染下作了“爱”的说教。

今诸侯独知爱其国，不爱人之国，是以不惮举其国以攻人之国。今家主独知爱其家，不爱人之家，是以不惮举其家以篡人之家。今人独爱其身，不爱人之身，是以不惮举其身以贼人之身。……天下之人皆不相爱，强必执弱、富必侮贫、贵必敖贱、诈必欺愚。凡天下祸篡怨恨，其所以起者，以不相爱生也。（节录《兼爱》中）

当今诸侯只知道爱他的国，不爱别人的国，于是不难起动其国人以攻伐别人之国。今家主只知道爱他的家，不爱别人的家，于是不难起动其家人以篡夺别人的家。今人只知道爱他的身，不爱别人的身，于是不难用己身以戕害别人的身。……天下的人们都不相爱，强者必定要迫弱者，富人必定要欺侮贫人，贵人必定要欺凌贱人，奸人必定要欺骗愚人。凡天下祸难篡夺怨恨，其所以形成，是由于人们不相爱产生的。

若使天下兼相爱，爱人若爱其身，……则天下治。

若使天下人互相爱，爱别人犹如爱他自己，……则天下太平。

仁人之事者，必务求兴天下之利，除天下之害。今吾本原兼之所生，天下之大利者也；吾本原别之所生，天下之大害者也。……姑尝两而进之，谁（设）以为二君，使其一君执兼，使其一君执别。是故别君之言曰："吾恶能为吾万民之身若为吾身？此泰非天下之情也！人之生乎地上之无几何也，譬之犹驷驰而过隙也！"是故退睹其万民，饥即不食，寒即不衣，疾病不侍养，死丧不葬埋。别君之言若此，行若此。兼君之言不然，行亦不然，曰："吾闻为明君于天下，必先万民之身，后为其身，然后可以为明君于天下。"是故退睹其万民，饥即食之，寒即衣之，疾病侍养之，死丧葬埋之。……然即敢问，今岁有疠疫，万民多有勤苦冻馁转死沟壑中者，既亦众矣，不识将择之二君者，将何从也？我以为当其于此也，天下无愚夫愚妇，虽非兼者，必从兼君是也。（节录《兼爱》下）

仁人所应做的事，必定努力求得方法以兴天下之大利，除天下之大害。现在我探索兼相爱的结果，天下人大利；我探索人相别的结果，是天下人的大害。……且试举两例以进言之，设如有二君，假使其一君主张兼相爱，假使其一君主张爱相别。于是主张爱相别的君主说道："我怎能对待我治下人民的身体像对待我自己身体一样？这大大的不是天下之常情！一个人生在地上是没有多少时间可活的，譬如像四马车驰过壁缺口而已（一释作日光穿孔）！"由于这样缘故他退而看待他治下的人民，民饥他不与吃的，民寒他不给穿的，民疾病他不侍养，民死亡他不埋葬。主张爱相别的君主的话像这样，行为像这样，主张兼相爱的君主的话不是这样，行为也不是这样，他说："我听说当圣明的君主于天下，一定要先爱万民之身，后为己身，然后才可以为圣明君主于天下。"因为这样的缘故他退而看待万民，民饥则给吃的，民寒则给穿的，民疾病则侍养，民死则埋葬。……然而我敢问，设今岁有疠疫凶饥，万民多有勤劳痛苦冻饿而死于道路者，既然已很多了，不知当万民选这二个君主时将拥戴哪一个？我以为当万民选择此二君时，全天下无论愚夫愚妇，虽不是主张兼爱者，也一定知道拥戴主张兼爱的君主。

引文中表明，墨子所提倡的“爱”是“泛爱”，是不分上下贵贱富贫的人与人的“爱”。

关于“爱”，毛泽东同志指出：“所谓‘人类之爱’，自从人类分化成为阶级以后，就没有过这种统一的爱。过去的一切统治阶级喜欢提倡这个东西，许多所谓圣人贤人也喜欢提倡这个东西，但是无论谁都没有真正实行过，因为它在阶级社会里是不可能实行的。真正的人类之爱是会有的，那是在全世界消灭了阶级之后。阶级使社会分化为许多对立体，阶级消灭后，那时就有了整个的人类之爱，但是现在还没有。”（《在延安文艺座谈会上的讲话》）

由此可知，墨子所主张的兼爱在当时是不可能实现的；他劝剥削者爱被剥削者，劝君主“先万民之身，后为己身”，等于与虎谋皮。其次，墨子将“爱”与“别”说成是社会治乱的根本原因，显然也是错误的。

然而，墨子所提倡的兼爱，其重点是要君主爱人民，富贵者爱贫贱者，而不是相反。这正表现了墨子观点的阶级属性。

不难理解，墨子虽然作了“泛爱”的说教，但这种“爱”的说教，却是“恨”的产物，而且是“恨”的表现。这就是说，墨子憎恨王公君主“厚敛百姓暴夺民财”的“亏人以自利”的行为；憎恨诸侯攻国杀人劫财的战争；憎恨“乐贼灭万民”损人利己的君主；憎恨人与人有别；憎恨“强执弱、富侮贫、贵傲贱、诈欺愚”的社会现象。也正是由于这样刻骨的“憎”，因此才提出这样广泛的“爱”：墨子所提倡的“爱”，是作为封建领主对人民的剥削压迫侮辱损害的对立物而提出的。

毛泽东同志指出：“世上绝没有无缘无故的爱，也没有无缘无故的恨。”（同上）如从墨子“爱”与“恨”的实质看来，便可看出，墨子的这种思想情绪正是当时阶级斗争中人民情感的反映。尽管这种“兼爱”论在当时并不是一种可行的方案，但却是农民理想的表现。

这理想并不足以正确地说明现实，然而却反映现实。通过理想与现实的对照，一方面反映了私有制和阶级剥削所造成的人和人之别和亏人自利的冷酷无情的罪恶行为；另方面反映了在阶级社会中人的朦胧的然而却是美好的愿望。

也正是由这种对现实的憎和理想的爱构成了文章中的抒情形象。

此外，墨子的语录中也在不同角度和程度上显示着墨子的性格。

在《耕柱篇》中记述了墨子与巫马子的论辩。

巫马子谓子墨子曰："我与子异，我不能兼爱，我爱邹人于越人，爱鲁人于邹人，爱我乡人于鲁人，爱我家人于乡人，爱我亲于我家人，爱我身于吾亲，以为近我也！击我则疾，击彼则不疾于我，我何故疾者之不拂，而不疾者之拂，故我有杀彼以利我，我无杀我以利彼（我俞樾校补）！"子墨子曰："子之义将匿邪？意将告人乎？"巫马子曰："我何故匿我义？我将以告人！"子墨子曰："然则一人说子，一人欲杀子以利己；十人说子，十人欲杀子以利己；天下说子，天下欲杀子以利子。一人不说子，一人欲杀子，以子为施不祥言者也；十人不说子，十人欲杀子，以子为施不祥言者也；天下不说子，天下欲杀子，以子为施不祥言者也。说子亦欲杀子！不说子亦欲杀子！"（《耕柱》篇）

巫马子告诉墨子说："我与您不同，我不能无分别的兼爱，我爱邻地邹人过于爱远地越人，爱鲁国人过于爱邻地邹人；爱我同乡人过于鲁国人，爱我家中人过于同乡人，爱我亲人过于家人，爱我自己过于亲人，这是因为越近于我我越爱！有人打我我就疼，打他就不疼于我（我就不疼），我为什么在我疼的地方我不去抚揉，而在我不疼的别人身上反去抚揉，所以我可以杀别人以利我，我不能杀我以利人！"墨子问道："您的这些主张是藏在心中哩？还是公开告诉别人呢？"巫马子答道："我为什么藏起我的主张来？我将要公开告诉别人！”墨子说：“那么一个人喜欢和赞成您的主张，一个人就想杀您以利己；十个人喜欢和赞成您的主张，十个人就想杀您以利己；天下人喜欢和赞成您的主张，天下人就想杀您以利己。一个人不喜欢并反对您的主张，一个人就想杀掉您，因为您是说了使人不善良不和好的话的人；十个人不喜欢并反对您的主张，十个人就想杀掉您，因为您是说了使人不善良不和好的话的人，天下人不喜欢并反对您的主张，天下人都想杀掉您，因为您是说了使人不善良不和好的话的人。信从您的人根据您的主张就想杀您以自利！不信从您的人也想杀您以除害！”

从巫马子性格化的言辞中，可以看出这是一个自私自利的人。他不仅认为“杀人以利己”是正当的，而且还有论据。这真是文士风度，干一切坏事时都会说理由找根据，而且还能侃侃而谈。像这样卑鄙的思想，一般是“不可告人”的，因此墨子问道：“子之义将匿邪？意将告人乎？”

不难看出，在这质问口吻中，潜伏着墨子的义愤：愤慨于这种吃人的说教；表现着墨子的轻蔑：蔑视这种恬不知耻的“理由”。同时，尽管巫马子侃侃而谈，但墨子却觉得这可能是对方一时失言，揭开了盖子淌出了肺腑中不可告人的肮脏，从而颇忠厚地（实际是讽刺地）提醒对方：“子之义将匿乎？”可是，巫马子不仅不知羞耻，相反，正以新发明的“理由”而沾沾自喜，这就使他对墨子的质问感到奇怪，因此半惊讶半不平地愤愤说道：“我何故匿我义？我将以告人！”由此可知，在对话中显示出墨子和巫马子各自的精神面貌和内心活动。

接着在墨子的话中反映了墨子的态度：对这种自私自利到无耻地步和忘形程度的人，是不屑谈“天志”，人的“良心”“兼爱”“美德”“仁义”等道理的，对“唯利是图”的人只好从“利”谈起，于是向巫马子说：信服你的“杀人以利己”论的人，就要杀你以利己；反对你这种论调的人也要杀你以除害。这就等于说，你的这种学说使你成为一个普天下“人人得而诛之”的该死的家伙！

不难想见，墨子推论出的结果，是会使巫马子啼笑皆非的。

由此不仅可以看出墨子精彩的推论和雄辩的言辞，而且可以看出墨子对自私自利者的憎恶、蔑视、嘲笑。嘲笑中也隐喻着真理，在剥削阶级损人利己思想的支配下，人和人之间势必造成互相损害：在害人，也在被人害。

《公孟》篇中记述着墨子的“喻学”，从中可以看出墨子是个有幽默感的极有风趣的人：

有游于子墨子之门者，身体强良，思虑徇通。欲使随而学，子墨子曰：“姑学乎，吾将仕子。”劝以善言。而学期年，而责仕于子墨子。子墨子曰：“不仕子！子亦闻夫鲁语乎？鲁有昆弟五人者，其父死，其长子嗜酒而不葬，其四弟曰：‘子与我葬，当为子沽酒！’劝于善言而葬。已葬，而责酒于四弟，四弟曰：‘吾未予子酒矣！子葬子父，我葬吾父，是独吾父哉？子不葬，则人将笑子，故劝子葬也！’今子为义，我亦为义，岂独我义矣？子不学，则人将笑子，故劝子于学。”

有游学于墨子之门者，身体健康，头脑聪明。想使他随自己学习，墨子说：“您且好好学罢，我将介绍您当官。”劝说了些好话。这位门人学习了一年，则责问墨子为何还不介绍他当官。墨子说：“我不介绍您当官！您也听到过鲁人的故事吗？鲁国有弟兄五人的，他们的父亲死了，其长子嗜酒而不葬父，其四弟说：‘您如和我们一起葬父，我们当给您买酒吃！’劝说了些好话后才一起葬父。埋葬毕，老大则向四弟要酒，四弟说：‘我们不给您酒啊，您埋您父，我埋我父，是仅只是我父亲？您不葬父，那人家将要笑话您，所以用买酒来劝诱您葬父！’今您为义，我也为义，岂仅只是我个人的义？您不学，则人家将要笑话您，故以出仕劝诱您学习。”

在《贵义》篇的记述中可以看出墨子为人忘己的不屈不挠的坚强性格。

子墨子自鲁即齐，过故人。谓子墨子曰：“今天下莫为义，子独自苦而为义，子不若已！”子墨子曰：“今有人于此，有子十人，一人耕而九人处，则耕者不可以不益急矣。何故？则食者众而耕者寡也。今天下莫为义，则子如（一作宜）劝我者也，何故止我？”

墨子自鲁至齐，过访友人。友人告诉墨子说：“而今天下之人没有行义爱人的，只有您独自受苦受累而行义爱人，您不如算了罢！”墨子说：“今如有人在此，有儿子十人，一人耕种而其他九人居闲，则耕种者不可不更加努力的从事耕种。为何这样？因为其吃饭的人多而种地的人少啊！而今天下人没有行义爱人的，则您应该劝我加倍努力行义才对，为何却阻止我呢？”

当然，墨子语录中的性格显现并不止这些，但由上引的例子中可以看出，在墨子的语录中表现着真实的生活感情，使用着近似口语的语言，比较完整地记录着双方的论辩，甚至通过对话形成故事性的情节。因此，墨子语录是具有其时代特色的。

关于墨子的生平行状，史载不详。但从一些片段零散的记载看来，他一生过着刻苦自砺的“贱人”式的生活：藜藿之食，短褐之衣，居无煖席，但他却以利天下为己任。如孟子所说：“墨子兼爱，摩顶放踵利天下为之。”据传：墨子为了阻止公输般助楚攻宋，曾自鲁步行至楚，“足重茧，裂裳裹足，行十日十夜，日夜不休”，方至楚都，终于阻止了楚对宋的进攻[19]。因此，墨子的这种忘己为人的坚苦精神，使许多学者（甚至反对他的）为之感动。庄周曾说：“墨子泛爱兼利而非斗，其道不怒，又好学而不异，不与先王同，毁古之礼乐”，“生不歌，死不服，桐棺三寸而无椁，以为法式。以此教人，恐不爱人，以此自行，固不爱己”。“其生也勤，其死也薄，其道大觳，使人忧，使人悲，其行难为也”。“后世之墨者，多以裘褐为衣，以跂蹻为服，日夜不休，以自苦为极，曰不能如此，非禹之道也，不足为墨”，“以腓无胈，胫无毛，相进而已”。“虽然，墨子真天下之好也，将求之不得，虽枯槁不舍也，才士也夫！”

（《庄子天下篇》）

至于墨子的学说，在当时是很流行的，“墨翟之言盈天下”（《孟子》）；有着很多弟子，“徒属弥众，弟子弥丰，充满天下”（《吕氏春秋》）；他所创的学派与儒家学派都是战国时的显学，“世之显学，儒墨也”（《韩非子》）。到汉初，墨学才衰落。虽然如此，但墨子的思想，对孟子和以后的阮籍、鲍敬言、杜甫、白居易一直到谭嗣同都有着相当大的影响。

其次，墨子书中的散文，具有独特的风格。其中的某些章节是文学性（或具有文学意义）的散文。它的特点是：第一，从具体生活事件或景象中选择譬喻，以便寓言式形容或说明抽象事物，将所描写的生活事件或景象作为推理的基础，从而由对生活的具体描述到论点的抽象发挥；第二，通过对社会的描述表现其生活感情，将所表现的感情作为愿望的前提，从而由表现具体的现实感情（爱与憎）进而提出空想的但却是美好的社会理想。这就是说，通过描述具体生活来阐述抽象概念；通过抒发现实感情来提出空想的愿望。当然，第一点和第二点并不是各自孤立的，相反，也正是在生活感情的激发下描述生活，在理想的支配下阐述概念。

因此，墨子文章中混合有述事、说理、抒情三种成分，具有表现力、说服力、感染力。这对当时论文的发展起了作用，同时为文学散文提供了形式和手法。

《墨子》中习惯用排比句法。所以如此，有的是为了归纳，由众多事例的分述中得出共同的一般性的结论；有的是为了推论，由浅到深、由小到大、有明到隐，层层深入；有的是为了对比，在是与非、善与恶、今与古的对比中给人以认识。但是，这种句法的大量运用，可能多多少少受到诗的复唱、对仗、排比章法或句法的影响。

《墨子》中的语言是极朴素的，所以这样，是因为“若辩其辞，则恐人怀（爱）其文（文辞），忘其直（正道），以文害用也。此（将）与‘楚人鬻珠’同类，故（墨子）其言多不辩”。（《韩非子·外备说》）

这说明墨子认为“辞以类行”，语言犹如藏珍珠的柜子一样是思想的外壳：珠柜子过分华丽，就会使人买其柜还其珠；语言过分华丽，就会使人迷于其语词而忽视其内容。这表明，墨子主张以其思想服人，以其感情动人，绝不以花言巧语勾引人。显然，墨子对语言的看法是值得后人借鉴的。

第三节　《孟子》散文

战国中期的儒家大师孟轲是对后代起过巨大作用的思想家。

孟轲，邹（今山东邹县）人，约生于公元前三九〇年，约死于公元前三〇五年。约略与孟子同时的著名人物有政治家苏秦、张仪，军事学家孙膑，学者杨朱，墨家学者田襄子，法家学者申不害、商鞅，名家学者惠施，道家学者庄周，诗人屈原，儒家学者荀况。

据传，孟轲幼年家境贫穷，孟母为了环境教育起见，曾三次迁居；为培养孟轲的学习毅力，曾断织作譬喻[20]。“孟母三迁”和“孟母断织”是后人熟知的故事。

孟轲受学于孔子孙子思的弟子，学成后历游齐、宋、薛、邹、鲁、滕、梁（魏）等国，曾一度仕齐为卿，但他的政见并未被齐王所采纳，于是退而授徒著书以学者终老[21]。

孟子是儒家学说的继承者和发展者。当然，任何学说的形成和发展都是为客观存在所决定，并不是观念本身的遗传式的一线增长：一切对前人思想的继承和发展都是以客观现实为基础。因此，孟子所生活的现实规定了孟子对儒家学说继承什么、发展什么、增添什么。

孟子所生活的时代，正是政治斗争激烈、战争频繁、初期封建制临于最后崩溃、社会急骤变化的战国中期。孟子的阶级立场和所受的教养，使孟子成为周等级制度和宗法制度的辩护人。

孟子认为：社会中必须有分工，“有大人之事，有小人之事”，这就是“或劳心，或劳力”，于是“劳心者治人，劳力者治于人；治于人者食人，治人者食于人”，“无君子莫治野人，无野人莫养君子”。社会上之所以必须有治人并食于人的劳心君子，孟子认为是由于“人之有道也，饱食煖衣，逸居而无教则近于禽兽，（故）圣人有忧之……教以人伦：父子有亲、君臣有义、夫妇有别、长幼有叙、朋友有信”。显然，孟子所说的治人并食于人的劳心君子正是封建统治者，不过却是被作为社会秩序和家族秩序的立法者或监护人而提出；孟子所说的父子、君臣、夫妇、长幼等关系正是封建伦常，不过却是被冠以“人伦”和“人道”的名义而提出。也就根据“人伦”和“人道之正”的名义，宣称“礼义”是“天下之达道”；宣称封建剥削是合理的。

由此，孟子强调周礼法的治世作用，认为等级制原则和宗法原则是立身、齐家、治国的大法：“天下之本在国，国之本在家，家之本在身”，“人人亲其亲、长其长、而天下平”；“无礼义则上下乱”，“上无礼，下无学，贼民兴，丧无日矣！”

显然，这些都是儒家学派的基本观念。但是，孟子发展了这观念，认为“礼乐伦常”不是圣人的主观制作，而是人“性”的产物。

孟子认为：“凡同类者，举相似”，只要是人，其耳、目、口等感官对声、色、味的感受是相同的；人与犬马不同类，所以人不爱犬食马料，而都喜欢著名膳夫易牙烹饪的饭菜，这证明“口之于味，有同嗜也”。孟子以这种片面的看法为论据，进而推论到“人心有所同”。他认为：“恻隐之心，人皆有之；羞恶之心，人皆有之；恭敬之心，人皆有之；是非之心，人皆有之”，无此四者，“非人也”。由此，他进一步为“心”的性质作了规定：“恻隐之心，仁也；羞恶之心，义也；恭敬之心，礼也；是非之心，智也”；同时据此规定仁、义、礼、智、乐的标准：“仁之实，事亲是也；义之实，从兄是也；智之实，知斯二者弗去是也；礼之实，节文斯二者是也；乐之实，乐斯二者，乐则生矣”。这就是说，人是同类的，故“人同此心”；心是相同的，故“心同此理”。因此，孟子认为：“仁、义、礼、智，非由外铄，我固有之”，“人之所不学而能者，其良能也；所不虑而知者，其良知也。孩提之童，无不知爱其亲者，及其长也，无不知敬其兄也。亲亲，仁也；敬长，义也。”由此可知，在孟子看来，封建制度和道德伦常是仁义的表现，仁义则是一切人“不学而能，不虑而知”的本性，而人之本性则秉受于天。这就是孟子的“天”“人”合一的“性善”论。

显然，孟子的“性善”论，是作为日渐崩溃的封建制度和伦常道德的根据而提出的；是其思想中的中心思想；是古典的唯心论；是儒家学说的新的发展。到后期封建社会衰落时，宋明理学家曾继承了孟子的这学说，当然，也作了不同的改变。

其次，孟子所生活的时代正是领主极其暴虐人民极其痛苦的时代，正如孟子所说：“民之憔悴于虐政，未有甚于此时者也。”这种现实给予孟子以深刻的感受：“虐政”激起孟子的反感；“民之憔悴”引起孟子的同情。

从历史看来，当时“民憔悴于虐政”，正是周封建庄园经济制度发展的必然结果。但孟子却认为：“民憔悴于虐政”是由于没有遵守封建庄园经济制度的结果，是诸侯们“放其良心”不行“仁政”而造成的。因此，他劝告诸侯“收其放心”施行周的“王道”；他主张以“仁义礼乐”平世乱；希望历史回复到西周“经界正、井地钧、分田制禄、九一而助”的“太平”时代去。这固然是一部分没落领主思想的反映，然而孟子的这种主张和希望却正是对现实不满的表现。也正是由于这一点，孟子对诸侯虐政的不满便与人民反封建的不满情绪有着一定程度的共同性。当然，就其实质而论，孟子与人民是各有各的不满，各有各的立场、看法和道路，然而在反对当时的暴政压迫、横征暴敛、兼并战争上，孟子与人民却是有相同点的。也正是由于这一点，因此，当孟子为提倡“王道”反对“霸道”、赞美过去反对当前、宣传“仁政”攻击“虐政”时，便揭发了当时诸侯王和大夫的罪行，从中反映了人民的情绪。这是孟子的生活感受；同时也是人民反封建情绪对孟子的感染。也正是由于这一点，孟子受到墨子学说的启示。当然，孟子是极力反对墨子的社会观的，曾斥责墨家学说为“邪说淫辞”，骂墨子为“禽兽”。但从《孟子》中可以看出，孟子不仅继承着墨子在逻辑上的成就，使用着墨子所使用的某些譬喻和专用语汇，而且部分地吸收了墨子的尚贤、尚同、兼受、非攻、节用、天志等学说。

孟子反对封建主的残酷剥削，主张“薄其税敛，民可使富，用之以礼”，“贤君必恭俭礼下，取于民有制”，“明君制民之产，必使仰足以事父，俯足以蓄妻子，乐岁终身饱，凶年免于死亡”。因此，他愤怒地咒骂了诸侯王和其聚敛之臣：“今之事君者，皆曰：‘我能为君辟土地、充府库。’今之所谓良臣，古之所谓民贼也！君不向道，不志于仁，而求富之，是富桀也！……而求为强战，是辅桀也！”

从而，孟子反对唯利是图，认为“上下交征利，而国危矣”，“君臣父子兄弟终去仁义怀利以相接，然而不亡者，未之有也”。因此，他提倡“爱人”，“仁者无不爱也”，“仁者以其所爱，及其所不爱”；“王者与百姓同乐，则王矣”，“乐民之乐者，民亦乐其乐，忧民之忧者，民亦忧其忧”，“老吾老以及人之老，幼吾幼以及人之幼”，“古之人与民偕乐，故能乐也”。

由此可知，孟子将“仁义爱人”作为人君必备的条件。因此，他认为臣民对人君的态度主要是由人君仁义与否而决定：“君之视臣如手足，则臣视君如腹心；君之视臣如犬马，则臣视君如国人；君之视臣如土芥，则臣视君如寇雠”。他甚至宣称，不与民同乐的不仁不义的人君就是残贼，杀残民贼民的君主不算是“弑君”，只不过是杀一个坏家伙而已：“贼仁者谓之贼，贼义者谓之残，残贼之人谓之一夫。闻诛一夫纣矣，未闻弑君也！”显然，这已经超出孟子的阶级局限，突破了传统的所谓“君臣大义”，不自觉地反映了强烈的人民感情。

同时，孟子认为人君之“仁与不仁”决定民心的背向，民心的背向决定国之兴亡：“三代得天下也，以仁；其失天下也，以不仁。国之所以废兴存亡者亦然”，“桀纣之失天下也，失其民也；失其民者，失其心也”。显然，这种认识是人民斗争的反应。正是由于历来人民斗争的影响，才使孟子觉察到决定社会的是人民。因此，孟子宣称：“民为贵，社稷次之，君为轻，是故得乎丘民（农村之民）而为天子。”

不难看出，在孟子观念中存在着明显的矛盾。这就是说，孟子一方面提倡“礼义”，强调上下等级名分，宣传“君臣大义”；另方面提倡“仁爱”，主张“仁者无不爱，乐民之乐，忧民之忧”，公开宣称“民贵君轻”。当然，孟子主观上自认为这两种思想是统一的，都是“性”的表现；然而在客观上这两者是相抵触的，它是现实阶级矛盾的反映。

正是由于这种观念上的矛盾，所以孟子说过些不能自圆其说的甚至是可笑的话。例如桃应从假设出发给孟子出了个难题，桃应问孟子道：“舜为天子，皋陶为士，瞽叟杀人，则如之何？”这对孟子说来是很难解答的。因为“孟子道性善，言必称尧舜”，在孟子说来，舜当然是有“恻隐之心、羞恶之心、是非之心”的“圣人”，是能够“乐民之乐，忧民之忧”和“老吾老以及人之老”的“仁者”。设如舜的父亲瞽叟杀了“人之老”造成“民之忧”的话，那么如根据“仁者”的原则，舜则应杀“己之老”以偿“人之老”的命，否则那就要变成“无恻隐之心，非人也；无是非之心，非人也”！但是，如果舜杀父以“忧民之忧”的话，这在孟子看来是绝对不可以的，因为他曾宣称：“尧舜之道，孝悌而已”，“仁之实，事亲是也”，“事亲，事之本也”，“不得乎亲，不可以为人；不顺乎亲，不可以为子”。但是，如果要舜“顺乎亲”的话，那就要给瞽叟作帮凶，这就变成“老吾老以杀人之老”了。当然，这在孟子看来，也是绝对不可以的。不难看出，根据孟子的学说：一方面“无恻隐之心，非人也；无羞恶之心，非人也；无是非之心，非人也”。另方面是“不得乎亲，不可以为人，不顺乎亲，不可以为子”，处于两者之间，就使得孟子口中的舜两头做“人”难。于是孟子想出个妙主意，他答复桃应道：“舜视弃天下，犹弃敝蹝（破鞋）也！窃负而逃，遵海滨而处，终身䜣（欣）然，乐而忘天下！”这就是说，如果瞽叟杀了人的话，那么作为天子的“仁者”兼“至孝”的舜既不能包庇瞽叟以违仁，也不能惩罚瞽叟以违孝，只好背起瞎父亲开小差，躲到天涯海角藏起来。显然，孟子并没有正面解答桃应从社会观角度上提出的问题，他的答案不过是“三十六计，走为上计”：逃之夭夭，不了了之。孟子的这个妙主意，不仅使舜背着瞽叟逃出人间社会，而且使自己由不能自圆其说的理论矛盾中脱身而出。不难看出，这种理论矛盾是孟子思想情感的两重性造成的。这也正显示出孟子思想的进步性和局限性。

正是由于孟子学说的两重性，因此在后代得到不同的毁誉。孟子曾宣传尊尊亲亲的君臣大义，倡导礼义、孝悌、性善、思诚，这些学说对后代封建统治是有好处的，因此在宋时将孟子配享于孔庙，更以后被尊为“亚圣”。但孟子也曾说过“民为贵，君为轻”一类的话，并激动地指责过“残民贼民”的君主，因此这就触怒了后代的封建官僚和君主，司马光等人曾著书驳斥孟子；明太祖朱元璋曾一度将孟子“驱逐”出孔庙，并宣称：“孟子如生活在今天，他就别想活命！”同时将《孟子》列为禁书，以后又指定专人审查删削《孟子》原文，结果将《孟子》删去三分之一[22]。

由此可知，孟子是战国时代具有进步思想的思想家，他的著述对后代“人道”思想的发生发展起着史的作用。

《孟子》一书，今存七篇，共三万五千多字。据记载，《孟子》是孟轲自著，当然，其中也可能有其门徒的补记或增添[23]。

从《孟子》书中一方面可以看出它对语录文体的继承关系，另方面也可以看出语录文体的新发展。它已不是一种简单的语录，其中不仅如实地详尽地记录了孟子的议论，而且记述了孟子说话的场合、问题如何提起、辩论如何展开、双方的议论和所涉及的事件、对事件的不同看法和态度，双方的口气和表情。因此，通过这种“回忆录”式的笔录，在不同程度上显示着人的性格。

在《梁惠王》篇中，孟子揭露了魏王的伪善。

梁惠王曰：“寡人之于国也，尽心焉耳矣！河内凶，则移其民于河东，移其粟于河内；河东凶亦然。察邻国之政，无如寡人之用心者，邻国之民不加少，寡人之民不加多，何也？”孟子对曰：“王好战，请以战喻：填然鼓之，兵刃既接，弃甲曳兵而走，或百步而后止，或五十步而后止，以五十步笑百步，则何如？”曰：“不可，直不百步耳，是亦走也。”曰：“王如知此，则无望民之多于邻国也！不违农时，谷不可胜食也；数罟不入洿池，鱼鳖不可胜食也；斧斤以时入山林，材木不可胜用也；谷与鱼鳖不可胜食，材木不可胜用，是使民养生丧死无憾也。养生丧死无憾，王道之始也。五亩之宅，树之以桑，五十者可以衣帛矣；鸡豚狗彘之畜，无失其时，七十者可以食肉矣。百亩之田，勿夺其时，数口之家，可以无饥矣。谨庠序之教，申之以孝悌之义，颁白者不负戴于道路矣。七十者衣帛食肉，黎民不饥不寒，然而不王者，未之有也！狗彘食人食而不知检，涂有饿莩而不知发，人死，则曰，非我也，岁也。是何异于刺人而杀之，曰，非我也，兵也。王无罪岁，斯天下之民至焉。”

魏国惠王说：“寡人对于治国理政，是很尽心了哇！河内遭荒年，就移河内难民就食于河东，运赈粮到河内；河东遭荒年时也是如此。我观察邻国治国理政，没有像寡人这样用心的，但邻国的人民并不减少，寡人管下的人民并未增多，其故何在？”孟子答道：“王爱好打仗，请用打仗作譬喻：轰轰敲起进军鼓了，已与敌人刀矛相接，这时丢掉铠甲拖着兵器向后跑，有的回跑百步而停止，有的回跑五十步而停止，有的逃兵以自己只跑五十步而讥笑跑百步的，那您以为如何？”惠王说：“这不可，只不过没有回跑一百步而已，但同样是逃跑。”孟子说：“您如果知道这道理，那就不能希望您国人民多于邻国了！如不违背农作节令，谷米不可胜食；细网不入水池捞鱼秧，鱼鳖水产不可胜食；以一定季节伐林木，木材不可胜用；谷米与鱼鳖吃不完，材木用不尽，这就使人民能养生能送死而无困难无怨恨。养生送死而无困难无怨恨，这是行王道的开始啊。五亩地中建住宅，周围种之以桑树，五十岁的老人便可以穿丝帛之衣了；鸡小猪狗猪的豢养，不误繁殖之时，七十岁老人便可以吃肉了。百亩的耕地，不要夺占农夫农时，数口的家庭，便可以没有饥荒了。严于礼义教化，晓谕以孝悌之义，斑白头发的老人便不再负重戴物在道路上了。如果七十岁的人衣丝帛吃肉，黎民百姓不饥不寒，然而不能王于天下，这是不可能的，从来没有的！在猪狗吃粮食的丰年时而不知应该蓄聚粮米，在道路上有饿死者的凶年时而不知应发仓赈饥，人饿死了，就说，这不是我饿死他，是凶年饿杀他。这何异于用刀刺人而杀死之后，说，不是我杀的，是兵刃杀的。您如不将人民灾难归罪于年成，则天下人将会归服魏国。”

梁惠王曰：“寡人愿安承教。”孟子对曰：“杀人以梃与刃，有以异乎？”曰：“无以异也。”“以刃与政，有以异乎？”曰：“无以异也。”曰：“庖有肥肉，厩有肥马，民有饥色，野有饿莩，此率兽而食人也；兽相食，且人恶之，为民父母行政，不免于率兽而食人，恶在其为民父母也！”（《梁惠王》）

魏惠王说：“寡人愿安心一意的接受您的教导。”孟子答道：“杀人用大棒或用刀子，有甚不同吗？”惠王说：“一样杀人无甚不同。”孟子说：“用刀子或用政令杀人，有甚不同吗？”惠王说：“无甚不同。”孟子说：“您庖厨中养着肥猪狗，圈中养着肥马，而人民面带饥色，四野有饿死的尸骸，这是率领禽兽而吃人呀；兽类互相吃，尚为人厌恶，作人民父母的君主之行政，竟不免是率领禽兽而吃人，这在哪里像是为民父母呀！”

从对话中可以看出，梁惠王自以为“尽心”于国，觉得在关照人民上，邻国诸侯“无如寡人之用心者”。显然他是以贤明君主自命的。对此，孟子当然不能当面驳斥，于是避开正面答复，先由寓言谈起，他说了两个逃兵的故事之后，便问道：“以五十步笑百步，何如？”梁惠王只好答道：“不可以，这只是有程度之别而已，实质是一样的。”而这答案也便是孟子有意逼出来的梁惠王的自我解答。所以孟子紧接着说：“王如知此，则无望民之多于邻国也！”这就等于暗示梁王：你自以为比邻国政治贤明的说法，也不过是五十步讥笑百步而已。显然，孟子的话是含蓄的，但也是刻薄的：他很客气地让“道理”由梁惠王自己讲出；他很尖酸地用寓言揭穿梁惠王的伪善。不难看出，通过可笑的譬喻，客气的对答，表现了孟子对以贤君自居的梁惠王的蔑视和嘲弄，而这也正是孟子的智慧和性格的表现。

接着，孟子具体地并且是充满着情感地提出了自己的政治主张。在这一段议论中，表现了孟子对“安定”的封建庄园经济生活的向往，他将情感中美化了的农奴生活作为社会理想提出。他所希望的是：“五亩之宅，树之以桑，五十者可以衣帛；鸡豚狗彘之畜，无失其时，七十者可以食肉；百亩之田，勿夺其时，数口之家可以无饥”，“颁白者不负戴于道路”，“黎民不饥不寒”，“民养生丧死无憾”。希望是不满的产物，理想往往是现实的反面，因而孟子的理想中反映着当时的现实情景：劳役重，误农时，使农奴不能很好地耕种百亩之田，使其数口之家不能免于饥寒；七十者不仅不能衣帛食肉，而且还在“负戴于道路”；沉重的剥削破坏了农奴的家，农奴不仅不能“养生送死”，而且大批地成为“饿莩”。正因为现实是这样，因此孟子才热情的激动的宣传那样的理想。这里流露着孟子对农奴的关注。由此，孟子表示了对王侯的憎。他通过譬喻击破统治者推诿过失的借口，从而说明人民的灾难是王造成的。

当梁惠王进一步征询孟子的意见时，孟子也进一步揭发了王侯的罪行。他将当时的政治措施比作是杀害人民的刀子。他说道：在这种政治的统治下，统治者是“庖有肥肉，厩有肥马”，但另方面则是“民有饥色，野有饿莩”。对此，孟子悲愤地宣称：“此率兽而食人也；兽相食，人且恶之，为民父母行政，不免于率兽而食人，恶在其为民父母也！”可以看出，孟子的这些话是很尖锐的：他真实地说明了人民饥饿的原因，不仅揭穿了当时封建主自称“为民父母”的欺人之谈，而且指出封建主是率领禽兽以吃人的人，是人民的灾星。

不难看出，在这场谈话中显现出孟子的性情气质和内心活动。当他听到梁惠王自称如何如何贤明时，他感到可笑，于是说了个笑话似的譬喻，以婉转而轻松的语调嘲笑了梁惠王一下。当他为答复梁惠王的询问而谈到自己的政见时，他便严肃起来，以热情动听的语言宣传了“王道”，说明了当前人民的痛苦。当一谈到人民痛苦时，他便因愤怒而激动起来，于是以激烈的语言无情地责骂了封建君主。这里不仅表现了孟子的爱与憎，而且相联系地显示着孟子的脾气和性情。

如果将孟子最后的一段话和梁惠王最初的自白对照一下，便可看出，孟子义正词严地揭露了残酷剥削人民但又沽名钓誉的梁惠王。

《孟子》书中的齐宣王则是与梁惠王不同类型的人。孟子曾做过齐国的卿，他与宣王的对话录是《孟子》书中的重要篇章。现选择三段如下：

齐宣王问曰：“齐桓晋文之事，可得闻乎？”孟子对曰：“仲尼之徒，无道桓文之事者，是以后世无传焉，臣未之闻也，无以，则王乎？”曰：“德何如，则可以王矣？”曰：“保民而王，莫之能御也！”曰：“若寡人者，可以保民乎哉？”曰：“可！”曰：“何由知吾可也？”曰：“臣闻之胡龁曰：王坐于堂上，有牵牛而过堂下者，王见之，曰：‘牛何之？’对曰：‘将以衅钟。’王曰：‘舍之，吾不忍其觳觫，若无罪而就死地。’对曰：‘然则废衅钟与？’曰：‘何可废也！以羊易之。’——不识有诸？”曰：“有之！”曰：“是心足以王矣。百姓皆以王为爱也，臣固知王之不忍也。”王曰：“然，诚有百姓者。齐国虽褊小，吾何爱一牛：即不忍其觳觫，若无罪而就死地，故以羊易之也。”曰：“王无异于百姓之以王为爱也，以小易大，彼恶知之。王若隐其无罪而就死地，则牛羊何择焉？”王笑曰：“是诚何心哉？我非爱其财而易之以羊也！宜乎百姓之谓我爱也。”曰：“无伤也，是乃仁术也，见牛未见羊也！君子之于禽兽也，见其生，不忍见其死，闻其声，不忍食其肉，是以君子远庖厨也！”王说曰：“诗云：‘他人有心，予忖度之。’夫子之谓也！夫我乃行之，反而求之，不得吾心。夫子言之，于我心有戚戚焉。此心之合于王者，何也？”曰：“有复于王者曰：‘吾力足以举百钧，而不足以举一羽；明足以察秋毫之末，而不见舆薪。’则王许之乎？”曰：“否！”“今恩足以及禽兽，而功不至于百姓者，独何与？然则一羽之不举，为不用力焉；舆薪之不见，为不用明焉；百姓之不见保，为不用恩焉。故王之不王，不为也，非不能也！”曰：“不为者与不能者之形何以异？”曰：“挟太山以超北海，语人曰：‘我不能，’是诚不能也；为长者折枝，语人曰：‘我不能，’是不为也，非不能也。故王之不王，非挟太山以超北海之类也，王之不王，是折枝之类也。老吾老，以及人之老，幼吾幼，以及人之幼，天下可运于掌。……今恩足以及禽兽，而功不至于百姓者，独何与？权，然后知轻重，度，然后知长短，物皆然，心为甚，王请度之。抑王兴甲兵，危士臣，构怨于诸侯，然后快于心与？”王曰：“否！吾何快于是，将以求吾所大欲也。”曰：“王之所大欲，可得闻与？”王笑而不言。曰：“为肥甘不足于口与？轻煖不足于体与？抑为采色不足视于目与？声音不足听于耳与？便嬖不足使令于前与？王之诸臣，皆足以供之，而王岂为是哉？”曰：“否！吾不为是也。”曰：“然则王之所大欲可知已：欲辟土地、朝秦楚、莅中国而抚四夷也。以若所为，求若所欲，犹缘木而求鱼也！”王曰：“若是其甚与？”曰：“殆有甚焉！缘木求鱼，虽不得鱼，无后灾；以若所为，求若所欲，尽心力而为之，后必有灾。”曰：“可得闻与？”曰：“邹人与楚人战，则王以为孰胜？”曰：“楚人胜。”曰：“然则小固不可以敌大；寡固不可以敌众；弱固不可以敌强。海内之地，方千里者九，齐集有其一，以一服八，何以异于邹敌楚哉！盖亦反其本矣？今王发政施仁，使天下仕者皆欲立于王之朝，耕者皆欲耕于王之野，商贾皆欲藏于王之市，行旅皆欲出于王之涂；天下之欲疾其君者，皆欲赴愬于王。其若是，孰能御之？”王曰：“吾惛，不能进于是矣，愿夫子辅吾志，明以教我，我虽不敏，请尝试之。”曰：“……明君制民之产，必使仰足以事父母，俯足以畜妻子，乐岁终身饱，凶年免于死亡，然后驱而之善，故民之从之也轻。今也，制民之产，仰不足以事父母，俯不足以畜妻子，乐岁终身苦，凶年不免于死亡。此惟救死而恐不赡，奚暇治礼义哉！王欲行之，则盍反其本矣：五亩之宅，树之以桑，五十者可以衣帛矣；鸡豚狗彘之畜，无失其时，七十者可以食肉矣；百亩之田，勿夺其时，八口之家可以无饥矣；谨庠序之教，申之以孝悌之义，颁白者不负戴于道路矣！老者衣帛食肉，黎民不饥不寒，然而不王者，未之有也！”（《梁惠王》）

齐宣王问道：“齐桓公和晋文公为霸主的事，可以使我听听吗？”孟子答道：“孔子的门徒，没有称道赞扬桓文的事业的，所以后世儒者没有传述霸主之事的，臣没有听到过，对此无以言，言王道可以吗？”宣王曰：“德行达到如何地步，才可以成王业呢？”孟子说：“保民安民则可王于天下，没有人能够阻止！”宣王说：“象寡人这样君主，可以保民安民吗？”孟子说：“可以！”宣王说：“有什么根据知道我可以呢？”孟子说：“臣听到胡龁说：有一日王坐在堂上，有牵牛而经过堂下的，王看到了，问道：‘牵牛哪里去？’答道：‘将杀牛以血祭钟。’王就说：‘舍了它罢，吾不忍见它恐惧颤抖，如此无罪而趋于死地。’那人问道：‘那么就废除血钟的祭奠吗？’王就说：‘祭奠怎么可以废除！用羊代替牛去祭钟罢。’——我不知道有无此事？”宣王说：“是有这回事！”孟子说：“这样的存心是能够王于天下的。但百姓都以为王爱财故以小羊代大牛，臣固然知王是由于不忍之心。”宣王说：“是的，确是有百姓这样想的。齐国虽然褊小，我为国主的何至爱惜一牛之费：而是不忍心看到它颤抖，如此无罪而趋于死地，所以用羊来代替它。”孟子说：“王不必怪百姓以为王是爱财费而以羊代牛，事实是以小羊易大牛，他们何能知道其中原因。王若是哀怜它无罪而趋于死地的话，那么牛羊都无罪，何必选用羊来代牛死？”王笑着说：“这真是什么心思呢？你并不是由于爱财省费而用羊易牛啊！但也怪不得百姓们说我是爱财省费。”孟子说：“这无害，这是仁者的心术，因为看到牛恐惧颤抖而未看到羊！君子对于禽兽，看到它生，就不忍看到它死，听到它的啼叫声，就不忍吃它的肉，因此君子远离厨房！”宣王高兴道：“《巧言》诗称：‘别人有何心，我能推测它。’先生真能象这样聪明！我是这样作的（指以羊易牛），但反过来省查为何这样作，并不能了解自己的心思。先生讲出的这些话，对我当时心里活动是很确切的。然而您说这种心术合于王者心术，为什么呢？”孟子说：“有报告王的说：‘我的力气能够举三千斤，但却不能够举起一根羽毛；我的视力能够观察毫毛的末端，但却看不见一车木柴。’那么王能听信他吗？”宣王说：“不！”孟子接着说：“今恩慈能够惠及禽兽（指牛而言），而好处轮不到百姓，岂有何故呢？然则一根羽毛都拿不起来，是不肯用力所致；一车木柴都看不见，是不肯用视力所致；人民百姓之不被保护，是不肯用恩惠所致。是故王之所以不能建王业王天下，是由于不肯为，并非由于不能为！”宣王问道：“不肯为的与不能为的二者情状有何不同？”孟子答道：“挟持太山而跳过北海，告诉人说：‘这事我不能为’这是真不能为；向长者弯腰折肢敬礼，告诉人说：‘这事我不能作，’这是不肯作，并不是不能作。是故王之所以不能建王业王天下，并不是因为必须作象挟太山而超北海一类的难事，王之所以不能建王业王天下，是因为不肯作象向长者折腰一类的易事。如能敬养自己的老人，并推及天下人的老人，养育自己的孩子，并推及天下人的孩子，天下便可被掌握于掌上。……今恩慈能够惠及禽兽，而好处轮不到百姓，岂有何故呢？秤，然后才知物之轻重，度量，然后才知物之才短，对物都是如此，心尤其应该如此，王请衡量一下自己的心。难道王兴甲兵发动战争，危害士大夫和百姓，结怨于诸侯，然后才高兴于心中吗？”宣王说：“不是的！你怎么会高兴这个，我兴兵是为了求得我心中大愿望的实现啊。”孟子问道：“王心中的大愿望，可以请您让我听听吗？”宣王只是笑，并不说出。孟子问道：“为了肥美甘香食物不合于口吗？为了轻煖衣服不适于身吗？还是为了彩绘颜色不能满足视官吗？为了音乐不能满足听官吗？幸臣嬖人不能很好地奉侍于前吗？如果为这些的话，王之大臣，都能供应王之需要，满足王之大欲，而王岂是为了这些吗？”宣王说：“不是的！我不是为了这些啊。”孟子说：“然则王心中的大愿望便可以知道了：想扩张国土、令秦王楚王来朝拜、君临中国而镇抚四夷。但以您这样的作为，来实现您这样的大愿望，正犹如爬上树而去捉鱼呀！”宣王说：“这话是过甚其词了罢？”孟子答道：“还有更甚于此的呢！爬上树去捉鱼，虽然捉不到鱼，也不会招到灾祸；以您这样的作为，来实现您这样的大愿望，全心全力而作下去的话，结果必然有灾难。”宣王说：“可以请您让我听到其理由吗？”孟子说：“邹人与楚人战，那么王以为谁会战胜？”宣王说：“楚人会胜。”孟子说：“然则小国当然不可以敌大国；人少当然不可能敌人多；弱国当然不可以敌强国。现在海内的土地，面积方千里的有九处，齐国仅居其一，以一服八，如何区别于小邹敌大楚（和邹敌楚一样不能取胜）！王何不反于王道之本？今王行政如施行仁政，使天下欲仕者都愿立于王的朝廷，使天下农夫都愿耕于王的田野，使天下商人都愿藏货于王的城市，使天下行人旅客都愿出入于王的道路；凡是天下嫌恶憎恨其国君的人，都将愿来申诉于王。如果这样，谁能抗拒您？”宣王说：“我不明了，不能施行如此之道，希望先生辅助我的志向，更明显地说出办法来以教训我，我虽不聪敏，请让我试试看。”孟子：“……圣明的君主制定人民的产业，一定要使其上足以奉养父母，下足以养活老婆孩子，好年成终身能吃饱，坏年成可以免于死亡，然后才可驱导他们走正道，所以人民接受教化也较容易。今日之齐国呀，制定人民的产业，上不足以奉养父母，下不足以养活老婆孩子，好年成终身受苦，坏年成不免于死亡。这是救死，唯恐冻饿而不给，哪有闲暇修礼行义！王如愿行王道，那何不反于王道之本：五亩地中建住宅，周围种之以桑树，五十岁老人便可以穿丝帛之衣了；鸡狗猪的豢养，不要繁殖失时，七十岁的老人便可以吃肉了；百亩的耕地，不要夺占农时，八口的家庭便可以没有饥荒了；严于礼义教化，晓谕以孝悌之义，斑白头发的老人便不再负重戴物在道路上了！老年人衣丝帛吃肉，黎民百姓不饥不寒，然而还不能建王业王天下，从来是没有的！”

（齐宣）王曰：“王政可得闻与？”（孟子）对曰：“昔者文王之治岐也，耕者九一，仕者世禄，关市讥而不征，泽梁无禁，罪人不孥。老而无妻曰鳏，老而无夫曰寡，老而无子曰独，幼而无父曰孤。此四者，天下之穷民而无告者。文王发政施仁，必先斯四者，诗云：‘哿矣富人，哀此茕独！’”王曰：“善哉！言乎！”曰：“王如善之，则何为不行？”王曰：“寡人有疾，寡人好货！”对曰：“昔者公刘好货，诗云：‘乃积乃仓，乃裹餱粮，于橐于囊，思戢用光，弓矢斯张，干戈戚扬，爰方启行。’故居者有积仓，行者有裹囊也，然后可以‘爰方启行’。王如好货，与百姓同之，于王何有？”王曰：“寡人有疾，寡人好色！”对曰：“昔者太王好色，爱厥妃，诗云：‘古公亶父，来朝走马，率西水浒，至于岐下，爰及姜女，聿来胥宇。’当是时也，内无怨女，外无旷夫。王如好色，与百姓同之，于王何有？”

齐宣王说：“王者之政，我可以听你讲讲吗？”孟子答道：“过去文王治理岐山一带时，农民只交纳九分之一产物，仕宦贵人世袭爵禄，关卡市场只查问行人而不征税，陂池鱼梁不禁人取鱼，犯罪的人不连坐妻子。

老男人而无妻的人叫作鳏夫，老女人而无丈夫的人叫作寡妇，年老而无儿子的人叫作独，年幼而无父的孩子叫作孤儿。此四种人，是天下的穷困而无依靠的人。文王行政施仁惠时，一定先照顾这四种人，诗《正月》称：‘富人尤可，可怜这孤苦的人！’”宣王说：“真好哇！这套话呀！”孟子说：“王如认为好，那么为什么不行王政？”宣王说：“寡人有点毛病，寡人好财货爱钱！”孟子答道：“过去公刘就爱财货，诗《公刘》称：‘于是屯粮在粮仓，于是裹起餱粮，在皮袋在皮囊，念头一致光大家邦，搭上箭把弓张，干戈戚斧齐高扬，开始动身奔他乡。’所以居者必须有囤粮，行者必须要带餱粮，然后才可以‘爰方启行’。王如爱好财货，应象公刘一样与百姓同之，爱财货于王行王政何干？”宣王说：“寡人还有点毛病，寡人贪淫好女色！”孟子答道：“过去太王就好色，爱他的配偶，诗绵称：‘古公亶父啊，黎明驱着群马，循着西方水涯，到了岐山之下，引着其妻姜女，前来观察地宇。’当太王之时，宫内无拘禁的怨女，外无找不到配偶的男子。王如好色，应象太王似的与百姓同之，好色于王行仁政何干？”

孟子谓齐宣王曰：“王之臣有托其妻子于其友而之楚游者，比其反也，则冻馁其妻子，则如之何？”王曰：“弃之！”曰：“士师不能治士，则如之何？”王曰：“已之！”曰：“四境之内不治，则如之何？”王顾左右而言他。（《梁惠王》）

孟子告诉齐宣王说：“王的臣民有托其妻子给其朋友照顾，自己到楚国游历者，等到他回来，则冻饿坏了他的妻子，那么对这种朋友应怎么办？”宣王说：“丢弃他，与他绝交！”孟子说：“士师不能管理士，那么对士师应怎么办？”宣王说：“罢免他！”孟子又说：“一国的四境之内治理不好，那么应该怎么办？”宣王于是顾看左右侍从讲起别的事来了。

不难看出，在这几段中如实地记录了双方的语言，从而生动地表现了不同的人生态度和情感；同时逼真地记载着对话的展开过程，从而形象地反映了双方的内心活动和思想矛盾的逐渐加深。因此，通过对话不仅使读者看到人的形象，而且引起如临其境如闻其声之感。

这场对话是由齐宣王问“齐桓晋文之事”开始的。在齐王所提的问题中，内含着齐王的抱负和野心。他希望做齐桓晋文一类的霸主，企图通过战争“辟土地、朝秦楚、莅中国而抚四夷”。孟子是反对这种不义战争的，于是以不屑一谈的态度先否定了齐王所敬仰的春秋时的霸主，想以此遏止齐王的野心。同时，他想利用齐王的野心诱使齐王行“王道”，因此他暗示：霸主没有什么，您何不当天下的王？果然，这引起了齐王的兴趣，紧接着便讨论起如何才能当天子来。

当孟子说出“保民而王，莫之能御也”之后，宣王先怀疑自己：“若寡人者，可以保民乎哉？”孟子一口答应：“可！”这便引起宣王惊讶：“何由知我可也？”由这问答中可以看出，齐王不仅从来没有保民爱民，而且连这种念头都没有，甚至连自己也不相信自己竟会爱民保民。

显然，孟子由此感觉到在这样的一个从来没有打算爱民保民的国王面前，话可就难谈了，于是便绕大圈子想一步步地诱导齐王。他以齐宣王自己为例，经过分析与启发之后，说道：您曾不忍见牛“无罪而就死地”，这证明您是个“见其生不忍见其死，闻其声不忍食其肉”的仁人君子，有这种善良慈爱的仁者之心，便可以当天子。这种颂扬性的解说，使齐王大为高兴，于是也回敬了孟子几句，接着便追问：“我不忍杀牛与能够当天子有何关系呢？”

由以上可以看出，孟子煞费苦心地企图启发齐王的善心。当齐王高兴地承认自己有善心之后，孟子便以譬喻说明：“力足以举百钧”的人如自称不足“举一羽”，那是不肯用力，并不是不能；“明足以察秋毫之末”的人如自称“不见舆薪”，那是不肯用视力，并不是不能；同样的，“恩足以及禽兽”的您，如不爱民保民，那是因为您不肯行善施恩，并不是不能。由此，孟子说明，只要您有仁者之心，就能爱民保民，就能当天子，问题在您肯为或不肯为。

但作为君主的齐宣王可能比孟子更清楚君与民的利害关系：不肯为也正是由于不能为，因为“肯”爱民的话就“不能”爱自己。因此，齐王要求孟子解释他所说的“不为”与“不能”的区别。

由此，孟子使用了墨子的“譬喻”，认为“王之不王，非挟太山以超北海之类”，而是“为长者折枝之类”。孟子以自己的同类推论法说明：您之所以不保民爱民是由于“不为”，正如不肯为“长者折枝”一样。应说明，孟子的同类推论法是和其唯心观点结合着的，他是从“仁者之心”推论起的。因此，对客观说来，他用以类推的例子，却是不伦不类的。但由此也正反映出孟子济世救人的苦衷和热情，他企图启发齐王的善心，鼓励齐王做好事，因此用一些生活琐事和不伦不类的譬喻暗示或告诉齐王：您不是个天生的坏人，是有恻隐之心和不忍之心的；您既然有不忍之心能爱及禽兽，也能够也应该推而广之，由爱禽兽进而爱民保民，由“老吾老”进而“老人之老”，由“幼吾幼”进而“幼人之幼”；这样做一点也不困难，正像“为长者折枝”似的是很容易的；只要您肯大发仁心实行保民爱民的仁政，您一定会当天子。

从这些劝勉之辞中可以看出，孟子对政治问题的认识是很幼稚的，其企图是很天真的，但他“为民请命”的热情却是动人的。由此可知，在孟子的表面言辞中，隐伏着没有讲出来的动机，流露着没有表现出来的感情。这也正反映着孟子的心灵。

当孟子将所谓“心术”辩明之后，便进而谴责齐王以战谋霸的野心。当然，这种责谴是用质问的语气表现的。在孟子的一再质问下，齐王说出了发动战争的目的是为了满足自己的“大欲”，但他不肯说出这“大欲”究竟是什么。接着，孟子便提出一些生活享受问题来追问齐王：“王岂为是哉？”不难看出，孟子是在明知故问，因为他在问话中已说出了答案，已经指出：关于肥甘之食、轻煖之衣、采色宫室用具、幸臣侍妾、音乐歌舞，“王之诸臣，皆足以供之”。不难想见，孟子所以明知故问是为了提醒齐王：你发动战争使人民不能生活，并不是为了你的生活享受，而是为了满足超过奢侈生活所需要的贪欲和野心。事实也正是如此：剥削阶级的奢侈寄生生活所形成的无止境的贪欲，是会超过其生活需要和消费目的的。

当齐王承认他的“大欲”并不是生活需要时，孟子便一言道破齐王的雄心不过是企图“辟土地、朝秦楚、莅中国而抚四夷”。

由孟子以上的发言中，可以看出孟子的苦心，他想利用齐王的非生活需要的“大欲”，来满足人民的生活需要；他想将齐王的野心变成“爱人民建王业”的事业心。为此，他先动以利害，指出：“以若所为，求若所欲，犹缘木而求鱼也！”不仅如此，甚至还比不上缘木求鱼：“缘木求鱼，虽不得鱼，无后灾；以若所为，求若所欲，尽心而为之，必有后灾。”这就是暗示齐王，如果你“兴甲兵，危士臣”以满足你的非生活需要的“大欲”的话，那么其结果会使你连生活都不能再维持。指出危害性之后，孟子提出逢凶化吉的办法，他说：你如果“发政施仁”，能满足“仕者、耕者、商贾、行旅”的生活需要的话，你便可以得到天下人的拥护，这样便可以满足你的“大欲”，便可以无敌于天下。

齐宣王对“无敌于天下”是有兴趣的，于是请孟子“辅吾志，明以教我，我虽不敏，请尝试之”。于是，孟子提出“王道”主张。在孟子的这段发言中，表现了对人民的关怀，他要求提高农奴的经济生活，使农奴的收入能够“仰足以事父母，俯足以畜妻子，乐岁终身饱，凶年免于死亡”，只有这样，才能“教化”农奴，从而求得社会稳定。为此，孟子提出自己的政治方案，并称：凡是能使人民“不饥不寒”的人，便一定能成为天子。

齐宣王并不同意孟子的意见，因此在引文第二段中，孟子进一步宣传“保民而王”的主张。他以周文王为例，说明“王政”必须增多农奴收入，必须先救济鳏、寡、孤、独等“天下之穷民”。这里，孟子借用“建王业”的文王的名义，表现了对“穷民而无告者”的关怀，而且引用诗句加强这种情感表现。不难看出，孟子这些充满热情的话，是正义的，是感人的，是使封建统治者不敢公开反驳的。因此，齐宣王在口头上也表示同意，甚至加以赞美：“善哉！言乎！”当然，孟子说这番话并不是为了使齐王赞赏自己的言辞，而是为了改善人民的生活，所以他不以齐王口头同意为满足，于是紧紧地追问一句："王如善之，则何为不行？"接着，在这样不留情面的紧紧逼问之下，齐王找不到遁词了，于是索性显露自己的本性，他公开宣称："寡人有疾，寡人好货！""寡人有疾，寡人好色！"在这十六个字中有二分之一是"寡人"。从语调中可以看出，宣王已经有点由羞成怒，因此在谦辞中流露着傲慢，他是这样回答孟子："我"就是有毛病，"我"爱财！"我"就是有毛病，"我"爱女色！言外之意是：我不管人民是否饥寒，我所贪求的是财货；我不管鳏寡孤独如何痛苦，我所追求的是声色享乐，我为了满足自己就不能爱人民。

显然，辩论到最后，齐宣王摊了牌，他用谢绝的语气无耻而傲慢地揭示了自己的内心：他只有损人利己之心，并没有什么"仁者爱人"之心。

这样，思想矛盾就发展到谈不下去的程度。但孟子仍不死心，他仍企图通过诱导，使齐宣王在"爱财货爱女色"上"与百姓同之"。因此他劝勉宣王道："好货"是很好的，但应象公刘那样"好货"，使"居者有积仓，行者有裹囊"，财货应"与百姓同之"；"好色"也是很好的，但应像古公亶父那样"好色"，使"内无怨女，外无旷夫"，好色应"与百姓同之"。这里，孟子凭借着先王名义，引用原始公社时的诗句，苦口婆心地企图使齐王"推己及人"，将个人贪欲变成提高人民生活的欲望。

不难想见，在财色享受上齐宣王是个"精于此道"的内行，他完全明白：自己的"好货"并不和人民一样，并不是爱好"积仓餱量"；自己的"好色"也并不是和古公亶父或人民似的各爱各的老婆。宣王完全清楚自己所说的"货""色"的实际意义是什么。因此，孟子的这些"重名不重实"的外行话，对宣王不会起丝毫作用，只不过证明了孟子自己是一个天真的人，他竟天真得像哄傻子似的哄着剥削者在生活和欲望上"与民同之"。

引文第三段是与第二段紧相连的。孟子问宣王："有人托妻寄子于朋友，但这朋友不信不义，使别人妻子受到冻饿，对这种朋友应该如何办？”宣王答：“应该弃绝这种不信不义的人。”孟子又问：“士师不能管理士人，对这样无能的士师，应如何办？”宣王答：“应该罢免这种无能的人。”当孟子作为问题提出譬喻，并由宣王答复之后，孟子进而以质问的口气问道：“四境之内不治，则如之何？”这就是暗示：一国的君主如果不能受“天”之托使人民免于饥寒，无能治理国事，那么是否也应像对待不信不义的人一样弃绝他？是否也应像对待无能的士师一样罢免他？显然，孟子基于类推法而提出的质问是具有攻击性的，这就等于当面告诉齐宣王：你是不信不义无能的君主，是应该被弃绝被罢免的。因此，齐宣王索性不再搭理孟子，顾左右而言他。

由以上引文中不难看出，这是一场思想斗争。这种斗争是由观念和情感的对立而形成的，同时也是在对话中逐渐激烈起来的。在对话中不仅可以看出彼此思想情感的对立，而且可以看出每句话的言外之意和每一问题提出的动机：而这些都是内心活动的表现。也就是通过这些表面言辞和内在情绪的对立，显示着两个不同的性格。

其中，显示着孟子爱人民的正义精神。他为了使人民不饥不寒，千方百计地劝诱齐宣王行仁政，企图将爱财贪色、残民贼民、野心勃勃的齐宣王感化成善人。为此，他想出许多生动有趣的譬喻以启发宣王；说出许多热情动听的言辞来开导宣王；指出国之兴亡成败的原因来刺激宣王；编造些先圣王的“懿德美行”来鼓励宣王。同时，他企图启发宣王的“良心”使之爱民；企图转移宣王的“大欲”使之利民；甚至企图将宣王贪财好色的阶级根性转变成“与民同之”的“本性”。所有这些都是煞费苦心的，都显示着最大的耐性。由此可以看出孟子对人民的爱。

从对话中可以看出孟子的刚直不屈的品格。在他规劝齐宣王的同时，也揭发并指责了齐王危害人民的行为。随着辩论的展开，孟子的感情逐渐激烈起来，在引文最后一段，几乎是指着鼻子斥骂了齐宣王。这里不仅表现了孟子疾恶如仇的正义精神，而且表现着孟子火辣辣的个性。不仅此处如此，从《孟子》书中可以看到，孟子与人辩论时，大多是开始尚和缓，渐渐激动兴奋，最后往往破口大骂。由此证明，孟子是一个血性汉子，往往管束不住自己的感情。当然，孟子也曾提倡“君子必自反”，“行有不得者反诸己”。但这很可能是在自我认识后提出来用以自勉的。

其次，通过对话揭示出齐宣王的本性。虽然齐宣王讲的话并不多，但从简略的问答和对孟子所表示的态度中，正显示着一个君主的灵魂。他希望以战争的方法称霸中国，所以要如此，并不是由于生活需要，而是由于无边际的野心，而这种“大欲”是不可告人的。为了满足这野心，他危害人民在所不惜。他很想当天子，但绝不肯救济人民。他公开宣称，他“好货”和“好色”，一切是为了满足自己。在他心目中人民并不比一条牛更值得重视，因此对人民的痛苦无动于衷，对孟子的话置之不理。这是一个残忍、贪婪、顽固的君王。

《孟子》一书当然并不是文学作品，但其中某些篇章是具有形象性的。在上述引文中就有着人的性格表现。

总之，由《孟子》书中可以看到对前代语录的继承和发展的痕迹。当然，它仍是以记述孟子之言为主，但它同时也真实地记载着孟子说话的场合，发言的动机，双方的理由，“话逼话，话赶话”的详细过程。因此，其中的语录，往往像速写（生活片段描写）似的反映着人的精神面貌。因此，孟子的语录文在中国文学史上有着重要的地位。

作为文体来说，《孟子》中文章体制是多样的。其中有长篇对话录，大多是辩论文。其中有《论语》式的语录，大多是论述道德修养的言论。其中还有语录式的人物评论，《滕文公》篇中关于陈仲子、许行的两段文章，便是这种批评文字。在这种批评文字中大多详细地记载着被批评者的言行。当然，孟子记述他们，正是为了驳斥或责骂他们时“持之有据”，但由于对他们行状言论有着客观的描述，结果所造成的客观感染力，比孟子的责骂更为感人。这就是说，孟子所提出的“据”的客观意义抵制着孟子自己的主观偏见。于是，陈仲子、许行成为后人所景仰的人物，而孟子的责骂反而影响了孟子自己。有人认为孟子所以只能是“贤”而不能成为

“圣”，原因之一，便是因为他对陈仲子、许行太不公正。所以出现这样的结果，也正是由于在《孟子》书中有着对现实的客观叙述而造成的。

孟子在辩论时，惯于以故事作譬喻。这些譬喻往往是他类推的前提，是用以阐明其理论的。但不难看出，他所用的譬喻和他所要阐明的理论往往在逻辑上是不相关联的，是一种不伦不类的比附。虽然，孟子所举的某些譬喻不能恰当地阐明其理论，然而在这些譬喻中却充分表现了孟子的感情。这就是说，孟子使用的譬喻有的不是逻辑思维的产物，而是情感联想的产物：它是抒情的。因此在这些譬喻中不仅有着形象的描绘，而譬喻本身也正是对观念和情感的形容。例如孟子答复梁襄王，说明不嗜杀人者能得到天下人的拥戴，能统一中国的道理时，所举的譬喻是：“王知夫苗乎？七八月之间旱，则苗槁矣！天油然作云，沛然下雨，则苗浡然兴之矣！其如是，孰能御之！”显然，人民拥戴不嗜杀人的君主与枯苗需雨，两者在性质上并不同类。但这譬喻却是孟子对人民生活遭遇和愿望的艺术形容。正因如此，《孟子》书中的譬喻大多是具有文学性的。

孟子典范地使用了语言。他的语言严谨而流畅，委婉而犀利，雄恣而细致，在生动泼辣的语言中，流露着强烈而鲜明的感情。因此，孟子的性格活现在纸上，真个是“文如其人”。所谓“孟子文章有真性”，即指此而言。

由此可知，孟子对我国古典散文的发展是有很大贡献的。

第四节 《庄子》散文

战国中期之后出现的较大的学派，一是所谓道家，一是所谓法家。道家的代表人物是老子和庄子；法家的代表人物是申不害、商鞅、韩非。

这两种学派，是在旧制度接近最后灭亡，新兴势力日渐壮大的交替时代形成的。当然，其学说也正是这一时代复杂的物质生活关系的反映。

这时期的社会发展，使得周礼法和宗法制度失去统治作用，已证明不能阻止社会矛盾的加深和变化；同时，使得道德伦常教化失去规范作用，已证明它不能安定社会秩序。因此，道家和法家的思想家，都反对“周道”、礼乐、宗法、仁义。在这一点上，是与儒家或墨家不同的。

道家与法家的学说虽然都反先王、非礼义，但彼此在政治思想和哲学观点上却极不相同。道家学说是没落意识的反映，其中充满着人生幻灭感。法家学说则是新兴地主阶级思想的反映，其中内含着新的人生观和政治主张。

道家学派所推崇的创始者是老子。据史载：老子，名耳，字聃，姓李，楚人，与孔子同时，曾为周藏书室的“史官”，著有书上下篇，共五千余言[24]。这五千余言被后人称为《道德经》，不仅是后代道家的主要经典，而且是世界哲学史中的重要作品。《道德经》的语言简练而确切，行文严谨而流畅，论点明显而深刻，是典范的哲学论文。近百年来，我国学术界对老子及其著作提出很多疑问，例如：老子是否确有其人？生在孔子前还是孔子后？《道德经》是否老子所作？《道德经》究竟成书于何时？所有这些，都曾引起激烈的争论。一般认为，老子约略与孔子同时，但《道德经》则是在战国中期以后成书的。

属于道家学派的另一大师是庄子。

庄子，名周，宋国蒙（今河南商丘北）人，生于公元前三六〇年前后，死于公元前二九〇年前后，约比孟子小廿岁，约比荀子、屈原大十几岁。庄周曾一度仕为漆园吏。从《庄子》书中看来，他一生是较困穷的[25]。

据汉人记载，庄子著书五十二篇，共十余万言[26]。看来其中不尽是出于庄子手笔，可能有后人补益。以后“注家以意去取”，删十九篇，余三十三篇分为内、外、杂三类。这就是今天通行的《庄子》[27]。这三十三篇究竟哪几篇是庄子自作，已不易考知。宋以后不少人将《庄子》书中“语意害教”或“诋訾孔子”的部分，认为是“轻薄之徒”的伪作，但这也只是本于儒教徒的偏见而已，并无可靠的证据[28]。因此，不妨作为专书论述《庄子》一书的文学价值。

作为哲学思想家，庄子在中国哲学史中是具有重要地位的。但本节中所要介绍的只是庄子的思想感情的文学表现。

如前所述，庄子生活在社会斗争极其复杂和极其尖锐的社会变化期。社会复杂而尖锐的斗争无情地逐渐破坏着社会生活现状——由于没落阶级的敏感，庄子深刻地体察到这一点；但是，社会复杂而尖锐的斗争正是分娩新的“社会婴儿”的阵痛——由于阶级局限，庄子不能正确地认识这点。因此，庄子将生活中的各种“斗争”看作是人间一切不幸的根源。

他认为：斗争之发生是由于人们追求私利，争辩是非所造成的；人们之所以利欲熏心“是己非彼”是由于“知识”和“智慧”而引起的；人们之所以有知识智慧是由于圣人提倡礼乐制度和仁义教化而形成的。他认为：圣人提倡礼乐，于是人类中出现君子小人；圣人提倡仁义，于是人类一方面“知”作伪，另方面也就有了不仁不义；圣人提倡刑赏，于是人类“知”饰过和犯法；人间有了圣人，于是也就有了坏蛋。显然这是一种玄学推论，在庄子看来：不强调“是”就没有“非”，不强调“仁义”就没有“不仁不义”；不强调“善”也就无所谓“恶”；不标榜“君子”也就无所谓“小人”；不知何物为“美”当然也不知何物为“丑”。就是根据这样的方法，庄子宣称：自从出现了“圣人之法”，于是便破坏了人类淳朴一致的“本性”，在人间出现了仁与不仁、义与不义、君子与小人、善与恶、贤与愚、美与丑、是与非等多样的差别；而这多样差别便形成了复杂的斗争；斗争引起人间大乱，使人的精神肉体都遭受到残酷的磨难。

这看法在方法上虽然有辩证因素，但在概念上却是唯心的，是由“名”论“实”的。然而这却是庄子对人生的基本看法，它表现在《庄子》书的许多篇中。今全录《马蹄》篇如下：

马蹄可以践霜雪，毛可以御风寒，龁草饮水，翘足而陆，此马之真性也。虽有义台路寝，无所用之。及至伯乐，曰我善治马，烧之剔之，刻之雒之，连之以羁馽，编之以皁栈，马之死者十二三矣！

马蹄可以践踏霜雪，马毛可以抵御风寒，饥则吃草渴则饮水，发兴则举足而跳跃，这是马的真性情。虽有高台大殿，对马说来也是无所用之。及至伯乐（古善相马者），自称我善于治理马，于是烙马印剪马毛，削马掌络马头，制马勒和绊绳以驾御马，编马枥和马棚以约束马，马因之而死者十分之二三矣！

饥之渴之，驰之骤之，整之齐之，前有橛饰之患，而后有鞭筴之威，而马之死者已过半矣！陶者曰，我善治埴，圆者中规，方者中矩；匠人曰，我善治木，曲者中钩，直者应绳。夫埴木之性，岂欲中规矩钩绳哉！然且世世称之曰：伯乐善治马，而陶匠善治埴木，此亦治天下之过也。

再加上饥渴失常，驰骤过分，力求步整行齐，前有马嚼子马笼头的勒迫，后有皮鞭竹杖的责督，马因之而死者已在半数以上矣！陶工自称，我善于烧治黏土，所作陶器圆者合于规，方者合子矩；木匠也自称，我善于治木，所斫制的东西曲者中钩尺，直者合于绳墨。但是黏土和树木的本性，何尝是想将自己合于规矩钩绳啊！然而人们世世代代称道：伯乐善于治马，而陶工木匠善于治土木，这也和治天下的错误是一样的。

吾意善治天下者不然。彼民有常性，织而衣，耕而食，是谓同德；一而不党，命曰天放。故至德之世，其行填填，其视颠颠。当是时也，山无蹊隧，泽无舟梁，万物群生，连属其乡，禽兽成群，草木遂长，是故禽兽可系羁而游，乌鹊之巢可攀援而阙。夫至德之世，同与禽兽居，族与万物并，恶乎知君子小人哉？同乎无知，其德不离，同乎无欲，是谓素朴，素朴而民性得矣。及至圣人，蹩躠为仁，踶跂为义，而天下始疑矣；澶漫为乐，摘僻为礼，而天下始分矣。故纯朴不残，孰为牺尊？白玉不毁，孰为珪璋？道德不废，安取仁义？性情不离，安用礼乐？五色不乱，孰为文采？五声不乱，孰应六律？夫残朴以为器，工匠之罪也，毁道德以为仁义，圣人之过也！夫马陆居则食草饮水，喜则交颈相靡，怒则分背相踶，马知已此也。夫加之以衡扼，齐之以月题，而马知介倪，闉扼鸷曼，诡衔窃辔，故马之知而态至盗者，伯乐之罪也！夫赫胥氏之时，民居不知所为，行不知所之，含哺而熙，鼓腹而游。民能以此矣。及至圣人，屈折礼乐，以匡天下之形，县跂仁义，以慰天下之心，而民乃始踶跂好知，争归于利，不可止也，此亦圣人之过也。（《马蹄》）

我觉得善于治天下的与此不同。那些人民有真常的本性，织布而衣，耕田而食，是为同心同德；本性一致而不偏，名曰天然放任之民。故至善至德的上古时代，他们行路时徐缓而散漫，他们看东西时漠然而坦然。当那时候，山无径道，泽无船桥，万物并生，人与万物连属而居，禽兽往来成群，草木自然兴茂，人与禽兽无相害之心，故禽兽可由人牵系着一起游戏，鸟鹊也容人登树观其巢中的雏。当至善至德的上古时代，人与禽兽居，人类与万物并在，这时怎么能知道能分出谁是君子，谁是小人呢？人都一样的无知无识，其德性心思一致而无别，人都一样的无欲念，这就是淳朴，淳朴才使人民本性不丧失。等到出现了圣人，强调偏爱以为“仁”，矜持自衒以为“义”，而天下人开始互相猜疑互相倾轧；纵逸淫声以为“乐”，制作繁文缛节以为“礼”，而天下始分贵贱、上下、君子与小人。所以，完整的树木如不被残割，怎能成为牛首酒尊？自然的白玉如不被琢破，怎能成为珪璋玉器？大道至德不废，何取于人为的“仁义”？人们的性情无别，何必用礼乐制度？自然五色如不被错乱，怎能成为人为的文采？自然的五声不被乱择，怎能适应人为的六律？残害完美的自然物以为器具，是工匠的罪行，毁坏大道至德而提倡人为“仁义”，是圣人的罪过呀！马陆地居而吃草饮水，喜欢时则彼此交颈互相摩脖子，发脾气时则彼此转身以后足相踢，马的本性智能已尽于此了。然而人们在马颈上加上辕架夹板，在马头上勒上辔头，于是马也懂得斜眼窥伺马夫，学会弯颈抵突辕轭，学会悄悄吐出嚼子或滑出笼头，由此看来，马之所以学会这些狡猾诡诈的知与能，是伯乐造成的，是伯乐之罪也！当赫胥氏之时，民静居不知所为（无为），行走不知所之（无目的），吃饭时含食物而嬉笑，吃饱后敲着肚子而遨游，人民的本性才能已尽于此了。等到出现了圣人，以屈腰折肢为“礼乐”，用以正天下人的形体（使贵贱尊卑各有各的样子），提倡“仁义”，用以鼓励天下人的进修心，从而人民才开始为自衒而求智能，争着谋取利禄，一发不可遏止，这也是圣人的罪过啊！

《马蹄》篇中说明了“圣人”“礼乐”“仁义”是危害人性的。这看法的形成，一方面是由于周礼乐制度的最后破产，因此由否定“礼乐仁义”的治世作用，进而否定礼乐制度本身；另方面是由于旧制度已崩溃到不可收拾的地步，因此当一切补救都只能引起混乱时，便索性提倡“无为”。显然，作者是以“虚无”观念反对礼乐，他所理想的是无知无欲万物静止的世界。

但是，作为抒情散文看来，《马蹄》篇中表现的情感却是具有客观意义的。

其中揭示出封建礼乐道德是不合理的，不顺情的，非“自然”的。为此，作者首先富有情感地描绘了放浪不羁的野生的马。作者暗示：“蹄可以践霜雪，毛可以御风寒”，是天赋给马的本领；“龁草饮水，翘足而陆”，是马的自然生活；“喜则交颈相靡，怒则分背相踶”，是马的纯真的“性情”。所有这些，是马本于天秉于自然的“本性”。任何华丽的马厩、漂亮的鞍辔都不是马所需要的。接着，寓言式地用譬喻手法描绘了伯乐残酷的治马方法：“烧之、剔之，刻之、雒之，连之以羁馽，编之以皁栈”，“饥之、渴之，驰之、骤之，整之、齐之，前有橛饰之患，而后有鞭筴之威”。作者指出，自从伯乐“发明”治马之后，不仅许多马被折磨而死，而幸存的马，也在迫害下丧失“本性”，学会一些不应有的应付鞭子的智慧，锻炼出各种狡猾而可怜的才能。由此，作者宣称，以善治马而出名的伯乐是马的罪人。当然，文章中所提到的不是真实的伯乐，所表现的并不是马的性格，所抒发的不是马的感受或牢骚。这些全是寓托。马，只是被作者作为抒情素材使用，通过这素材，诗意地表现着作者的思想感情，象征地反映着当时的人生；同时，伯乐和马，也是作者选用的譬喻。

因此，作者对马与人分别作了对衬描述。作者生动地说明，土和树的存在并不是为了应合规矩钩绳，马的本性中也并没有带鞍辔拉大车的本能，同样的，人的“本性”与“礼乐仁义”也并不相合。为此，作者根据自己的虚无观念描出一幅乌托邦的乐园，宣称“民有本性，织而衣，耕而食，是谓同德；一而不党，命曰天放”，“含哺而熙，鼓腹而游”，“同乎无知，其德不离，同乎无欲，是谓朴素”，并感慨地说道：当“同与禽兽居，族与万物并”时，“恶乎知其君子小人哉”！接着作者斥责了破坏这人间“乐园”的是所谓圣人和君子，说道：有仁义之后，“天下始疑”，有礼乐之后，“天下始分”，结果“民乃始踶跂好知，争归于利，不可止也”。作者接着通过譬喻说明：“牺尊”是对树木的破坏；“珪璋”是对“白玉”的破坏；“仁义”是对淳朴“道德”的破坏；“礼乐”是对“性情”的破坏：圣人之法（礼乐仁义）是违反人的性情的，是不“道德”的，是反天理自然的。

由此可知，作品形象客观说明：礼乐制度既不是本于人情，仁义也不是人“性”的表现，它们犹如马的鞍子、辔头、嚼子、鞭子似的，是骑者的驾驭工具，是被骑者的桎梏。因此，封建圣人是人民的敌人，正如伯乐是马的敌人一样。“仁义礼乐”不仅使人受到磨难，而且在迫使或诱使人们作伪：“仁义”往往是恶行的装饰品。

显然，《马蹄》篇所表露的这种思想，是与周代传统观念相对立的。

也就是这样，形象地揭示出封建道德的伪善性，从而否定了封建主义的传统信念。在这一点上，作品客观思想是具有历史的进步意义的。

作品形象中表现了对“自由”的愿望，歌颂“自然”，反对“人为”的封建约束。当然，这种“自由”愿望与资本主义萌芽期以“个性解放”为名义的“自由思想”，在本质上是不相同的。然而它对周礼法的繁文缛节清规戒律说来，却是具有很大破坏性的——也只有从这种破坏性上才能估价其历史作用，离开这一点，便成为极反动的观念。

所以这样说，是因为作品思想不仅是否定礼法约束的，而且是否定人生和社会的。这就是说，作者反对礼乐仁义并不是作为剥削制度而反对，而是因为在作者看来礼乐仁义启发“知”鼓励“欲”，因此作者反对礼乐仁义是为了提倡“无知”“无欲”“无为”；作者反对“知”与“欲”并不是作为统治者的“机巧权诈”和“贪婪奢侈”而反对，而是因为在作者看来“知”与“欲”造成人间各种斗争，因此作者反对“知”与“欲”是为了诅咒现实斗争。显然，这是没落阶级畏惧斗争，逃避斗争的思想表现，是由于斗争对己（广义的）不利而形成的。这种反“知”反“欲”反“斗争”的思想情绪发展到了极端，作者不仅反对人与人之争，甚至反对人与物或物与物之争，因此作者所幻想的“至德之世”，人竟能牵着“禽兽”（老虎当然也在内）一起游戏。显然，这说法不过是由于仇视现实斗争而制造的幻想：作者企图将社会还原到人兽不分的混沌蒙昧时代去。

虽然如此，但作者反对封建约束，企图由封建道德的桎梏中解脱出来的想法，却是感人的。

因此，在《庄子》书中，作者凭借自己创作的寓言，以嬉笑怒骂的态度揭发了封建道德的虚伪性。

盗跖之徒，问于跖曰：“盗亦有道乎？”跖曰：“何适而无（从郭释，而无应改作其）有道邪！夫妄意室中之藏，圣也；入先，勇也；出后，义也；知可否，知也；分均，仁也。五者不备，而能成大盗者，天下未之有也！”（《胠箧》）

大强盗跖的弟子，问于跖道：“我们强盗也有礼义道德吗？”跖说：“岂但有礼义道德而已！凡能测度酌量室中财货的有无或多寡，就是圣啊；敢于抢先冲入，就是勇啊；逃走时殿后掩护众人，就是义啊；能预知是否成功，就是智啊；分藏时分的均平，就是仁啊。这五种德性不具备，而能成为大盗贼的，天下是从来没有的啊！”

所谓盗跖，是古时传说中的大盗贼，是盗贼中的“标准人物”，正如尧舜是圣人中的“标准人物”一样。作者笔下的盗跖“讲学语录”，当然不是真实的，而是寓托，是在和提倡圣、勇、义、智、仁的儒家开玩笑。因此，作者使盗跖根据儒家的学说，用儒家的讲学口吻，提出强盗道德的重要性：圣、勇、义、知、仁“五者不备，而能成大盗者，天下未之有也”！

文中，作者尖锐地指出了封建道德的片面性、虚伪性，它甚至有利于强盗打家劫舍；它不仅可以帮助强盗抢劫财货，而且可以给强盗的恶行恶德冠以美名。不难看出，以小喻大，作者是在指责战国时代的诸侯。所以在《胠箧》篇中，作者说道：圣人“为之仁义而矫（正）之”，强盗“则并与仁义而窃之。何以知其然邪？彼窃钩者诛，窃国者为诸侯——诸侯之门，而仁义存焉！”这说明，被封建统治者歪曲了的仁义，不过是盗贼哲学，它帮助并掩饰诸侯的盗窃行为。“仁义”始终是站在有权势的大贼身边的。

从书中看来，作者是善于利用封建统治者的道德概念揭穿封建道德的。例如《天运》篇载：“商太宰荡问仁于庄子，庄子曰：‘虎狼，仁也！’（荡）曰：‘何谓也？’庄子曰：‘（虎狼）父子相亲，何为不仁！’”显然，在作者看来，所谓“亲亲，仁也”不过是极狭窄的家族伦理，甚至连残暴的虎狼都能做到。这不仅说明作者认识的深刻，而且表现了作者的智慧。

在杂篇《外物》中，作者用夸张的描写抨击了“礼”。

儒以诗礼发冢，大儒胪传曰：“东方作矣，事之何如？”小儒曰："未解裙襦，口中有珠！诗固有之曰：'青青之麦，生于陵陂，生不布施，死何含珠为？'接其鬓，擪其顪，而以金椎控其颐，徐别其颊，无伤口中珠！"（杂篇《外物》）

儒家以'诗礼之教'偷坟劫墓，大儒生用赞礼的声调传言说："东方快亮了，事情怎样了？"小儒生答道："尚水解裙子，口中有珠子！古诗固有这样话：'青青的麦禾，生长在山坡，你活着时不肯救济别人，死后还含着宝珠做什么？'我抓住他的鬓，按住他的腮，你用金椎将他嘴撬开，慢慢地别开他的牙床，不要碰伤口中的珠子！"

由引文中可以看出作者的浪漫手法。他根据自己的看法与情感，创作了一个与之相适合的然而却是很荒唐的故事。他为了说明诗书礼义不过是文过饰非的工具，文质彬彬不过是恬不知耻之徒的伪装，因此在他的笔下，竟使丧礼专家和死尸崇拜者的儒家去偷坟劫墓抢掠死人。不难看出，故事是荒诞不经的，但所反映的现象却是具有现实性和一般性的——这里，形象的合理性，在于作者的生活感受，而不是在于故事本身。

因此作者寓言式地写道：两个儒徒"使用""诗书礼乐"去偷坟劫墓，他们庄严地哼着赞礼腔调，文雅地说着诗的语言，在挖死尸口中的珠宝时，先引古诗为证。这里，形象地反映了剥削阶级文人的特点：剥削阶级的知识分子在干任何下贱的营生时，都善于引经据典，都会振振有词，都敢于侃侃而谈。通过这种夸张地描写，表现了作者对以知识为工具而为非作歹的无是非观念无羞耻之心的小人的蔑视、嘲笑和憎恶，从而客观上揭示了封建道德的伪善性。

当然，作者所攻击的并不是所有的儒家学者，而只是一些凭借知识和口才以谋取利禄以满足贪欲的奸巧之徒。

对此，在《列御寇》中有着这样的记载。

宋人有曹商者，为宋王使秦。其往也，得车数乘；王说之，益车百乘。反于宋，见庄子曰："夫处穷闾厄巷困窘织屦槁项黄馘者，商之所短也；一悟万乘之主而从车百乘者，商之所长也。”庄子曰：“秦王有病召医，破癰溃痤者，得车一乘；舐痔者，得车五乘，所治愈下，得车愈多。子岂治其痔邪？何得车之多也！子行矣。”（杂篇《列御寇》）

宋人有曹商者，为宋偃王出使于秦。他动身赴秦时，得宋王赐车数乘；秦王宠爱他，增赐他车百乘。他返回宋国，见庄子说：“过去处于穷街破巷贫困潦倒干织麻鞋被饿得颈长面黄的营生，是我所拙于应会的；而一旦说服万乘的君主便能得到从车百乘的勾当，倒是我曹商的特长。”庄子答道：“秦王有病召医生，治好秦王臭疮烂疖子的，便可得赏车一乘；舔吮秦王痔疮的，便可得赏车五乘，所治的愈卑下所干的愈下贱，得到的赏赐愈多。您岂非治过秦王的痔疮罢？否则何以得到赏赐车乘这样多呢！先生，请罢！”

不难看出，庄子答复曹商时所举的例子，虽然是极露骨的嘲讽，但却是符合现实的。在封建社会，高官厚禄往往是以低三下四换来的，干的勾当越下贱，得的官位越高。这里不仅表现了庄子疾恶如仇的情感，而且表现了喜怒见于形的个性——他毫不留情而且相当粗暴地赤裸裸地表露自己对曹商的蔑视。

正是由于厌恶唯利是图的小人，因此作者赞美那些鄙视利禄的清高脱俗的历史人物。在《让王》篇中，作者写有原宪和子贡的故事。

原宪，字子思，鲁人，孔子弟子。孔子死后，原宪隐居于穷巷，贫困而死[29]。子贡即端木赐，卫人，孔子弟子，善为辞说，会做买卖，以后发了财成了大商人[30]。

《庄子》书中将这两个不同思想的人作了形象的描绘，在形象的对照中抒发了作者的情感。

原宪居鲁，环堵之室，茨以生草，蓬户不完，桑以为枢而瓮牖，二室，褐以为塞，上漏下溼，匡坐而弦。子贡乘大马，中绀而表素，轩车不容巷，往见原宪。原宪华冠縰履，杖藜而应门。子贡曰：“嘻！先生何病！”原宪应之曰：“宪闻之：无财谓之贫，学而不能行谓之病。今宪贫也，非病也！”子贡逡巡而有愧色。原宪笑曰：“夫希世而行，比周而友，学以为人，教以为己，仁义之慝，舆马之饰，宪不忍为也！”（杂篇《让王》）

原宪居于鲁，住在四周环以土墙的小房中，房顶上盖以湿草，蓬藁编成的门扇上露着洞，以桑条作门插管儿而以破瓮圈装成窗户，夫妻住两间小房，在这室中原粗布以塞牖，房顶漏地下潮湿，在这室中原宪端坐弹弦而歌。发了财的子贡驾着大马，穿着紫丝衣披着素色罩，高大的轩车使窄巷不能容纳，来拜访原宪。原宪戴着桦木皮帽子踢遢着破鞋，拄着藜木杖而应门迎接。子贡说：“唉！先生何其病因啊！”原宪应声道：“我听说：无财叫作贫穷，学的道理不能实行叫作病困（按：病有困、患二义）今我是贫穷，并非病困！”子贡（知道这话是对他的讽刺）忸怩而有愧色。原宪笑着说：“凡希望投合世俗恶趣的行动，互相勾搭拉拢而结朋党，学习是为了对人招摇撞骗，教别人是为了抬高自己，以仁义来掩藏卑鄙，以舆马装饰威仪，这些行径是我原宪不忍干的呀！”

文中对原宪的生活环境作了具体而细致的描写，使人像亲临其境似的看到原宪已贫困到使人难以忍受的程度。也就是通过这种环境的描写，衬托出原宪的性格：富贵不能淫，贫贱不能移，珍惜自己的品质，鄙视封建时代的利禄，不因贫贱而忧，而以高洁自乐。

作者写道，当原宪正在抚琴（或瑟）时，子贡来访，于是以对比手法描写了原宪和子贡在服装上的悬殊、在精神上的分歧。通过这种形象的描写表现了两种不同的人生观。在子贡看来，人生最大的病患和耻辱就是身外物的贫乏，一个人是否“健”和“乐”取决于财货的有或无；他正是本于这种看法，因此才关怀地也是怜悯地说：“嘻！先生何病！”但在原宪看来，人生最大的病患和耻辱却是言不顾行和表里不一，一个人是否“健”与“乐”取决于内在品格的纯洁或肮脏；他正是本于这种看法，因此才骄傲地答道：“我所缺的是财，这只是贫，并不是缺德，因此不算病。学而不能行，才是人之大病！”作为孔门语言科高才生的子贡当然听出这话的讽刺意味，同时在口头上也会承认：人的价值是不能根据美丽的衣着、高大的车子、健壮的牲口来定值的。因此子贡"逡巡而有愧色"。接着，原宪在解说自己时以嘲笑的但也是严厉的态度教育了他的学友，他告诉子贡说，只有那些不重视自己"品格"的人，才忍心戕害自己的灵魂，才肯干些下作的勾当，这就是：逢迎剥削者，同流合污；勾搭小人，结成集团；学知识是为了人前贩卖；教别人为了抬高自己；言必称仁义以文过饰非；装潢车马以抬高身价。

不难看出，作者借原宪名义所指责的正是剥削阶级文人的根性。

此外，作者形象地赞美了孔子弟子曾参。

曾子居卫，缊袍无表，颜色肿哙，手足胼胝，三日不举火，十年不制衣，正冠而缨绝，捉衿而肘见，纳屦而踵决，曳縰而歌《商颂》，声满天地，若出金石，天子不得臣，诸侯不得友。故养志者忘形，养形者忘利，致道者忘心矣。（《让王》）

曾参居于卫，敝麻袍面子破烂不堪，颜色浮肿憔悴，手脚上磨出很厚的茧子，有时连饿三天灶中不举火，一连十年不制新衣，将帽子扶正时，朽烂了的帽缨便断了，提衣领时，袖子破洞中露出肘来，蹬鞋时，鞋后跟便掉下来，他拖着没有后跟的破鞋高唱《商颂》，歌声洪亮充满天地，好像是出于金石似的响亮和谐，天子不能召他为臣，诸侯不能攀他为友。所以养其志的人忘身，养其身的人忘利，致于大道的人忘心。

作者通过速写式的多方面描绘，刻画了在饥寒交迫下的曾参。作者先从衣服、颜色、肢体上描绘曾参的形状：贫穷使他披着败絮片缕；饥饿使他头面浮肿颜色焦黄；劳动使他"手足胼胝"。接着从时间上说明曾参的贫寒生活：他经常挨饿，"三日不举火"；他长期受冻，"十年不制衣"。最后通过动态描写将曾参的贫困生活凸现出来："正冠而缨绝，捉衿而肘见，纳履而踵决"。这描绘是很形象的，使读者感觉到曾子从头到脚的穿戴，都破烂或腐朽到将要质变的程度，只要有一点外力就会发生突变。

在对生活的描绘中，烘托出曾子的形象：他的服装褴褛不堪，但他的品格却是完整而美好；他的肉体污秽，但他的心灵却清洁纯真；他过着极其贫困的生活，但却有着巨大的精神潜力。因此，他傲然地穿着将要变质的衣服，拖着掉了后跟的鞋子，在散步时高歌《商颂》，“声满天地，若出金石”。

显然，作者对曾子行动的描绘，是很性格化的，他显示了曾子的傲世嫉俗玩世不恭的生活态度。在阶级社会，贫穷曾是人品伟大的证明。因此，在作者的笔下，曾子是在用破衣烂鞋向封建统治者示威；曾子的纵情歌唱对封建达官贵人说来，是一种轻蔑的表示。正是由于这样的性格，曾子以自己的品质自傲，“天子不得臣，诸侯不得友”，他宁可贫困终生而不为天子诸侯效力。

不难看出，作者对原宪曾参的描写和赞颂，在客观上具有反封建意义。当然，作品形象的反封建性是在一定的历史条件下获得的。这就是说，作者赞美贫穷，是由于憎恨剥削者的不义而富贵；作者提倡遁世而隐居，是由于反对为剥削者效劳；作者极力歌颂精神生活，是由于厌恶当时的社会现实。也只有从客观现实的特征中，才能认识作品形象的进步性。如忽视历史具体条件，那么，作品思想的感染力往往能产生消极作用。事实上，作品思想中是含有消极因素的。这就是说，其中有着虚无的情调，有着禁欲主义的说教。

由以上可以看出，作者否定了封建制度，攻击了礼乐仁义、嘲笑了伪善者和名利之徒，歌颂了不与诸侯大夫同流的“高人”。所有这些，在客观上是具有进步性的。但也可以看出，其中也流露着虚无、消沉、厌世的情调。所以如此，是由于作者所生活的时代和所受的阶级教养造成的。

作者生活在极为混乱变化无常的动荡时期。一般人都处在一种朝不保夕的恐惧状态中，感到对灾祸无从预料，而一些可用之才也往往死于非命。庄子的“苟安于乱世”的厌世思想便因此形成。庄子在《人间世》中写道：

匠石之齐，至于曲辕，见栎社树，其大蔽数千牛，絜之百围，其高临山十仞而后有枝，其可以为舟者旁十数。观者如市，匠伯不顾，遂行不辍。弟子厌观之，走及匠石曰：“自吾执斧斤以随夫子，未尝见材如此其美也！先生不肯视，行不辍，何邪？”曰：“已矣，勿言之矣。散木也！以为舟则沉，以为棺椁则速腐，以为器则速毁，以为门户则液樠，以为柱则蠹，是不材之木也！无所可用，故能若是之寿。”匠石归，栎社见梦，曰：“女将恶乎比予哉？若将比予于文木邪？夫柤梨橘柚果蓏之属，实熟则剥，剥则辱，大枝折，小枝抴，此以其能苦其生者也，故不终其天年而中道夭，自掊击于世俗者也！物莫不若是，且予求无所可用久矣，几死，乃今得之，为予大用，使予也而有用，且得有此大也邪！……”

木匠石赴齐国来到了曲辕，看见一棵栎木的社树，枝叶茂盛其荫可覆数千牛，树干之粗量之有百围，高度在离地七丈以上才有树枝，树枝可以为舟船的达十数枝。观看者很多犹如闹市，木匠石不顾，行走不停一直过去。他的弟子仔细地观察这大树一番，赶上匠石，说道：“自从我执斧子以追随老师以来，还没有见到材料象这样好的！先生连看都不肯一看，走不停，为什么呢？”匠石说：“算了罢，不要说了。这是散木呀！以它做舟船则沉入水中，以它做棺椁很快就朽烂，以它为器具则会很快的毁破，以它为门户则汁液渗出，以它为柱子，则易被虫蠹，这是不成材的树木啊！没有什么可以用的，所以才能活的象这样长。”匠石归来，栎木社树见于梦中，说：“你打算如何来估量我呀？你打算以你所认为的可用之材来衡量我吗？那些柤、梨、橘、柚、果蓏之类的果实熟则被摘取，被摘取则受到损辱，大枝被折断，小枝被攀损，这是因为它的果实甜美而危害它的生命，所以不能终其天年而中道夭折，这是自招打击于世俗呀！一切物无不如此，且我力求无所可用已经很久了，几度濒死，今日才达到目的，这就是我的大用，假使我也有你们所认为的用处，岂能活这样长，长得这样大吗！……”

南伯子綦游乎商之丘，见大木焉，有异，结驷千乘，隐将芘其所藾。子綦曰：“此何木也哉！此必有异材夫！”仰而视其细枝，则拳曲而不可以为栋梁；俯而见其大根，则轴解而不可为棺椁；咶其叶，则口烂而为伤；嗅之，则使人狂酲三日而不已。子綦曰：“此果不材之木也，以至于此其大也！”嗟乎！神人以此不材。宋有荆氏者，宜楸柏桑，其拱把而上者，求狙猴之杙者斩之；三围四围，求高名之丽者斩之；七围八围，贵人富商之家求樿傍者斩之。故未终其天年，而中道之夭于斧斤！此材之患也！（《人间世》）

南伯子綦游于商之故丘，看见一棵大树，异于寻常树木，驾四马的马车千辆，可以隐庇在它的树荫下。子綦说：“这是什么树啊！这必定是棵特殊的与众不同的大树罢！”抬头而看它的树枝，则弯弯曲曲的不可以为屋梁，低头而看它的大根，则有裂缝而不可以为棺椁；舔其叶，则口烂而舌伤；嗅其叶，则使人昏头涨脑像病酒似的三日不愈。子綦曰：“这真是不成材的坏树呀，正因如此，以至于长的这样大啊！”唉！神人为了成全它所以才使其不成材。宋国有地名荆氏者，适宜种植楸柏桑之类的树木，其一掬粗以上的，寻猴子桩的人便斫掉它；粗达三围四围的，寻求高大的栋梁的便斫掉它；粗达七围八围的，贵人富商之家寻求棺材板的便斫掉它。所以没有享尽其天赋的年岁，中年便夭折在斧子上！这就是因材美遭到的祸患！

这寓言故事说明，在作者生活的时代，只有百无一用的废物才能苟全性命。这固然是作者消极的逃世思想的表现，但由此也反映了封建奴役剥削的残酷，凡是可以被剥削可能被奴役的人都不能求得善终。因此，作者生发出这样悲哀而愤慨的想法，希望自己成为废物。

但是，在当时，废物有时反而因为是废物而受到摧残。外篇《山木》中写道：

庄子行于山中，见大木枝叶盛茂，伐木者止其旁而不取也，问其故。曰：“无所可用。”庄子曰：“此木以不材得终其天年！”夫子出于山，舍于故人家。故人喜，命竖子杀雁而烹之。竖子请曰：“其一能鸣，其一不能鸣，请奚杀？”主人曰：“杀不能鸣者。”明日，弟子问于庄子曰：“昨日山中之木，以不材终其天年，今主人之雁，以不材死，先生将何处？”庄子笑曰：“周将处乎材与不材之间！材与不材之间，似之而非也，故未免乎累！……”（外篇《山木》）

庄子率领弟子行于山中，见一棵大树枝叶茂盛，伐树的人停在树旁并不斫这棵树，庄子问为什么不斫这棵树。伐树人说：“这树没有什么可用的材料。”庄子说：“这大树因为不成材才能终其天年啊！”庄夫子出山之后，投宿在老朋友家。他的朋友大喜，命童仆杀一只鹅烹作菜。童仆请示主人道：“有一只能鸣，有一只不能鸣，请问杀那一只？”主人答道：“杀那只不能鸣的。”明日，庄子弟子问庄子道：“昨日山中的大树，因为不成材故终其天年，今主人家的鹅，因不能鸣不成材而被宰杀了，先生打算处于材与不材哪类呢？”庄子笑道：“庄周将处于材与不材之间！材与不材两者之间。和两者都近似但又与两者都不同，所以未能免于忧患！……”

这里充分表现了在祸福无常吉凶难料的动乱时代里，人们无所适从的苦闷情绪。

正是由于这种时代的苦闷和阶级的没落感（更重要的原因），产生了庄子的虚无思想。本阶级的破落，使他感到万物无常；生活上的破产，使他感到人生无趣；在充满复杂矛盾和激烈斗争的现实面前，他始而迷惘，继而哀伤，终于厌倦。于是庄子便以达观自慰，以大言解嘲，在“玄妙”是追求精神寄托。

因此，他认为一切皆是虚无：吉凶、祸福、寿夭、生死是彼此等同的；“此亦一是非，彼亦一是非”，是非是没有定准的。他宣称：“民湿寝则腰疾偏死，鳝然乎战？（人）木处则惴慄恂惧，猨猴然乎哉？三者孰知正处？民食刍豢，麋鹿食荐，蝍蛆甘带，鸱鸦耆鼠，四者孰知正味？猨、猵狙以为雌，麋与鹿交，鰌与鱼游。王嫱丽姬——人之所美好，鱼见之深入，鸟见之高飞，麋鹿见之决骤。四者孰知天下之正色哉？自我观之，仁义之端，是非之涂，樊然淆乱，吾恶能知其辩（别）！”（齐物论）显然，庄子是用玄学否定社会生活中的是与非。根据这种观念，庄子抹杀大小、寿夭、贵贱、生死之间的差别：“天下莫大乎秋毫之末而太山为小，莫寿于殇子而彭祖为夭”；“以道观之，物无贵贱。以物观之，自贵而相贱。自俗观之，贵贱不在己。以差观之，因其所大而大之，则万物莫不大也；因其所小而小之，则万物莫不小也”。不难看出，这种观念虽充满了辩证的智慧闪光，但这种想法或看法对没落阶级说来是能起镇静剂作用的。它可以冲淡破落者的悲哀情绪，可以在精神上安慰破落者的生活痛苦，使破落者以“天地与我并生，而万物与我为一”的豪语自欺自慰，以达到忘我的境地，从而自现实苦闷中解脱出来。

正是由于这样的思想，《庄子》书中形象地表现了超生死的空虚情调。

> 庄子妻死，惠子弔之，庄子则方箕踞鼓盆而歌。惠子曰：“与人居，长子，老身死，不哭亦足矣，又鼓盆而歌，不亦甚乎？”庄子曰：“不然，是其始死也，我独何能无慨然。察其始而本无生；非徒无生也，而本无形；非徒无形也，而本无气。杂乎芒芴之间，变而有气，气变而有形，形变而有生，今又变而之死，是相与为春秋夏冬四时行也！人且偃然寝于巨室，而我噭噭然随而哭之，自以为不通乎命，故止也！”（外篇《至乐》）
>
> 庄子妻子死了，惠施来吊丧，庄子则正在大分两腿坐在席上敲着瓦盆唱歌。惠子说：“你与人同居多年，生养了子女，今她年老身亡，你不哭也就够了，反而敲着瓦盆唱歌，岂不是太过分了吗？”庄子答道：“不是这样，当她刚死时，我暗自怎能不感伤。但细想起来，她开始本来并无生命；不但无生命，而且本来无形体；不但无形体，而且本来无气血。在混杂的

茫昧之间，经过变化而有气，气变化而有形，形变化而有生命，今天又变化为死亡，是交相变化犹如春夏秋冬四时代替一样啊！别人正安稳地卧在宇宙这一大屋中，而我却嗷嗷地跟着啼哭，自以为这是不明了自然造化的行为，所以我停止哭泣！”

“庄子鼓盆”是有名的故事，魏晋名士们曾几度模仿。在这故事中可以看出，庄子的“超然”或“达观”，不过是由于精神痛苦而形成的精神解脱法。

正是由于这样的原因，在《庄子》书中充满着悲观厌世的情调。

庄子之楚，见空髑髅，髐然有形，撽以马捶，因而问之曰：“夫子贪生失理而为此乎？将子有亡国之事斧钺之诛而为此乎？将子有不善之行，愧遗父母妻子之丑而为此乎？将子有冻馁之患而为此乎？将子之春秋故及此乎？”于是语卒，援髑髅枕而卧。夜半，髑髅见梦曰：“子之谈者似辩士，视子所言，皆生人之累，死则无此矣。子欲闻死之说乎？”庄子曰：“然！”髑髅曰：“死，无君于上，无臣于下，无四时之事，从然以天地为春秋，虽南面王，乐不能过也！”庄子不信，曰：“吾使司命，复生子形，为子骨肉肌肤，反子父母妻子闾里知识，子欲之乎？”髑髅深膑蹙頞曰：“吾安能弃南面王乐，而复为人间之劳乎！”

庄子适楚，路上看见空干的头盖骨，白惨惨干巴巴的样子，他用马杖敲着头盖骨，于是问道：“先生是由于贪资财忘养生而成为这个样子吗？还是你遇到亡国之祸斧钺之诛而成为这个样子吗？还是你有不良的行为，惭愧于使父母妻子因己受累而成为这个样子吗？还是你有冻饿之患而成为这个样子吗？还是你因年老寿终所以变成这样子吗？”于是说罢，取髑髅枕之而卧。夜半时，髑髅见于梦中说：“你所谈的话似辩论之士的话，听你所说的话，都是活人的痛苦和忧患，死人则没有这些。你想听死人的快活吗？”庄子说：“是的！”髑髅说：“死者，无君在上，无臣在下，无四时寒暑之事，放纵逍遥与天地同寿命，虽南面君临天下的天子，其快乐也不能过于此！”庄子不相信，说：“我使司命神，再生你的形体，恢复你的骨肉肌肤，使你回到父母妻子邻人朋友中去，你愿意吗？”髑髅愁眉苦脸答道：“我怎能丢掉南面王之乐，而再从事人间之劳啊！”

在这种寓言式的描写中，可以看出作者的厌世情调。他认为：生者劳，死者逸，生不如死；生是短暂的，而死才是永恒；人的终极无例外的归之于死亡；人生是空虚的。

应该指出，这种厌生厌世的思想情调，是剥削阶级在没落时的精神反应。所以这样说，是因为私有制和寄生生活使剥削者成为极端自私的“唯我”主义者。他们是用自私自利的眼光来看待世界，他们对待一切问题是从“唯我”的角度出发：往往因为自己牙疼而诅咒全世界。因此，他们常常将自己的破产看作是宇宙沦丧或人生破灭，将自己的忧愁说成是人生的永恒悲哀。这就是说，没落的剥削者往往将自己的不得意看作是全人类的不幸，将自己的破产作为人生问题而提出。正是由于这样的阶级特性，所以充满幻灭感的庄子，寓言式地诅咒了人生，赞美了死亡。

也正是由于这种思想情绪，庄子力求忘却现实。为此，他极力通过冥想创造“论据”，以作为精神寄托，以填补灵魂上的空虚。在《庄子》的《逍遥游》和《秋水》篇中，便有着这种情感的艺术表现。

在《逍遥游》中，作者描写了鱼和鸟的巨大。他写道：“北冥有鱼，其名曰鲲。鲲之大不知其几千里也！化而为鸟，其名为鹏。鹏之背不知其几千里也！怒而飞，其翼若垂天之云。是鸟也，海运则将徙于南冥……水击三千里，抟扶摇而上者九万里”，“绝云气，负青天，然后图南。”从而，作者形象地暗示道：比起这种鱼和鸟来，人是极其渺小的，人的一切智慧和本领都是微不足道的！

在《逍遥游》中，作者举长生木为例，说道：“楚之南有冥灵者，以五百岁为春，五百岁为秋。上古有大椿者，以八千岁为春，八千岁为秋。而彭祖乃今以久特闻，众人匹之，不亦悲乎！”显然，作者认为，比起神木的寿命来，人的一生是极短暂的；依此说来，人生当然是不值得重视的。

在《逍遥游》中，作者还描写了神人的生活："藐姑射之山，有神人居焉，肌肤若冰雪，绰约若处子，不食五谷，吸风饮露，乘云气，御飞龙，而游乎四海之外。"从而说明，人的眼界是狭窄的，人的生活是可怜的。

在《秋水》篇中，作者使"海神"说道："天下之水，莫大于海。万川归之，不知何时止，而不盈；尾闾泄之，不知何时已，而不虚；春秋不变，水旱不知。此其过江河之流不可为量数，而吾未尝以此自多者，自以比形于天地，而受气于阴阳。吾在天地之间，犹小石小木之在大山也，方存乎见少，又奚以自多？计四海之在天地之间也，不似礨空之在大泽乎？计中国之在海内，不似稊米之在大仓乎？号物之数谓之万，人处一焉；人卒九州，谷食之所生，舟车之所通，人处一焉：此其比万物也，不似豪末之在于马体乎？五帝之所连，三王之所争，仁人之所忧，任士之所劳，尽此矣！"不难看出，作者是以天地之大对衬人间之小，是通过对大千世界的叙述说明人间世只不过是沧海一粟而已。因此，作者认为：人的一切作为都是多余的、可笑的、不识"大体"的，因为人所处的大地，对宇宙万物说来，只不过是微不足道的"毫末"而已！

庄子不仅极力缩小人生的意义，而且怀疑人生是否是"真实"的存在，在《齐物论》中写道："昔者庄周梦为蝴蝶，栩栩然蝴蝶也，自喻适志与，不知周也！俄然觉，则蘧蘧然周也！不知周之梦为蝴蝶与？蝴蝶之梦为周与？"当然，这是譬喻，但由此说明，在作者看来现实生活与梦境是很难分的。

不难看出，庄子逍遥游历的正是他冥想中的幻境。他正是用自己的幻想，安慰自己的现实悲哀。

由此可知，庄子的作品是精神苦闷的象征。

他所以蔑视人间，逍遥乎物外，说"大话"，并不是由于见解超凡眼光远大，相反，而是由于他的"小我"的立场：因为他是根据个人的不可抑制地悲哀而索性诅咒人间世的。

他所以鄙视人生，看破尘世，力求通达，并不是由于见识高超胸襟达阔，相反，而是由于他的狭窄的阶级本性：因为当破落户破落到赤条条无牵挂时，便会否定一切。庄子也正是基于自己的不满情绪而轻视整个世界的。

他所以大谈清静无欲无为，并不是真的忘我，相反，而是由于内心的焦躁与激动：因为他正是用“清静寡欲”来平息自己的愤懑的。

只有这样，才能理解庄子的性格，因为庄子是社会中的人，他具有阶级性，他也是吃五谷杂粮长大的。

如前所述，《庄子》书中某些篇章之所以具有客观进步性，是由于他蔑视并否定了封建礼教与制度；其所以有消极性和反动性，是由于他进一步否定着人生。乍看起来，两者似乎是矛盾的，但在庄子的中心思想中，两者却是统一的。不妨举这样的例子，如果在封建社会中有一僧人，写文章形象地指责了达官贵人们荒淫无耻的生活和图名求利的行为，当然，他的文章将是具有进步性的著作，因为他反映了现实，揭发了剥削者。但任何人都明白，这一僧人不仅反对贪色好淫和谋名谋利，而且反对两性好合和社会生活。显然，由于这种观念，就可能出现反现实的禁欲主义的反动说教。所有这些都说明，人的思想不仅是现实的产物，也只有放在现实中，才能对某一思想作出评价。

庄子思想中的进步因素，曾影响后人。反对封建礼法鄙视封建威权的阮籍、嵇康、鲍敬言、陶潜、李白等都曾或多或少地受到庄子思想的感染和启示。

庄子思想中的消极因素，在后代也起了作用。道教出现之后，庄子被尊为神仙，唐朝皇帝李三郎在天宝元年（七四二年）追赠庄子为南华真人；《庄子》书也被称作《南华经》，成为道士日课中念诵的经典，并且成为破落户的精神食粮。

庄子散文的艺术成就是巨大的，他继承了前代的散文传统，使用着多样的文章体裁，创造性地写出了许多丰富多彩的抒情散文。

虽然《庄子》书中有很多篇仍袭用着对话语录的样式，但也只是对样式的袭用而已，就其实质说，并不是真实的对活记录，而是一种艺术创作。因此，《庄子》书中的人物是半真半假的，情节是虚构的。其中的对话，只不过是庄子寓托感受、抒发情感、讽刺人间世的艺术方法而已。可以说，《庄子》书中的语录大多是一种艺术虚构，它与孔子、孟子的语录是不同的。作为语录文的发展和演变说来，庄子开拓了新的道路。

司马迁曾说“（《庄子》书）皆空语无事实，然善属书离辞，指事类情……其言洸洋自恣以适己”，刘向也曾说“（庄子）作人姓名，使相与语，是寄辞于其人”，皆是指此特点而言。

其次，在庄子的论文中往往也是以艺术虚构抒发情感，大量地使用了譬喻、象征、描绘等各种手法，因此“言多诡诞，或似《山海经》”，“纵横跌宕，奇气逼人”。

《庄子·天下篇》，（一说是庄子自作的序言，一说是其弟子作）对此作如下说明：“庄周……以谬悠之说，荒唐之言，无端崖之辞，时恣纵而不傥，不以觭见之也。以天下为沈浊，不可与庄语，以卮言为曼衍，以重言为真，以寓言为广”，“其书虽环玮而连犿无伤也；其辞虽参差而諔诡可观。”

由此可知，庄子在文体上、表现手法上、文学语言上都有着伟大的贡献。《庄子》书是具有文学性的著作，其中的某些篇章是抒情散文或“讽刺小品”。他的作品对后代有着巨大的影响。

以上只是从文学的角度对《庄子》一书作出的评述，如从哲学的角度看来，那么《庄子》则是一部古代伟大的哲学著作，是全人类的宝贵财产。

注释

①《春秋·公羊传》襄公二十一年：“十有一月，庚子，孔子生。”（《穀梁传》作：十月……庚子，孔子生）。《史记·孔子世家》：“鲁

襄公二十二年而孔子生。”孔子生年、月三说各不同，今从前二说，将孔子生年暂定为鲁襄公二十一年。

②《论语·子罕》：“（孔子）曰：‘吾少也贱，故多能鄙事’”注：“包（咸）曰：我少小贫贱”常自执事，故多能为鄙人之事。”（《吕氏春秋》及《淮南子》高诱注：“鄙人，小人也。”《荀子·非相》注：“鄙人，郊野之人。”）《孟子·万章》下：“孔子尝为委吏矣……尝为乘田矣。”注：“委吏，主委积仓廪之吏也。乘田，苑囿之吏也，主六畜之刍牧者也。”《史记·孔子世家》：“孔子贫且贱，及长尝为季氏史，料量平；尝为司职吏；而畜蕃息。”

③据《史记·仲尼弟子列传》本文及《集解》《索隐》载：鲁人有子路、颜回、仲弓、曾参、原宪；卫人有子贡、子夏；晋人有子期；陈人有子正；宋人有司马耕；秦人有子南、子徒；楚人有任不齐、子丕；齐人有公冶长、樊须；吴人有子游。《孔子世家》：“孔子不仕，退而脩诗、书、礼、乐，弟子弥众，至自远方，莫不受业。”

④《史记集解》引《尸子》：“子路，卞之野人。”《论语·雍也》：“贤哉回也，一箪食，一瓢饮，在陋巷。”《先进》：“颜回死，颜路贫。”《史记·仲尼弟子传》：“仲弓父贱人。”《史记·游侠烈传》：“季次、原宪，闾巷人也。……终身空室蓬户，褐衣疏食不厌。”《庄子·让王》：“原宪居鲁，环堵之室，茨以生草，蓬户不完，桑以为枢而瓮牖，二室，褐以为塞，上漏下溼。”《吕氏春秋·尊师》：“子张，鲁之鄙家也。”《庄子·让王》：“曾子居卫，缊袍无表，颜色肿哙，手足胼胝，三日不举火，十年不制衣，正冠而缨绝，捉衿而肘见。”按：此外，孔门弟子中有大贵族：南宫敬叔、司马耕；有小官吏：冉求、子游；有商人：子贡：据《吕氏春秋》载，还有个大强盗：“颜涿聚，梁父之大盗也，学于孔子。”

⑤《汉书·艺文志》：“《论语》者，孔子应答弟子、时人，及弟子相与言而接闻于夫子之语也。当时弟子各有所记，夫子既卒，门人相与辑

而论篡，故谓之《论语》。”赵岐《孟子题词》：“七十子之畴，会集夫子所言，以为《论语》。”郑玄《论语叙》：“仲弓、子游、子夏等所譔定。”

⑥按：据《艺文志》载，《鲁论》有二十篇，《齐论》有二十二篇（多《问玉》《知道》），孔子壁中所出古文论语有二十一篇（《尧问》分为二篇）。除《齐论》多两篇外三种本子只在文字上小有差异。据《隋书·经籍志》称，汉·张禹、郑玄合而考之，除去《齐论》之《问玉》《知道》二篇，从《鲁论》二十篇为定。并参照三家章句为注。《齐论·问玉·知道》原文已亡失，仅在初《学记》《太平御览》《说文》《礼记》及《正义》《文选》注中引有残文。今《论语》二十篇，一万三千七百多字。

⑦《史记·孔子世家》：“书传、礼记自孔氏。”《汉书·艺文志》：“（礼）记百三十篇。自注：七十子后学者所记也。”《礼记·正义》引《郑玄·六艺论》：“戴德传记八十五篇，则《大戴礼》是也；戴圣传礼四十九篇，则此《礼记》是也。”

⑧《礼记·杂记》：“子贡观于腊。孔子曰：‘赐（子贡名）也，乐乎？’对曰：‘一国之人皆若狂，赐未知其乐也！’”《郊特牲》：‘既腊而收，民息已，故既腊，君子不兴功（不派工）。”请参阅第一编第三章第二节注④。

⑨关于墨子的籍贯，有二说：汉高诱《吕氏春秋》注称为“鲁人”；晋葛洪《神仙传》及唐杨倞《荀子》注称为“宋人”。清·孙诒让《墨子传略》称：“以本书考之，似当以鲁人为是。”（见《墨子闲诂》）。关于墨子的生年，史阙载，《史记·孟荀列传》后称：“墨翟……或曰并孔子时，或曰在其后。”刘向《别录》：“墨子在七十子之后也。”（《史记·索隐》引）《汉书·艺文志》：“（墨子）在孔子后也。”张衡《奏疏》：“墨翟，当子思（孔子孙、名伋）时，出孔子后。”（《后汉书》注引）。孙诒让《墨子年表》：“约略计之，墨子当与子思并时，而生年

尚在其后。当生于周定王之初年，而卒于安王之季，盖八九十岁，亦寿考矣。……今取定王元年（鲁哀公二十七年，公元前四六八年，孔子死后十一年）迄安王二十六年（前三七六年），凡九十三年，表其年数……虽不能详确，犹愈于凭虚臆测。”此外，梁启超《墨子学案》中推定墨子生于周定王元年（前四六八年）至十年（前四五九年）之间，卒于周定王十二年（前三九〇年）至二十年（前三八二年）之间。《先秦诸子系年》中推定墨子生于周敬王四十年（前四八〇年，孔子死前一年）前后，死于周安王十二年（前三九〇年）前后。

⑩《荀子·礼论》：“礼起于何也？曰：人生而有欲，欲而不得，则不能无求，求而无度量分界，则不能不争，争则乱，乱则穷。先王恶其乱也，故制礼义以分之，以养人之欲，给人之求，使欲必不穷乎物，物必不屈于欲，两者相持而长，是礼之所起也。故礼者，养也。刍豢稻粱，五味调香，所以养口也；椒兰芬苾，所以养鼻也；雕琢刻镂，黼黻文章，所以养目也；钟鼓管磬，琴瑟竽笙，所以养耳也；疏房檖貌越席床笫几筵，所以养体也。故礼者，养也。君子既得其养，又好其别，曷曰别？曰：贵贱有等，长幼有差，富贵轻重皆有称也。”按：《荀子·礼论》主要是反驳墨家学说的，故引来作比较。

⑪《荀子·富国篇》反驳墨子道：“人之生不能无群，群而无分（别）则争，争则乱，乱则穷矣。故无分（别）者，人之大害也！……古者先王分割而等异之也，故使（人们的生活）或美或恶、或厚或薄、或佚乐或劬劳，非特以为淫泰夸丽也，将以明仁之文，通仁之顺也。故为之雕琢刻镂黼黻文（纹）章，使足以辨贵贱而已，不（仅）求其观也；为之钟鼓管磬琴瑟竽笙，使足以辨吉凶合欢定和而已，不求其余；为之宫室台榭，使足以避燥溼养德辨轻重（杨倞注：轻重，尊卑也）而已，不求其外。”“为人主上者，不美不饰之，不足以一民也；不富不厚之，不足以管下也；不威不强之，不足以禁暴胜悍也。”《君道篇》称：“脩冠弁衣裳、黼黻文章、雕琢刻镂，皆有等差，是所以藩饰之也。……上以饰贤良

而明贵贱，下以饰长幼而明亲疏。”

⑫《礼记·曲礼》：“为天子削瓜者，副之，巾以絺（注：副，析也，既削又四析之，乃横断之而巾复焉。疏：絺，细葛）；为国君者，华之，巾以绤（注：华，中裂之，不四析也。疏：绤，麤葛也）；为大夫，累之（注：累，倮也，谓不巾复也）；士，疐之（注：不中裂，横断去帝而已）；庶人，龁之（注：不横断。疏：龁，齧也）。”当然，这种防微杜渐的微言大义，恐不易督察不能实行，但究竟是一种学说、一种看法。

⑬《荀子·正论》：“天子者……尊无上矣，衣被则服五彩、杂闲色，重文绣，加饰之以珠玉；食饮则重太牢而备珍怪，期臭味，曼而馈，代睪而食，雍而彻乎；……居则设张容负依而坐，诸侯趋走乎堂下：……（出门）乘大路（车名）趋越席以养安，侧载睪芷以养鼻，前有错衡以养目，和鸾之声步中武象驺中韶护以养耳，三公奉軶持纳，诸侯持轮挟舆先马，大侯编后大夫次之，小侯元士次之，庶士介（胄）而夹道，庶人隐窜莫敢视望，居如大神，动如天帝。”

⑭按：儒家承认，礼起源于祭祀。事实也是如此，周代的礼乐朝仪，是将氏族社会祭祀猫鬼蛇神的某些排场用来为王公贵族助威；是将奴隶制社会表现种族国家暴力的祭祀仪式经过改变作为区别等级正名定分和“教化”人民的工具。

⑮《荀子·富国》：“墨子大有天下小有一国，将蹙然衣麤食恶，忧戚而非乐，若是则瘠，瘠则不足欲，不足欲则赏不行。墨子大有天下小有一国，将少人徒，省官职，上（天子王侯等）功劳苦，与百姓均事业，齐功劳（注：谓君臣并耕而食，饔飧而治），若是则不威，不威则罚不行。……若是，则万物失宜，事变失应，上失天时，下失地利，中失人和，天下敖然若烧若焦。墨子虽为之衣褐带索，啜菽饮水，恶能足之乎？”《王霸》：“人主者……大有天下小有一国，必自为之然后可，则劳苦耗顇莫甚焉！如是，则虽臧获（奴婢）不肯与天子易埶业。……（而为之者）役夫之道也，墨子之说也！”

⑯关于儒家所提倡的丧礼，可参考《礼记》之《檀弓》《曾子问》《丧服小记》《杂记》《丧大记》《丧服大记》《祭义》《奔丧》《问丧》《服问》《间传》《三年问》《丧服四制》；《仪礼》之《丧服》《士丧礼》《既夕礼》《士虞礼》；《荀子》之《礼论》。

⑰据清代及近代学者考证：

《经》上、《经》下——墨子手著的大纲。也有的学者认为非墨子作。

《经说》上、《经说》下——弟子作的释《经》的注文。

《大取》《小取》——发挥《经》义的论文。

（上六篇为哲学和论理学作品，深奥不易解。）

《尚贤》《尚同》《兼爱》《非攻》《节葬》《天志》《明鬼》《非乐》《非命》——上十论为弟子所记录的讲学辞。

（每一论有三篇，但内容与语言大致相同。所以如此，是因为墨家后分为三派，三派各保有墨子讲学辞笔记。今传《墨子》是将三派所传的记录合以成书，故每论各有三篇。这证明十论确是墨子的讲学辞，故三个人的记录只是文辞有出入而已。十论原为三十篇，今存二十三篇，是《墨子》书中最主要部分。）

《耕柱》《贵义》《公孟》《鲁问》——弟子所记的墨子语录和答问辞。

《亲士》《修身》《所染》《法仪》《七患》《辞过》《三辨》《非儒》《公输》——杂论九篇，墨家后人所编著，其中有的是传述墨子的语言；有的是阐发墨子的思想；有的是记载有关墨子的传说；当然，也有所附益。

《备城门》《备高临》《备梯》《备水》《备突》《备穴》《备蛾傅》《迎敌祠》《旗帜》《号令》《襍守》——后人作的守城兵法（备守），可能本于墨子，也可能是伪托。“备守”原为二十一篇，今存十二篇。

（按：战国及汉初兵书著作颇多，但往往托名，如《蚩尤篇》《太一兵法》《神农兵法》《黄帝篇》《伊尹》《太公》《管子》《孟子》等。刘向《别录》之“兵书”项内原载有“《墨子》”。班固《汉书·艺文志》“兵技巧十三家”下自注：“省《墨子》，重（重复）。”这证明今墨子书末的“备守”二十一篇即刘向所记的“《墨子》兵书”。）

⑱《墨子·鲁问》载：“子墨子游，魏越问曰：‘既得见四方之君，子则将先语？’子墨子曰：‘凡入国必择务而从事焉：国家昏乱，则语之尚贤尚同；国家贫，则语之节用节葬；国家熹音湛湎，则语之非乐非命；国家淫僻无礼，则语之尊天事鬼（语即《天志·明鬼》）；国家务夺侵凌，即语之兼爱非攻。’”

⑲事见《墨子·公输篇》《尸子》《吕氏春秋·爱类》《战国策·宋策》《淮南子·脩务》等书。

⑳《列女传》卷一：“邹孟轲之母也，号孟母，其舍近墓。孟子之少也嬉戏。为墓间之事，踊跃筑埋。孟母曰：‘此非我所以居处子也！’乃去，舍市傍。其嬉戏为贾人衒卖之事。孟母又曰：‘此非吾所以居处子也！’复徙，舍学宫之傍。其嬉游乃设俎豆揖让进退。孟母曰：‘真可以居吾子矣！’遂居之。”“孟子之少也，既学而归。孟母方织，问曰：‘学何所至矣？’孟子曰：‘自若也！’孟母以刀断其织。孟子惧而问其故，孟母曰：‘子之废学若吾断其织也！’（略）孟子惧，旦夕勤学不息，师事子思（之门），遂成天下之名儒。”

㉑《史记·孟子列传》：“孟轲，驺人，受业子思之门人。”汉·赵岐《孟子题词》作：“长师孔子之孙子思，治儒术之道，通五经，尤长于诗书。”《列女传》《汉书艺文志》《风俗通》与赵岐说同。经历来学者考订：孟子生年当不及子思之世。

㉒全祖望《鲒埼亭集》卷三十五《辨钱尚书·争孟子事》条内引《典故辑遗》：“上（朱元璋）读《孟子》，怪其对君不逊，怒曰：‘使此老（孟子）在今日，宁得免耶？’时将丁祭，遂命罢配享。”《明史》

卷五十《礼志》四："（洪武）五年，罢孟子配享。"卷一三九《钱唐传》："帝尝览《孟子》至'草芥''寇雠'语，谓非臣子所宜言，议罢其配享，诏：有谏者以大不敬论（罪）。"洪武二十七年，颁发《孟子节文》，题词称："《孟子》一书，中间词气之间抑扬太过者八十五条，其余一百七十余条，悉颁之中外校官。俾知是书者知所本旨。自今八十五条之内，课士不以命题，科举不以取士，一以圣贤中正之学为本。"可参阅《读书与出版》载容肇祖《孟子节文》。

㉓《史记·孟子列传》："（孟子）退而与万章之徒，序诗书。述仲尼之意，作《孟子》七篇。"汉赵岐《孟子题词》："此书孟子之所作者，故总谓之《孟子》。""孟子……自撰其法度之言，著书七篇，二百六十一章，三万四千六百八十五字。"（《经义考》引陈士元称：七篇二百六十章，实三万五千四百一十字，赵盖误算也。）《孟子》七篇篇目为：《梁惠王》《公孙丑》《滕文公》《离娄》《万章》《告子》《尽心》。

㉔《史记·老庄·申韩列传》："老子者，楚苦县厉乡曲仁里人，名耳，字聃，姓李氏，周守藏室之史也。孔子适周……问礼于老子。""老子修道德，其学以自隐无名为务，居周久之，见周之衰，迺遂去至关。关令尹喜曰：'子将隐矣，彊为我著书。'于是老子迺著书上下篇，言道德之意五千余言而去。莫知所终。"今本《道德经》五千七百四十八字。

㉕《史记·老庄·申韩列传》："庄子者，蒙人也，名周。周尝为漆园吏，与梁惠王、齐宣王同时。"参考《先秦·诸子系年》八八条。

㉖《史记·老庄·申韩列传》："（庄子）其学无不闚，然其要本归于老子之言，故其著书十余万言，大抵率寓言也。"刘向《别录》："《庄子》五十二篇。庄子，宋之蒙人也。又作人姓名使相与语，是寄辞于其人。故庄子有寓言篇。"

㉗今《庄子》内篇包括《逍遥游》《齐物论》《养生主》《人间世》《德充符》《太宗师》《应帝王》等七篇。外篇包括《骈拇》《马蹄》《胠箧》《在宥》《天地》《天道》《天运》《刻意》《缮性》《秋水》

《至乐》《达生》《田子方》《知北游》等十五篇。杂篇包括《庚桑楚》《徐无鬼》《则阳》《外物》《寓言》《让王》《盗跖》《说剑》《渔父》《列御寇》《天下》等十一篇。

㉘宋以后某些学者，往往本于儒教徒的偏见，认为庄子“阴尊孔子”，是“助孔子者”，从而认为庄子绝不会“诋讥我夫子”。以这样的唯心推测为前提，便宣称，那些“忿戾诅诽”“诋诽孔子”的《外篇》和《杂篇》，一定不是庄子写的，而一定是“浅陋”“猥琐”“庸劣”“狂躁”“轻薄”的“好事者”所为。这是错的，因为老庄思想就是反礼乐、反仁义、非圣人、非先王的，诋讥孔子倒是当然的。同时，司马迁在《老庄·申韩列传》中提到的庄子作品，皆见于今本之《外篇》与《杂篇》中：“（庄子）作《渔父》《盗跖》《胠箧》以诋訿孔子之徒，以明老子之术；畏累虚亢桑子（即庚桑楚）之属，皆空语无事实。”由此看来，认为《外篇》《杂篇》全是赝品的说法，证据是不足的。其次，一些学者根据“体裁不类”“旨趣深浅”“语意凡近”从而否定某些篇章，也只不过是一种主观看法而已，因为庄子文章本来是体制多样、行文多采、下拘一格的。这样，就既不能以庄子某一篇作为标准，更不能以是否合乎这一标准作为辨伪的尺度。

当然，《庄子》书中的某些篇章或某些句子可能是其门徒增添，但这已不易完全查清。对此，张心澄《伪书通考》中辑有各家看法并有简要说明，可参考。

㉙《史记·仲尼弟子列传》：“原宪，字子思。子思问耻，孔子曰：“国有道，谷（食禄），国无道，谷（食禄），耻也。”（本《论语·宪问》）……孔子卒，原宪遂亡在草泽中。”《货殖列传》：“原宪不厌糟糠，匿于穷巷。”《列子·杨朱》篇：“原宪窭于鲁，……原宪之窭《损生》。”论语正义称：《论语·宪问篇》，即原宪所记。

㉚《史记·仲尼·弟子列传》：“端木赐，卫人，字子贡，少孔子三十一岁。子贡利口巧辞……子贡好废举（买贱卖贵），与时转货赀，……

家累千金。”《论语》：“言语宰我子贡。”“赐不受命而货殖焉，臆则屡中。”《史记·货殖列传》：“子贡既学于仲尼，退而仕于卫，废著鬻财于曹鲁之间。七十子之徒，赐最为饶益……子贡结驷连骑，束帛之币，以聘诸侯，所至国君无不分庭与之抗礼。夫使孔子名布扬于天下者，子贡先后之也”！

第三章　战国时代的历史散文

第一节　《春秋》纪年史和历史散文的发展

在阶级社会形成之前的历史，是被曲折的反映在神话传说中，或被传述于口头诗歌中。其中的人，往往披着神的外衣，人间史实大多被赋予非人间的形式。

阶级和国家形成之后，出现了文字，从而出现了记载历史事件的散文。

最初记述历史事件的散文，约可分为两类：一是诏诰语录（所谓记言）；一是谱牒和年代记（所谓记事）。

诏诰语录记载着当时重要人物的诰言、命令和对话。其中虽然没有系统完整地记载历史事件，但由于发言施令者大多是历史事件的当事人，因此语录中对历史有着片段的反映，对重大事件有着简要的叙述。诏诰语录是最早的历史文献，同时作为文体说来，是后代论文或历史散文的雏形。

谱牒和年代记是当时的“备忘录”，前者记述王侯的名号和宗支谱系，后者记载每年的重要事件和政治措施。谱牒和年代记是后代纪年体史书的雏形。

最初，记载历史事件和帝王言行是史官的职务。据班固说：“古之王者，世有史官，君举必书，所以慎言行，昭法式也。左史记言，右史记事，事为“春秋”，言为“尚书”，帝王靡不同之。”据可考知的材料看来，在殷商时代，已经有史官记述的诏诰语录、谱牒和年代记①，但大多失传。

周代，各侯国都有较系统的“以事系年”的史书（即纪年史或年代记）。这种史书被称作“史记”或“春秋”。所谓“春秋”，是取春秋代序为一年的意思：故以春秋为纪年史的专名。当时，各侯国都有“春秋”。墨子曾见到过“周春秋、燕春秋、宋春秋、齐春秋”等“百国春秋”②。此外据《国语》载，当时晋国和楚国也各有“春秋”③。但这些侯国的“春秋”大多亡失，保存下来的，只有被孔子修改过的《鲁春秋》和晋太康三年（二八二年）出土的《晋春秋》《魏春秋》残文（被后人名为《竹书纪年》）。

被后代称作五经之一的春秋，原是鲁国纪年史（《史记》）。

据《左氏春秋》昭二年载：孔子生前十年（前五四〇年），晋大夫韩起聘鲁，“观书于太史氏，见《易象》与《鲁春秋》”。韩起所见的《鲁春秋》，是《春秋》的原本。以后，孔子及其弟子曾对《鲁春秋》作了某些增删和修改，纠正了其中的谬误，使之合情合理，修正了其中的文字，使之言简而意赅。例如《鲁春秋》庄公七年原文为：“夏四月，辛卯夜，恒星不见，夜中，雨星不及地尺，而复”。所谓“雨星不及地尺，而复”，显然是荒谬的，是不可能发生的现象。于是孔子改为：“星陨如雨”，这便成为可理解的可能发生的事④。这说明孔子修改《鲁春秋》是创造性的劳动。经过孔子及其弟子的加工，《春秋》便成了典范的纪年史，在战国时已大行于世，不仅成为儒家的经典，而且受到其他学派学者的称赞。

《春秋》共有一万六千五百七十二字，提纲式地记载着自公元前七二二年到公元前四八一年的历史大事。

《春秋》提供了集中而简明的记载事件的样式。在《春秋》中往往是以何年、何月、何日、何地、何人，发生何事，结果如何的结构，记载着事件。这一方面表现着作者对事件的认识能力和概括能力，另方面，所记载的事件，通过这严整的结构，便可给读者以完整而清晰的认识。

《春秋》提供了提炼语言的方法，并楷模地使用了语言。在《春秋》中，文字简洁而精确，达到一字不可易一字不可删的程度。据《史记》载："孔子为《春秋》，笔则笔，削则削，子游、子夏之徒，不能措一辞，不能改一字。"《春秋》中语汇的选用是极其谨严的。在记载战争时，根据战争的性质、战争的情形、战争的结果以及作者对这战争的态度，选用伐、侵、袭、人、克、灭、取、战、围、歼、追等不同的语汇，记述不同的战役。这不仅表现着作者的看法与态度，而且给读者以准确的概念。

《春秋》提供了叙述事件的合乎逻辑合乎情理的方法。《春秋》中的句法是多样的，所以这样，是为了正确地叙述事件本身的发展过程，为了表现人对事件的认识顺序。例如僖十年："春王正月，戊申朔，陨石于宋五；是月，六鹢退飞过宋都。"前后二句的句法不相同。这句法之所以不同，是由于事件不同，人的认识过程不同的缘故。前一句，意味着人先看到自天上"陨"下东西来，落下地之后才知是"石"，不是落在一处，而是落在"宋"国的境内，因此调查之后，才知道是"五"块，于是写作"陨石于宋五"。后一句，意味着人先看到天上并飞着"六"个鸟，然后才辨认出是"鹢"鸟，仔细一看却原来是"退飞"，极目视之，看到它退飞过"宋都"（宋京城）就不见了，于是便写作"六鹢退飞过宋都"⑤。这不仅表现了作者对事物的认识力和表达力，而且这种句法合乎事物的过程，从而也合乎读者的思维线路。因此，可以使读者从其中得到明晰而完整的认识。

由此可知，《春秋》在记述事件时，使用了简洁而严谨的格式，采用了合乎逻辑的句法，选用了朴素而精确的语言。

当然，《春秋》不是文学作品，它是通过概念记录事件，并不是以形象反映现实。因此，《春秋》的语言特征，是正确而简洁的说明事件，并不是具体地形象地描写生活感受。虽然如此，但它却对楷模语言（标准语言）的发展起着重大的作用。

同样的，由于《春秋》不是以形象反映现实，因此其中的反对国家分裂，反对诸侯兼并战争，反对篡夺，希望国家安定的思想，是通过事件的记录作了概念式的表现：正如孔子所说："我欲载之空言，不如见之于行事之深切著明也。"（《史记》《春秋纬》《春秋繁露》）。这思想曾在一定程度上影响了《左氏春秋》作者。

周代虽已出现较系统的"纪年"，但历史散文的发展与提高却是在春秋末和战国时代。

春秋末和战国时，是中国历史上的变化期。

在经济上，这时期由于生产力的提高和新的生产关系的出现，提高了人对现实的观察能力和综合能力。在政治上，这时期的阶级斗争是尖锐而复杂的。领主间进行剧烈的火并，交涉频繁，战争不断。领主与农奴的斗争日益深刻化，同时，地主和领主也在进行着各方面的斗争。所有这些尖锐而多样的斗争，使得社会中孕育着的各种矛盾日益明显。这就易于使人认识到社会矛盾的现象和事件的因果关系——现实为作者提供了丰富而明显的材料。同样的，也就在这尖锐的你死我活的斗争中，剥削阶级已不可能保持有条件的伪善，于是赤裸裸地暴露了其阶级本性，一切寡廉鲜耻损人利己的行为，弑父杀母上烝下报的"德行"都暴露无遗。这就易于使人认识到剥削阶级的面目——统治集团间的互咬相杀方便了作者对否定人物的描写。同时，人民斗争意识的生长，不仅给作者提供了许多生动的传说故事，而且人民的思想感情在一定程度上也感染着历史散文的作者——人民的思想情感愿望始终是"人道精神"的源泉。

由此可知，战国时代的丰富多彩的现实生活和充满着复杂而明显的矛盾事件，为历史散文提供了丰富的素材。因此，战国时代的历史散文（如《左氏春秋》），已不再是简单的年代记或大事记，不再是诰语和命令的记录；而是历史事件的完整记载，是社会生活的广泛的写照。

同样的由于这样的客观存在的决定作用，提高了人的认识能力和表现能力。这就是说，生产水平的提高、现实生活的多样化和社会矛盾的尖锐化，使得历史散文作者在创作实践中得到磨练，从而提高了记述能力和描写能力，提高了生动有趣地叙说人与事的能力。因此，战国时代的历史散文，已不再是对事件的“提要式”的记载，不再是“朝报式”的笔录；而是比较完整的详细的合乎逻辑的叙述。例如在《鲁春秋》中，对晋、楚的邲之战的记载，只有“夏六月，乙卯晋荀林父帅师及楚子战于邲，晋师败绩”二十一个字，但在《左氏春秋》中，却用二千五百三十五个字描写了同一事件。

这说明，战国的历史散文不仅是时代的反映，而且也只有在这样时代的物质基础上，它的发展才能成为可能。

其次，战国时代的复杂尖锐的阶级斗争反映到意识形态上便出现“百子争鸣”，从而形成了复杂而尖锐的思想斗争。诸子百家为了陈述已见，驳斥论敌，所以大多“以史为鉴”，“以史为质（证）”。保守的思想家，为了强调礼义仁孝道德是“先王”制定的不变之法，“虽百世不改”，于是也以史为证，从先王前贤的德行中“论得失，知兴败”。进步的思想家，为了强调“当时而立法，因事而制礼”，于是也以史为证，从“三代不同法，前世不同教”的历史事实中“论变迁”。这说明，当时的思想家为了“言之有理，持之有故”，所以都以历史证实自己的观点，都召请亡灵为自己服务。于是，这就使得当时人的历史观点得到提高，对历史散文更加重视。这也就促进了历史散文的创作。

于是在战国时代，私人著述和编著的风气盛行，从而出现了“私史”。这些“私史”虽然往往袭用“春秋”之名，但已非纪年体的大事记，而是叙事散文或论说文。其中，有的是对历史事件作了详细叙述，如《左氏春秋》；有的是在叙述事件中着重政见和策略的记载，如《国语》、《战国策》、《虞氏春秋》（亡）；有的是引史据典的论文，如

《吕氏春秋》；有的则是故事和杂说的汇集，如《晏子春秋》。此外，尚有《李氏春秋》《桃左春秋》，其内容今已不可考知。

第二节　《左氏春秋》（《左传》）

《左氏春秋》是公元前五世纪的历史巨著，原是先秦的许多种“春秋”（史书）之一，因此战国时人或西汉时人往往也称之为“春秋”[6]。以后，为了不与孔子所修订的《春秋》相混，故称作《左氏春秋》。

《左氏春秋》的作者是左丘明。据司马迁《史记十二·诸侯年表》载称：“鲁君子左丘明……因孔子史记（即《春秋》）具论其语，成《左氏春秋》。”对于《史记》中的记载，近代“今文学”家（康有为等）不愿置信，主观地认为这些话是刘歆篡改的。但近代“今文学”家的这种说法只不过是出于宗派偏见的臆说，并无任何根据。事实上，司马迁的说法是有所本的。比司马迁稍晚的“今文学”家严彭祖在其《严氏春秋》中曾引古本《孔子家语·观周篇》称：“孔子将修《春秋》，与左丘明乘，如周，观书于周史，归而修《春秋》之经，丘明为之传，共相表里。”[7]严彭祖是汉宣帝时的士，是春秋公羊学大师，是董仲舒的三传弟子；而司马迁也曾从董仲舒学习过《春秋》公羊学[8]。由此看来，最早说“左丘明因孔子《春秋》成《左氏春秋》”的说法，并不是刘歆伪造，倒是西汉公羊学家所继承的古说：其根据之一，可能就是古《孔子家语》。

左丘明，鲁人，据说曾为鲁国太史[9]。他与孔子同时，可能比孔子年轻几岁。关于他的生平言行，文献中很少记载，但在孔子的语录中却提到了他。《论语》载：“子曰：‘巧言、令色、足恭，左丘明耻之，丘亦耻之；匿怨而友其人，左丘明耻之，丘亦耻之。’”从孔子的话中看来，左丘明是一个性格明朗、疾恶如仇的正直的人，是孔子生平所尊敬景仰的人。同时由此也说明，左丘明与孔子之间，曾经有过交往，有着友谊。因此，不仅孔子在语录中称道了左丘明的德行，而且左丘明在其著作（《左氏春秋》）中，也援引了孔子对历史或对时事的评论（共有三十条）[10]。

由此看来，左丘明大概是生活在鲁昭公、定公、哀公时代（前五四一年—前四六七年）的人。正因为左丘明是昭、定、哀时代的人，因此在《左氏春秋》中对襄、昭时代（前五七二年—前五一〇年）发生的事件记述得最详细。襄、昭二世虽只有六十三年，只占《左氏春秋》记年总数的四分之一，但作者记述这六十三年中的事件所用的字数，竟接近八万，占《左氏春秋》全字数的二分之一弱[11]。由《左氏春秋》作者对襄、昭时代的历史最熟悉这一点上，便可证明作者是昭、定、哀时代的人，因此才不仅能看到记述襄、昭时代事件的各国“史书”，而且能听到故老谈旧事，从而得到丰富的遗闻轶事作为素材。也正因为作者写《左氏春秋》时上距襄、昭时代不久，所以才能对这六十三年中的事件作详尽的描述。同时，如根据《左氏春秋》对日食的记载看来，也可推测出作者的时代[12]。

如果将《左氏春秋》记事中繁与简或详与略的特点和《论语》、古《家语》《史记》《汉书》中的记载配合起来看，那么便可得到这样的认识：《左氏春秋》的作者是左丘明；左丘明是公元前五世纪前半期的人。

虽然如此，但今天所见到的《左氏春秋》并不全是出于左丘明的手笔，其中有后人的增添与缀补[13]。

根据《史记》记载，左丘明曾因袭《春秋》纲目从事史书著作，这就是说，参照了《春秋》所记的大事，并使用了“以事系日，以日系月，以月系时，以时系年”的记事方法。但他并非一本《春秋》[14]。从《左氏春秋》中可以看出，作者曾博览了各侯国的史书和文献资料，同时也广泛地搜集了野史遗闻，并将文献史料和口头传说融会在一起作了文学的加工，从而写出一部独创的具有文学价值的历史巨著。

《左氏春秋》共有十八万二百七十三字，是当时规模最大的历史著作。作为历史散文，它具有如下的特点：

（一）笔录了许多宝贵的神话传说和民间故事。这一方面使得不同时间和不同空间的人民的口头创作被用文字固定下来；同时另方面也使得作者获得了丰富的充满生活实感的材料。

（二）记载了社会风俗和当时人的心理状态。举凡生活方式、节气时令、婚丧嫁娶习惯、各种制度和仪式、礼法和宗法、祭祀和禁忌都有着精确的叙说。

（三）记录了二百五十五年的历史事件。周密地叙述了各种社会矛盾的发生发展和结局。它不仅对这些事件的过程作了完整的记录，而且通过文学手法，对人与事作了较生动的描写。

（四）在《左氏春秋》中表现了作者的文化修养和渊博的学识。在书中对星象、历数、日月食有着可靠的记载；对各地的地形、出产、风俗、沿革有着可贵的叙述，对某些战役有着完整的记录和天才的分析；并引用了众多的古文献，如《商书》《周书》《易》《诗》，其中有不少是今已失传的逸文；同时引用了当时的童谣、农谚和格言。

由此可知，《左氏春秋》是部包罗万象的史书。它广泛而详尽地描写了历史大事件和当时的贵族政治生活。这就为我国历史著作奠定了基石。它表现了当时的文化成就。后人曾根据它提供的丰富学识作专题研究。因此，在汲冢出土的文献中有《左氏卜筮书》；在《武经·七书汇纂》中引有《左氏兵法测要》[15]；在汉初，《左氏》被当作学习语汇和语法的课本；后代研究古史的学人凡是从事考据、校勘、训诂时，都以《左氏春秋》为最主要的可信的文献。

因此，《左氏春秋》是公元前五世纪的具有世界意义的伟大著作。

《左氏春秋》不仅较详尽地记录了历史事件和社会生活，而且作了文学的加工。这就是说，它对某些历史事件不是只记其因果现象而是作了形象的描绘，对社会生活不是只作叙述而是通过人与事而反映出来。同样的，在表现方法上，它不是“客观”的所谓“记实”，而是凭借了作者的生活感受和想象作了铺排和夸张。同时《左氏春秋》吸收了当时人民口头创作的传说故事，这就使它生动而多彩。因此，历代的许多儒生在评论《左氏》时称：“《春秋》谨严，《左氏》浮夸”，“《左氏》详于史，而事未必实”，“《左氏》艳而富，而失之巫（诬）”，“《左氏》失之浅”，“《左氏》之失，专而纵”。尽管这些话是出于儒家偏见，但从另一角度看来，这正说明《左氏春秋》的特征是：有着合理的夸张，有着形象创造，丰富而多采，比较通俗，有着雄伟的风格。

因此，《左氏春秋》是具有文学价值的著作。

在《左氏春秋》中，作者着重记述的是封建贵族群中所发生的事件。通过对真实事件的具体描述，反映了当时社会的动荡和混乱：诸侯之间进行着连年不断的扩土掠财的战争；君主与大夫之间不断发生争权夺利的纠纷；大夫与大夫之间也出现了争夺权力与财货的斗争。书中的客观形象说明，所有的阴谋诡计都是为了争夺财富；所有的残酷的斗争都是因私有制而产生，而且是围绕着私有制而进行的。

在作者的笔下，诸侯与大夫大多是杀人越货抢男霸女的强盗，是些荒淫无耻、贪婪奸诈、狠毒庸俗的恶汉。他们为了满足个人的贪欲，为了争权夺利，已经成为比禽兽尤其禽兽化的恶兽。这正是剥削阶级人物的阶级根性。

正是由于这样的阶级根性，因此在封建贵族的家庭中出现了血淋淋的斗争。

尽管在封建统治阶级的观念中，“家”是神圣的组合，“父慈子孝兄友弟敬”是天经地义。但对封建贵族说来，这只不过是装饰性的美丽的帷幕而已，它挡不住物质生活所形成的阶级根性的侵袭——而阶级根性则是无所不在的。《左氏春秋》的作者便揭开了这张帷幕，使读者看到封建贵族的“神圣家族”中的伦常奇变。

《左氏春秋》隐公元年（前七七二年）“郑伯克段”条内，便记述着郑侯庄公与胞弟共叔段的内争。

初，郑武公娶于申，曰武姜，生庄公及共叔段。庄公寤生，惊姜氏，故曰寤生。遂恶之，爱共叔段，欲立之，亟请于公。公弗许。及庄公即位，为之请制。公曰："制，严邑也，虢叔死焉。他邑唯命。"请京。使居之，谓之京城大叔。祭仲曰："都城过百雉，国之害也！先王之制：大都不过参国之一；中，五之一；小，九之一。今京不度，非制也君将不堪。"公曰："姜氏欲之，焉辟害？"对曰："姜氏何厌之有？不如早为之所，无使滋蔓，蔓难图也！蔓草犹不可除，况君之宠弟乎？"公曰："多行不义必自毙，子姑待之！"

当初，郑武公娶申国姜侯之女为妻，是为武公夫人姜氏。她生下庄公和共叔段二子。庄公是在她产晕复苏后生下来的，这惊吓了姜氏，所以取名叫寤生。武姜因此憎恶他，偏爱共叔段，想立段做太子，屡次请求武公。武公不允许。等到郑庄公继位之后，姜氏为共叔段请求赐给制邑做封地。庄公说："制邑，是最险要的山城，从前虢叔曾固守而死于此。如要别的城邑我都遵命。"姜氏又替叔段乞讨京地。郑庄公就叫段住在那里，从此郑国的人们都称叔段为京城太叔。大夫祭仲说："公子领地的都城如超过方三百丈便是国家的祸害！先王制度规定：大封君的都城不过王城三分之一；中等的五分之一；小的九分之一。今公子段的封地京邑太大，是不合先王规定的制度的，势将尾大不掉你将无法控制。"庄公说："姜氏要这样做，焉能为避害而不与？"祭仲答道："姜氏的欲望岂有餍足？不如趁早做个安排，不要使其蔓延，蔓延起来就不好办了！那蔓草尚且不好除，何况君所宠爱的弟弟呢？"庄公说："多做坏事的人，必然是自己找死，你且等着吧！"

既而，大叔命西鄙、北鄙贰于己。公子吕曰："图不堪贰，君将若之何？欲与大叔，臣请事之；若弗与，则请除之，无生民心！"公曰："无庸，将自及。"大叔又收贰以为己邑，至于廪延。子封曰："可矣！厚将得众。"公曰："不义不暱，厚将崩。"大叔完聚，缮甲兵，具卒乘，将袭郑。夫人将启之。公闻其期，曰："可矣！"命子封帅车二百乘以伐京，叛大叔段，段入于鄢，公伐诸鄢。五月辛丑，大叔出奔共。……遂寘姜氏于城颍而誓之曰："不及黄泉，无相见也！"既而悔之。颍考叔为颍谷封人，闻之，有献于公。公赐之食。食舍肉。公问之。对曰："小人有母，皆尝小人之食矣；未尝君之羹，请以遗之！"公曰："尔有母遗，繄我独无！"颍考叔曰："敢问何谓也？"公语之故，且告之悔。对曰："君何患焉？若阙地及泉，隧而相见，其谁曰不然？"

不久，太叔命西、北两边邑的有司，也服从自己的管辖。公子吕对庄公说："国家不能有两个主子，您到底怎样处理这事呢？如果你要让位给太叔的话，我请求去侍奉他；如果不给他，那就请你趁早除灭他，不要动摇民心！"庄公说："不必，他会自作自受的。"太叔又擅自接收两边邑作为自己封地，一直扩展到廪延。子封说："可以讨伐了！他侵占地方再多将会得到更多人的支持。"庄公说："他为臣不忠于君，为弟不亲于兄，占领的地方多将会全面崩溃的。"这时太叔修好城郭，聚集壮丁，修治了盔甲武器，准备好步兵战车，打算袭击郑国。姜氏也准备开城门来接应他。庄公打听到起事的日期，便说："可以动手了！"命子封带领兵车二百乘攻打京邑。京邑的人也反抗太叔段。太叔段逃到鄢，庄公亲自带兵追到鄢地。五月辛丑那一天，太叔出奔到共地。……庄公便把姜氏放置在颍城，并赌咒说："不到黄泉不再相见！"不久又懊悔不该这样说。颍考叔是颍谷管理封地的小官，听到了这件事，送礼物给庄公。庄公赏他饭食。他吃时把肉放在一边不吃。庄公问他为什么。他答道："小人家有老母，过去都是吃小人献给她的食物，没有吃过君主所赐的食物，敢请把这些肉带回去赠送给我母亲吃！"庄公说："你有母亲可供奉，偏偏我就没有啊！"颍考叔说："敢问这句话是什么意思呢？"庄公便把缘故告诉了他，并且说自己很后悔。颍考叔说："您忧愁什么呢？若是掘地见水，在地道中相见，又有那一个人说你做得不对呢？"

公从之。公入而赋："大隧之中，某乐也融融。"姜出而赋："大隧之外其乐也泄泄。"遂为母子如初。

庄公依了他的话掘好地道，在地道中见了母亲，赋诗道："地道当中，快乐呀融融。"姜氏走出地道也赋诗道：在"地道之外，舒散呀畅快。"于是母子俩复好如初。

虽然《左氏春秋》作者还不善于对人物性格的全部特征作生动的描写，但不难看出，作者在所描述的事件中却表现了人物性格的要素。也正是基于对人物性格要素的描写，所以事件情节才能入情合理地展开。

"郑伯克段"所描述的是因郑庄公母亲的偏爱所引起的弟兄间的矛盾从而形成的军事斗争。

作者开头便介绍了郑庄公的母亲武姜。她是申侯的女儿，是郑伯武公的妻子，是一直生活在富贵安逸环境中的贵妇人。这里点出了武姜的阶级身份。

武姜生了两个儿子：庄公和共叔段。但她对这两个亲生子的看法与感情是不一样的。她偏爱共叔段，而憎恶庄公。所以如此，是因为生庄公时难产，使她吃了苦、受了惊。当然，在这个问题上，庄公是无罪的——他既不是有意的请武姜孕育他，也不是故意地不好好降生，更不是由于调皮捣蛋成心折磨母亲。然而做母亲的武姜却憎恨他。这里不仅写出了事件矛盾的起因，而且在客观上揭出了体现在武姜身上的阶级性格。

这里所揭示的武姜的性格是深刻的。它使读者看到一个出身自剥削阶级上层社会的贵妇人竟自私到怎样可怕的程度。不难看出，武姜是在"自私教养"下长大的，她根据极端的"个人利害"来决定对人或事的看法与态度——甚至对亲生儿子也不例外。她将自己的安适舒泰看作是神圣不可侵犯的。正是由于这样的原因，因此当她生庄公时，无意识的庄公曾使她的肉体痛了几阵，结果她便视之若寇雠，有意识地将庄公恨了几十年。

资产阶级学者喜欢将“母爱”说成是超阶级的人性，是人的（甚至是脊椎类动物的）共性的表现。这当然是错误的。在阶级社会，人的爱、憎、喜、怒都是具有阶级属性的。通过武姜的性格便可看出，在剥削阶级的生活和意识的支配下，培养出怎样的“母爱”——她是根据自己坐骨神经的感觉，来决定对儿子的爱与憎的。这也就说明，剥削制度形成的自私观念，使“母亲”堕落到怎样的地步。

矛盾也就由此引起。

武姜爱小儿子共叔段。母爱虽是具有本能性的，但并不能超阶级意识而抽象存在，它不仅附着在人的思想上，而且通过人的生活才能表现出来。因此，武姜便积极地为共叔段争政治继承权，向武公请求，立共叔段为太子。武公拒绝了这要求。

武公死后，武姜所厌恶的庄公继位为郑国君主。对此，武姜是不甘心的，所以她替叔段请求领地时，首先指名索求便于攻守的军事要地制（今河南虎牢）。这表明，武姜这时已打算让叔段用军事手段除去庄公。庄公识破了这阴谋，不肯答应。于是武姜便又替叔段索求地富人众的郑国第二大都京城。

当共叔段在京城准备好军队整理妥甲兵之后，便企图发动军事叛变偷袭郑都。这时，武姜为了帮助小儿子干掉大儿子，于是做了政治奸细和军事内应。当然，这一切都失败了。

由此作者写出了一个诸侯的母亲。她对儿子们的爱或憎，都是起于变态的自私心理；她的爱与憎的表现，就是政治阴谋，就是争权夺利，就是武装政变。

作品中也描写了郑庄公。这是一个很阴险的人。他比他母亲或胞弟更善于权谋。他即位之初，就识破了武姜和叔段的诡计，因此不肯封叔段于制，以免使自己在军事上处于劣势。但除此以外，他在表面上却极力迁就武姜和叔段，使叔段占有郑国第二大城京城，而且在叔段扩土聚众准备军事叛变时，他却采取了不闻不问的态度。所以这样，郑庄公是有深心的。

这从庄公答复祭仲、公子吕、子封的话中便可看出，庄公之所以事先不干涉不制止武姜和叔段的阴谋活动，一方面是为了沽名钓誉，将自己扮成孝顺母亲的孝子和友爱弟弟的贤兄，以争取人心；另方面是为了麻痹他的政敌，他是用装聋卖傻欲擒先纵的方法，助长武姜和叔段的野心，企图诱使武姜和叔段肆无忌惮地将其阴谋彻底暴露。这样，他便可以获得口实，然后便可以“名正言顺”地将叔段击溃，不仅可以收回京城，而且可以不再给他胞弟一寸土。事情也正如庄公所预料的那样，叔段越干越胆大，最后当叔段“将袭郑，夫人将启之”的时候，庄公蓄意已久的计划便有了实行的机会，内心的仇恨找到了公开的借口，于是一举将叔段打垮。但长期的仇恨心使庄公干出了一件糊涂事。当发兵讨伐叔段时，庄公觉得自己是“师出有名”“理直气壮”，因此他不仅认为可以“名正言顺”的将叔段除掉，而且认为为了斩草除根大可以“名正言顺”地流放犯了罪的母亲。于是，庄公“遂置姜氏于城颍”，并宣誓说：“不及黄泉，无相见也！”显然，在最尖锐的权位争夺中，郑庄公露出了真面目：他是一个将权位看得比亲娘还亲的人。正因如此，所以危及他“神圣的名位”的母亲，便被他视之如雠敌，处之若罪犯，而且公开地宣布了自己的深仇大恨，表示了与之永远“绝交”的决心。

应该看出，郑庄公之所以这样做，是由于长期积累的仇恨一时发作的结果，是由于在争夺战争中杀红了眼所致。因此，老奸巨猾的庄公很快便后悔了，他发觉自己不仅违背了封建礼法，而且由于自己一时欠思考的真诚，敲碎了自己脸上的假面具；但“人无信不立”，一时又难于违背誓词，收回成命。这时，颍叔考便来为庄公出谋划策，于是“掘地及泉”，以象征黄泉；在地道中母子见面，以应验“不及黄泉无相见”的誓言。在自欺欺人的戏剧似的排场下，庄公和其母武姜见了面，而且赋诗以志喜，“遂为母子如初”。

不难看出，这一切都是虚伪的。庄公在叔段造反之前，早就恨其母亲武姜。现在，当武姜做过政治奸细和军事内应而失败之后，庄公绝不会反而爱起这位政敌兼老娘的。因此，庄公唱诗道“大隧之中，其乐也融融”——显然不是真心话。同样的，武姜在庄公诞生那天就憎恶庄公，时时刻刻想使自己的爱子叔段取而代之，为此并曾使用军事手段。现在，当武姜的爱子叔段不仅没有抢到君位，连臣位都失掉了，成了丧家之犬，“到处流浪，到处流浪”之时，显然，武姜绝不会由此反而爱起驱逐叔段的庄公来的。因此，武姜唱诗道“大隧之外，其乐也泄泄”——显然也不是真心话。

就是这样，这娘俩——血统上的母子，名利场上的对头——在人工挖的“黄泉路”上，布置了戏剧性的场面，虽然彼此心中满怀着仇恨，但却装作高兴的样子，说着文雅高尚的诗的语言，互相客气的扮演慈母与孝子，彼此都是为了维护“神圣家族”的面子和封建道德的招牌。

不论作者对此是怎样看，作品形象客观的揭示出：剥削制度所造成的人的自私和贪欲是怎样损害了人和人的关系。由于一切为个人的自私心理，做母亲的竟仇视自己难产的儿子，会作诗的武姜是有愧于老母猪的。一母所生的同胞弟兄，为了争名夺利，彼此都操起刀子来，渴望着用同胞骨肉的血满足自己。而所有这些都是在封建道德伪善的词句掩护下进行的。由此可知，剥削制度使人的生活和灵魂堕落到何其丑恶的地步。

《左氏春秋》文元年（前六二六年）“楚商臣弑父”条内，记载了楚太子商臣弑其父成王的经过。

> 初楚子将以商臣为大子，访诸令尹子上。子上曰：“君之齿未也，而又多爱，黜乃乱也！楚国之举，恒在少者。且是人也，蠭目而豺声，忍人也，不可立也！”弗听，既又欲立王子职而黜太子商臣。商臣闻之而未察，告其师潘崇曰：“若之何而察之？”潘崇曰：“享江芊而勿敬也。”从之，江芊怒曰：“呼！役夫，宜君王之欲杀女而立职也！”告潘崇曰：“信矣！”潘崇曰：“能事诸乎？”曰：“不能！”“能行乎？”曰：“不能！”“能行大事乎？”曰：“能！”冬，十月，以宫甲围成

王。王请食熊蹯而死。弗听。丁未，王缢。……穆王立，以其为太子之室与潘崇，使为太师，且掌环列之尹。

起初楚王将以商臣为太子，问于令尹子上。子上说："君侯年龄尚不老（尚不到立太子时候），而宠爱的侍妾幼子又多，如果今天立太子将来贬退，就会生祸乱啊！过去楚国立太子，常常立少子。况且商臣这人呀，蜂眼而豺声，是残忍的人，不可立也！"楚王不听，于是立商臣为太子，以后又想立王子职为太子而贬商臣。商臣听到风声但不知是否确实，告其师潘崇说："怎么才能调查出实信呢？"潘崇说："你请你姑母江芊（你父亲喜爱的人）吃饭，而故意不恭敬，看她能说出什么来。"商臣采用了这计谋，果然江芊大怒，骂曰："呸！奴才，怪不得君王要杀你立职！"商臣告诉潘崇："废我而立职的消息是真的！"潘崇说："你能侍奉职吗？"商臣说："不能！"潘崇说："能逃走吗？"商臣说："不能！"潘崇说："能干大事吗？"商臣说："能！"在冬天十月以太子宫卫士包围了楚王宫。楚王请求吃顿熊掌再死。商臣不答应。丁未那天，楚王勒死。商臣立，是为穆王，将他当太子时住的房子赠给潘崇，使为太师管理朝中诸官吏。

可以看出，这些"君上"为了争夺权利，父子为寇雠。对统治者说来，在个人贪欲支配下，父亲是仇人，所以迫不及待地勒死他，不允许他吃熊掌；在争权夺利的斗争中，帮助杀父篡位的则是恩人，所以赠给潘崇宫室爵禄。统治者所倡导的"孝治""伦常""父父，子子"的招牌，在作者的有力描写中，被剥落无遗。

从其中的人物形象中，使人们认识到剥削阶级的灵魂。剥削制度和寄生生活养成了他们的性格。他们极端自私，因此也就异常冷酷；他们一贯是唯利是图，因此也就极其残暴。正是由于这样的阶级本性，因此阴谋诡计成为他们的"智慧"，毒辣残忍是他们的才能，尔虞我诈钩心斗角是他们日常生活的一部分。不难看出，商臣请他亲姑母吃饭，实际上是在打"佯攻侦察战"，企图激怒他姑母，然后由姑母口中探听虚实。当楚成王被他儿子率兵包围住的时候，他请求吃一顿最后的晚餐，请求临终前吃一顿熊掌，所以这样，并不是“熊掌吾所欲也”，而是因为熊掌难烂不易熟，因此他企图以等吃熊掌为借口拖时间，以等待救兵。显然，这是楚成王的“疲敌待缓”战术。当然他的肖子商臣也是个鬼精明的家伙，识破他老子的战术，于是不答应这请求，来个“速战速决”，立逼他父亲上吊，以免时久生变夜长梦多。这里不仅表现了楚王父子的凶狠的性格，而且反映了他们的狡诈。由此可知，剥削阶级使用阴谋已成为习惯，甚至在骨肉之间的一饮一啄中都寓藏着阴谋诡计。事实是：不仅封建剥削阶级如此，资产阶级也是如此。

此外，《左氏春秋》中反映了诸侯家族中盛行的多种多样的流血斗争：齐桓公杀兄、卫献公杀弟、晋献公杀子、楚康王四弟（灵王、子干、子比、平王）互相斫杀。作者形象说明，所有这些血亲间的斫杀，都是为了争夺名利权势，都是为了满足自己的占有欲。不难理解，占有欲是私有制造成的。也就在这一意义上，作品形象客观地揭发并指责了私有制所形成的罪行。

《左氏春秋》襄二十五年（前五四八年）“崔杼弑君”条内，作者形象地描写了君臣之间为女人而引起的流血事件。

齐棠公之妻，东郭偃之姊也。东郭偃臣崔武子。棠公死，偃御武子以吊焉，见棠姜而美之，使偃取之。偃曰：“男女辨姓，今君出自丁，臣出自桓，不可！”武子筮之，遇困☱之大过☱。史皆曰：吉；示陈文子。文子曰：“夫从风，风陨，妻不可娶也。且其繇曰：‘困于石，据于蒺藜，入于其宫，不见其妻，凶！’困于石：往不济也。据于蒺藜：所恃伤也。入于其宫，不见其妻，凶：无所归也！”崔子曰：“嫠也，何害？先夫当之矣！”遂娶之。庄公通焉，骤如崔氏；以崔子之冠赐人，侍者曰：“不可”！公曰：“不为崔子，其无冠乎？”崔子因是，又以其间伐晋也，曰：晋必报之；欲弑公以说于晋，而不获间。公鞭侍人贾举，而又近之。乃为崔子间公。夏王月……崔子称疾不视事。乙亥，公问崔子，遂从姜氏。姜入于室，与崔子自侧户出。公拊楹而歌。侍人贾举止众从者，而入闭门。甲兴，公登台而请，弗许；请盟，弗许；请自刃于庙，勿许。皆曰："君之臣杼疾病，不能听命，近于公宫，陪臣干掫有淫者，不知二命！"公逾墙，又射之，中股，反队，遂弑之。……晏子立于崔氏之门外，其人曰："死乎？"曰："独吾君也乎哉？吾死也？"曰："行乎？"曰："吾罪也乎哉？吾亡也？"曰："归乎？"曰："君死安归！君民者，岂以陵民，社稷是主；臣君者，岂为其口实，社稷是养。故君为社稷死，则死之；为社稷亡，则亡之，若为己死而己亡，非其私暱，谁敢任之。且人有君而弑之，吾焉得死之，而焉得亡之，将庸何归。"门启而入，枕尸股而哭，兴，三踊而出。人谓崔子必杀之。崔子曰："民之望也！舍之得民。"

齐棠邑大夫之妻，是东郭偃的姐姐。东郭偃是崔杼的家臣。棠大夫死，东郭偃陪崔杼去吊丧，崔杼见棠姜氏（偃姐）而以为美，命偃去说合。东郭偃说："男女婚姻要分别姓族，今您是出自齐丁公之后，我是出自齐桓公之后，我们是本家，不可通婚！"于是崔杼算卦问神，所得的卦象是困（上兑下坎）的大过（上兑下巽）。筮官都说：这是吉卦，婚事遂；武子又求问陈文子。陈文子说："坎象丈夫巽象风，今卦象是丈夫从风，风是陨落万物的，看来这女人是不可娶的。况且这卦的爻辞说：'困于大石，据于蒺藜，进入其家，不见其妻，很凶！'困于石：意为往而不能得济。据于蒺藜：意为所据的东西是伤害本人的。入于其宫，不见其妻，凶：意为家破人亡，无所归！（这是凶卦）"崔杼说："她是个寡妇，能有什么妨害？即使她命中妨夫，也早由她先夫当其凶了！"于是便娶之为妻。不久齐庄公也和棠姜通奸，常到崔杼家去会姜氏；庄公将崔杼的帽子赏赐给别人，左右侍者说："这是不可以的！"庄公说："如果不是崔子，难道就不戴帽子？"崔杼因此怨恨在心，又因其时常伐晋，晋国宣称：晋必报仇；于是崔杼想杀掉庄公以取悦于晋，但找不到间隙和机会。庄公曾鞭挞过随从贾举，但鞭后仍与之亲近。于是贾举为崔杼当耳目伺察庄公。夏五月……崔杼佯称病不上朝办公。乙亥那天，庄公去问候崔杼的病情，趁机要与棠姜幽会。棠姜进入病室，与崔杼悄悄自侧门走出。庄公不知，拍着门框唱小曲（意在催棠姜出来）。随从贾举命庄公众卫士止于门外，他自己入宅反手闭上大门。崔杼埋伏的兵都出来了，庄公避上高台，请求饶命，众人不答应；请求盟誓赌咒接受条件，众人不许；请求自杀于祖庙，众人也不许。众人皆说："君侯之臣崔杼在害病，不能来听命令，这里距公宫近（你可能是假冒齐侯之名），我们是崔氏家臣奉命捉奸夫，不知其他！"庄公便跳墙，众人用箭射之，被射中大腿，反坠在墙内，于是众人将庄公杀死。……齐相晏子闻信，立于崔杼的大门外，有人问道："你要为君主殉死吗？"晏子说："难道他只是我的君主吗？我殉死？"又问道："你要逃亡吗？"晏子说："难道我犯了什么罪吗？我逃亡？"再问道："那你要回家罢？"晏子说："君主死了，怎么能回家！设君主统治人民，岂是为了凌侮人民，而是为了国家社稷有所主；群臣事君主，岂是为了赚米吃饭，是为了国家社稷能存在。所以君为国家社稷死，臣则殉死；君为国家社稷亡，臣则从亡；假若君是为自己死为自己亡，如不是他亲幸的私人，谁能陪他死亡。况且别人将其侍奉的君主杀了，我何必殉死，何必逃亡！又何必急于归家。"大门开，晏子入，枕庄公尸而哭，哭毕起来，拊心踩脚跳跃三次然后出门而去。有人告诉崔杼应该杀掉晏子。崔杼说："他有人望，舍而不杀可以得民心。"

由以上引文中可以看出作者叙事的布局。作者先介绍人物，先由棠公之妻姜氏写起——因为这是事件中的关键人物。接着点明姜氏的弟弟东郭偃是崔杼的家臣——这是事件中的媒介人。由棠公死东郭偃引崔杼吊丧从而见到棠姜开始，作者叙述事件的起因。通过东郭偃的解释和传奇性的故事，作者衬托出崔杼的为人：是个荒淫好色的贵族，他不仅唯色是贪不避同宗，而且也不敬神意。这样，崔杼便娶棠姜为妻。

接着，作者简要地写出庄公与棠姜奸通所引起的君臣间的矛盾。同时作者表明：如仅仅是崔杼夫人被“庄公通焉”，崔杼还不至于太恼火；但除此以外，庄公曾“以崔子之冠赐人”，又常伐晋，与晋侯结仇，崔杼因此“欲弑公”。当崔杼寻找到内应，选好时机之后，便发动了政变。

以上这些事件的起因和矛盾的发展，作者写的较简略，只用了二百四十一个字；但对事件冲突的顶点则作了详尽的绘声绘色的描写，共用了五百八十多字，所描写或涉及的人物达三十人之多。（见全文）这说明，作者并不是对史实作一般的叙述，而是作故事性的表现：作者所描写的事件都是经过艺术选择的。

因此，通过故事性的穿插，作者津津有味地描写了齐庄公的下场，使这好色淫乱贪生怯懦的君主丑态毕露。作者写道，在五月乙亥日，齐庄公驾临崔宅，表面上是来探视崔杼的病情，但实际是来找棠姜幽会。这个急色儿竟忘形地在病房门口“拊楹而歌”。结果被他的歌声召唤来的不是情妇，而是伏兵。于是庄公逃上高台，再三求饶，设法苟延性命，失败之后，想跳墙逃命，由于大腿中箭，被伏兵杀死在墙根下。显然，作者笔下的庄公末日是极其可笑的。这种丑化君主的手法也正表现着作者对事件（也可说对人生）的态度。不仅如此，作者并通过晏子的话，表现了自己的看法“君民者，岂以陵民，社稷是主；臣君者，岂为其口实，社稷是养。”不难看出，这里所表露的正是当时的具有进步因素的“民本”思想。作者也正是基于这样的思想，对齐庄公的殉难作了喜剧的表现，同时也反映了封建贵族荒淫无耻的生活。

作者写道，凶残贪婪成性的剥削阶级不仅为争夺情妇能引起奸杀事件，甚至为了争吃一块肉也能造成宫廷流血的内衖。《左氏春秋》宣公四年（前六〇五年）载有“郑公子归生弑灵公”事。

> 楚人献鼋于郑灵公。公子宋与子家将见。子公之食指动，以示子家，曰：“他日我如此，必尝异味。”及入，宰夫将解鼋，相视而笑。公问之，子家以告。及食大夫鼋，召子公而弗与也。

子公怒，染指于鼎，尝之而出。公怒，欲杀子公。子公与子家谋先，子家曰："畜老犹惮杀之，而况君乎？"反谮子家。子家惧而从之。夏弑灵公。（《左氏》宣四年）

楚人献大鼋于郑灵公。郑大夫子公（名宋）与子家（名归生）将上朝见君。路上子公的食指自动颤动，他举起食指给子家看，并说："往日我食指一颤动，必然要吃到好吃的异味珍馐。"等他们进朝一看，厨子将要剁鼋，于是子公（觉得自己的指头有灵）与子家相视而笑。郑灵公问他俩笑什么，子家便将子公食指如何灵验告诉灵公。等灵公请诸大夫吃鼋时，召请了子公但故意不给他吃。子公大怒，于是在灵公的食鼎中捞起一块鼋肉，吃了就走。灵公大怒，想杀子公。子公背后与子家商量先动手，子家说："家畜养老了还不忍宰，何况对君主呢？"子公反而放出流言，说子家要作乱，子家恐惧了，便答应帮助子公。夏天，他俩杀掉郑灵公。

故事说明，一国君主郑灵公的性命是因为一块鼋肉而丢掉的。乍看来，这故事是很怪诞的，但如通过贵族的性格特征去考虑，那么，这故事是完全合理的。寄生生活不仅养成了剥削阶级的极端的馋癖，贪嘴而好吃；而且培育了贵族的反常的自尊心，傲慢而专横。因此，由于生活单调的缘故，郑灵公想逗个乐子，故意不给公子宋吃鼋肉。这就激怒了公子宋。公子宋之所以大怒，并不仅是因为郑灵公刺伤了自己的胃神经并损害了自己"食指"的信誉，更重要的是郑灵公伤害了自己的面子。长期的养尊处优，使贵族的面子心极强烈。所以在一怒之下公子宋便用手在郑灵公食鼎中抢捞了块肉吃。当然，这就伤害了郑灵公的面子。由此形成了仇恨，彼此都动了杀心，结果造成"弑君"事件。

这里反映了贵族的性格，他们嘴馋、心狠，面子心强。在他们看来，自己的"尊严"是不能被冒犯的。因此，任何小怨都能结成大仇；小小的冒犯就会招来血腥的报复。从《左氏春秋》中看来，不仅由于争肉吃能造成血淋淋的事变，甚至为了斗鸡，两位老爷都会全副武装斗将起来[16]。作品形象的说明，这些封建贵族，恰恰是由于他们极端重视个人的"尊严”，所以才不惜干出一切卑鄙无聊的勾当。

所有以上这些，作者不仅生动地描写了历史事件，而且对历史人物作了形象化的加工，甚至作了“喜剧式”的表现。

也就是以这样的手法，作者创造了形形色色的属于领主阶级的历史人物形象。其中有王侯，有公卿，有大夫，有谋士。通过这样的形象集团，作者揭露了领主们的伪善，描绘了领主们残酷凶暴的面目，暴露了领主们的上烝下报的淫乱生活，反映了领主们所进行的武力掠夺和政治倾轧，从而反映了当时动乱的时代。

由此可以看出，作者不仅揭发了“乱臣贼子”，而且揭发了“乱君贼父”。作者不是以等级制度所形成的道德观念片面的倡导“臣忠子孝”；不是“以史寓教”，从而使“乱臣贼子惧”。相反的，作者却是将统治集团的“君臣父子”看作是一丘之貉。因此通过形象的描写，使读者认识到统治集团中的王侯、公卿、大夫或父子兄弟，大多是些贪财、争势、好色、饕餮、无耻而又无聊的恶棍。这是领主的阶级本性，也是历史的真实。

也正是由于《左氏春秋》对领主集团（君与臣、父与子）是作为一个整体揭发的，它不仅使“乱臣贼子惧”，而且也使乱君贼父惧，所以到汉以后，许多维护礼教而“教忠教孝”的学者，都对《左氏春秋》作了形形色色的诬蔑和指责：认为《左氏春秋》“不尊王室”，“不避君亲”，“不为君讳”，“显君父之恶”，是部“尚力，喜乱”“事详而理差”“不明君臣大义”“谲而不正”的乱书。但也由此，显示了《左氏春秋》主题思想的进步性。

《左氏春秋》中不仅揭露了领主集团的罪恶，而且对人民的反压迫反剥削的行为也作了一定程度的反映。

例如《左氏》哀公十七年（前四七八年）载有“己氏杀卫庄公”一事。

初公登城以望，见戎州，问之。以告。公曰：“我姬姓也；

何戎之有焉。”翦之。公使匠久。公欲逐石圃，未及而难作。辛巳，石圃因匠氏攻公。公阖门而请，弗许，逾于北方而队折股。戎州人攻之，太子疾公子青逾从公，戎州人杀之。公入于戎州己氏。初公自城上，见己氏之妻发美，使髡之以为吕姜髢。既入焉，而示之璧曰：“活我，吾与女璧！”己氏曰：“杀女，璧其焉往？”遂杀之，而取其璧。

起初，卫庄公登城眺望，遥望见戎州，问左右随从是何地？随从告诉他。庄公说：“我是姬姓侯，为何戎人在我侯国筑城。”于是派人毁平戎人的城垣。庄公迫使工匠起早贪黑的工作，（工匠怨望）。庄公想驱逐其大夫石圃，还没有来得及，石圃便先发难。辛巳日，石圃发动工匠们攻庄公。庄公闭门求饶命，众人不允许，于是跳北墙逃命，自墙上坠落下来将腿折断。戎州人也来进攻，庄公的太子疾和公子青跳墙随庄公逃跑，被戎州人杀死。庄公逃入戎州己氏家。起初庄公在城上，望见己氏妻子头发很漂亮，便派人将己氏妻的头发剃下，取来给自己夫人吕姜作假发用。这时庄公逃入己氏家之后，便拿出玉璧给己氏看，说：“饶我命，我给你这宝贵的玉璧”。己氏说：“杀掉你，玉璧难道还能跑到哪里去？”于是杀死庄公，取去他的璧。

除此以外，在襄公十七年记有郑国农奴反对徭役的讴歌[17]；在襄公二十二年载有郑大夫游眅因抢人新娘而被杀的故事[18]。至于对人民反封建情绪或行为的简略记载，在《左氏春秋》中是相当多的。当然，《左氏春秋》的作者是依据各国史书和史料而写作的，因此作者在书中很少直接形象地描写人民。但这并不等于说，人民的思想、情绪、愿望在《左氏春秋》中没有反映。从全书看来，像“贵族现形记”似的逼真地反映了这一历史时代，揭发了贵族的丑恶灵魂，指责了领主集团的各种罪行。显然，历史的作者并不是历史的旁观者，在他的笔下表现着明显的爱与憎。不难看出，在书中作者颂美了正直和善良的人，对被压迫者被剥削者给以同情；同时也鞭笞了邪恶暴虐的封建领主，充满着快感描写了封建暴君的可耻的下场。所以这样，是因为作者具有正义感和人道精神；而这也正是由于人民反封建思想和作者的生活感受而形成的。由此可知，作者不仅记载了或描写了充满斗争的历史现实，而且所以这样做，也正是被人民的斗争情绪所激发的。

其次，《左氏春秋》中对战争的描写是极其精彩动人的，如：晋楚城濮之战（僖二十八年）、晋秦殽之战（僖三十三年）、楚晋邲之战（宣十二年）、晋齐鞌之战（成二年）、晋楚鄢陵之战（成十六年）、晋师围齐之战（襄十八年）。

在对这些战争的描绘中，作者广泛地描写了人物，其中有主帅、监军、谋士、筮官卜人、大将、偏裨、说客，形形色色，应有尽有。同时，在作者的笔下，不同身份的人做着不同的工作，起着不同的作用；不同性格的人，说着不同的话，表现着不同的风度。作者通过人与人之间的看法、态度、性情的矛盾，描绘了敌对两方的复杂场面。不仅对战争的胜败关键问题作了深刻合理的反映，而且在其中穿插着许多传奇性的故事，着重的描写了人。正是由于这种艺术手法，因此逼真地反映了诸侯间的战争：战争的原因和战略部署，战争中人的表现和进行情况，战争的决定因素和其结果。从对这些战争的描写看来，作者是歌颂封建的“骑士精神”的。在作者的笔下，这些骑士既有多样的智谋，又有正直的品格；既有渊博的学识，又有惊人的膂力；既有无畏的勇气，又有文质彬彬的风度——当然骑士精神中最重要的一点是无条件的忠心耿耿的为君主效劳。由此可知，作者所描写的英雄是具有时代的和阶级的特征的；作者对这种英雄的赞美是作者的局限，同时也是受时代思想的影响所致。

此外，作者描写了许多可敬的人物形象，有爱国的英雄，有廉洁的正人，有聪明正直的士人。所有这些，曾被后人当作表率看待。

第三节　《国语》

《国语》是先秦时的史书汇编。据司马迁说，《国语》是左丘明失明后的著作："左丘失明，厥有《国语》"，"左丘明无目，孙子断足，终不可用，退论书策，以舒其愤思，垂空文以自见。"但王充则认为《国语》是左丘明编纂的："《国语》，《左氏》之外传也。左氏传经，辞语尚略，故复选录'国语'之辞以实。"如果将《国语》各篇比较看的话，则会发现各篇在文体、风格、语言上互不相同，不像是出于一人手笔。由此看来，王充的说法比较可信。这就是说，《国语》是周朝和各封建侯国的官吏私史的汇编。其中的一部分可能经过左丘明整理；其中的一些重要的史料曾被左丘明转引到《左氏春秋》中。但《国语》并不是左丘明一手编成，最后的编订成书约略在战国初期。

国语所记载的历史事件的年限，最早的是周穆王时（前一〇〇〇年左右），最晚的是周敬王时（前四七二年）。

《国语》是以国分编的史书，计有《周语》三卷、《鲁语》二卷、《齐语》一卷、《晋语》九卷、《郑语》一卷、《楚语》二卷、《吴语》一卷、《越语》二卷。以其性质论，其中有的是政治语录，有的是重大历史事件的片段记载，有的是传说故事。所有这些语录、历史片段、传说故事，大多是由历史人物的议论、对话或相互驳难而组成的。因此，《国语》是采用语录文样式写成的历史文学著作。

《国语》共有七万多字，其中的三分之一是记载晋国史事的《晋语》，而《晋语》的二分之一强则是叙述"晋献公杀子和重耳走国"故事的。

这故事是一个结构庞大的传奇性的叙事诗式的故事。故事是以神话式的传说开头。

献公卜伐骊戎。史苏占之曰："胜而不吉！"公曰："何谓也？"对曰："遇兆，挟以衔骨，齿牙为猾。戎夏交捽，交捽是交胜也。臣故云。且惧有口，携民国移心焉！”公曰：“何口之有！口在寡人，寡人弗受，谁敢兴之？”对曰：“苟可以携其入也，必甘受逞而不知，胡可壅也！”公弗听，遂伐骊戎，克之，获骊姬以归，有宠，立以为夫人。公饮大夫酒，令司正实爵与史苏，曰：“饮而无肴。夫骊戎之役，女曰胜而不吉，故赏女以爵，罚女以无肴——克国得妃，其有吉孰大焉？”史苏卒爵，再拜稽首曰：“兆有之，臣不敢蔽，蔽兆之纪，失臣之官，有二罪焉，何以事君？大罚将及，不唯无肴！抑君亦乐其吉而备其凶，凶之无有，备之何害？若其有凶，备之为瘳。臣之不信，国之福也，何敢惮罚。”饮酒出。史苏告大夫曰：“有男戎，必有女戎。若晋以男戎胜戎，而戎亦必以女戎胜晋。其若之何？”里克曰：“何如？”史苏曰：“昔夏桀伐有施，有施人以妹喜女焉。妹喜有宠，于是乎与伊尹比而亡夏。殷辛伐有苏，有苏氏以妲己女焉。妲己有宠，于是乎与胶鬲比而亡殷。周幽王伐有褒，褒人以褒姒女焉。褒姒有宠，生伯服，于是乎与虢石甫比，逐太子宜臼而立伯服。太子出奔申。申人鄫人召西戎以伐周，周于是乎亡。今晋寡德而安俘女，又增其宠，虽当三季之王亦不可乎？……从政者不可不戒，亡无日矣！”

晋献公欲伐骊戎，烧龟甲求神示。卜官苏看了龟甲上的裂纹之后说：“根据卜兆看来，伐骊戎能得胜，但并不吉利！”献公说：“此话怎讲？”史苏答道：“今所见的兆纹是，两条裂纹平行，其间衔骨，裂纹是犬牙交错，互有消长。由两裂纹的平行和纹状的曲折进退看来，象征骊戎与晋国两方将互相揪住，互相揪住是互有胜负也。因此，我才说胜而不吉。同时，兆纹现出牙齿，我担心要出现口舌谗言，离间人国转移人心！”献公说：“哪能有口舌谗言出现！信不信谗言在我，我不听不信，谁还敢造谣生事挑拨是非？”史苏答道：“假如引谗人乘虚而入，一定甘于受欺而不知，何能防止呀！”献公不听，于是伐骊戎，大胜，俘获骊戎君长的女儿骊姬以归，她很受献公宠爱，被立为夫人。献公庆功饮大夫们以酒，命管宴席的人将满满一爵杯酒给史苏，献公说：“赏你一杯酒但不赐给你菜吃。在征伐骊戎战争前，你说胜而不吉，这只应验一半，的确是打胜了，故赏你杯酒，但无甚不吉利，故罚你不吃菜——克服敌国获得美女，大吉大利还有大过这个的？”史苏一气喝完这杯酒，再拜叩头至地说：“龟上兆纹是这样的，我不敢隐瞒不说，隐瞒神示给的兆象，不尽我的职责，那我就有两重罪过，那怎能是忠心事君？如果那样我将受到大处罚，不仅是罚我不吃菜了！我想你君上也应该是高兴事之吉利而防备事之凶险，如果今后凶事不发生，你防备着又有何害处呢？假若发生凶事，您的防备就会使凶事不至于太凶。我的话如果将来都不应验，那是我们国家的福，这是值得庆幸的，我个人何怕处罚。”群大夫饮酒毕出朝。史苏告诉大夫们说：“有男兵，必然也有女兵。象晋国是用男兵战胜骊戎，骊戎也必会用女兵战胜晋国。这怎样办才好呢？”大大里克问道：“怎么？”史苏说：“过去夏王桀征伐有施，有施人将妺喜作为贡女献给夏桀。妺喜得到夏桀宠爱，于是乎与商汤的心腹伊尹勾搭起来灭亡了夏国。殷纣王征伐有苏，有苏氏将妲己作为贡女献给纣王。妲己得到纣王宠爱，于是乎与胶鬲勾搭而灭亡了商国。周幽王征伐有褒，褒人将褒姒作为贡女献给幽王。褒姒得到幽王宠爱，生下伯服，于是乎与虢公石甫勾搭在一起，赶走太子宜臼而立伯服为太子。太子宜臼投奔母舅申侯。申侯联合鄫侯召请西戎入侵以讨伐周幽王，宗周于是乎灭亡。现在晋侯缺德而迷恋俘获来的美女，又宠爱她立之为夫人，这行为岂不是与夏桀、殷纣、周幽王一样吗？诸位掌管政事的老爷们不可不警戒，晋快亡了！”

在这传奇式的序幕中，史苏是作为“先知”和预言者出现的。但是，尽管史苏的预言在表面上是根据龟卜的裂纹凭借神灵的名号而发出的，可是从史苏的解说中便可窥知，他的预言实际上是根据历史政治经验而发出的。

由文中可以看出，史苏是一个正直而聪明的史官，他反对献公侵掠骊戎和纳骊姬为夫人，他有政治远见。但他意见是作为神意提出，他的性格是在法衣下透露出来。当然，由此也反映了时代的风尚。

这里也点出了晋献公的性格。这是个野心大、喜奉承、骄傲专横、贪色的君主。正因如此，所以骊姬才能以谗言害申生。由此，也就埋下了情节发展的伏线。

作者接着描写了晋侯家庭内所出现的矛盾。

（骊姬为夫人，生奚齐，其娣生卓子。）公之优曰施，通于骊姬。骊姬问焉，曰："吾欲作大事，而难三公子之徒，如何？"对曰："早处之，使知其极。夫人知其极，鲜有慢心，虽其慢，乃易残也。"骊姬曰："吾欲为难，安始而可？"优施曰："必于申生。其为人也，小心精洁，而大志重，又不忍人。精洁易辱，重偾可疾，不忍人必自忍也！"

（骊姬为献公夫人，生下公子奚齐，她的陪嫁妹妹生下公子卓子。）献公的俳优名叫施，他与骊姬通奸。骊姬于是问计于他，说："我想干件大事，立我子为太子，但觉得难于处置申生、重耳、夷吾三公子之徒，你觉得如何！"施答道："应快点将太子定下来，使三公子知其位安其分。凡人只要知道自己地位，就很少生贪心，即使生贪心，名位既定之后也容易收拾他。"骊姬说："我想除去这三位公子，怎么开始才妥当？"优施说："必先除去申生。申生之为人，小心多畏忌，清高自尊，而年较长，心敦厚，又不忍伤害别人。自尊的人容易因受辱而自毁，厚道的人受到刺激能自毙，不忍损害别人的人往往自残！"

这里，作者写明了骊姬的儿子和奸夫，描写了骊姬夺嗣的阴谋，同时在优施口中，介绍了申生的为人，说明了申生的性格。这性格虽是美好的，但其中也潜寓着申生的死因。

接着描写骊姬的第一个计谋。

骊姬请使申生主曲沃……重耳处蒲城，夷吾处屈，奚齐处绛。……公许之。史苏朝告大夫曰："二三大夫其戒之乎！乱本生矣！”曰：“君以骊姬为夫人，民之疾心固皆至矣。昔者之伐也，兴百姓以为百姓也，是以民能欣之，故莫不尽忠极劳以致死也。今君起百姓以自封也，民外不得其利，而内恶其贪，则上下既有判矣。”

骊姬请求献公使献公太子申生管曲沃城，……次子重耳管理蒲城，三子夷吾管理北屈，她亲生儿子奚齐管理晋国都城绛。……献公答应了她。史官苏在上朝时告诉大夫们说：“诸位大夫，你们小心呀！祸乱之本已萌芽了！”他又说：“君上以骊姬为夫人之后，人民的仇恨心已经都很深了。古代的征伐，动员百姓，也是为了百姓。所以人民能欣然拥戴，因此没有不尽忠努力以效死的。今君上动员百姓（出征）是为了自己利益，为了美女财货，人民对外攻伐不得利益，而对内则憎恶（君上）他的贪暴，这样国内上下之间已经有了判离（有了冲突）。”

不难看出，骊姬为了便于挑拨离间，她将三公子遣出都城，而使自己的儿子守京都。但这一计谋，当时便被史苏识破。

在第一段中，史苏曾借神秘的兆象阻止献公伐骊戎。现在他暴露了自己阻止献公的原因。他便向大夫们说出了自己的完全现实的看法：“昔者之伐也，兴百姓以为百姓也，是以民能欣之，故莫不尽忠极势以致死也。今君起百姓以自封也，民外不得其利而内恶其贪，则上下既有判矣！”不难看出，正是由于他认为这征伐是献公“起百姓以自封”，“民不得其利”而“恶其（献公）贪”，将造成“上下判离”。所以他借兆象从事诤谏。当然度势审力，他知道献公征骊戎是有胜利的把握的，所以才有“胜而不吉”的说法。这里表现了史苏的人道思想和远见。

当史苏向大夫们发出警告之后，便引起了大夫间的议论。作者写道：

公将黜太子申生而立奚齐。里克、丕郑、荀息相见。里克曰：“夫史苏之言将及矣！其若之何？”荀息曰：“吾闻事君者，竭力以役事，不闻违命。君立臣从，何贰之有！”丕郑曰：“吾闻事君者，从其义，不阿其惑，……必立太子！”里克曰：

“我不佞，虽不识义，亦不阿惑，吾其静也！”三大夫乃别。

献公想废太子申生而立骊姬的儿子奚齐为太子。一天，晋国三个执政大夫里克、丕郑、荀息会面了。里克说：“那史苏发出的预言快应验了！我们怎样办才好呢？”荀息说：“我听到的先人教诲说：事君上的人，应尽力干好君主派给的差事，没有听人说人臣可以违君命。因此，君立谁为太子，臣就该从而奉之，那能二心二意提出不同的意见！”丕郑说：“我所听到的先人教诲是：事君的人，服从君上的合于义的命令，不能阿谀奉迎君上的错误主张，……因此，我们应坚决主张立申生为太子！”里克说：“我这人不才愚昧，虽然不懂得什么是合于义，但也不想阿谀奉迎君主之惑，我准备沉默，在太子问题上不发言！”三执政大夫于是分别。

这里，作者描写了三个执政大夫的三种态度：荀息是唯君命是从；丕郑则极力维护太子申生；里克则保持中立。从全文可看出，这三个大夫的态度对事件的发展起着很大的作用，而且最后都死于非命。

矛盾已逐渐公开化。这时便有人向申生建言。作者写道：

烝于武公，公称疾不与，使奚齐莅事。猛足乃言于太子曰：“伯氏不出，奚齐在庙，子盍图之乎？”太子曰：“吾闻之羊舌大夫曰：事君以敬，事父以孝。受命不迁为敬，敬顺所安为孝。弃命不敬，作令不孝，又何图焉！夫间父之爱而嘉其贶，有不忠焉；废人以自成，有不贞焉。孝敬忠贞，君父之所安也，弃安而图，远于孝矣。吾其止也。”

冬天，将要祭祀献公亡父武公，献公称病不参与祭礼，却使奚齐代自己作主祭人。太子家臣猛足乃告诉太子申生说：“你是大公子应以嗣子祭王父，但君主不命你主祭却命奚齐在武公庙中作主祭人，这情形不妙，你何不想法子巩固地位？”太子申生说：“我曾听羊舌大夫说过：事君要恭敬，事父要孝顺。受君父命而不擅改就是恭敬，恭敬的顺从君父的心意就是孝顺。君父要我作曲沃守将我如不干则不敬，我如发令举事则不孝，这又怎能想法子自固呢？何况如离间父亲的爱子奚齐而使自己得好处，这是不忠；废别人（奚齐）而使自己成功，就是不贞。我孝敬忠贞，才能使君父心安意得，如不使父心安而只图谋自己利益，那就违背了孝道了。我只能如此。”

这一段主要是表现了申生的思想和感情。从他的话中可以看出，他是个恭顺、忠厚、诚实、廉洁的人。他爱他父亲，为了“君父之所安”，他可以牺牲自己；但同时也感到自己将要遇到大难，因此自怨自艾情绪消沉。

也就在申生决心要牺牲自己而不违父命的同时，晋献公听了骊姬的话，开始将自己的孝顺儿子看作是可怕的敌人。作者是这样写的：

优施教骊姬夜半而泣，谓公曰：“吾闻申生甚好仁而彊，甚宽惠而慈于民，皆有所行之。今谓君惑于我，必乱国。无乃以国故而行彊于君。君未终命而不殁，君其若之何？盍杀我，无以一忘乱百姓。”公曰：“夫岂惠其民而不惠于其父乎！”骊姬曰：“妾亦惧矣！吾闻之外人言曰：为仁与为国不同。为仁者爱亲之谓仁；为国者利国之谓仁。故长民者无亲，众以为亲。苟利众而百姓和，岂能惮君。以众故不敢爱亲，众况厚之。……凡民利是生。杀君而厚利众，众孰沮之；杀亲无恶于人，人孰去之。……今夫以君为纣。若纣有良子，而先丧纣，无章其恶而厚其败。钧之死也，无必假手于武王，而其世不废祀至于今。吾岂知纣之善否哉？君欲勿恤其可乎？若大难至而恤之，其何及矣？”君惧，曰：“若何而可？”骊姬曰：“君盍老而授之政。彼得政而行其欲，得其所索，乃其释君。且君其图之，自桓叔以来，孰能爱亲。无亲故能兼翼。”公曰：“不可与政！我以武与威，是以临诸侯，未殁而亡政，不可谓武，有子而弗胜，不可谓威！……尔勿忧，吾将图之。”

骊姬听了情夫优人施的计策，夜半哭泣着告诉献公说：“我听说申生很好仁义而且刚强，很宽厚而且爱民，这些都是有办法的。现在说你受我迷惑，乱晋国。他可能借口为了国家而对你用暴力。你未尽天年而不善终，你怎样办？何不杀我，不要因一个女人危害百姓。”献公说：“岂有爱人民而不爱他父亲的！”骊姬说：“我也是恐惧担心呀！我听过外人说：为仁和为国不同。为仁的人，爱亲就是仁；为国者，有利于国就是仁。所以管理人民的人，对父母无私无亲，以百姓为亲。假如有利于众人，百姓拥护，岂怕杀君杀父。为了百姓之缘故而不爱父亲（而杀父），众人会更感激他拥戴他。……所有人民都以利益为主。假如杀君弑父而大大有利于人民，那么，人民谁肯阻拦他；杀死父亲而无害于别人，人谁肯反对他。……今天，不妨将你比为纣王。假如纣王有个英明强干的儿子，先自动杀死纣王，不使纣积累他的罪恶而造成不可收拾的败溃。（对纣说来）均是一死，不必要假手周武王（的黄钺斫他的头），而商的祖庙可不断烟火一直到今。（如果他儿子早些收拾了他）我们岂知纣王之善恶呢？你想不忧虑怎能行呢？假若大难来了再考虑，那怎能来得及呢？”晋献公害怕了，说：“这怎样做才好呢？”骊姬道：“你何不称老退位而授申生以政治大权。他得到了政权而行其所欲为，得到他所求索的，便可饶你。并且你应考虑一下，自你曾祖桓叔以来，谁能爱亲。正是不爱亲，所以才能兼并兴盛。”献公说：“不能给他政权！我以武与威，所以驾凌诸侯，没有死而丧失政权，不能算勇武，有儿子而斗不胜，不能算是有威！……你不要忧愁，我将想法子对付他。”

从上面的描写中，可以看出作者的天才。

事实上，“骊姬夜半而泣”并和献公私语时，其时是不会有“左史记言，右史记行”的，而且也不可能有第三人在场。因此，这一段是作者的创造，是作者的形象描写。然而却是极其生动深刻的描写！

在这描写中显示了骊姬的狡诈。但是她的谗言之中却有着合乎事实的部分，也正是这一部分击中了献公的要害。这说明她了解献公。

因此，她根本不谈申生怎样不孝，不谈申生有何罪行，相反的，她第一句就说申生“甚好仁而彊，甚宽惠而慈于民”。献公马上没有觉察到申生“甚好仁”和“甚宽惠”的可怕，于是问道：“夫岂惠其民而不惠于其父乎？”接着，骊姬深刻地说明了申生爱民就必然弑父的道理。她说：“利国之谓仁”，“苟利众而百姓和，岂能惮君（韦昭注：岂惮杀君）；以众故不敢爱亲，众况厚之（韦昭注：言以众故杀君除民害，众益以为厚）”，“杀君而厚利众”，“杀亲无恶于人”。这就是说，申生如杀死他父亲晋献公，不仅“无恶于人”，而且使人民得到最厚的利益；这是为了人民的大义灭亲的行为，将得到人民的衷心拥护，将使“百姓和”国家安。为了说明申生如弑父将是利国便民的行为，她并举了个很恰当的例子。她说，如果纣王有个“甚好仁而彊，甚宽惠而慈于民”的儿子，先亲自动手争取主动，杀死纣王取而代之，那就不会便宜了周武王。听了这段“深刻”的分析之后，晋献公醒悟了，也恐惧了。不难看出，晋献公所以醒悟，并不是由于骊姬说出了申生的恶德劣行，相反的而是由于她说出了“真理”。因为献公自己明白，他与纣王没有本质差别，他是人民的敌人，人民希望他死，他死对人民有很大好处，谁弄死他谁就受到人民的拥戴。这是这暴君心中的暗影。不过，以往他并没有提防到自己的儿子。经骊姬指教之后，他明白了，他知道如果自己儿子杀死自己，那么在人民看来，儿子是为民除害的贤君，而不是弑父的逆子。他觉得申生已不再是他所生养大的亲儿子，而是人民手中的一把刀子。在他看来，人民利用申生准备报仇，申生利用人民准备篡位：儿子已经是站在人民一边并在人民中有很大威望的可怕的政敌。于是，晋献公恐惧了。

当然，这恐惧是误会，申生根本没有想到弑父。但作者却通过这误会，表现了暴君的心理特征：他的行为是极其残酷暴虐，但正因如此，所以他无时无刻不在恐惧着人民将会暴发的斗争。

作者通过这种心理的白描，反映着当时的阶级斗争：人民的斗争情绪，使封建暴君提心吊胆，使封建暴君疑神疑鬼，甚至使晋献公怀疑到自己的儿子要杀自己。极其忠厚善良的典型的孝子申生，竟使他父亲半夜三更恐惧起来。这正说明着人民阶级斗争的威力在封建国君的潜意识中的反映。这正是人民力量的表现。

也正是由于晋献公内心中对人民有着无限的恐怖，因此当骊姬谈起申生为“爱民利众”而必须杀君时，才被献公信以为真；骊姬的谗言才能生效。于是骊姬进一步故意地刺激献公，求献公退位以苟全性命。这时，近七十岁的献公正和封建社会所有的暴君一样，虽然内心中在恐惧，但要挣扎，要维持威武，要与儿子进行你死我活的斗争。他答应骊姬：“尔勿忧，吾将图之。”从此以后，他想法折磨申生以便寻找口实，除去危害于自己统治的敌人。

作者写道，献公使太子申生帅兵伐霍、伐东山皐落，企图当申生军事失利时，则加以死罪。结果，申生胜利而归。其时，许多大夫劝申生逃亡，但申生不肯。于是骊姬又向献公进谗言。

骊姬谓公曰：“吾闻申生之谋愈深。日吾固告君，日得众。众不利焉能胜狄？其志盖广。……是以深谋。君若不图，难将至矣。”公曰：“吾不忘也，抑未有以致罪焉。”

骊姬告诉献公说：“我听说申生的阴谋愈周密了。我早就告诉你，申生日益得众心。众士兵如不是帮助申生对己有利，怎能战胜狄人？……他的野心日益大了。……所以周密的打算篡弑。你若不早想法，大难将要来了。”献公说：“我不会忘的，不过没有可以加给他的罪名。”

骊姬告优施曰：“君既许我杀太子而立奚齐矣。吾难里克，奈何？”优施曰：“吾来里克，一日而已。子为我具特羊之乡，吾从之饮酒。我优也，言之无邮。”骊姬许诺，乃具使优施饮里克。酒中，优施起舞，谓里克妻曰：“主孟啗我，我教兹暇豫事君。”乃歌曰：“暇豫之吾吾，不如鸟乌；人皆集于苑，己独集于枯。”里克笑曰：“何谓苑？何谓枯？”优施曰：“其母为夫人，其子为君，可不谓苑乎？其母既死，其子又有谤，可不谓枯乎？枯且有伤！”优施出，里克辟奠不餐而寝。夜半，召优施曰：“曩而言戏乎？抑有所闻之乎？”曰：“然！君既许骊姬，杀太子而立奚齐。谋既成矣。”里克：“吾秉君以杀太子，吾不忍；通复故交，吾不敢。中立，其免乎？”优施曰：“免！”旦而里克见丕郑曰：“夫史苏之言将及矣。优施告我君谋成矣：将立奚齐。”丕郑曰：“子谓何？”曰：“吾对以中立。”丕郑曰：“惜也！不如曰不信以疏之。……今子曰中立，况固其谋也。”……明日称疾不朝。三旬，难乃成。骊姬以君命命申生曰：“今夕君梦齐姜，必速祠而归福。”申生许诺，乃祭于曲沃，归福于绛。公田。骊姬受福，乃寘鸩于酒，寘堇于肉。公至，召申生献。公祭之地，地坟。申生恐而出。骊姬与犬肉，犬毙；饮小臣酒，亦毙。公命杀杜原款。申生奔新城。杜原款将死，使小臣圉告于申生曰：“款也不才，寡智不敏，不能教导，以致于死。不能深知君之心度，弃宠求广土而窜伏焉。小心狷介，不敢行也。是以言至而无所讼也，故陷于大难，乃逮于谗。然款也不敢爱死，唯与谗人钧是恶也。吾闻：君子不去情，不反谗。谗行，身死可也，犹有令名焉。死不迁情，彊也；守情说父，孝也；杀身以成志，仁也；死不忘君，敬也。孺子，勉之！死必遗爱：死民之思，不亦可乎？”申生许诺。人谓申生曰：“非子之罪，何不去乎？”申生曰：“不可，去而罪释，必归于君，是怨君也。章父之恶，取笑诸侯，吾谁乡而入？……吾将伏以俟命！”

骊姬告优人施说：“国君已经许我杀太子而立奚齐。我怕执政大夫里克作梗，怎样办？”优人施说：“我使里克转心，只一天工夫就够了。你为我预备羊肉，我将从他饮酒。我是优人，说话随便，（说错）不算罪过。”骊姬同意，于是具羊酒使优人施请里克饮酒。饮到中间，优人施起来跳舞，向里克妻说：“谢夫人殷勤地劝我吃，我教他个悠闲快乐的侍奉君的法子。”于是唱道：“悠闲快乐的我呀，不如鸟和乌鸦；别人都飞集在丰茂的树上，自己独飞集在枯木的干树杈上。”里克笑着说：“什么是丰茂的树？什么是干树杈？”优人施说：“其母为夫人，其子为国君，这不是丰茂的树吗？其母已经死了，其子又受到毁谤，这不是干树杈吗？干树杈快有损伤了！”优人施走后，里克撤去饭不吃而睡。夜半，悄悄叫优人施来，说：“方才你说的话是开玩笑呢？还是有所闻呢？”优施答道：“是的！君上已经答应骊姬，杀太子而立奚齐。计划已经定了。”里克说：“我如秉承君意以杀太子，吾不忍也；与太子通交情，吾不敢也。我中立是否可免罪？”优人施说：“免罪！”天明，里克见丕郑，说：“史官苏的话快验了。优人施告我君主计划定了：将立奚齐。”丕郑说：“你对优人施说了什么？”答道：“我对他说，我守中立。”丕郑说：“惜战！不如说不相信使其意疏。……今你说中立，更巩固他们的信心了。”……第二天称病不上朝。三旬之后，祸乱发生。骊姬以献公的名义命令申生说：“昨晚国君梦见齐姜（申生母），必速予祭祀，然后带胙肉回来。”申生答应了，于是祭于曲沃，然后送胙肉到晋都。献公打猎未归。骊姬受胙肉和祭酒，乃放鸩毒于酒中，放乌头毒于肉中。献公归，召申生来献胙。献公倾酒祭地，地坟起。申生恐惧而出走。骊姬将胙肉喂犬，犬毙；给小臣饮祭酒，小臣也毙。献公怒，命杀太子师傅杜原款。申生奔新城。杜原款临就刑时，派小臣圉转告申生说：“款无才无识，少智虑不敏达，不能很好教导你，以至于受刑而死。我没有能够深知君侯的心意和打算，以便早日劝你弃位奔邻国而隐伏避祸。但即使发觉这点，你是谨慎守分的人，绝不肯出走。所以谗言出现之后而无所辩解，从而身遭大难，乃被谗言所中。但我不敢贪生自爱，愿与谗人同是恶。我听先人说：君子始终怀有忠爱之心，不反驳谗言。谗言如被君父相信，自己死掉就算了，虽死犹落得好名声。至死不变自己忠爱之心，这是刚强；以忠爱之心顺父意，这就是孝；杀身以成志，这就是仁；至死不忘君父，这就是敬。孩子，勉之！死必须遗爱于后人：死后为人民永远思念，岂不是很好吗？”申生同意杜原款的嘱咐。有人劝申生道：“这不是你的罪过，你是无罪的，何不逃难？”申生说：“不可，我如逃走而使真相大白，恶名必落在君父身上，这是不利于君父的。同时，暴露父亲的过错，会使诸侯见笑，我还能投奔何国呢？……吾要恭敬的在这里等待君命！”

不难看出，作者铺排了复杂的场面，生动而有条理地描写了事情的发展与变化。其中刻画或点出了许多人物的性格。

当骊姬得到献公的允许，准备除去申生时，便先派优施去探听执政大夫里克的意见。当然，这是秘密进行着的阴谋，不好公开地询问里克意见如何。于是优施便利用自己的行业作风，在酒后的载歌载舞插科打诨中，对里克进行了试探，作了警告。这样就惊动了里克，所以里克“辟奠不餐而寝”，想了半夜心事。从前文中看来，里克本是准备在“废立”问题上采取沉默态度的。这时他感到大难不仅即将到来，而且必然会关系到自己的利益，于是夜半起来，召优施来公开谈判。结果，里克一方面为了照顾自己的“名”，另方面为了保持自己的“利”，便答应在将要出现的事变中采取“中立”态度。这里，作者通过“生活情节”，刻画了骊姬、优施、里克的性格和内心活动，曲折地描绘了事件的发展，同时以此为基点逐渐展开情节的高潮。

里克表示中立之后，便使得骊姬放胆进行早已准备妥的阴谋，结果她的毒计得逞，申生含冤而死。这里，作者写出了申生的老师杜原款。这是个一脑袋封建伦常的说教者：申生的愚忠愚孝观念显然是由他传授的。

虽然如此，但作者写出了申生善良忠厚的性格。申生在自杀前还在关心他的父亲和国家，曾托猛足转告杜门不出的大夫狐突说：“申生有罪，没有听您的话，以至于死。申生不敢爱其死，虽然，我父亲老了，国家又多难，您如不出来从政，我父亲怎么办呢？你如肯出来帮助我父亲，申生就感激您的恩惠，虽死无悔！”显然，这是动人的。因此，申生被后人当作孝子典型看待。

申生死后，骊姬便进行第二计划，迫害重耳和夷吾。但这两位公子与申生不同，于是分头逃到邻国。

作者写道，晋献公死后，晋国大乱。奚齐、卓子相继即位，但都被里克、丕郑杀死；骊姬、荀息也死于政争中。这时在外国的夷吾各处贿赂打点，内部买得执政大夫的拥戴，外部买得秦穆公的支援。于是夷吾很容易的取得晋国政权，是为晋惠公。惠公即位之后，食言自肥，过去答应给的贿赂不肯拿出来，于是国内引起了斗争，许多大夫（里克、丕郑等）被杀；对外挑起了战争，秦晋连年作战，晋惠公一度被秦军俘获。作者相当生动地描写了这些错综复杂的事件。

同时，作者也连续地描述了重耳走国故事。

重耳居狄十二年，以后离开，周游列国，历尽风险，有时不免乞食。作者写道：

> （重耳）乃行过五鹿，乞食于野人。野人举块以与之。公子怒，将鞭之。子犯曰："天赐也！民以土服，又何求焉？天事必象，十有二年必获此土。……"再拜稽首受而载之，遂适齐。
>
> 公子重耳路过卫国五鹿时，曾向农人要饭吃。农人拿起一块土块送给他吃。重耳大怒，将要用鞭子打农人。狐偃说："这是老天爷的赏赐呀！农人将土贡给你，你还想要什么呢？天帝做事一定先现出象征和预兆，据今天兆头看来，十二年后你一定会占有此土。……"于是重耳向天再拜顿首，接受了土块放到车上，空腹而行，遂奔齐国。

这故事是很滑稽的。很明显，当重耳向野人乞食时，野人之所以给他土块，正表现着野人对贵族的反感和轻蔑。这无异是在说：你是占有土地的领主老爷，土是你们的，现在你既然饿了，好！请你吃个土块罢！重耳明白这意思，所以举起鞭子来要打野人。子犯也明白这意思，但他却顺着野人的意思作另外的解说，他无异是在对野人说：是的，我们是占有土地的领主老爷，现在你动将土献上来了，这是很好的预兆，大吉大利，"又何求焉"；你不要以为你是在嘲弄我们，不是的，"天事必象"，老爷是在神使鬼差的通过你显示天意——这是"天赐"土的预兆，是你不自知的。不难想见，子犯的话不仅是与野人的"不言之言"针锋相对，而且是在用这种神秘的说法安慰挨饿的公子，给腹中空空的公子打气。果然有效，重耳大悦，忍住饥火，叩谢天恩，捧起土块，奔驰而去。

作者接着描述重耳在齐国、卫国、曹国、宋国、郑国、楚国、秦国的遭遇。重耳在外流落二十年，最后归国继位，是为晋文公——春秋时的五霸之一。

由此可知，“重耳走国”故事是一篇规模相当大的文学作品。当然，这故事是本于真实的历史，但由作品中可以看出，作者作了文学的加工：创造了人物形象，作了动人的描绘，使用了艺术的语言。

总之，《国语》中夹杂有不少传奇性的历史故事。这些故事可能是根据民间传说改写成的，并不是对历史事件的真实记载。柳宗元曾著有《非国语》，他认为：“尝读国语，病其文胜而言庞，好诡以反伦”，“务富文采，不顾事实，而益之以诬怪，张之以阔诞”。当然，柳宗元所以这样说是从崇经尊史的角度出发，但这也说明了《国语》的艺术特色。

第四节　《战国策》

《战国策》的作者不可考。汉·刘向在《战国策·叙录》中称：“或曰《国策》，或曰《国事》，或曰《短长》，或曰《事语》，或曰《长书》，或曰《修书》”，“为战国时游士辅所用之国为之筴谋，宜为《战国策》。其事继春秋以后讫楚汉之起，二百四十五年间之事皆定。”因此，《战国策》可能是战国时策论、传说的汇编。其成书时代约在战国末或汉初。司马迁《史记》曾引《战国策》中九十余事。

《战国策》共三十三篇，载有东周（公）、西周（公）、秦、齐、楚、赵、魏、韩、燕、宋、卫、中山等国的史实。

其中被记述最多的是关于苏秦的事迹或传说。

苏秦始将连横，说秦惠王曰："大王之国，西有巴蜀汉中之利，北有胡貉代马之用，南有巫山黔中之限，东有肴函之固，田肥美，民殷富，战车万乘，奋击百万，沃野千里，蓄积饶多，地势形便，此所谓天府，天下之雄国也。以大王之贤，士民之众，车骑之用，兵法之教，可以并诸侯吞天下，称帝而治。愿大王少留意，臣请奏其效。"秦王曰："寡人闻之：毛羽不丰满者，不可以高飞，文章不成者，不可以诛罚，道德不厚者，不可以使民，政教不顺者，不可以烦大臣。今先生俨然不远千里而庭教之，愿以异日。"

苏秦最初提倡"连横"，劝说秦惠王道："大王之国，西面有巴蜀、汉中的丰饶产物，北面有胡、貉、代、马出产的战马，南面有巫山黔中的险隘，东面有肴函的坚固的关口，田地肥美，人民殷富，战车上万辆，战士达百万，肥沃的平原上千里，蓄储的粮米财货很多，所居的地势攻守皆便利，这是所谓天府（天所置的府库），天下最强的国家。以大王的贤明，人口的众多，车骑的坚强，兵法的熟练，完全可以兼并诸侯吞并天下，建立帝业而统一中国。敢请大王稍予以留意，我愿为大王效劳。"秦王说："寡人曾听人说过：毛羽不丰满者，不可以高飞，威仪不立者，不可以诛罚，道德不厚者，不可以指使人民，政教不顺者，不可以劳大臣。今先生俨然不远千里来到秦庭赐教，我想以后接受先生的教诲。"

说秦王书十上，而说不行。黑貂之裘弊，黄金百斤尽，资用乏绝，去秦而归。羸縢履蹻，负书担橐，形容枯槁，面目犁黑，状有归色。归至家，妻不下纴，嫂不为炊，父母不与言。苏秦喟然叹曰："妻不以我为夫，嫂不以我为叔，父母不以我为子，是皆秦之罪也！"乃夜发书陈箧数十，得太公《阴符》之谋，伏而诵之，简练以为揣摩。读书欲睡，引锥自刺其股，血流至足。曰："安有说人主不能出其金玉锦绣，取卿相之尊者乎？朞年，揣摩成，曰："此真可以说当世之君矣。"于是乃摩燕乌集阙，见说赵王于华屋之下，抵掌而谈，赵王大悦，封为武安君，受相印。革车百乘，锦绣千纯，白璧百双，黄金万镒，以随其后，约从散横以抑强秦。将说楚王，路过洛阳。父母闻之，清宫除道，张乐设饮，郊迎三十里。妻侧目而视，倾耳而听。嫂虵行匍伏，四拜自跪而谢。苏秦曰："嫂何前倨而后卑也？"嫂曰："以季子位尊，而多金。"苏秦曰："嗟乎！贫穷则父母不子，富贵则亲戚畏惧！"

苏秦为了说动秦王，上了十次建议书，但这建议都未被采纳。苏秦的黑貂皮袍子也破了，黄金百斤也用完了，资用乏绝，离秦京而返回家乡。他脚上是缠绕绳子的破鞋，步行回家，背着书担着行囊，形容干瘦枯槁，面目黑黄，脸色带着愧色。当他很狼狈的回到家时，妻子看到他也不下织机，嫂子不给他做饭，父母也不和他讲话。苏秦唉的一声叹道："妻不以我为夫，嫂不以我为叔，父母不以我为子，这都是由于我的过错呀！"于是，当夜打开书箱子数十个，找到姜太公的《阴符》篇，伏首诵读，精读熟记并揣摩考虑。他读书困倦不支昏昏欲睡，这时便用锥子刺自己大腿（以振奋精神），股血顺腿流到脚下。他说："安有说人主不能使其出金玉锦绣，自取卿相之尊的吗？"一年后，学成，说："这次真可说当世的君主了。"于是乃摩燕乌集阙，见赵王于华屋之下，据掌而谈，赵王大喜，封为武安君，佩相印。给革车百辆，锦绣千捆，白玉璧百双，黄金二十万两，由苏秦带到各国，使六国缔盟约破坏秦的盟国以抑秦。苏秦将去说楚王，路过洛阳。苏秦父母听到消息后，清扫房舍打扫道路，召乐队设酒席，到三十里外去远迎。见面后，苏秦的妻子恭恭敬敬的侧目而看，倾耳以听。苏秦嫂子蛇行匍伏在地，四拜自跪叩头请罪。苏秦问道："嫂子，你为何以前那样倨傲，而今天这样谦卑呢？"嫂答道："因为你今天的官位很高了，况且你又有这多金子。"苏秦说："唉！人一贫穷，连父母都不认他为儿子，但人一富贵，则亲戚都怕他敬他！"

《战国策》中描写了说士和政客的思想、动机。苏秦为说秦王，十上书而秦王不采纳，于是“黑貂之裘弊，黄金百斤尽，资用乏绝”，离秦而归，腿上缠着破绑带，脚上拖着破草鞋，“负书担橐，形容枯槁，面目犁黑，状有归（愧）色。归至家，妻不下紝，嫂不为炊，父母不与言。苏秦喟然叹曰：‘妻不以我为夫，嫂不以我为叔，父母不以我为子，是皆秦之罪也！’”苏秦为了说“当世之君”，赚到“金玉锦绣”，“取卿相之尊”，于是夜读太公《阴符》（关于兵法和谋略的书），学习阴谋，揣摩书意锻炼欺诈才能，“读书欲睡，引锥自刺其股，血流至足”。一年后学成，以合纵主张游说六国。六国授以相印。苏秦“路过洛阳，父母闻之，清宫除道，张乐设饮，郊迎三十里。妻侧而视，倾耳而听。嫂蛇行匍伏，四拜自跪而谢。苏秦曰：‘嫂何前倨而后卑也？’嫂曰：‘以季子（即苏秦）位尊而多金。’苏秦曰：‘嗟乎！贫穷则父母不子，富贵则亲戚畏惧。’”这里作者反映了现实：在封建社会中父子夫妻等伦常，是被金钱权势相维续的，所谓孝慈仁义不过是利害关系的伪装。作者形象地揭发了并嘲弄了苏秦的父母妻嫂。当然可能是作者的境遇的缘故，作者对苏秦比较同情。然而古典文学作品中所表现的形象客观性往往高过作者的主观动机，在这里也得到了证实。不难看出，苏秦在人生观上和他的令堂令尊令嫂令正并没有基本差别。如果说苏秦没有赚到金钱爵禄而失败归来，他的家属不以其为夫、为叔、为子；那么同样的苏秦也正是因为没有赚到金钱，所以也不以自己的大腿为大腿。如果说苏秦嫂看在“位尊而多金”的份上，蛇行匍伏，使自己五体投地；那么同样的苏秦也正是为了“位尊多金”而对自己的大腿展开无情的锥刺，使自己“血流至足”。值得注意的，苏秦不仅为了金钱虐待了自己的肉体，而且虐待了自己的灵魂。从《战国策》所记载的苏秦所有的“说辞”中看来，他第一次说秦王的说辞是最老实的。他虽然失败归来，但不失为是一个比较正直的政治家，然而他“状有愧色”。他的家属也将他看作可耻的人物。等到他发愤揣摩了机谋权术之后，他游说六国。要使六个敌对的国王都赏识他，不说谎是不行的。所以当他“胜利”归来，他已是奸诈的政客，然而他的家属却将他看作高贵的人物，他自己也得意扬扬，毫无愧色。这说明，剥削阶级的利己思想拜金思想和个人野心，是与节操不相容的。个人贪欲不仅损害着人的灵魂，损害着家族间的感情，而且使人丧尽羞耻：不以为耻，反以为荣。这就是形象的客观价值。

在《战国策》中描写了廉洁不屈的士人。在颜斶身上，表现着具有高尚情操的士人对国君的蔑视。当齐宣王命他到跟前来时，他同样的命王到跟前来。当齐宣王自炫尊贵时，他轻蔑地指出“生王之头不如死士之垄”。当齐宣王请他为师，宣称：“颜先生与寡人游，食必太牢，出必乘车，妻子衣服都丽”，他则坚持归家，希望“晚食以当肉，安步以当车，无罪以当贵”。由此，显示了富贵不能淫、贫贱不能移、威武不能屈的气节。这正表现着比较耿介的士人对贵族的蔑视和反感。

此外，在《战国策》中描写了许多出身于下层的义士和勇士（如侯嬴、毛遂、蔺相如、荆轲、唐且）。这些人都在不同的事件中，表现了不畏强暴反抗暴君的勇敢精神。

当然，《战国策》中更多的是描写了形形色色的说客和谋士的言行，记录了各种“奇策异智”。这些充满着“奇策异智”的策论是《战国策》中的主要部分。

在这些策论中，不仅表现了说客或谋士的政治方案或抽象概念，而且表现了他们的智慧与性格，也正是通过智慧和性格反映了所感受到的现实。这就是说，现实有着形象的反映。

这些策论虽然大多是采用了语录样式，但在语录之前大多生动地叙述了事件的发生与发展，在语录之后大多扼要地叙述了事件的结局。因此，语录变成了整个故事的承前启后的重要穿插：是整个事件发展过程中的高潮。这就是说，它不是简单的“记言”，而是历史故事中所内含的矛盾的集中描写。

同时，虽然这些策论是为了表现政治概念，为了陈述政治见解，但其中却大量地使用了形象性（描绘性）的语言：以生动确切的形容、譬喻、暗示，甚至借助寓言或格言，表现抽象概念。使抽象概念通过具体的形容和感性的描绘而显示出来的。这就是说，某些策论中的语言是性格化了的语言。这一方面可以增加策论的感染力，另方面也表现了人的思想、感情和性格。

《战国策》的某些篇章也正是以这样的文学手法，反映了现实。

其中，广泛地表现了当时社会的尖锐矛盾和复杂的政治斗争：六国“合纵”抗秦；秦以“连横”远交近攻；六国间的阴谋诡计和战争谋略；大夫间的争权夺利和说客的挑拨离间。

其中表现了作者和其所记载人物的唯物思想：尊重客观现实，从客观现实出发。因此对人对事都有着洞察能力：了解人的思想和心理特点，故能危言耸听解其所惑；了解当时的时势，故能从相互联系的矛盾中，分析其利害，从而得出解决方案。

其中表现了作者的认识能力和表现能力：能对事件作深广的认识，所以能作精彩的分析；对人的心理有细致的理解，所以在策论中能生动地表现谋士的智谋；能考虑事件的各方面关系，能有条不紊地描叙复杂的事件，因此使人看来，层次分明，结构严密。

同时，《战国策》中吸收了许多传说故事和寓言。“邹忌论谏”便是比较优秀的具有寓言性的故事。

所有这些，都为后人提供了描写人物语言和表现对话的手法。司马迁在其《史记》中便借鉴了《战国策》中描绘人物对话的技巧，并将不少原文概括在《史记》中。

第五节　战国时代的历史散文的艺术成就和历史贡献

《左氏春秋》《国语》《战国策》为我国的传记文学奠定了基础。

传记文学之所以不同于一般史书，是在于它不仅以叙述来说明人的活动和事的过程，而是通过具体的描绘，以形象反映历史现实。如果说史书是根据作者的历史观念记载历史现象，并以历史实证说明“历史规律”的科学，那么传记文学却是根据作者的生活感受以历史人物形象反映固定的历史现实的艺术样式。

同时，传记文学与一般文学在取材上和表现方法上也有所不同。这就是说，传记文学必须自历史事实中选择具有代表性的关键性的事件，作艺术的再现；它不能“虚构”，但却有选择的自由。传记文学必须从真实的历史人物中从事形象的创造，它不能违反历史人物的基本性格；但却有加强描绘的自由。不难看出，传记文学和一般文学，在借助形象反映人生上是一致的。但两者之间的差别是在选材和表现方法上。如果说，一般文学是通过作者的生活感受，创造典型环境中的典型人物，借以反映现实；那么传记文学却是通过实际发生的事件和实际存在的人物，表现作者的生活感受，借以艺术地再现现实。这也就是说，传记文学一方面是从历史事件中描绘历史人物的性格和行为，另方面是根据历史人物的活动来描写事件的发生发展和结局。同时通过人与事的互为因果的错综关系，表现作者对人生的看法。这就是传记文学在文学上的特征。

《左氏春秋》《国语》《战国策》也正是在历史的真人真事之中作故事的选择，作形象的加工，从而为我国传记文学开辟了道路。

其次，《左氏春秋》《国语》和《战国策》提供了文学表现手法。这三部巨著的特点是：在事件中选择重要的场面，在固定的时间内创制环境，在真实人物中从事想象的加工；根据历史人物的地位、思想选择与之相适应的个性化的语言，通过语言表现人物的地位、思想、性格；根据历史人物的不同地位、思想、性格，表现人与人的冲突，从人与人的冲突中描写历史事件的矛盾，并以事件中的矛盾构成历史故事情节；在人与人的矛盾中描写事的发生发展，在事的发生发展中进一步描写人与人的冲突，也正是以冲突的解决作为事件的结局。所有这些手法的采用，就使得这三部巨著一方面严格地表现着历史的真实现象和过程，另方面以合乎现实基本面貌的想象作了补充。

同时，在叙事的广泛上，人物性格的突出上，语言的生动上，引用寓言格言的确切上，这三部巨著都有着各自的典范的成就。

因此，这三部巨著发展了我国的文学传统。

注释

①按：司马迁《史记·殷本纪》中所叙述的商王世次与近代发现的甲骨卜辞中的商王世次，大致相同。这说明司马迁当时曾看到间接流传下来的商代史料。其次，公元二八二年汲郡出土战国时代的竹书纪年中，有关于商代的年代记，虽非商遗文，但却是有所本的。由此证明，在商代已有谱牒或年代记一类的史书。关于商代诏诰语录，见本书第二编。

②见《墨子·明鬼》篇。《史通·六家篇》《隋书·李德林传》并引《墨子》云：“吾见百国春秋”。此语今本《墨子》无。

③《国语·楚语》：“庄王（前六一三年—前五九一年）使士亹傅太子……问于申叔时。叔时曰：‘教之《春秋》，而为之耸善而抑恶焉，以戒劝其心；教之《世》，而为之昭明德而废幽昏焉，以休惧其动。’”按：文中所说《春秋》乃楚《春秋》，所说《世》乃“先王之世系”，即楚之谱谍。《晋语》：“（悼公）十二年（前五六一年）……羊舌肸（叔向）习于《春秋》。乃召叔向使傅太子彪。”按：文中所说《春秋》乃晋《春秋》。二十一年后，晋韩宣子聘鲁，始见鲁《春秋》。

④《春秋·公羊传》：“不修（未修订之）《春秋》曰：‘雨星不及地尺，而复。’（译文：像下雨似的降落下星来，不到地只有尺余，又返回天上去了！）君子修之曰：‘星霣如雨。’”

⑤按：此事甚怪，可能是鶂鸟遇到了迎头疾风，于是被吹得凌空退去。待考。

⑥战国或西汉时人在著述中所引用的《春秋》，往往是《左氏春秋》。例证如下：

一、荀子报春申君书："《春秋》戒之曰：楚王子围聘于郑，未出境闻王病，反问疾，遂以冠缨绞王杀之，因自立也。齐崔杼之妻美，庄公通之，崔杼帅其君党而攻。庄公请与分国，崔杼不许；欲自刃于庙，崔杼不许。庄公走出，踰于外墙，射中其股，遂杀之，而立其弟景公。"（见《战国》第十七。《韩诗外传》四引文与此小异）《韩非子·奸劫弑臣》篇："故《春秋》记之曰：楚王子围将聘于郑，未出境闻王病而返，因人问病，以其冠缨绞而杀之，遂自立也。齐崔杼，其妻美，而庄公通焉，数入崔氏之室，及公往，崔子之徒贾举率崔子之徒而攻公。公入室，请与之分国，崔子不许。公请自刃于庙，崔子又不听。公乃走，踰于北墙，贾举射公，中其股，公坠，崔子之徒以戈斫公而死之，而立其弟景公。"

按：荀子和韩非子所记的"楚子围弑楚王"和"崔杼弑齐庄公"二事，乃是节引的《左氏春秋》昭元年和襄二十五年原文。孔子修订的《春秋》中无此记载。由此可知，荀子和韩非子所说的《春秋》乃是《左氏春秋》。

二、《战国策》十七："虞卿谓春申君曰：'臣闻之《春秋》：于安思危，危则虑安。'"

按：此乃本于《左氏春秋》襄十一年载魏绛语。可知虞卿所说的《春秋》是《左氏春秋》。

三、《吕氏春秋·求人》："观于《春秋》，自鲁隐公以至哀公十有二世，其所以得之，所以失之，其术一也：得贤人，国无不安，名无不荣；失贤人，国无不危，名无不辱。先王之索贤人，无不以也，极卑极贱，极远极劳，虞用宫之奇，吴用伍子胥之言，此二国者，虽至于今存可也。"

按："宫子奇谏虞公"事见《左氏春秋》僖二年、五年，"伍子胥谏吴王"事见《左氏春秋》哀元年、十一年。上二事在孔子修订的《春秋》没有记载。由此可知，《吕氏春秋》作者所"观"的"春秋"乃《左氏春秋》，并非孔子修订的《春秋》。

四、《史记·吴世家》："太史公曰：'余读《春秋》古文，乃知中国之虞与荆蛮之句吴，兄弟也！'按：吴太伯（吴之始祖）与虞仲（虞之始祖）皆是古公亶父子，故虞国与吴国是同姓的兄弟国。此事孔子修订之《春秋》不载，只见于《左氏春秋》僖五年。故司马迁所读的"《春秋》古文"乃是《左氏春秋》。《史记·历书》称"周襄王二十六年闰三月，而《春秋》非之"，乃是概述《左氏春秋》文元年之意。"

不难看出，以上文献中所说的"春秋"都是指《左氏春秋》而言。

这证明，《左氏春秋》是先秦的"春秋"（史书）之一，早在战国时期（前四、三世纪）已流传于世，曾被战国时的许多学者征引或摘录。

⑦见《春秋左氏·传序》正义引沈氏。

按：汉严彭祖的著述，隋唐时尚存有十二卷，今皆亡佚。唐孔颖达《正义》中由《严氏春秋》所转引的《孔子家语》是古《家语》的残文（《据汉书·艺文志》载原有二十七卷）。东汉时，《家语》佚，王肃曾编述了一种《孔子家语》（即今本《家语》）。今本《家语》中无严氏所引的文句。

⑧按：公羊学大师董仲舒传嬴公，嬴公传眭弘传严彭祖和颜安乐。"弘死，彭祖、安乐皆颛门教授，由是公羊春秋有颜严之学。彭祖来宣帝（前七三年—前四九年）博士。"司马迁曾从董仲舒学习春秋公羊学（见《太史公自序》），因此《史记》中谈到《春秋》义理时，全是用的公羊学派的说法。

⑨《汉书·艺文志》："左丘明，鲁太史。"

⑩按：《左氏春秋》中引用了孔子论历史评时事的话（孔子曰或仲尼曰），共有三十条：其中评论鲁襄公之前的往事的有十条；评论昭、定、

哀时的近事的有二十条。这说明，左丘明曾听到孔子对某些历史事件的意见。后世的“今文学”家，否认这点，认为《左氏春秋》中的“孔子曰”或“仲尼曰”都是西汉末刘歆伪造的，目的是为了抬高《左氏春秋》。这是极其主观的错误说法，因为司马迁曾引用过许多条《左氏春秋》中的“孔子曰”，如《晋世家》中转引了左宣二年孔子赞《董狐》的话；《楚世家》中转引了《左》哀六年孔子赞楚昭王的话。这说明，《左氏春秋》中所载的孔子言论并不是后人捏造，可能是左丘明“亲闻诸夫子”。

⑪按：根据《左氏春秋》对二百五十五年的历史事件记述的详略繁简的不同，可以将全书分为三大段：

一、自鲁隐公元年（前七二二年）至成公十八年（前五七三年）共为一百五十年。总的说来，对这一百五十年的历史，记载的较简略，只用了七万三千多字。

二、自鲁襄公元年（前五七二年）至昭公三十二年（前五一〇年）共为六十三年。总的说来，对这六十三年的历史，记载的则较详细，用了七万九千多字。

三、自鲁定公元年（前五〇九年）至哀公二十七年（前四六七年）共为四十二年。对这四十二年的历史记载的也较简略，只有二万七千多字。

第一段之所以较简略，可能是由于年远代隔，记闻不详。

第二段之所以较详细，当是由于作者写书时距此时不久，不仅见闻较多，而且可以调查到许多材料。

第三段之所以较简略，可能是由于：作者就生活在这一时期，记述这时期事件的各国“史书”尚未公开；关于人与事的传说故事尚未广泛流传；所记述的历史人物仍健在，笔下有所顾忌。因此，作者对当时的事件记载的反而简略。对此，崔述在《洙泗考信录·余录》中说道：“襄昭之际，交词繁芜，远过文宣以前，而定哀间反略，率多有事无词，哀公之末事亦不备，此必定哀之时，记载尚少，故而。然则作书之时，上距定哀未远，亦不得以为战国后人也。”

⑫按：《春秋》载有三十七次日食，但《左氏春秋》中只载有十次。其中前五次日食发生在昭公前，后五次日食发生在昭公时代。今将《左氏春秋》所记载的十次日食全部摘录于下，以资比较。

桓公十七年："冬十月朔，日有食之。（上与《经》同）不书（日），日官失之也。天子有日官，诸侯有日御，日官居卿以底日，礼也。日御不失日，以授百官于朝。"

庄公二十五年："夏六月，辛未朔，日有食之，鼓用牲于社。（上与《经》同）。非常也！唯正月之朔，慝未作，日有食之，于是乎用币于社，伐鼓于朝。"

僖公十五年："夏五月，日有食之。（上与《经》同）。不书朔与日，官失之也。"

文公十五年："六月，辛丑朔，日有食之，鼓用牲于社。（上与《经》同）非礼也！日有食之，天子不举，伐鼓于社，诸侯用币于社……古之道也。"

襄公二十七年："十一月，乙亥朔，日有食之。（上与《经》同）。辰在申，司历过也，再闰失矣。"

不难看出，《左氏春秋》对发生在昭公前的五次日食的记载，完全是根据鲁史《春秋》，所以除转述年月日以外，无甚可写的，只能做些解说而已。但对昭公时的五日次食的记载，便与前大不同，除记载了年月日以外，还记述了人对每次日食的看法，想法，说法和由日食"引起"的故事或事件。如：

《左氏》昭公七年："夏四月甲辰朔，日有食之。晋侯问于士文伯曰：'谁将当日食？'对曰：'鲁卫恶之，卫大鲁小。'公曰：'何故？'对曰：'去卫地，如鲁地，于是有灾，鲁实受之。其大咎，其卫君乎？鲁将上卿？'……秋八月，卫襄公卒……十一月，（鲁上卿）季武子卒。"

昭公十七年："夏六月甲戌朔，日有食之，祝史请所用币，昭子曰：‘日有食之，天子不举，伐鼓于社；诸侯用币于社。伐鼓于朝，礼也！’平子御之曰：‘止也！唯正月朔，慝未作，日有食之，于是乎有伐鼓用币，礼也，其余则否！’……昭子退曰：‘夫子将有异志，不君君矣！’”

昭公二十一年：“秋七月壬午朔，日有食之。公问于梓慎曰：‘是何物也？祸福何为？’对曰：‘二至二分，日有食之，不为灾。日月之行也：分同道也，至相过也。其他月则为灾，阳不克也，故常为水。’于是叔辄哭日食。昭子曰：‘子叔将死，非所哭也！’八月，叔辄卒。”

昭公二十四年：“夏五月乙未朔，日有食之。梓慎曰：‘将水！’昭子曰：‘旱也！……。’……秋八月，大雩，旱也。”

昭公三十一年：“十二月辛亥朔日，日有食之。是夜也，赵简子梦童子羸而歌，旦占诸史墨曰：‘吾梦如是，今而日食，何也？’对曰：‘六年及此月也，吴其入郢乎？终亦弗克！……’”

不难看出，《左氏春秋》中对昭公时代五次日食的记述是很详细的。这说明，作者是根据其闻见并吸收了各种传说，因此才能作故事性的叙述。这也就证明，作者是昭公时代或稍晚于昭公时代的人。

值得注意的是：鲁史《春秋》中记载着昭公以后定、哀时代的四次日食（定公五、十二、十五，哀公十四），但《左氏春秋》中却全无记载。（参考注六）

⑬孔子修订的《春秋》（即《春秋经》）止于鲁哀公十四年（前四八一年）。孔子死于哀公十六年（前四七九年）。《左氏春秋》止于哀公二十七年（前四六七年）。《左氏春秋》所记历史比《春秋》多十三年。《左氏春秋》哀二十七年载有“赵、韩、魏灭智伯”事。按：此事发生在周定王十六年（前四五三年），上距孔子死已三十六年。孔子死时已七十三岁，与孔子同时的左丘明当不至于活到三家亡智时。由此说明，《左氏春秋》中有后人的补作。

⑭《左氏春秋》是部自成一家的著作，如果和《春秋》对照起来看，

便可发现其相互之间有着极明显的抵触。在事件的记载上，两书不相应的占三分之一：《春秋》有的，《左氏》没有；《左氏》有的，《春秋》没有。在记载具体的事件中，两书的观点态度也有很大的不同。

⑮史载，关羽、吕蒙、杜预皆“好《春秋》”。这里所说的“《春秋》”不是孔子修的《春秋》，而是《左氏春秋》。他们都是将军，为了提高业务，故读《左氏春秋》。这说明自汉到魏晋，《左氏春秋》已被当作兵法书。

⑯《左氏》昭公二十五年：“季、郈之鸡斗。季氏介其鸡，郈氏为之金距。（季）平子怒，益宫于郈氏，且（责）让之。故郈昭伯亦怨平子。”“孟氏执郈昭伯杀之于南门之西。”

⑰《左氏》襄十七年：“宋皇国父为太宰，为平公筑台，妨于农功。子罕请俟农功之毕，公弗许。筑者讴曰：‘泽之之晰（指皇国父），实兴我役；邑中之黔（指子罕），实慰我心。’按：此讴意为：“泽门的白胖子，是他派我干劳役；城里的黑瘦人，他的主张合我心。”从文意可以看出，筑者是农奴，因此才因妨其农功而不满。

⑱《左氏》襄二十二年：“郑游眅将归晋，未出境，遭逆（迎）妻者，夺之，以馆于邑。丁巳，其夫攻子明（即游眅），杀之，以其妻行。”

第四章　战国时代的寓言文学

第一节　寓言的传统和特征

“寓言”一词出于《庄子》。寓，与寄、托同义。因此，所谓“寓言”，就是：作者的话寄托在臆造的故事中；在假托的故事中寓藏着作者对人生的认识和感受。

作为文学传统说来，最初的寓言是孕育在古代神话中。

所谓神话，是“在人民幻想中经过不自觉的艺术方式所加工过的自然界和社会形态”，是“现实的虚妄反映”，是生产水平和认识水平处在低级状态时的产物。虽然如此，但人们的思想、感情、经验、智慧却正是不自觉的通过虚妄的幻想故事而显示出来。这就是说，在虚妄怪诞的神话故事中寓藏着或寄托着人们对生活的认识和感受，因此古代神话大多具有寓言的因素。

随着生产水平和认识水平的提高，人们“继承”了神话的艺术方法。但所不同的是，人们使用这种艺术方法并不是出于不自觉，相反，而是有意识地自觉地通过假设的故事寄托对人生的认识和感受，在虚构的情节中表现人们的生活经验和智慧。寓言，正是在这样的传统下和条件下形成的。

其次，在古代诗歌中，有着不少带哲理性的格言和警句。这是人们多年经验的积累，是智慧的集中。这种警句和格言，大多是概念化的语言，所以被保留在诗歌中，是企图通过诗的节奏韵律将语言固定下来，以便于记忆，便于流传。

随着社会的发展，人们为了加强格言警句的说服力，便在幻想中虚构出与之相适应的故事，作为这概念的外衣，使抽象思维带上具体的生活表征。这就是寓言。

因此，寓言是人类知识和智慧（自然斗争的和阶级斗争的）的艺术概括。

文学形象有着不同的表现样式和方法。先秦寓言在形象的表现样式和方法上，具有自己的特征：它不像抒情诗似的是生活感受的直接表现，相反，而是哲理概念的艺术化、故事化；它不像叙事诗似的创造客观形象以反映现实，而是创造易懂的具有代表性的故事（甚至是离奇的神话、童话、笑话）以阐发哲理或社会经验。

由此可知，寓言是以抽象概念通过具体故事反映现实，是理性认识的感性式的表现，是理性认识的具体化。因此，寓言的主题思想，也就是寓言的形象。

在表现方法上，寓言不是创造符合于现实生活的典型环境和典型人物，以反映现实生活，而是根据从社会实践中得来的哲理概念，创造与其精神实质相适应的足以说明这一概念的典型故事，以印证概念，增加概念的说服力——其中所描写的人与事，只是为说明概念所举的比喻。正因为这样，所以寓言中的故事情节，往往巧妙地衬托着所表现的概念的内在含义；但如和现实生活对照的话，那么这些故事情节却往往是“虚妄”的、“离奇”的、夸张的。这正说明寓言与神话的关系。

在语言的选用上，寓言不是着重刻画人，而是着重说明事，并从而阐述理。因此，它的语言特点是：不要求语言狭义的确切，而是要求语言的双关，一方面叙述故事，但同时又意味深长地隐约地表现概念；它不是以语言从事细节描写给人以生活实感，而是使用极简洁的警句式的语言表现其“弦外之音”以启发人的认识。所以，寓言的语言不是描绘性的语言而是智慧的语言。寓言往往以警句格言作结束。

当然，只有战国末比较完整的寓言才具有这些特征。在寓言文学发展的最初阶段，寓言往往就是神话传说和故事。这些神话和传说故事是被当作例子使用，它们之所以被称作寓言是由于引用者所作的说明。因此，这些被作者用以譬喻的神话或传说故事，除作者所附加的说明以外，它仍有其自身的形象意义。例如《庄子》书中引用了“林回故事”。故事为：“假国灭亡时，林回弃掉价值千金的玉璧，背着别人的婴儿逃跑。有人问道：‘你是为了钱吗？婴儿方有（才值）几个钱！你是因为玉璧重吗？婴儿比玉璧重多了！你弃掉价值千金的玉璧而背着婴儿逃跑，这是为什么呢？’林回答道：‘爱钱是由于人的利欲，爱婴儿是天理人情！’”显然，这不是寓言而是一个动人的传说故事，它形象地表现一个伟大的人的思想和行为。（鲁迅曾引用这故事揭露军阀的卖国罪行）凭借这个故事，庄子发挥道：“夫以利合者，迫穷祸患相弃也；以天属者，迫穷祸患相收也……”可知，这故事是由于作者所引申出的议论才具有寓言性。这正是战国初期不少寓言所具有的特点。

由此可以看出，寓言往往是哲学家陈义说理的手段。当战国时代，由于“百家横议，诸子争鸣”，于是随着哲学领域中所展开的斗争，寓言文学便开始发展起来。同时，也正是在社会斗争中，出现了寓言这一特殊的文学样式。

第二节　《列子》《孟子》《庄子》中的寓言

战国前期的寓言见于《列子》《孟子》《庄子》等书中。

《列子》的著者，据称是列御寇。列御寇，郑人，其生活年代约当春秋末战国初。他的学说，据称是“主正”“贵虚”：可能是接受了孔子学派的“正名”主张和老子学派的“清静无为”观点而建立的新学说。《列子》这部书，不是列御寇写的，其中大多是他的门徒编凑成的。

《列子》书中有着许多寓言。这些寓言并非都是作者的创作，有不少是抄录当时流行的故事和寓言，例如“学不死之道”和“二小儿争辩日远近”两则，在当时其他学者的著作中也有着大同小异的记载。

《列子·汤问》篇中的“愚公移山”是神话式的故事。

太行王屋二山，方七百里，高万仞，本在冀州之南，河阳之北。

太行、王屋两座山，周围广七百里，高八千丈，原来是在冀州的南边，河阳的北边。

北山愚公者，年且九十，面山而居，惩北山之塞，出入之迂也。聚室而谋曰：“吾与汝毕生平险，指通豫南，达于汉阴，可乎？”杂然相许。

北山愚公，年纪将近九十岁，他的家正对着山，愚公苦于这两座大山的阻塞，而且出入逶远很不方便。于是聚集全家人商议办法。他说：“我和你们用一生的精力把我们的阻碍搬掉，打通去豫南的路，直达于汉水之南。你们说可以吗？”大家一致同意。

其妻献疑曰：“以君之力，曾不损魁父之丘，如太行王屋何？且焉置土石？”杂曰：“投诸渤海之北，隐土之北！”遂率子孙荷担者三夫，叩石垦壤，箕畚运于土块，渤海之尾。

愚公的妻子提出一个疑问，说：“以您的力气，连损害魁父的小山包包的一毛也不能，又能把太行王屋怎么样呢？并且你往哪里放土石？”大家说：“扔到渤海的北边和隐土的北边！”愚公就率领着儿子、孙子等能挑担子的三个人，凿石头掘用簸箕和条筐运土石于渤海的北边。

邻人京城氏之孀妻，有遗男，始龀，跳往助之。寒暑易节，始一反焉。

邻人京城氏的寡妻，有一个遗腹子，刚换奶牙，蹦着跳着前去援助。一年到头才走一个来回。

河曲智叟笑而止之，曰：“甚矣，汝之不惠！以残年余力，曾不能毁山之一毛，其如土石何！”

河曲智叟面带讥笑来劝止愚公，说：“真厉害呀，您这股傻劲！以您的残年余力，连毁坏山的一根毛也不能，您怎么能搬移这些土石呢！”

北山愚公长息曰：“汝心之固，固不可彻，曾不若孀妻弱子。虽我死，有子存焉！子又生孙，孙又生子；子又生子，子又生孙。子子孙孙，无穷匮也，而山不增，何苦而不平！”

北山愚公叹了一口长气说：“你的心真顽固，顽固到一窍不通的程度，连一个京城氏寡妻的七八岁小孩都不如。虽然我最后是会死的，但我的儿子还活着哩！儿子又生孙子，孙子又生儿子；儿子又生儿子，儿子又有孙子。子子孙孙，没有断的时候，但山却不能长一寸，何苦不能平！”

河曲智叟亡以应。

河曲智叟无言可对。

操蛇之神闻之，惧其不已也，告之于帝。帝感其诚，命夸娥氏二子负二山，一厝朔东，一厝雍南。自此，冀之南，汉之阴，无陇断焉。

山神听到了愚公这样的话，怕他干起来不停止，就禀奏给上帝。上帝感念愚公的诚心，就派夸蛾氏的两个儿子去背那两座山，一座放到朔东，一座放到雍南。从此，冀州的南面，汉水的北面，没有阻塞道路的大山了。

故事中描绘了人的形象，表现了愚公与智叟的思想冲突。九十岁的愚公率领三个挑担的壮夫和一个七八岁的孩子，想将阻塞出入的“方七百里，高万仞”的大山移到千里外的渤海中去，于是“叩石垦壤”，以“箕畚”搬运土石，每次往返需一年。这使自以为聪明的智叟感到可笑，于是“笑而止之，曰：‘甚矣，汝之不惠！以残年余力，曾不能毁山之一毛，其如土石何！’北山愚公长息曰：‘汝心之固，固不可彻，曾不若孀妻弱子。虽我死，有子存焉！子又生孙，孙又生子；子又有子，子又有孙。子子孙孙，无穷匮也，而山不增，何苦而不平！’”愚公的这种思想使“操蛇之神”恐惧了，于是告于天帝。天帝命夸蛾氏二子负山而去。从愚公答智叟的话中，可以看出“人力胜天”的思想，因此故事最后以天帝让步为结尾。在这故事中，不仅结尾是神话式的，而且整个故事是以神话式的想象而构成的；为了夸张并强调人的合理愿望和信念，作者构成这一在现实中不能发生的故事。也正是在这以想象构成的故事中寓藏着人的进步思想和合理的信念。

其中表现了人对劳动的信任：认为劳动可以改变自然。其中表现了人对集体劳动的信任：认为集体力量可以移山倒海。其中表现了人对将来的信任和乐观精神：认为经过子子孙孙无穷尽的劳动可以最终的战胜自然。同时，在这故事中表现了人的伟大理想，认为只有通过劳动才能开辟出“人的道路”，而这种劳动不是个人的而是集体的，不是一时的而是不同时间的；人依靠各时期发展着的集体劳动，便可以铲除一切巨大的障碍，而修建成平坦的大道；道路也正是经过艰苦的长期劳动而修筑成的。

这种完全现实的思想和理想，采用了夸张的神话式的表现手法，从虚构的故事中表现出来。因此，这是寓言性很强的神话式的故事。

此外，《列子·说符》中的“亡铁”则是嘲笑“主观揣测”的寓言。

> 人有亡铁者，意其邻之子，视其行步，窃铁也；颜色，窃铁也；言语，窃铁也；动作态度，无为而不窃铁也。俄而扫其谷而得其铁。他日复见其邻人之子，动作态度，无似窃铁者。

有人丢了斧头，揣想是邻居的儿子偷的，看他走路的姿势，是偷了斧头的心虚样子；观察他面部的表情，是偷了斧头的忸怩姿态；听他讲话，是偷了斧头的吞吞吐吐的声调；动作态度，没有一件举止不像偷斧头的。不久，发掘水沟从而找到自己丢了的斧头。过两天再看见邻人的儿子，动作态度，没有一件像是偷斧头的了。

寓言中写道，有人丢掉自己的斧子，疑是他的邻人偷了。根据这样的“大胆假设”，于是便“小心求证”，观察并分析邻人的言行，企图在邻人表现中发现偷斧的证据。结果看到邻人走路，便觉得他鬼鬼祟祟是个偷斧贼的样子；观察邻人的颜色，便觉得他神情不安是副偷斧贼的嘴脸；听察邻人讲话，便觉得他吞吞吐吐是种偷斧贼的腔调；根据邻人的动作态度表现分析起来，觉得他没有一点不像是偷斧贼的。不久，掘沟时，找到了自己的斧子，改日再一看邻人的动作态度表现，觉得没有一点像偷斧贼的。

这寓言是很深刻的。它说明，当先有主观成见之后，便不能认识客观真实。当人从唯心的主见出发去观察客观时，便不能发现客观原貌。他所说的客观证据，只不过是从他主观生出的似是而非的假象和幻影。作者在寓言中不仅揭发了主观揣测的不科学，指出“大胆假设，小心求证”方法的错误，而且揭示了主观推测和唯心成见的形成原因。不难看出，以主观成见妄加揣测的是斧子的所有者而不是别人。所以这样，是因为斧子是他的，因此当遗失斧子之后，由于个人私有欲所形成的急躁和得失观念刺激下所造成的冲动，于是便产生了一系列的主观偏见。由此说明，在阶级社会，主观成见和唯心观点，大多是与个人得失和私有欲分不开的：私有欲不仅搅昏人的头脑，而且蒙蔽人的眼睛，引起人的错觉。这思想是深刻的，是具有教育意义的。

孟子的语录文中也夹杂有不少寓言故事。“攘鸡”和“宋人揠苗”是孟子的寓言中比较优秀的作品。“攘鸡”见《滕文公》篇下。

有人日攘其邻之鸡者。或告之曰：“是非君子之道！”曰“请损之，月攘一鸡，以待来年，然后已。”

有人每天偷邻人的鸡，有人劝告他说：“这不是正派君子应该干的事！”他说：“那么我就减少一些，每月偷一只鸡好了，以待来年，慢慢地做到不偷鸡。”

孟子笔下的偷鸡者是很可笑的。他不肯彻底改过，他不仅不肯马上停止自己的偷窃行为，而且把自己有计划的少偷看作是个人的美德懿行，合乎“君子之道”——当然，即使他年攘一鸡，也仍然是个损人利己的贼。

孟子创作这一寓言，是为了反驳宋大夫戴盈之的，戴盈之主张：“去关市之征，今兹未能，请轻之，以待来年，然后已。”孟子的寓言便揭发并嘲笑了封建统治者的伪善。但是，这一寓言对于个人修养方面是会起教育作用的。它说明：作为一个对自己严肃的人，只要发现错误，就应该立刻改正错误；不应原谅或姑息自己的错误，否则就会和孟子寓言中的偷鸡贼一样，用“月攘一鸡”的折中办法保存自己的贼性，代替彻底的改正。这行为是可笑的，可鄙的。

“宋人揠苗”见《公孙丑》篇上。

宋人有闵其苗不长而揠之者，芒芒然归，谓其人曰：“今日病矣，予助苗长矣！”其子趋而视之，苗则槁矣。

宋国有一个忧虑自己田地里的小苗长的不快而往高拔的人，从田里拖着疲倦的身子回家，向家里人说：“今天疲乏了，我帮助小苗拔挺（窜高）了！”他的儿子跑到田里一看，原来小苗都干枯了。

作者以这寓言，说明了科学的见解：一切事物都有其客观法则。人只有依靠客观法则，才能有所作为，如凭主观愿望代替客观法则来办事，则正等于拔苗助长一样，“非徒无益，而又害之”；即使这种主观愿望是充满着好意，尽管这种行为是辛苦勤劳，但由于违背了客观法则，因此必然失败。这寓言以浅显的故事，说明了具有深意的真理。

《庄子》书中的寓言或故事是很多的。这些寓言或故事正和其哲学思想一样，大多有着消极因素。其中的“不龟手药”则是较为优秀的寓言之一。

宋人有善为不龟手之药者，世世以洴澼絖为事。客闻之，请买其方百金。聚族而谋曰："我世世为洴澼絖，不过数金，今一朝而鬻技百金，请与之。"客得之以说吴王。越有难，吴王使之将，冬，与越人水战，大败越人，裂地而封之。——能不龟手一也，或以封，或不免于洴澼絖，则所用之异也。

宋国有善于配不皴手的药的人，祖祖辈辈以漂絮为生。别处一个人听说这件事，请求买他的药方，愿出百斤黄金。宋人开全体家族会议核计："我们祖祖辈辈做漂絮的职业，所得不过几斤黄金，现在一下子卖药方就卖百斤黄金，卖给他罢。"那个人得到了药方便拿它去游说吴王。越国有难，吴王叫他当领兵大将，冬天，和越国人水战，大败越人，吴王割一块土地封他当封君。——能不皴手是相同的，有的因而被封为封君，有的不免于从事于漂絮的职业，那是用的地方不同的缘故。

在寓言中说明，同样的不龟手药，有的以它漂洗丝絮，有的用它取得战争胜利。由这故事，说明"隔行不隔理"，同样的原理，有大用和小用之分。如果保守性地对待某一原理，则不过世世代代洴澼絖。如果创造性运用同一原理，便可得到惊人的成效。同一原理之所以能产生不同的结果，主要的在于人们是否能创造性地运用这一原理从事各方面的实践。因此，一直到今天，这寓言仍具有着教育意义。

第三节　《韩非子》中的寓言

战国时代，最伟大的寓言作家是韩非。关于韩非的生平，《史记》中有如下的记载：

韩非者，韩之诸公子也，喜刑名法术之学，而其归本于黄、老。非为人口吃不能道说，而善著书，与李斯俱事荀卿。斯自以为不如非。非见韩之削弱，数以书谏韩王。韩王不能用，于是韩非……作《孤愤》《五蠹》《内外储》《说林》《说难》十余万言。

人或传其书至秦。秦王（即秦始皇）见《孤愤》《五蠹》之书曰："嗟乎！寡人得见此人与之游，死不恨矣！"李斯曰："此韩非之所著书也！"秦因急攻韩。韩王……乃遣非使秦。秦王悦之，未信用。李斯、姚贾害之，毁之曰："韩非，韩之诸公子也。今王欲并诸侯，非终为韩，不为秦，此人情也。今王不用，久留而归之。此自遗患也，不如以过法诛之。"秦王以为然，下吏治非。李斯使人遗非药，使自杀。……秦王后悔之，使人赦之，非已死矣。

韩非死于公元前二三三年，死年四十多岁。

韩非是当时的进步的政治思想家，是卓越的唯物论者。从他的著作总集《韩非子》（共五十五篇）中看来，他是个有着渊博的学识、有着高度的文学教养的思想家。在他的光辉的著作中，有着很多生动精彩的故事和寓言。这是我国宝贵的遗产。

在《势难》篇中载有寓言"矛盾"。

人有鬻矛与楯者，誉其楯之坚："物莫能陷也。"俄而又誉其矛，曰："吾矛之利，物无不陷也。"人应之曰："以子之矛，陷子之楯如何？"其人弗能应也。

有卖矛枪和盾牌的人，自夸自己盾牌的坚固说："什么东西也刺不穿。"一会儿又自夸自己的矛枪，说："我的矛锋利极了，什么东西都能被它刺穿。"旁边有人应声问道："拿您的矛，刺您的盾牌怎么样？"卖矛和盾的人顿口无言。

这是很著名的寓言，我国的成语"自相矛盾"便是本于此。

在《矛盾》中写道，一个卖矛与盾的商人，当叫卖盾时，他宣称“楯之坚，物莫能陷也”；不久当他叫卖矛时，又宣称“吾矛之利，物无不陷也”。于是有人向他说：“以子之矛，陷子之楯，何如？”商人“弗能应也”。不难想见，所以能有前后相抵触的论调，是因为赞矛赞盾的是商人。他所以过分地赞美矛和盾并不是由于认识，而是由于贪欲，由于要卖钱。正是由于个人贪欲，所以这位商人为了钱不能不说谎，而且还不能不说谎到无以自圆其说的可笑程度。这说明，当一个人心中有个人欲望时，他便不能对事物有公平的论断，难免要说点谎话，将自己的货色吹嘘一番，而且难免要将自己的货色吹嘘得稍微过分一些，难免说谎到可耻的程度。正视真理，始终是和个人贪欲不两立的。

在《寓老》篇中载有“赵襄主学御”的寓言故事。

> 赵襄主学御于王子于期，俄而与于期逐，三易马而三后。襄主曰：“子之教我御，术未尽也。”对曰：“术已尽，用之则过也。凡御之所贵：马体安于车，人心调于马，而后可以进速致远。今君后则欲逮臣，先则恐欲逮于臣。夫诱道争远，非先则后也，而先后心在于臣上，尚何以调于马？此君之所以后也。”
>
> 赵襄主向王子于期学驾车的技术，学不久就和于期驱车比赛，襄主挑换了三次马三次都败了。赵襄主说：“您教我驾车。但你的驾车技术并没有全教给我。”于期恭敬地回答：“技术全教给您了，是您使用得有毛病。驾车的窍门是：马要套好，使之安于车，人要一心一意注意马，这样才能够跑得快跑得远。现在您落到后边便想追上我，跑到前边便怕被我追上。凡是驾车赶路争远，不是在前就要在后，而不管跑前或跑后你的注意力总是放在我身上，这怎么还能一心一意驾驭马呢？这就是您所以失败的原因。”

在《赵襄·主学御》中，作者同样地揭示了个人欲望的为害。在这寓言中，显示了极其深刻的思想。不难看出，一切工作和驾车一样，如果想“进速致远”，则必须将全部精力和注意力投到工作上。如果不是一心一意地从事工作，而是为了通过工作表现个人，为了出人头地，那么，当别人跑到前面时，自己则由于嫉妒的缘故，于是将全部精神考虑怎样追别人；当自己跑到前面时，则由于好胜的缘故，则将全部精力考虑怎样防止别人追上自己。这就必然会分心，从而也必然会落后。正如作者在寓言中所描写的，当赵襄主驾车时，他不是为了驾车，而是为了从事个人竞赛，所以跑在前则“顾后”，跑在后则“瞻前”。他全心全意充满着恐惧地监视着别人，而没有关照自己的马车，因此“此君之所以后也！”

在《喻老》篇中载有“纣为象箸”寓言。

> 昔者，纣为象箸，而箕子怖。以为：“象箸必不加于土铏，必将犀玉之杯；象箸玉杯，必不羹于菽藿，则必旄象豹胎；旄象豹胎，必不衣短褐而食于茅屋之下，则必锦衣九重，广室高台。吾畏其卒，故怖其始。”居五年，纣为肉圃，设炮烙；登糟丘，临酒池。纣遂以亡。故箕子见象箸以知天下祸。故曰：见小曰“明”。

> 早先，纣王做了一双象牙筷子，而箕子便恐惧了。箕子以为：“象牙筷子必定不能放到泥碗里去，必然要使用犀玉之杯；有了象箸、玉杯，必定不吃粗食豆汤，而必然要吃旄牛大象和豹的胎；吃着旄牛大象和豹的胎，必然不能穿着短的粗布衣而在茅屋下边进餐，而必然要穿很多层锦衣，住在广厦高台。我害怕的是它的发展和结果，所以恐惧这个开端。”过了五年，纣为肉圃，设炮烙；登上酒糟堆成的小山，观赏酒池。纣于是亡。所以箕子看见象牙筷子而知天下将有大祸。所以说：能够看到小问题的发展趋势叫作“聪明”。

在《纣为象箸箕子怖》中，作者指出剥削者的欲望是无止境的。同时，作者提出了观察问题的方法。作者生动地说明了箕子恐怖的原因，并不是由于象箸，而是由于使用象箸所造成的发展趋势。因为用象箸“必不加于土铏，必将犀玉之杯；象箸玉杯，必不羹于菽藿，则必旄象豹胎；旄象豹胎，必不衣短褐而食于茅屋之下，则必锦衣九重，广室高台”，因此箕子“畏其卒，故怖其始”。这里，表现了作者的思想方法：事物是发展的，事物之间是互相联系的，从小可以看大，从今天可以预料明天。这显然在当时是比较科学的方法。

在《外储说左上》篇中载有“棘刺母猴”寓言。

燕王好微巧。卫人请以棘刺之端为母猴。燕王说之，养以五乘之奉。王曰：“吾试观客为棘刺之母猴。”客曰：“人主欲观之，必半岁不入宫，不饮酒食肉，雨霁日出视之晏阴之间，而棘刺之母猴乃可见也。”燕王因养卫人，不能观其母猴。

燕王爱好小巧的玩物。有一个卫国人说，愿为燕王在棘刺的尖上雕个猕猴。燕王很高兴，供养卫人以五乘之禄。燕王说：“我打算看一看您在棘刺尖上雕的猕猴。”卫人说：“如果一国之王要看，那么必须半年不和妃子同居，半年不饮酒不吃肉，在雨止日出明暗之间的一刹那来看，棘刺尖上所雕的猕猴才能见得到。”因而燕王只能白白供养卫人，不能看到他所雕的猕猴。

郑有台下之冶者，谓燕王曰：“臣为削者也。诸微物必以削削之，而所削必大于削。今棘刺之端，不容削锋，难以治棘刺之端。王试观客之削，则能与不能可知也。”王曰：“善。”谓卫人曰：“客为棘刺之端，何以理之？”曰：“以削。”王曰：“吾欲观见之。”客曰：“臣请之舍取之。”因逃。

郑国有个台下的冶匠，告诉燕王说：“臣是打制刻刀的人。凡是小巧的东西必定用刻刀来刻，而且所刻的物件必定大于刻刀。棘刺的尖端，连刻刀的刃锋都容不下，因而是难以拿刻刀来刻棘刺的尖端的。大王不信，可以查看卫人的刻刀，那么能或不能就可以知道了。”燕王说：“好。”燕王向卫人说：“先生您雕的棘刺之端，用什么东西来对付它呢？”卫人说：“用刻刀。”燕王说：“我想看一看您的刻刀。”客人说：“请让我回到宿舍去取。”于是乘机逃跑了。

在《棘刺母猴》中，表现了作者的推理能力。作者写道，“卫人请以棘刺之端为母猴。燕王说之，养以五乘之奉。”但当燕王想看这刺端母猴时，卫人便说：“人主欲观之，必半岁不入宫，不饮酒食肉，雨霁日出视之晏阴之间，而棘刺之母猴乃可见也。”显然，卫人提出的这些条件燕王不易做到，而这时会，也不易遇到，于是便无法辨识卫人奇技的真伪。于是有郑国的冶刀匠告诉燕王说：“我是做刻刀的。制各种微小的东西必须用刻刀刻，而所刻的东西必须火于刻刀刃，才能受刃。棘刺的尖端太小，不能容刀锋，所以刻刀不能在棘刺之端刻母猴。王可取卫人的刻刀看一看，刃如小于棘刺之端则能刻；如大于棘刺之端则不能刻。能与不能，一看便可辨知。”这样，便揭露了卫人的谎言。在这寓言中说明，对事物的结果是可预见的，从现在所具备条件中，可以推知未来的结果。这里生动地表现了作者的推理能力和判断事物的智慧。

其次，在寓言中表现了作者的进步思想和深刻的认识能力。这由《买履》《为袴》《郢人遗燕·相国书》《鲁人欲徒于越》《狂者东走》等寓言故事中便可看出。

郑人有欲买履者，先自度其足，而置之其坐，至之市，而忘操之。已得履，乃曰：“吾亡持度。”反归取之。及反，市罢，遂不得履。人曰：“何不试之以足？”曰：“宁信度，无自信也！”

郑地有一个人想要买鞋，先自己量妥脚的大小，把尺码放在家里坐的地方，及至往市上去时，忘了拿尺码。到市上已经把鞋选好，忽说：“我忘拿尺码了。”掉过头回家去取。等他取回尺码，集市已散，于是没买到鞋。别人说：“为什么不用脚试一试？”他说：“宁可相信尺码，不要过于自信脚！”

郑县人卜子使其妻为袴。其妻问曰：“今袴如何？”夫曰：“象吾故袴。”妻因毁新，令如故袴。

郑县人卜子叫妻子给自己做一条裤子。妻子问道：“新裤子做成什么样子？”丈夫说：“像我旧裤子一样。”妻子于是把新裤子剪坏几处，叫它像旧裤子。

郢人有遗燕相国书者，夜书，火不明，因谓持烛者曰："举烛！"而误书"举烛"。"举烛"非书意也。燕相国受书而说之，曰："举烛者，尚明也；尚明也者，举贤而任之。"燕相白王，王大悦，国以治。——治则治矣，非书意也。

郢地有人给燕相国写信，晚上写，灯光不亮，于是向拿烛的人说："举烛！"不料顺手把"举烛"二字写到信上。"举烛"二字不是信里要说的话。燕相国得到信很喜欢这两个字，说："举烛，是推崇光明的意思；所谓推崇光明，就是选拔聪明的贤人而重任用。"燕相国将这话禀告给燕王，燕王很高兴，因而国家大治。——国家是管理好了，但不是信里的原意。

鲁人身善织屦，妻善织缟，而欲徙于越。或谓之曰："子必穷矣！"鲁人曰："何也？"曰："屦为履之也，而越人跣行；缟为冠之也，而越人被发。以子之所长，游于不用之国，欲使无穷，其可得乎？"

一个鲁国人自己善于织鞋，他妻子善于织生绢，他们却想迁移到越国居住。有人告诉他说："你一定要穷困了！"鲁人说："为什么呢？"那人答道："鞋是为了穿在脚上的，而越人的习惯却是赤足走路；生绢是为了做帽子的，而越人的习惯却是光头散发。你想因你所擅长的技能求富，但却跑到你的技能用不上的地方，即使你想不受穷，岂可以避免吗？"

慧子曰："狂者东走，逐者亦东走，其东走则同，其所以东走之为则异。故曰：同事之人，不可不审察也。"

慧子（惠子）说："疯子往东飞跑，捉疯子的也往东飞跑，他们的往东飞跑是相同的，但他们所以往东飞跑的动机和结果则不同。所以说：同事的人虽作为相同，但不可不审察他们的动机。"

在《郑人买履》中，作者嘲笑了唯名主义者：他们重名不重实，竟像寓言中的郑人似的，迷信由自己脚掌量出来的尺码，但却不相信自己的脚。显然，这是在讽刺当时迷信先王戒条的书呆子。

在《卜妻为袴》中，作者嘲笑了复古主义者：他们以古为法，竟像寓言中的卜子妻似的，毁新袴以模仿旧袴。显然，这是在反驳当时的复古、“法先王”的论调。

在《郢人遗·燕相国书》中，作者嘲笑了穿凿附会的学者：他们“信而好古”，根据先王的片言只语妄做引申，以印证自己的主观见解，正如燕相国似的，竟根据别人的笔误发挥自己的议论。显然，这是在讽刺当时引经据典望文生义的说客。

在《鲁人欲·徒于越》中，表现了作者重视客观的精神。

在《狂者东走》中，表现了作者（或是惠施）的人生体会。作者认为：有时人们的表现虽相近似但并不见得内心一致，因此不能从现象上看人，必须要审察人的本质。作者幽默地说明：狂者与逐者都向东走，表面上是同路人、但实际上并非志同道合。

所有这些寓言，都表现了作者的生活经验和人生感受以及理性认识——这些正是寓言中所构成的性格特征。也正是通过这样的形象，反映着现实。

此外，在《战国策》中，也有着许多优美的寓言。其中的“南辕北辙”是最好的一个。

> 魏王欲攻邯郸，季梁闻之，往见王曰：“今者臣来，见人于太行，方北面而持其驾，告臣曰：‘我欲之楚。’臣曰：‘君之楚，将奚为北面？’‘吾马良。’臣曰：‘马虽良，此非楚之路也。’曰：‘吾用多。’臣曰：‘用虽多，此非楚之路也。’曰：‘吾御者善。’——此数者愈善，而离楚愈远耳！”

> 魏王打算攻打邯郸，季梁听说，去见魏王，说：“臣这次回来的途中，碰见有一个人在太行山，正驾着车向北走，他告诉臣：‘我打算上楚国去。’臣说：‘您到楚国，为什么向北走？’他说：‘我的马跑得最快。’臣说：‘马虽然好，但这不是往楚国的路啊。’他说：‘我路费带的多。’臣说：‘路费虽多，但这不是往楚国的路啊。’他说：‘我的车夫赶车的技

术高。’——马愈好、路费愈多、车夫技术愈高，他离楚国愈远！”

不难看出，这是个有着深刻思想的寓言。它说明，当一个赶路的人，如果走错了道路，看错了方向，背道而驰的话，那么他的马愈好就会使他更深进入迷途，路费愈多就会使他愈有恃无恐地走入歧途，赶车技术愈高就会使他愈走愈远，最后走入绝境。

作者形象地说明，当一个人迷失方向，走错了路时，他所具有的一切优点长处都不仅不能帮助他，反而会助长他的错误。这也就是说，一个人即使有许多优点或长处，但更重要的是需要有正确的方向，否则这些优点长处，适足以危害他自己。

显然，这是深刻的，是具有教育意义的。在这寓言的启示下，今天也可以引申出这样的认识：社会主义道路是历史发展所规定的必然要走的道路，是唯一正确的道路，一个人如果实心实意地在党的领导下遵循这一道路前进，那么他的长处、学识、才能就会得到发展，就会有利于他的提高和进步。但是，如果违背这一道路的话，那么学识和才能都不能挽救他，反而会助长他的个人傲气，成为他的反党反人民的资本，成为文过饰非的工具。同时，当一个人离开社会主义道路，那么他的学识和才能便会背叛他，会将他导向绝路：学识愈多包袱愈大，才能愈高堕落愈快——最后使他陷入深渊。不难看出，在人的生活历程中，方向和道路是最重要的。

总之，我国战国时代的寓言是富有战斗性的。它是社会斗争经验的综合反映，是对剥削者揭发笑骂的隐蔽形式，是政治斗争的武器。这些寓言或多或少地表现了唯物思想，反映了合乎逻辑的思想方法。

其次，在战国寓言中充满着智慧，有着启发性的故事，使用着生动精彩的语言，表现了高度的认识水平和论辩精神，通过易懂的事例反映了深刻的思想，具有不可抗拒的说服力和教育力。

又其次，在战国寓言中呈现着乐观的健康的风格，充满着智慧的笑。这笑，是具有魅力的，在揭发卑俗、愚蠢、奸诈上具有无比的力量。

这些，正是当时的人民斗争精神和文化素养的具体表现。

附录一

《商颂》考

诗经中辑有商颂五篇：《那》《烈祖》《玄鸟》《长发》《殷武》。

最早谈到这几篇《商颂》的来历的，是鲁国有学识的大夫闵马父。闵马父是公元前六世纪到公元前五世纪初期的人，与季札、晏婴、叔向、师旷、子产等同时，是孔子同时代的前辈[①]。据《国语·鲁语》载，闵马父于周敬王三十三年（鲁哀公八年，公元前四八七年）说道：

> “昔正考父校商之名颂十二篇于周太师（乐官），以《那》为首。其辑之乱曰：‘自古在昔，先民有作，温恭朝夕，执事有恪。’先圣王之传恭，犹不敢专，称曰：自古，古曰在昔，昔曰先民。”

由闵马父的话中可以看出：“以《那》为首”的《商颂》是“商之名颂”，是经过长时流传从而为人所习知的商代著名的颂歌；这些“商之名颂”是“先圣王之传恭”的制作，是先代圣王制作的垂训诗；这些“先圣王”制作的著名的《商颂》，曾在周幽王、平王（前八世纪）时，由殷商后裔宋大夫正考父（孔子上七世祖）请周司乐大师考校过一遍[②]。由此可知，《诗经》中的《商颂》是殷商遗留下来的诗歌。

这是关于《商颂》的最早的可靠的文献记载。在秦以前，没有人怀疑《商颂》是殷商的作品，也没有与《鲁语》记载相抵触的说法和提法。

但到汉朝以后，由于封建社会发展的需要，出现了鲁、齐、韩三家诗说，于是对《商颂》的制作年代也出现了新的说法。

司马迁在《史记·宋世家》中采用了鲁、齐、韩诗说[3]，故称：“（宋）襄公之时修仁行义，欲为盟主，其大夫正考父美之，故追道契、汤、高宗，殷所以兴，作《商颂》。”以后鲁说学派学者杨雄在《法言》中说：“正考甫尝晞尹吉甫矣；公子奚斯晞正考甫矣。”薛汉的《韩诗薛君章句》中也称：“正考父，孔子之先也，作《商颂》十二篇，”“美（宋）襄公。”[4]此外，汉代的一些碑文中往往也将正考父称作是《商颂》的作者。

由此可知，到汉代以后，才出现了否认《商颂》是商代的作品的说法。鲁、韩诗学派的学者认为：《商颂》是正考父为赞美宋襄公而制作的，是春秋时的诗歌。

如果将这些晚起的诗说和先秦文献对照研究的话，便可以看出：在这些说法中，正考父之所以和《商颂》发生关系的唯一根据，仍是本于《国语·鲁语》的材料，所不同的，是将《鲁语》中的“正考父‘校’商名颂于周大师”改作“正考父‘作’商颂”；同时增添了“美宋襄公”一类的话——而这却是先秦文献中连影子都没有的。当然，由于古文献的阙漏和散失，我们不能将凡是不见于先秦史籍的汉人记载都看作是伪造，因此，必须先探讨这说法的本身是否合乎历史事实。

首先从先秦史籍看来，正考父和宋襄公并不是同时代的人，前者根本不可能作颂赞美后者。对此，唐司马贞在《史记·索隐》中曾称：“考父佐戴、武、宣，则在襄公前且百许岁，安得（对襄公）述而美之？斯谬说耳！”按：正考父曾佐宋戴公、武公、宣公祖孙三代，事见《左氏春秋》昭七年。戴公的在位年限是自周宣王二十九年（前七九九年）到周平王五年（前七六六年），共在位三十四年；而戴公五世孙襄公则是在周襄王二年（前六五〇年）即位。不难计算出，从戴公卒到襄公立，中经一一五年。显然，即使正考父是在戴公最后一年任大夫，但下距襄公之立也有一百一十六年。一个人能当一百一十六年大夫，最后还从事文学创作，显然是不可能的。由此可知，鲁、韩诗说所称道的“襄公欲为盟主，其大夫正考父美之，作《商颂》”的说法，是不合历史事实的。

其次，商颂并不是宋襄公时的作品。就在宋襄公时，宋襄公的从兄弟大司马公孙固就曾将《商颂》作为古诗来引用、来解说、来比喻。事见《国语·晋语》：“公子（重耳，即后之晋文公）过宋，与司马公孙固善。公孙固言于（宋）襄公曰：‘晋公子亡长幼矣，而好善不厌，父事狐偃，师事赵衰，而长事贾佗……此三人者，实左右之。公子居则下之，动则谘焉，成幼而不倦，殆有礼矣！树于有礼，必有艾（韦注：艾，报也），《商颂》曰：‘汤降不迟，圣敬日跻。’降有礼之谓也！君其图之。”（宋）襄公从之，赠以马二十乘。”[⑤]由公孙固将《商颂》作为经典格言来劝说宋襄公这一点上，便可看出《商颂》并不是襄公时代的新作。不仅如此，在宋襄公卒后的百年间，各侯国的政治家引到《商颂》时，都视作是表现先王之德的古诗[⑥]。由此说明，鲁、韩诗派学者认为《商颂》是春秋时作品的说法，是毫无根据的。

由此可知，这说法既不合乎历史事实也没有历史根据，然而为什么这说法竟在汉代出现，而且曾风行一时？需说明，这并不是由于汉时人故意伪造，而是由于汉时人对“六艺”的总看法和对《诗》的基本认识所形成的。

由于汉封建社会的发展和经济基础的需要，因此在汉初逐渐形成了“儒教”。当时的儒教实际上起着封建宗教的作用，孔子被尊为教主（素王），儒家的“六艺”（指《易》《礼》《书》《春秋》《乐》《诗》而言）被当作宗教性的经典（或法典）。在封建社会，“文学是宗教的侍婢”（马克思）。因此《诗三百篇》成了礼教的附庸，被当作载道传教的工具。汉人大多是在这样的观点支配下说诗的。

汉时学者认为，“六艺异科而皆同道”（《淮南子》），“六学（艺）者，王教之典籍，先圣所以明天道、正人伦、致至治之成法也。”（《汉书·儒林传》）显然，作为六艺之一的《诗经》，当然也是王教的典籍、先圣的成法、载道的经典。这说法是根据《论语》“志于道，据于德，游于艺”而来的。汉时学者认为：所谓道是指子贡所说的“文、武之道”；所谓德，则是孔子所称道的“周之德，可谓至德也已矣”的德；所谓艺，则被解释作《诗易书·春秋礼乐》。因此，当时一些人错误地认为《诗三百篇》都是文武之道的产物，是“周之德”的表现。另外，孟子在说教时曾信口说了句话：“王者之迹熄而诗亡，诗亡然后《春秋》作。”汉时一些学者根据这句话进而认为“诗”是与周文王、武王之业和周公之教相始终的：周的王道兴而诗作，周的王道竭而诗亡；并以这观点作为诗三百篇断年的根据。其次，汉时学者认为《诗三百篇》之所以是儒教经典，是因为相信它是由孔子根据褒贬大义而删订的。孔子在谈到三代文化时，曾说道：“周监于二代，郁郁乎文哉！吾从周。”汉学者误将这句话看作是孔子删诗的原则和采诗的范围，以此推论，便认为《诗三百篇》全是周代的诗⑦。汉代的一些学者认为：既然《诗三百篇》（即《诗经》）是周文王武王的王业之迹，是周教和王道的典籍，当然不应该有商代的颂歌；既然孔子所选订的是周诗，当然不会误将商诗选入。基于这样的对“《诗经》”的基本看法（也可以说是误解），从而出现了正考父作《商颂》的说法。

由此可知，汉学者否认《商颂》的说法，并不是根据历史文献，也不是根据《商颂》内容，而是本于“诗教”教义和对《诗经》的基本看法而形成的。

但是，为什么要将《商颂》的制作说成是为了赞美宋襄公呢？同样的也是本于“诗教”教义和对诗经的基本看法。汉代一些学者认为，《诗》是周的“王教典籍”，其中有褒贬二义。《商颂》显然不是“刺诗”，如果以诗论诗说《商颂》是褒美商王的，显然这就与“诗教”教义不合。于是根据这主观看法认为《商颂》是褒美周代宋公的。但为什么偏偏选上宋襄公呢？这同样也是本于“教义”。当时人认为：所谓颂，是“太平歌颂之声”，是“美盛德之形容”；宋历代诸公都不足以当之，只有宋襄公才能当之无愧。

宋襄公是个堂·吉诃德式的人物。但在西汉显学公羊学派大师看来却是一位圣人。据历史记载：公元前六三六年，宋襄公与楚成王帅军战于泓水北岸。宋军已布阵待战，楚军正在渡泓水。宋司马说："现在敌众我寡，敌人尚未全部渡河，趁敌人混乱之际，应率军击之！"宋襄公答："不可！吾闻之：君子不乘人之危。吾虽弱国，但不忍行此不仁不义之事！"楚军全部渡过泓水正在排整行列时，宋司马又说："请趁敌军尚未整理就绪时，率军攻之！"宋襄公说："不可！吾闻之：君子不攻击没有准备好的敌人。"等到楚军布置妥之后，两军交战。战时，宋襄公下令：凡楚兵受伤后就不可再加伤害；对楚军中有白发的老兵要尊重，不可擒拿。结果，宋军大败，襄公的大腿也受了伤[8]。

也就是由于这次大败，宋襄公在汉代儒家中获得最高的评价。《春秋·公羊》在评宋襄公"泓之战"时称："君子大其不鼓（意为攻）不成列（之敌），临大事而不忘大礼。有君而无臣。以为虽文王之战，亦不过此也！"何休注："若襄公所行，帝王之兵也！"由此可知，汉公羊派学者认为宋襄公的德行高过"有憾德"的周武王，可以和"纯德"的周文王媲美，与五帝三王并列。文王是儒家所崇拜的最高偶像。这说明明汉儒对宋襄公推崇到怎样的程度[9]。

也正是由于一些汉儒将宋襄公看作是上承文王之德的仁义之君，因此才本于诗教原则将《商颂》的制作说成是宋襄公之德——而襄公之德则是文王德风遗泽的表现。于是必然得出这样的结论，就是：正考父为了赞美宋襄公所表现出来的"文王之德"而作《商颂》；《商颂》是周的"王教典籍"，所表现的是"文武之道"和"周之德"。

由此可知，汉儒所以提出这样的说法，是为了将《商颂》说成是周诗，于是改变了闵马父的话把正考父说成是《商颂》的作者；是为了将《商颂》说成是周文王之迹（当然这迹是被印在宋襄公的受了伤的大腿上的），于是将《商颂》的制作说成是正考父为了赞美"文王之德"的继承人宋襄公。这样虽然符合了“诗教”教义，但却不符合历史事实，不符合《商颂》的内容：在《商颂》中没有一个字涉及宋襄公。

因此，汉代许多学者并不相信或不完全相信这种说法。司马迁虽然在《史记·宋世家》中采用了鲁诗说和《公羊传》，但在《史记》其他篇中却并未否认《商颂》是商代的诗[10]。王充、班固则承认《商颂》确是商代的颂歌[11]。

在《商颂》的制作年代上与鲁、齐、韩三派说法不同的是毛诗学派。《毛诗序》称：“（宋）微子至于戴公，其间礼乐废坏。有正考父者，得《商颂》十二篇于周之大师，以《那》为首。”显然，《毛诗序》认为正考父是宋戴公时人的说法是符合历史年代和历史记载的；在不认为正考父是《商颂》作者这点上，是与最早的关于《商颂》的记载相一致的。因此，这说法为以后历代的大多数学者所承认。

但近百年来，有些学者遵循“今文”学派的说法，并以鲁、齐、韩三家义驳《毛诗序》。为此，共提出二十多条例证，企图证明《商颂》是宋诗[12]。

现将其所提出的主要例证分别探讨如下：

第一，他们根据《左氏春秋》哀九年：“不利子商”，杜预注：“子商，宋也”；哀二十四年：“孝、惠娶于商”，杜预注：“商，宋也”，从而认为在先秦，商与宋可以通用，因此商颂即宋颂。同时宣称：“盖鲁定公名宋，故鲁人讳宋称商。夫子（孔子）录诗据鲁太师之本，皆仍其旧。”这就是说，“商”与“宋”本可通用，宋襄公时制的颂歌之所以称作商颂，是因为鲁哀公父定公名宋，鲁人为了避讳故将宋颂改作商颂。

按：在先秦有时偶然称宋为商，那是因为从其旧称，正如孔子自称是“殷人”一样，但作为庙堂祭歌则不能将宋颂称作商颂。先秦文献中凡是引到《商颂》时皆名为商颂，从无称宋颂的例子：这就是证明。至于因避定公名讳而改“宋”为“商”的说法，是没有根据的。事实上，在春秋时，虽有避讳之说（见《左氏》桓六年及《国语·晋语》），但在诗、书、史册中并不避讳。在西周时，周王祭文王的祭歌中并不避文王姬昌的名字，如《周颂雝》："宣哲维人，文武维后，燕及皇天，克'昌'厥后。"成王时的颂歌中也不避成王父武王姬发的名字，如《噫嘻》："噫嘻成王，既昭假尔，率时农夫，播厥百谷，骏'发'尔私，终三十里。"即以春秋时的鲁国为例，《鲁颂·閟宫》中称"周公之孙，庄公之子"，显然这是庄公子僖公时制的颂歌，但就在《閟宫》中也并不避庄公同的名字："至于海邦，淮夷来'同'"。如果说，避讳是自鲁定公或其子哀公时开始，那么不妨以定公哀公时的鲁国史为例，鲁国史《春秋》（即《春秋经》）在定哀时的记载中，"宋"字凡三十二见，"商"字一个也没有[13]。这说明，认为《商颂》称商是由于避定公名讳的说法是无根据的，无理由的。但由此恰恰证明，《商颂》之所以称《商颂》是因为它是商代的颂歌。

第二，这些学者以鲁、齐、韩诗说驳毛诗说，坚信《商颂》是正考父作来赞美宋襄公的。但是，如前所述，生活在戴、武、宣时代的正考父如何能历事九君活到宋襄公时代呢？于是，这些学者遵循今文家的偏见，认为《左氏春秋》的记载不可信；认为《史记·宋世家》中除引用的鲁诗说"正考父作颂美襄公"是可靠的信史以外，其他关于宋公的谱系年数，皆淆讹不可信，并极主观的提出："假如（戴、武、宣）三公之年共止十余载，焉知考父"不能活到襄公时代？这就是说：假如戴、武、宣共在位十年，又假如宣公最后一年（前七二九年）正考父只有三十岁，那么下距襄公之立只有七十九年。同时他们认为"恭则益寿"，正考父既然是个恭谨的人，因此就一定会"年逾百载"。根据这样的假设，便认为正考父在襄公时不过只有一百一十岁左右，是可以作《商颂》的。

按：这些学者以自己的假设作证据，显然是不科学的。为了证明正考父的相对的生年和所处时代，现根据可靠的先秦材料，将宋公谱系和在位年数与正考父的谱系对照列表于下：

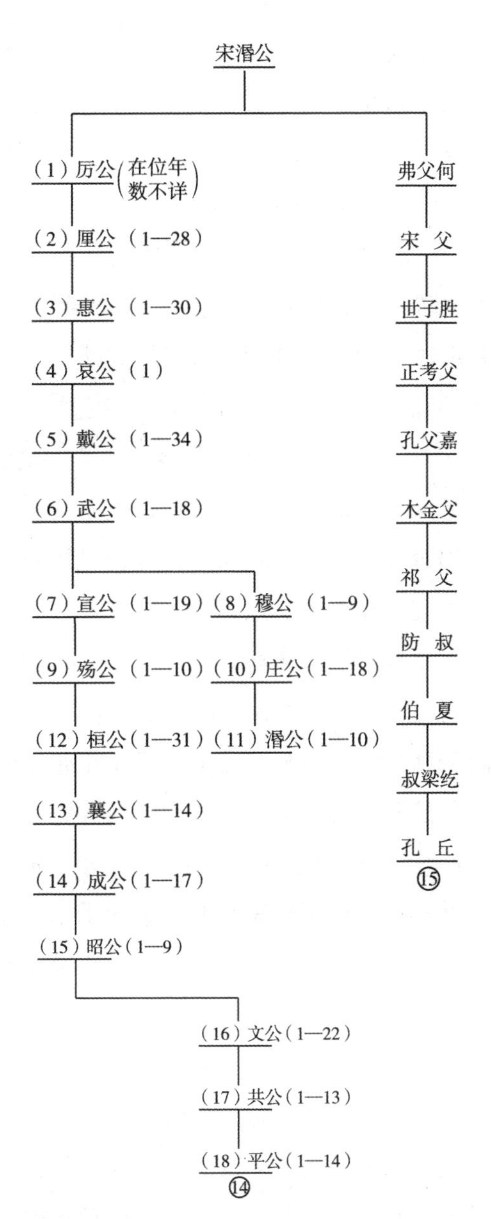

不难看出，正考父与宋哀公是从曾祖昆弟，上距共高祖湣公只隔三世，因此彼此所生活的年代不可能相差太悬殊。据史载，正考父在族侄戴公、族孙武公、族曾孙宣公三朝为上卿（秉政大夫），受“三命[16]”。这说明在宋襄公即位前一百一十六年，正考父已是德高望重的元老——当然，这时不可能是青年人。

其次，由正考父子孙的事迹中，可以看出正考父的相对的生活年代。据史载，正考父之子孔父嘉，在宋穆公朝（前七二八年—前七二〇年）已仕为大司马[17]，到殇公十年（前七一〇年），为华父督所杀，其子木金父降为士[18]。以后，在华父督执政的二十八年间（前七〇九年—前八八二年），孔父嘉的曾孙防叔为躲避华氏的迫害，逃奔到鲁国仕为防邑大夫[19]。由此可知，孔父嘉死时，已有中年的儿子，并有青年的孙子；也正因为孔父嘉在死时已有青年的孙子，因此在死后二十八年之内，才能有成年的曾孙防叔出国就仕。这证明，孔父嘉死时已是老年人[20]。由此可知，正考父之子老年的孔父嘉死于宋襄公即位前六十一年；正考父的玄孙防叔是在襄公即位的三四十年前出奔鲁国——防叔如活到襄公时最少也已是五六十岁的老年人。因此，便不能设想正考父在其玄孙防叔奔鲁后的三四十年仍活在宋国，而且还在从事文学创作以赞美他的六世从孙宋襄公。

据史载，孔子生于公元前五五一年，与宋平公同时。以此上推，则在约四百年内，自宋湣公到宋平公共有十四代；自弗父何到孔子共有十一代。这说明，宋湣公的两个儿子的子孙，历十多代之后，彼此也不过只有三代之差。显然，正考父是不可能身经六代历仕九君的。

由此可知，一些学者忽略了正考父的家族和子孙事述，孤立地推测正考父的年岁，并作出有利自己的假设。不仅这种假设在方法上不科学，而且由历史事实上看来，这种假设根本不能成立。

另有一说，认为：《商颂》即使不是正考父作的，也是宋襄公时的某个大夫作的。需说明，鲁、齐、韩诗学派学者之所以说是正考父作颂美宋襄公，是因为《国语》中有正考父校商名颂的记载，虽然经过修改和增添，但总算是“托古”有据。然而，另一说的说者，抛掉正考父之后，便完全成了口说无凭了。

第三，《商颂·殷武》篇中，有“挞彼殷武，奋伐荆楚，深入其阻，裒荆之旅”和“维汝荆楚，居国南乡，昔有成汤，自彼氐羌，莫敢不来享，莫敢不来王，曰商是常”等诗句。有些学者认为：由《春秋经》的记载看来，楚国在鲁僖公元年（前六五九年）以前称荆，僖公元年之后方称楚；以此推论，《商颂·殷武》中既称“楚”，可知是僖公元年之后的诗。其次，这些学者认为：据史载，楚祖熊绎在周成王时方被周封为子爵，列为诸侯，殷商时怎能有“奋伐荆楚”之事？以此推论，《商颂》既称伐楚，可知是指宋襄公父桓公追随齐桓公伐楚一事而言。从而宣称：《商颂》是宋襄公为侈张其父功业而作的颂歌。

按：楚为芈姓，原为祝融族八姓之一。楚之称楚，并非始于春秋时，早在西周初年的铜器铭文中，便有了楚或楚荆的名号。

殷商灭亡后五年（约前一〇二二年），在周成王践奄时所铸的铜器铭文中，记载着成王、周公“伐楚伯”“伐楚侯”的战争[21]。

据历史记载，昭王时（约前九六五年—前九四七年），曾数次伐楚荆。在当时所铸的铜器铭文中，便有“王南征，伐楚荆”和“王伐反荆”的记载[22]。结果，周被楚战败，“丧六师于汉（水）”，昭王也死在伐楚的战争中[23]。

这不仅说明，楚之称楚，由来甚早[24]，而且说明，早在周初，楚已是周的大敌[25]。

由此可知，周灭商的五年后，周楚间便发生了战争。那么，那些认为在这场战争之前六年的殷商时代，不仅不可能有商楚战争，甚至连楚的名号都不存在的说法，显然是不合乎历史事实的。

事实是：在甲骨卜辞中便有伐楚的记载：“戊戌卜：佑伐芈。”（《新获卜辞》三五八）所谓芈，是楚的族姓[26]。其次，在甲骨卜辞中，有地名“楚”，当是古楚人旧居[27]；并有关于楚族女子“妇楚”的记载[28]。所有这些都证明，在商代是有楚方或楚族的。

当然，由于史料的不足，今已无法查考商楚战争的时与地，但这些地下史料，却有力地证明了在殷商时代曾发生过商芈（楚）战争。

至于宋襄公父桓公，虽曾于公元前六五六年随盟主齐桓公伐楚，但也只进到许国南境楚国北境的召陵一带，并未如《殷武》所称“深入其阻”；同时，齐、楚并未交兵便结盟而退，并未如《殷武》所称“裒荆之旅[29]”。值得注意的是《殷武》中还把齐桓公的祖先贬了一顿：“自彼氐羌，莫敢不来享，莫敢不来王，曰商是常。”显然，《殷武》中所描写的伐楚与齐桓公的伐楚是不相干的两回事。

因此，根据《殷武》否定商颂为商诗的说法，是不能成立的。

第四，有的学者根据《商颂·殷武》中曾提到“陟彼景山，松柏丸丸”，而《鲁颂·閟宫》仿此作“徂来之松，新甫之柏”，由此认为，《鲁颂》中“徂来”既是山名，那么《商颂》中的“景山”也应该是山名。其次，认为《左氏传》“商汤有景亳之命”的“景亳”是两地联称，即景山与北亳。又据《水经注》济水条内载：汉己氏县北有景山。于是认为：此景山距汤都北亳（河南蒙县商丘县一带）百数十里，故联称“景亳”；而商自盘庚之前皆都河北，如建寝庙也不可能远伐景山之木，“惟宋居商丘，距景山仅百数十里，又周围数百里内别无名山，则伐景山之木以造宗庙于事为宜。”因此认为，《商颂》中之“景山”乃宋都北之景山，从而证明《商颂》为宋诗[30]。

按：《鲁颂》中的“徂来”虽是山名，但与《商颂》无关，不能以此证明“景山”也是山名，正如《鲁颂》中“奄有龟、蒙”的“龟、蒙”虽是两个山名，但不能据此证明《商颂》中“奄有九有”的“九有”也是山名。其次，《左氏传》所称“商汤有景亳之命”的景亳，是《商汤》会合诸侯的地点，显然是一地之名，不可能是景山与南百数十里北亳二地的总称[31]。

同时，认为《商颂》中“陟彼景山”的景山，就是《水经》济水注中所记述的己氏县故城北的景山，并以这景山的方位在黄河南岸距宋都近为理由，从而企图以此证明《商颂》为西周时宋诗的说法，也是错误的。

汉的己氏县，在春秋初年是戎己氏之邑，其地在今之山东省曹县东南四十里的楚邱集。景山则在楚邱集（己氏故城）北三十八里，西距曹县县城三十余里，南距河南省商丘（周时宋都）一百五十里[32]。以周的封国疆域考知，在春秋前期，景山尚在曹国境内。显然，宋国即使建寝庙，也不会远伐曹国之木，宋国庙歌中也不会颂美异国名山。

据古史所载，称作景山的名山共有五个。在殷商都城（安阳殷墟）西北九十里就有一个景山[33]。不难看出，一些学者由于主观上先认为《商颂》为宋诗，因此才只在宋都附近寻找景山，而忽略了殷都附近矗立着的景山；同时，只计算了己氏北的景山距宋都商丘的里数，并没有考虑到当时的政治情况。

因此，这说法是以主观主义方法组成的，是不合事实的。

据《诗经》诗看来，诗中的“景”字与“大”同义，如：《定之方中》“望楚与堂，景山与京”；《公刘》“既溥既长，既景迺冈；”《车舝》“高山仰止，景行行止”；《玄鸟》“景员维河，殷受命咸宜”；《既醉》“君子万年，介尔景福”。因此，《商颂》中的“景山”应是泛指大山而言。

第五，有的学者认为，自《商颂》的“文辞观之，则殷墟卜辞所记祭礼与制度文物于《商颂》中无一可寻”，因此认为《商颂》非商代诗。

按：《商颂》是诗歌，并不是记载祭礼与制度文物的“礼书”。因此在《商颂》中寻不出卜辞所记的“祭礼与制度文物”是不足为怪的。事实上，在《周颂》中也没有记载周的“祭礼与制度文物”。如以汉《房中乐》文辞观之，则《史记·汉书》所记祭礼与制度文物，于《房中乐》中也是无一可寻。难道可以以此否定《周颂》和《房中乐》的制作时代？显然，这种以卜辞否认《商颂》的方法是错误的。

殷商时代，人们求问神的指示时，在神前用火灼龟腹甲（或牛胛骨），然后从龟腹甲的裂痕上推测神意，判断吉凶。有时并将所卜问的事件以最简单的文字刻在龟腹甲上，以备查：这便是卜辞。当时，并不是事事皆卜，因此所卜占的大多是关于祭祀、年成、风雨、征伐、疾病等事。这些事件并不是被完整的刻记在甲骨上，而是用很少的文字摘要地刻记下来。因此，卜辞所记的都是一定范围之内的事；卜辞所用的语言都是极简略的语言，大多是片言只字仅足以示意备查而已。

由此可知，殷墟卜辞虽然具有宝贵的文献价值，可以补充历史记载，可以校正记载中的某些史实；然而卜辞并不是史书，绝不能以卜辞记载中的有无，断定史书记事的真伪。但是，有些学者却将卜辞当作殷商时的百科全书看待，并认为凡是不见于卜辞中的史书记载都是伪史，凡是卜辞中所无的历史传说都是后人捏造。这一认识是错误的。根据这认识可以否定和甲骨同层的出土物，因为殷墟出土的铜范、青铜觚、觯、盉等物，在卜辞记载中“无一可寻”；甚至可以根据卜辞否定殷商文字，因为在卜辞中并没有关于“文字”本身的记载。当然，没有人敢于这样说，那么又为什么敢以《商颂》所记的人、地、事不见于卜辞为理由，从而否定《商颂》为商诗？

有的学者认为：“卜辞称国都曰商不曰殷，而颂（《商颂》）则殷商错出”，此“称名之异”正表明《商颂》非商诗。又有些学者进而认为：商人自称商，从不自称殷（甚至商后裔宋人也是如此）；西周时，由于周人对商的敌视，故改商为殷。以此论断，则《商颂》既有“殷土”“殷受命”“殷武”等字样，当然应该是周代的宋诗。

按：这说法是很难自圆其说的。如果“殷”字是周人加给商人的贱称，那么宋人的颂歌中也不应有“殷”字样。以此说法，则《商颂》不仅不是商诗，而且也不应是宋诗，反而成了周人的颂歌了！

事实上，商与殷原是地名（皆见于卜辞），而最初的国往往是以地名为号。在商书《盘庚篇》中盘庚曾自称为殷；《微子篇》中微子既称商又称殷[34]。这证明，在商代文献中已出现了“殷”的称号。

在周初的书诰《酒诰》《君奭》《多方》和诗歌《大雅》的《文王》《大明》《荡》中，既称殷也称商：“殷商错出”[35]。同样的，在周初期的铜器铭文中，有的称商也有的称殷[36]。这证明，在周初期或中期，并未“改商为殷”，而是“殷”“商”并用。

由此可知，以说文解字的方法将“商”“殷”二字作为判断商、周文献的绝对标准，只不过是一种臆测，并没有什么可靠的根据。因此，不能以“殷”字证明《商颂》非商诗。

第六，有的学者将《商颂》和殷墟出土的卜辞作“比较”，从而认为：根据甲骨文字的语汇和文法看来，当时的语言是很低级的，因此，在殷商时代不可能产生像《商颂》那样高的水平的诗歌。

按：如前所说，卜辞中的语言是极简略的语言，大多是片言只字。所以如此，是因为：受卜骨面积的限制，在一角骨片上不可能刻许多字；受工具和材料的限制，在较硬的龟腹甲上不易刻较长的文辞；卜骨上刻辞只是为了事后考核卜占是否灵应，当然没有必要将所卜问的事由详细完整地记载下来。由此可知，卜辞是一种简略的、半示意性的、有一定程式的、特殊的文辞：它不仅不是文学，而且也不是书诰散文；它所使用的语言不仅不是艺术语言，而且也不能代表当时普遍语言的水平。这说明，尽管从卜辞的研究中可以获得最珍贵的史料，但卜辞并不是当时语言的典范。

不难理解，卜辞和《商颂》在所用语言上的差别，是不足为奇的，因为：卜辞本来就不是以形象反映现实的文学，不是用来歌唱的；而《商颂》也不是卜占文，不是用来求神问卦的。两者的不同，倒是必然的合理的现象。如果将《商颂》和卜辞的不同语言体裁混同起来，并将后者作为标准而否定前者，那么就等于以元明时的“流水账薄”或“当票”（尽管是家藏秘本，是珍贵的社会经济史料）的语言水平否定《水浒》一样，将是可笑的行为。

不难理解，文学是语言的艺术，诗歌或文学作品所用的是从普遍语言加工而成的艺术语言，因此不能根据一般的书写文字（即使是出土物）的水平来判断同期的文学作品的真伪。例如虽然周秦的铜器铭文、汉碑汉简、敦煌唐人写本都是极可靠的出土的历史“文献”，然而与流传下来的周秦的《大雅》和《离骚》、汉代的《史记》和五言诗、唐代的李白、杜甫和白居易的诗作做比较的话，那么，不难看出，流传下来的作品的水平要比这些出土的“文献”高得多，甚至高到不可比拟。显然，只有实证主义者或拜物教徒，才会捧起周秦青铜器“打击”《大雅》和《离骚》，才会拿起汉代石头或竹木否定《史记》和汉诗，才会抱起唐绢唐纸否认李、杜、白的文学成就，才会以“地下信史”出土实物否定历史传统文化，当然同样的也可以用殷墟出土的龟甲或牛骨否定流传下来的商代颂歌。

由此可以看出这种“比较”研究法是不科学的。

其次，有的学者没有提出根据和理由，但却认为：“《商颂》不像商代的诗。”显然，我们没有在商代生活过，手中又没有另一种真本《商颂》以资校勘，那么所谓像或不像也不过只是主观上想当然的想法而已。

第七，有的学者认为；“《商颂》语句中多与周诗相袭，如：《那》之‘猗那’即《桧风・苌楚》之‘阿儺’《小雅隰桑》之‘阿难’石鼓文之‘亚箬’；《长发》之‘昭假迟迟’即《云汉》之‘昭假无赢’《烝民》之‘昭假于下’也；《殷武》之‘有截其所’即《常武》之‘截彼淮浦，王师之所’也；又如《烈祖》之‘时靡有争’与《江汉》句同，‘约軧错衡，八鸾鸧鸧’与《采芑》句同。凡所同者，皆宗周中叶以后之诗……则《商颂》盖宗周中叶宋人所作以祀其先王。”

按：虽然，在《商颂》中有某些语句与周诗相同或相似，但是，如果不存有成见的话，那么仅仅根据语汇或语句的相同，就无法证明是《商颂》袭周诗而不是周诗袭《商颂》。其次，《商颂・那》之“猗”“那”虽与《苌楚》之“阿儺”或《隰桑》之“阿难”古音同，但在诗中看来，《商颂》的“猗与那与”却是叹词，与《周颂潜》之“猗与漆沮”或《齐风・猗嗟》之“猗嗟娈兮”相似，而与《桧风・苌楚》之“隰有苌楚，猗儺其枝”或《小雅・隰桑》之“隰桑有阿，其叶有难”不类。

至于与《商颂》一些语句相似或相同的，并不“皆是宗周中叶以后之诗”，在周初诗歌中也有与《商颂》相近或相同的语句。如《那》之“我有嘉客，亦不夷怿”与《周颂・振鹭》之“我客戾止……在此无斁”意近；《烈祖》之“有秩斯祜。申锡无疆”与《周颂・烈文》之“锡兹祉福。惠我无疆”相似；《玄鸟》之“奄有九有”即《周颂·执竞》之“奄有四方”；《长发》之“上帝是祇”即《执竞》之“上帝是皇”；《烈祖》之“绥我眉寿”与《周颂·雝》句同，甚至《商颂·那》与《周颂·有瞽》全篇相似。由此可知，正是由于有的学者为了将《商颂》说作是宗周中叶的诗，因此才只在宗周中叶的诗歌中“求证”，并以这“证”证明《商颂》是同期作品。

古诗，诗歌的制作往往是对旧诗的加工或改写，许多诗歌在主题、手法、语句上大多套袭着前代的诗歌。因此，《商颂》与周诗在某些语句上的相同，并不能由此证明是同期的诗歌。这一认识方法不仅对认识先秦的文学发展不适用，对后代也不适用。魏晋南北朝的许多诗人大多生吞活剥汉古诗；明清的许多诗歌是对唐诗的模拟和套袭，甚至无一句无蓝本无出处。

显然，以诗句的异同作为诗歌断年的标准是不科学的。这已为文学史的现象所证实。

第八，有些学者认为：“《周颂》皆只一章，章六七句，其词噩噩；《商颂》则《长发》七章，《殷武》六章，且皆数十句，其词灏灏”。“使用进化论的眼光看，文学是先简后繁，先古奥后流畅。今天我们看到的《商颂》反而繁而流畅，而《周颂》却简而古奥。可断然地说，《周颂》早，《商颂》晚。”

按：这理由是不能成立的。如果可以这样“使用进化论的眼光看”问题的话，则希腊古典的文学艺术一定“应该”出现在中世纪之后；汉的《房中乐》一定“应该”制作于《诗》国风之前；《谢灵运》的五言诗必须早于《汉》古诗十九首；《陌上桑》和《孔雀东南飞》必须晚于宋齐梁陈庙歌。显然，这些现象不是历史进化论者所能解释得清的。《周颂·清庙》等篇所以简而古奥，其词噩噩，是因为它是封建宗教的说教诗，宣扬抽象的道德观念，使用概念化的庄严语言，追求神秘的形式；《商颂》之所以是繁而流畅，其词灏灏，是由于它是奴隶制社会的颂歌，宣扬的暴力思想，使用着神话材料和史实，继承着英雄诗歌的传统。不难看出，《周颂》和《鲁颂》的主题思想是宣传宗教哲学的“德”“孝”和等级制度造成的“威仪礼法”；《商颂》的主题思想是歌颂神的暴力和商的武功。这正说明，《周颂》《鲁颂》和《商颂》虽然在一些字句上有相似之处，但在基本思想上却是两个不同社会的产物，具现着两个时代的阶级思想的特征。也正是由于这样的原因，构成了彼此在诗形象上的差异。显然，那种将周颂看作是“文学进化”的起点的说法，无异是在宣称：文学起源于概念化的说教诗。

除上述这些较主要的“例证”以外，否认《商颂》为商诗的学者们还提了一些理由极不足的理由。

例如有的学者认为：“《商颂》果作于商，如《笺》（郑康成《笺》）说，《那》之祀成汤者为太甲（《笺》云汤孙太甲也），《烈祖》之祀中宗者谓仲丁……则皆以子祭父……何以遽称之曰自古，古曰在昔，昔曰先民，而且曰：‘顾予烝尝，汤孙之将’岂非（？）易世之后，人往风微，庶冀先祖之眷顾而佑我孙子乎？”“汤孙乃主祭君之号，即当属（？）宋襄公。”

按：这是钻郑康成的空子。显然，即使驳倒东汉郑康成的说法，怎能由此推翻春秋时的记载？怎能由于郑康成的说法不妥，便可以从而否定了商代的诗？其次，《那》称“自古在昔、先民”并非一定指汤时而言。同时，商并非开天辟地的时代，而“古”“今”皆是相对的，商代任何时候都有这时之“古”，都有当时人之“先人”。何况早于“今”的皆可称“古”，孟子曾将孔子作为“古之君子”看待（见《孟子·滕文公》）。那么，怎能因《商颂》中有“自古”字样，便敢断定是“易世之后”之作！据《史记》和卜辞所载，自汤孙太甲以后至商亡共历十五世二十八王（《史记》为二十七王）。显然，其中任何一王皆可自称汤孙。这说明，所谓“汤孙，即当属宋襄公”的说法，是很无理由的。

例如有的学者根据魏王肃的说法，认为：夏后氏一辕驾两马，殷代一辕驾三马，周代一辕驾四马；《烈祖》中既有“约軝错衡，八鸾鸧鸧”当是一辕驾四马，合于周制。由此断定商颂为周代诗。

按：在发掘殷墟时，曾在殷墓中发现殉葬车马。武官村殷大墓中有车四辆，马骨骼十六副。其他的墓葬中有的是一车四马，有的是一车二马。可知，王肃的关于三代车制的说法，只是本于“三统”观念的臆测，是不能以之作证的。

由以上的探讨中可以看出，这些学者为否定《商颂》，虽然提出了在“数量”上很多的例证，但并没有一条是铁证；虽然根据“感想”提出了众多的论点，但并没有充足的理由。对待古文学或古文献，盲目相信固然是书呆子积习，但盲目怀疑也不是“才华”的表现：二者同样不是科学态度。

总之，由以上的探讨中可以得到这样的认识：

一、根据先秦可靠的文献记载，《商颂》是商代的诗。在先秦人的引诗或说诗中从没有与这记载不一致的说法。在秦后各家学派的考据中并没有提出足以推翻这记载的直接的或间接的证据。因此，没有理由没有根据怀疑这记载的可靠性。

二、认为《商颂》是宋诗的说法，最初只是出于汉代今文学家的“经说”。这说法，不仅与先秦史籍中对《商颂》的记载相违背，而且在涉及人与事时都与历史事实不符合，但是它却合于今文学家的“经术”。显然，这说法并不是本于古文献的记载，而是当时思潮的反映，是时代观念中的产物。

三、这种本于汉儒“经术”观念而形成的说法，反而成为近代一些学者著书立说的根据。所以这样，是因为：清代的一些学者曾以“汉学”反对了“宋明理学”，曾以训诂字句考源索隐的方法反对了封建社会长期积累成的封建文化（主要的是哲学方面的）。无疑的，这在政治上思想上都是具有反封建意义的，是当时新的进步思想的反映，而且在文献的整理上有着巨大的贡献。历史证明，一切新的思想产生时，大多使用着原有的材料，采用着复古的形式。因此，当清代学者托汉学名义反对封建传统文化中占绝对优势的“古文”学派时，便更多地采用“今文”学派的“经说”作依据。正是由于这样的原因，所以清代的一些学者将汉“今文家”本于“经术”观念形成的“《商颂》为宋诗”说，作为立论的前提，并为证明这前提而搜求证据，为维护这前提而创制些“义例”。但是，这些证据不仅不足以证明这前提，而且其中充满主观的附加，是根据主观企图而寻求来的或编制成的；同样的这些“义例”也是出于臆造。显然，这方法是先验的，是唯心主义的。更以后，实证主义者借用这说法，以抹杀我国历史文化。

四、从诗的内容看来，在《商颂》所反映的现实事件中，并没有周灭商以后的事，没有宋国的任何事件；在《商颂》所表现的思想情感中，并没有《周颂》《鲁颂》中所强调的“德”“孝”思想和道德观念，而是对暴力神的赞美，对暴力的歌颂：显然，这是符合商代社会的统治思想的。

由此看来，《商颂》是商代的颂歌，是距今三千年前的商代的诗歌。

注释

①闵马父的言行和事迹见于《左氏春秋》襄二十三年、昭十八年、昭二十二年、昭二十六年；并见于《国语·鲁语》下。闵马父见于史书的最早时间是公元前五五〇年；最晚时间是公元前四八七年。可知是享有高龄的学者。

②《左氏春秋》昭七年孟僖子称：“正考父佐戴、武、宣。”按：宋戴公、武公、宣公相继在位的时间是自周宣王二十九年（前七九九年）起至周平王四十二年（前七二九年）止。正考父约戴公后期至宣公初期为大夫。

③汉时，说诗（《诗经》）有四个学派：鲁、齐、韩、毛。前三派在西汉时是显学。汉武帝建元五年（前一三六年），鲁、齐、韩三家诗义皆被尊为国学，设博士传习。其中鲁诗学派最盛。鲁诗学派大师孔安国、周

霸是司马迁的师友，故司马迁解《诗》大多采用鲁诗义。

④《韩诗·薛君章句》见《后汉书·曹褒传》李注引，又见《史记·集解》摘引。

⑤宋司马公孙固，《左氏春秋》作大司马固或公孙固。《史记·正义》引《世本》："宋庄公孙名固，为大司马。"其事迹见《左氏春秋》僖二十二、二十七、二十九年和文七年；又见《史记·宋世家》《晋世家》和十二诸侯年表。

⑥《左氏春秋》襄二十六（前五四七年）年载，蔡大师子朝之子声子答楚令尹子木称："《夏书》（逸书）曰：'与其杀不辜，宁失不经。'惧失善也。《商颂》有之曰：'不僭不滥，不敢怠皇，命于下国，封建厥福。'（此乃引《商颂·殷武》）此汤所以获天福也。古之治民者，劝赏而畏刑。"昭二十年（前五二二年）载，齐晏子称："诗曰：'亦有和羹，既戒既平，鬷嘏无言，时靡有争。'（此乃引《商颂·烈祖》）先王之济五味和五声也，以平其心成其政也。"

⑦《汉书·儒林传》："古之儒者博学乎六艺之文。六艺者，王教之典籍，先圣所以明天道，正人伦，致至治之成法也。周道既衰，坏于幽、厉。……孔子兴，以圣德遭季世，知言之不用而道不行，乃叹曰：'……文王既没，文不在兹乎！'……又曰：'周监于二世，郁郁乎文哉！吾从周。'于是……论诗则首《周南》。"按：此是班固概述当时通行的说法。班固本人并不认为《诗三百篇》全属周诗。

⑧《春秋》僖二十二年《公羊传》："宋（襄）公与楚人期战于泓之阳，楚人济泓而来。有司复曰：'请迨其未毕济而击之！'宋（襄）公曰：'不可！吾闻之也：君子不厄人。吾虽丧国之余，寡人不忍行也！'（楚）既济，未毕陈。有司复曰：'请迨其未毕陈而击之！'宋（襄）公曰：'不可！吾闻之也：君子不鼓不成列！'（楚）已陈，然后襄公鼓之，宋师大败。"《左氏春秋》："宋师败绩，（襄）公伤股，门官歼焉。国人皆咎公，（襄）公曰：'君子不重（chōng）伤，不擒二毛……

不鼓不成列！’”

⑨汉时，解释《春秋经》的“微言大义”的有公羊氏和穀梁氏两个学派。武帝尊公羊家，建元五年（前一六三年）立为学官，公羊学派大兴。公羊学大师董仲舒是司马迁的师友，故司马迁在《史记·宋世家》中评宋襄公时，采用公羊氏学派的意见。

⑩按：《殷本纪》：“余以颂次契之事，自成汤以来，采于书诗”；《孔子·世家》：古者诗三千余篇，及至孔子，去其重，取可施于礼义者，上采后稷，中述殷周之盛，至幽厉之缺”：《平准书》：“故书道唐虞之际，诗述殷周之世”；《太史公自序》：“余闻之先人曰：汤武之隆，诗人歌之”。由上述引文看来，似乎司马迁并不否认《诗经》中有殷（商）诗存在。

⑪王充《论衡须颂篇》：“殷颂五。”班固《汉书·礼乐志》：“自夏以往，其流不可闻矣！殷颂犹有存者，周诗具备。”“昔殷周之雅颂，……光名著于当世，遗誉垂于无穷也。”《食货志》：“殷周之盛，诗书所述，要在安民。”《艺文志》：“孔子纯取周诗，上采殷，下取鲁，凡三百五篇。”按：班固家学为齐诗，《汉书》中论诗大多本齐诗说，但在提到《商颂》的制作年代时，班固抛弃齐诗说而采纳《毛诗序》。

⑫清代魏源《诗古微》列举十三证，皮锡瑞《诗经通论》列举七证，企图证实《商颂》为宋诗。

⑬《春秋经》定公元年至十五年，“宋”字凡十三见：哀公元年至十六年，“宋”字凡十九见。

⑭表中宋公世系和在位年数是根据《史记·十二诸侯年表》和《宋世家》，而《年表》和《宋世家》则是根据古文献《牒记》和《春秋历谱牒》。《史记》的殷周《世表》和《诸侯年表》，对王、侯世系和在位年数的记载是比较准确的，这已为出土的甲文和金文所证实。其次，《史记》中所记载的诸侯谱系和在位年数是互见在《周本纪》和十二《世家》的。不难理解，如果任意将宋、戴、武、宣三公的在位年数“假设”为十

年，那么就必须将周代各国的历史重新各自“假设”一遍。需说明，《牒记》和《春秋历谱牒》是先秦的古文献，与古文学派不相干。由此可知，今文学家的假设是没有任何根据和理由的。

⑮表中的孔氏世谱是根据《汉书》《潜夫论》《孔子家语》《诗商颂正义》《穀梁传疏》等书所引用的古文献《世本》。《汉书》作者班氏父子传习齐诗，《潜夫论》作者王符是鲁诗学派闻人。由此可知，一些学者认为正考父世系谱是出于毛诗学派伪造的说法是错误的。

⑯《左氏春秋》昭七年载，孟僖子称：“孔丘，圣人之后也，而灭于宋。其祖弗父何以有宋而受（授）属公。及正考父佐戴、武、宣，三命兹益共（恭）。”按：诸侯之佐为上卿（相当于后代的相国）。《礼记·祭义》：“一命齿于乡里（只和同乡论齿），再命齿于族（只和同族本家论齿），三命不齿（不和任何人论齿）。”按：“三命”是一人之下万人之上的勋位。

⑰《左氏春秋》隐三年（前七二〇年）：“宋穆公疾，召大司马孔父而属殇公焉，曰：‘……若以大夫之灵，得保首领以殁（意为：如果能托您大夫之福，能保全躯而寿终）……请子奉之（奉殇公）以主社稷，寡人虽死亦无悔焉。’”按：从孔父嘉的职位和穆公托以后事时的口气看来，孔父嘉当时绝不是青年人。所谓“若以……之灵”，是当时下对上或幼对长的谦辞：其例见于同书僖二十三年、襄十三年、昭十四年、昭二十五年、定四年。

⑱《左氏春秋》桓元年：“宋华父督见孔父之妻于路，目逆而送之曰：‘美而艳’。”桓二年：“宋督攻孔氏，杀孔父而取其妻。（殇）公怒。督惧，遂弑殇公……召庄公于郑而立之。”

⑲《潜夫论》引《世本》：“正考父生子孔父嘉。孔父嘉生子木金父，木金父降为士，故曰灭于宋。金父生祁父。祁父生防叔，防叔为华氏所逼，出奔鲁为防大夫，故曰防叔。”（《毛诗·商颂正义》《孔子家语》引用《世本》与此略同）按：宋太宰华父督于殇公十年（前七一

〇年）杀孔父而弑殇公，立庄公。由此，华父督执政。到闵公十年（前六八二年），华父督被宋南宫万所杀。（事见《左氏春秋》庄十二年）据此，则华父督在杀孔父嘉之后，共当政二十八年。由此可知，防叔被华氏所逼奔鲁，当是在这二十八年之间的事。

⑳有人认为孔父嘉死时尚有“美而艳”的妻子，从而断定孔父嘉死时尚在壮年。按：由孔父嘉子与曾孙的相对年岁看来，这说法是错的。当时，老夫少妻是世所习见。即以宋国为例：宋襄公死后二十六年，其妻襄夫人竟与襄公幼孙公子鲍奸通，并谋杀襄公嫡孙昭公，扶鲍即位，是为文公。可知，尽管孔父嘉妻子美而艳，但却不足证明孔父嘉是少而壮。

㉑郭沫若《两周金文·辞大系考·释载》，《令毁》：“佳王伐楚（[illegible]）伯在炎。”考释：“此成王东伐淮夷践奄时器”《禽毁》：“王伐[illegible]（[illegible]）侯。周公某（谋），禽祝。”《考释》：“埜即楚之异文。……周公自周公旦，禽即伯禽……此‘伐楚侯’与《令般》‘伐楚伯’自是同时事。”据陈梦家《西周年代考》：武王克商年为公元前一〇二七年，克商后二年，武王死；成王即位三年践奄。陈梦家释埜为盖。

㉒古本《竹书纪年》：“昭王十六年，伐楚荆，涉汉（水）”《两周金文·辞大系考释》载，《䟫毁》：“䟫御从王南征，伐楚荆。”《过伯毁》：“过伯从王伐反荆。”《考释》：“唐兰以为均昭王南征时器。”

㉓古本《竹书纪年》：“昭王十九年……丧六师于汉”“昭王末年……王南征不复。”《左氏春秋》僖四年：“昭王南征而不复。”《史记·周本纪》：“昭王南巡狩而不返，卒于江上。”《帝王世纪》称：“昭王没于水中而崩。”

㉔春秋战国一些人之所以称楚为荆，是出于对楚人的轻视。荆是山名。周初。楚人战败后，曾一度退入荆山。楚灵王曾说：“昔我先君熊绎，辟在荆山，筚路褴褛，以处草莽，跋涉山林。”（《左氏》昭七年）因此，周人称楚为荆，意为“荆山草莽中的人”。对此，《春秋纬运·斗枢》称：“抑楚言荆，不使夷敌主中国。”可知，称楚为荆是由于周人对

楚的敌视，并不是楚在僖元年时改了国号。因此，一些学者以《商颂》中的“楚”字来否定商颂的说法，显然是错误的。

㉕按：楚在周初可能暂时“受王命为荒服”，但据金文、《竹书纪年》《诗经》看来，周、楚之间似乎时战时和。其次，楚并非周的子爵属国。周人之所以称“楚侯”为楚子，是由于对“四夷”的轻视，正如《礼记·曲礼》所说：“其在东夷、北狄、西戎、南蛮，虽大曰子。”因此，早在西周夷王时，楚已自称王（见《史记》）。

㉖甲文芈作[illegible]，据《说文》：“芈，羊鸣也，从羊（按：甲文作[illegible]）象声气上出。（按：以芈置羊字上，以表示羊鸣出气状）。”《国语·郑语》：“祝融……其后八姓……融之兴者，其在芈姓乎……唯荆（楚）实有昭德。”《史记·楚世家》：芈姓，楚其后也。”

㉗《殷契粹编》一三一五：“舞于楚啚”。一五四七：“于楚佑雨”。陈梦家认为即卫地楚丘。按：据古文籍记载，古祝融八姓各族在夏商之际曾居留在黄河两岸，故后之卫国境内，有昆吾之墟、豕韦城、帝丘（颛顼、祝融之丘）、漕丘、楚丘等地；郑国境内，有祝融之墟、桧（郐）、昆吾之墟，苏、温、邬等地。在黄河两岸，楚丘有三，一在卫地（今河南滑县考岸镇），一在曹地（今山东成武境内），一在己氏国（河南）。由此有根据认为，在商周之前，楚曾居留在黄河两岸，楚丘原是楚人故居。

㉘《殷虚卜辞》二二二·二三六四：“辛卯，帚楚……”郭沫若认为：“帚为妇之省文，帚下一字乃是女字。按：古时称妇女往往以族或国的氏号。在甲文记载中，有井方、井伯，故又有妇井（或作姘）：有龙方，故又有妇庞；有杞侯，故又有妇杞；有羌方，故又有妇羌；有土方，故也有妇宔。而妇商、妇妹显然是商、沫贵妇人的尊称。因此，妇楚是楚方女子，是商王嫔妃或商贵人的妻子。据甲文载，商曾征伐土方、羌方、龙方。所谓妇宔、妇羌、妇庞可能是和亲来的或俘虏来的女子，待考。

㉙《左氏春秋》僖四年：“春，齐侯（即桓公）以诸侯之师侵蔡，

蔡溃，遂伐楚。楚子使与师言曰：‘君处北海，寡人处南海，唯是风马牛不相及也，不虞君之涉吾地也，何故？’管仲对曰：‘昔召康公命我先君大公曰：五侯九伯，女实征之，以夹辅周室……尔贡包茅不入，王祭不共，无以缩酒，寡人是征；昭王南征而不复，寡人是问。’对曰：‘贡之不入，寡君之罪也，敢不共给。昭王之不复，君其问诸水滨！’师进，次于陉。夏，楚子使屈完如师。师退，次于召陵。齐侯陈诸侯师之，与屈完乘而观之。齐侯曰：‘岂不谷是为，先君之好是继，与不谷同好如何？”（屈完）对曰：‘君惠徼福于敝邑之社稷，辱收寡君，寡君之愿也。’齐侯曰：‘以此众战，谁能御之！以此攻城，何城不克！’（屈完）对曰：‘君若以德绥诸侯，谁敢不服。君若以力，楚国方城（山名）以为城，汉水以为池，虽众，无所用之！’屈完及诸侯盟。”由此可知，齐桓公伐楚只不过是一次军事示威，故求成而退。这与殷武中所述的伐楚无一事相合。

㉚王国维《观堂集林》卷二说《商颂》：“《殷武》之卒章曰‘陟彼景山，松柏丸丸’毛、郑于景山均无说。《鲁颂》拟此章则云‘徂徕之松，新甫之柏’，则古自以景山为山名，不当如鄘风《定之方中》传‘大山’之说也。按：《左氏传》‘商汤有景亳之命’，《水经注·济水篇》：黄沟枝流‘北逕已氏县故城西，又北逕景山东’，此山离汤所都之北蒙不远。商丘蒙亳以北，惟有此山，《商颂》所诉当即是矣。而商自盘庚至于帝乙居殷墟，纣居朝歌，皆在河北，则造高宗寝庙，不得远伐河南景山之木。惟宋居商丘，距景山仅百数十里，又周围数百里内别无名山，则伐景山之木以宗庙于事为宜，此《商颂》当为宋诗不为商诗之一证也。”

㉛《左氏春秋》昭四年载：楚子合诸侯于申，椒举曰：“夏启有钧台之享，商汤有景亳之命，周武有孟津之誓，成有岐阳之搜，康有酆宫之朝，穆有涂山之会，齐桓有召陵之师，晋文有践土之盟”。显然，文中所列举的地名，皆是历代侯王会诸侯之地，各是一地之名，不是也不可能是

两地联称，否则诸侯大会就开不成了。按：王氏说是参考了《史记正义》引《括地志》："宋州（河南商丘）北五十里大蒙城，为景亳，汤所盟地，因景山为名。"但《括地志》说不确，宋州北五十里并无景山，故王氏称景山在大蒙城（即北亳）北百数十里。这样就将《景亳》分为二地。至于景亳究竟在今之何地，亦不可考。

㉜《汉书地理志补注》："已氏。……《通典》：今宋州楚邱县，古之戎州已氏之邑，盖昆吾之后……已是戎君之姓，汉曰已氏县也。"《地方舆纪要》："曹州曹县东南四十里有楚邱，春秋时戎州已氏之邑。"《山东通志》卷三六："已氏县故城，在县东南四十里，春秋时戎州已氏之邑，汉置县属豫州梁国，今为楚邱集。"《舆地广记》："景山在今……楚邱。"《太平寰宇记》："景山在……楚邱县北三十八里。"《山东通志》卷二六："景山在（曹）县东南四十里故楚邱城北。""楚邱、景山在春秋本属曹地。"

㉝《山海经·北山经》太行山系内："景山，有美玉，景水出焉。"《淮南子·坠形训》："釜山景。"高诱注："景山在邯郸西南，釜水所出，南泽入漳。其源，浪沸涌，正势如釜中汤，故曰釜，今谓之釜口。"按：釜口与景山在河南安阳东北九十余里。

㉞《盘庚》："殷降大虐。"《微子》："殷其弗或乱正四方"；"殷罔不小大，好草窃奸宄"；"今殷其典丧"；"殷遂丧""天毒降灾荒殷邦"；"今殷民乃攘窃神祇之牺牷牲"；"降监殷民"；"商今其有灾"；"商其沦丧"。（以上见《尚书·商书》）

㉟《酒诰》："在昔殷先哲王"："辜在商邑"。《君奭》："殷既坠厥命"；"商实百姓王人"。《多方》："非天庸释有殷"；"乃惟尔商后王"；"告尔有方多士暨殷多士"。（以上见《尚书·周书》）

《文王》："有商孙子。商之孙子"；"殷士肤敏"；"殷之未丧师"；"宜鉴于殷"。《大明》："天位殷适"；"自彼殷商"；"燮伐大商"；"殷商之旅"；"肆伐大商"。《荡》："咨汝殷商"；"殷不

用旧”。（以上见《诗经·大雅》）

㊱《大丰毁》：“丕克三衣（殷）王祀”。《小臣单觯》：“王后反克商。”（上二器郭沫若考订为武王时器）《小臣谜毁》：“白懋父以毁八**白**征东尸。”（郭称为成王时器）《宜侯矢簋》：“武王、成王伐商。”《康侯图司土疑簋》：“王朿伐商邑。”

附录二

楚的神话、历史、社会性质和屈原生平

第一节　楚人的神话与历史

据古史传说，楚人自称是天帝颛顼高阳的苗裔，是火神祝融（祝诵、祝庸）的子孙。这说明，和其他部族一样，楚原有自己的神话历史。但是，这些神话很少被完整地记录下来，今天所能搜集到的只是些零星的记载。而且在这些片段的记载中，也已经因文化交流而羼入了其他部族的神话；同时，由于笔录的时代较晚，原来神的系统已被认作是帝王世系。虽然如此，但仍有不少的记载，还保留着神话的因素。现辑译如下：

据说，西方有流沙，沙土像河水似的在奔流。那里，有像一样大的红蚂蚁，有壶一样大的黑毒蜂，五谷不生，其土烂人，数千里内没有水，而且还有怪物，其形象是：猪头、长爪、锯牙，蓬散着头发，眼是竖着长的，时常独自哈哈大笑。

流沙中有无底深坑名叫雷渊，其中住着龙身人首的雷神。他一敲肚子，就是一声霹雳[①]。

在流沙之东，黑水之西，住着黄帝的妻子雷祖。雷祖生下昌意。

昌意下降到若水[②]。

据说，若水在黑水青水之间，其源有“若木”。“若木”在昆仑山西，是西极日落之处的神树。它的枝干是红色的，它的叶子是绿色的，它开着红色的花。“若木”的花发出电也似的光芒。据说，当羲和女神没有生出十日，宇宙上还没有太阳的时候，由“若木”花朵上发出的光芒，普照着大地。若水就是由“若木”的根上发源[3]。若水是今青海果洛藏族自治州和四川甘孜藏族自治州境内之雅砻江[4]。

昌意在若水生下帝韩流。帝韩流的样子是：高头、长颈、小耳、人面、猪嘴、身如大鹿，两条腿很大，脚是猪蹄。

帝韩流娶蜀山氏之女女枢（异文称淖子、阿女、昌仆）为妻。蜀山是今青海、甘肃、四川三省交界处的岷山[5]。

据说，蜀山氏之女女枢被北斗杓星“瑶光”所照射，其光如虹；于是女枢若有所感，便怀孕而生下帝颛顼。帝颛顼生于若水之野[6]。

帝颛顼生在若水，跑到东方无底之谷从少昊学琴瑟，以后便住在东方的空桑[7]。

帝颛顼生有异相：头大，脖子很长，背上长着个大盾牌，胸前肋骨连成一片，左右眉毛相通。他的样子像是“龟蛇合体”。他是北方的水神——“玄武”神[8]。

帝颛顼曾与人面、蛇身、红头发的水神共工，争着当大帝。共工失败后，恼羞成怒，一头触倒了不周之山。于是，天倾西北，地陷东南，地上发了洪水。洪水是大禹治平的[9]。但共工的部下浮游还想为共工复仇，结果被颛顼战败，于是“自投沈淮之渊”，变成红色的大熊。它走路，常回头；它开口，便大笑。它变成了祟人的精灵[10]。

颛顼乘龙游遍四海，北至于幽陵，南至于交趾，西至于流沙，东至于播木。四方的万物、大小的神灵、日月所照临的地带，没有不受他管辖的[11]。

据神话传，最初天与地通，人神杂糅，人可以登天。帝颛顼命南正重和火正黎断绝天地间的通路，使人神隔绝。同时，他命重管理天和天上诸神；命黎管理地和地下万民[12]。

在神话中，帝颛顼是北方“星及日辰之位”的建立者；他的儿子“辰星”，司理人间的四时[13]。因此，帝颛顼被后人尊为“黑情之帝”“北方之帝”“北方水德之帝”“黑帝”“玄武”。唐宋以后，所奉祀的“真（玄）武大帝”，便是帝颛顼的化身[14]。

据神话说，帝颛顼的儿子是很多的。颛顼有一个儿子名驩头，人面、鸟喙、长着翅膀。驩头将翅膀当手杖使用，杖翼而行，住在南方，吃海中的鱼。驩头生下“苗民”，姓厘，长着翅膀[15]。

颛顼有一个儿子，住在日月出入的西方大荒之山，长着一只胳膊，生有三面脸，永远活着不死[16]。

颛顼还有一个“不才”的儿子，不受教训，不知话言，凶顽傲狠，人称之为“梼杌”。梼杌的样子是：状如虎但比虎大，毛长二尺，人脸，虎脚，猪嘴猪牙，尾巴长一丈八尺。他住在西方大荒之中，各处捣乱[17]。

颛顼还有三个儿子为“疫鬼”：其一住在长江，散布疟疾，是为疟鬼；其一居于若水，是“山川之精，木石之怪”，名叫魍魉（即《九歌》中之山鬼）；其一居住在人家房室的角落里，喜欢显示怪象惊吓人家的小儿，是为小儿鬼[18]。

据说，颛顼的儿子还有伯服、中车辐、叔歜、淑士、季禺、穷蝉等人（或神）。其中的穷蝉可能就是《吕氏春秋》中所说的“躺在地下用尾巴敲着肚子奏乐”的鱓[19]。

此外，据《左氏春秋》载，帝颛顼还有才子八人。

颛顼的另一个儿子名老童[20]。老童住在西方的玉石山上，他的声音犹如钟磬一样[21]。老童有三个儿子：重、黎、吴回。另一说法是老童有两个儿子：一是重黎，一是吴回[22]。

据说，重与黎曾奉颛顼之命，断绝天地间的通路，使人神隔绝。重管理上天；黎管理下地。

黎是火神，号祝融。祝融的样子是兽身人面，驾两龙，处于南方“炎风之野[23]”。

另一说法称：黎是颛顼的儿子，为祝融[24]。

黎有一个儿子是太子长琴，住在西方大荒之中的摇山。太子长琴开始为“乐风[25]”。

黎另一个儿子名嘘，人面，无臂，两脚反生于头上，住在西极日月山，管理日月星辰的出入秩序[26]。

据说，帝命黎征讨共工，黎“诛之不尽”，于是帝大怒，于庚寅日杀黎。黎的弟弟吴回继位为火神，也叫祝融[27]。

但这只是传说的一种，另一传说则认为吴回是黎的另一个名字：吴回、黎是火神祝融的两个称号[28]。

吴回只有一条左臂，没有右臂。他的儿子名陆终[29]。

黎或吴回都号祝融。祝融是火神，在神中的地位是很高的，在传说中曾被尊为“三皇”之一[30]。

后世所尊奉和祭祀的“火神”和“灶王”（又称灶君，灶君皇帝）便是祝融[31]。

吴回的儿子陆终也是火神。因此，后人称火神为“回禄”。所谓“回禄”，据说是对吴回、陆终的合称[32]。

吴回娶鬼方氏之女女隤为妻。女隤怀孕三年，最后“坼剖”而产六子。据说，女隤启开左胁，跳出三个儿子；启开右胁跳出三个儿子。这六个儿子实际上是六个族，这就是：昆吾、参胡、彭祖、会人、曹姓、季连。季连，姓芊，是楚族的始祖[33]。

从以上所辑的楚人神话谱系的曲折和复杂上便可想见，楚人原有的神话当是很丰富的，但可惜没有传流下来。今天只能看到其梗概。虽然如此，但在这梗概中可能寓藏着楚部族历史的影子。

在神话中，楚人“始祖”的出生地或居住地都在我国的西南地带。雷祖住在流沙之东，黑水之西。昌意、韩流、颛顼住在西南若水。颛顼的母亲女枢是来自蜀山氏。颛顼的儿子们大多在西方或南方：驩头住在南海；“三面一臂人”住在西方大荒之山；梼杌在西方大荒之中捣乱；罔两域鬼住在若水；伯服、季禺住在南方大荒之中；老童住西方隗山；太子长琴住在西方摇山；嘘住在西极；而祝融则住在南方之极炎风之野。

从颛顼一家子住的地域看来，都在我国的西南方。这可能意味着楚族（种族或部族）最初曾居住在我国的西南地带。

在传说中，颛顼是“生自若水，实处空桑”。这就是说颛顼原生在西南方若水，但却住东方空桑。因此在古史传说中称卫（今濮阳）为颛顼之墟，郑（今新郑）为祝融之墟（见《左氏春秋》）。而号称祝融后裔的八姓诸部族，大多都住在古黄河下游南岸。

从神话传说中可以看出，在祝融之前的诸神，都住在西南方；祝融的后裔都住长江北，黄河南一带。这可能意味着在远古的时候，楚族（种族或部族）曾自我国西南方移动到黄河下游。

值得注意的是，楚人有陆终（或其妻女隤）“坼剖”而生“六族”的神话，而在我们某些兄弟民族（如苗族）的诗歌或神话中也有“坼剖”而生“六族”的传说，两者是极相近似的。很可能在民族未形成之前的古代，我国西南地带兄弟民族的先人与楚曾有某种关系，但今天已无法考知其详。

据古史记载，祝融的后裔有六族八姓。最初这八姓都居住在黄河下游一带[35]。

在公元前十七世纪前后，祝融八姓诸部族受到商部族联合的侵袭，其中的昆吾、顾、豕韦、温等都被商灭亡；而大彭、参胡和芈（楚）则举族南迁。在公元前十四世纪末或公元前十三世纪初，商王武丁曾经攻击过淮河流域的大彭和荆山一带的芊楚。《商颂·殷武》载称：“挞彼殷武，奋伐荆楚，深入其阻，裒荆之旅”。出土的甲骨卜辞中也提到“伐芊”“取彭”的战事[36]。以后，大彭被商所灭，芊楚则仍流动在南方[37]。

周初，楚在名义上曾接受周的封号成为“服国”，但这只是所谓“荒服”或“蛮服”而已，实际上楚并不是周的属国，除纳贡外，仍是独立的部族。楚人所说的“昔我先王熊绎，辟在荆山，筚路蓝缕，以处草莽，跋涉山林”，正是指这时而言[38]。

公元前十一世纪后期，楚开始反抗周封建领主集团。周昭王曾数次率军南征荆楚，结果战败，“丧六师于汉”，最后昭王也死在战争中[39]。

这说明，楚原是古代一个强大的部族，并不是周封建国家辖下的诸侯，正如《吕氏春秋》中所说：“楚之于中国，自商以来迭为盛衰。”

当公元前九世纪周封建社会开始衰落时，楚却开始壮大，并不断地扩张领土。其时楚王熊渠封其三子为王。但就在这时，楚的领土尚不足千里，还没有都城和典章制度。这时可能仍处在家长奴役制阶段[40]。

到周平王东迁之后，当北方的封建制度开始崩溃时，南方的楚便乘机而起。公元前八世纪末，楚熊通自立为武王，伐随国，“开濮地而有之”。公元前七世纪，楚文王建筑都城郢，建立了国家制度，同时伐申、灭邓、伐蔡，“陵江汉间小国”，“兼国三十九”。楚成王时，伐许、伐黄、灭英、执宋襄公，“楚地千里”。楚穆王时，灭江、六、蓼。楚庄王时，灭庸，伐陆浑戎至洛，“并国二十六”。就在一百年间，楚国迅速地强盛起来。

也就在这一百年间，由于经济的发展和北方文化的强有力的影响，楚国建立了封建庄园制社会。自此，出现了土地分封[41]，形成了以土地占有为基础的封建等级制度[42]，出现了农奴。

从现有材料看来，早在春秋时代，楚已是封建社会。当时主要的社会生产者是农奴或农民，并不是奴隶。当时的基本的阶级矛盾是封建领主阶级和农奴阶级的矛盾。例证如下：

第一，《国语·楚语》："灵王（前五四〇年—前五二九年）为章华之台。……伍举曰："先君庄王（前六一三年—前五九一年）为匏居之台……用不烦官府，民不废时务。……今君为此台也，国民罢焉，财用尽焉，年谷败焉，百姓烦焉，举国留（治）之，数年乃成。……是聚民利以自封，而瘠民也……民实瘠矣，君安得肥？……若敛民利以成其私欲，使民蒿焉忘其安乐而有远心，其为恶也甚矣。"

不难看出，楚国之劳役的主要负担者是"民"。"民"有自己的"时务"（农时农作）有自己的"利"。这就是说，"民"有自己的所得，有自己的财物。正因为"民"有自己的私有财产，因此伍举才论到"民"之"瘠""肥"。也正因为"民"有自己"合法"所得的"利"，因此楚灵王才有可能"聚民利而自封"，"敛民利以成其私欲"。显然，如果伍举所说的"民"是奴隶的话，那么就谈不到"瘠""肥"——因为奴隶始终是一无所有；那就用不到指责灵王"聚敛""民利"——因为奴隶的全劳动力和所有生产物本来是完全归他占有和支配。由此可知，当时的服劳役的"民"是被束缚在土地上的受着封建剥削和聚敛的农奴，绝不是一无所有的奴隶。

第二，《国语·楚语》载观射父语楚昭王（前五一五年—前四八九年）曰："天子之田九畡，以食兆民，王取经入焉，以食万官。（韦昭注：经，常也，常入征税也）""（斗且语其弟曰：）楚其亡乎？不然令尹其不免乎？吾见令尹，令尹问蓄聚积实，如饿豺狼焉，殆必亡者也。夫古者，聚货不妨民衣食之利（货，财货），聚马不害民之财用（马、军马）。……公货足以宾献（韦昭注：宾飨、献贡也。按：公货，领主向上纳贡和飨宾的财货，即领主上缴的赋贡和办公费），家货足以共（供）用（韦昭注：家，大夫也。按：家货，庄园领主或食邑大夫占有的私财），不是过也（上文意为：领主聚敛财物只要够赋贡、飨宾和家族消费即可，不可"过"于剥削"民"）。夫货、马邮（韦昭注：邮，过也），则缺于民；民多缺，则有离叛之心，将何以封矣？（韦昭注：封，封国也。按上文意为：聚敛多则民缺衣食之财，民缺衣食，则生离叛之心。这样，封君领土内就不能太平。）……夫从政者，以庇民也。民多旷也，而我取富焉（韦昭注：旷，犹空也），是勤民以自封也（韦昭注：勤，劳也。封，厚也），死无日矣！……今民之羸馁，日已甚矣！四境盈垒，道殣相望，盗贼司目，民无所放（韦昭：放，依也）。是之不恤，而蓄聚不厌，其速怨于民多矣（韦昭注：速，召也）！积货滋多，蓄怨滋厚，不亡何待！"

不难看出，楚国社会生产主要是依靠"民"，领主财政开支（"公货"和"家货"）是由"民"负担的。这就是说，"民"是维持社会生产的阶级，是王侯大夫剥削的基本对象。但王侯大夫"聚""民"之"货"，并不是无标准的，而是"取经入焉"。所以这样，是因为"民"除供纳领主的"公货""家货"之外，还有自己的"利"和"财"。这证明，"民"不是被"豢养"的奴隶，而是有自己生活资料的农奴；不是全部生产物被夺去的奴隶，而是交纳租税的农奴。

同时可以看出，当时社会经济主要是依靠"民"的生产来维持的，领主的寄生生活主要是依靠租税剥削来维持的。因此，领主"过"于"蓄聚积实"，便使"民"自己"缺财用"从而"民""则有叛离之心"，于是引起领主统治的危机："积货滋多，蓄怨滋厚，不亡何待"。

由此可知，当时的经济构造是封建社会的；当时主要的阶级，是领主和农奴；当时主要的阶级矛盾，是农奴和领主的矛盾。

第三，《左氏春秋》宣十五年（前五九四年）载：楚军围宋不克，楚庄王想退兵，"申叔时仆曰：'筑室反耕，宋必听命（杜预注：筑室于宋，分兵归田，示无去志）。'从之，宋人惧。"

这里揭示了楚兵卒的成分：既可以服兵役——显然这不会是奴隶；又可以屯田种地——显然这不是老爷。看来，楚兵是由农奴或农民充当。

其次，同书昭六年（前五三六年）载：楚公子弃疾过郑，向其从人誓曰："有犯命者，君子废，小人降。"

显然，这里所说的“小人”是农奴或农民身份的从人，如是奴隶则已无可“降”了。

第四，《国语·楚语》：“子木（前六世纪人）曰：‘其祭典有之：国君有牛享，大夫有羊馈，士有豚犬之奠，庶人有鱼炙之荐，笾豆脯醢，则上下共之。’”“（观射父曰：）天子举以太牢，祀以会；诸侯举以特牛，祀以太牢；卿举以少牢，祀以特牛；大夫举以特牲，祀以少牢；士食鱼炙祀以特牲；庶人食菜，祀以鱼。上下有序，则民不慢。……自公以下至于庶人，其谁敢不齐肃恭敬。”

不难看出，这里所说的“庶人”，有自己的祭祀，祭自己的祖先，有自己的家。当然，由于封建等级制度的限制，其祭品是薄得很了，然而究竟是有资格祭神的。显然，这里所说的“庶人”是农民或农奴，并不是奴隶。

由以上材料证明，楚在春秋时已进入封建社会。那些认为战国时代的楚国还是奴隶社会的说法，是没有根据的——连由“金文”中“训诂”“引申”出来的证据都没有。

以上所引用的几条材料，在以前没有人怀疑其真实性，今天可能又要有学者认为是刘歆伪造的，用来帮助王莽谋朝篡位的。果真如此的话，请提出硬证来，指教我。

有的学者说，中国的“奴隶”有特殊性：他们有私有财产、有自己的家。如果这样说，那么对于没有私有财产，没有自己的家的“奴隶”，又应该称作什么呢？这种“特殊性”的说法岂不是混淆了“名”与“实”。如果能这样谈问题搞学术的话，那大可以说中国的“男人”也有特殊性：不长胡子，会生孩子。

以上的史料证明，在公元前八世纪，当北方的封建庄园制度已趋于衰老阶段，阶级斗争日益尖锐的时期，南方的楚则刚完成社会的转化，正处在新兴阶段。这种发展的不平衡，使得楚在相当短的时间内迅速地发展成强盛的封建侯国。战国前期，楚的领土面积约等于齐、燕、赵、魏、韩、秦六国面积的总和。

这种社会发展的特征，必然影响到楚国的文化和艺术的发展。

如前所说，在殷商时代，楚与商奴隶国家有过长期的接触。从而，一方面由于殷商文化的影响，另方面（也是最主要的）由于楚的社会当时还处在奴隶制初期，在社会的基本性质上与殷商有着共同性，因此通过社会的内在因素，楚部分地接受、继承并发展了商奴隶制国家的艺术传统和宗教习俗（巫术、巫歌、巫舞在内）。

如前所说，在西周末期之前，楚社会的发展落后于北方，仍处在奴役制阶段。因此，由于经济基础的决定作用，就使得楚宗教和艺术中所内含的殷商传统得以保留下来。

如前所说，在东周初期，由于经济发展的不平衡，北方封建社会的衰落、封建文化的影响，因此，楚在一百多年内，经济得到迅速的发展，社会出现飞跃的转化，从而在较短的时期内形成了兴盛的封建社会。于是，随着社会性质的变化，一方面形成了封建的宗教和艺术；但另方面由于社会性质的变化是内在的、急骤的、飞跃的，因此作为奴役制社会意识形态的艺术和宗教，便更多地残留下来。这就是说，楚奴役制时代的巫术、祭祀、巫歌、巫舞（其中含有殷商传统），由于社会变化的迅速，从而流传到封建制时代里来。

正是由于这样的原因，所以楚人的“信巫鬼好淫祀”在当时是很出名的。据史载，楚人“好巫”，“畏鬼”，“信神好祀”，“信巫鬼，重淫祠”；甚至有时楚王都参加跳神：“躬执羽帔，起舞（神）坛前，以乐诸神。”[43]这种习俗显然是前一社会残留下来的。因为在奴隶社会，国王接收了酋长的衣钵，在名义上是神人之间的传达，是神权的最高所有者，因此不仅是祭祀中的主祭人，而且有时是祭舞的领队和主持者。殷商卜辞中便有这样的例子：“王其羽舞”“王舞，佑雨”。由此可知，“巫之风”盛行于封建的楚国，正是前代残留的表现。这情形正如清朝皇后祭日跳“萨满”、日本帝国主义时代盛行“武士道”一样，都是被不平衡的经济发展和急骤的社会变化所造成的。

由于上述原因，因此殷商时代的巫歌巫舞仍保留在并流行在楚国；而北方的神话传说仍流传在楚人中。这对屈原的文学创作是起了影响的：提供了诗歌样式和材料。虽然如此，但春秋战国时代，楚人意识中的“神灵”和神灵观念，却是属于封建意识范畴的：“神灵”是封建道德伦常的化身，祭祀是等级制度和宗法制度的表现。

这说明，楚国的宗教是封建性的，仅在宗教仪式和习俗中夹杂着前代的“巫风”。这固然是矛盾的现象，而这矛盾却是在楚的社会发展中形成的。

同样的，由于社会发展的不平衡，使楚国由兴盛走向衰亡。这就是说，到公元前四世纪，楚封建庄园制社会已在逐渐衰落；而此时的秦国经过了商鞅变法之后，出现了新的制度，并从而兴盛起来。于是在秦楚的斗争中，楚便逐渐地趋于劣势，终于在公元前二二三年，被秦灭亡。

第二节　屈原所处的时代与屈原的生平

文学是现实的反映，是现实的产物。如对历史的现实没有足够的认识，就不可能对这一历史时代的作家和作品有正确的理解。为此，介绍屈原所处的时代。

屈原生于公元前三四〇年前后，死于公元前二七八年之后[44]。这时正是社会急骤变化的新陈代谢的时代。

早在屈原生前四十年（楚悼王在位时），楚封建庄园制国家已开始没落，已呈现出政治的和经济的危机。

公元前三八三年，楚令尹吴起向楚悼王指出当时楚国的情势并提出变法的方案。他认为：楚国朝中的大臣权力太大，各地的封君领主太多；大臣专权而逼主，封君领主聚敛而虐民；同时，冗官太多，爵禄过重；这样就使得民贫国虚兵弱。因此，吴起主张：废除领主占有土地的世袭制度，封君子孙三世收爵禄；裁冗官，减禄秩，取消远支公族的贵族身份，没收其土地，使其迁到广虚之地去开垦荒地；在理财方面“平其制禄，损其有余，而绥其不足”[45]。

由吴起的话中可以看出，楚国的封建庄园经济和领主政治已经出现了不可克服的危机，已经形成了“上逼主下虐民”“贫国弱兵”的局势：楚国已开始走向衰亡的道路。

为了消除这种危机，楚悼王采纳了吴起的改良主张，下令变法。当然，这就遭到楚贵族和领主阶级的反抗。因此，变法一年之后，悼王病死，楚贵族封君集团便乘机发动政变。吴起死在政变中。楚的“变法”失败[46]。

楚变法失败后二十三年，也就是屈原生前十八年，秦孝公任用商鞅，废旧制，施行新法。其具体措施是：改变旧有的经济制度，“改常王之制，灭王制，反圣人之道”；取消封君领主的领地疆界，将土地连成一片，任民耕种；废除“井田制”，统一赋税，改变土地所有制，准许土地买卖，“决裂阡陌，开疆界，任其所耕，废井田，平赋税，除井田，民得买卖”；取消封君领主的世袭的政治特权，将封君领土由国家直接管辖，废除原有的领主庄园界限，改设郡县，由国家委派官吏统一管理，“集小都乡邑聚为县，置令丞，凡三十一县”。废除了封建庄园领主制之后，地主经济得到发展，“王制遂灭，潜差无度，庶人之富者累巨万。富者田连阡陌，里人有公侯之富”。同时，奖励生产，严刑处罚游惰者，统一度量衡，废除山泽之禁，扩大生产，“变法修刑，内务耕稼，禁游宦之民，显耕战之士，平权衡，正度量，调轻重，外设百倍之利，收山泽之税，国富民强，蓄积有余”。不难看出，商鞅的这些政治措施是适应社会发展趋势的。因此，经过变法之后，秦的经济得到发展，政治上日渐巩固，军事力量不断增强，逐渐成为代表新兴势力的中央集权制的封建国家。正是由于这样的原因，所以在商鞅变法以后的历史年代里，秦不仅是其他六国所不能抗拒的强国，而且终于灭亡六国，使中国得到统一[47]。

由此可知，当楚封建庄园制国家逐渐没落时，秦却建立了适应社会发展规律符合新兴阶级要求的新制度。从而出现了剪刀形的发展道路：前者日渐衰落，后者不断上升。这正如韩非子所说："楚不用吴起而削乱，秦行商君法而富强。"当然，楚"削乱"与秦"富强"并不系于吴起与商鞅的个人得失（二人都死于非命），而是被"制度"（也就是韩非口中的"法"）决定的。同时，这种新的"制度"之所以在楚国失败而在秦国成功，也并不全是由秦王或楚王个人决定的，相反，而是有着复杂的客观原因的。

这就是屈原降生前的社会动态。

屈原，名平，与楚王同姓。屈氏，是楚国著名的贵族。当时人将楚的屈氏、昭氏、景氏合称为"三闾"或"三户"——意为三大家族。

屈氏的宗祖名瑕，是楚武王的儿子，被封于屈地，故称屈瑕，其后代子孙便以屈为氏。据楚王的谱系计算，屈瑕是楚怀王的上十四世叔祖（或伯祖）。由此可知，屈瑕的后裔屈原是楚王的远房族人[48]。

据传，屈原出生在荆山南麓的夔邑（今湖北省秭归县）[49]。

在屈原十二岁之前，正当楚威王在位。

这时的楚国，虽然在外貌上依然是个强国："地方五千里，带甲百万，车千乘，骑万匹，粟支十年"，"弘境万里，号曰万城之国"[50]，但社会所孕育的内在矛盾已发展到相当严重的程度。这从当时的政治家苏秦的话中便可以看出。

在公元前三三三年前后，苏秦至楚，说楚威王道："楚国之食贵于玉，薪贵于桂，谒者难得见如鬼，王难得见如天帝"，"今大王之大臣父兄，好伤贤以为资，厚赋敛诸臣百姓，使王见疾于民……是以国危。"同时，苏秦向楚威王提出忠告："臣愿（王）无听群臣之相恶也，慎大臣父兄，用民之善，节身之嗜欲，以［与］百姓[51]。”

这说明，在屈原七八岁时，楚国的内部危机已相当严重：经济凋敝，引起物价高涨；大臣专横，排挤“贤良”；群臣相恶，互相倾轧；“厚赋敛”百姓，引起人民对楚君主的憎恨和仇视；而楚王却仍在奢侈纵欲，深居简出如“天帝”。

显然，经济的衰落、政治的混乱和阶级矛盾的尖锐，使得楚国国势下降。在这样的情况下，是不能与新兴的秦国抗衡的，正如楚威王答复苏秦时所说：“寡人自料，以楚当秦，未见胜焉！内与诸臣谋，不足恃也！寡人卧不安席，食不甘味，心摇摇如悬旌，而无所终薄。”从楚威王的恐惧中可以想见楚当时局势的严重[52]。

公元前三二九年，楚威王卒，子怀王立。在怀王在位的三十年间，中国的社会情势发生急剧的变化，各种性质的社会矛盾都明显化和尖锐化。

当时的社会矛盾有三种：一是新兴地主阶级与衰老的贵族领主阶级的矛盾，这表现为秦与六国之间的战争；一是在封建割据下各地区的贵族领主集团之间的矛盾，这表现为楚、齐、魏、韩、赵、燕之间的互相倾轧和战争；一是封建庄园领主集团与人民的矛盾，这表现为阶级斗争的深化和统治的不稳。

在这一时期，秦日益壮大，并向东扩张。公元前三三〇年，秦与魏战，大胜，斩首八万。魏割让河西地（今陕西大荔、朝邑、澄城、郃阳、韩城、宜川等地）给秦。第二年，秦渡过黄河，攻占魏的汾阴、皮氏（今山西临猗、河津境内），并占领焦邑（今河南陕县附近）。第三年（前三二八年，楚怀王元年），秦攻占魏的蒲阳（今山西隰县）。魏割上郡十五县（今陕西鄜县、延安、清涧、绥德等地）七百里予秦。同年，秦与赵战，杀赵将赵庇，占领蔺、离石（今山西临县、离石）二邑。公元前三二四年，秦攻占魏的陕邑（今河南陕县）。公元前三二二年（楚怀王七年）、秦又攻占魏的曲沃、平周（今山西曲沃、介休）。公元前三一九年，秦与韩战于鄢（今河南鄢陵县），韩败[53]。

不难看出，秦在十年之间，连续击败魏、赵、韩三国，不仅占领了两千余里的广大地区，而且进军晋中（山西中部）和关东（河南东部和中部），从而形成对六国的严重威胁。

在这一时期，虽然六国之间仍不断地发生互相兼并的战争[54]，但也都感觉到新兴的秦国对自己的危害。于是各侯国的封建领主集团联合起来向秦反攻。

据史载，公元前三一八年（楚怀王十一年），楚、齐、魏、赵、韩、燕、宋、卫、中山及匈奴各出精锐士卒组成联军，由楚怀王当领袖，以百万之众攻秦。其主力进至函谷关。秦出兵反击，六国败退。第二年，秦打败韩赵联军，斩首八万二千。这次反秦战争，终于失败[55]。

由于封建领主集团之间的矛盾是不可调和的，其利害是不会一致的，因此，联合伐秦失败之后，六国便又开始互相攻略和掠夺。就在伐秦失败的同一年，齐宋与魏赵大战于观泽，魏赵战败。第二年，齐“发五都之兵大破燕”。从此，六国之间时战时和。

在楚怀王伐秦那年，屈原正当廿一二岁。很可能就在这时，屈原开始“从政”，开始在楚朝廷任职。

据史载，屈原曾在怀王朝任“左徒”（一说任“三闾大夫”），颇为楚怀王所信任，“入则与王图议国事，以出号令；出则接遇宾客，应对诸侯[56]”。在这时，屈原已经敏感地觉察出楚国所存在着的政治危机，并认识到这种政治危机必然会使楚国灭亡。在屈原看来，这种政治危机之由来，是由于楚统治集团和执政者的品质和作为所造成的。他认为：楚国的执政者都是些“贪婪竞进”“求索不厌”只图“偷乐”而不关怀楚国命运的人；因此他们争权夺利、唯利是图、排挤正人、任用宵小，从而使楚国政治日益败坏、国势日渐衰微；而所有这些，又都是由于楚怀王没有施行“先王之道”、没有“重仁袭义”、没有“举贤授能”的结果。

显然，屈原对时代症结的看法是与同时的孟轲相近似的：他俩都把由于经济基础崩溃所造成的政治腐败和道德破产，看作是使经济基础崩溃的原因。

由于这样的基本思想，所以屈原认为“先王之道”是治世的“规矩绳墨”：“遵道”便可“得路”；“捷径”便要“窘步”；楚国之所以举步维艰，是由于没有“及前王之踵武”。因此，屈原向楚怀王建议：为了使“国富强”，需要本先王之遗教而立法（“奉先功以照下，明法度之嫌疑”）；需要斥退奸邪，进用贤能，以先王之道为准绳（“举贤而授能，循绳墨而不颇”）；需要“重仁袭义”，作“善事”，行“美政”。屈原认为，皇天无私，只保佑有道德的君主，只有具盛德、行美政，才能使国富强：“皇天无私阿兮，览民德而错（措）辅；夫维圣哲以茂行兮，苟得用此下土”。为此，屈原愿意“导夫先路”，使楚国“继前王之踵武”，“遵道而得路”。

屈原的这些看法和想法，都见于屈原的作品中。

据《史记》说，最初，楚怀王接受了屈原的建议，颇想作一番改革，但不久却听信了上官大夫之流[57]的谗言，于是不仅拒绝了屈原的建议，而且不再信任屈原。据《史记》载，事情经过是这样的：“怀王使屈原造为宪令。屈原属草未定，上官大夫见而欲夺之（欲夺屈原之志）——屈原不与（不许、不从）——因谗之曰：‘王使屈平为令，众莫不知。每一令出，平伐其功曰，以为非我莫能为也！’王怒而疏屈平。”（参阅注[58]）

需说明，当时（周、秦之间）所谓的“宪令”是指一般“法令”而言，与近代概念中的“宪法”或“大宪章”是不同的。因此，不能将“屈原造为宪令”看作是“更张国宪”，“改变政体”。所谓“造为宪令”也就是拟制法令[59]。

如前所说，从屈原作品思想看来，屈原是反对当时执政的贵人的。他所拟制的法令可能也是对上官大夫之流的贵人不利的。正因为这样的原因，所以上官大夫企图迫使屈原修改法令草稿。当然，屈原拒绝了这要求[59]。于是，上官便在怀王面前诬陷屈原，说“每一令出”屈原便扬言于众，归功于己，以便向众人示恩，以便为自己立威。结果，怀王信以为真，“怒而疏屈平”。显然，这是一场具有政治性的“正”与“邪”的斗争。屈原的失败，使屈原的政治“理想”为之破灭，同时也使得势的权贵大臣更为嚣张。这就引起屈原的愤懑和悲哀。这种愤怒而哀伤的情绪，表现在屈原的《离骚》中。据《史记》所载：“屈平疾王听之不聪也，谗谄之蔽明也，邪曲之害公也，方正之不容也，故忧愁幽思而作离骚。”

由《史记·屈原列传》中看来，司马迁对屈原的生平行状，知道得并不多，因此，对屈原的事迹记述的较少也较简略。传中在叙述了屈原与上官大夫的斗争之后，还记载着屈原所参与的两件政治事件：一件是劝怀王杀张仪；一是劝怀王不要进武关。尽管这记载也是简略的，但却是《屈原列传》中所记述的大事。为此，不得不将这两件政治事件的本末作一简单的介绍。

楚怀王十二年（前三一七年），诸侯联合攻秦失败之后，秦便趁机进攻赵、韩、魏三国。楚怀王十三年（前三一六年），秦攻赵、取西都、中阳。怀王十四年（前三一五年），秦攻韩，取石亭，又战败赵将泥。怀王十五年（前三一四年），秦攻魏取焦，又战败韩于岸门，斩首一万。怀王十六年（前三一三年），秦攻赵，拔蔺，虏赵将赵庄。

在秦的攻击下，韩、魏不得不与秦和：韩质押太子与秦；魏王与秦王会盟于临晋。这样，楚北方邻国韩、魏都成了秦的盟邦，从而楚国的北部领土便处于秦的军事威胁之下。

同时，在楚怀王十三年（前三一六年），秦灭蜀，占领了巴、蜀等地。从此，楚的西部领土（巫郡）和西南部领土（黔中）也都处在秦的军事威胁之下。

也就在这样的时候，秦惠王派张仪出使于楚。

据《史记》载：楚怀王十六年（前三一三年），“秦欲伐齐。齐与楚从亲，（秦）惠王患之，乃令张仪佯去秦，厚币委质事楚”。张仪到楚后，为了离间楚与齐之间的关系，便向楚怀王提出反齐联秦的建议。其具体内容是：楚如能与齐绝交，秦愿割商、於之地六百里予楚；今后秦楚结为兄弟之国，联合反齐。张仪劝怀王道：“如是则齐弱矣！是北（削）弱齐，西德（有恩）于秦，私商、於以为富。此一计而三利俱至也！”怀王听后大悦采纳了张仪的意见。

应该说明，怀王之所以听信张仪并不仅是由于愚蠢，而是由于当时的复杂的政治矛盾。

首先，齐、楚虽然结有盟约，但两国之间的矛盾也是很尖锐的。从怀王父威王时代起，为了争夺徐州、淮北、东国，齐与楚不断战争。与怀王同时的齐宣王，则是一个“欲辟土地，朝秦楚、莅中国而抚四夷”的人，在连续战败魏、赵、燕之后，也时常想“南割楚之淮北”。为此，楚怀王颇为不安。

其次，秦战败赵、魏、韩三国之后，便取得了大举南侵的道路；同时秦占有巴蜀之后，便可由西方直捣楚的腹心地带。显然，秦对楚的威胁是很大的。对此，楚怀王颇为恐惧。

正是由于这两种矛盾，所以怀王采取了联秦反齐的政策。在他想来：联秦，便可以防止秦的进攻，减轻目前的大敌压境的威胁；反齐，便可以将秦的军势锋芒导向东方，藉此并可乘机扩张楚的东部领土。他并企图利用秦齐之争，来削弱秦齐双方的力量；这样不仅可以减轻楚的东西方之忧而且还可以坐收渔人之利。当然，对贪婪的怀王说来，“商、於之地六百里”也是具有诱惑力的。

但是，当楚绝齐之后，秦却负约食言：只答应给楚六里地。显然，这是为了激怒楚怀王。不难看出，秦是采取的远交近攻政策，是想在破坏楚齐的联盟之后，交齐而攻楚。不难想见，在楚军未破之前，秦不会舍近楚而攻远齐，留下后顾之忧而越国攻强齐。于是，楚怀王便被激怒了，想出兵攻秦。但就在这时，楚的大臣也没有忘记设法削弱齐国。陈轸提议：“伐秦，非计也！不如赂之（赂秦）一名都，与之（与秦一起）伐齐，是我亡于秦取偿于齐也！”这一计未被采用，实际上也行不通。

楚怀王十七年（前三一二年），攻秦。秦、韩与楚战于丹阳（今河南淅川西南）。秦大败楚军，斩甲士八万，俘获楚大将军屈丐和裨将军七十余人，全部占领楚的汉中地。楚怀王大怒，动员国中所有的兵员反攻，与秦战于蓝田，结果又大败。这时，魏、韩乘机南侵楚至邓；“齐竟怒不救楚，楚大困”。

可能就在这个时期，屈原带着联齐的使命出使齐国。

第二年（楚怀王十八年，前三一一年），秦又攻占楚国的北疆重镇召陵（河南郾城东）。

当秦连破楚军之后，便又派使至楚议和。据《史记》载：“秦使使约复与楚亲”，“秦要楚，欲得黔中地，欲以武关外易之。楚王曰：‘不愿易地，愿得张仪而献黔中地。’[60]”“张仪闻之，请之楚。秦王曰：‘楚且甘心于子，奈何？’张仪曰：‘臣善其左右靳尚。靳尚又能得事于楚王之幸姬郑袖。袖所言无不从者。秦强楚弱，臣奉王之节使楚，何敢加诛？’仪遂使楚，至；怀王不见，因而囚张仪，欲杀之。仪私于靳尚，靳尚为请怀王曰：‘拘张仪，秦王必怒，天下见楚无秦，必轻王矣！’又谓夫人郑袖曰：‘秦王甚爱张仪，而王欲杀之。今将以上庸之地六县赂楚，以美人聘楚王，以宫中善歌者为之媵。楚王重地，秦女必贵，而夫人（指郑袖）必斥矣！夫人不若言而出之。’郑袖日夜言仪于怀王。怀王竟听郑袖，赦张仪，厚礼之如故。”

张仪被释之后，便以“秦楚合亲”之说劝楚怀王。

张仪首先从军事、政治、经济上说明秦国的富强：“秦虎贲之士百余万，车千乘，骑万匹；积粟如丘山；法令既明，士卒安难乐死；主明以严，将智以武，虽无出甲，席卷常山之险，必折天下之脊。”

接着，张仪指出不论在经济上在军力上贫弱的六国绝不是秦的对手：“夫从者（六国合纵）聚群弱而攻至强，不料敌而轻战，国贫而数举兵，此危亡之术也！臣闻之：兵不如者勿与挑战，粟不如者勿与持久”，“且夫为从者，无以异于驱群羊而攻猛虎。虎之与羊不格（敌）明矣！”

张仪由此便进一步恫吓楚怀王：“秦西有巴、蜀，大船积粟，起自汶山（汶山），循江而下，至郢（楚都）三千余里。舫船载卒，一舫载五十人与三月之食，下水而浮，一日行三百余里，里数虽多，然不费牛马之力，不至十日而距扞关（湖北长阳）。扞关惊，则从竟陵（今湖北天门）以东尽城守矣，黔中、巫郡非王之有。秦举甲出武关，南面而伐则（楚）北地绝"，"秦攻楚之西，韩魏攻其北，社稷岂得无危哉！""臣闻之：攻大者易危，而民敝者怨上。夫守易危之功，而逆强秦之心，臣窃为大王危之！"

不难看出，在张仪的说辞中虽然充满着阴谋，但却是合乎当时的基本局势的：楚国的政治情势，的确是"国贫而数举兵"，"民敝（贫困）而怨（怨恨）其上"；楚与秦之比，的确是"粟不如"秦多，"兵不如"秦强；六国合从反秦，也的确像是"驱群羊而攻猛虎"，是"聚群弱而攻至强"，因此曾不断失败。所有这些都是被事实证明了的，楚怀王自己也明白这点。

最后，张仪迎合着楚怀王的称霸野心，提出这样的建议："秦下兵攻卫阳晋，必大关（控制）天下之胸。大王悉起兵以攻宋，不至数月而宋可举（灭）。举宋而东指，则泗上十二诸侯（鲁、滕等小国），尽王之有（所有）也。""大王诚能听臣，臣请使秦太子入质于楚，楚太子入质于秦，请以秦女为大王箕帚之妾，效万室之都，以为汤沐之邑。长为昆弟之国，终身无相攻伐。臣以为计无便于此者。"（以上皆见《战国策》《史记》）

显然，张仪的建议充满着诱惑和欺骗，其目的是为了离间楚齐的关系，以便于秦向东进兵，各个击破。

楚怀王在张仪的威吓利诱下听信了张仪的话，一方面企图取得秦的欢心，使自己暂时不再受秦的攻击；另方面也想在秦攻击卫齐时，自己乘机由淮北进军宋鲁，捞它一把。

屈原是主张联齐反秦的，因此他从齐归来之后，便建议杀掉张仪，反对与秦合亲。这主张未被楚怀王采纳。据《史记》载："是时，屈平既疏，不复在位，使于齐，顾反，谏怀王曰：‘前大王见欺于张仪。张仪至，臣以为大王烹之。今纵弗忍杀之，又听其邪说，不可！”怀王曰：‘许仪而得黔中（不再献黔中与秦），美利也，后而倍之不可。’故卒许张仪，与秦亲。”[61]

张仪北上时，怀王派靳尚随行。靳尚被魏国的张旄派人刺死。两年之后张仪也死在魏国，时为楚怀王二十年（前三〇九年）[62]。

楚怀王二十一年（前三〇八年），秦武王为了“通三川窥周室”，派军围攻韩国的宜阳。第二年，攻克宜阳，斩首六万，天下震动。这时，齐王“欲为从长，恶楚之与秦合”，于是写信给楚怀王，提出尊周反秦的建议：“王（指怀王）何不与寡人并力，收韩、魏、燕、赵与为从，而尊周室，以案兵息民，令于天下，莫敢不乐听，则王名成矣。王率诸侯并伐（秦），破秦必矣！王取武关、蜀、汉之地（皆秦地），私吴、越之富，而擅江海之利……则楚之疆百万也。”楚怀王和大臣们商议之后，便同意了齐王的建议：“合齐而善韩”。

楚怀王二十四年（前三〇五年），秦昭襄王初立，想破坏齐楚的联盟，“乃厚赂楚”，于是楚怀王又改变了主意，“倍（背）齐而合秦”。就在这一年，秦女入楚，楚女入秦：秦楚王室两交婚[63]。怀王二十五年（前三〇四年），楚怀王与秦昭襄王会盟于黄棘（河南新野东北）。秦归还楚的上庸地（湖北竹山一带）。怀王二十六年，齐、韩、魏“为楚负其从亲而合于秦，三国共伐楚。楚使太子横入质于秦，而请救。秦乃遣客卿通将兵救楚。三国引兵去。”怀王二十七年（前三〇二年），楚太子横在私斗中杀了一个秦大夫，自秦逃归。于是，秦便以此为借口，联络齐、韩、魏一起伐楚。

楚怀王二十八年（前三〇一年），秦、齐、韩、魏四国联军攻楚，进至沘水北岸。楚怀王派大将唐昧（一作唐蔑）统率主力军驻防在沘水（约在今河南唐河）南岸。两军夹着沘水相持了六个月。最后，秦齐军夜渡沘水突袭楚军。楚军大败，唐昧战死。秦军占领楚的重丘（又作垂沙）。在这场决战中，楚的损失是很大的：主力被消灭，从此一蹶不振。

第二年，秦又攻占楚的襄城，大破楚军，杀楚将军景缺；楚军死者二万。楚怀王大恐，使太子质于齐以求和。

第三年（怀王三十年，前二九九年），秦再伐楚，攻占了八个城邑。与此同时，秦昭王写信给楚怀王。要求与怀王会于武关，以便面缔盟约。据《史记》载：“秦昭王遗楚王书曰：‘始寡人（秦昭王自称）与王（楚怀王）约为兄弟，盟于黄棘，太子（楚太子）为质，至驩也。太子陵杀寡人之重臣，不谢而亡去。寡人诚不胜怒，使兵侵君王之边。今闻君王乃令太子（指楚太子）质于齐以求平。寡人与楚接境壤界，故为婚姻，所从亲久矣。而今秦、楚不驩，则无以令诸侯。寡人愿与君王会武关，面相约，结盟而去，寡人之愿也！’”这时楚怀王犹疑不决：“欲往，恐见欺”，惟恐上了秦的圈套；“不往，恐秦怒”，惟恐秦入侵不止。当时，楚大夫昭睢劝怀王不要去，昭睢说：“王毋行，而发兵自守耳！秦虎狼不可信，有并请诸侯之心。”屈原也向怀王说：“秦，虎狼之国，不可信。不如毋行！”但怀王的少子子兰却劝怀王参加这次会盟，认为这是与秦和好的机会，如不赴会，将会触怒秦国。最后，楚怀王为了会见秦昭王而前往武关。当然，秦昭王信中所约的会盟只不过是个骗局，如《史记》所载：“秦昭王诈令一将军伏兵武关，号为秦王，楚王至，则闭武关，遂与西至成阳，朝章台如蕃臣，不与抗礼。”同时，企图迫使怀王割让巫、黔中等地予秦。怀王不肯，于是便作为人质被秦扣留。三年之后怀王忧愤成病，死在咸阳。

这就是怀王时代的政治大事。所有这些政治大事，在《战国策》的《秦策》《楚策》《魏策》《韩策》《齐策》和《史记》的《六国年表》《秦本纪》《楚世家》《魏世家》《韩世家》《田敬仲完世家》《张仪列传》《屈原列传》中有着或详或略的记载。

汉代及汉以后的不少学者，由于对屈原的偏爱，所以有意地或无意地夸大了屈原在政治上的地位，夸大了屈原对历史发展所能起的作用。他们不是从全部历史事实中来认识来说明秦楚兴败的历史必然性；相反，而是将屈原劝怀王杀张仪和阻止怀王入武关这两次建议，看成是或说成是对楚国兴亡起决定作用的两次发言；将屈原和张仪的斗争看成是或说成是决定历史命运的关键。他们认为：楚怀王如果是聪明人，如果能听信屈原的话：杀掉张仪，采取联齐反秦政策，同时不入武关与秦会盟。那么，楚不仅不会灭亡，甚至还可能灭秦和其他五国，完成统一大业。这就是说，如果楚怀王肯采纳屈原的意见，那么中国历史将走另一条道路，《史记》中将出现一篇“楚本纪”。显然，这些学者这样说的目的，无非是企图将屈原说成是“一身系天下安危”的伟大爱国诗人，是可以决定历史命运的人物。但是，事实究竟是事实，为什么屈原没有能决定历史呢？这些学者便不得不认为：屈原之所以失败、历史发展之所以“不幸”，是由于骗子张仪收买了财迷上官大夫作内奸，拉拢了妒妇郑袖作帮手，共同欺骗了傻瓜楚怀王。于是乎人们在欺诈、贿赂、嫉妒、愚蠢的支配下，相成相因的创造了历史，而《史记》中也便出现了《秦本记》。这样一来，本来可以决定历史的屈原，便没有能起决定历史的作用。这就是这些学者在说明历史时所得出的“理论”。

不难看出，这些学者所设置的“理论”本来是为了捧屈原的，是为了证实屈原在历史上和政治上的重要性的（这完全是好意，出于一腔热诚），但历史事实究竟是不能抹杀的客观存在，于是在事实面前，这套“理论”恰恰只能“证实”骗子与傻瓜在历史上的重要性：没有骗子张仪，楚怀王不会上当，从而楚不会灭亡；没有傻瓜楚怀王，张仪的阴谋不能得逞，从而秦不能胜利。不言而喻，这套理论实际上是抬举了张仪。

不难看出，这些学者之所以这样说，本来是为了说明像屈原这样伟大的“人”是可以决定历史命运的。但历史已成定案，于是在这理论前提的支配下，便不得不承认：事实上决定秦楚兴亡和历史发展道路的不是屈原的政治信念，而是张仪的三寸不烂之舌和楚怀王的低能的脑袋瓜子。

这说明，一些学者在主观感情的支配下，不仅歪曲了铁的历史事实，而且创造出了怎样奇怪的历史观。

恩格斯早已驳斥了这种历史观："旧唯物主义……它的历史观——如果它有某种历史观的话，——本质上也是实用主义的，它按照行动的动机来判断一切，把历史人物分为君子和小人，并且照例认为君子是受骗者，而小人是得胜者。……我们由此得出的结论是，旧唯物主义在历史领域内自己背叛了自己，因为它认为在历史领域中起作用的精神的动力是最终原因，而不去研究隐藏在这些动力后面的是什么，这些动力的动力是什么。"（《费尔巴哈与德国古典哲学的终结》）

这岂不就说明，不论是秦王的野心或者是楚王的妄想，不论是张仪的诡计或者是屈原的信念，都不可能成为决定秦楚兴亡这一历史"事变的最终原因"。因为，"历史的进程是受内在的一般规律支配的"（同上）；社会并不是可按人的（不管是君子或小人）意志"来随便改变的、偶然产生和变化的、机械的个人结合体。"（列宁：《什么是"人民之友"以及他们如何攻击社会民主党人》）当然，人的各种动机（野心、计谋等）在偶然性的具体事件中是起不同程度的作用的，"但是，在表面上是偶然性在起作用的地方，这种偶然性始终是受内部的隐蔽着的规律支配的。"（《费尔巴哈与德国古典哲学的终结》）

如果从历史的表面现象看来，秦胜楚败似乎是被张仪的一套说辞决定的。当然，张仪游说的动机、说解的内容、游说的效果——就人的意义上说，这都是偶然性的遇合。但是，张仪之所以引起游说的动机，所以采用这样的游说内容，所以形成这样的游说效果，那就不能不取决于张仪主观以外的客观世界。

从前面所叙述的历史事实中可以看出，当时楚国的生产力与生产关系的矛盾已经引起严重的社会危机："封君太众，大臣太重，上逼主而下虐民"，"厚赋敛百姓"，"民怨其上"；"国贫兵弱民敝"。显然，这种社会局势并不是被张仪的主观意图所造成的。同时，秦国封建地主经济制度解放了被束缚的生产力，从而形成经济的上升和国势的强盛："民以殷盛，国以富强，百姓乐用”，“乡邑大治”，“国治而兵强”，“兵动地广，兵休国富”，“故秦无敌于天下，立威诸侯”。显然，这种社会局势也不是依靠张仪的舌头“实践”而形成的。

这岂不就说明，秦楚两种社会（两个阶级）力量的对比和秦强楚弱的局势，并不取决于张仪的意图和言辞；恰恰相反，正是基于这样的客观现实和历史发展的必然性，才使张仪的意图成为现实，才使张仪的游说获得成功。

同样的，楚怀王不杀张仪固然是出于偶然，但楚的衰亡却是必然的趋势。张仪获释后二年便“自动”死在魏国，但楚并没有因此由弱转强，相反，而是日益衰微。

其次，如果从历史的表面现象看来，楚的不断失败，似乎是被楚怀王的个人性格（偏听轻信）和外交措施（反复无常）所决定的。当然，楚怀王性格上的弱点（如不辨忠奸，易受蒙蔽）和外交上的反复（时而联秦，时而联齐），都在事件的变化中起了作用。但是，促使楚怀王在外交政策上反复无常，怀王的性格之所以能造成这样的结果，显然都是被怀王主观意图以外的客观局势所造成的。

从前面所叙述的历史事实中可以看出，楚怀王在外交政策上之所以时而联齐反秦、时而联秦反齐，是被当时的两种政治矛盾决定的。这就是说，一方面代表新兴地主阶级利益的秦国和代表衰亡的封建领主贵族阶级利益的楚国之间存在着对抗性的矛盾，另方面在封建割据状态下的楚齐两国统治集团之间也存在着不可调和的利益冲突。正是由于这两种矛盾的错综变化所造成的复杂的政治形势，所以才使得楚怀王在联秦或联齐的政策上反复无常；也正是在这样的条件下，怀王的性格才能作这样的表现，才能起这样的作用。这两种阶级矛盾是客观存在，既不是由于怀王的愚蠢而形成，也不是被张仪的谎言所制造。如果将楚怀王外交政策的每次变化和当时七国的政治军事形势联系起来看，便可以看出怀王的主观意图是在被客观上的阶级矛盾所派生、所支配、所左右。

这岂不就说明了秦的新兴、楚的衰亡并不是由于楚怀王性格上的弱点造成的；恰恰相反，正是基于秦新经济制度的必然兴起和楚旧经济制度的必然灭亡这一历史规律，所以才使得楚怀王不能“福至心灵”，才使得怀王找不到避免败亡的聪明办法，才使得怀王的愚蠢“加速了”自己的失败。显然，战国时代诸国的兴亡并不是由侯王的贤愚决定的。汉初的贾谊曾说道：秦国之所以长期为诸侯雄，最后终于吞并六国，并不是因为代代秦王都是聪明的贤人；地大人多的六国之所以长期衰落，最后终于灭亡，也并不是因为六国的历代国王个个都是愚蠢的庸主。贾生不愧是大思想家！

由此可知，在这些充满偶然性变化的历史事件的背后，隐藏着阶级斗争的必然趋向和历史发展的必然法则。恩格斯教导我们：到目前为止的一切社会的历史（原始公社的历史除外）都是阶级斗争的历史。

由此可知，把屈原说成是能够而且应该决定历史命运的伟大人物的说法，是错误的。尽管这些学者用这说法，根据假设创造了一个“一身系天下安危”的了不起的伟大诗人，但却歪曲了整个历史过程，而且损害了马克思列宁主义的基本原则。

汉代和以后的许多学者，对“楚怀王入秦”这一历史事件有着不少简单化的或错误的记载。

刘向在《新序》中写道：“秦嫁女于楚，与怀王欢，为蓝田之会。屈原以为秦不可信。群臣皆以为可信。怀王遂会，果见囚拘，客死于秦，为天下笑。”

王逸则在《楚辞章句》中写道：“秦昭王使张仪谲诈怀王，令绝齐交；又使诱楚，请与俱会武关，遂胁与俱归，拘留不遣，卒客死于秦。”

显然，这是不合乎事实的。秦昭王诱楚怀王入武关一事，发生在张仪死后的第十年（前二九九年）。此时张仪的舌头早烂掉了，不可能再向楚怀王摇唇鼓舌。其次，楚怀王入武关并不是为了“招亲”或“嫁女”。历史记载：怀王二十四年（前三〇五年），秦楚王室交为婚姻；第二年，楚怀王与秦昭王会于黄棘；第四年，楚秦绝交；第五年，秦、齐、韩、魏攻楚，楚将唐蔑败于重丘，楚主力被击溃；第六年，秦大破楚军，杀将军景缺二万多人；第七年，秦连陷楚八城，同年楚怀王应秦王邀入秦。显然，秦楚联婚与怀王入秦是两回事，其间相隔六年。事实说明，楚怀王之所以入武关，是由于唐昧败死后领土被侵，大敌压境，因而入秦求和；并不是像一些学者所说那样，是为了“娶媳妇”或“探亲家”。这说明，楚怀王是在秦的压力下入武关的。

其次，楚怀王入武关的第二个原因，是由于齐楚间的矛盾和齐对楚所施加的军事压力。

据历史记载，早在楚怀王的祖父楚宣王时，齐楚便因争夺徐州、淮北而引起战争，楚宣王二十四年（前三四七年，屈原生前六年）楚伐齐国的徐州。这时，齐威王的用事大臣是贵族田婴；田婴最初被封在彭城（即徐州）[64]。到楚怀王的父亲楚威王时，田婴为齐相。据记载：田婴得罪了楚威王；于是在公元前三三三年（威王七年，屈原七岁），楚威王发兵伐齐，大破齐军于徐州，并威胁齐王使之放逐田婴[65]。这样，田婴的领地徐州，便被楚国占据。到楚怀王七年（前三二二年，屈原十八岁）时，齐王封田婴于薛（今江苏徐州北、山东滕县南）并筑城设防，将薛城变成齐的军事重镇，企图南侵。楚怀王闻之大怒，使柱国昭阳移军攻齐[66]。以后，昭阳曾与田婴谈判，提出这样的交换条件：楚国愿以比薛大几倍的土地换田婴的军事堡垒薛城。田婴不肯。到田婴的儿子孟尝君田文继位为薛子（或薛侯、薛公）时，楚曾长期的围攻薛城[67]。

孟尝君是齐国的执政大臣，也是当时的名流。由于他曾豢养“食客三千”，“对鸡狗盗之徒”也能倍加优待，因此受到后世封建士人的赞美，将他称作是“礼贤下士”的大义人。然而，事实上孟尝君是一个很阴险的反动的大贵族。与孟尝君同时的荀况说道：孟尝君是齐国的“篡臣”；他唯利是求，内诈其人民以求小利，外诈其盟国以求大利，不行礼义而行权谋；虽然他曾破楚、诎秦、败燕、灭宋取得暂时的胜利，但却加重了齐国的危机。因此，荀子认为，孟尝君是个大恶人，“后世言恶者，则必稽焉”[68]。据历史载，在楚怀王后期，孟尝君曾使用诡计，设法孤立削弱楚国，并组成齐、韩、魏三国联军，长期地攻掠楚的北疆，达九年之久[69]。楚怀王二十六年（前三〇三年）、二十八年（前三〇一年），孟尝君曾大举攻楚。所以如此，是因为与齐接壤的不是秦而是楚，只有攻楚才能扩大领土。齐王和孟尝君为了“辟土地、朝秦楚”（孟子语），因此不断地南侵楚的淮北、东国等地。在孟尝君看来，只有南侵才能使薛城得到巩固，才能收复他父亲（田婴）的旧领地彭城，才能扩张他自己的领土[70]。正是由于这样的原因，所以齐与秦相亲，想联合起来攻楚。楚怀王二十九年（前三〇〇年）秦使泾阳君（秦昭王弟）质于齐；第二年，孟尝君相秦。显然，秦齐交驩对楚是很不利的，于是楚怀王在这两方面的压力下被迫入秦求和。对此，《淮南子·兵略训》中写道：“怀王北畏孟尝君，背社稷之守，而委身强秦，兵剉地削，身死不还。”

除此之外，楚怀王入武关的第三个原因，是由于楚国内部的阶级斗争和农民战争所造成的楚统治集团的统治不稳。

据历史记载，在楚怀王二十八年（前三〇一年）的秦楚战争中，大将唐蔑败死，楚的主力被歼灭。这次战役的结果，不仅影响了秦楚之间的军事形势，而且大大地削弱了楚统治集团的统治力量。也就在这时，楚国爆发了农民战争。中国历史上著名的所谓“大盗”庄蹻，起兵在楚国境内，转战各地，楚国官吏无力阻击。

与屈原同时的荀子（荀况）在写到当时楚国的情势时说道：“（楚）兵殆于垂沙（重丘），唐蔑死，庄蹻起，楚分而为三四。是岂无坚甲利兵也哉？其所以统之者，非其道故也！”（《荀子·议兵篇》）从荀子的话中可以看出，由于怀王“统之非其道”，因此外败于秦，内败于庄蹻；在庄蹻的暴动之下，楚国分崩离析“分为三四”。

据历史文献记载：庄蹻，善用兵，“聚党数千，攻夺人（领主）物，断斩人身”，“为盗于境内，而吏不能禁”；庄蹻曾进攻楚国都城郢，击败楚国的“将帅贵人”；在庄蹻所率领的农民军的沉重打击下，楚国被分成三四部分。这次农民战争持续了很久。最后，庄蹻率军向西南方挺进，经过夜郎一直进到滇池（今云南）。到楚顷襄王二十二年（前二七七年）秦占领巫、黔中（今贵州），截断了庄蹻的归路。于是，庄蹻和其部下“变服从俗”居留在滇池，庄蹻当了滇国王。一百七十年后滇国被汉武帝所灭[71]。

这说明，在怀王末年，楚内部的阶级斗争已经使得封建统治阶级不能有效的维持统治。显然，楚怀王也正是在这样的情况下入秦求和的。

如果肯从历史事实出发，那么便可以看出，到怀王末年时，社会所孕育的三种矛盾都相成相因的发展到严重的程度。这三种矛盾的存在（这是客观的）和发展（这是必然的）是构成当时各种政治事变的最终原因。不难看出，楚政治上的败坏、军力的下降、外交上的失败以及怀王入武关，所有这些都是这些矛盾的表现或结果。

由此可知，那些将楚怀王入秦说成是楚国败亡的原因，甚至是历史改道的原因的说法，是不妥当的。楚怀王即使不入武关，老死正寝，也不可能使这三种矛盾消失。当然，许多学者还设立了许多“假如”：假如楚怀王杀掉张仪，假如怀王重用屈原，假如坚决联齐反秦，假如屈原将人民如何如何……那么楚国一定可以统一中国。时至今日，为二千二百多年前设立“假如”？即使算是“真理”，今日也无法考验。何况这种从“假如”出发的方法论，是不太正确的。研究历史总应该首先承认历史事实，并从历史事实出发，得出客观规律，从中认识人的作用，而不是用自己的“假如”和几千年前的历史事实怄气：似乎自己的主见是正确的，而历史却错了。如果各人根据自己的“假如”来著书立说，则历史学很难算作科学。

同样的，那些认为屈原的“联齐”、杀张仪、劝怀王不入秦的主张如能实现便可以改变历史局势的说法，是不妥当的。如前所说，事实并不如此简单。但有些学者之所以如此强调这点，是为了将屈原说成是“反侵略”、爱“楚民族”的爱国主义者。同时正是为了屈原，因此不得不将秦说成是侵略国家，将楚和六国说成是被侵略国家，将秦统一中国看作是不幸的偶然事件，是罪恶的产物。显然，这是反历史主义的说法，是极狭隘的民族主义和国家主义观点在历史学中的运用。战国时代，民族并未形成，所谓列国并峙只不过是我国内部一定历史阶段的封建领主的割据状态而已。历史证明，七国的人民都是以后构成我国民族的来源；七国的疆域都是以后我国民族的生存领域。事实上，当时人民虽然处在不同的诸侯统治下，但在经济生活上、语言上、文化上和心理素质上却是有着共同性的（屈原的《离骚》就是证据）。

对此，毛泽东同志早已指出："如果说秦以前的一个时代是诸侯割据称雄的封建国家，那么自秦始皇统一中国以后，就建立了专制主义的中央集权制的封建国家，同时，在某种程度上仍旧保留着封建割据的状态。"

由此可知，战国时所谓"国家"，只不过是"封建国家"内部的"封建割据"。因此，战国时的战争是阶级矛盾不可调和的产物，秦灭六国是新兴地主阶级推翻没落领主阶级的斗争。

屈原固然伟大，但历史唯物主义和辩证唯物主义更伟大。而何况屈原的伟大性，也并不是由于他忠于怀王、拥护湖北破落领主打陕西新兴地主而形成的。

显然，如果将战国时的"封建割据"当作今天意义上的国家看待，那么先秦的大思想家孔子、孟子、墨子、荀子、吴起、商鞅、韩非等，岂不都成了"不爱祖国""无国家观念"各处奔走的"国际浪人"。

楚怀王被秦拘留之后，怀王子横继位，是为顷襄王。这时，屈原已经是四十岁左右的中年人。顷襄王元年（前二九八年），秦攻楚，大破楚军，斩首五万，占领了楚国十六个城邑。自此之后，秦楚绝交。但到顷襄王六年（前二九三年）时，秦将白起打败韩、魏联军于伊阙，斩首二十四万，于是秦昭王趁此威吓楚顷襄王。秦昭王在给楚王的信中说道：秦将率诸侯伐楚，请楚早做准备，以便来一次痛快的决战。第二年，秦攻陷楚北方重镇宛（今河南南阳）。顷襄王很恐惧，于是派使与秦议和，

“楚迎妇于秦。秦、楚复平”。

从此，秦、楚之间的暂时和平维持了十年。这时，楚国经连续失败之后已不是秦的主要打击对象，因此，秦在这一时期集中地打击齐、赵、魏。顷襄王十四年（前二八五年），秦击齐拔九城，“楚顷襄王与秦昭王好会于宛，结和亲”。第二年，楚派兵与秦、燕、赵、魏、韩军伐齐，大破齐军，齐湣王被杀。楚乘机占领齐的淮北地。

到顷襄王十八年（前二八一年），“顷襄王遣使于诸侯，复为从，欲以伐秦”。第二年，秦伐楚，楚军败，割上庸、汉北地予秦”；秦将司马错发陇西，由蜀攻楚黔中，拔之”。第三年，秦将白起攻占楚的鄢、邓、西陵等五城。第四年，秦大将白起率数万劲卒，大破楚军。楚军溃散，不能再战。于是，白起攻占楚国首都郢，焚楚宗庙，毁烧楚先王坟墓。顷襄王东逃至陈城（故陈国，今河南淮阳）。第五年，“秦复拔巫、黔中郡”，“取洞庭五湖、江南”。秦军东进至竟陵（今湖北天门）。从此之后，“楚削弱”，五十年后，被秦灭亡。

这一时期，楚国的国势更加衰弱，政治日益败坏：封建领主制度已经濒临死亡。但就在这时，楚贵族集团仍在过着极其奢侈的生活，追求着各种享受。

据史载，楚顷襄王是个荒淫、骄横的君主。他“不恤众庶”，横征暴敛，以人民的血汗维持他的“淫逸侈靡”的生活。他“好宫室台榭”，建筑了许多离宫别馆，“宫室相望”。他喜遨游，经常与其大臣亲幸“驰骋乎云梦之中”，“游于兰台之宫”，“不以天下国家为事”。他好色，宫墙皆衣锦绣；他爱马，马皆吃人食。由于顷襄王的“奢侈无度”，因此使得“国库虚竭，城郭阔达（空虚）！民人无褐，百姓饥饿”。

据史载，楚顷襄王任用了许多奸邪的贵族封君管理国政。其中有州侯、夏侯、鄢陵君、寿陵君、上官大夫、令尹子兰。这些人以阿谀奉迎的伎俩，赢得顷襄王的欢心，取得顷襄王的信任；同时使用阴谋诡计，排挤、陷害正直贤良的“良臣”。正如当时人所说：楚顷襄王时，“邪臣在侧，谀馅用事；贤臣不达，良臣斥疏；百姓心离。”[72]

也就在这样的时代里，屈原在顷襄王即位的初年又一次受到贵族执政集团的迫害。

《史记·屈原列传》中写道：“屈平既嫉之，虽放流，睠顾楚国，系心怀王，不忘欲反，冀幸君之一悟、俗之一改也。《离骚》中其存君兴国欲反，（反）复之，一篇之中三致志焉。……令尹子兰闻之大怒，卒使上官大夫短屈原于顷襄王。顷襄王怒而迁之。”

从此，屈原开始他晚年的流放生活。

关于屈原的“流放”问题，有两种不同的说法。有的人认为屈原被流放两次：第一次是在怀王时，被流放地点是在汉北；第二次是在顷襄王时，被流放的地点是在江南。有的人则认为屈原只在顷襄王时被流放一次，此后，一直到死，永废不用。这两种说法，都是以《史记·屈原列传》和屈原《九章》相印证而得出的。这是因为司马迁在叙述屈原被放逐一事时，前后有自相矛盾之处，所以造成后人的意见分歧。但不管怎样，屈原曾长期被流放却是事实。这由他的作品中便可以得到证明。

屈原在流放中曾居留在汉水两岸和大江南北，曾长期生活在穷乡僻壤深山大泽之中，曾与人民有过接触。在这样的时期，在这样的环境里，屈原写出了他的不朽的诗篇。其中有《离骚》《九章》《九歌》《天问》等。

屈原究竟死于何年？历来学者争论不休。清代王船山根据屈原《九章·哀郢》中所描述的情景，认为屈原曾见及秦将白起攻郢时楚人逃亡的景象，因此，断定屈原死于顷襄王二十一年（前二七八年）或以后。看来，这意见是正确的[73]。

这时，楚国的故土已被秦占据，楚王的宗庙坟陵也被秦军焚毁，楚军溃不成军，楚王君臣向东逃窜。屈原独自渡江南行，心中充满着不可排遣的悲伤与愤怒，于是来到了汨水畔，“颜色憔悴、形容枯槁”，终于投水而死。这时屈原已经是六十多岁的老人[74]。

屈原绝命的地方，被后人名作“屈潭”。汉代贾谊曾到屈潭吊屈原，并写出了著名的《吊屈原赋》。司马迁经过长沙时，也曾去看过，事后说道："余适长沙，观屈原所自沉渊，未尝不垂涕想见其为人。"据传说，屈原死在五月五日；据说端午日包粽子原是为了祭屈原的。所有这些，都说明人们对屈原的怀念。

以上所论述的，就是诗人一生的经历，以及诗人一生所处的时代。

由此可知，屈原生活在楚封建领主制国家大崩溃的前夕，生活在封建统治者不能再统治的时候。

这时期，庄园领主阶级在没落、在挣扎、在苟延残喘、在倒行逆施。楚王在以骄奢淫逸的生活自娱。权臣贵族在厚敛百姓以自肥。奸邪宵小的迫害贤士正人以便牟利争权。人民在战争与暴政的迫害下无以聊生。封建统治者的伪善已无济于事。因此他们以前用以巩固经济基础的所谓忠、孝、仁、义、诚、信、廉等旗号，这时已被他们自己丢在地上，并赤裸裸地暴露了其剥削阶级本性，索性毫无忌惮地为非作歹。历史证明，剥削阶级的经济制度愈是接近崩溃，政治上就愈黑暗，道德上就愈败坏。这就是说封建领主庄园制度这时已处在没落阶段，贵族领主统治集团已成为肮脏、疲阘、无耻的破落户。

这时期，封建地主阶级在兴起。从历史发展进程看来，地主阶级在当时是一种社会进步力量。但是，它之所以是当时的社会进步力量，是因为它所进行的斗争将会使社会生产力由束缚中解放出来，并不是由于它"人性美好""心地慈善"，相反，它是凶残狡诈的剥削阶级，它所进行的斗争，"首先是为了经济利益而进行的"（恩格斯），是为了给"地主剥削"创造条件、开辟道路。因此，代表新兴地主利益的秦国，使用了凶狠狡诈的手段为自己创家立业：在战争中大量杀戮六国的士兵，仅秦昭王在位时期，秦在战争中的"斩首"数，见于史册的就有一百一十九万七千级；在政治上惯于施用阴谋诡计，任用许多"不信不义，寡廉鲜耻"的政客，欺诈六国。正如屈原所说："秦、虎狼之国，不可信。"历史证明，剥削阶级在从事原始积累、在创天下时，是极其狡诈残酷的，是充满血腥气的。这就是说封建地主阶级这时正处在暴发阶段，地主统治集团是凶暴刁诈的暴发户。

这时期，人民生活在水深火热之中。楚国的百姓被迫向楚贵族统治集团展开了武装斗争，“横行境内，聚党数千，楚分为三四。”这种阶级斗争必然会造成广泛的思想影响。这就是说，屈原是生活在人民反封建斗争高涨的时代。

由此可知，在屈原所生活的时代，社会中所隐蔽着的矛盾都逐渐明显化，复杂的阶级斗争都发展到白热的程度。

这样的历史条件，对屈原的思想和作品是起决定性的作用的。这就是说，这些复杂而尖锐的阶级斗争，丰富了第一性的现象，使现实中具有本质性的问题，凸现在作者面前。在相衬之下、生活琐事为之暗淡失色。众所周知、文学是现实的具体而概括的形象反映。因此，现实的阶级斗争，给作者提供了明显而重要的文学题材，使作者摆脱对生活琐事的兴趣而注意到现实中具有重要性的问题。不仅如此，现实的阶级斗争，加深了作者的生活感受，使作者或多或少地感受到人民的斗争情绪，使作者在自己的作品中能够反映出人民的愿望或情感。

从屈原的作品中不难看出，他所揭发咒骂的是贪婪、奸险、奢侈、凶暴的宵小恶棍，实际上是剥削阶级的集团形象；他所歌颂的正直、善良、廉洁、耿介的疾恶如仇精神，实际上是人民性格和人民反抗情绪的折光反映；他所“反复而道之”的不是个人的得失和鸡毛蒜皮的生活感受，相反，而是“路曼曼其修远兮，吾将上下而求索”，是在探索人生。所有这些，岂不就说明这一时代对屈原的决定作用。

由此证明，在阶级社会，阶级斗争是社会发展的动力，同样的也是文学发展的契机，是文学中人道思想发生发展的土壤。

正是由于这样的现实条件，屈原写出了他的伟大不朽的诗篇。

一九五八年八月

（曾载于《吉林师大学报》一九五九年第四期）

注释

①《楚辞·招魂》："西方之害，流沙千里些，旋入雷渊，靡散而不可止些……赤蚁若象，玄蜂若壶些；五谷不生，藂菅是食些；其土烂人，求水无所得些。"《大招》："西方流沙，漭洋洋只；豕首纵目，披发鬤只；长爪踞牙，诶笑狂只。"王逸注："流沙，沙流而行也。"《山海经·海内西经》："流沙出钟山，西行又南行昆仑之墟，西南入海黑水之山。"《括地志》引《山海经》："雷泽中有雷神，龙须人颊，鼓其腹则雷。"《淮南子·坠形训》："雷泽有神，龙身人头，鼓其腹而熙。"按：上引《山海经》原文在"流沙、昆仑"条下。上引《淮南子》原文在"建木"条后，现"岷山"条前。因此，传说中的雷神所居之雷泽当在西方流沙、昆仑岷山附近。洪兴祖《楚辞补注》认为《招魂》中所说的《雷渊》即《山海经》之雷泽。但《汉书·地理志》将雷神所居的雷泽列在济阴成阳，恐非。

②《山海经·海内经》："流沙之东，黑水之西，有朝云之国司彘之国，黄帝妻雷祖生昌意。昌意降处若水。"（《史记》《大戴礼》《世本》所载同）按：雷祖又作纍祖、傫祖、累祖、嫘祖。

③《史记·五帝纪》："昌意降居若水。"《山海经·海内经》："南海之外，黑水、青水之间，有木名若木，若水出焉。"《大荒北经》："赤树、青叶、赤华，名曰若木，生昆仑山西，附西极，日之所入处。"（郝懿行据《文选·月赋注》《水经若水注》引《文补》）《离骚》王逸注："若木在昆仑西极，其华（花）照下地。"《天问》：'羲和（日神）之未扬，若华（若木花）何光？"《淮南子·坠形训》："若木在建木西，未有十日，其华照下地。"《艺文数聚》八十九引郭璞《山海经图赞》："若木之生，昆（仑）山之滨，朱华电照，碧叶玉津。"

④《史记·司马相如传》："司马长卿……西至沫、若水。"索隐引张揖："若水出旄牛徼外。"《汉书·地理志》："若水亦出徼外，南至

大莋（今四川甘孜藏族自治州南），入绳（今金沙江）”《水经》：“若水出蜀郡旄牛（今四川凉山彝族自治州）徼外，东南至故关为若水。”《方舆纪要》：“泸水出黎州（今四川雅安南、汉源北）所西徼外，其源为若水，下流为泸水。”《后汉书》注：“泸水一名若水。”《大清一统志》：“泸水即古若水，俗名打冲河。”清代吴卓信、钱坫、徐松、陈澧都认为古若水即今四川甘孜藏族自治州境内之雅砻江。（见《汉书·地理志补注》《新斠注地里志集释》《汉书·地理志水道图说》）按：雅砻江发源于青海果洛藏族自治州，流逕玉树藏族自治州、四川甘孜藏族自治州入金沙江。

⑤《山海经·海内经》：“黄帝妻雷祖生昌意。昌意降处若水，生韩流。韩流，擢首、谨耳、人面、豕喙、麟身、渠股、豚止（即趾），取淖（浊）子曰阿女，生颛顼。”郭璞注：“竹书云：‘昌意降居若水，产帝乾荒。’乾荒即韩流也，生帝颛顼。”《河图握矩记》：“帝乾荒，擢首而谨耳，豭喙而渠股，是袭若水，取浊山氏曰枢，是为河（阿）女，所谓淖子。淖子感摇光于幽房而生颛顼。”《初学记》卷九引《帝王世纪》：“颛顼母曰昌仆，蜀山氏女，谓之女枢”。按：此神话有异文。据《史记·五帝本纪》《大戴礼》帝系称，黄帝生昌意，昌意生颛顼。此与前文不同。凡是神话都很难找出“定本”，必然会有很多异文。这里只采用一种说法。

⑥《河图》著命：“瑶光如虹贯月正白，感女枢于幽房之宫，生黑帝颛顼。”（《诗含神雾》《河图握矩记》《史记正义》引《河图》与此略同）《水经·若水注》：“……蜀山氏女，生颛顼于若水之野。”

⑦《山海经·大荒东经》：“东海之外大壑，多昊之国。少昊孺（育）颛顼于此。弃其琴瑟。”注：“大壑乃东方无底之谷。”又见《庄子·天地》《列子·汤问》《诗含神雾》。《吕氏春秋·古乐篇》：“帝颛顼生自若水，实处空桑。乃登为帝。”按：空桑据说在今山东。

⑧《河图握矩记》：“黑帝颛顼，首戴干戈。”“颛顼渠（巨）头、并干、通眉、戴干。”“黑帝修颈。”《春秋演孔图》：“颛顼戴干。”

《春秋元命苞》："颛顼并干。"《潜夫论·五德志》："颛顼，其相并干。"《白虎通·圣人篇》："颛顼戴午（干之误），"《论衡·讲瑞篇》："十二圣骨体不均。戴角之相犹戴干也。颛顼戴干，尧、舜未必然。""传言……颛顼戴干。世所共闻，儒所共说，在经传者，较著可信。"按：古人传说，颛顼为"北方水德之帝""北宫黑帝"。所谓"黑帝"或"北方水德之帝"，也就是指"北宫玄武"星而言。"玄武"之象为"龟蛇合体"。《礼记·曲礼疏称》："玄武，龟也。龟有甲，能御侮用也，"由此可知，神话中所说的颛顼的相貌是照着龟蛇的样子创作的："巨头"肖龟蛇头；"修颈"肖龟蛇颈；"并干"肖龟腹甲："戴干（即盾）"肖龟负背甲之状。

⑨《淮南子·天文训》："昔者，共工与颛顼争为帝，怒而触不周之山。天柱折，地维绝，天倾西北……地不满东南。"《论衡·谈天》："共工与颛顼争为天子，不胜，怒而触不周之山……此久远之文，世间是之言也。"《山海经》郭注引《归藏》："共工，人面、蛇身、朱发。"

⑩《太平御览》卷九〇八引汲冢出土竹简文（或称作《汲冢琐语》）："晋平公梦赤熊窥屏，恶之而有疾也，使问子产。子产曰：'昔共工之卿曰浮游，既败于颛顼，自投沈淮之渊，其色赤，其言善笑，其行善顾，其状如熊，常为天下祟。见之堂，则王天下者死；见堂下，则邦人骇；见门，则近臣忧；见庭，则无伤。窥君之屏，病而无伤。祭颛顼、共工则瘳。'如其言而疾间。"

⑪《大戴礼·五帝德》："颛顼……乘龙而至四海，北至于幽陵，南至行交趾，西济于流沙，东至于播木。动静之物，大小之神，日月所照，莫不祇励。"

⑫《尚书·吕刑》："帝……乃命重黎绝地天通，罔有降格。"《国语·楚语》："昭王问于观射父曰：周书所谓重黎实使天地不同者何也？若无然，民将能登天乎？""（观射父曰）颛顼受之，乃命南正重司天以属神，命火正黎司地以属民，使复旧常，无相侵渎，是谓绝地天通。……

重寔上天，黎寔下地。”按：观射父已本当时的观念对神作了人的解说。可参阅楚语全文。

⑬《国语·周语》：“星及日辰之位皆在北维，颛顼之所建也。”《河图著命》：“黑帝颛顼。”《尚书·考灵曜》：“辰星，黑帝之子。”《史记》正义引《天官占》：“辰星，北水之精，黑帝之子。”《春秋运斗枢》：“五星从辰星聚于北方黑帝起从宿占国。”《春秋元命苞》：“北方辰星，水，生物布其纪。故辰星理四时。”

⑭《周礼·大宗伯》注：“礼北方以立冬，谓黑精之帝，而颛顼玄冥食焉。”《礼记·月令》“其帝颛顼”郑注：“此黑精之君也。”《周礼·考工记》：“北方谓之黑。”《淮南子·天文训》：“北方，水也，其帝颛顼。注：“颛顼……北方之帝。”《吕氏春秋》高诱注：“颛顼……为北方水德之帝”。《淮南子·时则训》：“北方之极，自九泽穷夏晦（夏，大也。晦，冥也）之极，北至令正之谷，有冻寒积冰、雪雹霜霰、漂润群水之野。颛顼玄冥之所司者。”《论衡·物势》：“北方水也，其星玄武。”《史记·天官书》：“北宫，玄武。”《春秋文曜钩》：“北宫黑帝，其精玄武。”按：所谓“玄武”是指北天的星宿而言，其象为龟蛇。《九怀》王逸注：“玄武，天龟，水神。”《远游》洪兴祖注：“北方曰玄武。说者曰：‘玄武谓龟蛇，在北方，故曰玄；身有鳞甲，故曰武，’蔡邑曰：‘北方玄武，介虫之长’。《文选》注：‘龟与蛇交曰玄武。’”《后汉书·王梁传》：“玄武，水神之名。”章怀太子注：“玄武，北方之神，龟蛇合体。”显然。神话中所说的颛顼的形貌——巨头、修颈、戴干（盾）、并干（胁）——正是龟蛇合体之状。《太平广记》卷二九引《太公金匮》：“北海之神曰颛顼。”《汉书·魏相传》：“北方之神，颛顼。”《云麓漫抄》卷三：“（玄武为北方之神），祥符间（按：宋史作天僖元年，时为一〇一七年），避圣祖讳（按宋帝始祖名玄朗），始改玄武为真武。……绘其象为北方之神：被发，黑衣、仗剑、蹈龟蛇，从者执黑旗。”按：宋封玄武为“北方镇天真武佑圣真君”。明清

时，真武庙中玄武真君的造象是：披散头发、穿黑衣、左手持“北斗七星旗”、右手仗剑、黑脸、赤足、左足踏龟、右足踏蛇。此外。真武两侧还站着龟、蛇二将军。

⑮《山海经·大荒北经》：“颛项生驩头，驩头生苗民，厘姓。”《大荒南经》：“驩头，人面、鸟喙、有翼、食海中鱼、杖翼而行。”《史记·正义》引古本《神异经》：“南方荒中有人焉，人面鸟喙而有翼，两手足扶翼而行，食海中鱼，为人很恶，不畏风雨禽兽；犯，死乃休，名曰驩兜（与头同音）也。”《大荒北经》“西北海外，黑水之北，有人有翼，名曰苗民。驩头生苗民。”按：传说中另一说法是：颛项生鲧，鲧生炎融，炎融生驩头。

⑯《山海经·大荒西经》：“大荒之中有山名曰大荒之山，日月所出入，有人焉，三面，是颛项之子，三面一臂。三面之人，不死。”《吕氏春秋·求人》：“禹西至一臂三面之乡。”

⑰《左氏春秋》文十八年：“颛项有不才子，不可教训，不知话言，告之则顽，舍之则嚚，傲很明德，以乱天常。天下之民，谓之梼杌。”（《史记·五帝本纪》同）服虔引《神异经》：“梼杌状似虎，毫长二尺，人面、虎足、猪牙，尾长寸（丈）八尺，能斗不退。”《史记·正义》引古本《神异经》：“西方荒中有兽焉，其状如虎而大，毛长二尺，人面、虎足、猪口牙，尾长一丈八尺，搅乱荒中，名梼杌，一名傲很一名难训。”（今本《神异经》下尚有：“《春秋》云‘颛项氏有不才子名梼杌’是也。”）

⑱《礼斗威仪》：“颛项有三子，生而亡去，为疫鬼：一居江水为疟鬼；一居若水为罔两蜮鬼；一居宫室区隅，善惊人小儿，为小儿鬼。”《后汉书·礼仪志》注引《汉旧仪》：“颛项氏有三子，生而亡去，为疫鬼：一居江水是为虎（虐之误）；一居若水是为罔两域鬼；一居宫室区隅沤庾，善惊人小儿。”《论衡·解除》：“昔颛项氏有三子，生而皆亡：一居江水为虐鬼；一居若水为魍魉；一居欧隅之间主疫病。”（蔡邕《独

断》与干宝《搜神记》所记与此略同）

⑲《山海经·大荒南经》："有国曰颛顼，生伯服，食黍。""成山，甘水穷焉。有季禺之国，颛顼子，食黍。"《大荒西经》："有国名淑士，颛顼之子。"《大荒北经》："有淑歜国颛顼之子，食黍，使四鸟虎豹熊罴。""西北海外，流沙之东，有国曰中乐，颛顼之子，食黍。"《大戴礼·帝系》："颛顼产穷蝉。"《史记·五帝本记》："帝颛顼生子曰穷蝉。"《吕氏春秋·古乐》："帝颛顼……令鱓先为乐倡。鱓乃偃卧，以其尾鼓其腹，其音英英。"

⑳《大戴礼·帝系》："颛顼娶于滕氏……谓之女禄氏，产老童。"《山海经·大荒西经》："颛顼生老童。"（《汉书》人表同）另一说法见古《世本》："颛顼生偁，偁生卷章。"（《史记·楚世家》所载同）谯周曰："老童即卷章。"按："卷"与"老"形似，"章"与"童"形似，故将老童误书作卷章。今从前说。

㉑《山海经·西山经》："騩山，其上多玉而无石，神耆童居之，其音常如钟磬，其下多积蛇。"郭璞注："耆童、老童，颛顼之子。"嵇康《琴赋》："慕老童于騩隅。"

㉒《山海经·大荒西经》："颛顼生老童。老童生重及黎。"注引《世本》："老童娶于根水氏谓之骄福，产重及黎。"《大戴礼·帝系》："老童娶于竭水氏……产重黎及吴回。"《史记·楚世家》："卷章（即老童）生重黎。"（按：《史记》合重、黎为一人，当有所本。）

㉓《国语·楚语》："火正黎。"《郑语》："黎为高辛氏火正。"《史记·楚世家》："重黎为帝喾高辛氏火正，甚有功，能光融天下，命曰祝融。"《山海经·海外南经》："南方祝融，兽身人面，乘两龙。"《管子五行》："黄帝得祝融而辨于南方。"《越绝书》："祝融治南方……使主火。"《尚书·大传》："南方之极，自北户南，至炎风之野……其神祝融。"

㉔《左氏春秋》昭二十九年："颛顼有子曰犁，为祝融。"《风俗通

义》：“周礼说颛顼氏有子曰黎，为祝融。”《礼记·月令注》“祝融，颛顼氏之子曰黎，为火官。”

㉕《山海经·大荒西经》：“摇山，其上有人，号曰太子长琴。颛顼生老童，老童生祝融，祝融生太子长琴，是处摇山，始作乐风。”

㉖《山海经·大荒西经》：“大荒之中有山名曰日月山，天枢也，……日月所入。有神，人面，无臂，两足反属于头山（郝懿行：当为上字之讹），名曰嘘。颛顼生老童，老童生重及黎。帝令……黎邛下地下地（按：此二字当是连书时误衍，应删），是生噎（按：当是嘘之误），处于西极，以行日月之行次。”

㉗《史记·楚世家》：“共工作乱，帝喾使重黎诛之而不尽。帝乃以庚寅日诛重黎，而以其弟吴回为重黎后，复居火正，为祝融。”

㉘王符《潜夫论·志姓氏篇》：“夫黎，颛顼氏裔子吴回也，为高辛氏火正，淳耀天明地德光四海也，故名祝融。”《淮南子》高诱注：“祝融，颛顼之孙，老童之子，吴回也，一名黎，为高辛氏火正，号为祝融。”

㉙《山海经·大荒西经》：“有人名吴回，奇左，是无右臂。”《大戴礼·帝系》：“吴回氏产陆终。”《史记·楚世家》：“吴回生陆终。”

㉚《白虎通·德论》上：“三皇者何谓也？……或曰伏羲、神农、祝融也。礼曰：‘伏羲、神农、祝融，三皇也。’”《风俗通义》引《礼号谥记》：“（三皇）伏羲、祝融、神农。”（《礼记·乐记正义》及《周礼》春官疏引《孝经纬》认为祝融是三皇之一。）

㉛《风俗通义》：“礼器记曰：‘……燔柴于灶。灶者老妇之祭也。”“《周礼》说颛顼氏有子曰黎，为祝融，祀以为灶神。”《说文》：“《周礼》：以灶祠祝融”（《史记索隐》引）（按：前二书所引《周礼》乃古《周礼》）《礼记·月令》：“其神祝融……其祀灶。”注：“祝融，颛顼氏之子曰黎，为火官。”《左传》贾逵注：“祝融祭于

灶。”《淮南子·时则训》高诱注：“祝融吴回为高辛氏火正，死为火神，讬祀于灶。”按：由此可知灶神即黎或吴回（两者可能是一神之二名）。据《淮南子·氾论》载称：“炎帝作火官，死而为灶神。”由此看来，炎帝当是祝融神的分化。不仅在汉时祝融被尊为三皇之一，一直到后代，“灶神”始终被称为帝王。

㉜《国语》：“回禄信于聆隧。”《太平御览》卷八八一引贾逵《国语解诂》：“回禄，火之神也。”《左氏春秋》昭十八年：“禳火于……回禄。”杜预注：“回禄，火神。”孔颖达疏：“或云回禄即吴回也。

㉝《水经·洧水注》引《世本》：“陆终娶于鬼方氏之妹谓之女隤，是生六子。孕三年，启其左胁，三人出焉：破其右胁，三人出焉。”《大戴礼·帝系》：“陆终娶于鬼方氏。鬼方氏之妹，谓之女隤氏，产六子，孕而不粥，三年，启其左胁六人出焉。其一曰樊，是为昆吾；其二曰惠连，是为参胡；其三曰籛，是为彭祖；其四曰莱言，是为云郐人；其五曰安，是为曹姓：其六曰季连，是为芈姓”《史记·楚世家》：“陆终生子六人，坼剖而产焉。其长，一曰昆吾；二曰参胡；三曰彭祖；四曰会人；五曰曹姓；六曰季连，芈姓：楚，其后也。”

㉞陈国钧《贵州苗族歌谣辑》有“起源歌”，歌词译文是：“一个是生妹，一个是生兄，兄妹俩相爱，生下一南瓜，认为不吉利，遂都‘斫’成片：肝变成客家；肉变成苗家；骨头变瑶人；肺变成水家；腰骨变僮家；肪骨变侗家。”按：在西南的许多兄弟民族中都有与此大同小异的传说。这里仅选其一。不难看出，苗族“坼剖”成六族的神话与楚人“坼剖”产六族的神话是相近似的。

㉟按：据《国语·郑语》所载，祝融之后八姓。从古史记载上看来，号称祝融之后的各部族，大多居留在黄河下游地带，因此，卫（今河南仆阳）为“颛顼之墟”；郑（今河南新郑）为“祝触之墟”（见《左氏春秋》昭十七年梓慎语）；卫、许（今河南许昌）有昆吾遗址（见《左氏春秋》昭十二年、哀十七年）。其次，在远古时代，祝融八姓诸部族的居住

地为：昆吾居今河南濮阳一带；顾居今山东范县一带；豕韦居今河南滑县一带；温居今河南温县一带；郐居今河南新郑一带；邾居今河南许昌一带；参胡居今河南淮阳一带；大彭居今江苏徐州一带；偪阳居今江苏沛县一带；曹居今山东菏泽一带。（以上根据见《左氏春秋》《史记·汉书》《反汉书·水经注》《括地志》《元和志》《方舆记要》《寰宇记》《大清一统志》等书）根据祝融诸族的分布地域看来，芈楚很可能曾居住在古楚丘（一在今河南滑县，一在今山东曹县）或有熊（在今郑州境内）。

㊱《新获卜辞》三五八·一·零四八八："戊戌卜，佑伐芈。"《殷墟文字》卷五、三十四叶："辛丑卜，贞：呼取彭"。

㊲《国语·郑语》："彭祖……则商灭之矣。"《史记·正义》："外传云：'殷末灭彭祖国也。'"《史记·楚世家》："殷之末世，灭彭祖氏。""季连，芈姓，楚其后也。……季连生附沮，附沮生穴熊，其后中微，或在中国，或在蛮夷，弗能纪其世。"

㊳《左氏春秋》昭十二年："（楚灵王曰：）昔我先王熊绎，辟在荆山，筚路蓝缕，以处草莽，跋涉山林以事天子。唯是桃弧棘矢，以共御王事。"《史记·楚世家》："熊绎当周成王时"，"封熊绎于楚蛮，封以子男之田。"按：由上引材料看来，楚曾向周纳贡物；周曾给楚以封号。但正如《周礼》和《周书》所说，这是属于"荒服"或"蛮服"之列，楚只在名义上尊周室而已。先秦或汉时的文献中之所以称楚王为"楚子"，并不是由于楚是周的子爵侯国，而是出于封建的种族偏见和地方观念，是对楚的"贱称"：如《礼记曲礼》所说："其在东夷、北狄、西戎、南蛮，虽大曰子。"

㊴古《竹书纪年》："昭王十六年（前一〇三七年），伐楚荆，涉汉（汉水）""十九年……丧六师于汉。""昭王末年……王南巡不复。"《左氏春秋》僖四年："（管仲曰：）昭王南征而不复。"《吕氏春秋·音初篇》："周昭王亲将征荆……王及蔡公陨于汉中。"《史记·周本纪》："昭王之时，王道微缺，昭王南巡狩不返，卒于江上。其卒不赴

告，讳之也。”《帝王世纪》：“昭王在位五十一年，以德衰南征，及济于汉，船人（一作楚人）恶之，乃以胶船进王。王御船至中流，胶液船解。王及祭公（即蔡公）俱没于水中而崩。……周人讳之。《两周金文辞大系》䟝殷文：“䟝御从王南征，伐荆楚。有得”。过伯𣪘：“过伯从王伐反荆，孚金。”上二器郭沫若译文：“唐兰以为均昭王南征时器。……则昭王实与楚战而陨于汉。”

㊵《史记·楚世家》：“当周夷王之时（前八九四年—前八七九年），王室微，诸侯或不朝，相伐。（楚）熊渠甚得江汉间民和，乃兴兵伐庸、杨粤、至于鄂。熊渠曰：‘我蛮夷也！不与中国之召谥！’立其长子康为句亶王、中子红为鄂王、少子执疵为越章王：皆在江上楚蛮之地”。《左氏春秋》昭二十三年：“（楚沈尹戌曰：）若敖、蚡冒至于武、文，土不过同。”

㊶按：从现有的史料看来，楚武王时（前七四〇年—前六九〇年）已开始土地分封。屈原始祖屈瑕便是楚武王的儿子，被封于屈地，因以为氏。其后，关于楚国封邑赐田的记载是很多的。例如下。《吕氏春秋》载：前六世纪初，（楚令尹）孙叔敖疾将死，戒其子曰：‘王数封我矣，吾不受也！为我死，王则封汝，必无受利地。’……孙叔敖死王果以美地封其子。其子辞，请寝之丘。”（又见《列子》《淮南子》《史记》）《左氏春秋》载：前五八七年“子重请取申、吕以为赏田”，前五三三年“伍举受许田”，前四七七年“惠王封子国于析”。《世本》载：“叶公子高名诸梁，楚大夫，食邑于叶。”《战国策》载：“叶公子高食田六百畛。”《国语》载：“（楚）惠王以梁与鲁阳文子。文子辞曰：‘梁，险而在境，惧子孙之有贰者也。’……（王）与之鲁阳。”

㊷《左氏春秋》昭七年：“（楚）无宇辞曰：‘天子经略，诸侯正封，古之制也。封略之内，何非君土，食土之毛，谁非君臣。故诗曰普天之下，莫非王土；率土之滨，莫非王臣。天有十日，人有十等，下所以事上，上所以共神也。故王臣公，公臣大夫，大夫臣士，士臣皁，皁臣舆，

舆臣隶，隶臣僚，僚臣仆，仆臣台；马有圉，牛有牧。’”《国语·楚语》：“庄王使士亹傅太子箴，辞，……问于申叔时。叔时曰：‘……教之礼，使知上下之则……明等级以导之礼。’”

㊸《吕氏春秋·异宝》：“（楚孙叔敖）曰：‘……荆人畏鬼。’”《淮南子·人间训》作：“荆人畏鬼。”高诱注：“好事鬼也。”（又见《列子·说符》）《汉书·地理志》：“楚地……信巫鬼，重淫祀。”王逸《楚辞章句》：“昔楚国南郢之邑，沅湘之间，其俗信鬼而好祠。”《太平御览》卷五二六及七三五引《桓谭新论》：“楚灵王简贤务鬼，信巫觋，祀群神，躬执羽帗，起舞坛前。吴人来攻，国人告急，而灵王鼓舞自若，顾应之曰：‘寡人方乐神明，当蒙福佑，不敢救。’”

㊹据郭沫若先生推算，屈原生于公元前三四〇年正月初七，死于公元前二七八年。据浦江清先生推算，屈原生于公元前三三九年阳历二月二十三日，颛顼历正月十四日，死于公元前二八〇年前后。

㊺《韩非子·和氏篇》：“昔者吴起教楚悼王以楚国之俗曰：‘大臣太重，封君太众。若此则上逼主而下虐民。此贫国弱兵之道也！不如使封君之子孙三世而收爵禄，绝灭百吏之禄秩，损不急之枝官，以奉选练之士。’”《吕氏春秋·贵卒篇》：“《吴起》谓《荆王》曰：‘荆所余者，地也；所不足者，民也。今君王以所不足益所有余，臣不得而为也！’于是令贵人往实广虚之地。皆甚苦之。”《战国策·秦策》：“吴起为楚悼（王），罢无能，废无用，损不急之官，塞私门之请，壹楚国俗。”《淮南子·道应训》：“吴起为楚令尹……曰：‘将衰楚国之爵，而平其制禄，损其有余，而绥其不足，砥砺甲兵，时争利于天下。’”《史记·吴起列传》：“吴起……之楚，楚悼王素闻起贤，至则相楚，明法审令，捐不急之官，废公族疏远者，以抚养战斗之士。”

㊻《史记·吴起列传》：吴起……捐不急之官，废公族疏远者……故楚之贵戚尽欲害吴起。及悼王死，宗室大臣作乱而攻吴起。吴起走之王尸而伏之。击起之徒，因射刺吴起，并中悼王。悼王既葬，太子立，乃使令

尹尽诛射吴起而并中王尸者。坐射起而夷宗死者，七十余家。”《吕氏春秋·贵卒》：“吴起……令贵人往实广虚之地。皆甚苦之。荆王死，贵人皆来，尸在堂上，贵人相与射吴起。吴起号呼曰：‘吾示子吾用兵也！’拔矢而走，伏尸插矢而疾言曰：‘群臣乱王，吴起死矣！’且荆国之法，丽（施也。吕刑：‘越兹丽刑’）兵（兵刃）于王尸者，尽加重罪，逮三族。吴起之智可谓捷矣。”（按：悼王尸中箭有二说应从《史记》）《韩非子·和氏篇》：“（吴起变法）悼王行之期年而薨矣。吴起支（同肢）解于楚。”（又见《难言篇》）《墨子·亲士篇》：“吴起之裂，其事也。”《淮南子·泰族训》：“吴起为楚灭爵禄之令，而功臣畔（叛）矣！”缪称：“吴起刻削而车裂。”《战国策·秦策》：“吴起……卒支解。”按：吴起之死有三说，一为射杀，一为车裂，一为解肢，但死于宗室贵人的叛乱中，则三说相同。其次，吴起死后，新法废，《韩非子·和氏篇》：“楚不用吴起而削乱。”（又见《问田篇》）

㊼《战国策·秦策》：“蔡泽谓应侯（范雎）曰：‘……商君为孝公平权衡，正度量，调轻重，决裂阡陌，教民耕战。是以兵动而地广，兵休而国富。故秦无敌于天下，立威诸侯，”《吕氏春秋·长见》：“公孙鞅西游秦。秦孝公听之，秦果用强。”《韩非子·和氏篇》：“商君教秦孝公以连坐什伍，设告坐之过，燔诗书而明法令，塞私门之请而遂公家之劳，禁游宦之民而显耕战之士。孝公行之，主以尊安，国以富强。”《奸劫弑臣篇》：“商君说秦孝公以变法易俗，而明公道；赏告奸，困末作而利本事。……是以国治而兵强，地广而主尊。”李斯《上书谏逐客》：“孝公用商鞅之法，移风易俗，民以殷盛，国以富强，百姓乐……至今治强。”（《史记·李斯列传》引）董仲舒《议限名田》：“秦……用商鞅之法，改常王之制，除井田，民得买卖。富者田连阡陌，贫者亡立锥之地。……邑（人）有人君之尊，里（人）有公侯之富。汉兴，循而未改。”（《汉书·食货志》引）《史记·商君列传》：“（商鞅变法）令民为什伍，而相牧司连坐。……宗室非有军功，论不得为属籍。……集小都

乡邑聚为县，置令丞，凡三十一县。为田开阡陌封疆，而赋税平。”“行之十年，秦民大悦，道不拾遗，山无盗贼，家给人足。民勇于公战，怯于私斗，乡邑大治。”“商君相秦十年，宗室贵戚多怨望者。”《盐铁论·非鞅》“大夫曰：‘昔商君相秦也，内立法度，严刑罚，饬政教，奸伪无所容，外设百倍之利，收山泽之税，国富民强，器械完饰，蓄积有余。是以征伐敌国，攘地斥境，不赋百姓而师以赡，故用不竭而民不知（有误）地尽西河而民不苦……秦用商鞅国以富强，其后卒并六国而成帝业。”《申韩》：“商鞅……反圣人之道，变乱秦俗。”《汉书·食货志》：“秦孝公用商鞅，坏井田，开阡陌，急耕战之赏。虽非古道，犹以务本之故，倾邻国而雄诸侯；然王制遂灭，僭差无度，庶人之富者累鉅万。……至于始皇，遂并天下。”《地理志》：“孝公用商君，制辕田，开阡陌，东雄诸侯。”按：有人认为“商鞅废井田”的说法是东汉人编造的。这不对，西汉前期的董仲舒便在“限名田议”中宣称“商鞅除井田，民得买卖。汉兴，循而未改。”董仲舒之生上距秦之亡只有十多年，其说当有所本。

㊽《楚辞》王逸注：“（楚）武王……僭号称王，始都于郢，是时生子瑕，受屈为客卿，因为以氏。”《元和姓纂》：“屈，楚公族，芈姓之后。楚武王子瑕食采于屈，因氏焉。屈重、屈荡、屈建、屈平并其后。”（《姓解》《古今姓氏书辩证》同）按：屈瑕于楚武王四十二年伐罗兵败自杀（见《左氏春秋》桓十三年），时为公元前六九九年。自楚武王至楚怀王历十五世二十一王。

㊾《春秋》僖二十六年杜注：“夔，楚姓国，今建平秭归县。”《荆州记》：“县北一百里有屈平故宅，方七顷，累石为屋基。今其地名乐平。宅东北有女媭庙。”《水经·江水注》：“秭归县……东北数十里，有屈原旧田宅，虽畦堰縻漫，犹保屈田之称也。县北一百六十里，有屈原故宅，累石为石基。其地名乐平里，宅之东北六十里，有女媭（屈原姐姐）庙，捣衣石犹存。故《宜都记》曰：‘秭归，盖楚子熊绎之始国，而

屈原之乡里也。屈原田宅于今具存。’指谓此也。”

㊿《战国策·楚策》：“苏秦为赵合从，说楚威王曰：‘楚，天下之强国也；大王，天下之贤王也。楚地，西有黔中巫郡，东有夏州海阳，南有洞庭苍梧，北有汾泾之塞郇阳。地方五千里，带甲百万，车千乘，骑万匹，粟支十年，此霸王之资也！’”（《史记》同）《水经·汝水》注引楚唐勒《奏士论》：“我是楚也，世霸南土，自越以至叶垂，弘境万里，故号曰万城也！”按：唐勒是与屈原同时的楚国文人，见《史记·屈原列传》。

51《战国策·楚策》：“苏秦至楚三日，乃得见乎王，谈卒辞而行。王曰：‘寡人闻先生若闻古人，今先生乃不远千里而临寡人，曾不肯留。愿闻其说。’对曰：‘楚国之食贵于玉，薪贵于桂，谒者难得见如鬼，王难得见如天帝。今令臣食玉炊桂，因鬼见帝’王曰：‘先生就舍，寡人闻命矣！’”同书：“苏子谓楚王曰：‘……今王之大臣，好伤贤以为资，赋厚敛诸臣百姓，使王见疾于民，非忠臣也！大臣播王之过于百姓，多赂诸侯以王之地，是故退王之所爱，亦非忠臣也！是以国危。臣愿无听群臣之相恶也，慎大臣父兄，用民之所善，节身之嗜欲，以（鲍彪本补一‘与’字）百姓。人臣莫难于无妒而进贤。为主死易：垂沙之事，死者以千数。为主辱易：自令尹以下，死者以千数。至于无妒而进贤，未见一人也。’”鲍彪注：“此策本次‘苏秦之楚’之上，知苏子，秦也。”吴师道校注：“苏子未知果秦否。”按：据《荀子》载“楚兵殆于垂沙，唐蔑死”，《史记》载“唐眛”（同蔑）死乃楚怀王二十八年时事。上引文的第二条所说的“垂沙之事”，如果是指唐眛败死而言，则文中的“苏子”就不会是苏秦。苏秦死于楚怀王八九年，不会知道唐眛败死于垂沙之事。但是，此条在“苏秦之楚”条前，苏子应即是苏秦，那么“垂沙之事”可能是出于后人增补。其次，垂沙即重丘在楚长城附近（在今河南襄城、泌阳之间），原是楚的边疆重地，垂沙之战不止一次；“苏子”所说的“垂沙之事”未必是指的“唐眛死垂沙”而言。这问题不易考究，姑从众说，将“苏子”视作苏秦。

㊾见《战国策·楚策》《史记·楚世家》。

㊿见《战国策》《孟子》《史记·六国世家及年表》。

54《史记·楚世家》：“（前三二九年）威王卒、子怀王熊槐立。魏闻楚丧，伐楚取陉山。”《赵世家》：“（前三二七年），赵将韩举与齐魏战，死于襄丘。”《韩世家》：“（前三二五年）魏败我将韩举（与赵将同名）。”《楚世家》：“楚使柱国昭阳将兵而攻魏，破之于襄陵，得八邑；又移兵攻齐。”

55《史记·楚世家》：“怀王十一年（前三一八年），苏秦（《战国策》作李兑）约从山东六国共攻秦。楚怀王为从长，至函谷关。秦出兵攻六国。六国兵皆引而归。”《秦本纪》：“惠文王七年（前三一八年）……韩、赵、魏、燕、齐帅匈奴共攻秦。秦使庶长疾与战修鱼，虏其将申差，败赵公子渴、韩太子奂，斩首八万二千。”《赵世家》：“与韩、魏共击秦。秦败我，斩首八万。”《韩世家》：“宣惠王十六年（前三一七年），秦败我修鱼，虏得韩将鲠、申差于浊泽。”《秦始皇·本纪》太史公引贾谊《过秦论》：“（秦惠王武王时）并韩、魏、燕、楚、齐、赵、宋、卫、中山之众……常以十倍之地、百万之众、叩关而攻秦。秦人开关延敌，九国之师，逡巡循逃不敢进。”《秦诅楚文》：“楚王熊相……率诸侯之兵，以临加我，欲刬伐我社稷，伐灭我百姓……饰甲底（按：砥砺也）兵，奋土盛师，以偪吾边境。”（《诅楚石文》，唐时出土于陕西凤翔。文中的“秦嗣王”乃穆公十八世孙，“以《史记》年表考之，秦自穆公十八世至惠文王，与楚怀王同时”，故知熊相即怀王熊槐。其中所说的“率诸侯之兵以临加我”即指“楚怀王为从长”率九国之师伐秦一事而言。）

56《史记·屈原列传》：“屈原者，名平，楚之同姓也，为楚怀王左徒。……入则与王图议国事，以出号令；出则接遇宾客，应对诸侯。王甚任之。”王逸《楚辞章句》：“屈原与楚同姓，任于怀王为三闾大夫。三闾之职掌王族三姓：曰昭、屈、景。屈原序其谱属，率其贤良，以厉国士；入则与王图议国事，决定嫌疑，出则监察群下，应对诸侯；谋行职修，王甚珍之。”按：“左徒”之名只见于《史记》，不见于先秦的各种记载，秦以后各朝也没有设置过这一官职。从《史记》中看来，除屈原任过左徒外，只有黄歇当过左徒。据《史记·楚世家》和《春申君列传》载：“（顷襄王二十七年），与秦平，而入太子为质于秦。楚使左徒（歇）侍太子于秦”。“黄歇为楚太子傅……与太子完入质于秦。秦留之数年。”“三十六年，顷襄王病。太子（自秦）亡归。秋，顷襄王卒，太子熊完代立，是为考烈王。考烈王以左徒（黄歇）为令尹，封以吴，号春申君。”黄歇是“王之亲属”（《史记·游侠列传》），是顷襄王弟（见《韩非子·奸劫弑臣》）。由此可知，“左徒”是个显贵的职位，是由贵族充任，可兼太子傅，可升令尹（相）。但也可由上引材料中看出，“左徒”大概是没有一定职守不常设的“散阶”职位，因此充任左徒的黄歇竟陪着人质在秦“质押”了九年。由此看来，“左徒”可能是楚王的侍从谘议官，职虽高位虽尊，但并不常设，其职权也可大可小：受王勅命即为“钦差”，可以过问或处理任何事务，（如《史记》所说）如不受命却无专事可勾当。正因如此，所以在先秦文献中虽然记述了楚国的许多职官，但却没提到过“左徒”。其次，王逸所谓“屈原为三闾大夫”的根据，是本于《楚辞·渔夫》。《渔父》篇载：“屈原既放，游于江潭，行吟泽畔，颜色憔悴，形容枯槁。渔父见而问之曰：‘子非三闾大夫歟？何故而至此？’”所谓楚“三闾”（即屈、景、昭三族）犹如鲁三桓、郑七穆、晋八姓一样，是一般人对公族大氏的合称。由此看来，所谓“三闾”大夫只不过是楚人对三大家贵族的通称，不见得和晋“公族大夫”似的是一个官职名号。同时，楚如设公族大夫（宗正）的话，那么其所管辖的应是王族的大小宗支，不应只管三支族属。其次，从《渔父》中看来，渔父只是从举止仪表上看出屈原是大家出身的贵人，故问道：“子非三闾大夫歆？”并不是由于认识屈原，知道屈原的履历，因而以官衔召呼屈原。因此，在王逸之前的司马迁和刘向，都没有认为“三闾大夫”是职位，虽然都引用过《渔父》。有的学者宣称：屈原初为左徒，后因谗被疏，退居三闾大夫之位。这说法是调和并综合司马迁和王逸两家说法而编纂成的。看来，刘向的说法最稳当，他在《新序》中说：“屈原者，名平，楚之同姓大夫。”当然这说法也最含糊。在司马迁和王逸看来，屈原是一个身系天下安危的人物，因此都有意或无意地夸大了“左徒”或“三闾大夫”的职权。如根据他们所叙述的看来，那么“左徒”或“三闾大夫”之职约略等于近代的贵族长（掌王族三姓）、兼内阁总理大臣（与王图议国事，决定嫌疑，以出号令），又兼外交总长（应对诸侯，接遇宾客），监察总长（监察群下）、教育总长（率其贤良以属国士）。除不管财不管兵之外，无所不管。显然，这不会是事实。正是由于这样的夸张，因此《越绝书》卷十五吴平竟称“楚相屈原”。

㊼按：刘向、王逸认为“上官大夫”就是楚贵人靳尚；但班固的说法却与此相反。《姓纂》《通志氏族略》载称“上官大夫”是楚怀（庄）王少子子兰；但《史记》中明明将子兰与上官大夫看作是两个人。今将有关材料列引如下：

刘向《新序》七：“楚贵臣上官大夫靳尚。”王逸《离骚》序：“同列大夫上官靳尚。”看来，刘、王二人都将“上官大夫”看作是靳尚的官号。据《战国策·楚策》载，靳尚于怀王十八年被魏相张旌派人刺死。据《史记·屈原列传》载，顷襄王即位之后，“上官大夫短屈原于顷襄王。”不难看出，靳尚之死下距顷襄王之立，中经十三年。显然，靳尚与“上官大夫”并不是一个人。因此，班固在《汉书》古今人表中将“上官大夫”列在五等，又将靳尚列在七等。

《姓纂》：“楚庄王（应是怀王）少子子兰为上官大夫，后以为氏。”《通志·氏族略》：“楚王子兰为上官大夫，因以为氏。秦灭楚，徙陇西之上邽（今甘肃天水）。”按：陇西上邽的上官氏，是汉唐时代的显族之一，出过不少的“名人”，如：汉时有上官桀（昭帝岳祖）、上官鸿（金城长史），唐时有上官仪（高宗时宰相）。由此看来，《元和姓纂》所以说“子兰为上官大夫，因以为氏”，显然是根据陇西上邽（天水）上官氏的族谱。上官氏既认子兰为祖（这不是一个能使门户光彩值得后人骄傲的祖先），看来不会是出于伪託。但是，司马迁在《屈原列传》中却将子兰与上官大夫分为两人：“子兰令上官大夫短屈原于顷襄王”。总之，上官大夫不是靳尚，乃是子兰。

㊳按：有的人为了将屈原说成是“法家政治家”，于是便以《史记》中的“屈原造为宪令”为证据，企图证明屈原曾经“变法制宪”。曾经想“更张国宪，改变政体”。为了加强这“证据”的威慑力，甚至宣称：“宪令”是“法家”的专用名词，在“法家学派”形成之前没有人用过。这些说法，我认为是论据不足的。不妨举例如下：

第一，据《左氏春秋》襄二十八年（前五四五年）载：“郑伯使游吉如楚，及汉。楚人还之（命游吉还郑）。……子大叔（即游吉）曰：‘宋之盟（指襄二十七年十四国会于宋而言。楚为盟主），君（楚君）命将利中国，而亦使安定其社稷，镇抚其民人，以礼承天之休。此君（楚君）之宪令，而小国之望也。”杜预注：“宪、法也。”第二，据《国语·周语》载，周景王二十三年（前五二二年），单穆公谏景王道：“夫耳内和声，而口出美言，以为宪令，而布诸民。”韦昭注：“宪、法也。”第三，《穆天子传》：“己酉、天子饮于溽水之上，乃发宪令，诏六师之人……六师之人毕至于旷原。”由此看来，在“法家”之前早就出现了“宪令”这一名词。同时不难看出，《左氏春秋》中所说的“宪令”是指楚王在外交上所作的盟辞誓约而言；《国语》中所说的“宪令”是指周王对内公布的法令或教令而言；《穆天子传》中所说的“宪令”却是集合军队的号令。这岂不就证明，周秦时的所谓“宪令”乃是对一般法令的通称，和近代的“宪令”（“立国大法”或“国家基本法”）是不同的。因此，不应该根据今天的“语义”曲解历史。同样的，也不应该仅仅根据“屈原造为宪令”，便将屈原说成是“废旧法，制新法”的“立宪”主义者。

⑲《史记》所说的“怀王使屈原造为宪令。屈平属草稿未定，上官大夫见而欲夺之，屈平不与”一段，是很费解的。因为“宪令草稿”既不是私有财产，又不能出版，——不牵涉版权问题——那么上官大夫夺草稿做什么？同时，屈原是奉怀王之命起草宪令的，即使被上官大夫夺去，还可以再写第二稿，公布后依然有效。如果上官大夫老是在一旁夺屈原的草稿，那么楚怀王追究起“不能按期交稿”的责任时，岂不要唯上官大夫是问。上官大夫哪能干这号傻事！由此想来，所谓“上官大夫见而欲夺之”，并不是夺草稿。对此，陈子龙在《史记测义》中提出这样的看法：“上官欲豫闻宪令，以与几事，非窃屈原之作以为已作也。王本命屈平，上官无繇窃之也。”这看法有一定的理由。按：《后汉书卢·植传》论“允豫夺常”注称：“夺，谓易其常分者也。”《论语·子罕》：“三军可夺帅也，匹夫不可夺志也。”《礼记·缁衣》：“生则不可夺志，死则不可夺名。”《儒行》：“身可危也，而志不可夺也。”《史记·秦本纪》：“君试遣其女乐，以夺其志。”由此看来，“改易”和“强迫改易”皆可谓之“夺”。因此，“上官大夫见而欲夺之”，意为：上官大夫欲夺其志或欲改其稿。其次，“与”字又可作“许”“从”解。《国语·晋语》：“楚成王伐宋，公（晋文公）率齐、秦伐曹、卫以救宋。……（楚）令尹子玉使宛春来告曰：‘请复卫侯而封曹，臣亦释宋之围。”（晋）舅犯愠曰：‘子玉无理哉！……必击之！’先轸曰：‘子与之！我不许曹卫之请，是不许释宋也！”韦昭注：“与，许也。”《汉书·翟方进传》：“传不云乎，朝过夕改，君子与之。”颜师古注：“与，许也。”由此看来，“允许”或“赞同”皆可谓之“与”。因此，“屈原不与”，意为：“屈原不答应、不同意。”

⑳按：关于秦向楚议和的条件，在《史记》中有三种不同的记载：《楚世家》作“秦使使约复与楚亲，分汉中之半以和楚”；《屈原列传》作“秦割汉中地与楚以和”；《张仪列传》作“秦要楚，欲得黔中地，以武关外易之。”《资治通鉴》载此事一本《张仪列传》，今从之。

㊻关于屈原谏怀王一事，在《史记》中有两种不同的记载。《史记·楚世家》："张仪已去，屈原使从齐来，谏王曰：'何不诛张仪？'怀王悔，使人追仪，弗及。"《屈原列传》："是时，屈平既疏，不复在位，使于齐，顾反，谏怀王曰：'何不杀张仪？'怀王悔，追张仪，不及。"但《张仪列传》所载，屈原谏楚怀王，却是张仪未离楚之前的事："楚王……欲许之。屈原曰：'前大王见欺于张仪。张仪至，臣以为大王烹之；今从弗忍杀之，又听其邪说，不可！'怀王曰：'许仪而得黔中，美利也。后而倍之不可。'故卒许张仪，与秦亲。张仪去楚，因遂至韩。"按：张仪离楚之后，秦楚间的盟约并未马上被废除，曾持续了三四年。据此，则《楚世家》和《屈原列传》所说的"怀王悔，使人追仪，弗及"，未必是事实。以此看来，《张仪列传》所载，较为合理。

㊼《战国策·楚策》："楚王将出张子，恐其败（一作欺）己也。靳尚谓楚王曰：'臣请随之。仪事王不善，臣请杀之。'楚小臣，靳尚之仇也，谓张旄曰：'以张仪之智，而有秦楚之用，君必穷矣！君不如使人微要靳尚而杀之。楚王必大怒仪也。彼仪穷，则子重矣！楚秦相难，则魏无患矣。'张旄果令人要靳尚刺之。楚王大怒秦，构兵而战。"

按：靳尚之死在怀王十八年。文中所说的"秦楚构兵而战"不见于其他记载，当是以后事补益。

㊽《史记·六国年表》："楚怀王二十四年，（秦昭襄王二年）秦来迎妇。"《楚世家》："（怀王）二十四年，倍齐而合秦。秦昭王初立，乃厚赂于楚。楚往迎妇。"

㊾《史记·越世家》索隐引《竹书纪年》："粤（越）子无颛薨，后十年，楚伐徐州。"按：根据纪年推算，无颛死后十年为楚宣王之二十四年，公元前三四六年。《史记·孟尝君列传》："田婴自（齐）威王时任职用事。"索隐引《竹书纪年》："田婴初封彭城。"

㊿《史记·楚世家》："（威王）七年，齐孟尝君父田婴欺楚。楚威王伐齐，败之于徐州，而令齐必逐田婴。田婴恐。"《越世家》："楚

威王兴兵而伐之。……北破齐于徐州。”《战国策·齐策》：“楚威王战胜于徐州，欲逐婴子（田婴）于齐。婴子恐。”《史记·孟尝君列传》：“田婴相齐。齐宣王与魏襄王（据《竹书》乃齐威王与魏惠王。《史记》误）会徐州，而相王也。楚威王闻之怒田婴。明年，楚伐败齐师于徐州，而使人逐田婴。”

㊱《史记·孟尝君传》索隐引《竹书纪年》：“梁惠王后元十三年四月，齐威王封田婴于薛：十月，齐城薛。”《战国策·齐策》：“齐将封田婴于薛，楚王（怀王）闻之大怒，将伐齐。”“（楚）昭阳……移兵而攻齐。”《史记·楚世家》：“（楚怀王）六年，楚使柱国昭阳将兵而攻魏，破之于襄陵，得八邑，又移兵而攻齐。齐王患之。”按：战事并未爆发。

㊲《战国策·齐策》：“（楚）昭阳请以数倍之地易薛。……靖郭君（即田婴）曰：“受薛于先王，虽恶于后王，吾独谓先王何？且先王之庙在薛。吾岂可以先王之庙与楚乎！’”《齐策》：“孟尝君在薛，荆人攻之。”

㊳《荀子·臣道》：“上不忠乎君，下善取誉乎民，不卹公道通义，朋党比周，以环主图私为务，是篡臣者也。……齐之孟尝，可谓篡臣也。”《王霸》：“挚国以呼功利，不务张其义、齐其信，唯力之求；内则不惮诈其民而求小利焉，外则不惮诈其与而求大利焉；内不修正其所以有，然常欲人之有；如是，则臣下百姓莫不以诈心待其上，上诈其下，下诈其上，则是上下析也；如是，则敌国轻之，与国疑之，权谋日行，而国不免危削，綦之而亡。齐闵（湣王）薛公（孟尝君）是也！故用强齐，非以修礼义也，非以本政教也，非以一（统一）天下也，绵绵常以结引驰外为务，故强南足以破楚，西足以詘秦，北足以败燕，中足以举宋，以及燕赵起而攻之，若振槁然，而身死国亡，为天下之大戮，后世言恶，则必稽焉。是无他故焉，唯其不由礼义而由权谋也。”

㊴《战国策·秦策》：“秦取楚汉中，再战于蓝田，大败楚军。韩、魏闻楚之困，乃南袭之邓。楚王引归。后三国（齐、韩、魏）谋攻楚，恐

秦之救也。或说薛公（即孟尝君）："可发使告楚曰：'今三国之兵且去楚，楚能应而共攻秦，虽蓝田岂难得哉？况于楚之故地也！'楚疑于秦之未必救己也，而今三国之辞去则楚应之也必劝。是楚与三国谋出秦兵矣。秦为知之，必不救也。三国（齐、魏、韩）疾攻楚，楚必走秦以告急，秦愈不敢出，则是我离秦而攻楚也，兵必有功。"薛公（孟尝君）曰："善！"遂发重使之楚，楚之应之果劝。于是三国并力攻楚，楚果告急于秦，秦遂不敢出兵——（三国）大胜有功。"《西周策》："薛公（孟尝君）以齐为韩、魏攻楚。……韩庆……谓薛公曰：'君以齐为韩、魏攻楚九年，取（楚）宛、叶以北（地）。'"（《史记》同）由此可知，孟尝君曾用诡计离间秦楚的关系，以便孤立楚国；曾率齐韩魏军长期（九年）不断的攻掠楚国北境，占据楚的宛、叶以北地带。

⑳《战国策·西周策》："韩庆谓薛公（孟尝君）曰：'……令楚割东国以与齐……齐得东国而益强而薛世无患（矣）。'"（又见《史记》载）

㉑《史记》卷一百十六："庄蹻者，故楚庄王苗裔也。"《荀子·议兵》："楚之庄蹻……世俗之所谓善用兵者也。"《论衡·命义》："庄蹻横行天下，聚党数千，攻夺人物，断斩人身，无道甚矣。"《韩非子·喻老篇》载庄子（非庄周）谓楚庄王（乃顷襄王，说见后）曰："王之兵自败于秦晋（韩、魏），丧地数百里，此兵之弱也；庄蹻为盗于境内，而吏不能禁，此政之乱也。"《战国策·楚策》："史疾曰：'今王（楚王）之国有柱国、令尹、司马、典令，其任官置吏必曰廉洁胜任，今盗贼公行而弗能禁。"《吕氏春秋·介立》："庄蹻之暴郢也……荆之将帅贵人皆多骄矣，其士卒众庶皆多壮（卢文弨：伪也）矣，因相暴以相杀，脆弱者拜请以避死。"《荀子·议兵》："（楚）兵殆于垂沙，唐蔑死：庄蹻起，楚分为三四。"（《韩诗外传》四与《史记》礼书引文与此同）《史记》卷一百十六："楚威王（有误）时，使将军庄蹻将兵循江上，略巴、蜀、秦中以西。……蹻至滇池，地方三百里，旁平地肥饶数千里，以兵威定属楚，欲归报，会秦击夺楚巴、黔中郡，道塞不通，因还，

以众王滇，变服，从其俗以长之。……（汉武帝）元封二年，天子……以兵临滇，滇王举国降。”《后汉书》卷一百一十六：“楚顷襄王时，遣将庄豪（蹻之误），从沅水伐夜郎，军至且兰，椓船于岸而步战，即灭夜郎，因留王滇池。……滇王者，庄蹻之后也。元封二年（前一〇九年），武帝平之，以其地为益州郡。”《论衡·命义》：“庄蹻……无道甚矣。宜遇其祸，乃以寿终。”《盐铁论》：“今西南诸人，楚庄（蹻）之后也。”按：从与怀王同时的荀子话中看来，“兵殆于垂沙，唐蔑死，庄蹻起，楚分为三四”是同时发生的事。唐蔑败死于怀王二十八年，庄蹻起兵当在唐蔑败死后不久。由此看来，庄蹻起兵是发生在怀王末年。《史记》《汉书》和《后汉书》都载称：庄蹻入滇后，因秦据黔中，道塞不通，故留王滇池。秦据黔中是楚顷襄王二十二年（前二七七年）的事，因此《后汉书》说庄蹻是顷襄王时人是正确的。由此看来，从庄蹻起兵到庄蹻王滇，首尾经二十三四年。其次，韩非子所说的“庄王”乃“顷襄王”可参考《秦诸子系年》一三一，《楚顷襄王》又称《庄王考》。《史记》说庄蹻是楚威王人，是不对的。《通典》边防三辩称：“楚自威王后，怀王立三十年，至顷襄王之二十二年，秦昭襄遣王兵攻楚取巫、黔中地。……若蹻自威王时将兵略地，属秦陷巫，黔中郡，道塞不还，凡经五十二年。岂得如此淹久？《后汉书》则云言顷襄王时庄豪王滇，豪即蹻也。”按：庄蹻并不是楚将军，而是著名的所谓“大盗”，汉时人往往将他和盗跖并称。例如下：贾谊《吊屈原赋》：“谓隋、夷溷兮，谓跖、蹻廉”汉李奇注：“楚之大盗为庄蹻。”《淮南子·齐俗》：“及至礼义之生，货财之贵……而生盗跖、庄蹻之邪。”《主术》：“明分以市之，则跖、蹻之奸止矣。”《史记·游侠列传》：“跖、蹻暴戾，其徒诵义无穷。”《盐铁论》：“夫儌幸诛诚，跖、蹻不犯。”

⑫《战国策·楚策》：“庄辛谓楚襄王曰：‘君王左州侯、右夏侯，辇从鄢陵君与寿陵君，专淫逸侈靡……饭封禄之粟，而载方府之金，与之驰骋乎云梦之中，而不以天下国家为事。’”按：州侯、夏侯、鄢陵君、

寿陵君都是楚国封君领主的封号，其姓名已不可考。其中，州侯权势最大。荀子《臣道》：“用态臣者亡，楚之州侯，可谓态臣者也。”《韩非子·内储》：“州侯相荆，贵而主断。”《晋书·地理志》：“州陵（今湖北沔阳），楚嬖人编侯所邑。”

《古列女传》载：“楚处庄侄（渚宫旧事引此作庄娙）谓顷襄王曰：王好台榭，不恤众庶。……宫室相望，城郭阔达，一患也。宫垣衣绣，民人无褐，二患也。奢侈无度，国且虚竭，三患也。百姓饥饿，马有余秣，四患也。邪臣在侧，贤者不达，五患也。”

《战国策·秦策》：“武安君（即白起）曰：“是时楚王（顷襄王）恃其国大，不恤其政，而群臣相妒以功，谀谄用事，良臣斥疎，百姓心离，既无良臣，又无守备，故起所以得引兵深入。”

《淮南子·主术》：“齐庄公好勇，不使斗争，而国家多难，其渐至于崔杼之乱。（楚）顷襄王好色，不使风议，而民多昏乱，其积至昭奇之难。”按：由上文中看来，顷襄王的下场须和齐庄公差不多，是不得好死的。但由于史阙载，今已无法考知“昭奇之难”的原委。

⑦3可参考郭沫若《屈原研究》二十九、三十页。《屈原赋校注》卷首《史记·屈原列传》疏证中称：“至王夫之（按：王船山）之说，则牵合秦将拔郢而楚东北保于陈城，以为“哀郢”即指郢都陷落而言，因定屈子之卒，在襄王二十一年后。然韩非初见秦言‘秦与荆人战，大破荆，袭郢，取洞庭五湖江南，荆王君臣亡走，东伏于陈”。则此时屈原自沉之长沙已入秦矣！（蒋骥《山带阁楚辞注》）屈子之死，必不如是之后。故王氏之说，亦不足据。”按：《韩非》所说秦与荆人战云云，乃是综述自襄王十九年至二十二年的四年战事，并不是说这些事都发生在一年。据《史记》载：襄王十九年，秦破楚，取汉北、上庸；二十年，秦将白起取楚鄢、邓、西陵；二十一年，秦将白起拔郢，楚君臣亡走，东伏于陈；二十二年，秦取洞庭五湖江南。不难看出，说“秦将拔郢”之“此时”“屈原自沉之长沙已入秦”的说法不符合历史事实的。

⑭《史记·屈原列传》："屈原至于江滨，被发吟泽畔，颜色憔悴，形容枯槁……于是怀石遂自投汨罗以死。"《说文》："汨，长沙汨罗渊也，屈原自沉之水。"《水经·湘水注》："屈潭，即汨罗潭也。屈原怀沙自沉于此，故渊潭以屈为名。昔贾生、史马迁皆尝逕此弭檝江波投吊于渊。渊北有屈原庙，庙前有碑。"按：屈潭在今湖南省湘阴县东北。

读者须知

本书已接入版权链正版图书查证溯源交易平台，“一本一码、一码一证”。扫描上方二维码，您将可以：

1.查验此书是否为正版图书，完成图书记名，领取正版图书证书。

2.领取吉林人民出版社赠送的购书券，可用于在版权链书城购买吉林人民出版社其他书籍。

3.领取数字会员卡，成为吉林人民出版社读者俱乐部会员。

4.加入本书读者社群，有机会和本书作者、责任编辑进行交流。还有机会受邀参加本社举办的读书活动，以书会友。

5.享受吉林人民出版社赠予的其他权益（通过读者俱乐部进行公示）。

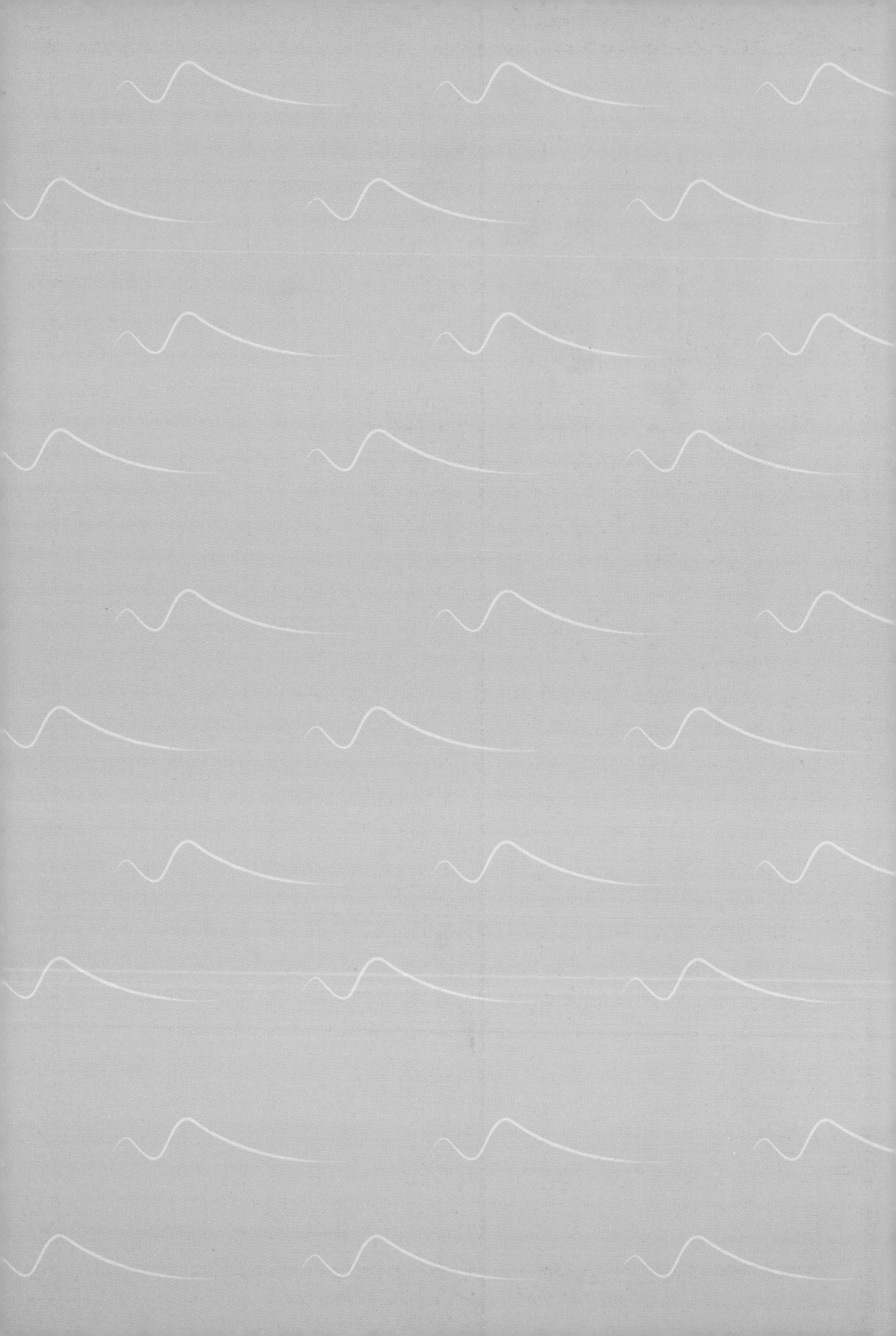